Peter Kurzeck · Das Schwarze Buch

Peter Kurzeck

Das Schwarze Buch

Roman

Stroemfeld/Roter Stern

I

Zeit zu gehen! Mitten in unabsehbaren mitteleuropäischen Regenwintern eine sibirische Kälteperiode; die Zeit kam zum Stillstand, fror ein. Und ich, der Verfasser, kann in der dritten Person seinen symbolischen Mantel nicht finden. Weißgott wo ich mich dringend hätte melden sollen, vielleicht sogar gestern schon. Laß fahren dahin! Uhrturm vorm Fenster, der steingesichtige Stadtturm meiner Kindheit, die Zeit selbst samt ihrem ewigen Vorwurf versank schon am Nachmittag wieder in Nebel und Dämmerung. So ist es einstweilen das Beste, die Einöden der Zeit zu verschlafen. Lampenlicht, Bücher und Stille, Vorräte für zwei Wochen. Draußen die meiste Zeit Nacht, die Zeit jetzt nicht länger mehr meßbar; Winter belagert das Haus.

Expeditionen. Gegen Morgen, am Ende der dritten Woche: drei Tage hast du zu dem Entschluß gebraucht, dir jene goldene Pakkung morgenländischer Vorweihnachtsfeigen aus der vereisten Küche (wie aus einer Legende) ins Bett zu holen, von denen du dann weitere drei Tage lebst; gottlob gute Zähne! Gottlob haben Kälte und Nahrungsmangel die Mäuse längst aus dem Haus getrieben. Warum nur läßt dieser hiesige Frühling so lang auf sich warten?

Belagerungszustand; wie das Bad zum Gletscher wird. Noch vier Tage. Auch der Flur ist längst der Polarnacht anheimgefallen. Jetzt haben sie mir auch noch amtlich den Strom abgeschaltet oder wer weiß, was aus der Epoche geworden ist. Vielleicht bin ich der letzte Überlebende (gleich schien mir, ich hätte das immer gewußt; zumindest seit Jahren ernsthaft gerechnet damit). Aber das macht nichts, da helfe ich mir mit unzähligen geweihten Kerzen aus der Hinterlassenschaft meiner frommen Tante. Gut, daß mein britisches Gasfeuerzeug nach wie vor funktioniert. Nicht nur Licht, auch Wärme strahlen sie aus oder kannst dir das wenigstens langfristig einbilden, das zumindest. Unermeßliche Vorräte.

Inzwischen fror auch die republikanische Wasserleitung ein. Doch der Abfluß war schon vorher verstopft, der Wahrheit die Ehre, insgeheim schon seit Julia oder wie sie hieß Ende Oktober zu spülen versucht hat; sie hat es gut gemeint. Daher die Überschwemmungen, all diese überschwappenden Eimer und Schüsseln hier, siehst du, Töpfe, Vasen. Gurkengläser aus Znaim und die ganze Vielfalt künstlerisch wertvoller Kaufhausplastiktüten, wirklich wasserdicht, voll Spülicht und Schmutzwasser überall auf dem Fußboden, täglich mehr. Hydrokulturen; labyrinthische Umwege die dir (in undurchschaubaren, vielmehr wechselnden Zusammenhängen) bald zur Gewohnheit werden; bloß nicht stolpern! Die Erde dreht sich. Im Herbst, solang die Fenster noch nicht gefroren und das Bad und meine Selbstachtung oder was ich dafür hielt, wie der Griff nach dem Lichtschalter bloß eine Gewohnheit aus besseren Tagen, noch halbwegs intakt, konnte ich die Abwässer wenigstens ab und zu ungesehn aus dem Fenster schütten oder blitzschnell ins Klo, das ging manchmal schief. Aber jetzt? Zu dreckig natürlich, als daß je Eis daraus werden könnte. Murmelnd, Selbstgespräche, besser die Stille, besser den Tag verschlafen!

Längst hätte ich einen ebenso wichtigen wie dringenden Brief an den dünkelhaften Bürgermeister schreiben müssen, es wird immer später. Aber vielleicht ist das wirklich schon die nächste Eiszeit und die fragliche Zivilisation längst abgelaufen, und geradezu umsonst hätte ich mich auch nicht bemühen mögen, schon gar nicht vom Bett aus. Vielleicht wirklich bin ich der letzte Überlebende in dieser fremden kalten, zum Untergang verurteilten, schweigenden Welt – und fragst dich vergeblich, was es denn ist, woran du dich die ganze Zeit vergeblich zu erinnern versuchst.

Ewig die gleiche Nacht, wenn ich mich nach noch vier Wochen (denn das Leben ist ein Traum) endlich anschicke, mich erneut auf den Weg zu machen; Wind ums Haus. Januar, Tauwetter hatte eingesetzt, alles tropft. Schnee rutscht vom Dach, zwei Fenster kaputt, Weihnachten ausgefallen, die meisten Sterne verlorengegangen, eine sehr finstere Nacht, wenn ich zwischen Tür und Angel – noch ein versuchsweiser Aufbruch (und wie fremd und verlassen die Wohnung schon aussieht, wie ein ehemaliger Tatort) – mein letztes bißchen vertrocknetes Gras rauche, eine Handvoll Sommer vom letzten Jahr. Kein Meskalin, weder Beruhigungs- noch Wachtabletten zurhand; nichts als Unrat und Dreck. (Wer hat mit meinem Löffelchen gefressen?) Wie Spreu auf der Fensterbank viele erfrorene Nachsommerwespen, starr, ganz verkrümmt. Und kein Junimorgen, sie aufzutauen. Die Quelle, der Baum, die Wasser des Lebens. Man müßte ... ein Feuer anzünden, ein tiefes Loch graben, ganz von vorn anfangen. (Ich komm Euch erlösen! Stattdessen Vorladungen, die sie dir ins Haus schicken. Lassen dich dein ganzes Leben lang deinen angeblichen Namen buchstabieren, bis du gar nicht mehr weißt, was du hast sagen wollen und wer du gewesen bist, sein solltest. Auch keine Stimme mehr. Und ob du deine Stammkarte und dein schlechtes Gewissen, amtlich beglaubigt, schon wieder nicht mithättest? Jeder Staatsbürger ist ein Staatsbürger und hat sich das als solcher selbst zuzuschreiben. Aber ich weigere mich, ich will kein Formular mehr. Ich scheiße darauf, einen Antrag zu stellen, fristgerecht oder rückwirkend, und auf Eure wie Fliegenschiß sinnlosen allgegenwärtigen Vorschriften. Ich bin nicht Euer Aktenzeichen, das sich beizeiten krümmt und auch nicht der Untergebene Ihres Computers. Wie? Einen Säufer wollt Ihr zu etwas zwingen? Ich komm ganz woanders her. Für Euch bin ich nicht auf der Welt. So wie sie sind, so sehn sie auch aus. Scheints immer die Dümmsten, die behördlicherseits den Buchstaben = K = verwalten. Je ehrlicher einer sein will, umso mehr Teufel sind von Amts wegen für ihn zuständig.)

Im Stehn der letzte Schluck schalen Rotweins, noch aus dem späten Oktober, jenem Abend der Wiederkehr, als der Wind seufzend und stöhnend durchs alte Tal zwischen Berg und Fluß, komm doch mit, durch Schilf, Gestrüpp und ausgemustertes herbstliches Abendgras strich (Nachtstimmen, die Schlafgesichte der Vögel; jeder Baum ein verzauberter Erlkönig), als er flüsternd durch das tote Laub stolperte, kam und ging; Züge fuhren. Damals fuhren noch Züge. Gespenster auf Schritt und Tritt, trübrote Lichter im Nebel und wie er, wie Rauch aus dem Innern der Erde, lautlos über die leeren Felder zog, eine lange Nacht. Wie schon vor Jahren, ich war wieder auf dem Heimweg, allein, und sagte mir: Mach dir einen Plan, Mensch, umsichtig, bald ist der Winter da.

Und als ich mich eben gegen Mitternacht oder kurz danach in vorgeschrittener Stille – Wohin? Bin mir ja selbst ganz fremd geworden in wochenlanger Sprachlosigkeit; die Welt schläft oder ist längst auf und davon – in Hemdsärmeln zaudernd (nachträglich) auf den Weg machen wollte: da hängt er ja, der verlorene Mantel! Unfaßbar, groß und breit und mit leeren Ärmeln, wie ein ausgeweideter Bär ohne Kopf; alle Knöpfe noch dran. Einen Weg finden! Ich fange noch einmal an, mich kennenzulernen. Und hängt, wo er immer hing. Was *erschrickst* du denn so? Das ist bloß die Stille. Jemand, mag sein, hat ihn sich unbemerkt ausgeliehn und jetzt heimlich zurückgebracht (aber nicht aufbügeln lassen). So viel Zeit ist vergangen. Sogar noch Geld in den Taschen, Kleingeld.

Frankfurt am Main; es fing schon an dunkelzuwerden, als ich wieder in die Stadt ging; November. Du hörst einen Zug fahren und (wie einer der sein Gedächtnis verlor – was sagt denn der Wetterbericht?) fragst dich Ewigkeiten vergeblich, wo denn die unauffindbare Zeit blieb, wo du hingedacht hast, in Gottes Namen? Jahrzehnte und irgendwo muß ich doch in Gedanken gewesen sein. Der Mantel des Dichters. Leute, es gibt Leute, die beschließen eines Tages, jemand ganz anders zu sein. Oder verlieren einfach ungefragt den Verstand (als ob man im Kino geschlafen hätte).

In der Leipziger Straße ganz vorn gibt es eine Henninger Kneipe und erst im letzten allerletzten Moment, aber noch bevor ich den gläsern erleuchteten Eingang sah, erkannte ich alles wieder d.h. fiel mir ein, daß ich 1960 schon einmal hier war. Ich hätte etwas essen sollen, wenigstens eine Kleinigkeit, trank stattdessen noch einen dritten (angeblich war es bereits der vierte) Wodka im Stehn, jeden einzeln bezahlt, grüßte mein fremdes Spiegelbild und die Tür fiel hinter mir zu.

Wohin jetzt? So ein krankes Aquariumlicht. Erst ein paar Schritte weiter fand ich die Stimmen in meinem Gedächtnis wieder. Sie hatten, drei, vier verzagte Säufer an ihrem Abendtisch (wie im Jenseits), lang und breit davon gesprochen, daß einer spurlos verschwunden sei. Wie lang das jetzt her ist und wie sie am gleichen Tag noch den ganzen Abend ahnungslos auf ihn gewartet hätten, hier am Tisch. Jeder ist selbst dabeigewesen und – einer souffliert dem andern – weiß umständlich seine eigene abgschmackte Version zu berichten; noch eine Runde. Sie warten hier immer noch jeden Abend auf ihn, während die Scheibe beschlägt, immer dichter. Sie sagten alles doppelt und dreifach, mit immer anderen unzulänglichen Worten, bedrückt, aber jetzt konnte ich mich nicht an seinen Namen erinnern; ich fror. Schon lockt da das nächste Kneipenschild, ein Licht in der Nacht und gleich kam ich darauf, er könnte ehemals Merderein heißen; meinetwegen enthusiastischer Handelsvertreter. Wie bekannt verschollen. Eine Tür, die immerfort hinter dir zufällt. Er ist verschollen, stand sogar in der Zeitung.

Das war 1960 und jetzt ist wieder November. Alle Läden längst zu; ein verlorener Penner vor dem sich die Straße steil aufstellt im Suff und – halt mich fest! – der Kaufhofeingang aus Kunststein und Glas eine finstere Grotte. Drohungen. Wie spät kanns denn sein? Wohin gehen? Wo ankommen, bleiben, sein oder nicht? Ein kalter Wind fegt die schiefe Straße entlang, es wird Zeit. Zähl dein

Geld nach, vorsorglich zweimal. Geh und such dir eine Bleibe für die Nacht!

Oft als Kind, wenn ich in dreckigen überfüllten Frühzügen im Halbschlaf zur Schule fuhr, lang vor Tag, somnabul, ein Enterbter (heller wirds heute nicht); auf der Flucht, in Lagern, zu Fuß unterwegs, noch nie so viele Menschen auf einmal und wie sie sich abschleppen, dahinschleppen. Wer ist es denn, der den Weg weiß und wie soll man guten Muts gehen, wenn unsre Schar auf der schwankenden Straße kein Ende hat und die Fuhrwerke uns überholen, dann wieder abgedrängt werden, Panjewägelchen, überladen mit aufgetürmtem zerbrochenem Hausrat, Töpfe und Betten und Bündel. Ofen und Kruzifix, die keine Heimat mehr haben. Und die müden Pferdchen so klein, nicken bei jedem Schritt, so klein im Vergleich zu ihren toten Brüdern am Straßenrand, erschossene Militärpferde die mir riesig vorkamen, aufgeblähte Kadaver. Ein steckengebliebener geplünderter Planwagen, hoch wie ein Haus, Soldatenautos die keiner mehr will. Wenn wir doch auch so einen praktischen Handkarren wenigstens hätten, mit Sachen drauf, und könnten ihn getrost hinter uns herziehn. Die Straße hat sich in Bewegung gesetzt, sie kommt uns entgegen, eine Straße im Frühling, erst Pappeln, dann Birken. Auf den Wiesen blühen, blühen, blühen die Apfelbäume; dir ist, wie wenn sie dich immerfort grüßen, auch der Wald nah und fern. Aber wenn du müde bist, so viele Stimmen im Gedächtnis, die Häuser kennen dich nicht, immer weiter weg läuft die Straße dann vor dir davon. Doch wieso dachte ich denn, daß wir nie mehr schlafen würden fortan? Tage und Nächte und Tage in schlingernden Viehwaggons, drei Wochen bevor ich drei werde, frisches Stroh auf dem Fußboden, fauliges nasses Stroh auf dem Fußboden, stinkt und fängt an zu schimmeln, kein Stroh auf dem Fußboden aus Eisenträgern und Brettern so hart und kalt, zugige Schiebetüren, Zug fährt-steht-fährt, keiner wußte wohin: hinfällig wie Gespenster schleppen sich die Tage vorbei und sooft der Zug auf freiem Feld hält, verschwimmen die Horizonte im Regen (heller wirds heute nicht).

Wenn ich wieder geh einkaufen für meine liebe Mutter; ein dunkles fremdes Land Zeit, in dem sie kein Wort versteht, ich schon, da bin ich fünf. Regentage, Matschwetter, außer mir ist niemand da, und in der Grabengasse die Phalanx einer vielköpfigen Herde gehässiger Gänse, der ich mich mitten aus meinen Träumen heraus gegenübersehe: die wollen mich nicht durchlassen, lebensfeindliche Streitmacht, kommen in der ganzen Breite der Straße zwischen Mauer und Abgrund mit ausgebreiteten Flügeln, ein Geschwader von Hoheitszeichen, bedrohlich auf mich zu, strecken geduckt ihre Köpfe vor, Hydra, und zischen wie Schlangen. Als ob ich die Wörter damals schon alle gekannt hätte, das war 1947 (wir waren so arm wie die armen Leute in Märchen); heute noch jederzeit auf der Straße, Passanten, der allgegenwärtige Blick, immer wenn ich wo warten mußte unter trübem Himmel, wie in Trance, mit bleischweren Gliedern, verloren in amtlichen Vorhöllen, in der Kirche auch, halt die Luft an (keine Erlösung in Sicht); Herrgott, seit ich drei vier fünf Jahre alt war und grad erst davongejagt aus dem Paradies, statt mich zielstrebig dem sinnvollen Studium von mehr und mehr frühen Fremdsprachen zu widmen (notfalls auf eigene Faust; damals noch massenhaft von der HJ für WHW und Endsieg gebastelte Stukamodelle in den Schulkellern, überzähliges Gedankengut landauf landab vorerst auf den nationalen Dachböden und Speichern gestapelt; die Keller gibts heut noch), Sanskrit, Hebräisch und Griechisch nicht gerechnet und auch nie kein Klavierunterricht, keine Harmonielehre. Stattdessen wieder und wieder erlag ich der regelmäßigen Zwangsvorstellung, wie es wäre, wenn ich plötzlich *der da* bin, so blaß, ein Fremder. Zahnarzt vielleicht, Dompteur, Seiltänzer, Lokführer, ahnungslos, Augenzeuge, in Gedanken wo weiß ich auch nicht. Spion, im Straßenbau, einer der alles verspielt, aber sechs Kinder daheim und die Frau ist krank. Der Dompteur hat Zahnschmerzen. Wie ich 1948 mit meinem Vater, der gerade aus dem Krieg zurück war und gleichfalls ein Fremder für mich, im Zug fuhr und er fand unsre Fahrkarten nicht. Wir wollten, so hieß es, Äpfel holen im Badischen und kamen erst spät im Winter des nächsten Jahres zurück. Den Sinn finden! Als ob man je zurückkommen könnte und es wäre der gleiche Ort. Du bist nicht ich, bist nicht er, bist nicht einmal du. Harun al Raschid oder sein betulicher Großwesir der das Wort nicht mehr weiß. Einer der eine Geschichte zu erzählen hat. Für die andern kann sie so oder so ausgehn, doch er selbstredend hat keine Wahl. Der Spion hat alles vergessen. Handlanger, im Staatsdienst (mit Beamtennase). Einer der ganz früh eines Morgens, die Vögel eben erwacht, mit seinem Traum aus dem Haus ging, arglos, paar Schritte nur, barfuß im Gras, um vor Tag einen Blick zum Himmel zu werfen. Ob es aufklart? Und seither über Spitzbergen, Australien, Peru nicht mehr heimfindet. Abel, dem Abel sein Bruder Kain, Kain *und* Abel.

Die ganze Geschichte geht mich nix an. Dann mit sechs, sieben usw. jahrelang die Suchplakate vom Roten Kreuz. Amtlich hinter Schloß und Riegel (den einzigen Schlüssel hat der Gemeindediener, der sinniche Willem) in einem offiziellen frischgestrichenen Holzkasten mit engmaschigem Drahtgittertürchen, wie bei einem ortsüblichen Kaninchenstall. Beim Nußbaum, an der Mauer beim Gemeindebackhaus, wo scheeläugig bewacht vom ganzen Dorf das genehmigte Brennholz gestapelt war: mehr wird es auch nicht. Wurden regelmäßig ausgetauscht, damit ich sie immer wieder fassungslos hinwegbuchstabieren konnte, ein Zwang. Hänsel und Gretel. Mütter die ihre Kinder nicht wiederfanden. Bloß schnell im Durchgangslager Sowieso, einer verwirrend fremden, verzweigten Riesenhöhle mit Hinweisschildern, Ein- und Ausgang bewacht, einem finsteren Bahnhof in Thüringen, Schlesien, Pommerland ist abgebrannt, diesem freundlichen alten Luftschutzwart Tod oder dem hilfsbereiten Soldaten Blitz für kaum fünf Minuten zum Aufpassen anvertraut. Weil bloß schnell erschöpft Wasser holen, hungrig und müde nach Brot und Nachrichten anstehn, nach Suppe. Frierend, vielleicht werden Decken verteilt; Überleben. Dein Vater ist im Krieg. Und wie sie nach höchstens knapp acht Minuten ganz außer Atem zurückkommt, ist der Zug abgefahren, der Bahnhof ein Trümmerhaufen. Vom Transport keine Spur. Der freundliche alte Luftschutzwart schon tot und begraben. Aber mein Kind? Der blonde oder blauäugige Soldat, genau wie auf allen Wohnzimmerfotos blutjung und wo bist du jetzt? war höchstwahrscheinlich Gefreiter. Leutnant von Fall zu Fall; Waffengattung unbekannt, Orden und Ehrenzeichen. Er könnte aus Köln oder Umgebung stammen oder wenigsten dort gewohnt haben, warum nicht. Hieß er nicht vielleicht Zimmermann? Kann schon sein. Oder daß er oder sein Bruder oder Vater, gefragt hat sie nicht danach, im Zivilberuf Schreiner, wie Jesus Christus. Wenn nicht Landarbeiter aus Ostpreußen oder Bootsknecht auf der Weichsel. Wenn er nicht tot ist, umgekommen bei diesem oder nächstfolgendem Bombenangriff, verschüttet, verhungert, erschossen, Typhus im Lazarett, die Leichen mit Kalk bestreut, in eine Liste eingetragen, numeriert, durchgestrichen und verbrannt.

Wer weiß, hat das Kind vielleicht mitgenommen, gerettet, weitergegeben, wohin? Daß der Odem des Viehs und der Odem des Menschen, woher wollt ihr das wissen? Gottes Fügung oder Auskunft über Verbleib, Schicksal, letzte Worte. Über Land und Meer. Die endgültige Augenfarbe würde sich erst später gezeigt haben. Kein Medaillon oder Muttermal, unverlierbar, doch sie würde ihr Kind noch nach Jahren an jedem Grübchen, an jedem Zehennagel erkennen. Und was für ein dauerhaftes Leuchten drumrum. Ein Säugling, drei Wochen alt oder acht, bevor sie für immer wegmußten und wo bist du jetzt, mein Leben? Das war der letzte Heimaturlaub von ihrem lieben Mann, seither vermißt an der Ostfront. Daß eine Fee, eine fromme Frau doch hernieder gekommen wäre im rechten Moment, es zu finden, mein Kindchen. Bloß ein Wunder oder Zufall auch. Könnte sie doch, wie soll sie nicht, wie denn nicht immer noch einen Tag daran glauben. Schwere Zeit, man konnte tot umfallen vor Hunger, man konnte erfrieren, wir alle in Gottes Hand. Die Plakate auf stumpfem Papier in der Farbe wie Brot, wie vom Weidkob trockener Lehm, bißchen heller. Die Geburt auf dem brennenden Hof. Und das arme, das liebe Vieh eingesperrt, nichtmal mehr Zeit für Gebete und Notschlachtung. Unsere Siedlung, wie das E-Werk bombardiert worden ist und das Depot ausbrannte. Die Straßenbahnzüge lagen wie Spielzeug herum. Die Tarminskis von vorn an der Ecke, vielleicht weißt du es schon, alle tot. Seither immerfort formen und formen und wiederholen sich die Sätze in ihrem Kopf als ob sie desparat an einem endlosen Brief schreibt, flüsternd, an wen denn? Lieber Erwin, mit dem Fischkutter übers Novemberhaff und seither, was soll nur werden? Meerstern ich dich grüße! Die Straßen gehen nirgends mehr hin. Kaum daß sie die Namen kapiert und die Tage, wie sie ihr vorgesagt werden, wie Gebete, doppelt und dreifach. Die Zeit gilt ihr nichts mehr wert, eine Sünde. Ob das zurückkommt, mein lieber Mann. Meine Mutter hat immer gesagt: die heilige Zeit. Was ist aus der Welt geworden, mitgenommen in den blicklosen lichtempfindlichen Augen eines Neugeborenen? Schlaf, Kindchen, schlaf! Geschwister die noch am Leben sein sollen und wie alt sie jetzt wären, mit Augen- und Haarfarbe.

Flüchtlinge, fremdes Volk. Kinder die nicht wußten, wen suchen – längst tot sind die dich einst vielleicht liebten. Und du hast sie nicht gekannt. Maikäfer, flieg! Findet keiner mehr heim oder her. Die Väter sowieso meistenteils gefallen und verschollen, bloß

Namen und Feldpostnummern. Die ernste Postkarte da auf dem abgeschlossenen heidnischen Schrank, der uns nicht gehört, ist dein lieber Vater, mein Kind. Sind doch alle wir seit Anbeginn unterwegs in den Himmel. Hörst du den Wind gehn um die Häuser und Scheunen?

In den ersten rauhen Nachkriegswintern haben sich die hiesigen Kleinbauern, wie sie heimgekommen sind aus ihrem Krieg, immer beim Friseur am Ofen getroffen. Brennholz und Tee sind abzuliefern. Jeder bringt sich seinen eigenen Tabak und Zucker mit oder hat keinen. Räusperten sich nach der Einleitung stundenlang, jeder für sich, bevor sie, der Sprache kaum mächtig, ja das sind Zeiten, unbeholfen gemeinsam schwiegen; ein hartes Brot. Wer genug Viehfutter hat und wie lang noch, Gott im Himmel*, was soll nur werden? Wird jetzt jeden Tag früher dunkel.

Dann die Suchmeldungen im Radio, immer morgens nach dem Schulfunk. Den zu hören ich der Schule fernbleiben mußte; lieber Halsschmerzen (dem Fieberthermometer ist nicht zu trauen; lesen hatte ich mit fünf ganz allein gelernt: Märchenbücher und Suchplakate). Nachrichten, die sowohl Angaben über Herkunft und Verbleib, als auch über den Tod von Vermißten. Ich dachte, ich dürfte nichts je vergessen, nicht ein einziges Wort. Stundenlang sachkundig Namen und Ungewißheiten verlesen, Listennummern, daß dir davon ganz schwindlig wird. Vorm Fenster die Wolken ziehn tief. Nachher in der Sendepause kann ich das Radio nicht ausschalten. Meine Mutter ist schon in aller Frühe gegangen, Mehl holen oder Brotteig, wer weiß. Kam erst gegen Abend mit leeren Händen zurück, aber in jeder Manteltasche zwei lächelnde Äpfel. Das Radio, es gehört den Hausleuten, wir wohnen nur leihweise, pfeift einhundertundfünf Minuten lang wie eine Lokomotive, die sich im Nebel verirrt hat. Immer kälter wird es im Zimmer, wie nasse Tücher die Luft. Wenn du die Augen zumachst: wie das Bett nach Herbst riecht. Ich stellte mir vor, wie die Wolken derweil überm Haus zusammentrafen und stehenblieben, sich stauten und stumpfsinnig aufstapelten himmelhoch zu Schneegebirgen; eine Art Zukunft.

Wieder Oktober und wir hatten die Strohsäcke erst vor ein paar Tagen mit großem Aufwand neu aufgeschüttet. Mir kam vor, es

* der nämliche der vorher über dem barocken Stadtplatz von Tachau zwischen die andächtig hohen Wolken hingelehnt, Sommerwolken; gen Mittag der Böhmerwald: hier bin ich geboren!

hätte mit Stroh holen und Zunähen vom frühen Morgen bis in die Nacht hinein gedauert. Wie die Kerze gerußt hat, blinzelnd. Außer mir ist niemand da. Bald schon der Winter, in den Wäldern zieht Stille ein. Dann kam mein Vater heim und ich kannte ihn nicht. Mir schwebte vor, er hätte mich fragen sollen. Dann fand ich die gleichen Plakate, immer neue und neue dazu, auf allen Bahnhöfen wieder. Statt daß wir endlich angekommen wären oder dort oder da blieben, wie ich geglaubt hatte. So müde. Die Bahnhöfe, wie sie im Halbschlaf mühsam vorbeiwankten oder ließen sich schieben, meistenteils Ruinen. Wie man sich bettet, so liegt man. Wir hatten, wie man betet, ein Wunschspiel für uns erfunden, für unterwegs, und tagelang weiterentwickelt, meine Schwester und ich, um die Wirklichkeit zu übertrumpfen oder zwecks Aufbesserung derselben; behielten uns jeder seine eigenen Spielregeln vor. Aber wieso kann es denn sein, daß er jetzt aus ist, der Krieg? Wie wissen, was man noch glauben soll und was nicht? Dazu immer noch von höchster Stelle die Verordnung, jeden Nebenmenschen zu lieben wie sich selbst. Gar nicht so einfach, obwohl ich die Dringlichkeit gleich einsah in diesem schweren Gedränge. Gut und schön, aber wie du dich damit abschleppst, wahrhaftig, ein Kreuz. Kommt mir nur mit Befehlen nicht! Daß es auch gar nicht mehr warm werden will auf der Welt. Und so finster die meiste Zeit. So fang ich bis heute gutwillig immer wieder von vorn an, weiß kaum wie alle Tage, ein weiter Weg. Trompetensignale: der trübe Tag bricht an. Eine lange Menschenschlange (hat sich schwerfällig in Bewegung gesetzt) kriecht in der Morgenfrühe zum Fluß hinunter.

Was tun? Wer bin ich? Was hab ich getan? Erst war ich der liebe Gott, dann haben sie mich in die Schule geschickt und von da an konnte ich mich nicht mehr um alles kümmern. So sind mir die Dinge entglitten. Wir fahren, wir fahren. Ich wüßte nicht einmal meinen Heimweg, nicht einmal wie ich heiße – und was wird aus der anderen Rolle? Daß mir nur ja keiner enttäuscht würde. Ich könnte endlich gehn, mich im Spiegel betrachten wie nie zuvor. So allein bist du nie gewesen. Als allererstes natürlich müßte ich unauffällig meine Taschen durchsuchen. Laß dir Zeit. Gebete. Aber viel hilft das auch nicht. Wohin? Sie erwarten doch etwas von mir. Wem könnte ich noch in die Augen sehn, in dieser oder jener Gestalt, bin das immer noch ich? Klar kannst du fliehen, doch was hilft das, wenn du nicht weißt, wovor du fliehst. Sich an der Notbremse festhalten, mit beiden Augen; wir fahren. Aber in Wirklichkeit bildest du dir das alles bloß ein. Aber in Wirklichkeit ist sie bloß angeklebt, ein nutzloser Lügengriff, und nachher hast du ihn gleich in der Hand. Mißbrauch und grobe Fahrlässigkeit, und weißt nicht wie wegschmeißen so unauffällig wie möglich. Maßnahmen. Schon starrt dich jeder an. Wohin soll ich mich blitzschnell hinwünschen? Viele Jahre sind vergangen. Wohin soll ich denn noch gehen? Komm nie an! Nur eine umfassende allgemeine Katastrophe (aber ist es nicht selbstsüchtig, damit zu rechnen?) könnte mich jetzt noch zeitweilig retten. Träum nicht rum, zähl dein Geld nach! The writer has nothing to trade with, but his life. Zug rast der Nacht zu, wir fahren.

Wer bin ich doch gleich? Er ist verschollen, Merderein, oder hat sein Gedächtnis verloren. Irrt ohne Verstand und Erinnerung seit achtundvierzig, seit hundertzweiundneunzig Stunden, jetzt sind es schon Jarhzehnte, in der endlosen steinernen Stadt umher. In greulichem Delirium, ein Tier (M. als der letzte Werwolf; sein Großvater war Konsul). Er hat alles vergessen, friert, nährt sich unbeholfen von Abfällen, flieht, leidet, flucht. Die Parole? Ich habe das Wort vergessen, knirscht mit den Zähnen, ich kann nicht mehr! Wie lang noch, bis er verhungert, erfriert, vom ferngesteuerten Lastwagen seines Schicksals überfahren oder – Bürger, haltet Eure Stadt in Ordnung! – von beherzten Einwohnern endlich gesteinigt wird; Dienstagabend, es schneit. Oder er läuft der nächsten tüchtigen Polizeistreife in die amtlichen Fänge, schon wieder ein neues Zeitalter, und wird endlich eingefangen oder sie vollziehen gleich, ein Gnadenschuß, Waidmannsheil! Keine Rentenansprüche. Notwehr, an Ort und Stelle ein Meisterschuß. „Wie geht es Ihnen? Haben Sie heute schon an Gott den Herrn gedacht?" Er friert, heult, fletscht die Zähne: ein Wolf. Er rüttelt heulend und zähneknirschend an zolldicken Eisenstäben, die ganze Welt ein Gefängnis und er hält das nicht länger aus. Selbstmord, Irrenhaus, verhungern, erfrieren im eisigen Lampenschein. Ich bin das Licht und das Leben undsoweiter. Lang nach Mitternacht, wenn die aufgekauften, verlassenen Straßen der Innenstadt gespenstisch entleert eisigem Polarwind anheimfallen – oder gesteinigt, abends, vielleicht war es in Höchst, in Bornheim, oder sonst ein verschlafener Wintervorort von dem du nicht weißt, wie er heißt; sich wiederfinden!

Ein trostloser Kinderspielplatz auf dem sie ihn stellten, abends; ein Bilderrätsel, eine verpfuschte Geometrieaufgabe, die du vergessen hast und jetzt weder lösen noch loswerden kannst, weißt nicht wie. Er versucht noch zu fliehen (was nachher Anlaß zu allerlei willkommenen Spekulationen: warum flieht éiner, wenn er guten Gewissens?), als ob er davonfliegen wollte. Doch meine Flügel wo? Und brach nach drei Schritten, vergeblich aufflatternd, zusammen vor einer altmodischen Drogerie. Im gedämpften gelben Licht das aus dem Schaufenster auf den Bürgersteig fiel; es ist Abend. Was habt ihr mir angetan? Was hab ich euch denn getan? Die Steine stammten von einer Baustelle. Er liegt im Schnee, er blutet aus zahlreichen Wunden. Eine Seitenstraße, die Läden wurden gerade zugemacht; es schneit wieder. Sein frisches Blut. Nachher standen alle mehr oder weniger schweigend um ihn herum; ich sterbe! Er stirbt. Im Schnee, im Lampenschein, auch die Kinder (der Wolf ist tot). „Tragischer Unglücksfall in der Veithstraße!" Der Herr Drogist Meier oder Obermeier im täglich frischen weißen Kittel (sieht er nicht wie ein gutaussehender Chefarzt aus dem Werbefernsehen aus?*) hat schon auf eigene Kosten umständlich die gesamte Polizei antelefoniert – wird gleich kommen! Zwanzig Dpf. Halb sieben durch. Jeder steht da und rührt sich nicht. Hat jetzt eigentlich ganz dringend keine Zeit mehr. Und würgt-schluckt-würgt einen faustgroßen Stein hinunter. Da schleicht sich gebückt der Tag. Aus unabsehbarer Höhe, aus der hohen dichten Finsternis schneien die Flocken, unentwegt tanzend im Licht, auf die Stadt herab, da zur Erde. Eiskalt, kannst sie auffangen mit deinen Wimpern, Schnee fällt und deckt alles zu. Dienstag, er hat es immer gewußt, er liegt da und stirbt.

Alle standen herum und keiner von ihnen wußte etwas zu sagen. Doch wer warf den ersten Stein? Immer sind es Kinder, die mit Kreide herumschmieren. Auf Torpfosten, an Hauswänden, Türen und wo dein Blick grade hinfällt, sooft du nicht weiter weißt. Ein Ausgang ist keiner da, nicht zu finden. Zeit und Regen und zahllose Blicke verwischen die Schrift, doch wer wäscht sie ab? So bleiben einzelne Buchstaben, Zeichen wie Schreie und können nicht weg. Abend, es schneit wieder. Was der Tod ist, ein alter Mann hier im Viertel. Kommt und klopft dreimal an, bald wieder die Haustür streichen. So *mild* ist das Licht, wenn es geht. Wir werden ewig leben! Die Steine gabs gratis, eine städtische Baustelle. Und

* die meiste Zeit steht er sich selbst im Weg, dämlich grinsend.

wir werden natürlich uralt werden. Schläft er? Sie sagten nichts, es gab nichts zu sagen. (Was gibts heut im Fernsehn?)

Gesteinigt – oder Wölfe, das wurde ihm nicht an der Wiege gesungen (Jahrgang 34): mitten in seiner, in unserer Heimatstadt von Wölfen zerrissen. Nachts, im eisblauen Licht auf einem leeren Fleck Ödnis hinter der Städtischen Gasanstalt. Asphaltumbruch. Beim Güterbahnhof, auf einem verrotteten Holzlagerplatz, wie er grad dabei ist, der Reihe nach (laß dich nicht stören, der Laden ist schon seit zehn Jahren pleite; das sind bloß die Ratten die hier so rascheln und pfeifen) immer heftiger an den Türen der alten Baubaracken zu rütteln, hustend, fluchend, er friert. Wenigstens eine hätten sie doch aus Versehen offenlassen können, Seßhaftenpack! Oder unter den grellen Bogenlampen einer geschlossenen Riesentankstelle, die jetzt von allen guten Geistern verlassen ist, nachts um zwei. In der Hafenstraße, genau in der Mitte des Mördertunnels der unter der Hauptbahnhofsausfahrt durchgeht. Wo keine Luxusnutte auf dich gewartet hat, Mensch, wo es nach Tod und Pisse und sonstwas riecht und – immer tiefer in die Nacht hinein – jeder Schrei nach einer kleinen Weile ohne Antwort zu dir zurückkehrt, verloren. Dein letztes Glas Jahr um Jahr hast du längst getrunken. Wo unabhängig voneinander für die zuständigen Behörden jede Nacht für Nacht ein paar Leichen anfallen, kaltblütig, die meisten mittels unauffindbarem stumpfem schwerem Gegenstand und ohne Namen. Zehnmal kannst du hier deinem Mörder begegnen! (Weit und breit kein Mensch!) Ein ganzes Wolfsrudel oder sogar mehrere, zweifellos bolschewistischer Herkunft, wußten die einhellig empörten Lokalredaktionen nachher empört zu berichten. Man traut sich als Steuerzahler ja kaum noch auf die Straße! (Es wäre der richtige Moment gewesen, um die Fernsehgebühren drastisch zu erhöhen!) Empörend, in unserer Stadt.

Ausschuß. Aus amtlichen Kreisen verlautete, daß besagter Vorfall (so unglaublich er auch klingen mag) unverzüglich in allen Einzelheiten von unabhängiger überparteilicher Untersuchungskommission gründlich untersucht oder gewissenhaft überschlafen und das Ergebnis, die volle Wahrheit, in schonungsloser Offenheit, unzensiert, oder zumindest auszugsweise alle wesentlichen Punkte, Zusammenhänge, Hintergründe, Namen, Daten, Unterlassungen, nebensächliche Details, falsche Zeugenaussagen, Meineide, eine bereinigte offizielle Version unverzüglich umgehend baldmöglichst, noch in dieser Legislaturperiode, in voraussichtlich einigen Wochen, Jahren, Jahrzehnten oder (inzwischen längst Juli, eine hochsommerliche Hitzewelle: schon seit drei Wochen schon um fünf Uhr früh sechsunddreißig Grad; Streifen Stanniol verbrennen am glühenden Himmel! Was das Volk ist, japsen in den städtischen Straßenbahnen, Feueröfen und Schwimmbädern nach Lu-huft, auf allen Vieren, jammern über Kreislauf, Sonnen- und Mückenstiche, die Preise und kriechen gen Abend mit einer Sammlung verschiedenartiger kleiner Zettel mit Nummern drauf, abgefahrene Fahrscheine, die Reinigung, deine wertlose Identität, benutzte Eintrittskarten und erledigte Kassenbons, wieder die Hälfte vergessen, reiche Beute, kriechen durch die gleichen ausgestorbenen Steinschluchten, in denen stumm die Schatten wachsen, kriechen mit letzter Kraft wieder ihrer heimatlichen Höhle zu, wie erschlagen. Noch ein Tag, gute Nacht. Was sollen wir uns denn träumen lassen? Der Frühling ist nur eine ferne Erinnerung, wie hinter Glas. Wieviele stille drükkende Sommerabende verträgt, wenn es schon einen Sprung hat, ein einziges menschliches Herz?) jedenfalls alsbaldmöglichst in einem amtlichen Schwarz-, Weiß- oder Graubuch ausgeschlachtet, aller Öffentlichkeit zugänglich oder zuständigen Organen vorgelegt, im Bundestag debattiert oder mit direkter Mehrheit niedergehustet, gekauft, geheim, vertuscht, verschoben, mit allem Nachdruck dementiert und zurückgewiesen werden muß! Wann sind denn die nächsten Wahlen? Alle staatsfeindlichen Verleumdungen werden im Interesse des sagenhaften Allgemeinwohls und zum Nutzen der Demokratie und Meinungsfreiheit mit aller Härte der entsprechenden Paragraphen des eigens erweiterten StGB (hier geht es korrekt zu) unnachsichtig, im Zweifelsfall präventiv-prophylaktisch strafrechtlich verfolgt. Nicht unter drei Jahren. Wir leben in einem freien Land gottseidank und so soll das auch bleiben. Mit allen Mitteln. Kinder haften für ihre Eltern. *Wölfe* sind in der Stadt!

Merderein, schon seit Wochen verschollen (falls er noch lebt), hat sich selbst, hat Verstand, Weg, Gedächtnis, seine amtliche Existenzberechtigung längst für immer verloren. Sie ist abgelaufen und er versäumte den vorgeschriebenen fristgerechten Antrag auf befristete Verlängerung. Pflichten und Rechte und Pflichten, ein allgegenwärtiges Bündel, das du immerfort mit dir zu führen hast: auf Verlangen vorzeigen! Es war da, aber jetzt hab ichs verloren. Euer

Gnaden, wo suchen? Kein Ausweg und der schäbige Rest seines Lebens Heimsuchung, Verhängnis, sehr persönliche Hölle (jeder schleppt seine eigene mit). Stellvertretend für die übrige Menschheit, die noch nicht fertig ist mit ihren kleinlichen Rechenaufgaben, eine rückwirkende Ewigkeit beständiger unerträglicher Qual – da hast du dein Bündel! Alle Namen sind falsche Namen. Der Zug ist längst abgefahren. Verzweiflung, Gift, Erdbeben, Eisenbahnkatastrophen oder (gottlob keine Frauen und Kinder) gekonnter Selbstmord in aller Stille. Hat sich das selbst zuzuschreiben.

Winter, eine starre, eisige Nacht. Züge fahren nicht mehr. Alle Weichen gesperrt. Alle Straßen führen jetzt steil ins Nirwana. Die Erde hat ihre Bahn verlassen, die Zeit blieb zurück, ein paar Lichter werden noch ausgehn: das ist die Ewigkeit, hat schon begonnen. Sterben, das rostige Messer. Täglich versucht er sich umzubringen, doch kann nicht. Ist ein Tier geworden, selbst ein Wolf auf der Flucht. Und bringt seinen überfälligen Selbstmord nicht zustande, kommt nicht zurande damit. Sind das Schiffe die rufen? Sein täglicher Selbstmord, versuchte es hundertmal, fluchend, weinend, betend – will kein Tier sein. Ich kann nicht mehr! Ich wünschte, ich wäre tot. Das sage ich Euch, ich beweine mich nicht. Er geht sich beweinen. Grausam und kalt ist die Welt. Dann wieder Silberglöckchen, weit weg und ganz deutlich, hörst du sie nicht? Er macht die Augen zu und es ist, wie wenn er mit einem Pferdeschlitten gelassen durch die Jahrhunderte fährt. Endlich tief und frei atmen! Ein Weltall, das *hier* beginnt.

„Schneit es noch, Mr. Conroy?" Die Erde, die ihre Bahn verlassen hat und sich seither immer weiter von der Sonne entfernt, gute Nacht.

II

Neujahrsnacht; eine dünne Eisschicht bedeckt den Main. Mitternacht schon vorbei, das Neue Jahr (jeder schrieb seine Postkarten) hat vor ca. anderthalb Stunden pünktlich begonnen. Mondlicht, eine klare kalte Nacht, Alles Gute! Wir wollen uns Zeit lassen. Ein paar Leute auf der Brücke waren es, die ihn zuerst sahen. Kamen wohl von einem Fest, von einer privaten Sylvesterfeier, Männer und Frauen, alle in offenen Mänteln. Lachend, redend, rauchend wandern sie jetzt, wandern zwischen ihren Jahren und Betrachtungen wie zwischen zwei Zügen, vorläufig angekommen, ohne Eile dahin. Nachher, danach: keiner konnte sich erinnern, wer ihn zuerst – jeder, alle zugleich, nein du! Der Fluß gefroren. Er war schon ein ganzes Stück vom Ufer entfernt, als sie ihn entdeckten: kleine dunkle Gestalt die sehr allein unter hohem nachtblauem Himmel lautlos über die leere schimmernde Eisfläche lief, der Mitte, dem fernen jenseitigen Ufer zu – doch das Eis wird nicht halten!

Frankfurt am Main: rechtzeitig vor dem Fest landesübliches Sauwetter, dann fing es feierlich wieder zu schneien an (da war Weihnachten aber schon rum) und erst vorletzte Nacht erstmalig wieder Frost. Plötzlich waren alle sehr aufgeregt, hellwach, völlig nüchtern; wußten gleich, das geht schief. Standen auf der Brücke und riefen aufgeregt geläufige Warnungen zu ihm hinunter und hinterher – hört er uns überhaupt? Nachher lag das ganze nutzlose Geschrei zerbrochen in der Gegend herum. Inzwischen sind auch schon die ersten Spaziergänger am Ufer aufmerksam geworden, auf der Promenade, auf der Seite von der er kam. Unter den Bäumen, sind stehengeblieben, sahen ihm nach übers Eis und wußten nicht was tun, wußten nicht einmal, was sie denken sollten. Geht uns das was an? Zuständig sind wir nicht. Und schließlich: hätten höchstens gutwillig hilflos hinter ihm her rennen können, in Lebensgefahr, in weitem Abstand, ohne zu wissen was läuft: ein verlorenes Rennen. Vielleicht Filmaufnahmen! Jeder für sich, man macht sich bloß lächerlich. Schätz mal die Rufweite! Vom niedrigen Ufer aus – so breit ist der Fluß nie gewesen – schien die Entfernung eher noch größer.

Ein einzelnes letztes Taxi sauste über die Brücke, vom Wind begleitet. Nacht; Straßenbahn fuhr nicht mehr. Er hatte noch lang nicht die Mitte erreicht und lief, lief ohne sich umzusehn – vom anderen Ufer aus: Botschaften oder was bringt er da? Eine kleine dunkle Gestalt die, panisch winkend mit allen Vieren, über die weite leere Eisfläche kommt, auf dich zu, durch die Stille. Oder von einem der zahlreichen Fenster in den oberen Stockwerken der Häuser beidseits des Flusses? Der Nachthimmel, die vielen Türme der ehemaligen Stadt, die Brücken und zahlreiche Lichter markieren den Strom. Das war 1960; nachträglich will dir scheinen, daß dem Bild die Hochhäuser fehlen und wie sie, wie die leibhaftigen Landesväter, drohend immer höher emporwachsen, böse Riesen die sich zusammenrotten. Und jedesmal wenn du dich umdrehst, jeden Moment, alle paar Jahre, sooft du aufblickst, sind sie – noch bebt die Erde – wieder ein paar Schritte vorgerückt, immer mehr, immer näher (so hätte es Beckmann noch malen können, wenigstens wiedererkannt, vom Fenster aus: nach Mitternacht, ist das die Zeit die uns bleibt?). In regloser Ferne knallten, fehl am Platz, sehr fern, vereinzelt ein paar verspätete Feuerwerkskörper, wie bestellt. Eine rote Rakete stieg auf, eine grüne überholte sie, beide platzten – in der gleichen zeitlosen Ewigkeit, da alles erstarrt scheint – und lautlos ein farbiger Lichtregen fiel-sprühte-schwebte down: da hatte er immer noch nicht die Mitte des Flußes erreicht; hier stehen wir. Und lief und lief durch die gleißende Stille. Und es schien eine Ewigkeit und es war jetzt ganz still, bis auf ein paar lautlose Lichtexplosionen und den Nachklang der Stimmen in deinem Gedächtnis, im Hintergrund. Was denn hätten sie tun sollen? Zwei ohnmächtige Zufallsgruppen mitten auf leerer Brücke, man kennt sich kaum, und vereinzelt späte Spaziergänger die keinerlei Schuld oder Vorwurf trifft, unter den Uferbäumen. Hier stehen wir: waren eben noch gemächlich auf unserem späten nächtlichen Heimweg ohne Komplikationen, oder dachten das jedenfalls. Alle starrten gebannt auf die kleine dunkle Gestalt, die stumm (fern) übers Eis lief, da unten, das schimmert so *silberhell.*

Was tun? Es war die Neujahrsnacht, spät; wie ausgestorben die Stadt. Nur vereinzelt Passanten noch und Gruppen von Passanten, alle sind auf dem Heimweg. Jedes Fest war ein gelungenes Fest. Straßenbahn fuhr nicht mehr, auch kaum Autos; fast nur Taxis noch sausten hin und her, sehr vereinzelt, durch die leere gutbeleuchtete Nachtstadt. Was wissen wir denn? Vielleicht wollte er wirklich den Fluß überqueren. Alle hatten getrunken in dieser Nacht und (wir sind stocknüchtern) jeder dachte natürlich, er hätte getrunken. Sylvester, Neujahrsnacht, Sinnestäuschung, vielleicht eine Wette, Sport, Filmaufnahmen, aber wo seine Partner? Einer der seinen erstbesten Neujahrsvorsatz unverzüglich ausführt. So mußt dus machen, mach das mal nach. Übern Fluß, sogar Witze fielen ihnen ein, so spät in der Nacht, manche gar nicht so schlecht. Und es hätte ja auch gut ausgehn können, dann wollen wir einen drauf trinken. Doch unsere Gruppe auf der Brücke: jeder wußte gleich, das Eis wird nicht halten, Fachleute. Und deuten, reden, rufen aufgeregt durcheinander und zeigten einander, wie er – da unten, dort! Alle sahen ihn, wie auf einer Bühne. Die Nacht; es war, als hätte sich die Nacht um sie her sacht und nachdrücklich in Bewegung gesetzt.

Sie hielten sich am Geländer fest (das war nicht zu leugnen, Sandstein und Eisen), hielten Ausschau und fuhren feierlich langsam durch Raum und Zeit. Wie die geglückte Kameraführung in einem alten Film. Immer in solchen Momenten die eine Katastrophe ankündigen, scheint es einen letzten Augenblick möglicher Umkehr und vorher noch oder unmittelbar danach eine Art Stillstand zu geben, wie eine angenehme Betäubung, Schwerelosigkeit, Leere, zeitweilige Linderung, eine Sinnestäuschung vielleicht (Vergleiche mit Luftblasen, Monsunen und Opium; die Brücke hat sich gedreht). Und indessen läuft er da unten mit seinen soundsoviel Kilo Lebendgewicht leichtfüßig übers Eis das nicht halten wird, rannte und schlitterte mit dem täuschenden Anschein stummer Behendigkeit (obwohl sie ihn riefen, das hört er doch gar nicht; vielleicht hört er sich keuchen, hinter sich hört er die Wölfe), rannte panisch der leeren gleißenden Mitte zu, in seiner eigenen neuen Stille. Verlängerungen, eine weitere kleine Ewigkeit, vollautomatisch; kleine dunkle Gestalt, aufrecht, sehr behend auf der Flucht. Übern Fluß, übern Jordan. Ob er noch weiß, wovor er flieht? Dieser Moment war es: da schien sank senkte neigt sich die schimmernde Eisfläche blindgleißend der Mitte zu, eine schiefe Ebene. Und das jähe Loch – wie er einstürzt, einbricht ins Eis! Eine schiefe Ebene hinab zielsicher schlitternd und torkelnd (die Brücke hat sich gedreht) und das Eis brach; eiskalte Nachtfluten. Himmel wie auf Neujahrspostkarten; sehr spärlich einzelne Sterne, sehr fern. Und auf der Brücke die schwankte ein SCHREI! Als hätten alle sich an den Händen gefaßt – da der Abgrund! Dieser Moment war es: hatten es alle im voraus gewußt. Wie er da eben draufzu und deutlich sichtbar hineinstürzte-schwankte-taumelte, eine trunkene Billardkugel. Warf er nicht ganz zuletzt jäh noch wie Flügel die Arme hoch, beide? Wir sind da: die Stimmen kehren zurück. Eiskalte Nachtfluten. Zeugenaussagen. Er ging schnell unter. Träumst du? Sie haben alle noch die Fortsetzung ihres jahrelangen Heimwegs vor sich.

Augenzeugenberichte. Ein Ertrinkender, heißt es, sieht in der allerletzten Sekunde blitzschnell noch einmal sein ganzes Leben, wie in einem Film. Hier ergibt sich zwangsläufig die dumme Frage, wie weit das auch für abgestempelte Schizophrene mit teilweiser oder totaler Amnesie gilt bzw. zutrifft und erkennt er es wieder? Oder ob sein Selbstmord zum Jahresanfang, falls selbiger überhaupt als solcher gedacht und geplant war und insofern als Selbstmord betrachtet und gewertet werden kann, darf, muß, ja und nein? In einem wachen Moment oder im Suff, Vor- und Nachsuff; die Wölfe sind hinter ihm her. Unter freiem Himmel, vorsätzlich oder nicht, eine Eingebung. Wollte vielleicht wirklich den Wölfen ein Schnippchen schlagen, bloß schnell mit falschen Papieren den Fluß überqueren, wer weiß. Die Neujahrsnacht. Ist dir kalt? Die feierliche Stille der Neujahrsnacht. Augenzeugenberichte: hatten es jeder für sich und alle zusammen nicht ahnen können, na klar. Und natürlich im voraus gewußt, jedenfalls nachträglich. Wenden sich zueinander, wenden sich wieder ihren eigenen Angelegenheiten zu, Zeit, Nacht, Gegenwart. Alle wie durch ein Wunder gerettet worden. Die Fortsetzung unseres Heimwegs. Einer der sich auskennt, ein junger Unternehmer der in Kassel oder Offenbach eine Kugellager- oder Margarinefabrik hat über die er herrscht, die wie von selbst funktioniert, schon in der vierten Generation, wie geölt. Nichtmal um Aufträge muß er sich kümmern. Er heißt Dipl. Ing. Ölmüller, Christ *und* Demokrat, selbstredend alles mit Maß und Ziel, seufzt und sagt (seine Stimme, ausnahmsweise, klang ganz verloren; seine Frau wird ihn nächstens verlassen): Wenn wir doch einen anderen Weg oder hätten uns lieber Taxis nehmen sollen. Sowieso schon sehr spät. Ein einzelnes Taxi mit blanken Lichtern sauste soeben über die leere gewölbte Brücke, wie eine pünktliche Halluzination. Er sah sich um, hatte so spät in der Nacht allseitige Zustimmung erwartet. Warum denn sagt keiner was? Weshalb seid ihr alle so stumm? (Seine Frau wird ihn nächstens verlassen. Er weiß es noch nicht und kapieren wird er es nie. Mit einem Anwalt. Sonst ist er immer im Recht!) Und biß sich gleich darauf fest auf die Lippen, das bin doch ich. Jetzt wieder deutlich bilden sich Gruppen. Jeder setzt seine beste Maske auf. Irgendeiner unter ihnen, mit dem erstbesten Vorwand als Anlaß, sieht zum erstenmal, was aus seinem, das da, mein Leben, wie lang soll ich mich noch damit aufhalten?, was daraus geworden ist, erkannte sich selbst kaum wieder. Mich friert, mir ist kalt! Die Brücke, mitten in der Nacht, dehnt sich endlos in die Ferne. Der Fluß ist gefroren, ein Loch in der Mitte. (Dein ganzes Leben lang bist du dir selbst im Weg gestanden!)

Die Aussagen werden eingesammelt. Sie hörn dann von uns, ein salutierender Marsmensch. Ganz kurz noch: die zugehörige Leiche wurde die Woche drauf von Amts wegen mühsam rausgefischt, zwei Brücken weiter, wurde nie identifiziert. Liegt längst beerdigt auf dem Städtischen oder Waldfriedhof in Frankfurt am Main. Eine leere gutbeleuchtete Neujahrsnacht. Beisetzung fand selbstredend in aller Stille statt. Unbekannte männliche Leiche vom letzten Jahr und die entsprechende Fünfzeilen-Zeitungsmeldung in der FAZ vom 07.01. zu der du dir, wie die Zeit vergeht, zwei geeignete Druckfehler ausdenken darfst, bis morgen. (Zum Friedhof kann man als Lebender mit der Straßenbahn hinfahren, eins a Grabdenkmäler; mehrere große gepflegte Friedhöfe, tadellos. Getrost in der Frühe schon mach dich auf den Weg und komm nie an!)

Oder: TRAGISCHER UNGLÜCKSFALL IN DER VEITHSTRASSE! Abbruchreifes Mietshaus, irgend-elende Abendruine am Rand der Dämmerung, von großer Stille umgeben; alle Fenster und Türen vernagelt – „HIER entsteht im sagenhaften nächsten Frühling ein hochmodernes aufblasbares Parkhaus für vierzig oder achthundert Kraftfahrzeuge. Damit Sie und Ihre liebe Familie in Zukunft in aller Ruhe den ganzen Tag preiswert einkaufen können!" Die letzten Bäume sind schon im Herbst gefällt worden. Mit Bulldozern und Motorsägen, alte Kastanien und Linden, alle an einem Tag. Mittags kam wie zum letztenmal, wie eine wehmütige Erinnerung so blaß nochmal die Sonne durch für eine Viertelstunde. Hatten grad Mittagspause. Dein Alter auch? Meiner hat auch gut vierzich Jahre lang so ein Gärtchen gehabt, mit Kohl, Tomaten und Bohnen. Erdbeeren auch, als Heiligtum hinterm Haus. Seine letzten paar Jahrzehnte hat er kaum noch ein Wort geredet, mit keinem. Wurststullen und Flaschenbier. Saßen auf einem Mäuerchen; gleich ist die Pause rum. (Hinterher ist dir, du müßtest ihn doch *gesehen* haben!) Abbruch, bereits genehmigt und angeordnet, bis zum Ende der Eiszeit aufgeschoben. Grundstück wie vorgeschrieben abgesichert: Bauzaun, Lebensgefahr, Betreten verboten! Hier scheint er außer Atem, hilflos und verstört auf der Flucht vor sich selbst und seinen gesammelten Wahnvorstellungen seine letzten Tage, Ewigkeiten, letzte Zuflucht, Erdloch, Grab, eine Falle – auf der Suche nach Schlafstelle Ausweg Zwischenstation Asyl Nahrungsmitteln, ein Feuer im Ofen, Mitleid, Überleben oder Sterbebett, Kellerloch, Sarg, ganz egal: hoffte auf heimlichen letzten Rest verbliebener Wohnlichkeit, Wärme oder sonstige noch verwertbare Bestände. Auf gut Glück, Wertgegenstände, ein Boiler, ein Kupferrohr zum Verscheuern oder was sich sonst bietet, mal sehn, so ein Penner. Gedachte hier zu pennen oder Plünderungen oder hat vielleicht selbst mal in diesem ehemaligen Haus gewohnt, in einem früheren Leben. Was weiß ich, was er suchte. Er hat sich das selbst zuzuschreiben. Und wenn er wirklich verzweifelt war, kann ja vorkommen (jeder sei seines Schicksals Klempner), hätte er sich eben auf dem Amtsweg an die zuständigen Behörden wenden müssen. Wohlfahrt, Krankenkasse oder was weiß ich, bin nicht zuständig. Spare in der Zeit. Aber es gibt für alles einen Amts-, einen Ausweg. (Die Welt schläft.)

Sein Selbstmord in aller Stille oder zusammen mit einer Katze die keiner hat haben wollen. Schon jahrelang Winter. Beim Einsturz des Hauses, die mutmaßliche Ursache ein fremdländisches Erdbeben, die Tagesschau wie gehabt oder plötzlicher Schreck seinerseits, Erschütterungen, ein anonymer Lastwagen donnert in aller Frühe vorbei: vier Stockwerke Trümmer. Die Katze und er verschüttet (ging blitzschnell). Nach unmeßbaren Tagen und Ewigkeiten unterirdischer Agonie erliegen sie, jeder für sich, lebendig begraben ihren schweren Verletzungen Wundbrand Blutvergiftung Ersticken Erfrieren Verhungern Verdursten, ein qualvoller Tod nach dem andern. Oder ganz einfach (außer mir ist niemand da) dem anhaltenden Mangel an Luft, Hoffnung, Aufmerksamkeit, Teilnahme, Bewegungsfreiheit. Seine sogenannten sterblichen Reste, was für ein frommer unappetitlicher Ausdruck, wurden erst im nächsten, im kommenden Vorfrühling von einem fleißigen Ruinenräumkommando (Spitzenlohn, lauter eingeschmuggelte Ausländer die um ihr Leben schuften und schwitzen, ohne Papiere) widerwillig aufgefunden und von Amts wegen als unbekannte männliche Leiche identifiziert und vergeblich herumgeboten. Will keiner ihn kennen? Und in aller Eile in aller Stille zum Selbstkostenpreis verscharrt. Wie die Zeit vergeht. Von der toten Katze führt ein hauchdünner Faden direkt bis zu Gottes Hand, ohne dessen Willen keine Fliege zur Erde fällt oder wie die betreffende Bibelstelle lautet (Zitate). Kann auch sein, die Ruine steht immer noch, verschroben und abendlich, ganz hinten in deinem Gedächtnis. Einsturzgefahr, alle Fenster und Türen vernagelt. Unbekannter Penner und alleinstehende Katze erlagen undichter Gasleitung, über Nacht. Unbemerkt, unbeabsichtigt oder gemeinsamer Dilettantenselbstmord in aller Stille, in langer Winternacht, nach vielen stümperhaften Versuchen Hoffnung, endlosen Expeditionen und längerem unbefugtem Aufenthalt im alten Haus des Lebens das lang schon leer steht, ein verlassenes Haus: erst unter Denkmalschutz und dann abgerissen. Daß sie *fehlen*, hat noch keiner gemerkt.

Augenzeugenberichte: Tod durch Ertrinken beim Versuch, in leerer gutbeleuchteter Neujahrsnacht mit sterbender Katze im Arm den unzureichend gefrorenen Fluß zu überqueren, im Suff. Zahlreiche unbeteiligte Unbeteiligte hatten ihn von Brücke und Ufer aus in Nacht und Stille lautlos übers schimmernde Eis rennen sehn. Wie über einen leeren Bildschirm, ganz deutlich. Und sahen, Verfolger sind keine hinter ihm her, sahen mit eigenen Augen, wie er (angehaltenen Atems) einbrach, ertrank. Worauf sie pflichtbewußt Meldung erstatteten; sorgfältige amtliche Untersuchungen. Das ging also alles mit rechten Dingen zu, was denn sonst. Seine Leiche wurde zwei Tage später zwei Brücken weiter, Wiederbelebungsversuche zwecklos, und von zahlreichen glaubhaften Augenzeugen (keiner kennt ihn) eindeutig identifiziert. Jedoch wieso wies dieselbe unbekannte männliche Leiche gleichen Alters eine glatt durchschnittene Kehle auf (gründlich, von Ohr zu Ohr), was eindeutig auf fremde Gewalt und der Obduktionsbericht besagt, daß er schon tot war, oder sterbend, tödlich verletzt, bevor er von fremder Hand ins Wasser gelangte; eisige Nachtfluten.

Jedoch zahlreiche zuverlässige Zeugenaussagen die darin übereinstimmen. Vorher hatte er noch eine mindestens sechsköpfige Gruppe unbescholtener Spaziergänger am Flußufer (...) sehr verstört angesprochen und gestikulierend um Uhrzeit Richtung um Himmelswillen eine Zigarette in Gottes Namen Verständnis befragt. Daß die Nacht bald ein Ende! Wer bin ich denn, helft mir doch! Sie sahen ihn ganz aus der Nähe und sprachen mit ihm von Angesicht zu Angesicht, vier Minuten lang. Einer, ein absolut glaubhafter Rechtsanwalt und Notar oder hiesiger Senffabrikant, es heißt, daß die Seelen wandern, hat zufällig auf die nächtliche Uhr geblickt, Leuchtziffern, vier Minuten nach zwölf oder zwölf nach vier; eine Platinuhr aus der Schweiz. Er sei augenscheinlich sehr verstört gewesen, womöglich unzurechnungsfähig (das zumindest) und schien zu frieren, bevor er unvermittelt aufs Eis rannte, wie ein großer fremder Vogel in die leere gleißende Stille hinaus, und vor ihren Augen ertrank.

Der Sachverhalt liegt übereinstimmend vor und ist eindeutig und nicht zu leugnen. Übern Jordan. Loch im Eis. Seine Seele längst auf und davon. Kein Sprichwort das dazu paßt. Die Leiche wurde nie identifiziert. Ertrunkene Zwillingsleiche als einzig mögliche logische Erklärung konnte bislang nicht beigebracht noch beschafft werden. Beerdigung in aller Stille; die meiste Zeit wird es gar nicht mehr richtig hell.

Selbstmorde. Weshalb seid ihr alle so stumm? „Nicht hier bei uns! Besser Sie gehen dort drüben ins Wasser!" (Auch viel bequemer usw.) Nachher der Rettungswagen unten am Ufer, unter Bäumen, von gewissenhaften Anwohnern unverzüglich herbeitelefoniert: nix mehr zu machen. Sirene bereits verstummt; eine große Stille jetzt (die hinter der Sirene daherkam) und das vergessene Blaulicht auf seinem Dach zuckte beständig gespenstisch blau-blau.

Das Loch – ein großer schwarzer Stern der aufbrach in silbriger Ferne – wie ein toter Punkt ausgespart in deinem, in jedermanns Blickfeld und Gedächtnis. Alles an seinem Platz, doch die Zeiger der Nacht ein Stück weit weitergerückt. In allen Häusern ringsum sind Fenster geöffnet worden. Ist dir kalt? Es gab gar nichts zu tun im Moment. Der Rettungswagen mit offenen Türen und eingeschalteten Lichtern; Nacht und Schnee. Der Fahrer sitzt da und raucht (die kühle Nachtluft; er hat schon vor zwei und vor sieben Jahren aufhören wollen zu rauchen). Sein Kollege stellt inzwischen gewerbsmäßig die Namen und Anschriften der Spaziergänger fest, unten am Ufer. Schrieb sie sich auf, wiederholte wörtlich jedes Wort, als traue er seinen Ohren nicht, hier in der Nacht, die ist blau. Ließ sich sogar, obwohl gleichfalls getauft, mißtrauisch sämtliche christlichen Vornamen buchstabieren. Und schrieb lauter Blockbuchstaben sorgfältig jeden einzeln in sein neues dienstliches Notizbuch (Hans mit H?). Für den Fall, daß Sie oder einer von Ihnen in den nächsten Tagen als Zeugen. Bloß Formsache, Vorschrift, der Fall sowieso klar! sagt er und nickt in der Kälte zum Fluß hin. Immer der gleiche schmierige Main. Und klappt sein Notizbuch, kalt ist es auch, endgültig zu. Jetzt sind es schon fast zwei Stunden. Hier stehen wir: in Einsamkeit schreitet die Nacht vor. Also dann, sagt er hilflos (und vermeidet abschließend letzten Blick in die Runde) und nickt betreten. Sagte zum Schluß sowieso alles doppelt, bevor er sein neues Notizbuch (Weihnachtsgeschenk) bedeutsam zuklappte und einsteckte und zum wartenden Rettungswagen (wo der Fahrer was sein Kolleg is: sitzt drin, Tür offen, wartet, raucht wie ein Schlot) zurückging mit Riesenschritten. Die Nacht hält den Atem an und da erst fiel ihnen auf: Schalt mal den Strahler aus! sagt er. Und der Fahrer, der Heinrich (herrje) schaltet endlich das Blaulicht aus, beinah wortlos. Vorher hats keiner gemerkt. Fanden das stetige blaue lautlose Zucken wie eine vergessene kleine Gedankenfluchtpanik erst jetzt in ihrem verstörten Gedächtnis wieder. Nasse Füße; Nacht und Schnee überall, ich bin müd. Wie spät kanns denn sein? Wir sind keine Unmenschen. Jeder hat eiskalte Füße, Hunger auch. Der Rettungswagen, Türen zu, fuhr an, wendet, kreiste brummend im Vorhof der Nacht, nahm den Sachverhalt mit und fuhr, mit seinen blanken roten Rücklichtern grüßend, die leere Straße entlang davon (nach vorgeschriebener abschließender Funkmeldung an die unfehlbare Zentrale, die wir uns so spät in der Nacht am liebsten als kleinen künstlichen Planeten vorstellen wollen, fern im All, jenseits der Milchstraße ein beharrliches Fünkchen, ganz weit hinten in meinem unendlichen Kleinhirn, eine winzige Raumstation die nicht aufhört zu antworten ...).

Der Rettungswagen; Hannelore heißt dem Beifahrer seine kleine blonde Frau. Er ist Beamter auf Probe, Fahrbereitschaft. Seit letzten Mai vor zwo Jahren sind wir sozesagen ein glückliches Paar; Neubau, anderthalb Zimmer mit Bad und Balkönchen in Kriftel. Nächstens Kind oder Fernseher, den ersten in der Familie. Wohngeld gab es noch keins. Die Ära der Teppichböden ist noch nicht angebrochen. Erst neulich Weihnachten hat sie ihm hier dieses praktische neue Notizbuch geschenkt, mit Seiten drin. Mit Drehbleistift, Kalender und Alphabet. Der Kalender gilt erst ab morgen. Und eine Schleife mit Druckknopf zum Auf- und Zumachen, wirklich sehr praktisch: kann er jedesmal blitzschnell gerührt zu ihr hindenken. Sie ist Stenotypistin in einem Möbelgeschäft, halbtags, in Höchst. Oder ist sie nicht eher doch brünett, aber bei der Hochzeit war sie doch blond? Klar, daß wir uns bis zum Wahnsinn lieben; sie und die kleine Wohnung sind immer tiptop. Immer wenn er Nachtdienst hat, alle drei Wochen eine Woche lang, schläft sie meistens in der Küche auf dem neuen rostbraunen Ecksofa ein, es ist so schmal wie ein Handtuch, und merkts kaum. Wahre Liebe, sie liest immer den Fortsetzungsroman in der Zeitung, immer wenn sie es nicht vergißt. Fängt alle paar Wochen wieder von vorn an, je nachdem, ob der junge Graf nun Rennfahrer, Waisenkind, Frauenarzt oder ein sportlicher junger Atomforscher ist oder wird. Auch das zugehörige Kreuzworträtsel. Meistens noch das übernächtigte kleine Radio an, so menschlich mit seinen aufgeweckten Zeitansagern, warmem Leuchtauge und den übrigen freundlichen Halbgöttern. Und sie hat auf ihn warten wollen und liegt da, mit seinem dicken Pullover als Kissen, und schläft und schläft. Wenn er leise heimkommt, in aller Herrgottsfrüh abgeschlafft heimkommt: die leere Thermosflasche unterm Arm wie ein totes Kind. Er kennt sie ja nun, aber für seine zwei alten Elterchen ist sie mit ihrer angelernten Büroarbeit beinah was Besseres. Bloß daß bei ihr von Haus aus nix da ist, heimatvertrieben, da sind wir modern eingestellt. Er hat Übergewicht, er ist aus dem Odenwald. Wenn er Nachtschicht hat, immer abwechselnd Durchfall und Verstopfung, ist die Woche immer gleich dreimal so lang. Am Sonntag, wenn er fertig ist mit Nägelschneiden, kurz vorm Mittagessen, schneidet als Familienvater immer fürsorglich das Rundfunkprogramm für die ganze nächste Woche aus der Zeitungsbeilage aus. Die Zukunft demnächst! Der Rettungswagen, nachdem er gewissenhaft und erleichtert festgestellt hat, daß es nichts mehr zu tun gab, das fängt ja gut an (sonst um die Zeit immer ein inoffizieller Imbiß in der gutgeheizten Zentrale, danach hat die Nacht einen Ausgang, Land in Sicht), ist wieder weggefahren.

Die Zeit, die uns bleibt. Der Andere, Grigorij Alexandrowitsch, jaja Wanderer sind wir zeitlebens und Fremdlinge überall, steht hoch oben in seiner winkligen alten Dachwohnung am offenen Fenster (wie in einer Kajüte, späte Nacht, nur eine einzige Lampe brennt:

mein Schiff, eingeschlossen im ewigen Eis). Zuviel Zigaretten, Herzschmerzen wie alle Emigranten; schon jahrelang vielzumüde, um noch an Schlaf glauben zu können. Wasser trinken, hier kennt mich keiner! Wieso hast du Angst zu schlafen? Hinter ihm geht sie hin und her, Anna. Achtzehn Jahre seit dem letzten großen Krieg. In Tallinn, in Reval auf dem Bahnhof, die lange Nacht: wie wir hinausgegangen sind, bevor es hell wurde. Züge fuhren nicht mehr. Niemand schlief. Scharen von Verlierern überall, Flüchtlinge, Heimkehrer, Obdachlose, findet keiner den Weg. Verirrte Trompetensignale, während es mehrfach vergeblich zu tagen begann und sie drängten sich stumm zusammen: jetzt sind wir alle Bettler und Vagabunden. Eine lange Menschenschlange hat sich schwerfällig in Bewegung gesetzt, kriecht in der Morgenfrühe zum Hafen hinunter, ans Wasser. Da war ich so alt wie sie jetzt ist. So viele Länder und Stimmen und jetzt diese Stille. Und richtet sich ein für die Nacht. Angst nicht! Todmüde-hellwach zugleich, ohne sich umzudrehn spürt er jede Bewegung von ihr in sich drin, tief im Bauch. Wie wir uns getroffen haben, von damals ein Kind wäre jetzt so alt wie sie bei unserer ersten Begegnung, oder welche Rechenaufgabe du dir jetzt noch aus deinem Leben zurechtbasteln magst, ein Extrakt. Und doch die gleiche Welt oder nicht? Eine nächtliche Allee die sich jäh vor dir weitet und leer in die Ferne dehnt und du bist so müde. Und später wird das unser Leben gewesen sein, unsere Zeit. Nach wem hältst du Ausschau hier am offenen Fenster, was horchst du in dich hinein immerfort? So klar und kalt jetzt die Luft; fing es da nicht schon an, nahezu unmerklich vorerst, wieder hellzuwerden? Die Nacht *atmet*, am Ufer die Bäume standen ganz starr. Fängt es jetzt nicht schon an, sich zu beeilen, das alte Jahrhundert, auf dem letzten Stück Weg?

Heimwege. Wie wir, erinnerst du dich, einst am Ende der Nacht, von großer Stille umgeben, über eine lange Brücke die schwankte, wie arglos sind wir gewesen (über der Brücke: Vögel aus Papier), wie wir eine Ewigkeit lang todmüde dem kommenden Tag entgegenwanderten-wankten; Ort und Zeit, Namen, ein bleierner Wachtraum der kein Ende nimmt in deinem Gedächtnis, eine lange Reise. Das Sterben der Bäume im Frühlicht. Siehe, dies ist die Stadt. Morgenwind windet Kränze bitteren Reliefs. Dann im Februar Hochwasser auf dem Main; wird mit undeutlichen Zeitungsfotos belegt. Jedes Jahr wieder.

III

Sind das Schiffe die rufen? Merderein der verschollen ist, sein Gedächtnis verlor, einen Notausgang sucht, nicht den Weg findet, ein Geisteskranker auf der Flucht, falls er nicht ohnehin – pünktlich zum Jahreswechsel – unwiderruflich ertrank; keine Augenzeugen. Souveräner Selbstmord in aller Stille & Pietät und selbstredend erst, nachdem er seine sämtlichen irdischen Angelegenheiten geregelt: keine Schulden, Mietvertrag abgelaufen, Kraftfahrzeug stillgelegt, zwischenmenschliche Beziehungen fristgerecht gekündigt, Intimsphäre geräumt, Quartalsende, alle Fragen beantwortet, keine Antwort (hörst du die Stille?) und keinerlei fassungslose Angehörige, Gläubiger oder anderweitig Nahestehende in tiefer Trauer als zukünftige Hinterbliebene. (Immer kennt man sich zu wenig mit Giften aus! Fenster könnten auch mal wieder geputzt werden; Himmel bedeckt!)

Den unzerbrechlichen Main – es ist nie der gleiche Fluß – auf spätem nächtlichem Heimweg trockenen Fußes überquert, gelungene private Sylvesterfeier in kleinstem Kreis, Westend, lauter alte Freunde (wir kennen uns kaum, aber schon seit Jahren). Oder eine mehrtägige fröhlich-riskante Sauftour nach Hamburg, Brüssel, Paris: die finsterste Zeit des Jahres. Sie sind mitten in der Nacht aufgebrochen, Wind in den Bäumen, mitten in einer großen Spesensauferei, drei Tage vor Sylvester, er und seines Kummers ahnungslose Kumpane. Der Fluß der hier langsam fließt. Kaum Schlaf die ganze Zeit, Irrfahrten. Shell-Atlas, Schnaps und Weiber hatten sie mit. Alle paar Jahre aufn Kopp haun was übrigblieb, keine Mühe scheun und sehn was danach wird, ihr fester Vorsatz, mal sehn. Und Trauer und Heiterkeit füllen überschwappend das Loch im Bauch. Wurden trotz Glatteis, Nacht, Kälte und der Schnee fängt zu treiben an, überall Abgründe, Fallen, wurden tagelang gar nicht nüchtern – wer sieht mir denn zu? Noch ein Schluck aus der Flasche. Fahr weiter, ankommen wirst du nie!

Beachten Sie auch unsere preiswerten Wochenend- und Feiertagsflüge nach Berlin bleibt Berlin, halbe Weltstadt zum Minipreis, mit Steuergroschen subventioniert – warum nicht davon profitieren? Kudamm, Gedächtniskirche, ein perfektes Reisebüroplakat in der Kaiserstraße, einen Nachmittag, als er mitten im Vorweihnachtstrubel – wochenlang kaum zur Besinnung gekommen und morgen gehts weiter, Hochkonjunktur – mal unverhofft früher Schluß machen mußte (Auto in der Werkstatt, beim Zahnarzt, ein Abschied, ich bin bloß Zeuge, warum will kein Schnee fallen? Nein, ein unbeteiligter Dritter, der sogenannten Staffage zugehörig, wir proben hier bloß, Verluste – Zahnarzt untröstlich, jahrelanges Loch im Zahn im entscheidenden Augenblick spurlos unauffindbar! Kein Schnee, kein Land in Sicht, kein Schnee fiel in dieser Stille, ganz plötzlich und unerwartet, der Zug ist abgefahren, oder daß die Zeit sonstwie ins Stocken kam, fast in Stücke fiel) und nicht wußte, wozu jetzt nach Hause oder was sonst so plötzlich, wohin? Es war zehn nach zwei. Flugzeugmodelle im Schaufenster, Luft wie in der U-Bahn, wie Watte die Luft, wie in einem Schacht (ich ersticke!) und genausogut hätte sein Leben zuende sein können für immer: In mir ist es totenstill! Auf dem Plakat der ungeheure *gottverlassene* Winternachthimmel wie aus kostbarem blauschwarzem Samt, Nirwana, und darin eine Falte finden, mit oder ohne Austrittskarte (kauend: die hab ich aufgefressen!), ein Loch im Vorhang. Sich davonstehlen aus der Welt und dann *fehlst* du! Schon wieder der zehnte Dezember, ich habs satt, es war zehn nach zwei.

Nachts im Halbschlaf kaum zu sich gekommen hat er ein Flugzeug gehört, hoch und fern. Und sich vorgestellt, wie es mit winzigen bunten Lämpchen geschmückt am leeren Nachthimmel ruhig seine eigene einsame Bahn zieht, sich verlierend, ein tröstliches Bild, während er (als ich drei war oder erst letzte Nacht) fast augenblicklich wieder versank, ausgelöscht in Finsternis, Schlaf und Vergessen – das *gibt* es also!

Schneematsch und Dreck, Sylvestersuff pflichtbewußt in den Nachtkneipen des Bahnhofsviertels oder am Allerheiligentor, untröstlich, das ist die Vorhölle. Immer noch ein Glas und nachdem alle Glocken geläutet haben, na endlich, sein diesjähriger Jahresanfang mit einer lieben kleinen Nutte, blond und leidenschaftlich, na klar, und drei Flaschen Henkell trocken, Geschenkpackung, steuerfreies Neujahrspräsent seiner herzlichen Firma. Fanden sich zu unserem kurzfristigen Glück, unsrem jungen, im letzten Moment noch dazu, im Auto, als er es wiederfand: so ein Glück! Gedachte sie eigentlich höflich grinsend an seine vornehme Zimmerwirtin Soundso weiterzureichen (sie spinnt), mit den besten Wünschen. So angenehm blau war ich lang nicht mehr! Fast wie zum erstenmal; fast kam ihm vor, er sei nüchtern, nur *anders* als sonst und ein bißchen verwirrt! So hat er es also in letzter Minute wiedermal doch noch geschafft. Er streift seine Uhr vom Handgelenk, steckt sie ein – laß Gott aus dem Spiel, laß es spät werden! Paarweise in die Einsamkeit, ganz gerührt (er fand sein Auto nicht gleich): nicht daß sie denkt, daß ich denke, sie klaut mir die Uhr! Mein süßes Sylvesterflittchen – ist dir kalt? Wir hatten in der beklemmenden Stille finsterer leerer Seitenstraßen die ich nie zuvor sah, so lang nach dem Auto gesucht, befangen – man traut sich nicht übern Weg –, daß ich schon selbst versucht war zu fürchten, ich hätte gar keins. Dabei denkt er, er kennt sich!

Sie sah wie Brigitte Bardot aus (damals sahen alle besseren blonden Nutten in Ffm. wie BB aus, das ändert sich alle paar Jahre). Später, sooft ich vorbeikam oder bloß in Gedanken, immer an dieser Stelle hier muß ich mich fragen wohin, das ist quälend, wo sie wohl sieben Jahre später und wie dann ihr Leben aussah. Stolper nicht, wo will ich denn eigentlich hin? Er hat eben die lebensgefährliche Battonnstraße überquert – diesmal wars wirklich knapp! Ein ungeheurer Zementlastwagen, haarscharf, er spürt noch den Luftzug! Bild ich mir das denn bloß ein, daß man noch vor ein paar Jahren in der Hanauer Landstraße – wie in einem anderen Zeitalter (damals ging da noch manchmal die Sonne auf) – zwischen Viehweiden und Heuschobern, Baustellen und Autowerkstätten noch Lerchen hat singen gehört? In der Frühe, es roch nach Heu. Nicht weit davon Wisent und Wildpferd, glücklich und jung, gestern noch, in den prähistorischen Flußauen. Gespräche, die nie stattfanden. Die nie stattfanden! Wenn sie doch 1967 nochmal erst achtzehn, wenigstens das. Und ich und sie und wir würden uns diesmal beim Trampen in Orange, wieso Zufall oder nicht, meinetwegen in Montélimar begegnen, wo der Süden anfängt und man hat sich soeben zuvor am Straßenrand eine saftige reife Honigmelone eingehandelt, zu zweit, die erste in diesem Jahr. Oder auf dem Schiff nach Lindos, einen Morgen noch früh, ganz zu Anfang des Sommers; wie aus flüssigem Silber die Straßen, Luft *zittert* vor Hitze. Das Schiff, es ist weiß, unser Schiff hat eben erst abgelegt. Spottbillig die Überfahrt dauert gut zwanzig Stunden. Noch zehn Jahre, noch zehn Jahre und wo bist du jetzt?

Kaum daß er den Weg fand! Ihr grasgrünes oder kirschrotes Röckchen schon damals so knapp, daß wir auch die dunklen Seidenstrümpfe mit Naht erwähnen müssen, mitten im Winter, wie glatt und zart ihre Haut, ihr ernstes Lächeln, weiße Lackstiefel und die Jacke aus lila Leopardenfell. Sie heißt Lianessa oder vielleicht ist das doch bloß ihr Geschäftsname für die besseren Kunden, zieh dich aus! Scheints noch neu im Geschäft: sie spaziert eine ganze Weile lang graziös in Strümpfen und schwarz und himbeerfarben gemustertem Höschen herum, gratis, auf Pfennigabsätzen. Angeblich, um im Zimmer schnell bißchen Ordnung zu schaffen (er ist natürlich wie alle Männer und klatscht ihr gleich einen kräftigen Klaps hintendrauf): Haarbürste, Handtäschchen, Zauberspiegel, sie nimmt jedes Ding, einzigartig wie es ist, einzeln in die Hand, dreht es wie nie gesehn hin und her – aus dem Kaufhof, höchst verwundert (zutiefst), summt drei Töne und legt es woanders hin, ein Trödeltraum spät in der Nacht. Ganze Herden von Schuhen die (in allen Formen und Farben, den ehemaligen Grundstock eines künftigen Vermögens repräsentierend) zutraulich da auf dem blühenden Teppich weiden. Handtaschen hat sie auf den ersten Blick mindestens fünf (sieben). Ein kleines burgunderrotes Notizbuch, geheim, vermutlich aus der zweiten Hälfte des zwanzigsten Jahrhunderts, sie schnuppert daran mit geschlossenen Augen, nickte fast süchtig, als er teilnehmend: riecht es gut? fragte.

Inzwischen macht er kundig schon die zweite Flasche auf (ich bin die meiste Zeit auch bloß Handelsvertreter), froh daß keine Komplikationen – wer säuft denn nicht? Seine Brieftasche ist noch da, es ist warm im Zimmer. Vielleicht (warum nicht?) wird der Winter hier jahrelang dauern; vielleicht kommen wir morgen nicht so früh ausm Haus und der Frühling steht vor der Tür. Eben hat sie ein sanftes kleines Wandlämpchen an- und die Deckenlampe ausgeknipst, da steht das Bett. Nichts steht auf dem Spiel. Warum sollen wir nicht unser Leben lang Sekt saufen, wenigstens in den Pausen? Seufzend, die Zeit dazwischen ist lang genug. Warum sollen wir nicht uralt werden? Sie tun, als ob sie sich schon jahrelang kennen, ganz mühelos, es ergab sich von selbst, ein Spiel. Seit wann wohnst du hier? Seine eigene Wohnung, das gehört nicht hierher (sobald es geht, zieh ich um), kaum zwei Straßen weiter. Daß ich vorhin die Gegend nicht wiedererkannte, nicht gleich, das war bloß weil mir alles so *unwirklich* vorkam: keiner, verstehst du, ist immer derselbe! Da hat sie ihn im Vorbeigehn ganz sacht mit den Fingerspitzen berührt (und die Luft die sich regt, spät in der Nacht, als hätte sie Flügel).

Sie ist sehr talentiert (hat er gleich gewußt), achtzehn und anscheinend merkwürdig arglos, Zuname unbekannt, Zuhälter hat sie keinen. Wenn sie die Andern sieht, kann ihr nie passieren – wie wärs denn mit mir? Sehr lieb, er blieb da: Nein, sie fahnden nicht! Niemand ist hinter mir her! Rest der Nacht DM hundertachtzig oder dreihundertachtzig oder sonst ein Freundschaftspreis um den sie nicht feilschten. Drei Flaschen Sekt, eine fast volle Flasche Cognac aus ihrem Nachtschränkchen – ach, spar dir die Gläser! Eine lange Winternacht. Bevor wir gegen Morgen endlich todmüde einschliefen (so also treiben sies hier auf der Erde), hat sie mir atemlos flüsternd ihr ganzes Leben erzählt, mehrfach, verschiedene Versionen, die er alle gleich gutgläubig kommentierte. Deine Küsse wie Cognackirschen immer noch eine Handvoll machen mich ganz besoffen! (Weltfremd ist er nicht!) Neujahr kommt der Tag sehr spät erst und nur mühsam ingang, keine Müllabfuhr heute; jetzt wollen wir schlafen!

Ja richtig, er hat doch in dieser endlosen finsteren Vorweihnachtszeit trotz öffentlichem Sauwetter und privater Depression phantastisch verdient. Kaum zu fassen, ein gutes Jahreseinkommen in knapp acht Wochen und viel länger wird sich der Zaster bei mir auch nicht halten, doch dafür war es diesmal einfach zuviel. Und das ist erst der Anfang! Schon sah er sich ohne Trost Geld scheffeln bis ans Ende der Zeit. Ewig der gleiche künstliche Wintertag Gestern, wie in einem trüben Glashaus in dem du nie zur Besinnung kommst.

Und fortan seine einzige Abwechslung: täglich Ziffern in Terminkalender eintragen, mit Reklamekugelschreibern. Kauf dir endlich ein Kassenbuch! Zwischensumme jeden Freitag und regelmäßige Kontoauszüge, die er pedantisch anhakt und ablegt: sie stimmen immer; die Ordner kriegt er gratis von der Bank, sooft er sich scheinheilig nach den (seinen) Zinsen erkundigt. Und nicht aus goldenen Tellern wird er den geschmacklosen zähen Brei seiner trockenen Befriedigung löffeln. Das sagt sich so leicht: Millionär. Nicht das Gedeihen wachsender Guthaben, ein Garten den keiner erntet, gibt ihm den Frieden. Sondern daß er tatsächlich imstande, sich mit einem so leeren freudlosen Nichtsein dauerhaft zu begnügen, kein Spielzeug mehr will – mit Geiz hat das nichts zu tun, oder besteht der gerade darin, du Kragen?

Bis er – was bleibt? – eines Tages seinen Koffer voll Geld vorm Hauptbahnhof stehnläßt, todmüde, seit Wochen fiebrig erkältet, mit bleischweren Gliedern, auf dem zugigen Bahnhofsvorplatz. November, große nasse Schneeflocken, schon die Nacht sinkt herab, und merkte es erst in der Straßenbahn. Die Ersparnisse eines beträchtlichen Lebens. Genug jetzt, es reicht, aller Tage Abend (die Haltestelle am Platz der Republik; eben fuhr die Bahn wieder zögernd an). Zu spät, nochmal umzukehren, lieber bald schlafen. Soll ihn finden, wer will! Das geschieht euch ganz recht, Gott oder sich oder wen er meint, auch die andern. Verluste. Endlich kann ich ordnungsgemäß abbuchen die Gesamtsumme. Soll er, die Distanz beträgt ca. 200 Meter, soll er da hinschmelzen, mühsam in Schneematsch und Dämmerung, eine dreckige Abendpfütze. Ach schlafen jetzt bald. Weltfremd ist er kein bißchen, doch macht sich jederzeit gern etwas vor!

Allein im dunklen Dezember ohne Notausgang hat er in siebzehn Tagen glatt elftausend Mark verdient (1960). Das neue Auto ist auch schon bezahlt! Damals wurde die werbewirksame Emanzipation mit allerlei elektrischen Haushaltsgeräten die in jedes Heim gehören, praktisch, formschön und preiswert, bequeme Teilzahlung, bloß gläubig hier unterschreiben, grad gewaltig angeheizt – direkt aus der Steckdose. Wer in Westdeutschland noch keinen Kühlschrank hat, kauft sich jetzt einen Kühlschrank. Auch massenhaft Fernsehgeräte, darum CDU. Der neue Lübke mit Präsidentengattin sieht doch sehr solid aus, finden Sie auch? Die weißen Elektroherde kamen gleich herdenweise aufs flache Land. Jeder rechnet sich auf sein Rheuma zum Feierabend hin eine Gas- oder Ölheizung aus. Es geht nicht mehr ohne Bad. Gegen Waschmaschine und Schleuder gibt es kein Argument. Wir sind doch nicht von gestern! Die mumienhafte ostpreußische Rentnerin in ihrem einzigen winzigen Kämmerchen auf dem feindselig fremden Bauernhof, die für jede ihrer vier Schwiegertöchter, jede in einer anderen Stadt, eine Höhensonne bestellt. Medizinisch empfohlen. Aber die Adressen nicht mehr zusammenkriegt (draußen fiel Stunde um Stunde nasser Schnee der nicht liegenblieb, ein Wintertag in der Wetterau). Sucht und sucht, tonlos flüsternd, den Tränen nah, und kann sie nicht finden. Weder dort in ihrem kleinen alten Kopf, noch hier im eingeschüchterten Küchenschränkchen bei den bescheidenen Töpfen und welken Briefschaften. Die 40-Watt-Lampe an der niedrigen Decke. Alt sein ist eine Schande! Wie durchgeknickt in der Mitte, sie hats mit der Bandscheibe und versteht die Welt nicht mehr. Ein Giebelfenster mit Fliegendraht, halb so groß wie damals der kleinste Fernsehschirm, nach Nordwesten. An diesem unvorhergesehenen Tag hatte er seine Aufputschpillen nicht mit: glatt vergessen!

Auch haufenweis Mix-Entsafter, Schnellkochtöpfe und was es nicht alles an überzeugenden Wundern gibt, seit sie den Kunststoffspritzguß und die Vitamine entdeckt haben, ein weites Feld. Jede Hausfrau lernt zaubern! Die Volksstaubsauger kamen erst später, wie ein heftiger künstlicher Sturm, erst mit der angekündigten Teppichbodenwelle, die noch dabei ist, den Atlantik zu überqueren. Das ist der Fortschritt der jetzt unters Volk kommt wie Fieber, ein Jahr Garantie, eine fröhliche Epidemie. Unser Herr Bundeskanzler heißt immer noch Dr. Konrad Adenauer. So gut gings uns noch nie! Und was ihnen (Ihnen) zum Glück noch fehlt, finden sie (Sie) jede Woche in jeder Illustrierten – NEU heißt das NEUE Zauberwort! (Über Nacht kam das Gestern abhanden!)

Was die kluge Hausfrau mit dem ganzen Segen an Zeit spart, Zeit ist Geld (alle nickten), kann sie sich locker eine hoch bezahlte Halbtagsstelle suchen und dafür leistet sich die ganze glückliche Familie im sagenhaften nächsten Frühling ihr erstes Auto (steht schon grinsend im Hof*). Und viele weitere Anschaffungen mit denen sie noch mehr Zeit und Geld sparen – zum Einkaufen und fürs Fernsehn! Waschmaschinen auch. Und dann führen wir knallhart die bunte Freizeitmode ein!

Heim und Welt; wer keine Kinder hat, der ist natürlich fein raus jetzt, aber es wird nicht mehr lang dauern, dann hat auch das letzte Dorf seinen Kindergarten mit rostfreien Alu-Fenstern. Aus ungenutzten Holzschuppen und überzähligen Waschküchen werden im Handumdrehn prächtige Garagen, bloß da der altmodische Fliederbaum muß noch weg (macht bloß Dreck, stammt noch von den abergläubischen Vorfahren hinterm Mond), die Einfahrt pflegeleichter Beton, das hat Zukunft, und mit patentierten Garagentoren läßt sich dann auch noch so manches Vermögen machen. Mit Auto ist das Leben doch gleich ganz was andres, mit Auto da ist man wer, sogar Sie! Denken Sie bloß an all die scheeläugigen Nachbarn, naja

*Aber leider wird es gleich anfangen zu regnen, ausgerechnet jetzt. Zieht blitzschnell ein Sturm auf, schlägt der erste Windstoß krachend die Fenster und Türen zu, Marie, schreit einer, Moarie! Wie Papierfetzen wirbeln die letzten Vögel vorbei, so deine Tage, die Jahre. Schon sind wie leergefegt alle Straßen und ducken sich, geht gleich los!

und an die ganze bucklichte Verwandtschaft nicht wahr, nix für ungut! Warum nicht sich das Leben schön machen, jetzt wo der Krieg und die schlechten Zeiten sind ja gottseidank abgeschafft, wunderschöne neue Tapeten die Sie da angeklatscht haben und es geht wieder aufwärts. Ihr Herr Gemahl, der jetzt bei Buderus auf Schicht ist oder in seinem Kontor, hat (unbekannterweise) da bestimmt nix dagegen, Gnäfrau! Konjunktur, Kaufkraftschwund, Preiserhöhungen und Lieferfristen. Wenn er seinerseits sowieso säuft, ein Feierabendsäufer, na umso besser!

Meist am Küchentisch, Wachstuch mit Blumenmuster, kariert: alle die dich nicht gleich rausgeschmissen haben, wischen sich erstmal die Hände an der Schürze ab, haben schon zehnmal den Tisch abgewischt, unterschreiben nach angemessener Anstandspause und gehöriger Gedenkminute – die Luft anhalten – seufzend rechts unten, hier bitte, feierlich dreimal. Die neugierige Frau Nachbarin auch gleich mit? Auch als Kriegerwitwe soll sie noch weitgehend was vom Leben haben – wie hoch ist denn die knapp bemessene, doch zweifellos ausreichende amtliche Rente? Im Monat oder im Jahr, hahaha? Sobald Kaufvertrag ordnungsgemäß unterzeichnet, darfst du nur ja keine Miene verziehen, sonst packt sie nochmal das Mißtrauen. Er hat verschlafen und seine Aufputschpillen vergessen und findet sich nicht. Heb dir ein paar sachliche Bemerkungen auf für diesen bedeutsamen Augenblick! In Indien zum Beispiel werden die Witwen gleich mitverbrannt. Volkswirtschaftlich spricht vieles dafür! Die Unterschrift: sich die Lippen anfeuchten (mit der eigenen Zunge). Das ist das neue Zeitalter, na endlich! Immer in Eile und zu spät dran und jetzt kann er sich nicht wiederfinden in seinem Gedächtnis – wo suchen? Jetzt nochmal gelassen die Garantie erwähnen, dennoch kein schlechter Tag heute! Die erste bequeme Rate ist wie gesagt erst im fernen März fällig, notfalls wird das Geld eingeklagt. Draußen Sauwetter, wochenlang, fremde Fenster, in mir ist es totenstill, und Weihnachten stand vor der Tür. So lang ist die Zeit mir geworden. (Wenn du einer deutschen Nurhausfrau, die vor 1920 das Licht der Welt, in ihrer eigenen Wohnküche eine Filterzigarette anbietest: gleich wird sie so verlegen, als hättest du ihr einnen wirklich unsittlichen Antrag gemacht – froh um jede Abwechslung denkt er sich welche aus. Ab Mitte November konnte er sein eigenes Geschwätz nicht mehr hören. Sobald ich um einen Tisch sitze, spalte ich mich in Familien auf! Damals, noch 1960 gab es in diesem Land eine Menge Frauen, die konnten das Wort nackt vor Fremden nicht aussprechen. Das Wetter wird auch nicht besser. Ihre Kinder von damals sind heute erwachsen! Und die gute alte Zeit die uns auf den Fuß folgt, immer dichter: jetzt gehört schon der gestrige Tag dazu!)

Seine gesammelten Wahnvorstellungen alle Tage und die phantastische Rüstung aus Bindfäden und Silberpapier, mit der er sich grimassenschneidend dagegen wappnet. Manchmal nachmittags, nachts, am nächsten Morgen kommt er wie betäubt heim, kennt sich selbst nicht wieder und ist für den Rest der Zeit oder wo er sonst Einkehr hält (während es Tag wird und Nacht und wieder Tag; die Stadt ging unter) unversehens einer von den unglückseligen armen Teufeln die du an jeder Ecke triffst, Überlebende. Ein Gespenst des Schicksals. Der Laternenanzünder. Blind und taub wie aus Stein sind die Mittage hier in der Stadt. Keiner ist ganz bei Trost. Man kann froh sein, daß sie nicht alle immerfort im Lotto gewinnen! Der Weltgeist, Kohlhaas, Coppelius, dein frommer Lieblingsbettler vom Börsenplatz, da eben wird er vorbeikutschiert mit Musik, siehst du, das gesamte Fußvolk mit gesenkten Köpfen und er segnet sie hastig. Lang genug gewartet. Der mit den Rasierklingen, gebt Obacht! Kinder, Kinder in hellen Scharen, wo sie bloß alle herkommen? Die ganze Zeit kurz vor elf. Traumtänzer, Glückspilze, Demagogen. Auch Du brauchst Jesus. Und ein anderer fußkranker tragischer Clown, der vorn auf der Zeil, vorm Woolworth Maulaffen und mechanische Mäuse feilhält, ein Kommissionsgeschäft. Hier Frieden finden? Zum Leben einen Platz, einen Ort zum Verweilen, eine Heimstatt in der Zeit? Was für ein hilfloser Narr bist du doch gewesen, dich jeden Tag schuldbewußt selbst zu verkaufen, armer Judas, und noch nicht einmal zwanzig Silberlinge! Hör auf zu grinsen! Wer wird dir schon (noch) einen Hammer leihen? Also geh und hol einen Ziegelstein von der Baustelle dort. Zieh geduldig nochmal die Mäuse auf, der Reihe nach, letztes Mal: laß sie laufen! Statt daß du sie, wie geplant, Schaum vorm Maul, eine nach der andern plattschlägst und niederstampfst, keuchend, bis sich keine mehr rührt, laß sie laufen. Was heißt denn hier Existenz? In diesen Schuhen nicht, schaffst du nicht. Noch einen Fußtritt für diese klamme, lausige (aufbereitete) Gegenwart – kannst du dir gleichfalls sparen. Den jahrelangen fetten kleinen japanischen Porzellangott schmeiß auch gleich mit weg, der hat ausgegrinst. Was heißt denn hier Glücksbringer? In deinen weitgewanderten löchrigen Tennisschuhen, Hände in den Taschen, noch das Geschrei in den Ohren, so ein naßkalter neblichter Vormittag, wer weiß ob es nicht bald schneit? Geh mit Riesenschritten auf und davon! Den Stein nimm mit, unterm Arm. Alle hundert Meter so eine Jammergestalt mit Mäusen zum Aufziehn und feixt in der Kälte: du brauchst dir bloß zunicken. Sind wir hier in den Vorstädten, die gleiche Zeitrechnung? Charly Chaplin, der Präsident oder mit wessen Haupt er seine müden Schultern heute wieder beladen findet, sowieso keine Wahl. Geröll, Felsblöcke, Schutthalden, Mondgebirge die ihn belagern. Kopfschmerzen. Leibweiß aufgebläht der Tag, der leichenhaft gedunsene Himmel wälzt sich rülpsend im Fenster: heute. Amtliche Drohbriefe mit der Post. Den Berg Zeitungen da gleich noch pflichtbewußt auffressen, wie mir davor graut, ach die Ewigkeit, fang am besten gleich an! Was für ein sonderbarer Kalender. Der Teufel, das weiß er noch nicht, wohnt gleich um die Ecke. Statt zu schlafen nochmal, dann nochmal Kaffee. Meine Augen brennen. Schnell, stell die Schnapsflasche auf den Tisch. Da ist ja auch schon die nächste und übernächste (er kauft den ganzen Fusel immer abergläubisch auf seinen verlängerten Heimwegen ein, Vorräte). Heut nicht mehr, zu Besuch kommt heut keiner mehr. Scharenweise, Gott und die Welt. Ein einziger nur von den aalglatten armen Narren und geschniegelten Desperados, die Tag für Tag mit übermenschlicher Anstrengung eine vernichtende Niederlage nach der andern erringen, mit letzter Kraft (der Kalender ist falsch).

Nachtwachen, wer soll denn aufpassen auf die Welt und auf mich, wenn ich schlafe?

Haufenweis falsche Propheten die auf den Berg warten. Narren, Sektierer, ein umständlicher Standfotograf, während ganze Stadtviertel, versinkend, lautlos sich auflösen im Nebel. Ist schon wieder Weihnachtsmarkt? Der Sperlingsvater, der Sachverständige, der Auserwählte, der Selbstmörder der nicht aufgibt (einer der sich auskennt). Die unförmige alte Frau mit Kopftuch, Plastikhandtasche und zwei schweren Einkaufstaschen. An der Straßenbahnhaltestelle am Theaterplatz, gestern in aller Frühe, im strömenden Regen. Noch finster. Triefend vor Nässe, ganz aufgeweicht schon und schief stand sie da. Verrutschte dicke Bandagen unter den graubraunen Wollstrümpfen, Mantel naß, zehn nach sieben. Schuhe ganz verlatscht. Schleppt sich von früh bis spät von einer privaten Putzstelle zur andern, zwo-achtzig die Stunde, aber wer bezahlt ihr den

Weg? Sie hat eine Monatskarte und manchmal, in einer Pause des Regens, unterwegs in die Ewigkeit, ihr Brot hat sie mit, auch eine Thermosflasche mit Pfefferminztee, findet sich zwischendurch alle paar Tage eine selbstvergessene zeitlose kleine Rast aufm Hauptfriedhof: ihr lieber Mann, die Eltern, der Bruder, die Schwägerin, unvergessen, alle längst tot und begraben. Bevor es weiterregnet und sie muß sich wieder beeilen.

Spät am Nachmittag schnell ein warmes Zwischensüppchen im Kaufhausimbiß; Bilanz: für sich allein hat man doch nicht so den rechten Appetit. Muß auch weiter. Den ganzen Herbst, Winter, Vorfrühling, wie die Tage sich gleichen in diesem Mottenkugelgeruch den sie gar nicht mehr wahrnimmt, hat alles die gleiche Farbe wie ihr Mantel, die Taschen, die Strümpfe die sie über Nacht überm Ofen trocknet. Sie wohnt in Griesheim, weit draußen, wo die Mainzer Landstraße sich selbst nicht mehr kennt, wo die Schutthalden in den Himmel wachsen und die Tage wie Vogelscheuchen daherkommen, wie auf Krücken. Zwei Zimmer, ein Untermieter mit dem sie sich nicht versteht. Trotzdem ja könnte er ab und zu ein Wort mit ihr reden, wo sie ihm doch sogar Heiligenbild und Heizölkalender ins Zimmer gehängt hat. Doch kommt überhaupt nur zum Schlafen heim, Farbwerke Höchst. Nicht daß sie ihm wünscht, daß sie morgens mal tot im Bett liegt. Sie hat für alles Verständnis. Sie hat selbst einen Sohn den sie nie zu Gesicht kriegt. Und eine Tochter in Bonames die genug mit sich selbst, halbtags beim Latscha an der Kasse. Mann und zwo Kinder, die Gertrud. Ihrer ist bei der Post. Kriegt sie nächstens auch Telefon gelegt. So freut man sich, wenn die Kinder gedeihen. Nein, wenn sie da an die vielen schlechten Zeiten von früher denkt, kann sie nicht klagen. Bald zwoundsechzig und bis auf die Füße, Wasser, Krampfadern in den Beinen isse gottlob immer noch gut aufm Damm, aber eisern. Deutscher Fleiß, dritte Strophe. Je nachdem, wo sie ist, zu tun hat, sich wiederfindet, gibt sie sich gern auch mit jedem erstbesten Vorortfriedhof zufrieden. Auch wenn also sie persönlich von ihren Lieben da niemand hat liegen: *diese* ewige Ruhe hinter der Mauer, Efeu, Zwergzypressen und eine Bank zum Sitzen, eine Wohltat für ihre zwo Füße. Samstagmittag der Waldfriedhof. Wenn ihr Seliger, der war Frührentner, seinerzeit mehr geklebt hätte, aber als Gärtner, man kann nicht alles haben. Hier bei uns hat ja jeder genug zu essen gottseidank (die Handtasche hat ihr die andere Schwägerin, die Helma, die Schwester von ihrem Mann aus die Zone geschickt, auch

Nachttischlämpchen. Sie schickt ihr dafür immer Nescafé retour, Nylonstrümpfe und Backpulver). Sie hat was sie braucht, sie hat ihre Putzstellen. Wenn sie bloß bißchen näher beisammen wären. Abends sitzt sie kurz nach neun gemütlich in ihrer eigenen Wohnküche. Vier Wände, ein Feuer im Ofen, die Uhr tickt. Endlich die Bandagen alle abgewickelt und sorgfältig aufgerollt bis morgen früh. Da hängen die Strümpfe zum Trocknen, der Wecker ist schon gestellt. Und jetzt ein heißes Fußbad mit Salz. Montagabend; im Radio ein Hörspiel für Kriegsblinde, bloß den Anfang hat sie nicht mitgekriegt, kann sich nachher noch Suppe warmmachen oder Tee aufbrühn. Den Ölofen hat sie sich vor zwei Jahren gekauft, sehr zufrieden. Brille, Handtuch, die Bunte, Dr. Milde's Fußbalsam: immer nochmal seufzend aufstehn, bis sie alles beisammenhat und zurechtgelegt, endlich. Scheints ein vergessener Kriegsgefangener wo da im Radio heimkehrt. Ja, die Welt die is eben verschieden. Ihrerseits stammt sie aus Sossenheim her. Das Radio hat noch ihr Karl gekauft; schon zwölf Jahre Witwe.

Jetzt kann sie auch endlich mal wieder in aller Ruhe die Rabattmärkchen von der ganzen vorigen Woche einkleben, wohlgefällig: kommt doch was zesammen. Ihr Hansi schläft schon hinter seinem Plastikvorhang mit Phantasieblumenmuster. Wer weiß, was die Stromrechnung diesmal wieder wird kosten. Morgen Vogelfutter kaufen, beim Bilka ist es am billigsten. Aber andrerseits wieder der Weg. Sie redet ab und zu so ein bißchen mit sich selbst hin und her, aber ganz harmlos und bloß wenns keiner nicht hört, macht ja nix. Die Jüngste ist sie nun auch nicht mehr. Soll sie sich nun nicht oder doch so ein Paar orthopädische Schuhe anschaffen? Aber dann denkt sie wieder so teuer, früher gabs auch keine, wird auch so gehn. Solang sie nur immer früh genug aufsteht, um die Bandagen richtig zu wickeln und zum Putzen, wo sie länger zu tun hat, nimmt sie sich Schlappen mit. In der Straßenbahn kann sie sitzen. Am liebsten ja würde sie nochmal mit der Gertrud was ihre Tochter ist drüber reden. In aller Ruhe, was die dazu meint (ist jetzt auch schon bald vierzig). Und was die Krankenkasse dazugibt. Kommt Zeit, kommt Rat, aber eine neue Brille wird sie auch bald wieder brauchen.

Hier die alten Illustrierten, wie neu, darf sie sich immer bei der Frau Lehrerin wo sie montags putzt, so eine vornehme gebildete Dame, alleinstehend, drei Zimmer, Küche und Bad, ein Erker, ein

Wintergarten, in Bornheim umsonst mit heimnehmen. Jede Woche. Wenn man so hört und liest, was einem alles passieren kann, meingott Überfälle, Erdbeben, Krebs. Und die Politik, wo sie zum Glück nix von versteht. Sie hat immer Angst, daß sie ihre teure Monatskarte verloren haben könnte, wenn ein großmächtiger Kontrolleur kommt, mit Schwert und Polizeihund. So eine Schande! Natürlich glaubt ihr gleich keiner kein Wort, sie kriegt gar keins raus. Und die Blicke und das Getuschel. Bis sie abgeführt wird. Oder daß sie erst mittags aufwacht, verschlafen, die Zeit hat ein Loch, das Heizöl ist ausgelaufen, der Hansi liegt tot im Käfig. Der Untermieter mit ihrem Ausweis und Ofen auf und davon. Alle Nachbarn haben über Nacht die Nase voll von ihr. Sie kapiert es auch nicht (da gibt es nix zu kapiern). Warum bloß der Wecker diesmal nicht geklingelt hat? Wie sie sich umguckt, hat es von allen Seiten reingeregnet, ist der Wecker gar nicht da, die Zeit ein Scherbenhaufen. Die Miete, die sie immer aufgeregt überpünktlich bei der Post einzahlt, auch nicht angekommen. Wo die Quittungsabschnitte, wo können sie nur geblieben sein? Daß sie, Gott im Himmel, die Wochentage der Reihe nach verwechselt hat und kann sie nicht wiederfinden in ihrem Gedächtnis. Auch kaum noch Wände im Zimmer. Wie ihr das bloß passieren konnte. Kommt sie endlich erschöpft bei ihrer Kundschaft an und es ist der *falsche* Tag, mein Gestern wo? Die beim Putzen nicht dran sind, die Leute kennen sie nicht. Immer aufgeregter. Den weiten Weg ganz umsonst, daß sie bloß keinen Schlaganfall kriegt. Fassungslos: wer weiß, wer alles dafür vergeblich auf sie gewartet hat, ganz woanders. Wie soll sie das wissen jetzt? Flüsternd, Strick um den Hals, sie darf gar nicht dran denken. Sie hat keine Ahnung. Sie hat sich verlaufen. Wie und Was? Die Leute hörn gar nicht hin. Ihr ist schlecht. Höchstens lacht einer. Jede Straßenbahn, ratternd und klingelnd, trifft sie mitten ins Herz.

Immer fremder die Menschen ringsum, die Stimmen. Aber dann kommt ihre Tochter vorbei mit der ganzen Familie, in Sonntagskleidern. Unterwegs in den Palmengarten. Und hat keinen Blick für sie. Hals wie zugeschnürt, schrei doch! Schon das Hochwasser in den Straßen, immer mehr. Woher denn nur, so eine dicke schwarze Brühe oder ist das ihr gutes Heizöl? Flut steigt. Panzer fahren, die Feuerwehr. Konfetti schneit, ist wieder Krieg? Elefanten werden vorbeigeführt. Jetzt ist sie wie taub. Ist das nicht die Friedensstraße, die vor ihren Augen immer dichter zusammenrückt? Und da vorn gehts zum Roßmarkt hinauf? Jetzt sind auch noch ihre Taschen weg, Brille und Geldbeutel. Sie weiß nicht wie. Dampf- oder Nebelwolken zogen über die Kreuzung, zogen dicht überm Boden langsam die Straßen entlang. Ganz zerrissen ihr einziger Mantel, du lieber Gott, wird es schon wieder dunkel? Ihr Gebiß, ach du Schreck, kann sie doch nicht verschluckt haben oder? Schlüssel und Heimweg, weiß sie nicht wer sie ist, gleichfalls unauffindbar. Wo ist ihr Daumen, die Kette, der Ringfinger links? Armes Herz, die Welt hat kein Grab für sie aufgehoben. So erschrocken, war dann aber doch bloß Einbildung wieder. Fast eingenickt in der Bahn heute Mittag, im Stehn an der Haltestelle. Passiert ihr drei-viermal täglich und zum Beweis muß sie dann jedesmal lang und breit Taschen und Gedächtnis durchkramen von vorn bis hinten. Aufatmend, alles da. Hat sie sich zum Trost gleich eine Abendpost gekauft und gebrannte Mandeln für eine Mark zwanzig. Aber das nächste Mal? Da aufm Radio mit Zierdeckchen hat sie einen ganzjährigen Weihnachtsengel aus Goldpapier, siehste. Bloß bißchen angesengt. *Echtes* Engelshaar. Aber das nächste Mal?

Nach Jahr und Tag der bescheidene, direkt schäbige Fußgänger der nirgends groß auffällt, ein langjähriger stiller Untermieter, der in seiner abgetragenen Frühstücksbrotaktentasche oder Allerweltsplastiktüte, ach in der unauffälligen Brust begraben eine Bombe mit sich herumschleppt. Auf allen Wegen. Die jederzeit losgehn kann, mein Name ist Soundso (irgend mühsames unverständliches Krächzen und Zischen – ich stand da und *leuchtete* matt). Der Erfinder, der Ich-komm-ganz-woanders-her, Morgen werd't ihr euch wundern! Der alte Kapitän der am Wiesenhüttenplatz (wie neblig es heut wieder ist! Zu Befehl, jawoll) immer noch fluchend, schwitzend, betend seine angestammten Goldgruben und rechtmäßigen Diamantenfelder sucht und sucht, keuchend: sie sind unerschöpflich. Jetzt hat er auch noch Herrgottsatan den Zettel mit seiner eigenen Anschrift, sein Holzbein und seine christliche Mütze verloren. Den Kompaß in Dreiteufels Namen schon gestern. Manche gibt es, die siehst du nie wieder. Eckensteher, Denkmal und Bauherr. Der Seiltänzer, der Blumenpaule, der Bananenkönig, der Bahndammjosef, Verwechslungen. Die verstörte Stadt. Einer der in der Friedberger Anlage rumstolpert, schon morgens, ein Kinderschreck. Und ohne Ansehen der Person kleine handgeschriebene Zettel mit Psalmen verteilt – es soll aussehen wie gedruckt. So viele Menschen die du gekannt hast, die dich heimsuchen Tag und Nacht, die du nie mehr wirst sehn und die Welt ist voll von Leuten, die sich nicht kennen. Nachts gehn und sie wecken: Schlaft jetzt nicht! Bald schon, eine kleine Weile und ihr werdet ohnehin tot sein für immer! Der Mann der mit privaten Adreßbüchern jeden Tag ein Vermögen verdient, aber ausgerechnet jetzt hat er, wie du siehst, weder Visitenkarten noch Sekretärin zurhand. Stadt und Tag ringsumher haben sich in Bewegung gesetzt, sind ins Fließen geraten. Und auch glatt vergessen, wo sein Büro geparkt ist. Dem die Felle davonschwimmen, immer weiter weg. Oder ein finsterer, stolzer Türke vom Stadtreinigungsamt der mit der Straßenbahn nicht zurechtkommt, er wohnt in Seckbach in einem Stall, und sich deshalb immer schon um vier Uhr früh, statt daß er sich endlich ein Moped klaut oder kauft (besser natürlich wäre ein Muli, ein Reitpferd, ein verständiger Esel), zu Fuß auf die Socken macht, Gastarbeiter. Der noch nichtmal Arschloch auf deutsch sagen kann, nichtmal Scheiße, bloß immer: Gutschef Wollja! Und sogleich wiederholt sich in deinem übervölkerten Karawanserei-Gedächtnis (zu immer den gleichen drei schrillen, einfältig hüpfenden Flötentönen) blitzschnell-vollautomatisch eine zeitlose kleine Panik, die ganze Strecke von Delhi, von Kabul, von Erzurum bis in die Berliner Straße, bis zur Hauptwache: wie mit Wachtabletten, ohne anzuhalten, dreitausend Jahre in einem Atemzug, Glöckchen bimmeln, ein weiter Weg jeden Tag.

Manche die sowieso vor lauter Schulden und Schwierigkeiten schon jahrelang Tag und Nacht nicht mehr aus noch ein wissen, haben scheints nur auf einen geduldigen Zuhörer als Verbündeten oder Zeugen oder Richter, wenn schon keiner dafür verantwortlich sein will, wenigstens daß ein einziges Mal einer da ist und zuhört und nickt und Bescheid weiß, Herrgott, gewartet-gelauert. Lassen bereitwillig Berge von Abwasch stehn, im Radio die Schlagerparade von 1956, lassen die ganze angefangene aussichtslose Woche liegen und stehn und beten dir, sowieso verloren und untröstlich und auch nicht mehr ganz richtig im Kopf, ihr ... Leben kann man das kaum noch nennen, atemlos, jeder Tag ein Abgrund von Loch, Lawinen, ein Scherbenhaufen, eine untergehende Schutthalde, was sie dir mit zunehmender Geschwindigkeit vorbeten, Jammertal. Nix als Mühsal, Not, Krankheit, Kummer, Unfälle, Mißverständnisse, Katastrophen und Komplikationen, weltweit, ein Verhängnis, eine Pechsträhne nach der andern, eine lange Litanei – Hör zu: weil kaum gegangen schon wieder der Winter vor der Tür stand; weil es seit zwei

Jahren ohne Unterlaß reingeregnet hat, Scheißwetter, das Haus längst baufällig, eine Ruine in der allgemeinen Dämmerung, und die ramponierten Renommiermöbel die noch nicht bezahlt waren, hat sich Schimmel drauf festgesetzt, sollten wieder abgeholt werden (Man müßte sie abbeizen, umsichtig-sachkundig ein neues Leben anfangen, rückwirkend): wollte der arbeitslose Ehemann das Dach wenigstens notdürftig flicken. Aber keiner hat ihm eine Leiter geliehen; die Ersatzdachpappe scheints beschädigt, ganz aufgeweicht schon und vielzuklein sowieso (ein ungeschickter Gelegenheitsdiebstahl über den er sich zu früh gefreut hat, ein Mißgriff).

Mit dem Werkzeug wohl auch nicht weit her. Weil der Stiel vom Hammer nicht richtig festsitzt, ist der kiloschwere Keil schon ein paarmal lebensgefährlich davongeflogen. Jedesmal plärrt er nach ihr, herrje, daß sie ihn sucht und zurückbringt. Das nasse Gras; überall Unrat und Dreck. Hatten schon in aller Frühe heut Krach, es ist in einer Pause des Regens und er will schnell fertigwerden. Die Nägel ja lachhaft, krumm und schief wie die Würmer, ringeln sich, kriechen davon; die meisten auch noch zu kurz. Schon jahrelang will er mal wieder angeln gehn, schwarz, ohne Schein. Wann denn? Wie sie ihm zum zehntenmal den Keil hochreicht, gerät er ins Rutschen und kann sich eben noch an der durchgerosteten Dachrinne halten, wo dabei endgültig zu Bruch geht. Steigt die Wut in ihm hoch. Ein Ende! Um endlich ein Ende zu machen, hämmert er wie ein Irrer drauflos, fliegt der Keil wieder weg, gerät er blitzschnell aus dem Gleichgewicht (kaum Zeit zum Fluchen), fängt die Dachpappe unter ihm an zu rutschen, will er sich von wegen Instinkt noch beidhändig am Schornstein festhalten, von dem paar Ziegel abbrechen (zwo Daumen und sieben Finger gequetscht) und durch die Löcher im Dach ins Haus reinknallen (das Büffet kaputt samt Sonntagsporzellan und Feiertagsgläsern, die feinsinnigen Geschenke vieler verpfuschter Jahre; seither raucht der Ofen verstockt nach innen, bloß im Moment hat sie mal wieder kein bißchen Brand im Haus. Du stehst da im Mantel und nickst unentwegt) und er endgültig die Balance verliert.

Sodaß beim unsachgemäßen Absturz, wobei das Frühbeet samt Glasbedeckung des ohnehin feindlich gegenüberstehenden Nachbarn am Zaun, dem es vielzugut geht (er ist beim Katasteramt), unwillentlich zerstört wurde. Sagen wir: leichte Schäden. Keinesfalls Absicht, wie der jetzt vors Gericht sein Maul aufreißt. Sie, die Ehefrau, sieht ihn fallen, war grad beim Wäsche aufhängen, erstmal war sie wie gelähmt – lauter Löcher in den verlebten, durchbummelten Unikatsocken und ausgekochten Unterhosen und wie das Gelump panisch fuchtelt – und wie sie ihm dann endlich verspätet zur Hülfe will eilen, eifrig und ungeschickt, sich zielstrebig in der aufgehängten Wäsche verheddert (wie heißt hier der Vorort?), fast stranguliert hätte, mit dem Fuß umknickt, Maulwurfshügel und Blechspielzeug, Scheißbälgergerümpel, Knöchel verstaucht, Wäscheklammer ins Auge, sodaß was sie vorher aufm Arm hatte und nur schnell abgesetzt hat, das aufgeweckte Kind in den vergifteten Brunnen fiel und der verhetzte Köter des bösen Nachbarn (für den Drecksack nie im Leben keine Steuern nicht zahlt, aber anständige Leute anzeigen die vom Pech verfolgt werden) kläffend herzurennt, ein Pinscher, und ihr überdies in die Wade beißt; vom verlorenen Pantoffel, scharlachrot, aus Samt und mit echter chinesischer Seide gefüttert, der Hund nahm ihn mit! will sie jetzt gar nicht reden – ihr Mann bei dem Sturz ein Bein, beide Arme, Schlüsselbein und vier Rippen brach, gottlob nicht den Hals (Glück im Unglück, das Bein aber doppelt, hinkt jetzt – auf Erden sein aufrechter Gang ist nie von Dauer gewesen, selten nur bis zum Abend). Im Radio die Caprifischer, René Carol. So schön und warm er auch ist – was soll sie mit *einem* Pantoffel? Das Kind, ihr jüngstes, gottlob noch am Leben, als sie nach anderthalb Stunden endlich dazu kamen, es aus dem Brunnen zu retten. Eine ehemalige Klärgrube. Die Aufregung. Es hat gebrüllt wie am Spieß. Jetzt kann es schwimmen, hat aber einen Hautausschlag von der Jauche. Wie die Zeit vergeht. Mit den Abdeckbrettern hat er schon vor zwei Jahren den Fußboden, im Flur das Loch vom Gerichtsvollzieher ausbessern wollen: wo damals der Gerichtsvollzieher, auch so ein komischer Heiliger, kräftig ist reingetreten. Aber noch nicht dazu gekommen. Hier scheint die Sonne nicht oft genug. Wer wird denn mit Absicht vom Dach fallen! Wählen ist sie schon seit der Währungsreform nicht mehr gewesen. (Die Wäsche, sowieso nicht recht sauber geworden, hing dann noch wochenlang entseelt und vergessen im Regen, später Schnee, doch wurde auch nicht besser davon – fadenscheinige Gespenster hinterm gebrechlichen Haus, das verschlafen blinzelt).

Mann ins Unfallkrankenhaus und deshalb mußte sie ihrerseits sich auf den Weg machen und gehn und die Sozialhilfe, das Kindergeld, das Weihnachts-, Winterkleidungszuschuß- und Kohlengeld, die paar lausigen Groschen, von der Fürsorge abholen. Wo sie sich doch mit Behörden ihr Lebtag nicht auskennt. Wo sie ihr gleich von vornherein nix haben glauben wollen, die im Warmen sitzen, die Herren Beamten. Weil nämlich, wie sie klatschnaß nach einem Wolkenbruch, ein Schneesturm, das Haar ganz durcheinander (die Farbe taugt nix), mit blauem Auge, blutunterlaufen und hinkend – siehe Unfall- und Wetterbericht – in ihrem alten grünen Mantel, weil die Kinder ihr den geliehenen neuen von der Schwägerin mit Schuhcreme und Spüli eingesaut haben, was auch für vierundzwanzig Mark bei der Chemischen Reinigung nicht rausging. Nicht rauszukriegen. Jedoch, das kann sie beschwören, war es nicht Fusel wonach sie roch, sondern Hustenbonbons und Kräuterprinten vom Weihnachtsmarkt, die sie schnell unterwegs weil den ganzen Tag auf den Beinen noch keinen Bissen gegessen. Im Magen. Das schwört sie hier hoch unn heilich! Nicht daß du denkst, sie säuft, sie hats mit der Galle! Selbstredend glaubst du ihr jedes Wort. Mit der Schwägerin, der der Mantel gehört, wird sie ihr Lebtag kein Wort mehr reden, umso besser, die alte Schlampe! (Manche gibt es, die siehst du nie wieder!)

Verlor das ganze Geld auf dem Heimweg, wenn nicht sogar Diebstahl im Vorweihnachtstrubel. In der frommen Kaufhalle, Stille Nacht, Engelschöre, wie sie in aller Eile sparsam will einkaufen bloß das Allernötigste, lieber Gott! Weil sie vorher seit drei Tagen kein Geld, wie in Märchen, nichtmal Brot in der Bruchbude, vier Kinder, Mann im Krankenhaus. Kein Wunder. Auch die teure Busmonatskarte natürlich mit weg. Ich denk, mich trifft der Schlag. Mußte daher sieben Kilometer zu Fuß, ohne was eingekauft, ohne Geld; Schnee und Regen durcheinander. Weit und breit kein Wunder. Wie sie am Ende des Wegs, die besten Schuhe beim Teufel, im Finstern todmüd heimkommt, haben die Kinder sich aus Spaß eingeschlossen: Schlüssel abgebrochen. Die Tür ist nicht aufzukriegen, auch nicht mit Jähzorn und Drohungen. Schon seit vier Uhr nachmittags. Heulten und hämmerten. Mußte todmüde und hungrig und halberfroren (auch noch Glatteis jetzt, abends spät) gehn und den angetrunkenen Schlosser vom Fernsehn wegholen und die Tür aufbrechen lassen für über vierzig Mark (auf Kredit) und jetzt ist die Tür kaputt und das Geld für zwei Monate weg und immer noch nichts zu beißen im Haus, kein Stück Brot, keine Milch, keine Windeln. (Was stinkt denn hier so?) Der herzlose Schlosser wollte erst gar nicht mitgehn, ein Krimi. Das Gesindel hier kommt sich was Besseres vor, können uns alle nicht leiden. Bloß ein neuer Lippenstift, Koralle, den sie sich zufällig als erstes gekauft hat, bevor das

Poachtmonneh plötzlich weg, Advent und Gott hat es nicht gesehn. (Nachher im Traum, wie gerädert, fährt sie die halbe Nacht Rolltreppe aufwärts, kriegt die Flügel nicht an, zu eng, und soll im Rundfunk singen. Man kann keinem Menschen mehr trauen!)

Wollte sich deshalb trotz asiatischer Grippe wenigstens eine Putzstelle ohne Lohnsteuer suchen. Wurde jedoch auf dem Weg dahin, weil so mit den Nerven fertig, von einem blinden Radfahrer angefahren: Prellungen, Platzwunden, Blutergüsse an beiden Knien, Hüften, Schultern usw. Brille kaputt. Wodurch sich das zweitjüngste Kind mit Suppe verbrühte, Büchsenerbsensuppe, sie können ja nicht verhungern und das jüngste den Arzneischrank aufgefressen hat, haufenweis Aspirin, Jod und Brandsalbe, was das kostet! Fast an der Watte erstickt wäre, gleichfalls Unfallkrankenhaus, und wir unseren Zahlungsverpflichtungen noch weniger als bisher nachkommen konnten. Nichtmal mehr die Ratenzahlungen für die Gerichtskosten und Zinseszinsen. Strom und Gas amtlich abgestellt wurden, Wirkung und Ursache, alle vier Kinder folgerichtig verwahrlosten, dem Ehemann – zu früh aus der Klinik entlassen, kräht kein Hahn danach, fing er aus Not mit Holzhacken an, lauter rostige Nägel in den Dielenbrettern – zwei Sehnen gekürzt werden mußten, Blutvergiftung, und eine Sonde oder Kunststoffkanüle in den Magen (obwohl eine reichlich unklare Geschichte, verzichtest du besser auf Zwischenfragen: wird schon stimmen). Dann den kaum verheilten Arm nochmal gebrochen, beim Holzhacken, genauer auf der erbärmlichen Silberhochzeit von ihrer früheren Tante Lydia, wo es zu einer rauschenden Familienfestschlägerei kam, weil ihre sogenannten Eltern und Brüder die wollen jetzt nix mehr von ihr wissen, das Saupack, weil ihr Mann jetzt ein armer Krüppel ist und der Arm wird vermutlich steif bleiben. Eine Kutsche voller Mädels, Willi Hagara. Eine weiße Hochzeitskutsche. Die Pantoffeln vom Hertie, neunzehn Mark 80. Sie darf gar nicht dran denken, fast nagelneu! Soll sie am besten nicht gleich einen Strick? Nebenher hat sie noch eine Nierenbeckenentzündung gehabt, dachte schon, es sind die verdammten Eierstöcke die rausmüßten, wie bei ihrer Schwester oder hat sie gar keine Schwester? Die Lina also, was ihre Schwägerin ist, hat vor anderthalb Jahren (bewundernd) eine TOTAL-Operation gemacht kriegt, seither giftig wie eine Schlange. Aber Dreckschlampe läßt sie sich deshalb noch lang nicht sagen, von der nicht!

Inzwischen sind die Kinner, bis auf den Ältesten der schon anfängt rumzustreunen, der Schluri, im Heim, weshalb sie den größten Teil des verlorenen Kindergeldes, sowie Kohlen- und Kleidergeld undsoweiter den ganzen Bettel zurückzahlen sollen, aber wovon? Leider ist er doch nach dem Vater geraten. Wer zahlt denn die Alimente, wenn ihr Ältester einer ein Kind macht? Lehrstelle findet sich keine. Wann hat das denn, fragst du dich, angefangen? Lauter unverschuldete Notlagen und die höhere Gewalt ist selbstredend auch gegen sie. Gott im Himmel! Kein Hahn kräht.

Inzwischen, wie du siehst, ist ein Teil des Hauses abgebrannt, natürlich der bessere Teil, der Boiler im Bad explodiert, das Klo ganz mit Ruß verstopft, die Ratten sind auf und davon, die gehässige Gemeinde hat zwei Bußgeldbescheide geschickt, die Nachbarn wollen Klage einlegen, der Keller steht unter Wasser. Eigentlich hat es ja bloß ein Zimmerbrand werden sollen, aber die Versicherung hat den Vertrag wegen Beitragsrückstand böswillig annulliert. So sind sie alle. Ihr eigener lieber Mann, der sie jahrelang ausgenutzt, schikaniert und betrogen hat, auf unbestimmte Zeit in der Trinker- oder Lungenheilstätte; ausgerechnet hier bietet sie dir endlich einen Schnaps an, wischt das Glas mit dem Daumen aus, um den sie einen Verband drumhat, scheints noch vom letzten Jahr (die Wahrheit ist heilig); scheints ein ehemaliges Senfglas. Die Nachbarn sind alle nicht ganz bei Trost! Die besseren Gläser hat wie gesagt der Schornstein aufm Gewissen. Tja, Menschenkenntnis. Jeder denkt nur an sich. Inzwischen kocht ihr blitzschnell die Milch über. Wie ihr kürzlich die Milch übergekocht ist, ging der arme Hansi ihr dabei drauf, der Kanari! Und wie sie ihn noch will retten (hat ein goldenes Herz, Großstadtherz), schmeißt sie das Goldfischglas um und rutscht geistesgegenwärtig auf den erschrockenen Fischen aus, der Murks und der Merkel, und kracht in das neue Blumenspalier und verbrüht die Stehlampe (es ist meine Pflicht, das hier zu berichten). Sie haben immer Kanarienvögel und Goldfische und sie haben da immer einen ziemlich hohen Verschleiß mit. Da liegen die Trümmer. Inzwischen sind sie beim intriganten Arbeitsamt denunziert worden und das gerissene Krankenkassenpack will deshalb auch nicht zahlen, eine Schande. Vergiß nicht zu nicken! Die Sozialhilfe wegen Schwarzarbeit gesperrt, obwohl sie die Stelle längst nicht mehr hat. Soll sie gleich einen Strick – woher nehmen? In den Fluß, das ist ihr zu schaurig!

Ist heute Dienstag? Weil die neue Sozialarbeiterin hat sie wegen tätlicher Beleidigung angezeigt, wo sie ihr in Wirklichkeit doch bloß den Nachttopf, den vollen und da soll also am Dienstag der Sühnetermin, aber das fällt ihr im Traum nicht ein, geschieht der alten Hexe ganz recht. Weiß der Himmel was für ein Tag, aber Dienstag auf gar keinen Fall, eher gestern. Das halbe Haus abgebrannt, weil sie kein Geld für eine neue Sicherung hatte. Das nennt sich nun Zimmerbrand. Was übrigblieb, sieht aus wie ein Scheiterhaufen. Vor lauter Unordnung kommt sie gar nicht zum Aufräumen. Das hat sich alles im vorigen Winter schon abgespielt: vor einem Jahr. Und seither, das kannst du ihr gut und gern glauben, ist es nur immer schlimmer geworden. Wenn sie da erst mit anfangen will zu erzählen. Jetzt ist sie wieder schwanger. Vor lauter Aufregung hat sie es erst im fünften Monat gemerkt. Kein Geld im Haus, nichtmal für die Scheidung wo jeder ihr zuraten tut und sein unbeteiligtes Maul aufreißt. Da ist guter Rat teuer. Aber wenn du meinst, kann sie gern noch einen Staubsauger, einen Fernseher, einen Föhn und selbstverständlich noch dies und das bei dir bestellen, aber ja, aber gern. Hier der Musikschrank, wie du selbst hörst und siehst, ist auch nicht mehr der beste. Auch ein Heimdauerwellengerät und ein paar leistungsfähige elektrische Heizöfchen, Langlaufkredite, sowie Versicherungen aller Art, nach Möglichkeit rückwirkend, könnte sie dringend gut gebrauchen. Da die zahlreichen schwarzen Flecken an der Wand (über die du insgeheim schon eine ganze Weile gestaunt hast) sind eine Sorte besonders widerstandsfähiger Kakerlaken.

Bißchen lauwarmes Büchsenbier kann sie dir auch noch anbieten. Der Kühlschrank läuft immer aus, daher auch der ... Sumpf da in der Ecke (sie legt immer eifrig Lumpen und Handtücher unter, die dann anfangen zu verwesen: besser als gar nichts; du nickst). Und jetzt endlich wischt sie proforma den Tisch ab, eine Geste der Gastfreundschaft, und bietet dir ihren besten Stuhl an – Vorsicht, der wackelt ein bißchen und man bleibt leicht dran kleben! Schon fünfmal mit Tischlerleim umständlich dran gepfuscht, aber viel hilft das auch nicht!

Triffst den krächzenden Weltgeist in seiner unterirdischen Höhle oder auf Gottes heiligem Dachboden. Er erhebt sich gleich wie zum Appell von seinem durchgelegenen Strohsack, zieht schnell den Mantel an, der ihm vorher als Decke diente (mit Samtkragen) und verkündet dir, alle Probleme sind jetzt gelöst. Er hat dich erwartet, barfuß. Er hat eine Weltregierung ersonnen, die sich ab jetzt und hinfort wird kümmern um alles und jegliches Unrecht wird schnell wieder gutgemacht. Frohlocken sollst du! Sein Lungenkrebs im vorletzten Stadium ist bloß ein kleiner Katarrh den er nächstens mit lauwarmem Wasser kurieren wird. Die Gerechtigkeit und die Weltregierung, hier siehst du diese hübschen Faltkartonmodelle, die er kürzlich gebastelt hat. Damit ist alles geklärt. Mach dir jetzt bloß keine Sorgen nicht mehr, Menschenskind! Gott im Himmel weiß auch schon Bescheid. Die Weltkarte da an der Wand hat er auch schon abgeändert, siehst du, eigenhändig, mit Nägeln und Buntstiften, für die Ewigkeit. Was soll er mit Höhensonne, Eisschrank und Heizofen, jetzt wo sein neues Zeitalter was er dir gleich vorführen wird und erklären und dann brauchst du bloß noch Ja und Amen dazu sagen.

Jeder Tag ein besonderer Tag: damit unser Auftragsbuch voll wird! Sie hatten, seine aufstrebende Idiotenfirma (sich zählt er nicht mehr dazu), Ende September schnell noch eine gelungene Woche der Verkaufsförderung veranstaltet, eigens eine reizende, ruhig gelegene Familienpension dafür gemietet, komplett, Neubau am Waldrand: Sales Progress Promotion Program Seminar. Alle Bezirksvertreter sind mit neuen Autos angereist; es gab nicht genug Garagen.

Der Kenner des Marktes (der Märkte), Herr Newman, kommt direkt aus den Staaten. Unsere Methoden praktischer Marktforschung, Werbepsychologie, Verkaufsförderung, so ein Schwätzer aus Köln oder Düsseldorf. Zwischendurch erzählt er auf amerikanisch Originalwitze, die immer damit anfangen, daß er mal kurz durch die Luft nach Chikago mußte, dringend in Washington erwartet wurde, Wall Street nicht so lang allein lassen konnte, Denver per Jet verließ, in Los Angeles aus heiterem Himmel herabkam und erklärt sie dann nochmal auf rheinisch dreimalsolang hinterdrein; Prachtgebiß. Keep our highways clean: No Chevies, no Dodges, no Plymouths! (Das war in Texas! Ach, lacht doch wenigstens ohne mich, lacht woanders!)

Jede Lesson knapp fünfzig Minuten, dann gut zehn Minuten Pause, das geht wie geschmiert. Vier Tage lang, fliehen ging nicht. Sogar Krankwerden wäre zu kompliziert gewesen und fehl am Platz in dieser hochamerikanischen Atmosphäre allgemeiner Zuversicht – jeder ist vor Gott und der Firma dafür verantwortlich, daß der ihm anvertraute aufstiegswillige Organismus jederzeit reibungslos funktioniert. Unsere einzige Sorge: daß und wie wir den Markt meistern! Die lassen wir uns nicht nehmen! Und keiner soll sie uns ansehn! In den Pausen alle achtundvierzig Minuten schütten sie geradezu fanatisch Kaffee und Cola in sich rein. (Jeder rennt mindestens fünfmal täglich hinauf und putzt sich energisch die Zähne!) Um elf, nach der zweiten Pause, zieht Mr. Neumann strahlend das Dschäcket aus. Dann ziehen alle ihr Dschäcket aus und strahlen. Auch heute darf hinterm Schlips der Kragenknopf wieder dezent geöffnet werden und wir sind wiederum stolz auf das, was wir heute schon wieder geleistet haben. Setzen Sie sich erreichbare Zwischenziele, die Sie erreichen können und beweisen Sie sich und andern damit, daß Sie noch mehr erreichen können! Sobald sie als neue Menschen zurück sind in ihren angestammten Verkaufsbezirken, spätestens im Oktober wird jeder sich gleich eine ganze Palette solcher modischer Buttondown-Hemden kaufen: in frühlingshaften Pastellfarben. Repräsentanten. Und diese prächtig geschmiedete Pazifik-Schlipsklammer, die Mr. Newman sich erst kürzlich in Hollywood geleistet hat wie einen Orden, zwo Dollar fifty, unter kalifornischer Sonne, so praktisch: man kann sich den Knoten lockern und es wirkt trotzdem noch korrekt, ja sogar dynamisch – ob es die auch in Stuttgart gibt? Vorm Fenster die Sonne scheint. Einer weiß, wos in Wiesbaden welche gibt. Musterschüler. Einer meldet sich zu Wort und hat – mal herhören – einen ganz brisanten Geheimtip: Möhrencreme für den Teint. In jedem Reformhaus. Hat er von seinem klugen kleinen Weibchen. Würde jetzt brennend gern Bikinifotos von ihr herumreichen, als wollte er ihnen sein Leben verkaufen: „Letztes Jahr in Riccione! Und hier steht sie vor unsrer Hautür und hat ein neues Kostüm an. Da wohnen wir." (Selbst sah er aus wie ein erledigter alter Dackel, aber schön rosig im Gesicht, die Frühgeburt eines Greises. Wie ein überarbeiteter Haremswächter und blickt stolz in die Runde, nachdem er sich mit seinem Pluspunkt wieder gesetzt hat. Reist den Rest seines Lebens zwischen Kassel und Salzgitter – gut, daß ich wenigstens *der* nicht bin! Aktenkoffer kamen erst später in Mode.)

Abends saufen wurde toleriert, ja erwartet: das einzige was einem übrigblieb in Gesellschaft, in dieser. Absondern ausgeschlossen, absondern ist ungesund. Für den unvermeidlichen Morgenschnaps muß sich jeder seine eigenen dummen Sprüche dazuerfinden, lauter geübte Schwätzer (meistenteils Jägermeister und Klare).

Es waren so helle leuchtende Tage vorm Fenster (hinter Glas, makellos). Die Pension, in der alles noch neu roch, nach Holz, Lack und Wandverputz, war wie geschaffen für seine hilflose Sehnsucht in diesem Reigen. Wie hingezaubert stand sie am unerreichbaren Waldrand, glatt und deutlich und unsinnig. Neu ausgebaute Bundesstraße und neuer Bundesautobahnableger in nächster Nähe, eigene Zufahrten. Terrassen und Liegewiesen, Infrarot-Schwimmbad und Minigolf erst zu Beginn der nächsten Saison. Für dieses Jahr ist alles ein bißchen zu spät fertiggeworden. Er wünscht sich, er könnte zusehn, wie der ganze Spuk mit einem Donnerschlag wieder verschwindet und die Wölfe kehrten zurück, die Mammutherden. Die neue Riesentankstelle an der Autobahn wie eine Abflugrampe ins Jenseits ist auch noch nicht fertig. Zweimal, am zweiten und vierten Tag, trödelt er morgens allein ein Stück einen vergessenen Feldweg entlang. Bald sind die Äpfel reif. Noch früh, Morgendunst blau und es wird wieder ein schöner Tag, schon im voraus verloren. Zu Hause wird er die Lebensdauer der Bienen nachschlagen und die glücklichen Tage des Paläozoikums, Devon und Perm. Warum kann ich nicht Schäfer sein, wenigstens! Am dritten Tag ging es nicht, weil sie da schon vorm Frühstück scharenweise tönend ums Haus latschten, Natur und ihn *ekelte* vor der Ähnlichkeit. Morgens ist alles immer am schlimmsten! (Scheints haben sie hinterm Haus einen Ball gefunden oder eine Ritterrüstung aus Plastik, er wußte es nicht. Sie finden ja immer was!) Jedenfalls wird er sich eine anständige Arbeit suchen, gleich wenn er zurück ist. Notfalls das Auto verkaufen, so schnell wie möglich. Wie noch einmal Ostern. Es waren die letzten hellen Spätsommertage und unwiederbringlich, wie zur Besinnung gemacht und deshalb kam es ihm schließlich so vor, als sei ihm dadurch nachträglich das ganze Jahr gestohlen worden, zumindest besudelt. Bloß weil sie nie genug kriegen können und deshalb noch ein paar amerikanische Gesellschafter suchen oder haben sie schon gefunden. Er wußte es nicht und es war ihm egal; Krämerwelt. Und du bist ihr billig gekaufter Komplice mit selektivem Gewissen. Wie krank willst du denn noch werden?

Die erwartungsvoll-fröhliche Betriebsamkeit des ersten Vormittags, draußen Sonnenschein und wie gut der Kram organisiert ist, direkt fabelhaft. Jeder bekommt ein tannengrünes Ringbuch von der Firma, einen erstklassigen Vierfarbstift und ein Namensschildchen mit eingetragenem Verkaufsbezirk zum Anstecken. Sobald alle ihr Schildchen ungeschickt angesteckt, das Ringbuch korrekt aufgeklappt und den Vierfarbstift hoffnungsvoll ausprobiert haben, geht Mr. Newman, der Kenner des Marktes (der Märkte) von einem zum andern und schüttelt jedem die Hand und redet jeden mit seinem richtigen Namen und Verkaufsbezirk an, how are you? Jeder erkennt sich geschmeichelt wieder. Das dauert von elf bis halbeins, bis er strahlend verkünden kann, daß es Zeit ist zum Mittagessen das – wenn ihn nicht alles täuscht – schon bereit steht. Wer von den Herren sich noch nicht kennt, wird diese und künftige Pausen dazu nutzen. Auch wenn wir nur ein- oder zweimal im Jahr Zeit und Gelegenheit, händereibend, sind wir last but not least dennoch ein großes Team, im Chor jetzt: EINE FRÖHLICHE GEMEINSCHAFT, DIE IHRE AUFGABEN KENNT UND VEREINT WIRD VOM TÄGLICHEN WILLEN ZUM ERFOLG! Das war ein Befehl, keine Drohung, ein Hinweis und danach gab es Sahneschnitzel mit Tischgesprächen und Büchsenspargel, hervorragend.

Vom ersten Moment an fühlte er sich gereizt, beinah krank vor Überdruß und konnte und wollte, darf sich das keinesfalls anmerken lassen, das machts nur noch schlimmer. So wird er sich selbst zum Gespenst! Nichts war falsch, bloß so dumm und kindisch, was da als dauerhafte Erleuchtung gepriesen wurde und sie gebärden sich wie die leibhaftigen Jünger. Das steht ihnen nicht. Freßt jetzt gleich auf eure Tranquilizer und laßt mich in Frieden! Sich intensiv woandershin wünschen! Er hätte sich auf Gastritis rausreden mögen, wie immer, bekam auch sofort zuverlässige echte Magenschmerzen (jeder hier hat Gastritis), doch schon war die Rede davon, daß der Markt Anspruch auf einen gesunden gutgelaunten Verkäufer und auch er fing augenblicklich zu strahlen an, unwillkürlich. Alles so hoffnungslos falsch, doch siehe es funktioniert. Warum haust du nicht einfach ab? Er war (insgeheim) so verzagt, daß er nichtmal entscheiden mochte, wer heuchelte und wer nicht – sie sind, wie sie sind, sie wissen es selbst nicht! Sauf noch einen brühheißen Doppelkaffee und noch ein eiskaltes Extracola, zünd dir drei Zigaretten gleichzeitig an! Geh kotzen, geh dir wieder die Zähne putzen! Und heutabend besauf dich kontaktfroh! Vergiß nicht zu grinsen! Meinetwegen haben sie recht, aber es stimmt nicht! Er ist bereit, zuzugeben, daß es sich um die optimale Verkaufsmethode handelt, speziell für diese herzlosen Narren hier und in einer Idiotenwelt, aber sie sollen keine Religion daraus machen. Laßt mich aus dem Spiel! Er müßte sich öfter zu Wort melden. Er ist so konfus, daß ihm alle Augenblick die verschiedenen Gesichtsausdrücke heillos durcheinander geraten, sein bedeutsames Mienenspiel (als ob er Grimassen schneidet). Nichts ist richtig, aber kein Grund zur Aufregung. Von den zugehörigen Gedanken und Gesten gar nicht zu reden. Ausgerechnet im Herbst wird er sich eine neue Arbeit suchen müssen. Je länger er hier drüber nachdenkt, umso weniger anständige Arbeiten bleiben übrig, du lebst hier im falschen Land! Schäfer schon, aber mit dem Kastrieren, Scheren und Schlachten, wer soll die Haut zum Markt tragen und sich um die täglichen Fleischpreise kümmern, damit will er jedenfalls nichts zu tun haben. Zum Beamten ist er auch nicht geschaffen, sie nähmen ihn sowieso nicht. In der Erinnerung, ein *anderes* Land, kommen ihm die Herden die er, selten genug, im Vorbeifahren sah, vielzugroß vor – *die* Verantwortung und wie soll man da Freundschaft schliessen mit jedem einzelnen Schaf, auch die schwarzen.

Arbeitsgruppen bilden! Wie sie sich immer gleich als freiwillige Handlanger vordrängen, als Schergen – hörst du sie reden? Kleine vorgedruckte Kärtchen mit Argumenten wurden verteilt, es gab richtig und falsch, es ging darum, mit dem richtigen Argument zur rechten Zeit aufzutrumpfen, ein Skat- und Vorlesespiel für Schwachköpfe und alle sind, sobald sie es erst kapiert haben, selbstverständlich mit Begeisterung dabei (Insgeheim hat es jeder zuerst kapiert). Sie wissen nicht, daß er nicht dazu gehört. Scham ist hier fehl am Platz oder willst du dafür verhungern? Als ob er ein fremdes Gebiß im Mund. Sooft er wieder an der Reihe ist, seine sortierten Sätze zu sagen, wird ihm ganz heiß – als hätt ich vor dreißig Jahren mit der gleichen gesammelten Energie die das Weltall immer noch in Schwebe hält, als hätt ich sprechen gelernt: eigens für diese Arschlöcher! Was heißt denn hier freiwillig? So wenig, wie ich deine Maschine sein möchte, ein Fotokopiergerät, Thermostat oder Preßlufthammer, ein Durchlauferhitzer und auch noch hochgradig (Celsius) stolz darauf.

Er macht seine Sache gut. Er konnte nicht anders und grollte sich, weil er immer noch mitspielt. Als sei es das erste Mal, daß er sich absondert nur in Gedanken; das erste Mal, daß er im Recht ist und darauf verzichtet, es zu beweisen, sogar vor sich selbst; das erste Mal, daß er seinen Ärger nicht loswird. Außer ihm hat es keiner gemerkt. In zwanzig Jahren krepierst du daran. Ein dauerhaftes Schwächegefühl überkam ihn, er fühlte sich matt und ausgehöhlt – das Leben verläßt mich. Und die Sonne scheint wieder.

Vier Tage, er hat einen dunkelblauen Anzug, einen hellgrauen Anzug und eine Tweedjacke mit grauer Hose mit. Lauter neue Sachen die ihm gut stehn. Jeder hat einen neuen dunklen Anzug und einen neuen hellen Anzug und eine fast neue, noble Kombination mit, Tweedjacke oder Blazer, nur die Reihenfolge ist verschieden, vier Tage. Damit er unantastbar bleibt, übertreibt er ein bißchen mit seinen Umsatzzahlen. Nur Trottel beklagen sich. Ein guter Mann hat bei einer guten Firma einen guten Bezirk. Bis er merkt, daß hier alle sich in die Taschen lügen – „wie die Tiere!" Außer ihm hat es keiner gemerkt.

Auf der trostlosen Heimfahrt in nassen Kleidern, allein in seinem neuen Opel (es ist erstmalig kein Rekord mehr, sondern ein Kapitän), sagt er sich frierend die frisch einstudierten Lehrsätze vor wie Flüche und muß zugeben, daß er sie dank Herrn Neumaier komplett im Kopf hat, zähneknirschend, auch die vorgeschriebene Reihenfolge. Scheißwetter. Ärgerlich fährt er vorsichtiger, zwingt sich dazu, weil es natürlich saudumm wäre, mit dem neuen Auto einen Unfall, ausgerechnet jetzt. Schon Abend und Gewitterregen die ganze Fahrt. Wenn das bevorstehende Weihnachtsgeschäft sich wie zu erwarten gut anläßt, wird er aus der Haftpflichtversicherung doch noch Vollkasko, mal durchrechnen und die verjährte Lebensversicherung endlich aufstocken. Zwanzigtausend ja direkt lachhaft heutzutage, auch unbedingt Krankenhaus erster Klasse, Privatstation, sich auchmal was gönnen.

Nah-fernes Donnern die ganze Zeit, immer neue Wolkenbrüche – naßgeworden bis auf die Haut ist er beim abschiednehmenden Händeschütteln. Nächstes Jahr im September jedenfalls bringt er sich Badezeug mit zum SPPPS, Magenpillen, die besten, und wenigstens einen neuen Anzug für jeden Tag. Auch nächstes Jahr wird er noch keine Glatze haben, noch lang nicht. Elektrische Zahnbürste kaufen! In der Beurteilung, von der er eine Fotokopie bekommt oder sich zu besorgen weiß (Sekretärinnen mögen ihn), wird er als aufstiegswillig, fähig und sympathisch bezeichnet, siebenundneunzig Punkte. Sommer auch vorbei. Die ganze Strecke Gewitterregen, sodaß ihm gleich hinter Augsburg oder Hannover verfrüht die Nacht auf den Hals kam und blieb und er für den finsteren Rest des Wegs dreimal so lang gebraucht hat, Halsschmerzen immer schlimmer. War da nicht auch eine Inge oder Monika die immer so niedlich den Nachtisch brachte, brünett oder blond? Daheim dann ein leerer gutbeleuchteter Kühlschrank; gleich Mitternacht. Mußte lang herumkramen, murmelnd, in der vorgeschrittenen Stille, fremd, fremd (das Mastodon ist nicht mehr; keine Biene überlebt ihren Sommer), bis er doch noch wenigstens einen Rest trübgoldenen Sherry fand, bitter: halbtrocken nennen sie das. Noch von Johannas längst vergangenen Kochfesten an Regentagen. *Wind; lauter zitternde Nachtfalter in meinem leeren Mitternachtszimmer, Fenster offen – Sommer auch vorbei. Wind, leere Nachtstraßen.*

IV

Oder sind es trächtige Lizenzen, die er vermakelt wie angeboren, Erfolg, Wertpapiere, Beteiligungen, Projekte, Tips, Reihenhäuser und beglaubigte Blaupausen; die Schwierigkeit zu sein. Sitzt so ein aufgeschlossen skeptischer Anzug mit Aktenkoffer im Raum und hat schon gewartet. Und der zweite, der jetzt dazukommt, zielsicher selbstbewußt, na, erkennst du dich noch? Jetzt die Hände: geschüttelt, die Zähne: gebleckt, hat seine Richtigkeit; Blickkontakt, wieviel Uhr? Jetzt hast du halb schon gewonnen und kannst wohlgemut in die heutige Ferne denken. Intuition, er spielt seine Rollen gern so, daß sie sich fast von allein spielen. Sein Büro, Bügelfalten, sein dies und das, ein diffizieles Gleichgewicht im Universum, weiß außer ihm keiner davon, er spürt es im Magen und in den Gehörgängen. Rhythmus und Einsatz, der rechte Moment, wie man sitzt und steht und sich zeigt, wer man ist: einer der Bescheid weiß, ein Sieger. Sie auch? Dokumente betrachten. Unbezahlbar die Aufmerksamkeit, mit der er sich präsentiert und beeindrucken läßt; gut hierher gefunden? (Vorher den simplen Weg natürlich idiotensicher beschrieben, mehrfach!) Er kann keinen nach seinem Wohlbefinden fragen, ohne wirkliche Wärme zu zeigen, ohne auch gleich in der Tat ehrlich daran interessiert zu sein, beschwörend. Schon als Kind geradezu unwiderstehlich gewesen, die meiste Zeit jedenfalls. Dokumente betrachten; vor seiner hochgelegenen Fensterfront verdämmert die Stadt, sie ist *echt*. Richtig, der erste Schriftsatz bis Dienstag. Bei Siemens im Vorstand, selbstredend, das bleibt unter uns. Über Fernschreiber. Dann sind doch gleich danach tatsächlich schon fast zwei Stunden vergangen im Nu, ein gutes Zeichen. Wird Kaffee aufgetragen, Tee, eine Jagdgeschichte aus Ceylon, doch nicht nein zu diesem erlesenen privat importierten Highlandswhisky an so einem kalten Tag um beinah 16 Uhr 30 und kann der eine oder andere von beiden jetzt endlich seine erstklassige gepflegte Sekretärin antanzen lassen, ein Aktivposten der vorgeführt wird. Aber bitte, aber selbstverständlich doch Eis und Soda, und demonstrieren wie gut sie dressiert ist, aufs Wort, führt sich ganz von allein vor, unser bestes Pferdchen im Stall. Und in entspannter Atmosphäre jetzt zusehen lassen, wie sie wohlerzogen und graziös, eine Ministerialratstochter, mit dem Tablett, mit Gastlichkeit, Flaschen und Gläsern hantiert und auch ihre Röcke, obzwar damenhaft dezent, das kann man verlangen, werden jetzt immer kürzer. Genau wie in London. Soll man sie nach amerikanischer Bürositte kameradschaftlich von oben herab per Sie mit dem Vornamen, zumal sie Anita heißt, oder eiskalt Frl. Kürchner? Je nach Anlaß doch, da man taktvoll die Wahl hat und jederzeit Herr Verkaufsleiter Merderein ist. Zum Wohle der Firma. Wem gehören denn die Moneten? Die erste vorbereitende Vorbesprechung, Donnerstag, kann man mit dem bevorstehenden Wochenende operieren, *riecht* es nicht schon nach Hochwald und Schnee?

Man wird noch darauf zurückkommen, man wird telefonieren, sich Schriftsätze schicken lassen, vertraulich Kopien, womöglich ein paarmal zusammen essen, warum nicht auchmal verstimmt und in Eile im Steakhaus ein Mittwochmittag; dann laß die Zeit eine Weile ins Land gehn. Wie auf einem prächtigen Werbekalender, Farbfotos, Hochglanz. Inzwischen habt ihr euch, ein vorerst verhindertes Paar, beim Tennis, beim Notar, bei Herrn Generaldirektor Wedel sen. gesehen, begrüßt, beglaubigen lassen; einmal gemeinsam zur Besichtigung, leider in Eile und ausdrücklich inoffiziell (aus Anstand sind beide in Eile); eine auswärtige Tagung, ein Zufall, kann man sich in dem Trubel, kann man gekonnt mit dem Gesichtsausdruck, kann man sich gleich über eklatante Organisationsfehler einig sein. Unter uns: dilletantisch, die falschen Hände. Wird noch ein Essen, ein Frühling, ein Gutachten, seine Frau soll ja kürzlich, wie ist sie denn eigentlich? die Drollhammer-Anteile geerbt oder hängt das wie lang denn noch beim Gericht, wird man unterderhand mit mehr als vertraulichen Informationen, ein Glücksfall, eigens dafür lang genug zurückgehalten, fast nicht die Nerven gehabt und genau im rechten Moment, ein gutes Geschäftsjahr, wird sich schließlich offen und konsequent, sozusagen als Profis, Sie haben offensichtlich ja einen Blick dafür, aber nein, Sie *müssen* sich gar nicht entschließen, keineswegs, dann noch einmal zur Besichtigung wie besichtigt, aber wir können in diesem Stadium doch keinen vereidigten Sachverständigen, auch durchaus unüblich, ein Bankgutachten, eine Expertise, ein Experte, ein freundschaftlicher, ein sonniger Nachmittag früh im März oder Mai, fast schon sommerlich, ein gelungener Auftritt, eine gutgelaunte Gemahlin, ein bißchen Philosophie, Zauberei, Aberglaube, ein bißchen Applaus ganz unerwartet im rechten Moment auf offener Szene (oder wie wir das schließlich handhaben wollen, wie es sich ergibt) werden wohl noch erforderlich sein und dann zum Notar schon zwecks Vorvertrag, wie für eine gute Ehe in diesen Kreisen.

Was für eine saubere Arbeit, wortwörtlich, hätte meine Mutter bewundernd gesagt; für sie war jede Arbeit ein notwendiger täglicher kleiner Sieg, zum Wohl der Menschheit hartnäckig erkämpft gegen Dreck, Kälte, Hunger und Tod, folglich jede Arbeit eine anständige Arbeit und anders als mit dem rechten Werkzeug, mit Kraft, Mühe, zuversichtlichen Händen, Gottes Segen und unbegrenzt gutem Willen fast unbegreiflich.

Nicht umsonst ist er in der Nachkriegszeit aufgewachsen, in Deutschland West, in der Amizone, fährt seit einem Jahr einen tollen südseeblauen Ford Thunderbird Baujahr 62, Traumauto, in Düsseldorf billig gekauft. Genaugenommen natürlich zu protzig fürs Geschäft, für jedes Geschäft, doch steht ihm gut, sagt er sich, und wie mans nimmt natürlich auch ein möglicher Pluspunkt in den Augen der Kunden. Und freut sich, sooft er einsteigt, sooft er drandenkt (es gibt nur höchstens zwei oder drei in der Stadt; wer weiß, wem die beiden andern gehören).

Ein Frühlingsregen am Morgen, er ist früh dran, hat im Café gefrühstückt; gleich danach kam die Sonne durch. Wie der Tag dann unverhofft funkelt und blitzt, da hast du gelächelt und hast es erst dann gemerkt. Kam vom Opernplatz und ging durch die Goethestraße: um elf beim Notar, laß dir Zeit. Doch richtig, der helle Anzug. Jetzt sogar hätte ich gut und gern zu spät kommen können ohne Schaden. Nicht der erstbeste kleinliche dumme Einwand im letzten Moment und alles zerschlägt sich oder geduldig nochmal und nochmal von vorn, gut nochmal ein dreiviertel Jahr, während vier andere sichere Kunden abspringen. Kaum eine Stunde später und das Geschäft ist perfekt: er hat seiner Firma gut zwei Millionen verdient und für sich selbst zusätzlich zu Gehalt und Spesen hübsche zwölf- oder zwanzigtausend als Provision unterm Tisch, ein brandneues rundes kleines Vermögen. Jetzt nachträglich lief ihm das fast schon zu glatt. Und wie lebhaft und froh er davon berichten kann und sich selbst spielt, gleich über Mittag im Büro: sind sie fachmännisch wieder hingerissen. Sozusagen von einem höheren Gesichtspunkt aus ist die Welt mit jedem verdienten Erfolg eine bessere Welt, auf lange Sicht sozusagen mehr wert, bewohnbarer und verläßlicher, doch das mußt du diesen freundlichen Narren hier zum Glück nicht erklären, nicht jetzt. Jeder hat ein strahlendes

Sektglas in der Hand, wir stehen aufgeräumt vor meiner repräsentativen Fensterfront, die Herren der Welt. Dann auf den Erfolg hin zehn Tage Frühlingsurlaub in Oberitalien, er hat das Gepäck schon im Auto, fuhr noch am gleichen sonnigen Nachmittag ab. Am Abend in München, ein Hotel in der Maximilianstraße. Unterwegs in den Süden; die Linden blühn. So grün ihr Laub im Laternenlicht, Mai und die Welt so jung wie er selbst und schien ihm nicht in Gefahr.

Fing es nicht damals schon damit an, daß seine Arbeitsweise und auch seine Ruhezeiten wie Anfälle immer hektischer wurden, Suff und Drogen, daß er in immer kürzeren Abständen überstürzt zu immer weiteren Reisen aufbrach, um sich zu verlieren (wiederzufinden). So hat er nach einem langen steilen Weg, der ihm (wie er sagt) dennoch leicht wurde, hat er mit viel Glück, verdientem Glück und beständiger Arbeit, Privatleben auch, ist ihm nichts je zuviel gewesen, war jeder Tag jederzeit jede Hoffnung, jedes Geld, jede Mühe ihm wert und nie ohne Zauber, magisch, ein Spiel.

Bis er es, wann hat das denn angefangen, immer öfter immer gründlicher satt hat, kann das Geschwätz nicht mehr hören, schon gar nicht sein eigenes. Der Kalender ist falsch. Er kann sich keine Gesichter mehr merken. Ihn ekelt vor jeglicher Zuversicht. Am liebsten sind ihm Termine, die abgesagt werden. Notfalls im letzten Moment; muß dann direkt an sich halten, um seine Dankbarkeit, seine Freude nicht zu deutlich zu zeigen. Notfalls höhere Gewalt, auch plötzlich und unerwartet, jeder Hinterhalt ist ihm recht, aber ja, um hineinzustolpern. Warum nicht mehr Mißverständnisse, er will gern daran glauben. Wer garantiert mir? Immer andere Namen und Geschichten, die er sorgsam verwechselt. Hat er jetzt schon seine „Eigenheiten"? Ein Erklärungszwang, eine Waschphobie, eine Bibel und eine prächtige Bilderbibel, aber keine Wasserwaage im Büro, daß er neuerdings die Putzfrau zum Schwätzen animiert, Vormittage, sogar zuhört, und ihre Sorgen, als seien es die der Firma, hinterher bekümmert in die Finanzabteilung schleppt, allen Ernstes. Was er sich dabei wohl denkt? Fängt an, auf Konferenzen eine Katze mitzubringen, eine geliehene Katze, weil der Garagenverwalter zur Kur ist, die Gallenblase. Jetzt hat er die Jackentaschen voll Trokkenfutter und erläutert gern einfühlsam ihre nervösen Beschwerden, verursacht durch das Stadtleben. Stress. Geboren ist sie in einem Dorf mit kaum dreihundert Einwohnern (Seelen) im Hunsrück.

Vorher seit Generationen dort in der Stille. Gelebt und gelebt. Ob das Trockenfutter in größeren Mengen nicht doch zu salzig? Und auch den Sekt säuft er neuerdings am liebsten allein, ist zu jeder Tageszeit jeder Anlaß ihm recht. Sein Kreislauf, wozu denn ein Anlaß? Lieber noch Cognac jederzeit, unentwegt tief in Gedanken. Nicht stören! Er hat veranlaßt, daß die Fensterfront in seinem noblen Büro nicht mehr so oft geputzt wird. Oder hat er sich bloß vorgenommen, das zu veranlassen? Immer wieder immer noch ein Tag, den er dringend auf morgen verschiebt, Gründe genug, und kennt sich kaum wieder: so fern bin ich mir. Ist morgen ein anderer, auch noch ein Tag? Er weiß nicht, seit wann und warum, aber es ist nicht mehr die gleiche Welt. Und will keiner dafür verantwortlich sein.

Schon fällt es ihm schwer, zu entscheiden, welche Zeiten die besseren Zeiten (gewesen sein sollen) oder ob es sie gar nicht gab. Ja und nein selbstverständlich. Er sucht und sucht und weiß nicht, wo suchen. Mitten in der Windstille auf Windstille wartend, nichts regt sich, kein Hauch. Wodka am Morgen oder Rum im Kaffee, Sekt und Martini sind selbstredend vormittags am bekömmlichsten, Wein in der Sonne, nachts auch, und Cognac die meiste übrige Zeit; bei Cognac bildet er sich ein, der läßt sich für ihn am besten dosieren: nie genug und immer zuviel. Die ganze Strecke mit Wachtabletten und vorm Einschlafen jedesmal eine Flasche Portwein, gut für die Nerven. Zur Not auch Burgunder, zur Not ist jeder Fusel ihm recht, damit sie leise werden und weniger dringlich für eine Weile, die Stimmen in seinem Kopf.

Musik natürlich als wohlfeile Droge, Musik ohne Ende, die Beatles oder Vivaldi, er kann wochenlang die gleiche Seite der gleichen Platte jeden Tag zwanzigmal hören. Aber gleichzeitig wird er *süchtig* nach Stille. Demnächst, demnächst, er hat sich ein Tonbandgerät gekauft oder wird sich nächstens eins kaufen, Aufnahme und Wiedergabe so nebengeräuscharm wie möglich (den diesbezüglichen Fachausdruck hat er vergessen; gerade jetzt, da es anfängt auszubleiben, darf Geld natürlich erst recht keine Rolle spielen): um geduldig aufzunehmen die Stille.

Er muß nur noch den geeigneten Ort finden. Derzeit, soviel er auch grübelt und sucht, ist ihm jede Stille, die er findet, noch vielzulaut: im Wald, auch wenn kein Vogel singt, Felder, die Ruhe vor dem Sturm, der Abend, in seinem Gedächtnis, in den Spiegeln, im Schatten, am Wasser, Vergangenheiten, die Wohnung, wenn er nicht da ist, ein Abschied, das kann nicht einmal fürs erste genügen. Spät in der Nacht, wenn alle gegangen sind und es hat geschneit, hat eben erst aufgehört. Kann es sein, daß sein Gehör mit den Jahren immer leistungsfähiger, immer empfindlicher wird: gibt es das, die Hellhörigkeit des Alters? Er hat Sanduhren ausprobiert, lautlos sollen sie sein und machen ihn beinah taub. Einen gefrorenen Wasserfall denkt er sich aus, haushoch. Doch müßte man vorher jahraus, jahrein mit seinem immerwährenden mächtigen Rauschen gelebt haben: von Kind auf, dazu ist es schon zu spät. Nachts um drei, die Wohnung gleicht einer Gruft: Doppelfenster, Rolläden runter, die Vorhänge zu, dicke rote Samtvorhänge (der Vormieter war Museumsdirektor, der Kustos der Städtischen Sammlungen). Draußen die nächtliche Lügenstadt, er hält sich die Ohren zu, er hat sich die Ohren kunstvoll mit Wachs und mit Watte verstopft, eine Pelzmütze auf, hält die Luft an: immer lauter ihr nächtliches Rauschen ums Haus und er hält das nicht länger aus!

Auch Steine, Felsen, Gebirge reichen ihm nicht: ihr Schweigen ist noch zu aktiv, vielleicht noch zu jung. Er denkt an die Wüste, weit weg, den Meeresgrund wo er am tiefsten, im Philippinen-Graben, besser noch unterirdisch, eine schalldichte Höhle tief in der Zeit. Zum Mittelpunkt der Erde und dann Aufnahmen machen, die er fortan jederzeit überall mit sich tragen, ein Tonarchiv, und sooft er will abspielen kann. Falls erforderlich über Kopfhörer. Wie in einem dicken Glasklumpen, eingeschlossen im ewigen Eis, aber sonst hat er keine Sorgen.

Bald kommt er in die besten Jahre. Er sieht sich wie aus weiter Ferne, wie aus einer anderen Zeit am Tisch sitzen, im Lampenlicht: wie Wolken die Zustände, die ihn belagern; schon jahrelang Winter.

Sein Haus, die Straße in der er wohnt, sein Viertel, seit wann denn, er spürt es wie einen sanften beständigen Schmerz: jetzt und hier, das ist immer; eine vertraute Narbe, du weißt sie ist da, doch kannst nicht aufhören, sie zu berühren. Wie lang soll ich mich noch damit abschleppen? Er verschanzt sich in seiner Wohnung, bis die aufgespeicherte abgelaufene Zeit wie ein Fluch auf ihm lastet. Und kommt dann wieder, bis er sich selbst kaum noch kennt, besessen und müde, zu Tode erschöpft, ja richtig, das stimmt, Tage gibt es, kommt wochenlang gar nicht heim. Nie seßhaft gewesen, aber noch einen Umzug würde er nicht überleben. Auch gar nicht überleben wollen: lieber für immer obdachlos, Flucht und Lebensgefahr, lieber gleich die Identität wechseln.

Sich anstrengen, abhetzen, auskennen, tausend Tricks, und wie spät kanns denn sein, beeil dich! Zeit und Geld sparen, das bin doch nicht ich, sich zurechtfinden, immer wieder als Persönlichkeit, immer wieder einen Parkplatz finden, Termine absagen, den Hut grüssen, fristgerecht absagen, verspätet absagen, aalglatt vergessen, die Buchhaltung nicht vergessen, Behörden, Banken, Gespenster, was da alles zusammenkommt. Er kommt und geht und kehrt wieder. Einen Anfang finden, geht es dir gut? Ein ausgebliebener Brief, ein verlorener Tag; das war gestern.

Immer weiter, nie krank gewesen, Müdigkeit überwinden, es wird nicht mehr lang dauern. Beinah selbst so ein Hut geworden, gewesen. Was heißt denn Tisch und Bett, ob sie noch auf ihn warten? Man muß lernen, im Dreck zu leben, den Alltag rationalisieren, es aushalten, immer noch eine Nacht und noch einen Tag, eine Woche die Zeit ertragen, besiegen, besänftigen, auswendig lernen, sich abfinden hat er nie gelernt; sogar zur Ruhe fehlt ihm schon die Geduld, braucht er Unmengen Suff und Tabletten. Ins Schleudern geraten, eine zeitlose kleine Ewigkeit: mußt du es schaffen, das Steuer ganz locker! Wie wenn gar nichts, geht es nicht schon bergab? Ach Frieden, hör zu, eine einfache Wahrheit: im Augenblick höchster Gefahr überkommt dich eine Gelassenheit, wie damals als Kind in der Sonne, barfuß im Gras, im heißen Sand, auf einmal erkennst du dich wieder. Noch Zeit, so weit ist es noch nicht: muß erst noch vielfach schlimmer! So wahr du hier gehst, stehst, sitzt: du *wirst* dich erinnern!

Irgendeinmal muß es in seinem Leben den Kopf eines Löwen gegeben haben. Als Türknauf, aus Messing. Der hielt verbissen einen schweren eisernen Ring im Maul, wer weiß wie lang schon. In jedem Wetter, mit aller Kraft. Und blickte drein, als sei er entschlossen, unter keinen Umständen loszulassen. Immer öfter jetzt kommt dir vor, du trägst diesen Löwenkopf als mächtiges schweres Haupt auf den Schultern. Sich besinnen, ein altes Lied. Den Abfall beseitigen, wegschmeißen, auffressen, reorganisieren, verzweifelt: nicht verzweifeln! Sich furchtlos fallenlassen, du wirst es schon lernen! Morgen wieder! Es wird immer später und wo kommst du hin und wann kommst du an?

Ausschließlich deinem zähen Willen zufolge oder wie es sich glücklich ergab, einzig mit deinen Sinnen, deiner Stimme und deinem Gedächtnis hast du Tag für Tag ohne Unterlaß deinen Kosmos, eine komplette eigene Welt geschaffen und geschaffen. Und das hat nicht nur tatsächlich funktioniert, sondern überdies auch die Zeit inganggehalten, jedem einzelnen Tag seine Notwendigkeit, sein Gelächter, seinen Anlaß und Sinn gegeben; vom Lebensunterhalt gar nicht zu reden. Vergiß nicht, es gab eine Zeit! Und wer alles daran teilhatte. Nie müde geworden und jetzt?

Schon im voraus graut dir vor jedem Schritt, jedem Handgriff, auch nur in Gedanken. Was man alles im Kopf haben muß, er hört kaum noch zu, und Essen und Mühe und Arbeit jeden Tag wieder, allein all die Türen und Schlüssel und Gedanken und wohin gehst du? Was ich mir alles merken soll, die gesamte Geschichte der Menschheit bei jedem Erwachen, überdies meine eigene. Träumt mir jetzt nie mehr was oder kann er sich bloß nicht erinnern, was ist denn schlimmer? Namen und Daten, aufs Wetter achten, die Zeit und daß man sich nicht aus den Augen verliert, Schritt für Schritt. Himmel ewig bedeckt. Die Waschphobie nur in der Firma! Wer weiß, was du alles vergißt, womöglich für immer. Nur das Wichtigste, Zähneputzen, Essen und die Verdauung, ein Zyklus, reicht ein einziger freier Tag manchmal kaum dafür aus. Wie auch noch Zeitungen kaufen, Zigaretten und Zuversicht, steht man lieber gar nicht erst auf und muß diesen samt dem gestrigen Tag wider besseres Wissen auf den nächsten verschieben, seufzend, so eine Anstrengung, vielmehr sogar lange Qual. Und wie ihn das wieder deprimiert, braucht auch seine Zeit, seine Kraft. Muß er sich Zeugen suchen dafür; die meisten sind als Zeugen kaum zu gebrauchen, viel zu stumpfsinnig.

Übersicht: fängt man an, die Handlungen, Vorgänge, Vorsätze, auch nur die einfachsten, ordnungsgemäß zu zerlegen, das summiert sich, das nimmt kein Ende (jetzt hat er mit vierzehn Griffen mühsam die Schere verlegt). Da siehst du erst, wieviel Arbeit in jedem Bewegungsablauf und jede Einzelheit will benannt und immer wieder benannt sein, dafür reicht die Zeit gar nicht aus: soll man es nicht lieber schriftlich? Wie das erfassen, was einem nicht einfällt? Wer weiß, sind nicht selten die besten Gedanken? Wo anfangen mit Erklärungen? Zuhörer, ungebildet und desinteressiert, haben bestenfalls ihre langweiligen eigenen Angelegenheiten im Kopf und von Organisation keine Ahnung; wie soll er ihnen auch nur die Leistungen eines einzigen Tages einhämmern? Und zwar so, daß sie auch wirklich betroffen sind; von seinem Unterbewußtsein und der unerläßlichen Vorgeschichte, wann hat das denn eigentlich angefangen, gar nicht zu reden. Mit zusammengebissenen Zähnen: gut zwei

Stunden hat er diesmal zu dem Entschluß gebraucht, sich endlich die Nägel zu schneiden, Herrgott. Vorher wochenlang graut ihm davor. Und jetzt, wie er endlich so weit ist oder sein könnte (oder soll er das doch lieber im Büro, aber da kann er sich neuerdings immer schlechter konzentrieren und schafft das vielleicht auch gar nicht an einem einzigen Arbeitstag), jetzt ist auf einmal die Schere weg. Die eben noch da war. Und kein Lachen das mich erlöst.

Dazu die notwendigen medizinischen, psychologischen, historischen etc. Kenntnisse und von Fall zu Fall die Entscheidung, sowie die unerläßlichen sachkundigen Zweifel, in welches Fachgebiet was auch immer gehört: müßte man Referenten haben, aber wer kann sich das leisten. Heutzutage. Müßte er nicht, alle Vergangenheiten zusammengerechnet, insgesamt längst drei oder vier rostfreie Nagelscheren besitzen? Müßte nicht wenigstens jemand da sein, der von seinen laufenden immensen Verlusten auch sichtbar profitiert?

Mit dem ganzen Kram von Klamotten, Einkäufen, Abfall, Erinnerungen, Ein- und Auspacken jeden Tag wieder, das nimmt kein Ende. Zu welchem Ziel? Das Auto steht im Parkverbot, soll in die Werkstatt: er ist froh, wenn er es nicht sieht. Das ist das Leben, geht weiter: permanent eine Zumutung, das hat er nicht verdient. Will er die Hemden aus der Wäscherei holen (ausgerechnet heute, wo er nichts vorhaben wollte), muß er vorher in eine Kneipe: sich sammeln. Bevor er in die Kneipe geht, erst noch schnell einen Schnaps trinken, zwecks Gelassenheit. Muß er sich Schritt für Schritt vorsagen, muß er Geld einstecken, die Schlüssel: das geht aber nur, wenn er auch angezogen ist. Braucht er ein frisches Hemd unter anderm (noch gut, daß kein kalter Winter ist, eher so eine Art Zwischenzeit, die mit jedem Tag mehr vergilbt). Braucht er sein Gedächtnis, Lebenserfahrung, sogenannten gesunden Menschenverstand, kriegt man auch nicht geschenkt, und dazu seine kleine Kartei.

Im Begriff zu gehen, wenn er endlich alles eingesteckt hat und sich zum zehnten Mal murmelnd davon überzeugt, rufen ihn Licht, Gas, Wasser, Plattenspieler (gut, daß er das Tonbandgerät noch nicht gekauft hat), jedes Fenster, Gedanken, Zettel, die Stille, jede mögliche offene Schublade noch einmal einzeln zurück zum Rapport. Der Kalender auch; sie tyrannisieren ihn, er weiß es genau, doch kann nichts dagegen tun: fliehen nützt nichts, er hat es ausprobiert. Früher hast du, den Blick in die Ferne gerichtet, Stadt um Stadt ohne Reue verlassen, sind die Horizonte nur so hinter dir weggesunken; wenn es galt, aufzubrechen, war dir jede Tageszeit recht. Jetzt zieht und zieht dich jeder vergessene Blick an seinen Schauplatz zurück, die Namen beschwören dich, jedes Ding will benannt sein, jeder Augenblick aufbewahrt für alle Zeiten. Ist die Tür endgültig zu, bist du jetzt schon todmüde, fängt augenblicklich das Telefon an zu klingeln. Wie ein Hilferuf in der Ödnis. Bis er sich endlich entschlossen hat, aufschließt, in Gedanken schon unterwegs, auch noch pflichtbewußt stolpern: ist längst niemand mehr dran. Diesmal fast noch geschafft, den letzten Ton hat er noch als unnützes Echo im Ohr. Sobald du gehst, fängt es prompt wieder an. Wie denn noch an Lappalien glauben, er glaubt ja nicht einmal mehr an Zufälle. Vielleicht ein Irrtum, aber Irrtümer müssen aufgeklärt und was ist das für ein Leben, in dem man inständig selbst auf Irrtümer hofft. Bist du schon so verblödet, daß du allen Ernstes ein Irrtum als solcher denkst? Überdies die unwiderlegbare Vorstellung, es sei immer die gleiche unausdenkbare wichtige Nachricht, der gleiche unselige Schicksalsbote, der ihn auf diese Art nie und nimmer erreicht, wer kann das denn sein? Oder sich über ihn lustig macht, aber wer? Läßt er es klingeln und geht, so begleitet ihn dieses Klingeln, verloren in Raum und Zeit, den Rest des Tages auf all seinen Wegen. Das ist, als ob man einen Ertrinkenden im Stich lassen soll. Kehrt er am Ende der Zeit mit seinem Bündel, die Welt ist sein Bündel, unverrichteterdinge zurück: hörst du, es klingelt noch, wieder! Aber bis er aufschließt, natürlich schon nicht mehr. Soll er gehn oder bleiben? Der einzige Ausweg: vor der eigenen Tür, du bleibst stehen und hörst geduldig zu, wie es klingelt. Nächstens noch ein paar zusätzliche Sicherheitsschlösser. Sooft es ihm dennoch gelingt, das Haus zu verlassen, steht ein Gespenst vor der Tür und hat schon auf ihn gewartet: die Ahnung, es könnte sein, daß er nie mehr zurückkommt, aber laß dich nicht aufhalten.

Dann das Auto ignorieren, da steht es und glotzt vorwurfsvoll. Unterwegs nachprüfen, ob er auch alles einstecken hat: da hat er Übung drin, wie ein alter Mann, das schafft er im Gehn. Kommt ihm meistens die Nacht auf den Hals. Immer die gleichen Straßen, die du gehst, schon sieht er sich als geduldigen Greis daherkommen, der seinen Krieg gehabt hat. Aber in Gedanken klären, ob er da einen Zettel braucht, eine Auftragsbestätigung, damit er die Hemden bekommt. Doch lieber nochmal in Ruhe, also einen Umweg ins Café (wenn er das auch erst noch suchen müßte, doch kennt sich zum Glück hier aus: hier hab ich doch gelebt, sagst du dir verwundert und bist immer noch da). Wie kann er schon aussehen, so ein Zettel? Es gibt nicht genug Cafés in der Stadt. Muß jetzt schon anfangen, auf die Uhrzeit zu achten herrje, weil sich alles so hinzieht, und daß das Geld dann noch reicht.

Er geht nur noch äußerst ungern zur Bank, lieber gar nicht. Man muß grüßen, dem Schalter entgegentreten, die richtigen Formulare; jedesmal. Wieder spürt er sein Leben vergehen, wieder ist ihm, als sei eine lieblose Filmkamera auf ihn gerichtet. Einmal ist die Szene überdeutlich, geradezu unerträglich, dann wieder so verschwommen, so trüb, als ob er eine Brille aus Milchglas aufhätte und sich keine Zukunft mehr vorstellen kann. Beim Unterschreiben kommt er sich vor wie ein bald erledigter Fälscher; ob sie schon Verdacht geschöpft haben? Weil sie denken, sie wissen, wer er ist. Sie haben sich in den Kopf gesetzt, ihn zu kennen, das ist der Grund: da fühlt er sich gleich überfordert, ein Fremder. Neuerdings, wenn er schon wieder dringend Geld braucht, ist es noch am einfachsten, er fährt im letzten Moment in einen entlegenen frischverputzten Vorort. Unbedingt vormittags, damit nichts dazwischenkommt. Mit einem Taxi, damit er nicht gleich wieder das Auto am Hals hat. Mit einem Taxi läßt sich auch leichter die nagelneue Zweigstelle finden, meistens ein kubistisches Bienenhaus. Nur hoffnungslose Dilletanten, denen keine Wahl bleibt in ihrer Verzweiflung, würden sich eine solche Zweigstelle für einen Überfall aussuchen. Meistens muß er den unwilligen Fahrer warten lassen, weil er sich, alle Taschen leer, ganz zuletzt erst dazu aufgerafft hat. Er muß den Personalausweis vorzeigen und sie flüstern untereinander ein bißchen, im Hintergrund, bevor sie die Zentrale anrufen; macht zwei Mark Gebühren. Wer weiß, was sie in der Zentrale denken. Meistens dauert es eine Weile. Gern hört man indessen den Angestellten zu, wie sie sich (das muß eine geheime Dienstvorschrift sein) anheimelnd über Urlaub und Krankheiten unterhalten: fast als ob sie sich vorher abgesprochen hätten, fast wie ein echtes Gespräch, und verliert sich glücklich ein bißchen dabei. Als sei nichts geschehen! Doch werden sie wohl auch hier längst ihre versteckte automatische Kamera haben. Und wenn du dein Geld dann endlich hast; es ist dir mehrfach lang und breit vorgezählt worden (wie wenn du es nur gezeigt kriegen solltest), wenn du es hast und spürst den Angstschweiß trocknen auf deiner Stirn: beim Verlassen der Zweigstelle bist du so erleichtert, daß du unwillkürlich (nur weg hier!) an dem wartenden Taxi vorbei, aber der erfahrene Fahrer mit Abendpost „Grausiger Fund: Erneut Leichenteile auf Autobahnrastplätzen" hat dir wohl gleich nicht getraut, zu Recht wie sich zeigt, und stellt dich mit Anruf. So deutlich zeigt er dir, daß er dich auf frischer Tat ertappt hat, daß du ihn gar nicht schnell genug bezahlen und loswerden kannst. Nur darf er von deiner verdächtigen Eile natürlich nichts merken. Mach also immer noch eine abgeschmackte Bemerkung über das wahrhaftige Wetter, auch wenn du dich damit nicht auskennst: er wird dir sowieso kein Wort glauben. Frag ihn, wie spät es ist: umso besser wird er sich später an die mutmaßliche Tatzeit erinnern und dieselbe guten Gewissens beschwören können. Schon jetzt hat er dich als Steckbrief im Kasten, im Kopf. Noch gut, daß er wenigstens echt ist, der druckfrische Hundertmarkschein. Dann, weil dieser ausgemessene Vorortfrieden dich aufregt, soviel Ruhe, was soll denn passieren, passiert sein?, hast du mehrfach den Fehler begangen, dir von der nächsten Telefonzelle aus gleich ein Taxi für die Rückfahrt zu rufen. Kam über Funk dirigiert wie ein Kastenteufel blitzschnell der gleiche Fahrer zurück, du erkennst ihn an seiner Sonnenbrille, mindestens daran. Jetzt kamen zu seinem hinreichenden Verdacht noch die begründeten Zweifel an deinem Verstand und auf der langen Rückfahrt, ein vormittäglicher Stau nach dem andern (mußt du immer noch eine Pille schlucken), hielt er dich geschickt in seinem kleinen viereckigen Innenspiegel gefangen. Besser du suchst dir fürs erste umsichtig eine Vorortkneipe. Da bist du als Fremder zwar auch verdächtig, besonders vormittags, doch kannst wenigstens immer noch einen Schnaps drauf trinken. Das lindert, das macht es nicht besser, doch vermag dich vielleicht auf andere Gedanken zu bringen. Besser keine Zeitung. Willst du nicht ein paar Groschen da in die Spielautomaten? Eine neue Generation. Natürlich ist es nicht nur dein Kleingeld, was du ihnen opfern sollst, sondern ein überzähliges Quentchen von deinem Leben: als ob du sie damit vorübergehend beseelst. Oder wenigstens ihr mechanisches Funktionieren, das Maschinendasein eine Weile mit ihnen teilst. Nachher wird es in jedem Fall so aussehen, als habe der Verdächtige durch gerade dieses sein auffälliges Verhalten, das kennt man ja. Keinesfalls laß dich in solchen Vororten in der Nähe von Kinderspielplätzen ertappen. Erst recht nicht bei in um auf vor oder hinter öffentlichen Bedürfnisanstalten, Bahnhofspissoirs, Kindergärten, Schulen, Schulhöfen, Schwimmbädern, Sportplätzen, Eisdielen, Postämtern, Polizeirevieren, Selbstgesprächen, Gemütszuständen, Verwirrungen, Grünanlagen, Schutt abladen verboten!, Privatgrundstücken, Garagen,

Bauplätzen, Eigenheimen etc. Nicht in Eile, nicht herumlungernd! Vor Aufläufen und Zusammenrottungen, spontan oder wie auch immer, mußt du dich hüten, das ist klar. Aber auch vor konzentrierten Abwesenheiten, mein Gott, und Einsamkeit jeglichen Sinnes: keine Zeugen, das ist nicht geheuer. Die Leere, du spürst sie als Sog, wer weiß, was dich da überkommt – Gedankenfreiheit *ist* keine Kleinigkeit. Sogar Supermärkte, Telefonzellen und Bushaltestellen sind nicht ungefährlich, solltest du besser meiden; auch Zeitungsstände und Zornausbrüche, sowie jedweden Augenschein. Aber am schlimmsten ist es, wenn du die eigenen Nerven verlierst, stellst dich freiwillig und hast dann nichts als einen unbestimmten Verdacht vorzuweisen. Beinah abgeschweift.

Noch gut, daß kein Sonntag und wie geschickt du dir das gleich schlüssig beweist und beweist. Im Café durch Zufall (aber was heißt denn Zufall) einen Spiegelartikel über Albträume, Magengeschwüre und Bevölkerungsdichte entdeckt: muß er sich morgen besorgen und für sein Archiv kopieren, registrieren und kommentieren. Unverzüglich, schreib dir das auf (diesmal wenigstens ist die Schrift schon erfunden, muß er sich nicht auch noch damit abschinden). Jetzt endlich kann er sich auf die nahe Zukunft d.h. auf die Wäscherei konzentrieren, mindestens vier Mühlsteine gegenläufig in seinem Kopf. Im Café hat das Licht ihn geblendet, der Kellner ein Trottel, kein Tisch frei, so trüb das Gesöff, fast kam es zum Kampf.*

Die Wäscherei, kommt er endlich hin, ein *abendliches* Eckhaus. Sind sie eben in aller Ruhe beim Zumachen, muß er sich auch noch erst hastig doch lang und breit erklären, entschuldigen: zweierlei Zeit; Tage gibt es. Hat dann den Zettel nicht, so ein blaßblauer Zettel mit Nummern drauf, manchmal sind sie auch gelb. In Dämmerung, Kälte, Abendnebel, erschöpft und heiser, findet ihn nicht. Nur vielerlei Krümel verdächtig in all seinen Taschen. Gibt sie ihm dennoch die Hemden, scheint ihn zu kennen (lieber nicht fragen). Reicht das Geld nicht, ein Rechenfehler, darf er sie trotzdem behalten, scheints guter Kunde. Wie er sich verwirrt an die Theke lehnen will, steht ein Kleiderständer breitschultrig im Pelzmantel da und hat ihn geraume Zeit schon beobachtet: ins Bodenlose,

* Das ist jetzt noch eine letzte manische Periode und dann wirst du depressiv, Patient P. der sich nie seine Nummer merkt; er sah sich bekümmert davongehn.

wird ihm fast übel vor Schreck. Beinah abgestürzt. Wieso denn verdächtig, wem und wofür? Wechselgeld steht ihm keins zu.

Sich selbst zum Gespött, fast ein Phantom, muß er gleich mit den Hemden (man wird sich persönlich verwechselt haben), mit dem restlichen Geld, genaugenommen gehört es schon gar nicht mehr ihm, auf die Aufregung hin ein Glas Wein trinken, zwei. Das nennen sie Mosel. Überall die gleichen greulichen Römergläser, die einen aufdringlich angrinsen. Immer noch außerstande, sich unbefangen zu räuspern. Jetzt ist es schon dunkel. So lebst du zur falschen Zeit und im falschen Land. Rastlos tätig. Sind die Schlüssel noch da? Den Rückweg hat er im Kopf, aber wo ist der Tag geblieben? Hat er nachher nur für Sekunden vergessen, aufs Wetter zu achten in dieser Finsternis und wird demzufolge auf dem unvermeidlichen Heimweg gleich klatschnaß, die Hemden auch: kann er gleich morgen wieder in die Wäscherei bringen. Endlich daheim; man kann sich die Hemden natürlich auch bringen lassen, sehr praktisch: doch geht, muß man warten, unversehens der Tag dabei drauf. Hörst du, es donnert? Jetzt ist schon das ganze Jahr Winter, aber die Gewitter hören nicht auf. Der Museumsdirektor muß seinerzeit hier an den Lichtschaltern, Leitungen und Steckdosen gehörig herumgepfuscht haben: vielleicht doch eher bloß ein hochstaplerischer Gehülfe, der alle Tage die Schildchen auf den Vitrinen bewacht, aber hat sich damit immerhin ein Luxusreihenhaus in Eschersheim oder Eschborn ergattert; vergiß diese Randfigur. Vergiß jetzt den Regen bis auf die Haut, sonst hast du morgen gleich eine Lungenentzündung. Für so ein hochqualifiziertes Gedächtnis ist vergessen natürlich nicht leicht. Diesmal bloß die Kühlschranktür offengelassen und zwei überzählige Fenster, als ob es auf das bißchen Kälte, als ob es auf diese wenigen Pfützen in seinem Leben noch ankäme. Was hier manchmal so knarrt? Das Haus ist nicht für die Ewigkeit, die Regale und Schränke werden zusammenbrechen, die Rohrleitungen verrotten und Papst zum Beispiel, wenn es ihm darauf ankäme, könnte er schon gar nicht mehr werden. Vielleicht war der schlaue Kustos der Letzte, der seine Schäfchen noch beizeiten ins Trockene, worauf denn noch bauen? Der Taunus ist auch nicht für die Ewigkeit, nur Naherholungsziel noch. Auch nie keinen Weinkeller gehabt, hat seine Geduld nicht gereicht, ist die Zeit ihm immer wieder zu lang geworden: soviel Vorräte gibt es nicht auf der Welt. Immer wieder, wenn er an diesem Tisch sitzt, fällt ihm auf, muß er feststellen, wie leichtsinnig er mit Beweisstücken umgeht. Keine Spuren, er *will* keine Spuren mehr hinterlassen! Was dich so stört, dieses immerwährende seichte Gemurmel hast du zwangsläufig aus dem Café mitgenommen. Er sitzt da und könnte weinen über seinen vergeblichen guten Willen und seine aufgebrauchte Geduld. Muß auch bald wieder dringend zur Bank!

Vielleicht künftig besser Geldverstecke anlegen in der Wohnung: mehr Spielraum. Er versteckt den Gedanken einstweilen seitlich in seinem Kopf; wieso denn ein Haushalt? Muß überdies jetzt die ganze Zeit, muß die Zeit im Kopf behalten und daß er in der Wäscherei noch Geld schuldig ist, Freundlichkeit auch. Wer weiß, wie lang sie noch mitspielen. Sind das überhaupt seine eigenen Hemden, doch ziemlich fremd oder nicht? Aber jetzt ist es zum Einkaufen schon zu spät, jetzt hat er bei all seiner Vorsorge für morgen kein frisches Hemd mehr und auch noch keinen Plan. Erbittert. Nichts zu essen daheim und selbstverständlich viel zu erschöpft, nochmal auszugehen. Aber wie sieht es mit dem täglichen Vitaminbedarf aus? Gottlob noch Getränke genug, aber die Zigaretten werden nicht reichen. Schmecken auch immer schlechter, wieder ein Tag. Wieder so ein Putzlappengeschmack im Mund, oder eher wie eingelegte Kartoffelschalen mit Spülmittel, aber das trifft es auch nicht (muß sich ein paar Chemiebücher kaufen).

Was ihn allein hier dieses Feuerzeug schon an Bedienung und Sucherei gekostet hat, ein Geschenk. Jetzt sitzt er wieder todmüde, schlaflos, alleingelassen mit seinen unsäglichen Erinnerungen da, war nicht auch noch Calvados im Haus? Lang nach Mitternacht und wer weiß, ob die Zeit und der Schnaps dafür ausreichen. Erst heute Morgen mit letzter Kraft aus Berlin, Hamburg, Hannover zurück, wohin soll er denken? Morgen wieder zu Tode erschöpft, muß er sich als erstes zielbewußt seinen Kater wegsaufen, eisern (nie keinen Kater gehabt). Bis er dann einen klaren Kopf hat, schon wieder halbwegs blau, wird es wie gewohnt schon auf Mittag gehn. Kommt eine Zeit, bist du müde der Welt. Soll er sein Leben lang weiter so, wer bin ich denn eigentlich, und auch noch Geld verdienen: kaum daß er noch weiß, wie das geht. Schon gestern hat er es nicht mehr gewußt. Und jetzt, wo er kein einziges frisches Hemd mehr hat, gerecht ist das nicht, jetzt wird es nur immer noch schlimmer werden. Verständnis, wenigstens das! Früher waren selbst die gegnerischen Sekretärinnen in der Firma deutlich auf seiner Seite, ja waren entzückt; jetzt hört ihm sogar seine eigene kaum noch zu. Ein lebendiger Vorwurf: wenn er schweigt, schweigt sie; wenn er flucht, wird sie unsichtbar. Wie lang ist das denn her, seit wir Verbündete waren; morgens hat sie Veilchen mitgebracht, damit du daran riechst. Seit sie ihm viele verregnete Vormittage lang ihre heimliche Kindheit erzählt hat, ihm zwischendurch Grog gemacht, Glas um Glas, muß ein zaghafter Frühling gewesen sein, und ist dabei wieder ein zutrauliches kleines Mädchen geworden. Auf Abruf, auf Widerruf. Mittags manchmal kam die Sonne durch. Womöglich die Vorgängerin. Vielleicht *würde* sie ihm noch zuhören, doch geht er ihr lieber aus dem Weg, weil: sie hat auch so einen Blick bekommen. Genau wie vorhin der Kleiderständer. Überhaupt die Blicke neuerdings. Sind auch ein Kapitel für sich. Und jeder schweigt anders. Immer öfter auch wenn er sich ertappt, sind es Gegenstände, die ihn vorwurfsvoll anstarren, gehässig schweigend: jeder Lichtschalter will ihn demütigen. Immer lauter die Stille in seinen Ohren. Und die Dinge und Tage, er weiß das genau (wider besseres Wissen sogar, das heißt man Erfahrung, Vernunft): sie belauern ihn unentwegt. Ist es das? Oder weil er sich selbst nicht mehr traut? Die Dinge, gerade sie, die doch jetzt immer hemmungsloser bei ihm schmarotzen, je ratloser er wird, sich geradezu mästen an seinem Leben, und was ist der Dank? Die Zeit und die Dinge sind gegen ihn: wenn es zum Kampf kommt, davon ist er schon jetzt überzeugt (und muß es nicht früher oder später dazu kommen, siehst du denn nicht, alles deutet ja darauf hin), gerade dann wird er allen Mut verloren haben oder ist in Gedanken woanders und keiner sagt ihm Bescheid.

Ja Verständnis, aber in wachsender Unsicherheit vermag er nicht einmal mehr zu entscheiden, ob wenigstens die gute Johanna ihm noch zuhört, ja oder nein? Und wenn ja, wie lang noch? Schon daß er neuerdings immer öfter die gute Johanna denkt, gegen seinen Willen: das ist kein gutes Zeichen. Und wie soll man sich das überhaupt alles merken: daß ihn im Cafe die Lampe geblendet hat, Kopfschmerzen, Überdruß, Nikotinvergiftung. Auch gestern schon, lauter Vorzeichen. Die trüben Himmel hierzulande, ist niemand zuständig. Wie sie ihn bedrücken; das falsche Land. Lieber mit dem gleichen Auto Zuhälter in Marseille und mehr Licht jeden Tag. Hätte er heute Morgen von Hamburg nach Kopenhagen weiterfahren können, dort wären ihm die Wolken egal. Aber hier? Bevor er erst richtig bei sich ist, auch nur halbwegs bei sich, ist es jedesmal drei Uhr nachts. Schläft er fast schon im Sitzen ein. Aufhören zu rauchen, weg mit den Tabletten, kein Alkohol mehr und auch nicht dreimal täglich zwölf Tassen Kaffee! Aber ausgerechnet gerade jetzt, wo es ihm ohnehin schon so schlecht geht, soll er damit aufhören? Und für was alles mag es nicht schon zu spät sein in seinem Leben? Ach Zeiten, was waren das noch für Zeiten, wie er sich einfältig die Ohren zugehalten hat und dachte, er hält das nicht länger aus. Jetzt, wenn er mit sich allein ist, braucht er schon beide Hände und all seine Kraft, nur um sie gegen die Schläfen zu drücken: damit ihm der Schädel nicht platzt. Von dem du doch immer dachtest, *der* ist aus Eisen. Und ewig jetzt diese Kiefernkrämpfe, was das an Energie kostet. Und wie es die Zähne ruiniert. Und den Gesichtsausdruck abnützt. Kein Wunder, siehst du überall unentwegt schon deinen Totenkopf grinsen und kannst keine Ruhe mehr finden.

Mit Johanna ist das Problem, sie ist so arglos. Sie gibt sich mit allem zufrieden, die gute Johanna. Und daß sie einen viel besseren Schlaf hat als er: sobald sie schläft, kann er nicht mehr schlafen. Wenn sie nicht da ist, kann er viel besser mit ihr reden. Kommt sie dann endlich selbst, hat er ihr in Gedanken längst alles gesagt – jetzt nochmal von vorn? Das muß auch an ihr liegen, daß es ihm mit der Zeit (die vergeht) immer schwerer fällt, sie, die wirkliche Johanna, in der Vorstellung die er von ihr hat, noch zu erkennen: fast schon zwei Personen, verwirrend genug. Er will es ihr gern erklären (der einen hat er es schon erklärt), aber dann wird sie es immer wieder erklärt haben wollen und findet kein Ende; es wird immer später.

Oder kennt er jetzt schon das Pornofilmmädchen? Leila heißt sie natürlich und schert sich um Geld jederzeit einen Dreck, eine angebliche Zigeunerprinzessin aus Kairo. Sanft wie dein duftendes Haar wird die Nacht meine Augen bedecken. Sie singt und tanzt in vier Sprachen, die Kneipe heißt Paradiesvogel. Jetzt wird es wochenlang regnen, soll er mit ihr in den Bayerischen Wald fahren? Läßt sich gut saufen mit ihr, zu jeder Tageszeit, bloß kommt es ihm immer so vor, als ob er alle ihre Geschichten längst kennt. Das ließe sich noch ertragen, aber gleich muß er denken, ihr geht es mit seinen womöglich genauso. Geschwätz, Geschwätz, all die Termine, Türen und Treppen in seinem Leben, bis in den Schlaf hinein. Nach jedem Schlaf jetzt zu Tode erschöpft; nach jedem Erwachen die Welt neu ordnen.

Immer wieder wissen, was man redet und reden soll: kann sich schon selbst nicht mehr hören, wie soll er da zuhören? Herrgott, ein Charakter! Zahncreme auf- und zuschrauben, erleichtert wieder eine leere Tube wegschmeißen: aufgebraucht. Wieder ein Frühling, der für dich nicht zum Blühen kam, aber andrerseits auch nicht umsonst war. Die nächste pflichtbewußt aufbrauchen, in der richtigen Reihenfolge fristgerecht aufbrauchen, Zahnbürsten auch. Ordnungsgemäß, wieder ein Frühling, Herbst, Winter, du wirst es schon lernen. Oder kannst sie getrost auch gleich gut verpackt ordentlich auf den Müll. Vorher noch den Einkaufszettel abhaken und gegenzeichnen, Datum, Buchungs- und Kontrollnummer.

Überhaupt, wie erleichtert er jedesmal ist, wenn er sich selbst zur Belohnung wieder etwas wegschmeißen kann, besessen, als ob man zum Sammler würde, nur andersrum: fast als sei dies das Ziel, der geheime Sinn seines Lebens. Beinah selbst so ein Hut geworden. Was bleibt denn jetzt noch? Hast du nicht alle Rollen auf Lager längst durchprobiert, wieder und wieder. Siehst du, ganz abgetragen und schäbig schon sind sie, direkt fadenscheinig nur vom Probieren. Mehr ist in deiner Größe nicht vorrätig. Dein Löwenkopf, das wird schließlich schon am heiligen Schultor gewesen sein. Andernfalls eins von den feinen Häusern, in die seine Mutter alle Tage ehrfürchtig putzen ging, stolz auf die feinen Herrschaften und wie freundlich sie ab und an zu ihr sind. Ganz ohne Notwendigkeit, nicht zu glauben. Manchmal hast du draußen auf sie gewartet. Er war ein Wunderkind und die Welt hat es nicht gemerkt. Jetzt wird er bald dreißig, wie die Zeit vergeht, fünfunddreißig, bald vierzig, oder? Schlendern hat er schon verlernt, schon lang, und bald wird es auch nichts mehr zu sehen geben, außer du kaufst dir eine Eintrittskarte oder alle Tage und Abende im Staatlichen Fernsehen. Wann hat das denn angefangen? Permanent eine Zumutung, eine Angelegenheit für Statistiker und warum sind sie alle so versessen darauf, mir einzureden (wer denn eigentlich?), daß das schon seine Richtigkeit, wieder ein Kalenderfrühling und was willste mehr. Nur wie vom Hörensagen noch kommt sie und geht, die Zeit. Wird fristgerecht abgebucht. Oder er bildet sich das alles bloß ein, ist schon wieder zu spät dran und hat sich das gleichfalls selbst zuzuschreiben, beeil dich!

Sein Ruhebedürfnis ein wachsendes Defizit, kaum noch geheimzuhalten: vermag Zeit und Welt nur noch in immer kleineren Dosen zu ertragen. Einen ganzen Tag hintereinander, das schafft er schon gar nicht mehr, wird sein Kopf übervoll, muß er umkehren unterwegs. Notfalls ohne Erklärung auf und davon: am besten geht das noch im Büro, wenn er sich ein Taxi rufen läßt. Doch sie haben zweifellos schon Verdacht geschöpft, es wird nicht mehr lang dauern. Auch in Restaurants und auf offener Straße, sooft er genug hat, ist der Fluchtweg noch leicht zu finden. Gefährlicher schon sind Einladungen, Termine, Konferenzen, da sagt man besser beizeiten ab; schon das eine Heidenarbeit. Statt bis ans Ende der Zeit vergeblich auf die erlösende Katastrophe zu hoffen, Partybrand oder Gasexplosion, worauf wartest du noch? Kaum je, daß eine Gastgeberin beizeiten ermordet wird, ein Vorsitzender mitten im Satz so offenkundig den Verstand verliert und gibt auf und kapituliert; sie verschwinden nicht spurlos, schon eher gar nicht. Da mußt du deinerseits: oft dann erweist sich, ist so eine Flucht anstrengender als die Wirklichkeit, aber jetzt bist du schon unterwegs. Doch wenigstens Grundsätze, sagt er sich, so ein Saupack! Für eine komplette Mahlzeit auf einmal reicht seine Geduld schon längst nicht mehr aus, behilft er sich gern mit Pausen, Suff, Vitamintabletten; woanders hindenken. Genauso Gespräche. Wird er gleich wie narkotisiert, schwere Ausfallerscheinungen. Kann man nicht eine Blasenentzündung andeuten mitten im Satz und immer gleich weg? Er wird im Lexikon nachsehen müssen. Gelingt ihm selten genug noch ein Mittagsschlaf (sooft er aufwacht, wittert er Verrat).

Wirklich bedrohlich wird es erst, wenn Besuch kommt, zu Hause. Da kann er gar nicht freundlich genug sein, so steigt ihm der Zorn zu Kopf. Immer der falsche Tag, er wünscht sich eine Zugbrücke. Wie tief muß er sein, der Graben? Natürlich auch breit genug, und vom Turm aus zusehen, wie sie auf der anderen Seite dummdreist rufen und winken. Da habt ihr eure Überraschung! Er läßt sie stehen, grimmig, bis sie schwarz werden; eine Redensart aus den Pestzeiten, gemeint ist ein Lernprozeß mit dem nicht zu rechnen. Fangen sie an, ein Lager aufzuschlagen, wirft er Brandfackeln. Doch kann auch geborgen, ein' feste Burg, fröhlich zurückwinken, die Zugbrücke einladend immer wieder ein bißchen und dann blitzschnell wieder hochziehn hahaha; Hohngelächter über Lautsprecher. Stattdessen hört er sich schon Pantoffeln und Nachtlager anbieten, da sind keine Grenzen gesetzt. Bequeme Sitzplätze haben sie schon. Soll er die Platte mit dem Kratzer auflegen und die Tür zu? So munter geschwätzig kennt er sich gar nicht, muß neu an mir sein oder wen parodierst du und weißt es nicht?

Will er erbittert mit den Zähnen knirschen, muß er in den Flur, ins Bad, doch fühlt sich auch dort nicht allein genug (sein Vater ist immer in den Keller gegangen). Soll er sie aus Freundschaft gleich an einem todsicheren Geschäft beteiligen? Einstweilen legt er die Beatles auf, fühlt euch nur wie zu Hause. Warum nicht überhaupt gleich unsere Existenzen zusammenschmeißen, alle auf einen Haufen, fortan gemeinsam. Gleich wieder ein bißchen blau, come together, hätte er doch einen der ihn allzeit kundig verleugnet! Er sieht sich, wie er sie einmauert, unbeirrt, emsig, sich selbst einmauert mit Worten, Schweigen, Felsklumpen. Den Bestien zum Fraß, da weiß er nicht, ob er sie oder sich meint, nur wenigstens jedenfalls getrennt (oder wer sind die Bestien?). Derweil hört er sich schon für ein Fest plädieren, genaugenommen hat es bereits begonnen. Was für uneinnehmbare Festungen könnte man bauen, heutzutage, mit dieser Technik. Endlich hat er ein unverfängliches Thema gefunden. Keine Mördergrube machen aus seinem Herz, wenn er sie mühsam hier in der Wohnung abschlachtet, müßte die Leichen dann doch in lauter Einzelteilen umständlich aus dem Haus schaffen und auf die Autobahnrastplätze. Gibt es nicht genug Katzen hier in der Gegend, er könnte sie nachts füttern, Leber, Herz, Lunge, freßt euch nur satt, ihr Lieben. Es war Notwehr. Nachher zum Essen in ein spanisches oder griechisches Restaurant, alle geselligen Freitagabende seines Lebens im Gedächtnis, er kann sie ja einladen, braucht sich um den Preis keiner scheren. Oder das Fest lieber tage- und wochenlang, das heißt wir könnten gemeinsam gleich jetzt ins Elsaß, warum denn nicht in die Pyrenäen fahren; jetzt strahlt er und fühlt sich auch so. Hat eben nachgeschenkt, noch mehr Flaschen auf den Tisch, wird gleich pissen gehn, sich im Spiegel betrachten und kommt in Gedanken mit seinem Löwenkopf auf den Schultern zurück: wie sie da gleich schreiend davongestürzt sind, in Panik, in alle Richtungen. Das ist doch nicht seine Schuld, wenn sie keinen Spaß verstehn, gleich die Nerven verlieren und springen aus allen Fenstern.

Nur weil er im vierten Stock wohnt. Wieviel Jahre denn schon?

Wem soll er das überhaupt noch erklären? Nichts ist richtig, dauernd kommt man und geht, wie in einem unverständlichen Film. Dauernd in Eile, sich an- und ausziehn, Sachen benutzen, abnützen, einkaufen, scheints so ein blöder Trickfilm, der mit zunehmend überhöhter Geschwindigkeit immer wieder die gleichen Szenen, immer schneller: bis du dich kaum noch erkennst.

Dann in Zeitlupe, kriechend, eine beschwerliche Ewigkeit nach der andern: so verdienst du dein Geld, so gibst du es aus. Neuerdings wieder legen sie es überall geschickt darauf an, daß man sich in einer Reihe anstellt. Wie mit Scheuklappen: warten lernen. Oder weil du schon wieder arm wirst? Die Pausen, in denen der gleiche Film ratternd und quietschend rückwärts rast, wirst du umgespult, immer weiter zurück.

Da bauen sie das Gerüst ab und schleppen es weg, Schatten in Overalls.

Da kommen sie wieder und bauen es wieder auf. Die gleichen Schatten. Der gleiche sonnige späte Vormittag im September. Du hast das Auto geparkt oder dir geschickt eine leichte Mahlzeit, einen Imbiß aus den Mülltonnen dort im Hof zusammengesucht, du hast dir eine Zigarette angezündet und wo will ich denn eigentlich hin?

Eben noch dort am Ende der Straße eine Karawane von Kinderwagen und Frauen in kurzen Kleidern gemächlich auf dem Weg in den Park. In diesem milden Licht. Da ist auch schon die Schule aus und jetzt hier, wie von einem jähen Windstoß dahergefegt, diese Horde johlender Kinder, herangewachsen. Der gleiche sonnige späte Vormittag im September, aber acht oder neun Jahre später. Sie haben Kaugummi und Kanonen. Nicht mehr lang und sie werden auswandern, es wird ihr Krieg sein und sie werden ihre Raumfahrzeuge besteigen. Du hast noch ihre Stimmen im Ohr und es ist die gleiche sonnige Stille, in der du gemächlich dahinwanderst. Da geht es zum Palmengarten, siehst du, da werdet ihr euch nach Jahren begegnet sein. Dort drüben hast du dein Lied gesungen. In diesem milden Licht.

Und noch eine Ecke weiter, das war schon am Nachmittag, hörst du die heutigen Straßenbahnen kreischen und das Heulen, Hämmern und Dröhnen der Baumaschinen von der Bockenheimer Landstraße. Eine lange Allee, wenn du dich erinnerst, und bald ist von ihren mächtigen alten Bäumen und den unzähligen Abenden die darunter nisteten nicht einer mehr übrig. Und wie sollst du diesen einen einzigen Moment Stille, diesen einzigen sonnigen Augenblick dann noch je wiederfinden in deinem Gedächtnis; wir finden und finden nicht heim (in deinem Gedächtnis werden die Bäume fast bis an den Himmel gereicht haben und hören nicht auf zu blühen).

Und wie fremd, sag doch selbst, wie fremd muß man sich denn noch werden; jetzt schon wie Gespenster die Jahre.

Einmal, er war auf der Heimfahrt, hat er am Straßenrand gehalten und ist ein paar Schritte weit einen Hang hinauf unter reglosen schwarzen Bäumen; ging es nicht schon auf den Abend zu? Er nimmt an, es sind Apfelbäume. Das Gras noch vom Winter fahl und da fiel ihm ein, es ist wieder März, Anfang März. Da war die Welt noch wirklich.

Gestern, was war denn gestern? Wieder einen Morgen, wenn er spät dran ist und viel zu tun hat, eben einen Berg Zeitungen gekauft, während die Stadt mehr denn je einer verlassenen Baustelle gleicht, einer verzweigten Ruine, und nur die Lampen brennen immer weiter; heller wirds heute nicht. Und ihm ist, wie wenn er zurückbleibt und sieht sich davongehn, verloren: diese dunkle (abgenutzte) Mantelgestalt, die zusehends undeutlicher wird. Außer Rufweite schon, den holst du nicht ein. Wird mir so eng ums Herz, schon jahrelang Winter. Schon dieser heutige Vormittag wie um Jahre gealtert. Ist es diese alte muffige Kälte, die dir in den Gliedern sitzt, im Hals kratzt, als ob du das Atmen mühsam verlernt hast; nicht genug Luft. Wen denn rufen? Und diese seltsame Taubheit, die sich diesseits und jenseits des Lärms auf dich herabsenkt. Wohin jetzt? Ein Ertrinkender, sagt man nicht, daß im letzten Moment blitzschnell noch einmal sein ganzes Leben vor ihm abläuft? Ob sie noch auf ihn warten? Die Stadt, verlassen und fremd, eine untergehende Schutthalde, spinnt sich ein in Nebel und Dämmerung, bereit zu versinken: nichts als Unrat und Dreck, eine Ansammlung von Abfall, Abgasen, Abwässern, abgelaufener Zeit, Geschwätz, Geschwätz und, das ist neu heute, wie in einem fluchtartig geräumten Konferenzraum dem allgegenwärtigen Gestank nach abgestandenem kaltem Zigarrenrauch. Schon wie für immer *trübt* sich das Bild. Aber sonst hat er keine Sorgen.

Auf der perfekt angerichteten Sylvesterparty seines cleveren Chefs als geladener Gast, bißchen befangen ahäm, weil es das erste Mal ist, bessere Kreise und man will-darf-kann sich das doch nicht so anmerken lassen. Diese Ehre, ein weitläufiger Bungalow im Hochtaunus, vornehm zwanglos und gehoben gemütlich. Bloß nicht verspäten, sodaß er dummerweise fast zu früh kam, was noch schlimmer: verkriech dich einstweilen ein bißchen! Jeder soll sich hier angeblich *fast* wie zu Hause, der alte Drecksack lehnt gekonnt lässig am neudeutschen Neonkamin, schwätzt von Reitställen, Goldbarren, Golfplätzen und da unser Jahr sich nun neiget, Herrschaften, jetzt wird es wieder Zeit für uns, Bilanz und Ausblick. Unser aller Wohl, meine Damen und darf ich erheben, eine knappe Verbeugung, verschluck dich nicht! Herr Vertriebsleiter Wedelcordt oder wie er sonst heißt (sogar sein Name paßt zu ihm, als ob er ihn selbst für sich ausgesucht hätte bzw. anfertigen ließ oder ein guter Kauf, Kapitalanlage). Er hat einen tadellosen Smoking an und sieht aus wie Curd Jürgens, bloß jünger. Seine Luxusfrau ein Topmodell aus dem Katalog, Spitzenklasse. Von Zeit zu Zeit legt er mal diesen, mal jenen Arm um ihre Schulter, sie blicken sich tief in die Augen – was willste mehr? Immer noch eine vorfabrizierte Antwort, die er von ihr abfragt, sie hat ihren Text gelernt. Beide haben ihren Text gelernt. Wir sind erfolgreich und schön und wir wissen, wie es gemacht wird. Wie bezaubernd sie ist, diesen langen Abend lang, in ihrem winterlichen Blütenkleid, eine schöne Seele. Sie küssen sich immer an den richtigen Stellen und ihr Glück ist gut einstudiert. (Die mitgebrachten Untergebenen-Ehefrauen resp. Damen mit ihren besten Mienen, Manieren, Kostümen und Haarfrisuren waren alle ganz weg: daß es das wirklich gibt, so echt wie im Kino!) Greifen Sie zu! Nu nehm Se doch noch vons kalte Büffet, da der echte Räucherlachs der schon anfängt zu schwitzen, ein kapitales Stück Rehrücken, Kaviar, Hummern, Langusten und Kiebitzeier aus Japan, aber nicht die gewöhnlichen, sondern. Ja richtig, der hellgrüne Schimmer. Wer weiß, wann die Biester aussterben und was uns dann als Imbiß serviert wird, na Mahlzeit. Auch wer an so teure Fressalien noch nich dran gewöhnt ist, braucht sich offiziell nicht zu genieren. Dafür ist ein kaltes Büffet ja schließlich da. Das sieht sogar das Finanzamt ein. Es heißt, daß es viertausend Mark, das Beste vom Besten, neun Sorten Whisky, unsere internationalen Handelsbeziehungen, Schöner Wohnen, Hauptsache, es ist teuer und man sieht das auch. Zum Wohle, nunmehr entsag deines Grams! Du kannst dich hier in aller Ruhe besaufen, aus Renaissance-Karaffen. Die Lakaien sind stumm, sie sind bloß gemietet, perfekte Gespenster. Umso besser kannst du nachher privat weitersaufen. Es wird ohnehin spät werden, fühl dich hier also gut aufgehoben einstweilen. Das Glas ist aus Böhmen, siehst du, wie es das Licht einfängt und wie das ewige Lämpchen in einer alten Kirche schimmert, so rot! Es ist mindestens zweihundert Jahre alt. Vielleicht hat damals ein alter Bischof alle Tage daraus getrunken, kann sein, ein Fürst, warum nicht. Bis zur Neige. Und wenn sein Palast noch steht, ist jetzt ein Kinderheim drin, jetzt schlafen sie alle. Casanova ist dort begraben, der Sohn einer armen Frau aus Venedig und heut Nacht fällt Schnee auf sein Grab. Sie streiten sich, wo er liegt, ein paar Meter hier oder dort, das gibt natürlich zu denken, das will bedacht sein. Was weiter? Weitgereiste Teppiche die dich einlullen, deine Unrast zu beschwichtigen. Das Geheimnis des Erfolgs, wie lang willst du hier noch fremd sein? Greif zu, jeder hat sich als Kind seinen eigenen bunten Orient erträumt, sein leuchtendes Morgenland. Auch als ich längst aus Damaskus zurück war, träumte mir noch (immer wieder), es sei der Abend vor meiner Ankunft – das denkt sich nicht weg, das bleibt. Oder mit Johanna im Schwarzwald, viel Schnee, wieder ein, noch ein Jahr, bei Freunden oder bei ihr. Noch einmal. In seinem Gedächtnis erkennt er die Stimmen wie unterm Fenster, wie aus dem Nebenzimmer. Das Muster der Zeit. Jenseits der Augenblicke und Stimmen, hinter jedem Raum der wirkliche Raum, den wir suchen und suchen und haben ihn von je her gekannt und finden ihn erst danach, in Gedanken, den Ort unsrer unaufhörlichen Wiederkehr. Das winzige Lichtreflex-Spiegelbild unwiderruflich golden in deinem Auge. Vier Jahre lang jedes Jahr mit Johanna begonnen, beendet, begonnen und jetzt ist das auch vorbei. Zum ersten Mal in seinem Leben ist er dabei, wirklich viel Geld zu verdienen. Genauso, wie er sich das mit fünfzehn, sechzehn, siebzehn immer vorgestellt hat, bloß *anders* und auch nicht die gleiche Welt.

Oder trotz Sylvester total verschnupft früh ins Bett, so weit mußte es also kommen! Vorher noch extra in leerer Dämmerung frierend zum abfahrbereiten Hauptbahnhof für was zu lesen und Obst und Tabletten; schon Abend. Fieber, Schüttelfrost, Literflasche Rum als Arznei, lieber zwei (64%) und eine große Kiste alkoholhaltiger Pralinen als Trost, drei Kilo. Scheißschnupfen!* Ist das die größte und beste Geschenkpackung, die Sie zu bieten haben? Nämlich, es ist für mich selbst! Ich bin erkältet, wahrscheinlich Lungenentzündung und kann nichts dafür. Sicher ein höheres Mißver-

* Immer wenn er sich zu einer Erkältung entschließt und fiebrig erschöpft keine Lust mehr hat auf die Welt, liest er Simenon; bei Ärger mit dem Magen und Krämpfen in der Firma eher Ross Macdonald und Chandler.

ständnis! Ja, geben Sie meinetwegen gern noch so ein paar dämliche Marzipanschweinchen dazu, auch wenn es heißt, daß sie Glück bringen! (Sobald er krank ist, möchte er den Grund wissen – heißt das an eine höhere Ordnung glauben?) Egal was es kostet, er hat (sollen sie ruhig davonflattern) mehrere nagelneue Hundertmarkscheine einstecken und will gleich wieder heim. Ich bin es selbst, das sehen Sie ja; ich hab hohes Fieber. Ist eben ein Zug eingefahren? Ein plötzlicher Andrang von Stimmen, Echos und Erinnerungen – hörst du das Glöckchen bimmeln? Neben ihm eine Frau im Pelz, die eben reinkam, die gleichfalls Pralinen will; der Nebel hat ihr eine ganze Kollektion winziger Silberperlen auf den modischen Riesenkragen gehaucht, makellos. Sie hatte einen dicken Stoß frischer Luxuszeitschriften unterm Arm und gleich war ihm, er müßte sie kennen? Hat er ihr Bild nicht schon einmal, schon hundertmal in genausolchen Zeitschriften angestaunt – wer sie wohl sein mag? Irgendeine ferne Halbgöttin zweifellos, ein Star oder Indras Tochter, bloß zu Besuch hier, wer weiß. Nein, kein Seidenschleifchen, ich bin total erschöpft. Sie brauchen sie gar nicht einpacken, danke, ich verzehre sie gleich, ja danke. Die Schachtel wahrhaftig so groß, daß er sie kaum untern Arm bekam (wem jetzt noch begegnen?) und er wußte, er kennt sich, sobald erst zu Hause, wird er nicht aufhören können, bis alle aufgefressen sind, auch die letzte, drei Kilo Pralinen. Sonst verfällt er oft wochenlang nicht auf Süßigkeiten, jahrelang (mit Schwermut, Katastrophen, Krankheiten gehts ihm genauso). Wer sie wohl war mit ihrem geduldigen, ernsten Lächeln, bevor sie drankam? Grämte sich, weil er nicht darauf kam; grübelte, ob sie ankam oder abfuhr, für und wider. Kehr doch um! Ein leichter Schwindel der ihm zu Kopf stieg, wie Watte die Luft und der Bahnhof, komplett, hat sich einmal langsam um ihn gedreht. Sie sollen endlich seine Erschöpfung gebührend zur Kenntnis nehmen, egal wer, die zuständige höhere Instanz. Schnell heim jetzt! Sie stand neben mir, als ob wir ein Paar seien. Hat er die gleiche Szene nicht schonmal erlebt, wann und wo? (Da schleicht sich der Tag und wir sind verloren!) Viel zu müde für Grog, diesmal hats mich wirklich erwischt: ach, schlafen jetzt bald! Wie nach seiner verlorenen Kindheit befiel ihn jetzt im Bett unvermittelt eine hilflose (anhaltende) Sehnsucht nach dauerhaften Salmiakpastillen. Die er sich doch vorhin am Bahnhof ohne weiteres hätte kaufen können: die gibts noch. An die du jahrelang nicht mehr gedacht hast, deine bessere Tante hat immer welche in der Handtasche gehabt, immer griffbereit. Und eine wie festgeklebt vorn auf der Zunge, so bitterscharf, damit du den Mund halten lernst. Und nach den ersten zweiunddreißig Seiten Simenon, Fieber, Müdigkeit, wie das Buch, wie die Stille knistert, wie das frische Papier nach frischem Papier riecht – seine Gedanken verwirren sich, mein Lämpchen, vorm Fenster ist es schon dunkel, ist das die langerwartete Krise? Schon stundenlang meilenweit Nacht. (Alle sind ausgeblieben und die Welt treibt immer weiter davon!)

Neujahrsbeginn glatt verschlafen, seit ewigen Zeiten zum erstenmal. Ein Jahr also, noch eins, ein Gutes, Neues und viel Erfolg! Schon wieder? Hat das nicht noch ein Weilchen Zeit? Neinnein, behalten Sie nur Ihr Geld, danke gleichfalls! Mir ist ja so sterbenselend, aber was hab ich denn die letzten Jahre Sylvester? Ganz verstört, kein Wort fiel ihm ein. Dann um vier in der Nacht oder wie spät kanns denn sein, hellwach sucht er seine Seite mit der er einschlief und die zugehörigen Gedanken. Mit trockenen Lippen, so durstig und heiß und kalt denkt er aufgeregt vor und zurück. Schlief wieder ein, bevor er sie fand. Weit weg, lang vorbei, bald drei Monate jetzt, seit gestern, seit es mit Johanna endgültig aus ist; ein langer Herbst. Der Wind kam ans Fenster. Zeit und Stille und wie er sie später wird wiederfinden in seinem Gedächtnis: für immer. Was soll ich denn machen jetzt mit dem vielen Geld, das ist neu. Das neue Auto, vielleicht kennt sie es gar nicht, ist auch schon bezahlt. Bald werd ich aufhören bei dir zu sein in Gedanken auf Schritt und Tritt. Wie mein Herz klopft, das macht nichts, Wasser trinken! Aber wo bin ich dann? (Nachmittag oder Nacht, er findet sich nicht!) Das ist bloß die Stille und hohes Fieber. Doch wie wir gelacht haben, einmal nachmittags in der Stadt, weißt du noch? Gingen wir nicht am Palmengarten vorbei, wie es aufgehört hat zu regnen? Aber ja, ich fände den Augenblick und die Straße heute noch jederzeit wieder! Mitternacht wo? Gleich wird er aufstehn, Mantel, Pelzmütze, Thermometer und sich aufmachen und gehn und verzweifelt suchen diesen Fleck Erde unter dem Straßenpflaster, metertief gefroren, will ich auftauen mit meinem Atem, mit meinen Händen! Barfuß, im Schlafanzug, ganz vergessen zu trocknen den Todesschweiß. Hörst du das Käuzchen? Schreit, schreit! Gleich danach die Alarmanlage von South African Diamonds Corp. – nicht drum scheren! Er steckt das Thermometer in den Mund, Riesenschritte, zwanzig Grad minus. Wo anfangen? Die Luft ist wie nutzloses Eisen so kalt, die Zeitalter starr vor Frost. Er fuchtelt mit dem Thermometer, als ob er ungeschickt eine gläserne Zigarre pafft, ein verwirrter Zauberer (im falschen Mantel); Wanderstab hat er keinen. Auch keine Lieder, woher denn? Sag, wohin gehen wir? Namen vergessen. Die Sonne geht unter; keiner kennt den andern. Schon die Nacht, schon sinkt zum Greifen nah die Stille herab, doch wie kannst du ohne mich sein heute Abend?

Der Weltgeist sitzt aufrecht im Bett (bloß ein durchgelegener Strohsack, der anfängt zu faulen), mit seinem alten grauen Fürsorgemantel zugedeckt, der ihn fast erstickt, barfuß. Lange Nächte, die er damit zubringt, dem Stöhnen des Dachstuhls zu lauschen, dem Wind der im Schornstein heult – sind das Schritte? Ewigkeiten. Wohnt er im Souterrain, sind es die Gezeiten der Abwässer, Kanäle, komplizierte Röhrensysteme, der Sog, die Ratten in seinem Bauch. Längst hat der Keller sich unbemerkt auf unterirdische Wanderungen begeben, während die Zeit besinnungslos seitwärts rast (unkontrollierbar), ist der Dachboden auf dem Berg Ararat gestrandet, hängt überm Abgrund, knarrend, schwankend, am äußersten Rand; Gebete und Seidenfaden sind nicht zur Hand und k e i n Morgen graut. Er sitzt aufrecht im Bett, hält die Luft an und friert. Lang vor Tag das Würgen und Gurren der Tauben vorm Fenster preßt ihm die Kehle zu. Wie mein Herz klopft! Die Bombe tickt. Sein Schatten ihn ängstigt, die Stimmen, die Stille auch. Vor dem Spiegel: die Brille, mit Draht geflickt, fängt an zu beschlagen. Gott aber ist undurchschaubar, Gott schläft. *Gleich* bin ich unsichtbar!

V

Die Sylvesterreise. Es fiel ihnen überhaupt erst im letzten Moment ein, abends, in ihrem ehemaligen Domizil in der Kleinen Bockenheimer, im Jazzhaus, im Keller, im Storyville oder sonst einer alten Musikkneipe aus den schäbigen fünfziger Jahren; wie eng und weit die Welt damals war! Da hatten sie hier Samstagabend ihr heiliges New Orleans gefunden, ihr Quartier Latin und ihr unvergeßliches Village.

Gespräche, die alten Zeiten, ein immerwährendes Fest, Mensch, wie auf Wallfahrten sind wir hierhergekommen. Erst kürzlich sechzehn geworden (bald achtzehn). Jeder hat ein bißchen mehr als fünf Mark einstecken, auchmal achtzig (eine dunkle Geschichte für sich). Für Zigaretten muß man zusammenlegen, damit das Geld nachher auf jeden Fall noch für was zu trinken reicht; wir wußten Bescheid.

Zwei Mark Eintritt; nach elf, wenn du Glück hast, kommst du vielleicht umsonst rein. Wir hatten haufenweis Glück. Es war schon berauschend, stundenlang nur von einem Eingang zum andern zu gehn, zu wandern, um zu sehen was läuft, wo was los ist. Gespräche, die Stimmen. Niemand schlief.

Aus jedem Kellerfenster Musik, die in der engen trunkenen Gasse triumphierend zum Nachthimmel aufstieg. Mit dem Glück das ist gar kein Problem, bloß diese Scheißlehrstelle, weißt du ja. Wir hatten uns unterwegs in einem Dorfladen hinter Friedberg ungeschickt und erwartungsvoll zwei Flaschen Wein gekauft. Montag ist weit.

Unbedingt muß man vorher im letzten goldenen Licht, eben angekommen, dann in der Dämmerung noch stundenlang erregt umhergelaufen sein, redend, redend, zwischen düsteren Lagerhallen, verlassenen Baustellen und ruinendunklen Riesenfabriken – Relikte einer untergegangenen Unkultur von der uns nichts sonst überliefert (eine Zwischenzeit, siehst du, ein Irrtum). Oder im Bahnhofsviertel auf einem Trümmergrundstück eine finstere levantinische Imbißbude, direkt aus Beirut.

Immer wieder vergessen, was zu essen mitzunehmen. Hungrig oder nicht, darum geht es jetzt nicht! (In jenen Jahren war es immer die Geschichte der Hoffnung, die Geschichte einer aussichtslosen großen Liebe die dennoch kein Ende fand und alles zum *leuchten* brachte. Und die Zukunft natürlich, die Zeit.) Leiseredend, andächtig, denn es ging immer um den Traum, um die Welt – tragbare Geheimnisse mit denen du dich jahrelang abgeschleppt hast, bis hierher, genau für eine solche Gelegenheit an einem Abend wie diesem. Lauter Vorabende der Verheißung, eine lange Reihe. Wir würden nie sterben!

Hör zu, kamen aus den Vororten, wo die Häuser gegen Abend wie Grabsteine dastanden, jedes für sich und nebeneinander, nachts alle gleich grau, grau wie die Katzen im Sprichwort (das letzte Stück hatte uns ein geschwätziger Automatenaufsteller mitgenommen, Ford Kombi); aus somnambul verschlafenen Kleinstädten die in ihrer eigenen Zeitrechnung irdischer Verlorenheit wellenschlagleise am Saum der Nacht trieben, Ewigkeiten, wie die abgenutzte Stille die auf einem vergessenen Plattenteller kreist und kreist, wie in Trance, wie vorhin da in Dings, in Butzbach oder in Lang-Göns, wo die ganzen Typen mit Schwielen an den Händen gähnend um den Brunnen ihrer Urgroßväter rumstanden, frischgekämmt. Und ein paar von den Mädchen Arm in Arm kichernd die Hauptstraße hinunterspazierten; Sommerkleider. Dreimal rauf und runter, bevor sie sich (der Abend ist jetzt schon wie mit Blicken verstopft und blockiert) der einzigen, spektralfarben-frischgestrichenen Eisdiele zu nähern anfangen: lila Neonlicht überm Eingang; der Himmel ein leuchtender leerer Spiegel*. Noch lang bis es dunkel wird!

Wir fanden aber am Ortsende auf der B 3 gleich einen nagelneuen goldenen Heckflossen-Plymouth mit Doppelscheinwerfern wie Riesenaugen. Der Fahrer ein gemütvoller Panzersergeant aus den Ray Barracks, 3rd Armor Division, hatte schilfgrüne Fischerstiefel an bis über die Knie; Countrymusic. Wir sprachen emphatisch englisch mit ihm, er kam aus Montana (wir nickten). Das Gras war noch nie so grün. Er nahm uns bis nach Bad Vilbel mit, fuhr sogar einen Umweg extra für uns (der Dollar stand noch auf vierzwanzig).

Kamen bis aus den entlegenen Dörfern Nordhessens, hundertachtzig Kilometer weit auf der Straße, wo mein Freund Eckart

* Zwei Ecken weiter die Nuttenkneipen für Amis, eine neben der andern. Windschiefe Fachwerkhäuser in krummen Quergassen; Kopfsteinpflaster. Da kommt schon der Abend ingang.

(weil er seine Lehrstelle geschmissen hatte, schon die zweite) einstweilen in unbefristeter Verbannung sich befand bei Verwandten, nochmal Pfingstferien. Ich wußte nicht einmal die Adresse, bloß wie das Dorf hieß, und kam Samstagmittag ihn suchen, besuchen oder abholen; die letzten zwei Kilometer zu Fuß. Waldreiche Landstriche. Wir wußten nicht gleich, ob wir fahren sollten, ja oder nein (Kassel oder der Edersee wären auch in Betracht gekommen, das Meer ist so fern im Vergleich zum heutigen Abend, doch der Wald hier ringsum, obwohl meilenweit menschenleer, sei ihm zu nah).

Ich hatte ihn mitten auf der sandigen Straße getroffen, sonst weit und breit kein Mensch, bloß dösende Hühner in der glasigen Mittagsstille und vor den ausgehängten Hoftoren blüht grellgelb der Ginster. Seit wann stehst du denn hier und weißt nicht worauf du wartest? Seine gebildete Tante, die Witwe eines Rundfunkintendanten (es handelt sich um den höheren Ast der Familie) bekam ich gar nicht zu Gesicht. Sie ist so musikalisch, daß sie die Klaviernoten gar nicht mehr spielen braucht, nur noch liest, Blatt für Blatt in ihrem verhängten Musikerker. (Willst du denn nicht erst Bescheid sagen, fragte ich und er dachte eine ganze Weile lang ernsthaft nach, im Gehen, bevor er nichts als Nein sagte, kopfschüttelnd, lieber nicht!)

Wir gehen nur so vorerst ein Stück die Straße entlang, zwischen den Feldern (das Dorf hatte bloß drei Häuser, von denen zwei sich streitsüchtig anstarrten, während das dritte gekränkt beiseiteblickte und nicht einmal einen Kaufladen, hinter Arolsen, Landkreis Korbach); ich bin noch mitten in meinem begeisterten Bericht darüber, wie ich hierherfand, wie ich überhaupt darauf kam und wer mir unterwegs alles begegnet ist, da hält auch schon schlingernd ein Lieferwagen für uns – hat zu spät gebremst und kommt jetzt im Rückwärtsgang angerast, ein dottergelber Opel Blitz voll Eierschachteln voll mit frischen Landeiern. Der Fahrer hat Sommersprossen, Hans im Glück, ein Fußballheld aus dem Waldecker Land. Und Frankenberg, wo er hinwill, liegt genau auf dem Weg. Er bot uns gleich Kaugummi an. Wenn wir Bruch machen, sagt er, Kasten Bier hab ich auch dabei, gibt Gas, ist dann sowieso nur noch *ein* Matsch! Grinsend, es hätte ausgesehn wie ein abgestürzter verpfuschter Sonnenaufgang zerfließend auf dem heißen Asphalt, doch kamen gut an! (Ganze Sommer in den Wäldern.)

Zurück Sonntagfrüh mit richtigen echten Studenten, die Eckart kannte, die in Army-Clubs Musik machten, dufte Jeans, enge schwarze Cordhosen und Klasse-Wildlederjacken, zwei sogar bärtig – wer weiß denn heutzutag überhaupt noch, was damals ein Bart bedeutet hat, 1958 in diesem Land! (Dienstag, auf dem Rückweg von einem Botengang, Leitz-Ordner zum Finanzamt bringen, Zeit die mir nicht gehört, gehe ich auf Schleichwegen in die Stadtbibliothek: Existenzialismus im Lexikon nachsehn. Immer viel zu lang weggeblieben.)

Riverboat, Mississippi, sie sollten in diesem Sommer zum erstenmal an der Ostsee spielen, in Dänemark und in Travemünde, vielleicht sogar auf einem alten Schiff (fällt mir jetzt erst ein) und probierten dauernd neue Bandnamen für sich aus: fanden kein Ende damit, weil bis zum nächsten Samstag jeder immer noch einen besseren Einfall hat, mindestens einen! Mittwochs spielen sie auch. So eine rasante künstlerische Entwicklung, insofern sogar gut, daß bis jetzt noch keiner Plattenaufnahmen mit uns gemacht hat, verstehst du. Nach neun gibts in den Army-Clubs Essen gratis, nimmst dir ein Tablett, gehst den Table entlang und stellst dir einfach drauf, was du willst: Truthahn und geschmorte Bananen mit Zimt, Grönlandkrabben mit Buttertoast und Hawaii-Ananas und Mixed Pickles, jede Menge! Auch romantische kleine Schiebungen mit Zigaretten, Schnaps und Benzin, free of Tax. Nur nicht draufzahlen!

Sie hatten zusammen einen alten Opel Kapitän, Baujahr 52. Sie sind aus Marburg, sie wollen dort nur schnell ein paar Stunden schlafen, ganz vergessen zu packen und dann weiter nach Lübeck. Unterwegs hielten wir am Straßenrand, zum Pissen und um den Wein auszutrinken. Die Sonne ging auf, makellos rot und gold, eine rasend rotierende Scheibe über dem fernen Wald. Es war Juni und die ganze Nacht nicht richtig dunkel geworden.

Glücksfälle massenhaft, nur Zeit hatten wir nie genug und die Zigaretten mußten immer wieder gezählt werden, fast eine Andachtsübung, wieviel noch übrig sind; erst viel später kamen die Joints. Nie wieder werden die Nächte und Zigaretten so gut sein, so tief und berauschend – als ob du *schwebst*: jeder einzelne Zug. Wahrhaftig. Damals gab es noch ganz anderes Wetter!

Im späten Licht, unbedingt muß man nach der Ankunft stundenlang wie geblendet durch immer fremdere Straßen laufen im späten Licht. Komm doch mit! Wir probierten, wie es ist, im Vorbeigehn schnell einen Schnaps zu trinken, als Fremde, dann weiter, atemlos, Nacht wartet. Am besten du kennst dich gar nicht aus! Wirklich gelungen waren diese Abende, wenn sie in irgendgeheimen Hinterzimmern ohne Nachbarn, Kerzen und Räucherstäbchen kamen in Mode, bei der Verlängerung einer Passions-Sessions bis weit in den entlegenen fremden Sonntagmorgen hinein gedauert haben; wir gehören dazu.

Nachher: wendest und wendest dich desorientiert auf dem leeren sonnigen Sonntagmorgengehsteig – wo ist die Nacht geblieben? Da die verblichenen alten Mietshäuser die dich dösig anblinzeln, hast du nie gesehn. Nichtmal die Kirchenglocken kommen dir bekannt vor, so still ist es auf einmal geworden. Aber im nächsten, im gleichen Moment eine ganze Schar Kinder rennt glücklich ans Wasserhäuschen, das wartet da vorn an der Ecke: sich Eis kaufen, Eis am Stiel hieß es damals und was ist denn aus ihnen geworden in Gottes Namen, doch nicht lauter Gangster und Bullen!

Jugend; erst jetzt geht mir auf, was für geduldige Zuhörer alle meine Freunde damals doch allzeit gewesen sein müssen und gut zu Fuß. Eckart erzählte mir zwischendurch immer Filme. Unterbrechungen störten ihn nicht. Er hatte – laß dich nicht ablenken – eine andere Tante, die war mit seiner Mutter verfeindet und ließ ihn in ihrem stadtbekannten Porzellanladen aushelfen, sooft er Lust hatte oder Geld brauchte. Drei Mark die Stunde. Kaum ein Maurer verdiente so viel. Die meiste Zeit war er damit beschäftigt, im Lager Holzwolle wegzuschmeißen. Am nächsten Tag suchten sie immer die Lieferscheine. Wie viele Nachmittage er allein damit zubrachte, im Hof immer wieder verträumt einunddenselben einzigen Lieferwagen zu putzen, wie für eine Ausstellung. Ein gestreifter VW-Bus, rundherum Wappen und Manufakturzeichen drauf, lauter Weltmarken. Als Fluchtauto nicht zu gebrauchen. Man konnte ihn sogar besuchen bei der Arbeit. Er hatte immer extra Gummistiefel an und hörte Autoradio dabei, AFN. Einmal kam ich hin und seine vornehme Tante fuhr uns den ganzen trüben Nachmittag in einem beigen Mercedes-Coupe spazieren, mit Speichenrädern und Weißwandreifen. Sie hatte einen erstklassigen Pelzmantel an und lächelte aufmerksam wie für jemand anders. Sie fuhr mit uns auf die Burg Gleiberg und lud uns als Dame zu Kaffee und Kuchen ein, obwohl bloß Donnerstag war und immer dichter der Nebel. Ich bin an diesem Tag ohne ausreichende Entschuldigung der gewöhnlichen Kaufmännischen Berufsschule ferngeblieben. Ich nicht, Eckart erzählte ihr, daß ich Geschichten schrieb, die dauernd in den Zeitungen gedruckt würden und sie konnte es kaum glauben. Leider hatte ich den Zeitungsausschnitt ausnahmsweise nicht einstecken, weil mir meine alte schwarze Jacke jetzt bald zu klein wurde.

Im gleichen ruhigen abgelegenen Nachmittagshinterhof mitten in der Stadt hatte der verquere alte Meister seinen Mietschuppen, der mit Spritzpistole und Pappschablonen jede Woche die gigantischen Filmplakate fürs Gloria, fürs Roxy und für das heruntergekommene Lichtspielhaus in der Bahnhofstraße schuf, in Leuchtfarben, ein frommer Säufer. Die meiste Zeit war er nicht ganz bei Trost, hatte es eifrig mit den Über- und Unterirdischen, sah Gespenster am hellichten Tag. Doch gegen seine Arbeit ließ sich nix sagen. Immer pünktlich und perfekt. Er wohnte im gleichen Schuppen. Er hatte eine halbwilde gelbe Katze, die sich nicht groß um ihn scherte, der er immer hinterherbrüllte: daß du mir ja keine Vögel fängst! Die Plakatwände, jede so groß wie ein Haus, bestanden aus lauter Planquadraten die er mit zusammengekniffenen Augen einzeln anfertigt. Kein Strich durfte schiefgehn. Lustspiel, Liebe, Romantik, Wildwest, Musikfilm und Reißer, vom Winde verweht: für jede Kategorie hat er seine eigene unfehlbare Farbskala. Damit auch der Dümmste auf den ersten Blick weiß, wo er dran ist. Ich hab genug erlebt! Alle Jackentaschen mit Tabak vollgestopft, eine umgefärbte alte Soldatenjacke vom britischen Erzfeind. Essen sah ich ihn nie. Er war immer bereit, uns seine verknitterten Freikarten zum halben Preis zu verkaufen. Jedesmal, wenn mein Freund Eckart bei seiner vornehmen Tante in ihrem fabelhaften Porzellanladen ausgeholfen hat (seine Mutter braucht davon nichts wissen), ging er hinterher ins Kino. Oft zweimal am gleichen Tag. Er ging ins Kino, um die Welt kennenzulernen, oder eine andere Welt. Filme wie Les Tricheurs, East of Eden und später dann Außer Atem muß er sooft gesehen haben, daß sie schließlich vollautomatisch in seine eigene legendäre Vergangenheit eingingen. An einem einzigen ganz gewöhnlichen Werktagabend, besonders nach einem Krach mit seiner Mutter, war er nacheinander und gleichzeitig James Dean, Marlon Brando, Elvis, Belmondo, Bob *und* Alain aus Les Tricheurs, der Fassadenkletterer, spielend, alle möglichen hinterhältigen Mexikaner und natürlich James Dean. Beinah hätte ich Errol Flynn und Clark Gable (falls er je älter würde) glatt vergessen. Noch heute oft in alten Filmen kommt er mir, wenn ich am wenigsten damit rechne, in dieser oder jener Gestalt. Mord und Totschlag gehören dazu. Nicht nur Hauptrollen, nicht selten auch ist er unerwartet der Andere, der geheimnisvolle Fremde, der Todfeind, der ruchlose Gegner der ganz zuletzt erst aufgibt mit ein paar Kugeln im Kopf oder sonst ein gefährlicher Teufelskerl den sie brauchen, damit ihre zweifelhaften Geschichten überhaupt erst ingang kommen. Zwischenfragen störten ihn nicht; im Gegenteil. Laß dir Zeit. Wir konnten, zu Fuß unterwegs, in aller Ruhe die ganze Welt hineinbringen, diesen heutigen Abend. Mal sehn, was draus wird. Erst recht, wenn es spät wurde, kein Auto hielt und weiß Gott, wo wir zuguterletzt hier gestrandet sind. Mach dir bloß keine Sorgen! Er liebte solche Abschweifungen, ließ sich auch stundenlang bereitwillig ausfragen. Am Ende ist es mitten in der Nacht eine elende Fernfahrerkneipe, ganz verloren, in der wir uns wiederfinden. Die wir nie zuvor sahen. Sind scheints falsch ausgestiegen, macht ja nix, hinter Alsfeld oder hoch droben im Westerwald; draußen Wind. Bald Mai, aber so lausig kalt auf der Straße, als ob es gleich anfängt zu schneien. Was für eine trübe dampfende Dreckbrühe, wie Erdöl und schillert auch so verdächtig, soll Kaffee sein. Samstag; schon spät in der Nacht, aber immer noch sieben Mark achtzig übrig. Selbstbedienung; ein ehemaliger Boxer hinter der Theke, im Unterhemd, kampfbereit. Und so ungefähr jede Stunde kommt eine große breitschultrige Frau in Pantoffeln und Nylonkittel (wie sein verkleideter Stiefbruder und Komplice, jedoch wasserstoffblond) aus der gemütlichen Spülküche und latscht mit Abfallkübel und feuchtgrauem Wischlappen finster von Tisch zu Tisch. Schimpfend, wenn wieder ein paar Herrschaften mit Nachdruck geweckt werden müssen: He, hier wird nich gepennt, Saupack! Sammelt die Reste ein, daß es nur so klatscht und tut so als ob sie mal wieder die Tische abwischt. Was für ein Glück, in dieser finsteren kalten Einöde eine Kneipe zu finden, die die ganze Nacht aufhat. Ganz blau die übernächtigten Lampen im Rauch. Was hier so elektrisch brummt, ist bloß dein eigener Schädel. Wie spät kanns denn sein? Kein bißchen müde! Am Ende, was suchten wir denn? Am Ende sprachen wir über seine und meine Tage und Filme so, als ob wir sie erst noch drehen müßten. Nie genug Zeit, aber die Pläne die wir jederzeit mithatten nicht zu zählen. Und wären Drehbuchschreiber, Regisseur, Hauptdarsteller, Beleuchter und was nicht alles (Scheißlehrstelle, dauernd kam uns die Nacht auf den Hals) in einer Person. Frag jetzt nicht nach dem Preis. Es geht gleich los. Die meiste Zeit Samstagabend oder wir mußten, pures

Gold unser Ruhm, noch ein paar Sonnen dazuholen und uns in eine andere nah-ferne Gegenwart hineindenken, ewig Morgen fängt alles an.

Sonntagmorgen. Wo sind wir denn hier? Damit es zuginge wie im Kino, lernte er, wo er hinkam, jedesmal gleich hundert Leute kennen, eine Manie. Und weiter, während wir uns jetzt ohne Eile den-einen-unsren Weg suchen (an solchen Tagen sollten alle Strassen sanft und gemächlich bergab führen), berauschen wir uns wieder und wieder an der vergangenen Nacht mit allen ihren phantastischen und unerhörten Einzelheiten, ein echter Film. Schon seit gestern da. Film hieß auch, da ist ja wirklich was gelaufen, Mensch und daß man sieht, daß was stattfindet, Leben und was als nächstes passiert und dies und danach. Immer weiter, über Nacht ist ein neuer Tag geworden und wer weiß, was noch alles sein wird; wahrhaftig. (Dabei seinen zahlreichen neuen Bekannten, meistenteils Schwätzer, notfalls nachträglich noch einige unerläßliche interessante Züge verliehen, mit leichter Hand – bis zur Unkenntlichkeit. Damit sie einen *Sinn* haben. Ich hätte erleben wollen, wie geschmeichelt jeder sich selbst begegnet. Komm doch! Kein bißchen müde!)

Einmal nachts um halb drei fanden wir einen weiten leeren Park mit viel Himmel. So entrückt lagen die Wiesen, die Schatten vor Tag, so einsam und in sich versunken stand jeder Baum, daß wir unvermittelt zu träumen glaubten, zögernd, komm doch, komm! flüsterten unwillkürlich. Wir zogen die Schuhe aus.

Tiefer drin eine hüglige Wiese zwischen dichten dunklen Tannen, Fichten, Kiefern, die war jetzt so still wie eine Bergwiese in den Alpen, im fernen Kaukasus, eine Lichtung im Norden von Finnland. Ein seltsam gehörntes Tier hätte auftauchen können, da zwischen den Bäumen und zu uns sprechen oder langsam vorüberschreiten, ein *anderes* Fabelwesen in seinem eigenen Traum, ein großes Es; wir hätten uns nicht gewundert. Sogar Heu lag herum. Wir setzten uns, um zu rauchen. Ich lag auf dem Rücken und sah, der Himmel war noch verhangen. Unmerklich fast verfiel ich in eine Art Halbschlaf, trieb reglos dahin, hörte Stimmen, die Stille und wußte dabei die ganze Zeit wo ich war und erwachte nach zehn Minuten, als ob mich jemand *gerufen* hätte. (Es war wie noch einmal einen Augenblick an den Gott meiner Kindheit glauben!)

Barfuß weitergehn. Immer l i c h t e r der Himmel jetzt; Tau fiel. Das Erwachen der Vögel. Die Bäume schienen zu frösteln nur für Sekunden, die Luft fing zu *flimmern* an. Damals war ich fünfzehn. Zwanzig Jahre später, den ganzen Weg zu Fuß, an einem Samstagmittag im Hochsommer, im August: es wird nicht mehr lang dauern! Die halbe Stadt schon schien sich mit haufenweis überflüssigem Hausrat hier eingefunden zu haben; die ganze demokratische Freizeitkollektion Abfall, Aral-Bälle, Gehsteighunde, Kassettenrekorder und Gartengrill, sogar Kinder. Wer bin ich denn? Und wo bin ich gewesen, Herrgott, all die Zeit? Als hätten sie die Höhlen ihrer Angst schon für immer verlassen. Man konnte glauben, daß sie schon seit Wochen so auf der Wiese lebten, mit ihren mitgebrachten handlichen Albträumen, mit ihren Sonnenbrillen und Kühltaschen. Bloß noch hier den Krempel bald loswerden, Mensch, klar und das ist erst der Anfang – die Stadt verlassen! Himmel wolkenlos, mitten in der Zeit wie tiefer Frieden ein Bild. Zeigt dein Kind in die Luft, ganz Auge und Wunder, und wird jetzt bald drei (nachdem du doch eben erst selbst da vor deinen eigenen Augen halbwüchsig zwischen den Bäumen davongingst, um dir einen Platz zum Schlafen zu suchen); seine Hände exakt nach deinen geformt. Da in seinen Augen, siehst du, in der blauen Unendlichkeit, und du brauchst eine Weile bis du weißt, was gemeint ist, silbrig schimmernd ein Düsenbomber der in großer Höhe lautlos zu schweben scheint, über uns, ein Versatzstück der Ewigkeit (helle Streifen am Himmel). Und sagt verwundert, wie zu sich selbst: da, ein Fisch!? Wo wir hier sind? In der Gegenwart 1978 im Grüneburgpark. Die gleiche sanfte Neigung, siehst du, der Flächen und Linien des Augenscheins räumlicher Tiefe, ein Bild und mit welcher angstvollen Freude du es wiedererkennst, wie lang noch?, die gleiche erdachte (geschaffene) Ferne zum Greifen nah und wie die Bäume bedeutsam zurückgetreten sind, um wie für Vogelflüge den Blick auf den Himmel freizugeben, dessen angestammte Randbewohner wir sind von je her und vergessen das bloß immer wieder, die meiste Zeit. Welcher Vogel denn, welcher ist es, der lang vor Sonnenaufgang als erster das Licht ahnt, der die veränderte Stille als erster hört und den Tag herbeiruft, wir leben!

Und weitergehn wie im Traum straßenabwärts, suchst dir deinen Weg. Wie sie kommen und gehn die Gedanken, die Straßen. Sehen lernen! Richtig *da* bist du erst, wenn du nicht mehr weißt, wo du bist. Früh um vier in der weißen Stille: fanden verlassene Straßen die wir uns zeigten und einander flüsternd erklärten, die aussahen wie richtige Pariser Straßen in Paris. Die ganze Zeit Juni. Alle Strassen führen jetzt sanft bergauf, dann wieder sanft bergab. Schon wochenlang kaum noch Schlaf. Zuletzt führt jede Straße hinunter zum Fluß der hier langsam fließt.

Wie Schwingen im Flug erstarrt liegen die steinernen Ufer. Du gehst und kommst, es ist nie der gleiche Fluß.

Du sitzt auf den Steinen, siehst die Schiffe, die Ufer, das Licht auf dem Wasser; der Kran hat sich gedreht. Die Muster der Vogelflüge. Du hast noch das Knarren im Ohr, die Stimmen, die Stille, du sitzt auf den Steinen die noch warm sind vom Nachmittag und es ist zehn Jahre später.

Du gehst über die Brücke und hast dein ganzes Leben im Gedächtnis (höchstens dein Name fällt dir nicht ein).

Ein Stück weiter flußabwärts, dem Abend zu, die alte Main-Neckar-Brücke, eine rostige Eisenkonstruktion aus der Vorzeit, wie für Sonnenuntergänge gemacht. Ohne Unterlaß rattern die Nord-Süd-Züge drüberhin, wie blind hin und her, daß dir die Knie zu zittern anfangen nur vom Zusehn. Loch im Bauch, dein Magen ein Eisenklumpen. Bis du dich endlich auf das Abendtal deiner Kindheit besinnst, so fern in der Zeit, ein anderer Fluß und wie du gegangen bist, dort die Züge fahren zu sehn.

Und vor Jahren ein Sommermorgen hier in der Stadt, so früh, daß die Straßenbahnen (allesamt frischgestrichen) leer über die leeren weißen Steinbrücken fuhren, aus der Ferne g l e i ß e n d zu schweben schienen, eine pünktliche Fata Morgana nach der andern. Es war Juni und die Sonne ging früh um vier fast im Norden auf. Es ist wahr, wie mit Scheuklappen rennen sie herum, jahrelang wie betäubt, aber sooft eine Straßenbahn über eine der Brücken fährt, ob Nacht oder Tag und auch wenn es regnet: immer finden sich ein paar Fahrgäste, Sitzplatz oder nicht, die (fast verwundert) den Kopf heben, wie Vogelflüge den Blick in die Ferne, seufzend, viel Himmel.

Und einmal im Winter bist du – weit und breit der einzige Mensch – müde über den vergessenen Fußgängersteg der alten Eisenbahnbrücke gegangen, Verzweiflung im Herzen. Was erschrickst du denn so? So hohl meine Schritte, als ob jemand hinter mir herkommt. Wohin? Und mußtest jäh stehenbleiben, weil dir zu Füßen mit amtlicher Kreide plump die Umrisse eines Liegenden auf die geteerten Holzbretter gezeichnet waren, vielleicht um die (hoffnungslose) Lage eines unbekannten Toten zu markieren, den man gestern heute morgen hier finden wird, nächste Woche, kürzlich erst fand. Als ob man unverabredet seinem eigenen wohlpräparierten Tod begegnet, nimm Platz, als hätten sie *mich* gemeint.

Du gehst in der Menge, hungrig, müde, mit bleischweren Gliedern, geblendet vom Sonnenuntergang und es ist nur wie die Fortsetzung eines anderen Traums. Zehn Jahre später die gleichen Strassen oder was davon übrig blieb und an jeder Ecke ein Streifenwagen der dich belauert. Du siehst sie ihre stümperhaften Funkberichte über dich an die Zentrale durchgeben, sie verbergen es nicht einmal. Nur nicht einschlafen jetzt im Gehn, in Gedanken, nicht schreiend davonstürzen mit ausgebreiteten Armen in alle Richtungen gleichzeitig – der Luftraum ist schon besetzt, diese letzte e w i g k e i t s - g o l d e n e Stille.

Weitergehn. Manchmal wie zum Spaß, oder ist es Gründlichkeit?, fahren sie ein Stück im Schrittempo neben dir her; sie haben noch Zeit. Bis der nächste Wagen in Sicht kommt. Noch lang bis es dunkel wird, die Sonne da hinter den Häusern.

Du stehst auf dem Steg zwischen lauter armen Aus- und Einwanderern. Die Eisenfresser. Du weißt nicht, zu wem sie beten. Der Reihe nach bist du jeder Einzelne von diesem abgerissenen Volk von geschlagenen Eroberern oder was sie zu sein dachten; es ist sechs Uhr früh oder vier Uhr nachmittags, Hongkong, Marseille und Istanbul. Die Sirene heult. Ihr seht die Fähre kommen, sie sieht wie ein Stück Torte aus oder wie ein japanischer Vogelkäfig (*nicht* wie zum Schwimmen gemacht).

Die Sirene heult eine volle Minute lang, der Steg fing zu schlingern an, Asien und Europa versinken in Abend und Rauch. Sobald die Fähre angelegt hat ein kleines Gedränge, dann sind wir alle an Bord; es ist ganz einfach.

„Du hast schmerzliche und fröhliche Reisen hast du gemacht!" Der Zigeunerin die mir auf dem Schiff ungefragt aus der Hand las, fehlten vorn alle Schneidezähne; vielleicht noch nicht lang. Ich könnte schwören, daß ich eine *Lebenslinie* gehabt habe. Sie hielt meine Hände, beide mit den Handflächen nach oben und strich beständig mit ihren Daumen zart die Linien entlang, ohne hinzusehen. Ich verstand nicht die Hälfte. Sie kam aus Sulina. Sie sprach ganz leise; sie stand zu dicht neben mir und blickte mir die ganze Zeit wie einstudiert bedeutsam tief in die Augen, was mich am Denken hinderte, sogar am Zuhören. Geriet sie der fehlenden Zähne wegen (mangels Übung vielleicht) ins Zischen, sprühte mit dem Seewind ihr Speichel mir ins Gesicht wie in mikroskopischen Schauern, aber nicht einmal unangenehm. Eher so, als gehöre das einfach dazu, nur längst vergessen warum (ich versuchte an ihr vorbeizuschauen, aufs offene Meer hinaus). Und dann klangen die verheißenen Reisen, Begegnungen, Zukünfte fast, als drohe sie mir; wie Verwünschungen. Bis es ihr gelang, das Zischen mit einem schönen offenen Lächeln wieder zu unterbrechen. Schnell drückt sie meine Hände an ihre Brust, aber nur ganz kurz. Dicht neben mir, mit ihrer sanften leisen Stimme von vorher spricht sie jetzt eindringlich weiter.

Sie heißt Rifa! Sie sagte das so oft, daß ich schließlich schon denken mußte, es sei gelogen. Aber warum? Ich hatte sie nicht danach gefragt. Bevor sie anfing, sollte es gar nichts oder vielleicht zwanzig Drachmen kosten. Eine wichtige Mitteilung, eine Botschaft. Zwischendurch, mittendrin verlangte sie zweimal zwanzig, dann noch vierzig, die ich ihr aus Versehen auch noch gab, in Gedanken woanders (Tölpel!) und hinterher langwierig wieder abschwätzen mußte, umständlich wie ein Geizkragen, fast mein letztes Geld bis zur Ankunft. Dann schenkt sie mir Feigen aus einem Krug und türkische Zigaretten und bezahlt auch noch den Kaffee in der schäbigen Bar auf dem Schiff; wir tranken vier- oder fünfmal Kaffee, es kostet fast nichts. Überall Körbe voll Federvieh und vielköpfig zahlreiche Familien die in Decken gewickelt demütig zu schlafen vorgaben (um das Meer nicht unnötig zu reizen) oder versuchten es wirklich. Beinah hätte sie mir sogar noch ihre Halskette geschenkt, rotes Ostgold mit einem Russischen Kreuz, ihren geflochtenen Gürtel und aus Seide ihr schöngemustertes Tuch, hellblau und leicht wie der Wind.

Nachher wurde sie seekrank und ich war ihr beim Kotzen behilflich, obwohl ich wußte, daß es nichts nützt. Ich hatte eine kleine und eine große Flasche Anisschnaps mit, noch aus Alexandria. Hatte sie nicht gesagt, sinngemäß, ich brauche mir keine Sorgen zu machen, um gar nichts; ich *könnte* es natürlich tun, doch ich brauche es nicht. Wovon ich denn aber leben würde? (Zu mir selbst, in

Gedanken: Nach Europa zurück. Mach deinen großen Schlag und hau ab!) Wovon? Sie ging darüber hinweg, als hätte ich den erstbesten Unsinn gefragt. Ich war zwanzig und sie? Sie sei zwanzig und zwanzig und noch ein Jahr – ich Rifa! Kommt eine Zeit, da flieht dich der Schlaf. Kommt eine Zeit, da findet deine Verzweiflung kein Ende unter der Sonne und jeden Tag wieder schickst du deine Frauen in die feindliche Stadt, heute noch will ich trinken, bevor wir weiterziehn: geh und stiehl Wein! Wie schön sie war bei der Ausfahrt! Wohin geht deine Reise? Ich sehe sie jetzt noch, wie sie barfuß am Geländer stand (bevor sie mich ansprach), und ihr Tuch und ihr langer bunter Rock wehten vor meinen Blicken her; es war Morgen.

Du kommst und gehst und kehrst wieder. Siehst den gleichen alten Mann auf seinem Platz beim Steg sitzen, mit seinem müden Bündel, mit den weitgewanderten löchrigen Tennisschuhen. Die Flasche noch mehr als halbvoll. Ja richtig, es ist ein langer Tag gewesen. Er nickt, als ob er auf dich gewartet hätte.

Viele Jahre sind vergangen. Wie zu Füßen des Flusses, des Abends sitzt ihr dann neben euren altgewordenen Schatten. Wie Brüder, ihr kennt euch und kennt euch nicht. Er hat dir vom Wein seines Lebens erzählt, wie er Lasten geschleppt hat und Schiffe beladen. Viel Worte nicht, braucht es nicht. Du nickst, einer der Bescheid weiß, trinkst und reichst ihm die Flasche; er nickt. Die nächste Flasche, noch mehr als halbvoll.

So müde jetzt und jedesmal wenn ihr trinkt (aufblickend), scheint der Fluß der hier langsam fließt, es ist Abend, siehst du, die Vögel in w e i t e n Bögen, so mild ist das Licht eh es geht, vor euren Augen in euren Adern der Fluß, noch ein Schluck, als ob er sinkt und steigt und stetig zurückkehrt in sanftem Bogen, scheint tiefer und mächtiger jetzt und ruhiger auch zu fließen. Inseln schwimmen vorbei. So müde jetzt, endlich tief und frei atmen. Es wird Sommer sein und du wirst alles verstehn!

Besser beizeiten noch zwei Flaschen kaufen! (Umsonst ist der Tod!) So geht ihr im letzten Licht, wir werden alle sterben, sein Bündel trägt er störrisch allein, um drei Straßenecken zu dem verworrenen griechischen Kramladen, wo er mit seinem kleinen Kredit haushalten muß wie ein Krösus. Wie ein Schicksal schleppt er seit Jahren sein Bündel. Klar wird er uralt werden.

Und nachdem ihr lang und breit den Wein erörtert und ausgesucht habt (leicht ist das Leben nicht, macht ja nix) in diesem wie biblisches Öl geläuterten gelben Licht, das will alles bedacht sein, da erzählt er dir nebenbei, wie er fünfundzwanzig war und die Frau die er geliebt hat, sie ist mit ihm gegangen und dann nicht mehr, dann ist sie nicht mehr mit ihm gegangen. Als sei es ein einziger Tag nur gewesen. Alle Hände voll zerbrechlicher Flaschen und mit einer winzigen Büchse Sardinen aus Casablanca, Bundeswehr-Eßbesteck rostfrei hat er in seinem Bündel, Salz auch, wartet ihr bei der Kasse. Die Flaschen, die letzten werden es nicht sein. Er kapiert es bis heut nicht. Vorbei, sagt er, vor-bei und schüttelt den Kopf und und lacht atemlos und hat verflucht nochmal mit dem umständlichen Kleingeld zu tun und liebt sie noch immer. Da brauchst du nichts weiter sagen. Ganze Scharen von Schwalben, ein Meer von Abendhimmel vor jeder Tür. Schon spät, doch auf Schritt und Tritt der Singsang spielender Kinder, so s i l b e r h e l l in diesen verdämmernden Gassen, Höfen und Haustoren. Das Echo der Zeit, viele Stimmen. Ein altes Viertel, längst auf Abbruch verkauft.

Ob du kommst oder gehst, hier ist die meiste Zeit Abend. Die Gassen und Durchgänge so verwirrend schief und verwinkelt, daß du dir oft genug selbst begegnest. Zuletzt führt jeder Weg dich hinunter zum Fluß. Abende gibt es hier, da ist jedes zweite Haus eine Kneipe – was sage ich? Drei Kneipen in einem Haus sind bei Gott keine Seltenheit. Jede Straße ein Fest. Kaum daß man den Weg findet (manchmal hat es wochenlang gedauert). Und im Keller noch extra ein Jazzclub und eine Taverne.

Es ist noch nicht dunkel, da locken dich schon die Lampen. Wo du hinhörst Musik! Wird Abend, hat jeder eine Geschichte zu erzählen. Und wie das Durst macht. Und nach was es nicht alles riecht, hier braten sie einen Hammel aus Arkadien (wie Weihrauch duften die Grillkohlenfeuer), dort trinkst du einen Pastis, einen Raki und noch drei Schritte weiter geht es wie bei der Weinlese zu. Wo du hinhörst Musik, ein Straßenfest nach dem andern. Jedes Haus ist vom Dachboden bis zum Keller erleuchtet, jede Gasse ein festlicher Aufruhr und im Hof kann man auch noch sitzen, sogar Glühwürmchen, sogar Bäume. Und zuletzt, hörst die Schiffe rufen, zuletzt – ob du kommst oder gehst – führt jede Gasse zum Fluß hinunter.

Legenden. Der alte Armenier den du hier wiedergetroffen hast. Vor vielen Jahren, du warst noch ein Kind, hat er dir eine zweitausendjährige Sanduhr geschenkt, eine ganz kleine (für unterwegs), mit, statt Goldstaub, *fahlem* Sand aus der Wüste Gobi drin. Wir stehn an der Tankstelle, bei der Brücke, es ist Abend. Wir haben einen Schluck zusammen getrunken und – wie die Tage dröhnend vorbeigestürzt sind; wie Lichter und Echos, verzitternd, leuchten und klingen die Zeiten und Begebenheiten noch in dir nach – schütteln uns jetzt wie in einem früheren Leben schon zum viertenmal ernsthaft die Hand. Dabei muß man sich in die Augen sehn. Da liegt sein Bündel. Es ist Abend, doch er will heut noch weiter. Ich auch, ja richtig, ich auch. Einer von uns will heut noch nach Hamburg, München, Kopenhagen, Marseille, Barcelona. (Was ihn betrifft, er kennt sich aus. Er geht schon sein ganzes Leben zu Fuß.)

Wohin geht deine Reise? Du kommst und gehst und kehrst wieder. Wie frische Narben brennen die Begegnungen, Jahre und Schauplätze in deinem Gedächtnis: das heilt nicht zu. Sonnenuntergänge. Das Echo der Zeit; all die Namen, Straßen, Verzweiflungen, Gesichter, Gesten und Stimmen die du unentwegt manisch halluzinierst, auf allen Wegen, die dich heimsuchen bis in den Schlaf hinein, in Traum, Halbschlaf, Delirien – das bist du alles selbst.

Und wo du auch gewesen bist, wer auch immer, Wanderer zeitlebens und Fremdling überall, immer gab es da eine, die Mädchenfrau. Ihr habt gelacht und geredet, aneinander vorbei, unter lauter Fremden. Ihr habt einander sofort erkannt, keine Frage, doch habt euch diesseits davon nur angesehn, unerlöst, stumm.

Aber jedesmal wenn du stirbst, jedesmal spürst du, daß sie nicht da ist um dich herum. Ihr habt euch verfehlt und du suchst sie mit allen fünf Sinnen, mit allen deinen Gedanken. Auferstehungen. Und du trinkst diesen Alkohol der brennt wie dein Leben, dein Leben das du trinkst wie den erstbesten Fusel am frühen Morgen.

„Am besten du bist allein und weißt dich verloren!" Der Säufer unter der Brücke der, seiner Sinne nicht mächtig, vom Wahn zerstört, mitten in seinem jahrelangen Monolog gegen Gott und die Welt keinen Weg mehr findet, taumelnd, ein Phantom, umgeben von Gespenstern – in grellbunte Schleier verstrickt, ich brenne, die ihn einhüllen, ein Feuer das nicht verbrennt. Dreck, Flaschen, faules Obst, Melonenschalen, Zeitungen, zersplitterte Apfelsinenkisten und silbrig verwesende Fische. In Gottes Hand. Singen sollst du! Der Säufer unter der Brücke; der Fluß fließt vorbei. Ich war fünfzehn und sah ihn und wußte, so werde ich später. Und die Stadt, all die Jahre die Stadt, die mit immer ungelenkeren Schritten und Sprüngen ins Torkeln geriet (wie ein betrunkener Kutscher der die Herrschaft über sich und sein Fahrzeug, Weg und Ziel verlor und dies mit Geschwindigkeit und Geschrei auszugleichen bestrebt ist, viel Glück).

Die Kinder in den Ruinen, der alte Mann mit dem Bündel, die arme Frau und ihr Fransentuch. Eine anatolische Ziegenhirtin die vor dem Krankenhaus in der Schifferstraße in Sachsenhausen, vor der Freitreppe, vom Rinnstein aus wahllos Passanten auf türkisch anflehte und verfluchte, dauernd fast überfahren wurde, Samstagmorgen, kein Ende fand, die unbegreiflichen drei Münzen in ihrer Hand zu sortieren, flüsternd, sie immer wieder versteckt, hervorholt, blankreibt, bespricht, betrachtet, gegenüber von einer hohen Mauer – und nicht einmal wußte, in welchem Land sie hier sitzt.

Bis es anfängt zu schneien: es s c h n e i t, wie auf Krücken laufen die Straßen vor mir weg. Der Bahnhof der einer gestrandeten Kathedrale gleicht, wie *blind*, versinkend im dichten Gestöber. Zahlreiche Ankünfte und Abfahrten, viele Stimmen in deinem Gedächtnis.

Das bist du alles selbst, wirst es sein und bist es gewesen. Fremd hier wie überall, wie es mich *sehnt* heut! Wie es schneit und s c h n e i t, immer dichter die Flocken. Vergangenheit; die schwarzen Nomadenzelte, Marco Polo und die Wanderungen der Skythen die sich in deinen Träumen fortsetzen. Scott am Südpol, Amundsen auf dem Heimweg; aus der verlorenen Bücher- und Schatzgräberwelt deiner Kindheit das bunte Zauberglas, eine magische Lampe um die Welt zu entdecken. Glöckchen bimmeln. Die Vögel der Wildnis kehren zurück, bloß Schattenbilder. Schon die Nacht wie mit schwarzen Fahnen. Siebenhundert Jahre alt das ewige Eis Grönlands. Und schmilzt jetzt wieder. Jabonah, rufen die Mongolen zum Abschied am Ende der Welt, ihr anderes Ende, heißt das, und sie stehn da und lachen und winken. Du steigst zur U-Bahn hinab, das bin ich, immer wieder, wie in immer andere abgelegte frühere Leben, wie in das trübe abgestandene Badewasser von gestern, vorgestern, vorvorgestern, die Woche davor. Herrgott, wie du heut hier wieder jäh aus dem Schlaf gerissen durch dieses ärmliche

Hurenviertel stolperst. Wo sind wir denn hier? Ohne Spielzeug, ein gottverlassener Riese in aller Frühe. Eine arme verlorene Seele die nicht den Weg findet, hustend, krächzend, ein fluchendes Gespenst. Außer mir ist niemand da. Sich sammeln – da bleibt dir nix! Bloß die Möwen die kreischend davonfliegen. Leere Flaschen im Rinnstein. Und der Wind, naß und kalt, der dir bis auf die Knochen geht, der Wind bläst durch dich hindurch. Weiter bergauf und bergab die Elendsgassen des Zweifels, die dich belauern ohne zu blinzeln. Die du nicht ums Verrecken jetzt wiedererkennst, eher noch die Höhlenzeichnungen aus der Steinzeit, mein Schiff liegt im Hafen, ich komm ganz woanders her. Noch zweitausend Jahre. Vasco da Gama, wie er auf der Suche nach Unendlichkeit und Erlösung immer wieder den (seinen) billigen Seeweg nach Indien findet und findet – andernfalls hätte er ihn erfinden, wo suchen? die Welt hinterm Horizont, eigenhändig hineingraben müssen, fluchend, schwitzend, Gott den es nicht gibt, Gott, dich rufe ich an! Hineingraben in die fühllose dumpfe Erde, um seine Hoffnung nicht zu begraben, in Ruhe sterben zu können, geht wieder die Sonne auf: ich bin gewesen!

Doch was ist seither aus uns geworden? Die Prophezeiungen, so greifbar das Verhängnis, wie wenn du in feuchtgrauer Märzluft (Ende Februar, Tauwetter) endlos feuchte graue Seelen, schon ganz zerschlissen – wenigstens sind sie stumm! Ach, sie sind stumm! Wie sie triefen! – zum Trocknen aufhängst, mit den Wäscheklammern der Ewigkeit; sind aus Plastik. Wind; kleine Schritte hinterm Haus. Es ist letzte Nacht abgebrannt. Mein erster Tag im Jenseits.

Wie wenn du am Tag nach dem Fest, knietief in Dreck und Morast versinkend, halbblind über die abgekippten leeren Felder stolperst – auf der Flucht: wer bin ich doch gleich? Brachland, Niemandsland, Tauwetter, schmutzige Schneereste überall. Wo soll ich denn noch hingehn, wo verweilen? Und da, hinter untröstlichen schwarzen Bäumen und katastrophenkündendem Krähenflug (hier gedachte ich, ohne Ungeduld atmend, den Sonnenaufgang zu erwarten), sinkt schon wieder trostlos die Nacht herab, wie für immer.

Und der Tag kommt, da du (wie Apollinaire) voll Schrecken die Linien deines Gesichts in den Achaten von St. Veith erkennst, gezeichnet, dein von Suff Straßen Gift Hunger Gefängnissen, Herrgott Mauern sah ich, von Delirien, Wahn, Schlaflosigkeit und Verzweiflung zerstörtes Gesicht und noch einmal anfängst. Du hast gar keine Wahl, ein ehemaliger Säufer der in Krämpfen, Nachsuff und Todesschweiß heulend und zähneklappernd, nackt und allein beschlossen hat, er selbst, seinem Leben und somit der Welt eine andere Richtung zu geben, nur noch eins weiß: nicht Krankheit, Nacht, Tod – ich will leben! Jahrelang mit zusammengebissenen Zähnen gelebt, wir geben nicht auf.

Wie an jenem makellosen Morgen im Mai 68, als ich, ein Prager Fußgänger, unterwegs in d i e s e m Jahrhundert, über die Karlsbrücke ging, in der Sonne, noch früh, und die Welt schien beinah über Nacht wieder so einfach geworden wie in meiner Kindheit am Samstag vor Ostern, wenn die Straße gekehrt war und die Häuser (als ob sie einer liebevoll um- und umgruppiert hätte) sind alle frischgeweißt. Alle Vergangenheiten und Zukünfte ungeheuer gegenwärtig; noch ein Haufen Arbeit zu tun (Gott schläft), aber genausogut kannst du dich auch eine kleine Weile da auf die Treppe setzen, siehst du, der Himmel ist wolkenlos, mitten in der Zeit.

Und ich sah und wußte, daß ich trotz allem mein Leben lang recht gehabt hatte. Nichts war umsonst und so fängst du (glaubtest dich schon verloren), fängst jedesmal wieder und wieder und noch einmal von vorn an, viele Vergangenheiten, fängst an wie der erste Mensch der eigenhändig ein Stück Erde umgegraben hat, ein Versprechen einlöste, übers Meer fuhr, sich wiederfand, einen Namen fand für seine Unrast und Hoffnung, das bin ich, einen Ort der Wiederkehr in der Zeit – und dazu allein hab ich fünfunddreißig Jahre gebraucht, daß ich nur weiß, wie man atmet. Mich könnt ihr nicht umbringen! Und langsam gehst auch du in dein Leben zurück. Ich fange noch einmal an, mich kennenzulernen.

Du gehst über die Brücke und hast dein ganzes Leben im Gedächtnis. Du sitzt auf den Steinen, die noch warm sind vom Nachmittag und die Sonne geht unter. Der Kran hat sich gedreht. Zeit trieb den Fluß hinab; Inseln schwimmen vorbei. Wie gestrandet liegen die Ufer, die Silos, das Zementlager, das Kraftwerk, Degussa, Vorposten des Abends, Beichtstühle für Maschinen, barbarische alte Backsteinbauten und brüten serienweise Albträume aus, in diesem milden Licht.

Der Westhafen. Ohne Unterlaß rattern die Nord-Süd-Züge durch dein Gedächtnis und über die rostige alte Eisenbahnbrücke wie blind hin und her, daß dir die Knie zittern. Schon wochenlang kaum noch Schlaf. Die Sonne geht auf, die Sonne geht unter. Müdigkeitseuphorien. Der Fluß fließt vorbei. Wie langsam die Schiffe ziehn (das spürst du in deinen Adern).

Und dann mit einemmal wird dein Herz weit, wie an dem Tag, als du als Kind zum erstenmal das Meer gesehn hast und wie es westwärts gen Abend zu glitzern begann.

Du siehst die Schiffe, die Ufer, das L i c h t auf dem Wasser. Siehst alles wie zum letzten, zum ersten Mal und die Zeit und dein Leben sind wie dieser langsame Fluß, als ob du darin ertrinkst.

Der Fluß fließt durch dich hindurch, die Straßen kehren zu dir zurück („Ich habe gelebt wie ein Narr und hab meine Zeit verloren – und doch auch wieder nicht!"). Und langsam gehst auch du in dein Leben zurück, wie man auf einen Berg steigt, als ob dich einer gerufen hätte. (Noch lang, bis es dunkel wird, will ich herumwandern!)

Und dir ist, als ob du heute Nacht zum erstenmal wirklich ganz richtig und ruhig wirst schlafen können, laß dir Zeit, zum erstenmal seit du auf der Welt bist.

VI

Und Abend und Morgen und neue Straßen. Aus der Stadt wandern, wie zum letzten Mal. Gestern oder zehn Jahre danach. Noch früh, über Nacht ist ein neuer Tag geworden. Mai, Juni, schon wochenlang kaum noch Schlaf. Sonntagmorgen, Licht zittert. Hier entlang! Wir waren fünfzehn, immer wollten wir trampen und gerieten stattdessen ins Reden, gingen den halben Weg zu Fuß. Jede Richtung konnte uns recht sein, Montag ist weit!

Aufblickend, wo sind wir denn hier? Fanden die meiste Zeit kein Ende mit unsren Geschichten. Jahrelang damit abgeschleppt, auf allen Wegen, leicht sind die Leben nicht. Wir waren sechzehn und siebzehn und wußten ganz genau Bescheid.

Sonntagmorgen, ein langer sonniger Vormittag schließlich (der bis weit in die frühen fünfziger Jahre zurückreicht); immer lichtere Vororte, die wir gegen Mittag endlich erreichten. Weit und breit kein Auto, kein Mensch. Augenschein: konnten kaum glauben, daß dies noch die gleiche Stadt sei. Längst vergessen zu frühstücken oder wohin des Wegs, Bruder.

So ein stiller, beinah ländlicher Sonntagnachmittag dann, wie aus deiner Kindheit, der soeben begann, der um uns reglos verharrt; längst September. Glaubst zu träumen. Ein einziger langer Sommertag, siehst du, altgeworden das Laub und das Licht: vergänglich. Alle Fenster offen, die Straßen verlassen und an jeder Ecke das gleiche alte Hinterhoflied; Linden, Kastanien, die Musik schien aus den Bäumen zu kommen.

Der Wind ist eingeschlafen; kein Mensch. Es ist der gleiche endlose Sommertag, Sonntag, doch ganz brüchig jetzt schon das Licht und die Stille, verblichen, matt und alt wie eine Erinnerung. Nicht mehr lang und die Zugvögel sammeln sich. Riechst du nicht schon den Rauch aus den Gärten? Und mit einem Mal ist es – wie auf einem verlassenen Jahrmarkt (alle sind heimgegangen) – diese Ansammlung von Menschenleere, die dir den Atem nimmt, die Kehle blockiert wie ein jähes Schluchzen, wie ein gutes Gedicht (wir werden nicht wiederkehren).

Bald Herbst. Weit weg, ganz am Ende der Straße die gleiche traurige, alte Witwengestalt, als ob sie dir winkt: dir ist, du müßtest sie kennen! die gleich um die nächste Ecke und dann für immer verschwunden sein wird, gegangen. (Ihr Sohn, ihr Einziger, ist tot oder in Australien!)

Nachmittag, Straße ansonsten leer, viel Himmel. Die Bäume, mit ihren unversehens gelichteten Wipfeln, das Laub ganz vergilbt schon (aufblickend, eben noch ganz woanders: bald wieder Herbst), als sei die Zeit jäh von ihnen abgefallen, standen jeder für sich, wie in seiner eigenen eigentümlichen Beleuchtung, reglos und in sich versunken, jeder in seiner eigenen zeitlosen Ewigkeit. Vier Uhr, der Himmel ein Rätsel. An solchen Tagen, wie auf einem Bild von Ruisdael oder Hobbema, siehst du alles wie zum letzten, zum ersten Mal: eine neue Seite im Buch deines Lebens.

Und, erinnerst du dich? Wann denn, vor Jahren ein Sommermorgen, es muß ihn gegeben haben hier in der Stadt, so früh, daß die Straßenbahnen (allesamt frischgestrichen) leer über die leeren weißen Steinbrücken fuhren. Hoch oben ein Habicht zog seine einsamen Kreise über der City, ein Steinadler nah beim Dom. Von weit her ein hellblauer Wind vor Tag hatte den Waldgeruch in die Straßen gebracht. Die Rehe und Hirsche haben in Rudeln am Gerechtigkeitsbrunnen getrunken, Wasser statt Wein, wandten sich jetzt gelassen zum Gehen. Die Stadt verlassen, aus der Stadt wandern wie zum letzten Mal. Die Sonne ging früh um vier fast im Norden auf; Mai, Juni. Noch schien es dieser Sommer, der selbe Tag Heute und dennoch Jahre, ja Zeitalter her zu sein. Nicht der gleiche Stern und unwiederbringlich.

Bald Herbst: wir würden alt sein, am Bahndamm das Gras längst verbrannt, die Wege in Dreck und Morast versinkend, in Nebel und Dämmerung. Abend und wir hätten kein Haus.

Oder zum Bahnhof – wo gehts hier zum Bahnhof? Fünf Uhr früh und die Sonne scheint. Schon die ersten Straßenbahnen, manche vielleicht noch von gestern (die sich verirrt hatten oder Samstagabendfeste in den sagenhaften Sommervororten). Oder als ob sie auf eigene Faust, manche mit weder Nummer noch Fahrtziel, schon wochenlang nicht im Depot gewesen, sie haben angefangen zu *schwärmen*! Zu ihrem eigenen Vergnügen, leicht und ledig, Anhänger unterwegs abgestreift, ganz vergessen wo, mal sehen wohin auf der Suche nach Abenteuern. Fahrer barfuß, mit Sonnenbrille, hat keine Uhr, hat Badezeug mit. Wieder eine, die hellblau und lila, wie in Zeitlupe (gleichsam tänzelnd), wie ein sanfter, verschlafener Morgenwind, wie ein Schmetterling, jedoch in der Sonne funkelnd, da vorn die spiegelleere Kreuzung überquert, klingelnd. Glaubst zu träumen. Überall standen und lehnten Spiegel herum, hoch und leer, wie verdrehte Teiche, im Gedränge verlorene Blicke, die vergessenen Augenblicke vieler Jahre. Verlassene Denkmalsockel in der Taunusanlage oder wo sind wir hier? Sie sind noch nicht zurück. Warten auf Heinrich Heine. Einer lag trunken im Gras, Steinkoloß, wird jetzt bald gnädig aufstehn. (Ist das der Beethoven der so schnauft?)

Pfauen auf der Kreuzung, Goldfasane und Auerhähne. Wir hätten uns wenigstens einen Apfel jeder einstecken sollen, gestern und ein Stück Brot! Die Ampeln sind eingeschlafen. Weit und breit kein Auto, kein Schupo. Bloß eine einzige kleine Opernsängerin im Morgenrock gießt andächtig die Blumen, die Parkwege, die Einfassungen, die Abfallkörbe, die Verbotsschilder, den Rinnstein, immer noch ohne nachzufüllen, zuletzt die Kanallöcher mit einem einzigen zierlich-silbernen Miniaturgießkännchen. Oder sammelt Tautropfen in eine maurische Schmuckschatulle aus Granada, nur die allerschönsten natürlich. Abzählverse sagt sie dazu auf. Nachher wird eine pünktliche Perlmuttkutsche kommen und holt sie ab. Sechs Prachtschimmel oder zwölf, mit windleichten Federbüschen geschmückt. Wenn nicht eine tragfähig begeisterte Menschenmenge, lauter Grafen und Aufsichtsratvorsitzende. Oder ein ergebener fernöstlicher Flugdrachen, jadegrün, mit einer Elfenbeinsänfte aufm Buckel. Lieber nicht stören! Der glückliche Prinz.

Fanden den Weg und wußten nicht wie. Viele furchtlos possierliche Eichhörnchen in der Münchener oder Kaiserstraße, rote und braune. Ratten auch (Ratten haben Humor). Auch Morgenfüchse, die jetzt bald gute Nacht sagen, sie sind auf dem Heimweg. Eine ganze Schar unverzagter Tag- & Nachtsäufer mit einem entlaufenen Postpaketkarren als geduldigen fahrbaren Tisch. Seid Gegrüßt! Haufenweis Stoff zurhand, sogar Gläser hatten sie mit. Ja, was dachtest du denn? Haufenweis großspurige Sprüche und Gesten, aber eisern, Mensch! Aschenbecher und Papierservietten wie in einer richtigen Kneipe. Da nehmen wir uns natürlich die Zeit und trinken aus Höflichkeit jeder ein Glas: soll uns Glück bringen. Chantré oder Scharlachberg, aber selbstredend auch Klaren, na klar. Einer sitzt auf seinem Akkordeon, wie das stöhnt. Spielen tut er bloß abends. Wenn du abends kommst, kannst du kommen, spielt er dir was du willst: jederzeit. Na, nochmals zum

Wohle! Wischten die Gläser eilfertig mit Papierservietten aus, feixend und schenkten uns gleich wieder nach. Aufs Feiern verstehn sie sich drauf. Solang sie so viele Gläser haben, Kumpel, wird hier keinesfalls aus den Flaschen gekippt. Immer vornehm, solang noch was da ist. Ja Herrgott, wir werden noch Zeiten erleben! Wenn er ein Lied nicht tut kennen (er ist aus Wittenberg an der Elbe), brauchste ihm einmal bloß vorpfeifen, stimmts oder nicht? Alle bestätigten. Auch Zigaretten jede Menge, weil da vorn ist ein Automat kaputt. Auch Geld wird noch drin sein, Markstücke. Aber ja nicht erwischen lassen! Wie wir weitergehn (fanden den Weg und wußten nicht wie), haben wir alle Taschen voll Zigaretten. Kommt uns ein maroder Maskenzug entgegen, taumelnd vor Müdigkeit, mitten im Juli (die ganze Zeit fünf Uhr früh). Wie sie uns kommen sehn, gleich fangen sie wieder zu tanzen an und zu springen. Und kommen und tanzen und springen um uns herum, aber stumm – Psst! Mußten uns viele Male morgenländisch verneigen, sprachlos, bevor sie weiterziehn konnten. Was das bedeuten soll? Vielleicht waren sie taubstumm, vielleicht von weit her, wenn nicht gar aus dem (nahen) Jenseits. Eine Delegation vielleicht. Kann sein, du wirst ihnen ganz woanders wieder begegnen. Vielleicht dachten sie, wir sind taubstumm. Unverhoffte Trugbilder die sie waren, bunte Ausgeburten, aber wessen und wem? Und du? Und ich und die andern?

Den Weg finden! Vor Tag neue Straßen, einen Park, als hätten sie ihn vor gut hundertachtzig Jahren eigens angelegt für dein Auge in diesem Moment in dieser Beleuchtung und damit du dich später wirst immer erinnern, eine Waldwiese in der Stadt, wie das Heu riecht, Juni, eine Lichtung oder die Flußufer bis es hell wurde; sowieso Sommer. Nachher, wenn wir Glück haben (meistens hatten wir Glück), soll unser gestriges Geld noch für einen Kaffee reichen. Fünf Uhr früh. In einer nächstbesten italienischen Imbißkneipe die wunderbarerweise gerade aufgemacht hat: kaum zu glauben. Die funkelnagelneuen Plastikstühle und Tische, bunt wie ein Blumengarten, stehn vor der offenen Tür, als ob die Sonne selbst sie herausgelockt hätte, so früh ist die Stunde. Da der Patrone, der hemdsärmelig zwischen ihnen auf- und abschreitet, sie zählend zurechtrückt, klopft ihnen aufmunternd auf die Schultern, versieht sie mit Zuspruch wie eine getaufte Viehherde (seine). Gestriegelt hat er sie schon. Kaffee? Er nickt, stellt Tassen zurecht und setzt gleich pfeifend die prächtige Macchina ingang. Hier drin ist die Kneipe winzig, schattenkühl, still; Spiegel wie unter Wasser. Schon ist der Kaffee fertig (schon allein deshalb, weil der Kaffee so gut ist, müßte man immer in Italien leben). Hier drin die Hausstühle aber sind aus deutschem Holz und schlafen noch, siehst du, wie es sich gehört, kopfüber auf den zugehörigen Vorstehtischen. Tranken rauchend im Stehn an der Theke und spazierten immer wieder zur offenen Tür: in die Sonne. Was für ein Glück oder Wunder, daß er schon aufhat um diese Zeit. Er muß uns, denkst du nicht auch, erwartet haben. War noch beim Putzen und Aufräumen, wird jetzt gleich andächtig seine bunte Markise rausleiern, rotweißgrün, wie eine ergiebige Kirchweihzuckerstange gestreift in den lustigen (heiligen) Landesfarben. Er pfeift für drei. Wer weiß, ob er nicht überhaupt nur zu seinem eigenen sichtbaren Wohlgefallen schon so früh aufgemacht hat – so eine fröhliche bunte Sommerkneipe als Augenweide. Oder dachte vielleicht, so hell ist das Licht, es geht schon auf Mittag. Ach was, wenn einer geborener Frühaufsteher ist, damit daß der Tag für die Welt ingang kommt, der ists für sein ganzes Leben. Siehst du, mit welch artistischem Schwung er jetzt von der Tür aus PLATSCH den Putzeimer bis in den städtischen Rinnstein leert. Dschijilp die Spatzen, herrje ist ihnen grad noch rechtzeitig eingefallen, daß sie ja fliegen können: gerettet! Doch kehrten gleich hoffnungsvoll wieder: gleich doppelt so viele. Für die Krümel selbstredend auch, aber hauptsächlich damit sie ihn pfeifen hören! Wo bleibt da der Ernst des Lebens? Leider, für Sonnenschirme zu säen, zu pflanzen, siehst du ja selbst, reicht hier leider der Platz nicht. Auch die landfremden Stühle und Tische hier vor der Tür hätten sie ihm amtlich nie und nimmer genehmigt. Aber sooft kommt der Magistrat hier nicht her. Mal abgesehn von der Kneipe scheints doch eine ziemlich finstere Gegend hier: auch nicht schlecht! Jetzt hat er sich auch einen Kaffee gemacht und nimmt sich endlich Zeit für ein paar Zigaretten. Gleich wird er uns, je nachdem, von Genua oder Neapel erzählen und daß wahrlich keine Stadt wie die seine ist, auf der ganzen Welt nicht! Da gibst du ihm gerne recht. Auch was den Unterschied zwischen Grappa und Grappa betrifft, nimm dir Zeit. Einszwanzig ein Grappa zum Kosten. Zwischendurch immer wieder zur offenen Tür schlendern, immer wärmer die Sonne. Daß er eine wunderschöne napolitanische Tochter hat, na klar, das dachten wir uns doch sowieso, also ein Engel. Aber daß sie Gianinna heißt, das konnten wir natürlich im Traum nicht ahnen. Schließlich noch, im Vertrauen, daß sie schon siebzehn (wir auch) und lernt zur Zeit ausgezeichnet kochen und haushalten bei der lieben Quadratfamilie ihres tüchtigen Bräutigams: ist ein Grabsteinmetz aus Bologna (das ist mit Genua natürlich nicht zu vergleichen, wir nickten; kannst du dich, traurig genug, insgeheim damit trösten – nicht ich, mein Freund Eckart, wie schlampig und fett sie schon in zwei Jahren, eine heilige Mama, vier Kinder, was sie redet ein zäher Brei und jeden Tag Pizza – kein Trost).

Nachträglich: nachträglich kannste nur staunen, betroffen und gutwillig, mit wie wenig Vokabeln so ein kompliziertes Gespräch funktioniert. Noch dazu seine wahren Geschichten aus Abessinien. Den zweiten Grappa muß er uns geschenkt haben. So gehst du und wunderst dich. Als Gastronomie-Italiener in Deutschland hat er mit Weltkrieg-Zwo-Stories natürlich nicht viel im Sinn, aber über das heutige Wetter sind wir gleich einer Meinung: wird wieder ein schöner Tag werden! (Und wie er sich jetzt schon nahezu allgegenwärtig in den geräumigen Scheiben spiegelt, auf Schritt und Tritt und in jeglichem Glitzern.)

Und weitergehn wie im Traum, siehst du, die Straßen haben sich sacht wieder in Bewegung gesetzt, sind erneut ins Fließen geraten – erkennst du jetzt alles wieder? So seit Tagen umherzugehen, hungrig oder nicht, darum geht es jetzt nicht (vergiß endlich jedwedes imaginäre Brot und alle Äpfel die du nicht mithast; Müdigkeitseuphorien). Immer noch Kleingeld übrig. Den zweiten Grappa muß er uns geschenkt haben. Wohin jetzt? Uns noch einen guten Tag machen, war stets das erste was uns dann einfiel. So früh am Tag schien die Zeit nahezu unerschöpflich – Montag ist weit! (Eine naheliegende optische Täuschung!) Immer wieder: vielleicht kämen wir nie mehr zurück! Galgenfrist: hatten zeitig begonnen, doch nie genug Zeit, höchstens Pausen. Sooft es mir einfällt: wir hätten am gleichen Tag abfahren sollen und schließlich fuhren wir auch. Aber an der Elfenbeinküste und in Mosambik bin ich bis heut nicht gewesen. Genausowenig am Jang-tse, am Amazonas. Denke ich jetzt daran, ist es ein langer Sommer gewesen. Immer der gleiche Tag Gegenwart, zumindest in deinem Gedächtnis, Himmel wolkenlos. Kommt der erste Sonntagsradfahrer dahergeschwebt, mit blitzenden Silberspeichen, mit Rucksack und Baskenmütze – daß er freihändig fuhr und dabei eine Taunusclub-Wanderkarte studierte, die er wie ein Segel ausgebreitet vor sich hinhielt, ob dus glaubst oder nicht; hastet ein Scheich, ein eiliger (heiliger) Derwisch über die Straße: Osten da drüben! Obwohl seinerseits vielzuspät dran, jeder hat seine eigene Ewigkeit, versäumt er nicht, uns zu grüßen; flitzt ein himmelblauer (grasgrüner) Lieferwagen um die Ecke, der betäubend nach Rosen riecht. Lädt einer prächtige Torten aus, immer größer und prunkvoller, grinsend, scheints ein Konditor. Oder doch bloß sein eigenes einsames Sonntagmorgenfrühstück, was er sich schnell um die Ecke geholt hat? Keine Zeitung heut. Und die ganze Gegend duftet verlockend nach Biscuit und Schokolade, nach Kirschwasser, Zimt und Vanille. Immer vertrauter die Straßen jetzt. Kleingeld genug für immer noch einen Kaffee, bevor wir uns auf den Heimweg begeben: Abend noch fern!

Unsre nächste Rast in einer Eisenbahn-Imbißbude, Endstation, ein ausrangierter Waggon in den August-Schrebergärten. Lauter rührselige alte Eisenbahner als Gäste und hungrige junge Brautpaare, die sich wohl eben erst kennengelernt, die scheints direkt von einem gelungenen gestrigen Gartenfest kommen. Kaffee und Kräppel oder Berliner Weiße mit Essiggurken und Salzbrezzeln. Mit Schuß, Himbeer oder Waldmeister? (Den ganzen Sommer die gleiche Frage!) Der Wirt in Shorts und mit Strohhut heißt Pauli. Wo sind wir denn hier? Natürlich auch Äppelwoi jede Menge. Wie der Vorort heißt, wußte keiner. Auch egal, jede Richtung konnte uns recht sein. Den Main hinauf, laß dir Zeit, immer weiter gelangst du in ein geruhsames erst neunzehntes, dann achtzehntes Jahrhundert. Bei Oppenheim gibt es eine Fähre über den Rhein. Die Luft schien zu zittern vor Hitze, wie flüssiges Silber das Licht über den Weinbergen, flimmernd, die hellen Himmel, schon wieder September. Der Wein wird gut dieses Jahr. Von Hochheim bis in die Champagne zu Fuß gehn, im Frieden den wir versäumt haben, in diesem Licht.

Uns noch einen guten Tag machen! Kleingeld genug, mach dir bloß keine Sorgen! Wenn es an der nächsten Imbißbude keinen Kaffee gibt: können uns getrost auch zwei kleine Fläschchen Morgenschnaps kaufen oder am Bahnhof. Immer vertrauter die Straßen jetzt – oder kommt mir das bloß so vor? (Nachträglich: hier bist du schon an jeder Ecke verlorengegangen!) Am Bahnhof, der zu dieser frühen Stunde – ging man aus der Nacht kommend darauf zu – wie sein eigenes verklärtes Spiegelbild dastand, womöglich seitenverkehrt, als ob er sich selbst träumt. Auf dem Vorplatz die Tauben, Weisheit suchend, ein Körnchen, und finden ihre Nahrung dabei, ungestört. Winzige Halme wuchsen da zwischen den Pflastersteinen, wie kleine Flämmchen hellgrün und durchsichtig leuchtend, weil eben die Sonne heraufkam, im gleichen Moment, da drüben hinter den Häusern und ausgebrannten veralteten Neonreklamen. Auf dem Dach tanzen sie! Waren aber aus Stein d.h. Grünspan, also wohl eine Kupferlegierung, ein Balance-Akt. (Wie sich zeigt, sind wir diesmal aber doch aus einer ganz anderen Richtung gekommen.) Sonntagmorgen, die ganze Zeit fünf Uhr früh. Insgesamt bloß zwei Polizisten, denen wir begegnet sind: der eine schon auf den ersten Blick eine plumpe Attrappe, dem andern haben wir gern erklärt, wie er auf diesem oder jenem Weg früher oder später vielleicht zum Stadion kommt. Sollen wir nicht wenigstens noch über Büdingen oder Bad Homburg fahren? Meinetwegen Lich und Gelnhausen. Solche Provinznester sind es, meistenteils mondsüchtig, da kannst du dir manchmal selbst begegnen. In Friedberg Station machen oder in Bad Nauheim? Da muß es nicht weit einen See geben, wir fanden ihn nie. Könnten uns auchmal wieder, eben Büchner entdeckt, in diesem dumpfen, engen Giessen umsehn (nur müßten wir da der ausgewachsenen Obrigkeit und deiner Mutter geschickt aus dem Weg gehn). Noch nach Marburg fahren, unser altes nächtliches Treppen- und Gassen-Marburg, ein allzeit magischer Ort, an dem unsere Träume, ganze Serien, ach Jugend, bis zur nächsten Wiederkehr gestapelt aufbewahrt wurden, mein Leben hat viele Hälften, vom einen zum andern Mal. Erinnerst du dich? Nach Wetzlar und Goethe gedenken. Dort kannten wir eine griechische Kneipe, damals schon, und einen verwilderten Garten, der keinem gehört. Unterwegs baden und bißchen schlafen im Wald, Zeit genug. Dann ein alter Weg durch die Felder, die Wiesen und Einöden, komm doch mit. Bald sind die Pflaumen reif. Durch die Stille, fast schon vergessen der Weg: lang, bis die Sonne untergeht, dann ist Herbst. Oder bleiben noch, bleiben hier bis zum Abend. Oder wer weiß, fänden endlich die Richtung und kämen gar nicht zurück. Abend noch fern, Züge fahren. Geschichten. Immer noch ein Kaffee, bevor wir uns auf den Heimweg begeben. Auf Schritt und Tritt zahlreiche Umwege (bieten sich an). Trampen galt als lebensgefährlich *und* verrucht und wir trampten natürlich.

Und einen Morgen im Juni, mit hundertneunzig Mark jeder und einem geliehenen Zelt, aber ohne Decken und Schlafsäcke, Mensch, wir haben uns aufgemacht und waren fast fünf Wochen mit dem Motorrad unterwegs, einschließlich Benzingeld. Laß dir noch fünfzig Mark dringend nachschicken: Poste Restante Roma. Nie gedacht, daß wir so weit kämen. Wer ist denn überhaupt vor uns schon hier gewesen? Man konnte für fünf, sechs Mark beinah überall ein Doppelzimmer mit Frühstück für mindestens zwei Personen finden, im Süden sowieso. Wir brauchten nur höchstens jeden dritten Tag eins. Landkarten gab es an allen Tankstellen gratis: immer bunter, immer die nächste Region. Ich war fünfzehn; ganz Europa feiert den Sommer. Durch fünf Länder sind wir und bis nach Salerno gekommen: mein erster Süden! (Es war wie der erste Sommer nach dem Krieg. Schon Trieste ist uns beinah wie in den Tropen vorgekommen.) Ich seh noch die Leute vor ihren Häusern sitzen, abends, als ob sie auf uns gewartet hätten. Die Dörfer, die kleinen Städte, die wir uns aussuchten für die Nacht. Staub auf den Straßen, Sonnenuntergänge. Nicht die Hälfte der Straßen war damals geteert und vielleicht daher unwiderruflich golden der Hintergrund meiner Erinnerung an jeden einzelnen Tag und seine nahen leuchtenden Fernen. Tagsüber nährten wir uns von Pfirsichen, Trauben, Melonen, gratis, oder konnten sie überall am Straßenrand jederzeit kaufen für Pfennige. Riesige braune Papiersäcke voll. Nie, nie wieder gab es so gute Pfirsiche! Ich seh noch die Leute vor ihren Häusern sitzen und wie sie uns ankommen sahen. Wir hatten eine zivile Feldflasche mit, aber keinen Karbidkocher. Sie gaben uns vom Wein ihres Lebens und zeigten uns, wo er wächst, hinterm Haus, da den Hang rauf. Und Oliven und Feigen von ihren Bäumen, die Krüge standen im Keller, in einer Nische zwischen den Felsen, steinalt. Und Krebse und Fische aus ihrer, die du hier siehst, die lächelnde Bucht und weißen Käse danach, laß dir Zeit, Brot und Salz (es ist das gleiche Ziegengeschlecht, das mit ihnen lebt, seit sie vor zweitausend Jahren erstmalig ihre Angst zu vergessen vermochten und gemeinsam heruntergestiegen sind von den Bergen). Und wenn sie Geld dafür nahmen, war es nicht viel, nur der Preis, doch sie sprachen mit uns und untereinander. Als ob man staunend den Hintergrund eines alten Bildes betreten hätte, komm! Womöglich Legenden, älter als die Bibel, so kommt es mir heute vor. Die berichtigte Urfassung: „Du sollst nach Belieben essen von allen Bäumen im Garten, *ohne* Ausnahme!“

Für sie wie für uns war es lebenswichtig, zu wissen, wer wir sind und woher wir kamen diesen weiten Weg bis an ihr Tor und weiter wohin, dafür eine Sprache finden und zu verstehen warum; alle nickten. Damals hatte Reisen noch einen Sinn, Mensch, wie lang ist das her? Saßen da mit ihren Erinnerungen, mit leeren Händen, mitten im Winter, jeder seine und es schien (fassungslos) eine andere Zeitrechnung. Damals, wenn du jetzt daran denkst, ging es ehrlicher zu auf der Welt. Das triffts auch nicht, merkten sie, klar, doch kamen nicht drauf, aber irgendwas wird schon dran sein. Damals gab es noch ganz anderes Wetter!

Und jetzt sitzt du hier mit diesem schnöden Tropfen Rationswhisky in dem die Eisklümpchen schmelzen, für fünf Mark achtzig. Tag wie nie gewesen. Kennst dich selbst kaum wieder. Hast dir eben für heute die achtundvierzigste Zigarette angezündet (dieses Heute, daß mir jetzt wieder so fern ist). Irgend-indifferentes Abendgeklimper im Hintergrund, Stereo. Gespenster. Da liegt dein Direktionsfeuerzeug, da die Autoschlüssel, Mercedes, ringsum die geschniegelte Gegenwart. Und das geht dich alles nichts an (Wiederholungen). Zwischen acht und zehn – nicht viel los heut hier, siehst du, wird heut auch nix mehr – und schon stundenlang dunkel, ein Tauwetterabend. Es war der neunundzwanzigste oder dreißigste Dezember. Hörst du den Wind? Zwei Stunden später, schon unterwegs, hätte keiner mehr sagen können, wie sie drauf kamen. Vielleicht daß nach Jahren noch einmal die unerschöpfliche Zeit wiederkehrte, vielmehr weil es nie wieder so sein wird und deshalb und dennoch, das wußten sie ganz genau, jäh eine Stimmung von Aufbruch und halluzinatorischer Zuversicht, freudig erregt, Licht zittert und schien dann gleich heller zu leuchten, jeder trinkt einen Schluck, sieht sich um: Leben das ist jetzt und hier! Und nach den unzähligen öden Saufereien der letzten Tage, Wochen, Monate konnte es ihnen nicht einfach genügen, sich lediglich einmal mehr zu besaufen. Mitten im Winter, wer hat es zuerst gesagt? Vielleicht sogar ich, vielleicht war es ihm gar nicht ernst damit, doch wie sollten sie, sobald der Vorschlag erst da war, der Wirklichkeit der Wörter und Bilder noch widerstehn? Es gab gar keinen Grund, darauf zu verzichten – wie spät ist es denn? Unbedingt muß man sich räuspern! In den meisten Vertriebsbranchen reicht die stille Zeit zwischen den Jahren ohnehin bis weit in den Januar hinein, wenn nicht länger. Ach scheiß drauf, ganz egal wie spät es jetzt ist, wir trinken hier aus und fahren gleich los! (Nacht, Tauwetter, Wind immer stärker!) Hundert Ziele, die ihnen gleichzeitig einfielen, alle Vergangenheiten und Zukünfte, jedem von ihnen, obwohl sie alle keins brauchen, bestenfalls Zwischenstationen. Als hätte die Zeit, als hätte jeder einzelne Augenblick von einer Minute zur andern unvermittelt seinen ursprünglichen, warum denn nicht in Wahrheit unverlierbaren Wert wiedergewonnen. Klar können wir diese erste Nacht durchfahren, wie neugeboren. Oder finden, unstet und erfahren, auch früh um fünf eine Fernfahrerkneipe, die noch Licht hat. Jede Richtung war ihnen recht dafür, daß noch einmal alles möglich schien und greifbar, in Reichweite, wirklich. Die Wiederkehr der Verheißung. (Diesen ganzen unwirklich leeren Tag oder schon seit Anfang Dezember war es gar nicht mehr richtig hell geworden.)

Sie brauchten sich gar nicht erst entschließen, bloß paar Klamotten in aller Eile. Ein sauberes Hemd kannst du auch von mir kriegen, erst kürzlich ein halbes Dutzend zu Weihnachten oder wie das Fest neulich hieß. Einer holt noch seine neue Freundin in Offenbach, er mußte sie wecken, trotzdem ging es blitzschnell. Dann sitzt sie abfahrbereit unter ihnen, blickt mit blanken Augen von einem zum andern, immer wer grade spricht, wie zu absolutem Verständnis entschlossen. Gar nicht, als ob sie geschlafen hätte. Sie heißt Julia, sie ist blond. An diesem Abend, es ist doch noch gar nicht so spät (vielleicht weil das Fest vorbei ist), war die Stadt wie ausgestorben. Tauwetter, Wind immer stärker. Und wie so traurig sie heute wieder die Nacht geschmückt haben mit ihrer Konkursmasse, siehst du: wie schräge trunkene Sternbilder, gottverlassen, blitzen und funkeln die Lichter. Wie Diamanten die keiner mehr will. Dann stand er mit seiner hastig gepackten riesigen alten Reisetasche wieder im dunklen Vorhof der Nacht. Stoßweise Regen weht ihm ins Gesicht, alles tropft und über ihm rauschten die Bäume, die bis an den Himmel reichen. Einmal mehr ist die Tür hinter ihm zugefallen. (Wie eh und je: vielleicht wird er nie mehr zurückkehren!)

Um elf, wieder am gleichen Tisch: kann gleich losgehn. Die Lampen flackern, als würden sie gleich verlöschen: Zeit zu fahren! Jeder trinkt noch ein Glas und bezahlt gleich. Die Straßen sind leer; besser wir kümmern uns nicht um den Wetterbericht. In drei, vier Stunden sind wir in Basel, in Hamburg, in Straßburg, Kehl, Aachen an der Grenze, gar kein Problem. Auch noch nie im Leben im Winter in Dänemark gewesen. Die Finnland-Linie. Nach Sizilien und weiter per Schiff, vielleicht nimmt der Winter kein Ende. Oder fahren die Nacht durch und morgen ist Frühling. Ihr Aufbruch, sie waren zu siebt, fuhren mit zwei Autos, können uns am Steuer ablösen, sooft wir Lust haben. Mitternacht oder kurz danach, als sie über die Brücke fuhren und auf leeren Straßen die Stadt verließen: eben dabei, sich mit Musik, Gesprächen und Stille und ab und zu einem großen besinnlichen Schluck aus der Flasche (hat jeder vorsorglich eine mit) umsichtig und gelassen einzurichten auf die lange Nachtfahrt. Um Abstand zu schaffen, wie schon hundertmal vorher: immer noch einmal. Nichts bleibt, dachte er, fuhr nicht selbst, und die Nacht, die bewegte Finsternis glitt mit zunehmender Geschwindigkeit zügig vorbei, so fremd. Und das ist (woran sich noch klammern?), das wird ob du willst oder nicht nachher unser Leben gewesen sein, unsere Zeit. Vor der Stadt, in der Dunkelheit in die du starrst (laß fahren dahin), lag noch Schnee, der anfing zu tauen. Die finsterste Zeit des Jahres. Sie sind mitten in der Nacht abgefahren und natürlich wurde eine Sauftour daraus. Und bei all dem Glatteis, Suff, Schneetreiben, Nebel – jegliches Ziel aus den Augen verloren, jeder hatte ein anderes, sogar mehrere, aber suchen tun wir alle das gleiche (wo suchen?) – sooft sie in den nächsten Tagen auch bereitwillig Pläne und Richtungen ändern und sachkundig hin- und herschieben (mit dem Atlas hantieren), kamen immer wieder in die Nacht hinein, immer tiefer. Zuletzt schien es immer die gleiche riesige Nacht und kein Ende in Sicht.

VII

Die Zeit? Zwei oder drei Abende später, es wird immer später, sie haben eben zum x-ten Mal die französische Grenze passiert. Wie auf der Flucht, planlos hin und her: Forbach oder eine andere (namenlose) Niemandslandsiedlung ohne Gesicht, die er nur an der zufälligen Konstellation ihrer verlorenen Lichter erkennt. Immer bloß durchgekommen. Kein Ort, diese gutbeleuchtete Ödnis von Menschenhand, bloß eine schäbige Kulisse die sie, *wer* weiß ich auch nicht, immer im letzten Moment lieblos und fehlerhaft aufstellen und (geht es so? Wird schon noch dieses eine Mal – wie hinterrücks eine mürrische Grimasse) hastig zurechtrücken; Lug und Trug, aber doch kein Ort. Hat er sich Zigaretten gekauft, Geld getauscht oder war es, als sie zum Tanken hielten, gleich nach der Grenze: eine Pause in seinem Gedächtnis. Sich wiederfinden! Kaffee, Landkarten, vielleicht eben pissen gewesen. Sie tranken vom Morgen an, vielmehr seit ihrem selbstvergessenen nächtlichen Aufbruch.

Und vorher hat er allein getrunken. Seit jenem anderen leeren stillen Tag in einem fernen Herbst oder Vorfrühling, an den du dich kaum noch erinnern kannst. Da war außer mir niemand daheim. Seit dem ersten Schluck aus dem ersten Glas, eine zeitlose Ewigkeit, gestern und ich bin – worauf hab ich denn gewartet? – gegen Abend, wie es endlich aufgehört hat zu regnen und die nasse Strasse weithin leer erglänzte im letzten Licht (wie ein Ausweg): da bin ich allein in den nächsten Ort, nach Lollar zum Bahnhof, vier Kilometer zu Fuß, zu diesem traurigen gestrigen Abendbahnhof meiner Kindheit und damals hieß das für mich hinaus, hinein in die Welt zu den Menschen und Lichtern gegangen – Büffet für Reisende bis Null Uhr 30.

Da war er fünfzehn. Wiederholungen. Und jetzt? Und hier? Bekam später nie mehr eindeutig zusammen, wann denn und wo – Sylvester ja nicht, konnte es nicht gewesen sein, klar, blieb also nur der dreißigste. Aber wir sind doch nicht erst seit gestern unterwegs? Oder der Neujahrsabend. Oder ein Irrtum, ein anderes Jahr. Jemand anders. Ganz deutlich, das weiß er noch, eine Tür die hinter ihm zufiel, die immerfort hinter dir zufällt in deinem Gedächtnis, unzählige Male. Musik, Lärm, Stimmen die zurückblieben und wie *fremd* er sich war, als er durch Schneematsch und Finsternis (wie in ein anderes Leben zurück, aber woher und in welches?), mit jedem Schritt schwerer auf das Auto zustapfte, das mit eingeschalteten Lichtern und offenen Türen unter der nächsten Lampe stand, wartend, ein magisches Bild.

Die Plätze tauschen! Vielleicht daß *er* jetzt fahren wird – Richtung Reims, Antwerpen oder was sonst im letzten Moment als Vorwand von Ziel wie eine Eingebung verheißungsvoll vor ihnen aufflackerte, eine nächtliche Fata Morgana. Vielleicht deshalb hat er sich Schnee ins Gesicht gerieben, der (in seinem Scherbengedächtnis) unberührt, naß und kalt auf einem niedrigen Mäuerchen bereitlag; vielleicht Jahre vorher mit Johanna im Schwarzwald, hörst du die Stimmen? Oder sein uralter tibetanischer Totentraum, alle paar Jahre. Vielleicht daß er deshalb die Nachtluft so deutlich, so gegenwärtig wie eine Berührung in seinem Gesicht spürt, sooft er dran denkt, sich versucht zu erinnern. Keiner, verstehst du, ist immer derselbe!

Julia, die sich ihm zuwandte: wir sind uns noch fremd (dabei blieb es). Whisky, er trank im Stehn, spürt dabei ihren Blick; vorher hat sie im Autoradio nach Musik gesucht. Du auch? Er gab ihr die Flasche zurück, als sie wider Erwarten nickte: schon zugeschraubt. Sah ihr zu, wie sie trank, ein großer erster Schluck und – erinner dich doch – da hast du dich wie ein protestierendes Kätzchen geschüttelt! Sein Kätzchen, über dem er einst an einem makellosen Morgen Anfang Juli seine tropfensprühende nasse linke Hand leicht durch die Luft schnickte, ein Spiel, weil es da durch die offene Tür ins Bad maunzend hereinkommt geschlendert. War drei Tage verschollen und verlangt jetzt unverzüglich seinen Tribut an totaler Zuwendung, drei überfällige Tagesrationen. Muß unbedingt sofort und ausschließlich empfangen, gestreichelt, getröstet werden, während er noch mitten im grimmigsten Zähneputzen, barfuß, Schaum vorm Maul, verkatert und schon wieder ein bißchen angeturnt (Erde bebt): vielzuspät dran. Und heut – vielleicht geh ich nackt hin, damit die alberne Schuldfrage sich erübrigt – hab ich nämlich meinen Scheidungstermin. Kapierst du das, Katzenbiest, sie ist fort. Schon ein ganzes Jahr, wie er staunend bemerkt, wieder Juli, acht Uhr früh: damals lebte er noch. Ich trank Slivowitz: alle Einzelheiten grell-nah-überdeutlich zu *zittern* schienen. Acht Uhr früh und die ganze Stadt bereits wie betäubt, dröhnend vor Hitze und Licht. Das Haus steht nicht mehr. Eines Abends, nach Jahren, erinnerst dich: kamst vorbei und – Stille; alle Fenster und Türen blind-leervernagelt, eine Ruine in der allgemeinen Dämmerung. Der Himmel ein trüber Spiegel. Fragst dich vergeblich, wo die Jahre, die Zeit, wo? Und die Stille wächst und – woher? wohin? – du weißt selbst nicht, ob du kommst oder gehst, glaubst zu träumen, vielmehr ist dir, als seist du soeben erwacht. Als Kind mal verlorengegangen, kaum daß er sich wiedererkannte. Und all die Jahre Vergangenheit, Leben, abgetragener menschlicher Zeit in deinem Gedächtnis wie ein öder unverständlicher Traum. Jetzt ist es längst abgerissen, das leere Haus, wegsaniert. Er kennt die ganze konfuse Geschichte bloß wie ausm Kino in dem er geschlafen hat und wie der fehlbelichtete, vielfach gerissene, schlechtgeklebte, uralte Film hieß, worum es sich da gedreht hat, wie er anfing und weiterging, was das alles bedeuten soll, hat er nie gewußt, nicht mitbekommen oder längst für immer vergessen.

Fing sein ganzes (angebliches) Unglück, ein öder Wahn, ein perfektes Bezugssystem, in dem er sich nie zurechtfand, eine Falle, nicht überhaupt damit an, daß seine sogenannte Gattin (wie hieß sie doch gleich? Jedesmal, wenn sie heimkommt, erkennt er sie kaum und sie verbringt ein paar Stunden vorm Spiegel) ihm Grüße von ihrer Mutter ausgerichtet hat. Und er nickte wie einstudiert und sagte: ja danke, doch glaubte nicht dran – das sagt sie bloß so, es war Freitagabend – warum denn mich grüßen lassen? Spar dir dein Lächeln, heb es auf, falls Besuch kommt. Vorm Fenster, womöglich mit ihr verbündet, mir ist das egal, die nächtliche Lügenstadt und ihr gedämpftes unterirdisches Rauschen.

Ringsum die stilvoll gepflegte Wohnlandschaft zu der das preiswert-elegante Polstergruppen-Sitzelement gehört, in dem er sich wiederfindet: wie auf einem gelungenen Katalogfoto, fassungslos, wie ein Dekorationsstück. Wie lang denn schon-noch? Er sitzt vorteilhaft im Profil da, mit Bügelfalten. Das macht doch nix, diese ... Störungen neuerdings, wenn dir manchmal nicht gleich dein Name einfällt, dein Kreislauf, das Loch in der Zeit. Wie du jetzt dasitzt und grinst. Wie du jetzt dasitzt und der ganze, Mensch, Abfall in deinem Bauch. Nix als Luftblasen und Geschwüre. Das ist doch nicht schlimm, die Stimmen, solang du nicht darauf hörst (mach bloß keinen Unfall!). Die Geschichten mit dir, mit Gott, mit dem fremden Gott der im Unterbewußtsein immer noch Christ ist. Und stundenlang geheime Grimassen vorm Spiegel. Jeden Morgen eine Leiche im Bad, die meisten aus deiner Kindheit. Oder ein erwachsener Fremder vom Tag vorher. Was ist denn dabei, behalt das für dich. Kauf dir eben Tabletten auf Vorrat. Gestern, was war denn gestern? Wie eine vergebliche schwere Arbeit im Fieber dein teurer Schlaf, lauter Scherben und daß du selbst Tage und Jahre danach noch über dein eigenes Gschwätz stolperst, wie ein Seiltänzer, der nicht weiß, ob er träumt.

Das ist doch nicht weiter tragisch, solang du bloß nicht zu oft verschläfst, mit deinen Terminen und Zahlungen klarkommst, Schlips und Kragen, und den Versicherungsbeitrag auch weiterhin rechtzeitig abbuchen läßt. Gutgelaunt. Immer Geld auf der Bank. Wie im Jenseits: eines Tages ertappt er sich beim Grübeln, abergläubisch berechnend, wie alt er *jetzt wäre* – das war doch ich! Lies geduldig die Zeitung von hinten nach vorn und wieder zurück, das kann dauern. Als ob er sich in einer sehr entlegenen Fremdsprache übt, die es vielleicht nirgends gibt. Wie ein verirrter Archäologe, wie von einem anderen Stern (Rückweg unauffindbar). Meilenweit weg, Lichtjahre, so fern bin ich mir. Die Wohnzimmerlampe, die einer fliegenden Untertasse gleicht, die immerfort eben zur Landung ansetzt. Und wie sie sich da in der gläsernen Schranktür spiegelt. Wie eh und je. Beistelltischchen zum Herzerwärmen. Immer der gleiche verlorene Freitagabend, bloß alle paar Jahre ein Paar billige neue Prachtpantoffeln. Werden auch immer unpersönlicher und jetzt, siehst du, liegt plötzlich ein unbekannter vollsynthetischer Teppich darunter. Seit wann denn? Ach, laß ihn farbecht blühen! Die Jahreszeiten kaum noch zu unterscheiden. Ach wo, du doch nicht, du hast kein Raucherbein! Das sind doch bloß Ameisen höchstens, was da so kribbelt. Oder vielmehr, ja richtig, die Nerven.

Wer hier ein Raucherbein hat, das bist doch nicht du, das ist höchstens der Hausmeister, dieser verkommene alte Säufer. (Soll endlich die Türschlösser ölen, den Keller aufräumen, die defekten Glühbirnen austauschen; höchstens jede dritte Lampe die hier noch ab und zu trübselig blinzelt. Und sich um die Organisierung der stetig wachsenden Müllmassen kümmern, soll er sie fressen!) Kannst dich räuspern, soviel du willst, der Text bleibt der gleiche. Freitagabend: kommt kein Besuch zu Besuch? Wo kämen wir hin? Mit dem Kopf nicken, Wahrheiten. Sich einen Wutanfall gönnen! Sauf in aller Ruhe dein ewiges heutiges Abendbier aus, vier weitere Flaschen stehn noch im Kühlschrank. Dann nachsehn, was noch an Schnaps da ist; Feierahmd. Sobald du innerlich genügend innere

Sammlung angesammelt hast, nur Geduld, laß dir Zeit, ein Verdauungsvorgang, falls du nicht vorher einschläfst, im Lotto gewinnst oder mußt wieder an die Arbeit gehen dürfen (nächstens bald glücklicher Rentner): kannst du deinerseits gehn, nochmal wieder pissen und dich gelassen im Spiegel betrachten, rülpsend: wieder ein anderer. Waschphobie nur in der Firma. Und wer weiß, was sie schon alles an Beweismaterial gegen dich gesammelt haben. Der Teufel wohnt gleich um die Ecke. Alle paar Jahre ein gelungener Sonntag, es wird ein Wein sein und diese prächtige Erdbeertorte, die du hier siehst und natürlich für eine köstliche prächtige Erdbeertorte hältst: das ist gar keine Erdbeertorte, sondern – wie alle Speisen, seit meine Mutter tot ist – nur eine gelungene Attrappe.

Aber das macht ja nix! Iß trotzdem ein Stück, greif nur zu! Sehr wohlschmeckend, Sahne gleichfalls, aber ja: wohl bekomms! (Es muß noch viel früher begonnen haben. Hätten uns eben beizeiten eine andere Lampe kaufen sollen!)

Alle Namen vergessen; das Haus ist längst abgerissen. Und jetzt du, eine andere Zeit, kaum daß er den Weg fand in seinem abschüssigen Gedächtnis. Sie heißt Julia, doch wir haben uns immer nur angesehn; Rätselaugen. Kein Sterbenswörtchen, nicht eine einzige Silbe, kein Ton fiel ihm ein. Was soll aus uns werden? Als ob er sich zu anderen Zeiten – das soll ich gewesen sein? – nicht vielzuoft schon verbrüdert hätte. Den gleichen Fuselgeschmack im Maul, Wörter die mir entfielen. Leben? Jahrelang das gleiche zeitlose öde Fest, eine mißglückte Abendgesellschaft, ein verworrenes Liebhaberstück ohne Sinn und du hast dein Stichwort verpaßt, das bin ich! Und zu gehen vergessen. Du hast dich selbst sitzenlassen und wer du bist oder sein solltest, weißt du nicht mehr. Und findest (zu spät!) kein Ende bei der überstürzten Vorbereitung deines verpatzten verspäteten Abgangs. Immer noch ein Glas. Für wen grinst du denn hier so verbindlich? Und erstickst fast daran. Es ist überheizt und du frierst. Immer noch ein vorletztes Glas, lauter letzte Worte, weil ich nicht heimfinde. Kein Loch im Vorhang, kein Notausgang, keine Tür. Immer im unverständlichen Zwischenakt und daß ich zuguterletzt doch noch die Frau des Gastgebers gründlich küsse, meinetwegen der Herr Intendant und sie ist, wie altmodisch, seine offizielle geheime Geliebte. Wir stehen im Flur, sie schmeckt nach Pfefferminz, Rauch, Whisky und Parfum. Wir atmen uns an, wir sind aus dem Takt geraten. Immer der gleiche

Geschmack. Sag doch Britta zu mir! Mein Name ist Soundso! Sie leckt sich die Lippen und verzieht keine Miene. Wir standen im Nebenzimmer, im Flur oder wo sind wir hier, als ich ihr (wie wenn wir proben) verbissen untern Rock griff. Wir sehen uns ungerührt in die Augen und über uns die Lampe brennt immer weiter. Der Tag kommt, da wird Gott dich um Verzeihung bitten.

Wie eben erwacht, ganz konfus noch, er findet sich selbst nicht in diesen Vergangenheiten, erkennt sich nicht wieder. Ort und Zeit, auch sein Name, sobald sie darauf bestehn: Alles hat, wie er zugeben muß, seine Richtigkeit oder läßt sich nicht leugnen, aber was das bedeuten soll? Wo bin ich, wenn ich nicht bei mir bin? Zwei oder drei Sonnen am Himmel, trotzdem Rauhreif und in aller Frühe die Männer, die kamen um ihn zu erschießen. Oder sagten sie, Tod durch den Strang? Er wußte nicht, wer und warum, jedoch schien ihr Vorhaben amtlich und wohlorganisiert. Vorm Fenster Krähen hockten in den Bäumen. Wie, fragt er, was? War noch ganz benommen, unbedingt muß man sich räuspern. Sie hatten sogar salutiert, wenn auch schlampig und eher von oben herab. Humor nicht, sie hatten es eilig und wußten scheints, wie es gemacht wird: Mitkommen! Stell dich nicht so an! Sie haben unverzüglich Folge zu leisten, verstanden! Es muß kalt sein draußen, ein matter Messinghimmel. Am besten gleich hier im Hof, meldet einer der Bescheid weiß. Wie kleine schwarze Häufchen Unglück hockten die Krähen im Geäst, reglos. Alle sahen ganz genau gleich aus. (Die Krähen, die Männer, die Sonnen? Sollst du die, befangen hinter dir drein grübelnd, jetzt erst noch sortieren und nachzählen, Stück für Stück?) Ob er vielleicht denkt, daß sie heut sonst nix mehr vorhätten, fragt der andere eine. Und bei dieser Kälte, Dienst is Dienst, das sucht sich doch keiner so aus. Von wegen ein Henkerfrühstück. Überall dreckiges Geschirr, die Möbel sind alle angeschlagen; sein Bewußtsein hat einen Sprung. In der Ecke lag Schnee im Zimmer. Sie hatten irgendeine Art amtlichen Zettel mit, zum Herumfuchteln und sein Name auf diesem Zettel (aber bin das auch wirklich ich?) schien zu stimmen. Mehr Zeit blieb dann nicht.

Ja, wie die Zeit vergeht: das nächste Mal schon sind es Kinder, die sie dir als Exekutionskommando ins Haus schicken. Man lernt nie aus. Der Tag kommt, da wird Gott dich um Verzeihung bitten, nicht nur für deine Sünden!

Und noch ein anderer entlegener Tag im gleichen Jahr, als ich fünfzehn war und den Wein austrank und zwei Dörfer weiter gen Abend, fast schon eine Kleinstadt, zum Bahnhof ging, in einer Pause des Regens: wie um mir selbst zu begegnen; jeder Tag eine Welt für sich. Es muß gegen Ende des Winters gewesen sein: vielleicht im Februar, der mir so lang wurde, als hätte er bis weit in den fernen (fast ausgebliebenen) Frühling hineingereicht. Von den andern niemand daheim*, vielleicht kommt keiner je wieder zurück.

Belagerungszustand, die Stille wächst. Angeblich hab ich Halsentzündung. Ein ganzer Stapel geliehener Bücher, mag der Winter einstweilen dauern. Ich saß in unserer alten Küche, zuletzt der einzige warme Raum in dem leeren alten Haus; draußen lag seit Wochen schon hoher Schnee. Mein Lager beim summenden Ofen, ich hatte mir von Zimmer zu Zimmer in der abgestandenen Kälte (wie ein Schlafwandler) einen ganzen Berg Kissen zusammengesucht und von meinem Platz aus konnte ich durchs Fenster die Straße sehen, bergauf, so vertraut, die steile alte Straße in der ich aufgewachsen bin. Sie hatten den Schnee wie eh und je am Straßenrand, vor den Haustüren und Hoftoren, wochenlang geduldig zu immer höheren Haufen und Wällen zusammengeschippt. Die Schornsteine rauchten; sooft ich aus dem malerischen Mittelalter meiner Bücher aufblickte, war es wie auf einem alten Bild. Nachmittag; nicht mehr lang, bis die ersten von der Arbeit heimkommen. Bis dahin hauptsächlich alte Männer mit ihren bedächtigen Selbstgesprächen und Schlafwandlerbeschäftigungen zwischen Tür und Tor, jeder in sei-

* Sind putzen, arbeiten, schaffen: Schnee schippen, Holz fahren, im Sägewerk ihren täglichen Mann stehn, fünf Finger an jeder Hand, Heizer, Handlanger, sprachlos. Eisen schmelzen-gießen-schmieden, Brauereiknechte, Ladearbeiter, die Frauen in der Zigarrenfabrik, in der Kleiderfabrik, Packerinnen und Fischkonserven, die Männer Steine klopfen, Steine brennen auf der Schamott, löten, schweißen, stanzen im Akkord. Geld verdienen, das Brot. Noch im Schlaf, noch im Traum keine Ruhe, könnten sich anders sich selbst und die Welt nicht vorstellen – wie denn leben und sterben?
Müssen nächstens im Frühjahr, das läßt auf sich warten, müssen allesamt wieder in der mageren hiesigen Erde wühlen: nicht zagen, nicht zaudern, früh auf und pflügen, säen, Mist fahren mit ausgehungert verdrossenen Winterochsen. Auf Gott vertrauen, das knochige Vieh vor der Zeit auf die Weide. Die Gärten zurichten, dem Graf seine Stecklinge pflanzen, Weihnachtsbäume fürs Ruhrgebiet; Rücken steif, von Kind auf an allen Fingern die gleichen Schwielen. Dann steht das Gras schon zur ersten Mahd; in aller Frühe die Lerchen am Himmel. Unkraut jäten. Hände besehen bringt Unglück. Wer zwischendurch Zeit hat, die Männer, geht jetzt zum Straßenbau, in die Steinbrüche. Die Milch panschen, die Kälber besprechen – ist Frauensache; dann heißt es ums Wetter bangen. Am besten jetzt auf Taglohn in die Kiesgruben, Hilfsarbeiter aufm Bau, muß man Gott danken. Am besten staatlicher Waldarbeiter und sich beizeiten krankschreiben lassen, steht wieder beschwerlich die spärliche Ernte ins Haus.

nem eigenen Traum gefangen, Frauen und Kinder die, schon wieder ein bißchen zu spät dran mit ihrer Schulweisheit und dem Einkaufszettel und was war es doch gleich, was sie beinah vergessen hätten?, in den überkommenen Edeka-Laden gingen; gelb sein Licht auf dem Schnee: Lebensmittel & Kolonialwaren. Mit den gleichen Gestalten hast du als Kind selig staunend deinen ersten eigenen Kosmos bevölkert.

Der Berg, die steingesichtigen alten Häuser, als seien sie mit der Zeit die verging ein Stück in die Erde hineingesunken. Fußgänger, Märchengestalten und gleich darauf ihre zuverlässige Wiederkehr. Schon fing es an, dunkelzuwerden: wie für immer. Da gehen sie, siehst du, mit vollen Einkaufstaschen und Gesprächen zum Mitnehmen. Da Schritt für Schritt (die du siehst) ihre lebenslangen beschwerlichen Heimwege bergauf durch den hohen Schnee. Die geliehenen Bücher hauptsächlich große teure Kunstbildbände und riechen so gut. Laß das Feuer nicht ausgehn! Kann sein, ich war vorher wirklich krank oder hatte mich jedenfalls (erst nachträglich merkst du das) für Wochen und Monate ganz aus den Augen verloren, über all dem Schwindel von Schulen und Lehrstellen: scheints keiner ist ganz bei Trost. Und jetzt? Wie zum erstenmal fiel all die vergangene Zeit mir ein, wie das schwindelerregende Ergebnis einer komplizierten Rechenaufgabe, die du wie durch ein Wunder blitzschnell im Kopf gelöst hast, mein ganzes Leben. Und jetzt? Als sähe ich aus dem Jenseits zu oder sei, Erdengast, bloß zu Besuch hier: für heute, nur diesen einen einzigen Tag.

Kommt denn keiner? Ein Kind lief über die Straße und vielleicht war ich dieses Kind. Wie Sterne die ersten Lichter am Berg. Kleinbauern, Hiesige, sitzen traumlos dösend im Finstern, so lang es geht. Schon die Nacht sinkt herab und wir werden nicht wiederkehren.

Und dennoch wie Auferstehungen zahlreiche Ankünfte und Abfahrten. Wie das Rad sich dreht. All die Begebenheiten und Menschen in seinem Leben, mit denen er Glück hatte oder nicht, wie denn zählen? Wie eine liebevolle große Schwester die stolz auf dich ist, war das Leben zu dir, die dich mitnimmt zum Spielen auf die bunten Straßen und Plätze der Welt. Die Bäume sind frisch belaubt. All ihre Kostbarkeiten, ihre verborgenen Winkel teilt sie mit dir, sie hat dich am Morgen mit Blüten geschmückt und weiht dich in jedes Geheimnis ein. Zu fürchten brauchst du dich nicht. Gehn wir ein Stück zusammen!

Die Feste der Freundschaft, der Liebe – noch glaubt er die Stimmen zu hören, oft im Halbschlaf, wie hinter der Wand, vor der Tür: sie suchen ihn unentwegt heim. In seinem Gedächtnis die Zeit eine lange Reise. Weißt du noch, einmal im Süden, es ist ein langer Tag gewesen, dann ging rot die Sonne unter und wie wir am Abend in die Spielbank gegangen sind. Bloß zum Spaß, sagten wir uns, schon hundertmal abgebrannt, zuerst in die Bar. Wie still es mit einemmal war, wie unter Wasser: kam in Wellen das Licht und plötzlich erweist sich, ist es statt der gewohnten Sinnestäuschungen diesmal ein echtes Erdbeben. Der Spiegel vom Fußboden bis an die Decke sang einen einzigen hohen Ton, lang, bevor er zerspringt. Den vollen Becher trink aus! Und wie eine überirdische Schrift vor unsren Augen, erschrick nicht, da die Risse in der Wand, Jesus Christus. Und war uns nicht auch dabei, als hätten wir alles schonmal erlebt, zumindest von je her gewußt und insgeheim immer darauf gewartet: unser erstes Erdbeben. *Den vollen Becher trink aus!*

Sind vorher im letzten Licht, fremd hier, durch den Hafen gewandert (weit draußen ein einsames Segel dehnte den Tag aufs offene Meer hinaus); bist du müde? Die engen Gassen hier, siehst du, Läden, Kneipen und Werkstätten: die ganze Stadt ist ein Markt, ein immerwährendes Fest, eine Baustelle, ist heilig, fünftausend Jahre alt, und ein Zigeunerlager. In jedem zweiten Haus wohnt ein Schuster, ein Sattler, ein Schmied; jeder Schuster hat eine Nachtigall. Überall Brunnen. Ist diese vierköpfige Familie mit all ihrem unentbehrlichen Hausrat zwei beschwerliche Tage weit aus den Bergen gekommen. Auf Mulis, die dort an der Mauer grasen. Um einen Kochtopf, einen Krug, eine biblische Lampe zu kaufen, das dauert. Wie sollen sie loskommen von dieser Fülle, von diesem Gedränge? Du triffst sie auch morgen noch hier und siehst sie sich wiederum einrichten für die Nacht.

Kinder sind es, ohne Stimmen, die in stillen Innenhöfen zehn Stunden jeden Tag diese Bastschuhe, Matten und Körbe flechten und knüpfen, und alte Frauen, übriggeblieben ohne Ernährer. Jeder ihrer Tage eine steinige Schlucht, kannst dir ausrechnen, wieviel ihr Leben kostet. Sitzt ein Mann dabei, der wie ein Vogel pfeift, die Gerten zuschneidet, einweicht, umsichtig vorsortiert und verteilt. Der ist blind oder ist er nicht blind? Im Schatten sitzt er, neben sich eine Pfanne mit Kohlenglut, eine Wasserflasche, ein Teegeschirr, und pfeift und sieht aus wie ein Schlangenbeschwörer. Hör doch, sieben Sorten Wasser entspringen hier in den Bergen. Für jeden Gram eins, so sagt man. Und neun Winde wehen an dieser Küste, jeder trägt seines Namens Gefahr und Verheißung, und jeder hat seine Zeit.

Jetzt werden schon überall die Feuer angezündet: wie der Rauch durch die Gassen und Höfe zieht, blau im späten Licht, wie er riecht in der Abendluft, das wirst du von jetzt an für immer wissen. Wie in deiner Kindheit: hier hört nichts jemals auf. Wir könnten morgen früh gehn und so ein großes gelassenes Kamel für uns, vielmehr jeder eins kaufen; so ein Handel hier braucht seine Zeit. Ob sie Namen haben? Auf einem Kamel geht dein Blick weit über den Horizont, kannst du aufatmen endlich.

Von allen Speisen wollen wir kosten und jede Art Rausch. Diese wilde fremde Musik, wenn der Tag sich neigt, diese Flöten, Zimbeln und Trommeln oder was es sind: sie können die ganze Nacht so weiter spielen. Mit nur zwei Trommeln und einer einzigen kleinen Flöte können sie machen, daß du nicht fortgehen kannst, daß dir alles egal ist, solang du zuhörst. Die Dämmerung jeden Tag wieder dauert hier kaum einen Augenblick. Sieh die Vögel!

Eben noch ist der Himmel hell wie Perlmutt und das Meer glatt und still wie ein leerer Spiegel. Hörst du das, jeder Klang nimmt die Farbe des Abends an. Rund ums Mittelmeer, an allen Küsten ist das jetzt die Stunde, da wird der Anisschnaps eingeschenkt. In jedem Land heißt er anders.

Und der Tag glüht auf und ertrinkt in den Gläsern. Hinausfahren mit dem letzten Licht. Sind durch den Hafen gewandert und dann durch die ganze Stadt die wir einander zeigten, besessen und unersättlich, würden nie genug kriegen. Es ist ein langer Tag gewesen. Man muß sich satt trinken mit Sonne, verstehst du, bis man sie als Strom in den Adern spürt, die Unendlichkeit. Dann wirst du nicht müde. Wir werden noch lang leben, sag ich dir, dieser Abend war es, damals war das ganz klar. War uns da nicht, wir müßten einander noch einmal alle unsere Geschichten erzählen, von Anfang an, so viel Zeit schien vergangen. Fängt der Sommer nicht eben erst an und die Ferne hier. Und wie wir uns vorhin dort am Kai begegnet sind, am äußersten Rand, wie am ersten Tag. Die Summe der Zeit, Sisyphos, Hiob und Lazarus ist er auch schon gewesen und wird jetzt bald schlafen. Wir kommen und gehen und kehren zurück, wie einer der träumt und weiß, daß er träumt und doch nicht aufhören kann zu träumen.

Bald schlafen jetzt! Und wieder eine andere Stadt, es ist Mittag, im Süden, vierzig Grad. Nachher weiterfahren, eben erst angekommen. Da die Spiegeltür, offen, der Wein fängt das Licht ein, Rotwein in Karaffen. Die Zeit, denkst du, steht still: sie steht doch nicht still? Glaubst zu träumen, draußen gehn Leute vorbei. Du sitzt da, du bist es wirklich (das weißt du ja selbst). Und das ist alles völlig unfaßbar, ja: das Leben ist schön, aber *fremd.* Fahr doch mit!

Siesta, jeder Nachmittag eine leuchtende Ewigkeit. Leer liegt der Kai, weiß in der Sonne die andächtig westwärts rollt. Und nun: wollen wir an Land gehen, Freunde! Am Rand des Meeres, am Ende der Mole (wenn die Überfahrt uns gelungen ist und wir glücklich gelandet sind), wartet mit offenen Türen und Fenstern ein altes Haus. Golden der Abglanz des Abends über den Spiegeln. Ob es seit Menschengedenken leer steht oder ist für ein Fest gerichtet heut Abend? Vielleicht kosten sie schon den Wein. Es ist noch zu früh, die Lichter sind noch nicht angezündet. Sind es die sternenbesäten Lüster, die leise klirren im Schatten des kühlen Abendwindes, der von weither kommt zu dieser Stunde? Horch, werden nicht schon die Instrumente gestimmt? Oder sind das die Echos der Stimmen, verloren, aus einer anderen Zeit? Wir wollen durch die ganze Stadt ziehen, hurend und saufend, ein Tanz, auch zahlreiche Wunder tun, die lange Nacht hindurch, jung und unsterblich, die Küste entlang, durch diese weite unermeßlich geöffnete Welt. Hierher aber will ich zurückkehren, eines Abends im letzten gleißenden Licht.

Noch ein Schluck, die Flasche aus ihrer Hand. Es war kalt, der Schnaps brannte auf seinen Lippen. „Sei Gott gedankt, ja edle Frau. Es ist uns doch wundersam ergangen; wir haben viel Wohl und bittres Weh unbedachtsam aus dem vollen Becher geschlürft. Nun ist er leer; nun möchte einer meinen, das sei alles nur die Probe gewesen, und, mit kluger Einsicht gerüstet, den wirklichen Anfang erwarten." Nachher gleich weiterfahren! Warum hier, er war ganz konfus. Vielleicht, daß sie da noch verzagt und geduldig auf das zweite Auto warteten; Mitternacht oder kurz danach. Ist dir kalt? Sie schüttelt nur stumm den Kopf; Rätselaugen.

„Im Haus meines Vaters sind viele Wohnungen." Wie er mit sieben, acht, neun am Arbeitstisch seines Vaters stand, Fenster gen Westen, und wie im Traum die gesammelten Weltuntergangsbroschüren betrachtet, geheimnisvolle Sternkarten die sich – erschrick nicht! – beim leisesten Luftzug unversehens vor ihm entrollen, raschelnd, riesengroß, wie Flutwellen jäh über Tische, Schränkchen und Fußboden. Was wollen sie denn von mir? Und überall unverständliche Aufzeichnungen, Notizen, Anmerkungen und Berechnungen ... ranken sich, kriechen und wachsen, vermehren sich hemmungslos, unverwechselbar, in der altmodisch sorgsamen Handschrift seines toten Vaters, der eben hinausging (du bist ihm im dämmrigen Flur begegnet und er hat dich nicht gesehn, sah Gespenster). Die alte Tischlampe, die er immer auszuschalten vergißt. Und ein Eichendorff-Vers, vor einem Menschenalter auf Wanderschaft oder vorhin erst heut Abend hier am Tisch bedeutungsvoll angestrichen in einem stockfleckigen kleinen broschierten Buch, das aufgeschlagen dazwischen lag, kann sein ein alter Tauchnitz-Band – die vergilbten Seiten wie dauerhafte trübgoldene Dämmerungen: „Das Herz mir im Leibe entbrannte!" Vorm Fenster ein Sonnenuntergang nach dem andern.

Erlaubt oder nicht, dennoch war ihm, er sei dabei, unberechtigt Einsicht zu nehmen in das Geheimnis der Welt (er sieht sich am Tisch stehn, verloren, wie aus dem Jenseits): es ist da, du kannst es betrachten, berühren, sogar mitnehmen. Es liegt da auf dem Tisch, so ein sorgsames Durcheinander. Nur ergründen wirst du es nie. Vielleicht war ich da schon verloren. Doch dann nicht durch meine Schuld, dann bin ich frei!

Er nahm einen kleinen runzligen Apfel vom Tisch, der süß wie nach Wein roch, nach Herbstgärten und Ferien und Kellern und leeren Kindheitszimmern daheim und Weihnachten vor der Tür, nie wieder. War es da oder erst später in seinem Gedächtnis, daß er unvermittelt zu Tränen gerührt war: als solle er nie mehr die Gegenwart als Gegenwart erleben, dieses Heute das mir jetzt wieder so fern ist. Sondern fortan nur noch wie im Fieber eine Erinnerung in diesem letzten goldenen Licht, verloren und unwiederbringlich. Als sei er sein eigener Vater oder schon tot, mein armer Vater. Als ob ihn jemand gerufen hätte, wer sieht mir denn zu? Die zahlreichen Vorwände und Utensilien seines Schweigens, seiner Abkehr, seiner jahrelangen Schlaflosigkeit da auf dem Tisch: seine Brille, die Bücher, die sorgsam gehütete Stille die ihn umgibt, die alte Studierlampe die Tag und Nacht brennt, ein silberner Drehbleistift und, wie Kultgerät, Karaffen und Gläser die wie alte Kirchenfenster jetzt leuchtend verglühn; sein ewiges Kaffeegedeck (er schläft nie);

sachtklirrend, ein einziger dünner gläserner Ton, der endlos fortklingt in deinem abendmüden Gedächtnis.

Fenster gen Westen; der Abendzug fern im Tal eben abgefahren für immer. Schon die Schatten bevölkern das Zimmer, Stimmen hinter der Tür. Gleich werden sie ihn, wie wenn gar nichts, als ob nichts sich ereignet, als sei nichts geschehen, zum Essen rufen. Seine Augen brennen, er schluckt-würgt-schluckt und wird damit zeitlebens kein Ende finden. Wie leid sie ihm tun. Iß den Apfel auf, ohne Reue, ohne dich zu verschlucken. Geh leise hinaus in das Niemandsland Flur, in dem es schon finster ist: zum Ersticken. Halt die Luft an (es geht um die Welt): bis noch einmal die feurigen Kreise und Leuchtkugeln, Sonne, Mond und Sterne vor deinen Augen zu tanzen beginnen. Horch auf das Rauschen der Stille in deinen Ohren, ein Meer. Und komm dann mit festem Schritt aus ganz anderer Richtung wie von der Straße hereingestampft, deutlich zu hören. Sie werden dich schon erwartet haben unter der Lampe, der Ofen summt, deine liebe Mutter in ihrem gestrigen Selbstgespräch, dein toter Vater der nicht aufgeblickt hat, weit weg, der Tisch ist gedeckt. Laß dir nichts anmerken, am besten sag gar nichts. Von jetzt an, längst tot sind sie, wissen es nicht, von jetzt an wird nichts je wieder so sein wie es war.

In jenem Jahr zirpten die Grillen beim Haus bis weit in den Herbst hinein. Nachträglich kommt ihm vor, damals hätte sich jahrelang ohne Übergang ein Abend an den andern gereiht, ein einziger ewiger Abend in seinem Gedächtnis; es wird immer später. Die Dämmerungen leuchten kostbar wie alter Wein, bevor sie zur Nacht sich trüben; die Stille wächst.

„Sich wiederfinden!" Hellwach-todmüde, die halbe Nacht auf Landstraßen, ganzes Leben im Gepäck, im Gedächtnis, Schneeverwehungen, Reisen im Dämmerzustand, immer noch ein Schluck. Die Flasche aus ihrer Hand. Zehn Kilometer vorher, beim Tanken, ist er in Schneematsch und Neonlicht, Nacht und Kälte mit steifen Gliedern sinnlos ums dreckige Auto gestapft, da hat sie ihn unvermittelt angelächelt durch die beschlagene Scheibe. Vielleicht doch aus Versehen. Kein Zweifel, daß sie mich hat gemeint, hinter mir nur die riesige leere Nacht. Super, ja voll! Er nickt, fast vergessen zu tanken (wir wären zwischen Dijon und Verdun erfroren, gemeinsam, in einer einzigen Nacht).

Der Tankwart, ein fünfzigjähriger flinker kleiner Knabengreis im Overall und mit (Nachtdienst) Schal, Skimütze und löchrigen Wollhandschuhen, knurrt eilfertig, lächelt verbissen; Goldzähne und Zahnlücken. Ganz verhutzelt, Gesicht ein winziger runzliger Winterapfel im Vorortschnee. Fiel zur Unzeit nicht weit vom Stamm und fing an zu faulen, noch ehe er reif („früh brach der Winter ein in mein Leben!"). Und nicht mehr lang, einen frühen Morgen im Januar, bald, bevor es noch richtig hell, eiskalt und eine hohe arktische Stille am Himmel: da hüpft herzu eine schwarzgefiederte Über-Amsel, vier Meter hoch oder acht, mit gelbem Schnabel und blanken Knopfaugen, djidschilp, ich bin das Schicksal.

Im geisterhaft grellen Neonlicht unterm Tankstellenvordach glichen wir alle ratlosen ertrunkenen Gespenstern, weißgottwelche fremden Angelegenheiten, ich zahlte, bemerkte erst im letzten Moment (Gute Nacht) die blutrünstige schwarze Riesendogge, zum Sprung bereit, reglos, neben dem biederen alten Kassenschrank, ausgestopft oder echt („dies ist kein bewaffneter Raubüberfall, keineswegs!"). Und ließ Mann und Hund in ihrem gemeinsamen beleuchteten Glaskasten mitten in der Nacht wie in einer naturhistorischen Vitrine zurück. Die leere Straße, die Welt schläft, meilenweit Stille.

Immer tiefer in die Nacht hinein. Wie sie, wartend noch, nebeneinander ein paar Schritte zu Fuß gingen, nirgendwohin in dem verkrusteten hohen Schnee und es friert, Mitternacht schon vorbei, dabei abwechselnd aus der Flasche tranken, eine Flasche Jim Beam mit Griff.

Ist dir kalt? Das erste Mal, daß sie mittrank, oder mit ihm jedenfalls. Sie ist zehn Jahre jünger als er, eher fünfzehn. Aber jetzt, vielleicht bloß weil es so spät ist und die Stille bedeutsam nicht auszumessen, während sie einander im Gehn, noch ein Schluck, den ganzen Tag gefahren, abwechselnd achtsam die offene Flasche reichten, hin und her, eine Gallonenflasche: fast war ihm, er müßte sie denken hören. Wie schon am ersten Abend, du träumst, als ob er sie spürt, in sich drin und um sich herum. Als gälte es, sie zu erschaffen („Meister, ergreife behutsam den Lehm").

Wie der Schnee knirscht bei jedem Schritt. Wieder war sie für ihn eins der Märchenwesen, die er vor zwanzig Jahren in einem Vorort von Arkadien oder wann war das denn, in einem ererbten falschen Leben (er findet den Anfang nicht) hoffnungslos blind, taub und stumm angestarrt hatte, mit vierzehn, mit sechzehn, und nie enträtselt. Unvermittelt der gleiche vergebliche Zauber, nur daß sie jetzt, kam ihm vor, das Wort finden könnten, gemeinsam, Weg und Tür, und endlich aufhören zu frieren. Jetzt leise, behutsam, laß wirken die Zeit: eine lange Reise.

Worauf wartest du noch? Fang doch endlich an mit deiner Geschichte. Wozu sonst sind wir hier? Wozu sonst all die Mühe, die Straßen, die Jahre? Whisky, er trank, der Schnaps war eiskalt und brannte auf seinen Lippen. Morgen kauf ich mir zwei Flaschen Remy Martin, jeden Tag zwei. Da war es, daß Nacht, Kälte, Müdigkeit ihn fast überwältigt hätten für immer. Sich wiederfinden: hier stehen wir, zeitlebens Fremde, zu Füßen der riesigen leeren Nacht (die zitternden Lichter wie eisig brennende Nadelstiche; die Ferne antwortet nicht).

Bevor sie – als ob du dich endgültig von dir abwendest, eine andere Richtung, läßt dich schweren Herzens da stehn – zum Auto zurückgingen, Schritt für Schritt. Ich sah uns davongehn. Geräuspert hat er sich schon (unbedingt muß man sich räuspern). Wir sind uns noch fremd, dabei blieb es. Vergiß jetzt deine Müdigkeit, jahrealt. Reib dir ausgiebig Schnee ins Gesicht, nimm soviel du willst. Hör auf zu zittern. Noch ein Schluck aus der Flasche, die reichen wird bis ans Ende der Zeit. Fahr weiter, ankommen wirst du nie. (Und doch sind wir nicht erfroren: zusammen nicht, nicht in dieser Nacht. Hätten wenigstens auch dem Tankwart einen Anteil vom Schnaps anbieten sollen, jetzt ist es auch dafür zu spät!)

VIII

Autounfall, Lottogewinn, alle guten Vorsätze die zu spät kommen (zähl dein Geld nach und schreib oder spar dir den Abschiedsbrief der alles erklärt: bis zum nächsten Mal) oder über Neujahr pflichtschuldig kleinlaut und erholungsbedürftig bei seiner Schwester. Letzte Zuflucht, aufgeräumte gutgeheizte Dreizimmerwohnung mit funktionstüchtiger Familie in Köln oder Karlsruhe, wo das markenbewußte Christkind seinem lieben kleinen Neffen eine neue elektrische Eisenbahn, Märklin, Spur HO, fristgerecht angeliefert hat.

Mit zahlreichem naturgetreu-maßstabgerechtem Zubehör: Weichen, Signale, Bahnschranken; Bilderbuchbauernhof mit rustikalem Plastikzaun, kopflosem Federvieh, wasserfestem Heuhaufen, Milchkühen, Mastschweinen und einem tomatenroten Traktor mit grasgrünem Anhänger. Ein bornierter lehmgesichtiger Kleinbauer hoch auf dem luftigen Fahrersitz. Hat keinen Hals, hat einen Strohhut auf, mitten im Winter. Sein horizontblaues Arbeitshemd bläht sich im Wind. Laß dich getrost eine Weile ablenken. Am besten fahr mit ihm aufs Feld; du wirst ihn nicht stören. Er will bloß ein paar Grenzsteine umsetzen; so verlassen die Winterflur. Und eine Rübenmiete weiß er, die scheints keinem gehört. Deshalb hat er den Anhänger mit. Und was sich sonst noch so findet am Wegrand. Vielleicht ein paar Klafter Buchenholz, jetzt da die Forstverwaltung tief in ihrem Winterschlaf; vielleicht ein vergessener elektrischer Weidezaun in der Einöde, wär doch schad drum. Sie heißen das hier: auf gut Glück, sie kennen sich damit aus. Dann allein weiter, zu Fuß in die Stille hinein. Er hat nicht einmal aufgeblickt, als du gingst. Krähen, die dich ein Stück weit begleitet haben, dann nicht mehr. Fern der Wald, dunkel, schweigt. Denk an gar nichts, nur gehen. Wenn du müd bist, bau dir aus Schnee oder Stroh ein lockeres ewiges Haus, ruh jetzt sanft!

Hier fand er sich auf dem Teppich wieder, für den Schaltkreis zwo zuständig, zum Glück nix passiert. Besser gleich nochmal Beruhigungstropfen und Schmerztabletten! Immer, wenn er sich eben erst welche zu Gemüt geführt hat, ist ihm nach Wiederholung zumute. Heuchlerisch hüstelnd, er traut sich nicht übern Weg. Zebrastreifen. Vier Bausparkassenhäuschen mit Vortreppe, Balkon und Gardinen, zweistöckig: alle die gleiche Hausnummer vier. Ein Milchauto, ein Müllauto, ein Feuerwehrauto. Zum Schieben gelbe Gepäckkarren. Nachtlichter, Bahnsteige, altmodische Reisende in trübseligen wasserdichten Regenmänteln, aber ohne Gesicht – standen reglos und stumm wie Enthauptete neben ihren funkelnagelneuen Gepäckstückattrappen und ließen mit scheinbarer Gelassenheit (zwei sind schon totgetreten!) einen Zug nach dem andern ab- und auf und davonfahren. Lichter, Signale, Bahnhof abfahrbereit; die mondgleiche Riesenuhr zeigte die ganze Zeit zwanzig vor neun. Sein Neffe heißt Bernd und ist sieben. Doch wenigstens ein Name der zum Glück noch nicht vorkam in der lieben, in unsrer Familie. Wie schnell er so groß geworden ist, muß man staunen. Achgott, kein Verlaß, nichtmal auf die eilige, dem Mandat nach unparteiische Zeit. Vorm Bahnhof Taxistand, Bogenlampen, Bushaltestelle, es ist alles da. Litfaßsäule, Telefonzelle, *toter* Punkt, düsterer Fahrradständer mit Blechdach und Schnörkeln (Jugendstil) und – zu unsrem Glück sind wir fremd hier und bleiben nicht lang – gen Abend eine lange gerade Reihe trauriger Drahtbäume, wie von einem Blinden für Blinde gemacht; Heimarbeit: Stückpreis DM 0,32/Verkauf DM 1,65.

Und wenn du brav bist, ist das erst der Anfang, mein Kind. Sieh her, der Glanzkatalog eine ungetrübt-unversiegbare Quelle beständiger Freude und immer neuen Entzückens (Bestellnummern angeben). Viele zuverlässige Geburtstage, Weihnachtsfeste, Halsentzündungen, auf die du zählen kannst, gelungene Klassenarbeiten, ein Beinbruch der nicht ausbleiben wird (dann bist du schon zwölf und brauchst nie mehr Angst haben), die Herbst- und Osterzeugnisse all dieser Jahre an die du nicht glauben magst, ohne Fleiß kein Preis, bis das ganze spielaktive Sortiment komplett, doch es wird natürlich ständig erweitert, und kann man Einzelstücke nie genug, Katalog jährlich neu, Miniaturwelten, von Jahr zu Jahr jeweils doppelt so prächtig und umfangreich.

Dampf-Diesel-E-Loks, Segen der Technik, latsch nicht auf die Leitungsmasten. Miese erbärmliche Vorortzüge mit blinden Seitenluken, bloß im Berufsverkehr zumutbar: grad noch imstande, dich alle Tage mit letzter Kraft und immer größeren Verspätungen, die immer weiter in die Ewigkeit hineinreichen, Verluste, ein wachsendes Defizit und die Rechnung wird nie mehr aufgehn, mühsam stöhnend an irgend-elendes allzubekanntes Ziel und zurück zu karren; nirgends Freude. Lauter klamme Fließpapiermorgen, taube Mittage und jämmerliche gottverlassene Abende am Rande der Ewigkeit, schon ganz rostig. Was heißt denn hier Schicksal? Bist jahrelang wie betäubt und fragst dich vergeblich, was denn, mein Gott, was du damit zu schaffen hast – das hier ist nicht mein Leben, sondern in Gottes Namen ein schnödes Mißverständnis für das ich nicht verantwortlich bin, ein Schaltfehler in der Zentrale.

Zwischendurch schenkt er sich öfter einen Schnaps ein, immer noch der gleiche Vormittag ohne Gesicht. Für den Schaltkreis zwo zuständig, da am Trafo dessen Kontrollämpchen dann in seinem heißen Kopf weiter glühten und blinkten, die ganze Nacht; furchtbar anstrengend so ein Schlaf. Die Lautsprecherstimmen und ein allgegenwärtiges dichtes Gemurmel das ihm schwer im Genick sitzt. Nachtetappen. Fremd hier wie überall. Jäh zu dir gekommen, wo bin ich? Glaubst noch den Ruck zu spüren. Als ob sie, statt endlich zu fahren, am anderen Ende des Zuges jetzt auch noch eine Lokomotive angehängt hätten. Zwecks Zerreißprobe für Nerven, Kupplungen und Gehäuse. Oder, die Illusion sei komplett, den Nachtbahnhof selbst insgeheim ungeschickt ein Stückchen weit weitergeschoben. Bisweilen das Zittern des Lichts. Und wenn du aufblickst, sind die Zeiger der Nacht eben wieder zurechtgerückt: alles an seinem Platz. Nacht; Bahnhof abfahrbereit. Aber ich, wo bin ich gewesen?

Ein Schienenbus auf Abwegen. Der stromlinienförmige Triebwagen, der alle Tage mit fahrplanmäßiger Pünktlichkeit entgleist-entgleist-entgleist, nein er . . .*hebt* ab, Mensch, hat abgehoben. Der Mittagsblitz, stratosphärenblau, doppelmagisches Auge am Bug, Tiefseeflossen. Neunhundertneunundneunzig formschöne, automatisch verstellbare Liegesitzplätze. Jeder Passagier erhält eine Spritze nach Wahl (nicht verschreibungspflichtig). Ultraviolette Panoramafenster und vor jedem Fenster läuft mit doppelter Geschwindigkeit ein endloser Nonstopfilm ab – die gleiche Landschaft die immerfort draußen vorbeifliegt, aber viel schneller, vollklimatisiert, musikalisch begleitet, knallbunt und meisterhaft fotografiert. Selbstredend Stereo-Kopfhörer, 3-D-Brillen und Speedpillen für jeden der mitfährt. Dabeisein. Reichlich. Jeder Sitzplatz mit über achtzehn Hebeln, Knöpfen und Schaltern ausgestattet. Alle Aschenbecher in Fahrtrichtung und mit elektronisch gesteuerter Fernbedienung. Machen Sie bloß drei Kreuze und wir lösen ab sofort alle Ihre sämtlichen Transportprobleme. Sie brauchen uns nur bloß lediglich Ihre verkaufte Seele zu bringen und wir schaffen dieselbe unverzüglich mit vorzüglicher Hochachtung und beachtlicher Höchstgeschwindigkeit in Frischhalte-Spezialcontainern an den Ort Ihrer Wahl. Alle Kreditkarten. 32.000 erstklassige Vertragsschutthalden. Bis ins äußerste Ausland. Nicht länger zögern.

Das Fegefeuer. Nach jedem Schnaps schenkt er sich noch einen Schnaps ein, unverzüglich. Besser ist besser. In Gedanken noch nicht ganz da. Für die Reise von Frankfurt nach Köln, in der finstersten Zeit des Jahres, hat er fast zwei Wochen gebraucht. Vor lauter Ungeduld haarscharf beinah gar nicht angekommen. Dann die letzten zweihundert Kilometer mit einem Taxi, wie aus der Pistole geschossen. Der Fahrer erzählte zwanzig Jahre Bergwerksgeschichten, während wir mit hundertsechzig gemütlich über die leere nächtliche Autobahn rasten. Halbes Leben untertage. Ich zahlte im voraus, pauschal, und er hat sich nicht gewundert. Er war zweimal verschüttet; hat jedesmal in der Zeitung gestanden. Gott, wenn es einen gibt, wie mans nimmt, stellt er sich höchstens als eine Art Pilot nein Beobachter vor, hoch im Mastkorb, der natürlich nicht jederzeit überall gleichzeitig zugucken kann, ist doch klar, aber doch so ziemlichen Überblick hat. Zumindest zeitweilig. Er heißt ihn den großen Boss. Jeder so gut wie er kann. Er raucht Roth-Händle ohne, pausenlos. Mit Zigarettenanzünder.

Gleich werden wir in die Zielgerade einbiegen. Er hatte einen kleinen elektrischen Weihnachtsbaum an der Windschutzscheibe leuchten, hat Streuselkuchen und Weihnachtsstollen, zwei Thermosflaschen voll Bohnenkaffee, was sein Bruder ist wohnt in Dresden, und eine winzige Literflasche erstklassigen polnischen Wodka mit. Was willst du mehr? Und beinah jedesmal, wenn wir ohne anzuhalten einen Schluck tranken, Prost, gedachten wir grundsätzlich gerührt der Bundesregierung.

Transkontinentale Expreßzüge mit ausgesucht vornehmen Namen, langgestreckt, Schlaf-Speise-Salonwagen, weinrot, nachtblau, mit immer goldeneren Emblemen geschmückt: pfeilschnell-komfortable Wohnungen des Unbehagens an Zeit und Ort, steig endlich ein! Und wie sie knarren, die traurigen alten Güterwagen deiner ausgedienten Landstreicherträume, rostig, morsch, endlos seufzend, längst für immer auf dem abendlichen Abstellgleis Ewigkeit. Sonnenuntergänge, Morgengrauen, ganz nah schon der Meeresstrand den du ahnst. So vertraut diese Föhrenwälder vor Tag und fliegen vorbei. Fahren-fahren: keinem Ziel entgegen. (Nach so vielen Zwischenstationen, Mensch, bin das immer noch ich?)

Sonderzüge auch, Spezialzüge aller Art. Staatsbesuch- und Musikzüge, Züge für amtierende und abgedankte und für Könige die sich über Nacht mit sämtlichen Wertsachen und päpstlichem Segen aus dem Staub, Rebellenzüge, die Machno-Banditen, Gefangenenzüge, Leichenzüge, erstklassig gefedert, Flüchtlingszüge, Emigrantenzüge ohne Türen und Fenster, nasses Stroh aufm Boden, faulend, und der Wind pfeift hindurch. Wo ich nicht hingehöre, weiß ich schon lang. Ein fremdes neblichtes Land und bald wird der erste Schnee fallen.

Die Transsibirische Eisenbahn. Züge für Werbekampagnen, Militär, Schlachtvieh, Baumaschinen, Gastarbeiter, Weihnachten, Kühlzüge für leichtverderbliches Leben, Lebensmittel oder mit dem günstigen Seniorenpaß für vergnügungssüchtige, amtlich beglaubigte Rentner mit ihren Mätressen. Auto-im-Zug-Züge, Fahrt ins Blaue, in den Schnee, in den Frühling. Die abhandenkamen und wurden totgeschwiegen, Spezialtankwagen um z.B. wirksame Nasentropfen en gros sachgemäß zu befördern, ein Grippejahr. Transportdiebstahl. Und zehn Jahre später, nichts als Regentage, sind ganze Landstriche voller Mißgeburten süchtig nach diesen Tropfen. Fisch-Tran-Kranwagen, Gold-Stoff-Träume-Erdöl-Kohlen-Container- und auf den Verlustlisten ein einzelner Dynamitwaggon ohne Bremserhäuschen und Frachtpapiere – wo solls denn hingehn?

Ist nicht jeder von uns als Kind von Zigeunern geraubt worden, gleich nach den großen Ferien und war jeden Tag froh darüber? Auch ein paar Jahre mit einem bankrotten Zirkus durchs schwindende Land gezogen, mit zwölf, mit dreizehn, gerade zur rechten Zeit. Wohin? Föhrenwälder, der Abend wartet. Alle Weichen gestellt. Neben dem üblichen Zubehör von Abfahrtsignalen bis Zugbegleitpersonal gab es auch und sogar so alltägliche und ausgefallene Personen, Sachen und Gegenstände wie

heroisches Reiterstandbild, mausgrau, massivhohl, elfkommavier Zentimeter, samt giftgrünem Rasenviereck zum Kotzen (ganz genau quadratisch), zur Zierde des verschrobenen Bahnhofsvorplatzes. Stolz aller Stadtväter, Inschrift nach Wahl. Abfallkörbe, Fallgruben, Gitterzaun, Fahrradständer mit Wellblechdach, wo es nach Pisse riecht, aber auch nach Jasmin. Und gleich um die Ecke ist die düstere alte Zigarrenfabrik, Backstein, blinde Höhlenfenster, vor deren Tor du sieben Jahre lang auf deine ledige liebe Mutter gewartet hast, von deinem fünften bis ins zwölfte Jahr, irgend-unverständlichem Zauber zufolge (Scheißständer kippt dauernd um);

Signale, Nachtlichter, Bogenlampen, liebe Leuchtkäfer oder gutwillige Glühwürmchen, ganz wie du willst, bevölkern die geilen, lauschigen Abendalleen. Alle Sorten Verbotsschilder, sehr naturgetreu (Ordnung muß sein). Windmühlen, Ziehbrunnen, Zugbrücken. Original-Alpenglühen mit Dauerbatterie, die Idylle wird bald ein Ende haben, Hochleistungsvulkane mit Zeitautomatik und Glockenspiel, echt isländisch-norwegische Fischerhütte aus dem Berner Oberland, sehr niedlich und naturgetreu, Eternitdach.

Betrunkenen Fahrdienstleiter zum Aufblasen, mit Vorgesetztenbauch und roter Signalmütze mit eingebauter Warnblinklampe, Feuermelder, Feldsanitäter, ein Vollmond (Netzanschluß), achtköpfige Trachtenkapelle für mehrfach geprobte stimmungsvolle Bahnhofsabschiede fürs Läben. Die Herren Feuermelder arbeiten auf Provisionsbasis. Der Vollmond wird nur paarweise ausgeliefert: immer zwei. Einköpfige sture Bahnhofsmissionsschwester mit gestärkter gebügelter Nächstenliebe nach Art des Hauses, mit gottgefälligem Häubchen, mit reiner Schürze und kleidsamer Sammelbüchse (steht breitbeinig und geduckt aufm Sprung, wuchtig wie ein Fußballtorwart, vorm Hauptportal oder wo du sie eben hinstellst: da kommt keiner nich dran vorbei). Viele kleine gefleckte Vierfüßler zur Belebung städtischer Bürgersteige und Fußgängerzonen. Alle mit Steuermarke um den Hals, sind doch zum Fressen. Und Gott weiß, welchem gemeinsamen öden Ziel sie da alle geduldig entgegentrotten, stumm und betrübt, mit Hängebauch, Wackelohren, eingezogenem Schwanz und ihr Unterkiefer, die ganze Schnauze fast auf dem Erdboden, Zunge ganz staubig schleift hinterher. Bleivergiftung. Was japst ihr denn alle so? Warum zieht ihr den Schwanz ein? Weshalb seid ihr alle so stumm? Und in welche Zeitalter unterwegs, kriechend?

Ein Mönch mit praktisch verschnürtem Pappkarton, ein Könich mit Krone und Reisetasche – wo bleibt denn der Zug? Oder bin ich zu spät dran? Diplomatenpaß. Die Rente läßt er sich nachschicken. Selbstredend ganze Kollektionen preiswerter Passanten aller Art, Haufen Volks und es war ein Aufruf ergangen, daß sie alle sollten gezählet werden. Insgesamt waren die Zivilisten eindeutig in der Minderheit. Überhaupt sahen alle so aus, als ob sie aus einem Krieg kämen und höchstens auf Urlaub.

Beamte, Wikinger, Konditoren, Kontrolleure. Doppelgänger, Geheimkontrolleure, ein Attentäter. Reisende mit/ohne Traglasten, Schuhputzer, Generäle, ein feiner kleiner Exportjapaner mit Regenschirm. Ein saublöder weißer Lackaffe, mit Käppi und Affenfrack, der offenen Mauls daherkommt, eilfertig feixend, mit Riesenschritten. Schiebt einen fahrbaren Würstchenstand vor sich her, ein kleines weißes Wägelchen mit behördlicher Konzession mit Reiseproviant, Senf, Gaspistolen, Füllfederhaltern, Süßigkeiten, Valium und Büchsenbier. Aber keinen Korkenzieher für die Weinsäufer ohne festen Wohnsitz, die sich ihre eigenen Flaschen mitgebracht haben. Mußt du den Korken zur Not eben reindrücken, nimm den Daumen, wenn es wieder auf den Abend zugeht. Noch ein Schluck aus der Flasche und der Himmel fängt an zu l e u c h t e n. (Nie mehr nachher so glücklich gewesen!)

Taubstumme Zeitungsverkäufer, ein ausgemusterter alter Leierkastenmann, der überhaupt nur angelehnt noch zu stehen vermag, traurig lächelnd (er säuft; er säuft schon ein paar Jahre zu lang). Mittellose Durchreisende die – wohin? – den Weg nicht finden, halbes Leben schon auf der Strecke, und wen sie auch fragen: keiner macht sich die Mühe einer Antwort, Scheißseßhaftenpack. Fußgänger, Radfahrer, bucklichte Radfahrer mit Rennlenker, Detektive, Radfahrer mit Rucksack die ihr Rad schieben.

Eine mondsüchtige kleine Ballerina die halbnackt auf der Straße tanzt, laß sie tanzen. Und ein schweinsgesichtiger Schupo, unermüdlich Verkehr regelnd-regelnd-regelnd, Dienst mit der Waffe, mit ausgebreiteten Armen, wie gekreuzigt, die grobe militärische Parodie eines beliebten Gegenstandes frommer kunstgewerblicher Darstellung, und wo du ihn hinstellst, da herrscht augenblicklich Recht & Ordnung. Warum kann er sich nicht mal einen freien Tag machen? Stell ihn in irgendeinem Güterschuppen meintswegen oder Hinterhof ohne Kinder auf bzw. ab. Weit vom Schuß. Er soll sich dort in die Ecke stellen. „Sie erhalten dann eine Prämie!" Er soll sich ruhig verhalten. Wir rufen ihn schon, wenn ihn wer braucht. „Sie werden dann aufgerufen, gegebenenfalls!"

Bettler, Passanten, Meuchelmörder. Der Anstaltsgeistliche. Matrosen, Mannequins, Zuhälter, Arbeitslose, Vogelscheuchen, Opernsänger, Schaufensterpuppen, Hausfrauen, Nurhausfrauen, Mütter, Kinder, Untergebene, Geschäftsreisende, Irre, Hochstapler, Kriegsinvaliden undsoweiter, es werden jetzt immer mehr, Stückpreise ab DM 0,95 (Bestellnummern angeben).

Miniaturwelten. Die Idylle wird bald ein Ende haben. Merdein, der sich bereits für den Sonntag, Montag, Dienstag vor Weihnachten angesagt hatte, kam nicht. Kam nach mehreren konfusen Ferngesprächen, alle zur Unzeit, und zwei nahezu unverständlichen Telegrammen erst am zweiten Weihnachtsfeiertag oder den Tag darauf endlich trostlos hinterhergereist. Mit mikroskopischem Handköfferchen voll Nachtgebet, Zahnbürste und persönlicheren Gebrauchsgegenständen, hauptsächlich Tropfen und Pillen.

Und zahlreichen perfekt verschnürten Geschenkpäckchen, die er (schon zwei Wochen unterwegs; die weihnachtliche Verpackung mag gelitten haben, die Hälfte blieb auf der Strecke), wie fertig gekauft, alle auf einmal ganz durcheinander seiner lieben Schwester, lang nicht gesehn, bist du es wirklich? in den verblüfften Schoß kippte (da sie ihn stehend empfing, sie dachte es sei schon wieder der Telegrammbote, fielen die meisten zu Boden): Hier nimm! Für Euch! Nachträglich Frohes . . . Fest!

Er schluckt; hab vergessen, was drin ist. Die Grimasse, mit der er sich seines Begrüßungslächelns entledigte, zerbrach, fiel in Scherben vor seine und ihre Füße. Mir ist so elend. Das war im Flur vor der Tür. Mir ist heiß und kalt. Mein Kopf ist wie aufgeblasen, verstehst du, so wirr und so voll und so schwer. Was soll nur werden? Und stand da wie ein trauernder Hinterbliebener, ihr ehemaliger kleiner Bruder, der doch immer so . . .smart war, als Kind schon, so *besonders,* so liebenswert und gerissen. Soeben angekommen, leichenblaß, hilflos, versuchte traurig zu grinsen, vergeblich. Die meisten Päckchen sind bei der Übergabe zu Boden gefallen und er schluckt-schluckt-schluckt die Stille hinunter.

Wie es hier nach Tannengrün wieder und Bohnerwachs riecht. Endlich ankommen jetzt! Und bückt sich blindlings nach irgenderstbestem Vorwand, so fand seine endliche Ankunft statt. Nachher, noch im Mantel, sein Arzneiköfferchen hat sie ihm wie ein Vermächtnis höflich entwunden, steht er schwitzend mitten im Weihnachtszimmer, erschöpft. Hat eben den ersten und zweiten Begrüßungsschnaps kundig gekippt und die Flasche vorsichtshalber erstmal an sich gebracht. Was jetzt? Hier sein lieber kleiner Neffe, der ihn erwartungsvoll ansieht. Und welche Zwischenzeit war das, in der er so groß geworden ist? Da seine liebe Schwester die, einstweilen auf seinen Mantel lauernd, ihm unüberhörbar keinerlei Fragen stellt – sieht man es denn so deutlich? Oder traut sie sich nur vorerst nicht und versucht einstweilen geduldig-ungeschickt-gutwillig den richtigen falschen Moment abzuwarten? Gleich fängt er einfältig-schlau gehörig zu strahlen an, beinah überstürzt – ich stand da und leuchtete matt – neben dem Weihnachtsbaum, er gibt sich die größte Mühe. Na also, warum nicht gleich? Sich die Hände reiben wie ein Laienschauspieler. Großspurig auf- und abgehn. Bloß bißchen erschöpft momentan, ach Schwester. So fand seine endliche Ankunft statt.

Die Stille zwischen den Jahren. Endlich bald ankommen! Morgens geht er manchmal um die Ecke einkaufen für seine liebe Schwester. Kaum drei Häuser weiter, ein ruhiges Viertel. Tageslicht, doch er nimmt eine Fackel mit und markiert sich den Rückweg abergläubisch mit Kreidestrichen. Erst die Brotkrumen, dann die Hirsekörner gleicher Bestimmung sind von den frierenden (hungrigen) Vögeln gefressen worden.

Selbstbedienung. Wenn er aus dem Laden kommt, wie in Trance, alle Hände voll Nächstenliebe, Tüten und Paketen oder nichts als ein winziges Päckchen Traubenzucker in Cellophan für sich selbst, für niemand, und zu nichts als seinem eigenen Wohlgefallen eine makellose künstliche Zitrone, wie betäubt, mit bleischweren Gliedern, desorientiert (das unvermeidliche Wechselgeld hat er verzagt an der Kasse liegengelassen, oder kann man ihnen nicht zumuten, daß sie es wegschmeißen?): ist der Tag schon wieder so gut wie vorbei. Fast wie nie gewesen.

Jetzt noch in die Apotheke? (In die Apotheke geht er nur ungefähr jeden zweiten Tag.) So mutlos und erschöpft, als ob er stundenlang vergeblich seinen eigenen Namen geschrieen hätte, so laut er kann, in die naßkalte dämmrige Winterluft. Keine Antwort. Paar Ruß- oder Schneeflocken rieseln zur Erde. Die Krähen hatten den Tag gestohlen. Da sinkt die Nacht herab, siehst du. Schatten, Gespenster, doch sobald er sich mit ihnen einlassen will, sind sie schon um die nächste Ecke und bleiben verschwunden. Allein. Wie finster die Kellerfenster auf seine zwei plumpen Schuhe starren. Jetzt gilt es zurückzufinden.

Was weiter, was noch? Endlich bald ankommen jetzt! Weihnachten hat er verpaßt; Tage wie Nachträge. Jeden Tag wieder hat er sich schnell eingelebt oder fast und behilft sich mit Frühstück und Zeitung. Gar kein Problem. Jeden Tag spielt er mit seinem lieben Neffen sachkundig Eisenbahn. Sie lassen Züge fahren, gruppieren geduldig Zubehör um und um, es *ist* gar nicht so kompliziert. Inzwischen hat er in ihm auch das Kind von damals wiedererkannt oder wie das vor sich ging, versprach ihm bedenkenlos unerläßlichen zweiten Bahnhof, Traumziel, Hintergrund, einen städtischen Friedhof, Weinberge, Fluß, Sonnenuntergänge oder grandiose atemberaubende Industrielandschaft, selbstgebastelt, das krieg ich schon hin. Straßenbau, Fortschritt, Verschönerungen jeglicher Art. Mach dir bloß keine Sorgen. Noch mehr Aufsichtsbeamte, Mauern, Schienen, Autos, Verbotsschilder, Fluchtwege, Flutlicht wie vom Mond und modische Passanten wo nich so saublöd rumstehn wie zum Beispiel der da drüben (ein gehässiger kleiner Beamter der gleich schuldbewußt seinen kugelrunden Kopf einzog). Unter anderem einen herzigen Folklore-Galgen aus Streichhölzern die wir wie ungeschälte Baumstämme und ein halbhohes elektrisches Jägerzäunchen aus frischgeschlachteten jungen Birken drumrum, der was wirklich funktioniert. Wen du dran aufhängst, ist dann deine Sache, na klar.

Er ging sich die Hände waschen, ins Bad, mit hautmilder Kinderseife. Dann nochmal die Weichen ölen, bis sie wieder ganz schmierig sind. Soll das Kind seine Kindheit genießen, Pazifist kann er später noch. Moralische Werte frühestens in der Pubertät, die man als Eltern ja gern noch ein Weilchen aufschiebt. Doch der ewige tote Punkt auf dem Bahnhofsvorplatz, wie ein fiktives Loch in deinem verstörten Gedächtnis, läßt sich nicht ignorieren noch wegdenken. Wann denn fand überstürzt und verspätet meine hiesige Ankunft statt? Wozu all die Mühe? Bin ich nicht erst seit gestern hier?

Endlich ankommen, bald! Zwischendurch Zeit, Stille, Wintermorgen – es ist, merkt er staunend, seine allgegenwärtige ferne Kindheit, die um ihn leuchtend vibriert, unverhofft, Augenblicke. Weihnachtsgebäck, Süßigkeiten zuhauf, Eierlikör aus Teegläsern, ganze Ewigkeiten gemütlicher Viertelstunden. Sie hat Die Schönsten Deutschen Weihnachtslieder auf Schallplatten, Doppelalbum, Stereo. Da der Weihnachtsbaum in der Ecke und das konvexe Spiegelbild des Zimmers wie das Gegenstück einer Höhle tief in der Zeit, seine umfassende Gegenwart mit allen Einzelheiten lebendig und lichterfüllt eingesponnen in jede einzelne dieser bunten Glaskugeln, die womöglich noch aus deiner eigenen Weihnachtszeit. Wie Kerzen sollten wir brennen!

Immer der gleiche endlose leere Winternachmittag, bevor ich gegen vier in die Stadt gehe. Und Merderein (in seiner bodenlosen Verzweiflung demnächst bevorstehenden oder kürzlich stattgehabten unvermeidlichen Nervenzusammenbruch kurzfristig ganz vergessend, noch ein Schluck, es ist kurz vor drei) gerät gleich übergangslos ins Faseln. Siehe, dies ist die Gegenwart. Erzählt aus dem Stegreif Lügengeschichten: wie er neulich mal in Frankfurt am Main an der Hauptwache, im Advent, frischer Schnee war gefallen, wie er da diesen überlebensgroßen bitterbösen Eis- oder Grizzlybär, der ihm unberechtigt nach dem einzigen Leben trachtete, ein ganzes Jahr lang ohne Genehmigung die gesamte Innenstadt terrorisiert hat und überhaupt insgesamt der böse Feind war, ein mächtiger böser Zauberer überdies – wie er diesen bösen, bärenstarken Bären mit einer einzigen bloßen Faust erfolgreich zu Boden gewürgt hat, Notwehr meinerseits. Klar bin ich unbesiegbar! Sein Neffe Bernd, sieben, sitzt klein auf dem Teppich und staunt bereitwillig. Mit großen runden Augen, genau wie die niedlichen Kinder auf Reklameplakaten.

Er sitzt da und glaubt mir jedes Wort, immer mehr Einzelheiten. Lüg doch nicht, sagt meine ehemalige Schwester mit ihrer alten hellen Kinderstimme von früher, bloß bißchen verkratzt, von oben herab dazwischen. Ganz vergessen, daß sie auch zuhört oder ist eben erst ins Zimmer gekommen. Was bleibt mir da übrig? Die reine Wahrheit. Nicht wie Schimmel, wie Zuckerwatte bedeckte der Schnee jeden Dreck. Es war der zweite oder dritte Advent. Einzelheiten: ganze Hundertschaft Bereitschaftspolizei stand angstschlotternd, bis an die Zähne bewaffnet, wie für ein dienstliches Gruppenfoto im Hintergrund: in Rangordnung aufgestellt, mit zitternden Knien. Hinterher haben sich alle mit Handschlag bei mir bedankt. Persönlich. Die meisten zwo-dreimal. Mit feuchten Augen und schwitzenden Händen, das braucht seine Zeit. Hinterher haben die meisten sich wochenlang krank schreiben lassen, auf den Schreck hin. Auch der fette Herr Oberbürgermeister war von höchster Stelle ganz ausm Häuschen, auch nicht ganz nüchtern (er ist mir schon vorher aufgefallen), ließ sich die Ehre nicht nehmen und kam extra angeschissen. Aber! Es gibt doch aber auch freundliche Bären? fragt sein Neffe zum Schluß ganz zuletzt, oder nicht? Nachdem er hingerissen, ganz weg, überwältigt, lange Zeit ernsthaft nachgedacht hat, auf dem Fußboden. Richtig, er hat ja doch selbst so einen freundlichen kleinen Plüschbär zum Einschlafen, waschmaschinenfest, schon ganz abgenutzt, all die Jahre.

Aber ja, mein Kind. Ja, natürlich gibt es auch gute freundliche Bären. Massenhaft sogar, haufenweise. Die sterben noch lang nicht aus. Die reinen Prachtkerle, na klar, die besten die du dir denken kannst. Er war jetzt wieder ein bißchen blau oder fast. Eierlikör ist gut für die Nerven. Überall auf der weiten Welt. Allein bei mir oben im Haus wohnen also mindestens drei oder vier. Und erzählte mit echten Tränen in den Augen davon, was für freundliche Bären das wären. Wie freundlich, gut, hilfsbereit, großmütig undsoweiter. Stadtbären wohnen ja meistens auf den Dachböden; die meisten Sternbilder auch.

Was du dem Kind für ein Zeugs, sagt seine Schwester die grad wieder reinkommt. Zum zehntenmal nach dem Feuer sehn. Hats nicht grad geklingelt? Bügeln, Zeitung, kommt mein lieber Mann schon Feierahmd? Die Uhr aufziehn, sie hängt da an der Wand. Und ist dafür da. Wo bleibt denn der Briefträger gestern und heut? (Mit dem Gasmann ist sie verheiratet.) Noch mehr Weihnachtsplätzchen zum Zugreifen, viele Vorwände, Türen, Schränke, Schubfächer, Staubtücher und wie freundlich bekümmert sie neuerdings immer öfter aussieht mit der ungewohnt neuen Näh- und Bügelbrille, eine zeitgemäß fremde Frau in mittleren Jahren, die meiner Mutter kein bißchen ähnlich sieht – traut sie mir nicht? Immerzu raus und rein. Dauernd kommt sie und geht. Ach, sie meint es ja sicherlich gut, so ahnungslos wie sie ist. (Weiß auch noch nicht, daß er dem Kind vorgestern und gestern einen Hund versprochen hat, lebendig, der dir ganz allein gehört, wenigstens einen Dackel!)

Nachmittage; Kaffee, Eierlikör, Anisplätzchen und Lebkuchen. Die Schönsten Deutschen Weihnachtslieder, Doppelalbum. Wenn du alle vier Seiten durchhast, fang getrost wieder von vorn an. Leise rieselt der Schnee. Einladende Anbauwelten, die sich guten Willens beliebig erweitern lassen (aber White Christmas fehlt auf der Platte).

Die guten Bären! Herr Merderein, wie er plötzlich freudig erregt, redend und gestikulierend, mit weitem Herz im viel zu engen Renommierwohnzimmer seiner Schwester auf- und abging. Sich totsaufen, na das dauert. Soll er noch einmal anfangen und richtig reich werden? Was kann mir denn noch groß passieren! Kein Wind geht. Was knarrt denn hier so? Im Schoß der Familie. Mit einemmal tiefbewegt – ja, spinne ich denn? – und wortreich begeistert die guten Bären lobte, zutiefst ergriffen: das bin ich! Echte Tränen in beiden Augen, ein Hustenanfall, du rauchst zuviel. Er will, daß ihm auch seine Schwester glaubt. Sein lieber Neffe sitzt ganz klein und allein auf dem Teppich und staunt. Seine rotgelben Winterpantoffeln wie tollpatschige Pfoten, wenn nicht gar zutrauliche Pelztiere, zwei.

Warum nicht ruhig atmen ein Weilchen? Kann sein, das ist doch schon ein paar Jahre früher gewesen. Winter; Kaffee, wie er aus der Küche duftet, gleich fertig; der Ofen tut summend sein Bestes, ein neuer Ölofen mit Thermostat. Wer weiß, wie lang sie für dieses Prunkstück gespart haben. Meine hilflose Schwester, das arglose arme Kind oder die umfangreiche Gestalt in der sie sich den Rest ihres Lebens verbirgt, unauffindbar, weiblich, kommt eben großmächtig zur Tür rein. Zum hundertsten Mal an diesem Nachmittag. Da an der Wand ein abgelaufener Adventskalender. Die Tage ohne Geheimnis, seine Türen sind alle längst offen. Nichts regt sich, kein Hauch. Sind das jetzt die halkyonischen Tage?

Und vorm Fenster, sooft du aufblickst, zerstreut, in Gedanken woanders, wie gestern schon: Schneeflocken, dicht durcheinander. Oder ein wildes Gestöber von künstlichen Federn und weißem Papier. Ein Winternachmittag. Wieviele noch? Und Stadt, Zeit, Weltall jenseits der Wohnung im zweiten, im dritten, im vierten Stock, die Straße in der du wohnst, sind leer fremd unwirklich sinnlos irreal, gar nicht da. Heimwege. (Fünfstöckiges Mietshaus aus dem Jahr 1952; könnte auchmal wieder verputzt werden. Ich bin bloß zu Besuch hier!)

Abends, das Kind schläft, sitzt er mit seinem Schwager Erwin oder wie der heißt (eigentlich heißt er Andermann oder Herr Anders) gutwillig im Wohnzimmer. Bis es wieder spät geworden ist. Fernsehn, ein Schnaps, der morgige Tag; sie gähnen. Wenn sie geduldig gegähnt haben, sagen sie beiläufig noch was zueinander, dies und das oder so, freundlich, gutgemeint. Und dann nicken sie in einigem Abstand bedächtig hinterdrein und sind einmal mehr einer Meinung, das wärs. Und gähnen, wohl bekomms.

Noch ein Schnaps, Müdigkeit, zum Glück gibts das Staatliche Fernsehn; wieder spät geworden. Kommt kein Sturm auf? Im Schein der Lampe, wie im Innern einer Glaskugel, sitzen sie zwischen den Jahren (immer lauter die Stille in ihren Ohren). Sitzen, ganz ernsthaft sitzen sie da, wie betäubt. Und seine Schwester, die jetzt scheints erwachsen ist oder hat sich bloß verkleidet, sitzt dabei und döst oder strickt mit der neuen Brille. Raschelt wie eine Maus mit der flachen Zeitung, Kreuzworträtsel, Lokalteil, der gestrige Tag. Schläft ein und guckt (fahrig hochschreckend) alle Augenblick nach dem neuen Ölofen oder hat ganz vergessen, nach dem Feuer zu sehen, aber gottlob leistungsfähiger Dauerbrenner. Wer weiß, wie das Wetter noch wird. (Da beim Fenster ein Barometer, geht aber dauernd nach: ein verjährtes Hochzeitsgeschenk.)

Abstände: noch ein Schnaps. Spät in der Nacht, da sind sie beim Jägermeister gelandet, gesteht ihm sein müder Schwager, daß er die Eisenbahn mit allem drum und dran, das meiste jedenfalls hat er gebraucht gekauft, ein Gelegenheitskauf. Aber natürlich tadellos in Schuß, einwandfrei. Von einem Liebhaber, schon im Oktober. Originalverpackung vorhanden. Ein guter Kauf. Hätte so eine Riesenanlage auf einmal sonst ja nie und nimmer bezahlen können. Bei aller Liebe. Der Junge braucht das nicht wissen, auch wenn er nicht mehr an das Christkind glaubt. Vielleicht wird er ja höherer Bahnbeamter und bringts mit dem Kopf zu was, warum nicht? Das hat Zeit. Spät in der Nacht, zum Schluß, ganz zuletzt: ist es immer die gleiche Nacht.

Sein vereidigter Schwager, Andermann heißt er, ein guter Kerl, ist Gasuhrmonteur oder wie das heißt, bei der Stadt. Warum nicht sichs bequem machen, jetzt im Winter? Genausogut kannst du den schäbigen Rest deines Lebens oder solang du es eben aushältst mit Mensch-ärger-dich-nicht oder einem erstbesten kindischen Kartenspiel Sechsundsechzig Maumau, da die staatserhaltenden Monopolstreichhölzer in der Schachtel zählen und zerbrechen, wie Sand am Meer, Prost. Na, Knobeln hab ich gemeint, also Prost.

Wieder spätgeworden. Er und sein Schwager Heinz nicken. Na, macht nix. Zum Glück rauchen beide. Zum Glück Abendfernsehn und die Sessel bequem – nachher wieder wie betäubt. Nacht und Winter ums Haus; es ist spät. Belagerungszustand. Was sagt denn der Wetterbericht? Ach, am liebsten wär mir, das Land würde umgehend eingeschneit, bis wieder Frühling ist über Nacht. Warum nicht an den Frühling glauben?

Hier diese freundliche Frau, die mal seine Schwester war oder immer noch ist, hat gottlob große Vorräte an Zeit und Stille und Spirituosen. Zahllos der Sonntagsschnaps da im Schrank; Dielen knarren. Mach dir keine Gedanken, machs dir gemütlich. Bloß zu

Besuch hier. Morgen hab ich frei. Morgen früh geh ich wieder für sie einkaufen, meistens ist dann schon Nachmittag.

Und so sind Haus und Zeit einstweilen vorerst noch bewohnbar. Großer Gott und was sein einziger lieber Schwager ist hienieden, der erledigte Mann der da im Sessel sitzt und soeben gewaltig gegähnt hat: er heißt Erwin, Heinz oder Otto oder Karl-Erwin, Karl-Heinz oder Karl-Otto und war mal ein flotter Bursche. Ehrlich. So lang kann das doch noch gar nicht her sein, die hellen Freitagabende, wie meine Schwester und er mit Zelt und Rucksack, Büchsenwurst und Karbidkocher für zwei Tage an den Edersee gefahren sind. Fing doch der Sommer eben erst an. Die Kneipe hieß Alte Liebe, eine grasgrüne Bretterbude, ein gestrandetes Schiff am Ende des schwankenden Stegs, es ist Abend, der See aus Stanniol, spiegelglatt. Und ganze Girlanden bunter Lämpchen in deinem abendmüden Gedächtnis. Eine Musikbox gab es dort. Spiel doch nochmal Louis Armstrong, du weißt schon, die alte Platte. Sie hatten sich grad erst kennengelernt. Damals hatte er ein Motorrad. Jetzt ist er bei der Stadt oder da irgendwo und, ob dus glaubst oder nicht, grad jetzt in der ruhigsten Zeit die das Jahr zu bieten hat, haben sie da in seinem Amt, wo er jeden Tag hingeht, jedesmal am allermeisten zu tun; wahrhaftig.

Mitten im Winter den ganzen Tag nicht ganz nüchtern geworden, geriet ins Grübeln und sobald er das Lämpchen ausgeknipst hat und seine gewohnte Embryohaltung eingenommen: schon ist er weggeschlafen. Er lächelt im Schlaf, keine Ahnung warum. Morgen sei auch noch ein Tag, an den will ich einstweilen dran glauben.

Sein geruhsamer Jahreswechsel im Schoß der Familie. Das ist, drei Etagen hoch, direkt überm Abgrund, kein Fahrstuhl, die geblümte Dreizimmerwohnung seiner nichtsahnenden Schwester. Immer aufgeräumt und blitzblank. Mehr hab ich an Familie nicht übrigbehalten, nachdem meine Mutter, die eine Schönheit war*, ziemlich altmodisch zwanzig Jahre lang starb vor Gram, weil mein Vater, der unbekannte Held, einundvierzich zeitgemäß mit einem U-Boot in die Luft flog. Was sein störrischer alter Großvater beiden

* aus einer grämlichen kleinen Eckkneipe oder jenem friedlichen alten Kramladen, ein vergessener Vormittag in der Vorstadt, eine ganze versunkene Welt auf dem Meeresgrund, hörst du die Glocke? Wir werden alle zur falschen Zeit geboren und am falschen Ort.

nie verzieh – angeblich war er Konsul (die zweifelhaften Belegfotos bewahrt deine große Schwester in einer alten Pralinenschachtel auf). Früher sind sie ja alle was gewesen oder wenigstens in Ruhe altgeworden, dachte er, wer bringt das denn heute noch fertig?

Spät in der Nacht langer Heimweg zu Fuß oder wie er, wie schon öfter, bei wohlmeinenden (ehemaligen) Freunden übernachtet. Bißchen blau; da die biedere stumpfgrüne Schlafcouch, immer noch eine Zigarette. Immer noch ein vorletztes letztes Glas; kein Pyjama. Schon geht nach dem bißchen Sekt auch der spärliche Weinbrand zur Neige; bleiben bloß Obstler noch und Danziger Goldwasser da im Schrank. Befreundetes Ehepaar langjährig guten Willens: immer noch ein paar warme Worte, die sie dir anschleppen, unermüdlich, zahlreiche Kissen und Decken. Habt ihr keine Kinder? Ihr seid so gottverflucht nett. Wer wollte euch leugnen? Die Wohnung ist überheizt. Ja, ich weiß, angeblich sind wir alte Freunde, aber ich will jetzt weder baden noch beten, nein danke, keine unverbindliche Beitrittserklärung für die SPD und auch keinen brühwarmen Reformhaustee. Wieso soll ich mich denn beruhigen?

Oder schon seit Ende Oktober in U-Haft, plötzlich erkrankt, Meningitis, Knochenbrüche, im Irrenhaus; Rückporto beilegen. Oder auf spätem nächtlichem Heimweg den nächtlichen Main, das ist seine fixe Idee (vielleicht war er früher katholisch und in der Schule vom Sport befreit), erstmalig trockenen Fußes überquert; Schuhmarke unbekannt. Mondschein: ER wandelte auf den Wellen, haargenau wie sein berühmter Vorgänger, dessen aktenkundigen Namen du glatt vergessen hast – geboren zu Bethlehem, von Beruf war er Tischler.

Wie taktvoll besorgt sie sind um sein heutiges Wohlbefinden. Alle möglichen Wunderheilmittel. Also gut, ich bin der absolute Unhold, von dem sich die gute Johanna nun endlich getrennt hat und ihr seid so weit weg. Das wißt ihr ja. Ihr seid so klein und schief, wie ihr dasteht in meinem Suff. Und ihr lächelt so fahl, wenn die Zähne auch echt sind vielleicht, das wißt ihr ja selbst am besten. Wie geduldig ihr immerfort weiterlächelt, uralte Spinnwebenrunzeln über euren Gesichtern. Wie taube Nüsse, wie erfrorene Winteräpfel, die wir im Dezember heimholen vom Krähenfeld, in der frühen Dämmerung. Kleine blinde Ersatzgötter, ratlos. Sie heben die Hände und meinen es zweifellos gut, das macht nichts, und werden schon immer undeutlicher. Es gab eine Zeit. Aber jetzt? Nichts ist richtig.

So kann es sein, daß er sich zuguterletzt – alles ausgetrunken; sein Aufbruch glich einer Flucht, sein überstürzter Aufbruch der stundenlang dauert – doch noch eigensinnig auf den Weg macht, endlich besoffen genug und allein.

Straßenbahn fuhr nicht mehr. Klein und fern sind sie vor ihrer Haustür (in seinem Gedächtnis) zurückgeblieben, verstört rufend und winkend. Geht jetzt schlafen, schert euch endlich aus meinem Kopf! Er hörte sie seinen Namen rufen, er ging immer schneller. Wie ich heiße, weiß ich allein. Wer ich bin, das könnt ihr mir auch nicht sagen.

Selbstgespräche, er ist ganz außer Atem. Ja schlafen, schon gut, aber ich krieg Zähneklappern und Bauchweh von eurem abgeschmackten Verständnis, eurer kleinen Vernunft und Geduld; Kopfschmerzen. Schon zu weit weg kam ihm erst in den Sinn, ob es nicht vielleicht doch ein einzelner (einziger) Mensch nur gewesen sein könnte, den er da den ganzen Abend lang so beharrlich mißverstanden und als Paar angesprochen hat, aber wer? Jetzt ist es auch dafür zu spät, kannst du ein andermal gutwillig lang und breit drüber nachgrübeln. Oder gar nicht für wirklich genommen, im Suff. So echt sie auch sind, direkt aus der Luft gegriffen. Sich selbst frei dazu erfunden. So wahr ich gehe und stehe, hier oder irgend – wo bin ich denn? Wenigstens sind die Schlüssel noch da.

Es war eiskalt; wie heimfinden? Wie durch ein Wunder (so kam es ihm wirklich vor) fand er am Ende seiner Müdigkeit – statt unverzüglich folgerichtig zu erfrieren – ein funkelnagelneues Taxi mit summender Heizung, das trug ihn pfeilgeschwind durch die leere gutbeleuchtete Nachtstadt – wohin? Ich will heim! Die Brücke, leer, dehnt sich endlos in die Ferne; der Fluß ist gefroren.

Der Fahrer, einer der Bescheid weiß, ein erfahrener Lotse, ein gütiger alter Mann mit Kapitänsmütze, hat ihm gleich umsichtig seine unerträgliche Unruhe (wie lang soll ich mich noch damit abschleppen?) abgenommen. Wie ein paar überzählige Gepäckstücke, die er zuverlässig im Kofferraum verstaut hat; wir fahren. Paar einzelne spärliche Lichter, wie Sterne, sehr fern. Nur keine Angst, wir haben uns auf den Weg begeben. Es wird noch eine Weile dauern, aber wir sind unterwegs und wir kommen ans Ziel. Und – wie unter Wasser – Bilder, Licht, Nacht glitten zur Fahrt ohne Unterlaß lautlos drüberhin und vorbei. Und sein Schmerz ließ nach, oder er vergaß ihn vorübergehend, zeitweilige Linderung: bis an den Rand der Erträglichkeit.

Bis das Taxi am Ende des Weges in die richtige, ja hier, er nickt, fand sich, findet, erkennt alles wieder, in seine stille Nachtstraße einbog und keine drei Schritte vor seiner ehrlichen alten Haustür, die seit Tagen geduldig gewartet hat, hielt: macht Neunferzich; stimmt so. So hat er mir spät in der Nacht mit so wenig wie möglich Worten gleich kundig das Leben gerettet. Haustürschlüssel, ja danke, im Dunkeln: ja, gute Nacht. Das bin ich. Jetzt endlich könnte er aufatmen.

Stattdessen, im Suff gestrandet, find ich mich hier am Ufer wieder. Alle möglichen Leute (das bin doch nicht immer bloß ich?). Das Feuerwerk ist längst abgebrannt; das Neue Jahr hat schon vor zwei, drei Stunden, hat sogar mehrfach pünktlich begonnen. Was suchten wir denn? Ganz schön in Stimmung die ganze Gesellschaft. Am Paulsplatz eine rauschende Sechszimmerwohnung im zweiten Stock, ein Fest. Wer mich einlud, hab ich vergessen. Alle Lampen an. Wie die Gardinen sich aufblähn und wehen im Nachtwind, Gespenster die winken: wir kommen. Sie hatten, bevor sie gingen (als käme keiner je wieder zurück), alle Fenster geöffnet und die restlichen Schnapsflaschen mitgenommen.

Was sie fanden, war ein alter Kieskahn, besoffen, H-M 4816, Maria Zwo oder wie er heißt, noch so ein trauriges Wrack. Schon ganz rostig. Wie alt sie wohl sein mag, die Kette, mit der er am Ufer festgemacht ist, knarrend und schlingernd. Da wollen wir einen drauf trinken! Ein paar Flaschen zerbrachen, keine Knochenbrüche für deinen Aberglauben, dann sind wir an Deck – wie das schwankt (wer verloren ging, soll sich melden).

Die ganze Zeit Mitternacht längst vorbei: zählst Freunde, wieder ein Jahr. Dauernd verzählt man sich und muß nochmal von vorn anfangen. Ganz konfus schon, was für ein immerwährendes trauriges Geflüster in meinen Ohren. Sylvester mit oder ohne Johanna, aber ich lebe noch. Hatte alles fallengelassen und stand da mit leeren Händen und lachte wie Glas das zerbricht, wie im Fieber. Sich erinnern: ich falle! Der besoffene Gott, der er ist. Regen; Wind strich mir übers Gesicht, trieb mir Tränen in die Augen und ich stand am Geländer und lachte – nicht daß ich weinte, ich lachte.

Sauf weiter Sekt! Singen sollst du! Mitten in der Nacht trieb der rostige alte Eisenkahn mit uns allen unbefugt in der leeren Mitte des Flusses, schlingernd, das geschieht mir ganz recht. Oder war es gar eine stillgelegte weiße Rundfahrbarkasse, die sie geentert haben? Sind blindlings hineingestolpert wie in einen offenen Schrank, eine behagliche Falle, nimm Platz.

Ein ausgeschlachtetes Sonntagsschiff ohne Motor; ob es Möwe einst hieß, Loreley oder Vaterland. Bloß noch Hülle und Schein und auch kein Fahrscheinverkäufer. Aber irgendeiner, ich oder wer, muß doch im rechten Moment die Kette losgemacht haben. Was du dir dabei gedacht hättest, WAS? Wir hatten jede Menge Schnaps mit, alle Sorten. Leere Spiegel; im ehemaligen Salon (wie wir hier rumstolpern, lauter Fremde, ein Fest) noch die abgelatschten Teppiche, ein Altar, Scherben, Sand, Kupferbeschläge. Stille, in Kisten verpackt. Was nicht auf Anhieb zu Bruch ging, war schon vorher kaputt oder wird ewig halten, genauso mein Leben, du Schlemihl, ein unbegreiflicher Glanzbilderbogen. Fratzen feixen dich an, ich hab Fieber. Das bin doch nicht immer bloß ich?

Ein Geisterschiff ohne Besatzung; der Kapitän ist längst in der Hölle. Angeschlagene silberne Sektkübel überall, stolper nicht! Lauter Scherben. Es gab, statt Sextanten und Navigation, eine defekte Lautsprecheranlage, die sich mittels Beschwörungen oder über Notbeleuchtung ein letztes Mal noch ingang setzen ließ. La Paloma, wie findig wir sind, wir treiben. Das Steuerrad ist im Arsch, kein Gedanke an Rettungsboote. Mitten im Strom dreht unser Schiff seinen angeschlagenen Bug, dreht sich trunken dem Abgrund von Meer zu – so schwarz-blind-leer die vernagelte Nacht, ein Loch in windigen Fernen – und ein ganzer Stoß verkratzter alter Schallplatten. So lang vergangen die zugehörigen Sonntagnachmittagsgesellschaften, daß sie schon gar nicht mehr wahr sind. Laß sie bloß nicht fallen! (Das war der neunmalkluge Sarotti-Mohr!) Außer mir noch zwölf Leute, so blau, daß wir kaum noch stehn konnten, weil Fliehkraft und Sog ins Schleudern gerieten, weil die Erde sich dreht und dreht.

Und wären fast für immer gekentert. Gerechtigkeit, wessen saublöde Schnapsidee, fragten sich nachher (gerettet) alle vergeblich, fragst du dich wieder und wieder. Oder zu hoffen, daß diese Vorkommnisse sich doch noch beizeiten als Traum erweisen: das gerichtliche Nachspiel steht noch aus.

Ein ganz normaler Abreißkalendertag Mitte Januar. Schon wieder so gut wie vorbei, wenn er gegen vierzehn Uhr leer und mittagsmüde aus der Stadt heimkommt und (er hat immer noch nicht die Mitte des Flusses erreicht) wie immer die Post aus dem Briefkasten nimmt. Bloß der übliche Schund, Werbung, Drohbriefe, Kontoauszug, Gasrechnung undsoweiter, nichts was wirklich mich meint, sah er gleich auf den ersten Blick.

Die Flußfeuerwehr, der Vogel Greif, die Wasserschutzpolizei, was das kostet, hat sie gerettet, der Staat funktioniert, und zu den Akten genommen. Soundsoviele Seelen, wir sinken. Nachher gab es Decken und Tee mit Rum. Ja doch reichlich tollkühn witzig peinlich unverantwortlich; Lungenentzündungen keine. Reue wie gehabt. Die Retter hatten Übung, Bereitschaftsdienst und auch die erforderlichen Geräte zur Hand. Eine Schnapsidee, Gott sah zu. Nachher vor Gericht wird alles ganz anders gewesen sein, bloß wie vom Hörensagen, erkennst du dich selbst kaum wieder. Also amtlich. Himmel bedeckt.

Auf der Treppe, halb unbewußt, sozusagen eher vollständigkeitshalber, die flüchtige Vorstellung, Johanna sei da. Sie sitzt auf dem Teppich mit den chinesischen Drachen und Göttern (es ist ihr Teppich und sie hat ihn nie abgeholt). Sie hat ihren lieben blauen Morgenrock an, genau wie vor einem Jahr, wie leicht uns die Zeit damals wurde (wieso denn leicht? das sagt sich jetzt so), und alle Schallplatten um sich her ausgebreitet. Tief atmen. Eine andere Stille, wenn du sie erkennst, viel Himmel, vorm Fenster mein Baum. Go tell it on the mountain. Mitten in der Zeit: sie wäre wirklich gekommen.

Doch genauso auf jedem Heimweg ermüdend die ewige Zwangsvorstellung, daß das Haus nicht mehr steht oder sang- und klanglos unauffindbar. Die Schergen sitzen um meinen Tisch, sie haben es sich bequem gemacht und erwarten mich schon: nächstes Mal. Noch nie ist ihm die Wohnung so still vorgekommen: Wolken trieben hindurch. Ich fühlte mich verlassen, als ob ich schon gar nicht mehr auf der Welt sei. Was kann sie denn kosten, so eine Rettung? Es ist keinem was passiert, Protokoll liegt vor, und das gerichtliche Nachspiel steht noch aus. Den Richter fragen, weshalb er so sicher sein kann, daß das kein Traum, wer hier eigentlich wen träumt, zum Teufel? Nehmen Sie *das* zu den Akten! Wer weiß, das kann dauern (wie eh und je).

Am Paulsplatz die ganze Nacht die aufgeschreckten Tauben vorm Fenster; die Sylvesternacht. Nachher die Reste der guten Wünsche, Knallkörper, Leuchtraketen und Prophezeiungen, Dreck, Abfall, Scherben und Aberglaube, ein zertretener Regenbogen aus buntem Papier. Und bis weit ins neue Jahr hinein sein zähes öffentliches Siechtum unter den zahllosen Blicken und Schritten der vielköpfigen Menge jeden Tag. Haufen Volks, wohin gehen sie? Zweitausend Jahre Abendland und was für ein Geschrei alle Abende, bloß damit man die Stille nicht hört.

Endlich heimfinden. War nicht erst kürzlich ein Aufruf ergangen, daß sie alle sollten gezählet werden? Ein ehrgeiziger Wahlbeamter namens Herr Rodes, ich hatte das wohl aus der Zeitung. Doch konnte es wirklich an dieser simplen Konstellation von Ampeln, Kreuzungen, Tageszeiten, Erinnerungen und Haltestellen liegen, daß mir die Passanten gerade hier immer wie geschlagene Heerscharen vorkamen? Ob sie das wissen oder nicht, müde verlorene Engel, irgend bedeutsames Fußvolk der Geschichte. Um gewesen zu sein und vergessen zu werden. Ort und Zeit austauschbar, wir sind die ahnungslosen Augenzeugen.

Ein wichtiger städtischer Knotenpunkt. In diesem Land sollst du alt werden? Nachts liegen wir in den Betten und warten zähneknirschend auf die Ankunft der Revolution. Wieder kein Wort davon im Wetterbericht. Schnee, Matsch, Tauwetter, stumpfe Winterhimmel, sooft ich (wie auf einem anderen Stern, Lichtjahre weit entfernt; Kopf voll Zeitungen Ziffern Fernschreiben Drähten Plakatwänden Straßenbahnen, ein Feldweg, Glastüren, Fahrstühle, Digitaluhren, Stimmen, Tasten, Lichtsignale, wo Gestern, ein Glöckchen das immerfort bimmelt, Dienstag, Freitag, das Datum, Himmel mit Daten besudelt wie eine hoffnungslos falsch begonnene Seite in einem Hauptbuch das dich nichts angeht: Jeder hat unflätig drin herumgeschmiert und – wie heißt denn die Firma, das Universum, das hiesige Jahr? – ausgerechnet ich soll das jetzt augenblicklich in Ordnung bringen, aber geändert darf angeblich auch nichts werden), sooft ich über den Platz ging, mittags, nachmittags, mit bleischweren Gedanken und Gliedern. Zukunft, hast du gedacht. Diese mickrigen Bäumchen, erst kürzlich von Amts wegen angekarrt, eingegraben, teils noch verpackt, und mit Draht an die vorgesetzten Pfähle gefesselt, frierend, reckten wie Bettler die Arme. Standen in regelmäßigen Abständen wie gekreuzigt da, angsterstarrt. Gegen Morgen, da ist ein eisiger Regen gefallen.

Die Menge, die Tauben und ein schäbiger alter Mann der gebückt zwischen ihnen umherhinkt, verstört. Wohl nicht ganz bei Trost. Und auf eigene Faust (unbefugt) Abfall aufsammelt, schimpfend, ungeschickt, der liebe Gott, der es allein auch nicht mehr schafft. Überall Dreck und Unordnung. *Die* Verantwortung alle Tage, um Alles soll er sich kümmern und kein Dank sowieso nicht. Außer mir hat ihn keiner gesehn!

IX

Wie, das soll jetzt ein Januar sein? Bleich und hinfällig wie Gehenkte schleppen sich die Tage vorbei, blind und stumm. Oder bist du das, der sich dahinschleppt mit letzter Kraft und sie haben sich aufgestellt da am Wegrand, in einer langen Reihe, Enthauptete, jeder seinen Kopf unterm Arm, trübsinnig gaffend? Oder wer hat sie aufgestellt?

Es ist eine menschenleere Seitenstraße, durch die du gehst (was denn suchen?) und hinter dir in der Stille fangen die Häuser nacheinander zu husten an, ganz deutlich: kche-kchee! Sooft du dich umdrehst, noch ihr Keuchen im Ohr, halten sie mühsam die Luft an. Wie sollst du dir das erklären? Als ob du die Straße von früher her kennst, aber aus einer anderen Stadt, einem fremden Leben. Oder im welchem eindringlich vergessenen Buch willst du diese altmodische Fotografie, diesen langweiligen Kupferstich wann einst vor langer Zeit oder sogar erst kürzlich betreten haben?

Bis du dich, weit und breit der einzige Mensch, ohne Ansehen der Person zu fragen beginnst, als *wer* du hier eigentlich gehst: in diesem abgetragenen schwarzen Hinterbliebenenmantel, der muffig nach Weihrauch riecht, nach Tod und Verwesung, vielleicht mit Samtkragen? Und was ist das für eine schäbige Mappe, die du so sorglich an dich preßt, als sei dies dein Schicksal, dein Urteil? Graue Wollhandschuhe, die du nie zuvor an dir gesehen hast, Teufel auch. War mir nicht sogar, als ob ich einen Hut trüge, wie ein Verstorbener, wie auf Straßenbildern aus den Zwanziger Jahren ein ahnungsloser Passant, aber wer? Könnte es nicht in dem Buch vielleicht stehn, an das du dich jetzt nicht und nie mehr erinnerst? Gleich wirst du anfangen, dir einzureden, daß nicht die Häuser gehustet haben, woher denn, das warst du doch selbst, Bronchitis. Huste nur noch ein bißchen, getrost, es wird schon passen zu dieser schattenhaften Mantelgestalt.

Findest dich eine Treppe hinaufsteigen, immer müder, jedes Haus ist ein fremdes Haus. Jede Stufe knarrt anders und in jeder Kehre, auf jedem Treppenabsatz schwerer spürst du das Haus mit seinem ganzen Gewicht auf dir lasten. Wie lang noch? Gab es denn nicht eine Zeit, da hast du Treppen kaum wahrgenommen oder bloß als Vorfreude: gleichsam im Flug. Jetzt, kommt dir vor, sooft du dich wiederfindest, ist es hier auf der Treppe; winselt die Wasserleitung hinter der Wand, hechelt die Heizung, keucht der Kamin. Sind das die Steine und stöhnen so? Nur wenigstens nicht im Treppenhaus sterben! Schon am Mittag muß man alle Lampen anzünden und die Tage ersticken. Sooft du todmüde erwachst, ist es nur wie die Fortsetzung eines anderen öden unverständlichen Traums.

Du stehst am Ufer und das Eis wird nicht halten. Du stehst am Fenster und schon wieder die Nacht sinkt herab.

Du stehst auf der Brücke und fragst dich woher, wohin. Wie mein Herz klopft! Siehst die Schiffe, die Ufer, der Fluß wie aus Blei und dein Atem stockt. Als ob dich die Welt verläßt: schleppen Schiffe die Zeit, die geteilte Zeit mühsam den Fluß hinauf und hinab, treibt die Ferne, diesig und grau, immer weiter davon, ganz unwirklich schon und der Tag fing an zu *verflimmern*. Eine Art Sog, die Leere und dir ist, du müßtest die Zähne zusammenbeißen und fortan all deine Kraft aufwenden, nur damit, was du siehst, an Ort und Stelle wenigstens bleibt, wenigstens eine Weile noch an seinem Platz, statt verloren für immer.

Kommt ein Wind auf, schon die ersten Lichter am Ufer, der Fluß wird lebendig, kehrt um, der Wind kehrt zurück, ein jedes Ding erhält seinen wahren Namen zurück. Die Dächer glänzen, wie niedrig der Himmel zieht über den Häusern und Bäumen. Ist es denn nicht im Januar, daß ein Wind kommt und die erste Ahnung vom Tauwetter bringt? Daß wieder der uralte gute Geruch der Erde zurückkehrt, sogar jetzt noch, sogar noch bis in die verschütteten Städte hinein mit ihren wenigen ausgemessenen Vorgärten, bis heute. Wir hätten die Erde nie aufgeben dürfen.

Wie es jeden Tag eher hell wird, das merkst du jetzt endlich, und immer länger in den Abend hinein das Licht und dann dauert es noch eine Weile, bevor du drauf kommst: das sind doch Vogelstimmen vorm Fenster und nicht nur in deinem Gedächtnis. Kein Radar, kein Rad im Getriebe, kein ausgeleiertes Tonband beim Vor- und Zurückspulen, Amseln sind das und Spatzen.

Das war doch im Januar, wie einer anner Tankstelle gearbeitet hat, wie hieß der doch gleich? Und ist am Ende der langen Nacht immer zu Fuß in die Stadt zurück, immer froh für den weiten Weg, wenn der Tag anfängt. Bis er ankam, war es schon hell: kein Gedanke an Schlaf. Er war siebzehn, sein erster Winter in der Stadt. Wie stolz er war, daß er öffentlich frühstücken ging, jeden Tag;

Café Altmann, macht drei Mark und ein Weinbrand einszwanzig. Verblichene Plüschsessel, fünf Marmortischchen und die Spiegel mit Goldrahmen, aber wie soll man, selbst Tankwart und Dichter, die ausgemergelte Frau mit dem weißen Schürzchen beschreiben, die dazwischen, Verzehr deklamierend, pausenlos alle ihre Tage verschreitet? Vergiß hier deine wichtigen Zettel nicht! Mit dreiundfünfzig Leuten gesprochen seit gestern Abend, nicht jeder verdient sein Geld in der Nacht, und wo sind sie jetzt?

Das Gedicht ist fast fertig, für jede Nacht eins. Man kann Schreibmaschinen mieten, DM 15,50 im Monat; dein Geld kriegst du jeden zweiten Freitag. Wenn du einen Brief schreibst, wird er achtzig Seiten lang und du schickst ihn in Fortsetzungen. Nach zwanzig Jahren liest du ihn wieder. Wieso denn müde, wie denn jemals genug kriegen, die ganze Welt kannst du tragen, leicht oder nicht. Das bin doch ich selbst gewesen!

Überleben. Ein stiller gelber Rauhreifmorgen, noch früh, wenn er sich daranmacht, in einem fremden (schweigenden) Hof die verhexten Mülltonnen der Reihe nach zu durchsuchen. Kam eben die menschenleere Straße herab im kalten Licht; jeder Laut, isoliert, klingt meilenweit in die Ferne. Niemand weiß, wo er die Nacht verbracht hat. Alles so eisig und starr, mein Herz blutet und die Welt hat (über Nacht ist ein neuer Tag geworden) eine schimmernde Rüstung angelegt; alle Feuer sind ausgegangen und vielleicht bist du der letzte Überlebende.

Murmelnd klappt er die Deckel hoch (sind so eisig, daß seine Finger fast kleben dran bleiben) und fängt an, geistesabwesend und pedantisch, einer der mit dem neuen Tag wie gehabt wieder seine langweilige allzubekannte Pflicht, ich habs satt und kein Ende, keine Erlösung in Sicht, schon jahrelang Winter. Von Rechts wegen. Geschwätz, Geschwätz, du kannst warten.

Eine Katze, die vor der Haustür sitzt, reglos, die Haustür ist zu. Sitzt und wartet, daß endlich der Tag ingang kommt, die tägliche Zeitung gebracht wird, Morgenmilch, frische Brötchen, ein neues Zeitalter. Wo er bloß bleibt, der Tag? Da sitzt sie und atmet geduldig kleine Hauchwölkchen in die meilenweite frostige Frühstille. Du kannst wohl nicht rein? Sie hat sich maunzend an seinem Schienbein gerieben, damit er weiß, sie hat ihn zur Kenntnis genommen; er ist der einzige Mensch weit und breit. Eine gestreifte Hauskatze, die sich langweilt, aber auf Abstand, und will das nicht zugeben. Er sagte Kätzchenkätzchen oder was ihm grad einfiel; die meisten Wörter hat er längst für immer vergessen. Wir sind die letzten zwo Lebewesen. Wie es nach Kälte und abgestandenem Rauch hier riecht, nebenan ein bankrottes Holzlager: =Joseph Thieringer's Söhne= (Familiengeschichten).

Wird immer kälter, beeil dich! Seine Tage jetzt, die sich gleichen, wie hier diese schäbigen Mülltonnen, mach die Deckel auf. Und stehen in einer krummen Reihe vor der Ziegelmauer, die aussieht wie abgebrannt. Und sind, wie die Stille hier, wie diese trostlosen Höfe voll mit Gerümpel und altem Schnee, nix als Unrat und Dreck, diese Höfe nebeneinander und hintereinander: sie stellen sich in deinem Gedächtnis auf, sie richten sich auf, als ob sie anstelle des Himmels dir von oben ins Fenster hingen und in dein Gemüt hinein, schwer, so belauern sie dich.

Und wie denn nach Jahren begreifen, daß du damals nicht aus dem Fenster gesprungen bist (genügt es doch, nur wie probeweise ganz leicht das Gewicht zu verlagern). Oder bist du und stürzst seither eine halbe Ewigkeit schon auf so einen Hof zu und die Zeit stürzt vorbei und du kannst sie nicht halten?

Und sind, seine Tage, wie dieses morsche Abbruchholz, aufgestapelt und zu nix mehr je zu gebrauchen. Herrgott, das soll eine Zeit sein! Von Rechts wegen alles kaputtschlagen und dann sich trösten lassen, untröstlich. Vergiß nicht die Katze! Er wirft ihr, zerstreut wie ein abergläubischer Kartenspieler der sich ganz auf Spielverlauf und Gewinn konzentriert, nasse Füße, und an den Einsatz nicht denken mag (egal, welche Währung da auf dem Tisch liegt, spielst ja immer um deine dreckige alte Seele), wirft ihr fahrig irgendwas hin, ihren abgegriffenen Anteil, ohne groß drauf zu achten, was es grad ist. Ein versteinerter Schuh, bleischwer, eine leere Konservendose aus Silber, ein Türgriff als Amulett. Weil die Tür zu ist und du kannst jetzt nicht rein. Brotkrusten, Brotkrusten, hier so ein löchriger Lappen, die Zeitung von gestern, ein Puppenschuh, nimm!

Kann sein, in seinem zerstörten Gedächtnis (ein schmieriger, löchriger Lappen in dem du die ganze Welt drin einwickeln kannst) bei jedem Gegenstand die vage wortlose Erinnerung an sein früheres Leben, Namen, Gesten, zehntausend Frühstücke in warmen belebten Wohnungen, sooft der Tag anfing, immer neu. Und die ganze bekannte Welt, atmend, ausgebreitet vor seinem Morgenfenster. Und Licht, Wärme, viele Stimmen, alle Menschen die in seinem Leben einst wohnten, einen Platz, einen Namen hatten, ohne Unterlaß ein- und ausgingen wie Familienmitglieder in einem offenen Haus, das der angestammte Mittelpunkt ihres Daseins – und jetzt ist es so fern, wie die begrabene Erinnerung an eine Kindheit auf einem anderen Stern: wir werden nicht wiederkehren.

Er und die Katze, ich kann dir auch nicht helfen kannst du mir auch nicht. Zwischendurch zeitweilig vergaß er sie wieder. Beide mit ihren eigenen Angelegenheiten beschäftigt, jeder für sich, wir kennen uns kaum und es ist noch früh (die Katze hat eben gegähnt). Selbstgespräche. Überall Rauhreif, Hinterhöfe, die Stille. Wem denn noch trauen? Er hebt den Kopf, er hat allen Mut verloren und traut nicht einmal mehr sich selbst. Vielleicht daß mehrere solche Morgen, immer der gleiche Moment, für ihn als ein einziger wiederkehren: im Januar, eine zeitlose Ewigkeit, da du fällst, in Bruchteilen von Sekunden, ein zerbrochener Spiegel, falls er da nicht überhaupt längst schon tot war – wo suchen?

Er ist verschollen, zeit- und weglos in der endlosen steinernen Stadt, die ihm mehr und mehr zum Albtraum jetzt wird, Irrgarten, Untergrund, eine Heimsuchung. Und er hat Gedächtnis, Verstand, Zeitgefühl, Wirklichkeit und die meisten Wörter längst für immer verloren. Seine unzugängliche Vergangenheit, Lichtjahre weit entfernt.

Im kalten Licht des Morgens, nur ein Blick – das Grauen! Wie er sich eben gedankenlos bückt nach dem erstbesten Schund – hab ich nicht mein Leben lang die Schreie gehört? (Sprachlos, Lippen blutleer erstarrt, fielen ihm vollautomatisch seine sämtlichen restlichen Zähne klappernd auf einmal ausm Maul. Gleich seine emsige alte Stieftante, die Regenhexe, mit Schippe und Besen, ganz grau in grau, und kippt sie kundig in den Kohlenkasten beim Ofen, auch bloß wieder so ein müder Spuk letzte Nacht im Heizkeller von dem alten Hallenbad, jeder Schlaf eine Ohnmacht, ein tiefes Loch.)

Jäh sein Schreck, seine Angst, sein Entsetzen, als die Katze sich ihm wieder zuwandte. Wie in Zeitlupe, vor diesem riesigen blassen gelben Himmel, der der Anfang der Ewigkeit ist, ein Delirium. Grad noch hat er was vom Erdboden aufheben wollen, sich nehmen was vor seinen Füßen liegt (wo war ich denn da in Gedanken?), Einzelheiten sind nicht bekannt: da sitzt sie als Tiger vor ihm in der Luft. Panik befiel ihn, als der heiße trockene Raubtieratem, ein Delirium, jetzt ist es da, ihr *sichtbarer* Atem (das soll wie ein Zeitungsbericht gelesen werden, Wort für Wort, wie eine Reportage), sein vor Kälte erstarrtes Gesicht, seinen Hals, seine schutzlose Kehle traf (dpa). Wie denn noch schreien, zu wem? Gewaltig ihr offener Rachen, als sie den beginnenden Tag soeben vor seinen Augen verschlang (und unser diesbezügliches Farbfoto unter Lebensgefahr eine journalistische Meisterleistung): sie duckte und reckte sich, hob eine Tatze – wo ist der Tag geblieben? Meine Adler sind ausgeblieben. Kein Flügelrauschen läßt beben die Luft. Er hat gespürt, wie es kommt, aber jetzt und so schnell?

Am schlimmsten für ihn war ihr Blick, der allgegenwärtige Blick und die Panik die ihn befiel, als er diesem Blick, der wie eine Katastrophe über ihn hereinbrach, das Himmelsauge, nicht standzuhalten vermochte: jetzt nicht und nie mehr. Andernfalls wäre es für ihn nämlich nur eine Katze gewesen, wie vorher immer. Als Kind hat er sich lang ein Kätzchen gewünscht. Wie neugeboren, siehst dich schlafen selig da in der Wiege: dein erster, dein zweiter Sommer. Und bist es doch auch, der das schlafende Kindchen soll hüten. Und der Tiger, der in dir heraufwächst, an dem du erstickst, die Welt in dir drin und um dich herum, das bist du auch.

Seine Flucht, die ganze Zeit Winter, seine Erinnerung reicht nicht einmal mehr bis zum Beginn dieser Flucht zurück; wie hilflos wir sind. Weg und Ziel längst aus Augen und Gedächtnis, die meiste Zeit weißt du gar nicht, wovor du fliehst. Er sah sich davonrennen. Inzwischen ist der Tiger in Frankfurt am Main in seinem Gedächtnis (in dem alle Lichter ausgingen) einem wachsenden allgemeinen Entsetzen gewichen, von dem er glaubt, es nicht länger . . . – ich kann nicht mehr!

Leere Straßen, die einander ablösen und kein Ende nehmen. Atemlos, Zeit fliegt vorbei, ich fliehe noch immer. Hörst Züge fahren. Sind das Tage und Nächte, die du passierst, oder Jahre und Jahre die an dir vorbei, die hinter dir abstürzen: immer schneller vorbei. Die Autos in Viererreihen, wo fahren sie alle hin und ich nicht? Die rotroten Rücklichter, viele, verglimmend im kalten Licht (immer bleibst du zurück), sind ein letzter Gruß. Wohin? Die Straßenbahnen fahren ohne dich ab. Wohin gehen wir? Er hat immer noch nicht die Mitte des Flusses erreicht.

Als er viel später todmüde und erschöpft endlich zu sich kam, sich gleichsam einholte an der nächsten Kreuzung, mühsam atmend, Nadeln aus Eis in den Lungen, am Ende von was? Gegenüber ein Häuschen, eine Würstchenbude, ein Kiosk vor dem, obwohl es saukalt ist, paar Kumpels in Hemdsärmeln rumstehn und diskutierend Flaschenbier trinken: da endlich fand er sich wieder, ein beinah tröstliches Bild, so vertraut, als ob es – wie durch ein umgekehrtes Fernrohr, klein und fern und ganz deutlich – seiner eigenen Vergangenheit angehört, die verschüttet ist. Als ob sie ihm winken, du winkst dir selbst: du stehst dort bei den andern, bloß erkennst dich nicht gleich, die Entfernung. In Gedanken noch einmal kippt er alle Gläser und Flaschen seines Lebens in sich hinein: das viele Bier und den teuren und den billigen Wein und all den brennenden Fusel zur rechten Zeit, nicht zu zählen. Wie wenn du einen Abendhimmel sollst leersaufen, so säufst du die Jahre weg und dann steigen sie hoch und du säufst sie wieder und immer nochmal. Und lebst immer noch, siehst du, sie winken.

Da stand eine schäbige bleiche Wintersonne am Himmel, wie eine Silbermünze verglühend, hoch und fern. Und der Tag, kaum begonnen, fing schon wieder an zu vergilben: an den Rändern zuerst.

Direkt daneben eine gigantische Baustelle zwecks Erstellung von achttausend Tiefgaragen, Pazifik-Hallenbad, Millionärssauna, Palmenstrand-Solarium, Recreation-Center. Ab morgen. Schon jetzt. Supermarkt, Shopping-Festival, zweihundertvierundzwanzig bestsortierte Musterläden im kreisförmigen Erdgeschoß: Einkaufsberatung per Kopfhörer.

Wir wollen, daß Sie mehr aus Ihren Bedürfnissen machen. Luxusqualität, bei uns werden Ihre Wünsche zu Ansprüchen, Kolosseum GmbH & Co. KG. Industrieberatung, Kongress- und Marketing-Service, Bank-, Versicherungs-, Fluglinienrepräsentanzen, internationale Reisebüros im ersten Stock, der allein fünf Etagen umfaßt, mit Rolltreppen, Lichtzauber, Kameratüren, Wandhydraulik und rollenden Teppichen, totalautomatisch. Coiffeur- und Massagesalons, Diskretion garantiert, Schönheitsköniginnen, Modelle, Hostessen über Hausruf, fünf Galerien, Schmuck, Folklore, Boutiquen, knallbunte Freizeitparadiese für jeden Geldbeutel und Geschmack, auch pathologisch. Alle Kreditkarten. Diskretion Ehrensache, nur immer schön der Reihe nach, sogar Minister als Kunden, sogar Kardinäle.

Achtzig elektronische Blitzfahrstühle in Reih und Glied, vierzig diplomierte Diplomhausmeister, mehrere pikfeine Generalkonsulate, soundsoviele zahllose Arzt- und Rechtsanwaltpraxen, voll abzugsfähig, perfekt numeriert, teils noch disponibel. Die

Klimaanlage, entwickelt im US-Raumfahrtzentrum, von Astronauten getestet. Dreihundertzwölf einmalige Jet-Set-Appartements auf Mietkaufbasis. Informieren Sie sich: Ihr Bankkonto ist uns heilig. Obendrauf nochmal sechzig Penthäuser in gehobener himmlischer Einsamkeit.*

Kommunikationsinstitut, alle Therapietechniken integriert, privater Wach- und Sicherheitsdienst mit MP's, Flammenwerfern, Bluthunden, Sprechfunk und zwei Stück Verbandskästchen. In jedem Block eine BKA-Filiale, künftig *die* City-Adresse! Atommüllschlucker, Kernkraftkrematorium, Haussender, Videothek, Vierundzwanzig-Stunden-Service, Kinderdepot, Hubschrauberlandeplatz, Haustierparadies, hauseigenes Elektronengehirn, eine Welt für sich, der ganze Bau ein funktionsgerecht-formschöner Wohn-Wunsch-Freizeitcomputer der Ihnen fortan jede Mühe und Sorge abnimmt, Entwurf preisgekrönt, bezugsfertig dann und dann, das ist die neue Zeit – gibts denn hier KEINEN NOTAUSGANG?

Hier kam er erschöpft wieder zu sich, gottlob ist der Turm noch nicht fertig. Manchmal mittendrin macht die Gesellschaft rechtzeitig pleite, Sprachschwierigkeiten. Zurückfindend: hört einen Zug fahren wie einmal als Kind, mir ist kalt, und verbrachte den Tag, den Rest seines Lebens (falls man das noch so nennen kann, kaum noch Wörter), in einer nahegelegenen städtischen Wärmehalle. Die fand er durch Zufall, dank Hinweisschild oder weil er sich von früher her halbwegs mechanisch erinnert im rechten Moment und ist einfach drauf angewiesen: erschöpft, hilflos, ein Instinkt der ihm früher wohl abging; jetzt ist jede Straßenkreuzung ein Hinterhalt. Wird sich schon dennoch sein Bier und-n Korn zu besorgen gewußt haben, noch eins, noch einen. Wieviel kost ein Flachmann? Lieber Wodka, lieber gleich billigen Rum, gehst du und klaust ihn dir schlau beim Latscha, im nächsten Super HL.

Und so immer weiter, dem Abend zu. In diesem Land sollst du alt werden.

Städtische Wärmehalle, sitzt er wortlos und verstört als ehemaliger oder Nebenmensch gottseidank in der Ecke. Holzbänke, Stüh-

* Meine Adler sind ausgeblieben. Was dein ehemaliger lieber Gott, auch nicht mehr der jüngste und schon recht wunderlich mit den Jahren, kann sein, daß er säuft, kein Wunder, hat sich neulich vergeblich ein Herz gefaßt und als Hilfsheizer hier beworben – „Sie hörn dann noch schriftlich von uns!"

le, Tische (Tisch braucht er keinen); kahle Wände, weiß getüncht. Goldene Worte an allen vier Wänden und eingerahmte Verbotstafeln: es ist verboten, auf den Boden zu spucken (ist fast überall verboten).

Gutgeheizt, ich bin das Licht und das Leben undsoweiter. Aber auch keine Spucknäpfe. Falls eine Uhr an der Wand hängt, kann sein ohne Zeiger, kann er sie von seinem Platz aus so oder so nicht sehn: ich bin eine Sanduhr die ausrinnt. An solchen Orten erfaßt du zum erstenmal, was die monströse heilige Dreifaltigkeit, was sie denn eigentlich soll (ein Trugschluß) und wie sie zustandekam, in Gottes Namen. Der gleiche, der auch keine Uhr hat und die Ewigkeit ist vor seinem Angesicht nur wie ein einziger Augenblick. Das Universum ist seine Uhr und ihr sollt nun nicht länger säumen.

An solchen Orten gestrandet, auch wenn du deinen Namen vergessen hast, verbringst du Stunden und Stunden damit, die Zeit hast du mitgebracht, drüber nachzudenken, wonach es hier denn eigentlich riecht: das *ist* nicht geheuer. Oder (befangen), woran noch schlimmeres dieser Geruch dich erinnert. Entgeistert, wie mit kaltem Rauch aufgeblasen sitzt ihr und sitzet: ein jeder neben sich selbst, ein jeder zu seiner Linken. Nur immer schön der Reihe nach, Gott sieht zu! Gehässig schweigen die Wände dich an. Ganz für sich saß er da, verzagt und verloren (sowieso ohne Namen, Zukunft und Wiederkehr). Stundenlang, todmüde, die Arme bleischwer auf die Knie gestützt. Kaum daß er seine christliche Umgebung überhaupt wahrnimmt oder höchstens zeitweilig dumpf und grell Einzelheiten, scheint er versunken nach innen zu lauschen, nach innen. Doch nicht wieviele Winter denn schon? Schrickt auf, schreckt empor, was kann er schon faseln? Sie lassen dich nicht! Zitternd, was habt ihr mir angetan, was hab ich getan? Keine Erlösung in der ausgebreiteten Zeit. Heim in die Lager, in die Armenhäuser und Elendsspitäler, zurück in den engen feuchten Verschlag mit den schwitzenden Bretterwänden, das ist deine Kiste. Wo im Fieber im trüben Licht immerfort flüsternd die Zeit vergeht und lautlos das Leben, hier bist du registriert.

Du mußt lernen, zurückzukehren, zu wohnen in dort deinem armen geschundenen Körper: die Arme kreuzen. Streicheln, das sagt sich so leicht, mit beiden Händen jetzt auf und ab über Schultern und Brust, meine traurigen Knochen. Jetzt wieder, genauso und dazu noch atmen, du wirst es schon lernen oder den Abschied, ein anderes. Er friert, er friert sich zu Tode. Jaja, die öffentlichen Wärmehallen hierzulande die gibt es, sind selbstredend gutgeheizt, besonders im Winter, niemand zweifelt daran. Wieso denn nicht Grabeswärme, wieviel solche Tage und Gruften willst du noch überleben und dann? Wie aufmunternd frisch es hier allzeit nach Tod und Desinfektionsmitteln riecht: Sauberkeit nicht zu vergessen.

An den Nebentischen, wir sitzen alle an Nebentischen und frieren und schwitzen und lassen stieren Blicks, Ellbogen aufgestützt, die Zeit pflichtbewußt und geruhsam, ja direkt kundig vergehn. Jeder hat seinen Tod, aber bloß nicht sich anstecken. Hauptsache, man ist ein Mensch, das ist doch die Hauptsache. Alles ist längst gesagt, glatt vergessen, die Stille in Kisten verpackt. Kann man sich endlich räuspern und räuspern, in aller Ausführlichkeit, in die belegte Zukunft hinein; vielleicht nächstes Mal. Vielleicht soll ich anfangen, ein tiefes Loch graben, hat Gott mich gerufen? Denk dir Antworten aus. Sich darin zu üben, starrt er stundenlang geistesgestört beiseite und hat unter uns gewohnt. Noch nie im Leben ein Paar warme Handschuhe gefunden. Fixiert seine Wahnvorstellungen, sieht Gespenster, schneidet Grimassen am laufenden Band. Übungshalber. Mich verkriechen, ein tiefes Loch graben. Von Zeit zu Zeit aufblicken (dabei jedesmal jemand anders sein): nicht wenn einer kommt oder geht oder weil sich was rührt. Sondern: sondern einer, der sich seine eigenen Nachtmahren und Gespenster hat mitgebracht. „Sie werden dann aufgerufen, wir melden uns schon." Leben, eine öffentliche Zwangshandlung, eine gutgeheizte konzessionierte Wärmehalle, weißgetüncht, in der er zwischen seinen unterschiedlichen Wahnvorstellungen frierend dahindämmert; warum nicht als nützliche Verkehrsampel? Zum stundenlangen Verdämmern des immer gleichen Winternachmittags, während die Sonne, eine kalte quecksilberbleiche Wintersonne in seinem Gedächtnis sich jetzt immer weiter entfernt. Damit die Katastrophe endlich eine allgemein-allgegenwärtig-universelle, nur das Datum gilt es noch zu bestimmen.

Entfernungen abschätzen: es gibt nur noch den einen einzigen (allseitigen) Abstand, der ihn jetzt beständig umgibt und begleitet, eine allgegenwärtige metaphysische Kälte, die wächst.

Aber auch den rüstigen alten Parkwächter wollen wir nicht vergessen. Bei schlechtem Wetter verbringt er hier regelmäßig seine kurzen seligen Mittagspausen, meistens Quarkbrot, im Sommer mit

Schnittlauch. Sonst immer Schmalzstullen, ab und an eine schmackhafte Zwiebel. Jeden Tag in aller Frühe schon macht er sich auf den Weg. Er heißt Strelitz, er ist aus Neubrandenburg, Rentner.

Bald wird er achtzig und bewacht noch täglich, auch sonntags den Park: auf eigene Faust und aus Idealismus, egal was für Wetter. Auch die Bergwerkslaterne, die Klapphellebarde und sein Dienstkontrollbuch hat er sich selbst gekauft: auf eigene Kosten. Erstmal abwarten, derzeit ja noch ist es bloß lediglich die mickrige Körnerwiese, der er alle Tage gewissenhaft vorsteht. Aber bei Bewährung und wenn nix dazwischenkommt, wenn nur ja nix passiert, Herrgott im Himmel! wird er sich bald in den Rothschild- und wenn er bloß gesund bleibt und alt genug wird, zuguterletzt gar noch in den prächtigen Grüneburgpark versetzen.

Allein nur zu denken, was er da alles unter sich hat: das Gras und die Bäume, die Vögel am Himmel. Exterritorial der Wind kommt und geht.

Und die Kontrolle über die Wege: daß sie auch da sind und anwesend, ein jeder Weg an seinem Platz, und gewissenhaft ableisten ihren öffentlichen Dienst. Und daß, von hellblauer Ferne verlockt, es gibt solche Tage, nur ja kein Weg uns davonläuft, womöglich für immer.

Im Dienst ja nicht, aber für den weiten Hin- und Rückweg zu Fuß hat er immer den Regenschirm dabei. Noch von seiner lieben alten Elise, die durfte bloß zweiundsiebzig werden, doch *wir sprechen immer noch jeden Tag miteinander.*

X

Laß dir Zeit, das sind bloß Gespenster, Scheintote und erschöpfte gestrige Zeitungen, die da überall rumliegen.

Hier sitzen wir, siehst du, in so einer elenden Randkneipe hinterm Bahndamm: Jesus Christ, wie das Licht *zittert* und schon wieder ein Abend, der überläuft und tosend ertrinkt im Lärm zwischen trüben Spiegeln. Die Ungeheuer hinter der Glasscheibe. Jeder will noch ein Glas, hat längst zuviel und wird nie genug kriegen; die erstbeste profane Vorhölle (das Wort gemütlich gibt es nur auf deutsch).

Und da in der Ecke beim Ofen, da abseits auf seiner Bank sitzt müde ein alter Mann und hat scheints die Sprache verloren und hat eine Geschichte zu erzählen. Ganz für sich sitzt er da, ganz und gar in sich und sein langes inneres Schweigen versunken. Als lausche er, zwischen all den Stimmen, auf das nahezu unhörbare Ticken einer Uhr tief drinnen in seinem Magen. Eine altmodische Taschenuhr aus Reval oder Sankt Petersburg 1892, mit feiner, vielfach verschnörkelter Zeichnung der Ziffern und reich ziseliertem Silberdekkel. Es ist die Sonntagsuhr seines toten (verschollenen) Vaters, die er nach seiner gewohnten Morgentoilette im Bahnhofspissoir andächtig-geistesabwesend verschluckt hat, im Stehn, so ein trauriger alter Penner. Seht her, ein geheimnisvolles Lebewesen, das (hört nur!) die einmalige Fähigkeit besitzt, sich jederzeit in seine eigenen verzweigten Eingeweide zurückziehen zu können, überdies Zeitgenosse.

Und sitzt da und schweigt, da beim Ofen, und wenn du dich zu ihm setzt, warum nicht, noch zwo doppelte Klare, wird er dir (wer du bist, danach fragt er nicht; was soll er sich denn groß wundern, woher du kommst und warum) von seinem früheren Leben in Minsk oder Tula erzählen, oder in Tartu oder. Einst wird kommen der Tag! Er lächelt versonnen, spuckt nachdrücklich in den reinen weissen Sand zu seinen Füßen: da liegt sein Bündel Notbehelf, die Bombe und ein wunderliches kleines verlebtes Leben in den zeitfernen Hinterhöfen, Ghettos und Küchengärten von Krakau, Kiew, Smolensk. Vergangenheit, ein Leben, das es (such wo du willst, mit trüben Augen nickt er dir zu) zweifellos jetzt nicht mehr gibt, nirgends.

Wie denn anfangen? Vor lauter Erzählen kommt er gar nicht zu seiner Geschichte.

In Orjol also, da ist eine Tante von ihm Herrschaftsköchin gewesen; du nickst. Sie war ledig ihr Leben lang, nämlich die älteste Schwester von seinem Vater. Wie er ist vierzehn geworden (daß du ihn nur ja auch richtig verstehst, jetzt meint er sich selbst), da hat sie ihm also bei einem alten jüdischen Uniform- und Zivilschneider einen feinen schwarzen Tuchanzug machen lassen, nach Herrschaftsart. Er hebt den Zeigefinger, nickt, sieht dich eindringlich an: damit du weißt, was das heißt. Ihr habt euch Zigaretten angezündet; die Gicht hat er auch. Aber Betschwester ist sie keine gewesen, woher denn? Sie hat sich mit ihren Ersparnissen eine Garküche für Kutscher in Kursk oder Kaunas gekauft, ein respektables Speisehaus, Souterrain (jeder hat eine Tante in Kursk).

Was aber sein armer Vater, ja also, in Lublin, in Shitomir, wo er ein gewissenhafter selbständiger Tischlermeister ist gewesen, Jahrzehnte, da hat ihn jeder gekannt. Gottesfürchtig, zufrieden und geachtet, so hat er sich selbst auch gekannt und dachte, daß er seinen Platz hat im Leben. Doch mußte sich, weil die Zeiten sind wie eh und je immer schlechter geworden, im Alter nochmal nach Brjansk als Geselle verdingen, eine Schande für ihn; bald siebzig Jahre ist das jetzt her. Der Lohn soll sogar gut gewesen sein, nicht gar zu schlecht jedenfalls, betrogen wirst du ja immer. Doch sein Vater war alt und enttäuscht und verwand es nie: seine Abreise glich einer Flucht.

Weil er die Hoffnung bis zuletzt nicht hat aufgeben können, vermochte es nicht, sind Schulden und Elend, die Schande in seinem Kopf am Ende nur umso größer. Kein Wunder. Er nahm sein eigenes Werkzeug mit, das zumindest, das hat er sich 1882 gegen Vorkasse aus dem Königreich England kommen lassen. Mehr ist ihm nicht geblieben. Sein Aufbruch fand selbstredend abends statt, im April, im Regen. Alle Wege und Straßen versanken jeden wiederkehrenden Herbst und neuen Vorfrühling Gottes, der allgegenwärtigen Obrigkeit zum Trotz, für Wochen und Wochen in Dreck und Morast.

Das muß im Jahr zweiundneunzig, er macht die Augen zu, rechnet nach (in seinen Ohren die Stille fing an zu singen, ein Ozean), muß das gewesen sein. Oder neunzehnhundert-undzwei. Da bin ich, der alte Mann, noch ein kleiner Bub gewesen, er nickt und weiß und kann es kaum fassen, so war das. Nach dem Zusammenbruch oder wie sie die familiäre Katastrophe unter sich nannten (man darf die Hoffnung nicht aufgeben), behielten sie nur das Hinterzimmer und die zugehörige Kammer, seine Mutter und er, und verblieben einstweilen: auf Gott vertrauen, ein Untergrundleben. Der Vater wird sie nachkommen lassen, sobald es geht, das steht fest, das war ausgemacht: sobald er sich erst wieder qualifiziert hätte – keine Angst, das dauert nicht lang!

Doch als alter Mann, nicht durch Leichtsinn und Neigung, sondern durch ein unbegreifliches Verhängnis, so kam es ihm vor, in den lockeren bitteren Stand seiner Jugend und Wandergesellenzeit zurückgeschmissen, Gott hat mich angerempelt und von sich gestoßen! Wieder auf sich gestellt und allein in der fremden Stadt, ich bin Bankrotteur (fromm ist er auch noch geworden auf seine alten Tage, kein Wunder im Unglück): das hat ihn umgehauen. Sodaß sein eigener lebenslanger Fleiß, sein Können, sein guter Wille ihm täglich unter den Händen zerrinnen, ein Unrecht und er kann es nicht ändern, noch hinnehmen: soll er denn umsonst gelebt haben? Hat er nicht gearbeitet und gearbeitet und versteht sich darauf – was soll das jetzt für eine neue Zeit sein? Bald wird er nur noch Kisten zusammennageln, bei jedem Hammerschlag das Gelächter des Teufels im Ohr. Spreu sind wir und machtlos gegen den Wind (wenigstens kann er sich mit der Bibel trösten).

Solang es ihm gut ging, blieb die Flasche oft sogar am Feiertag unangerührt im Schrank. Und jetzt? Wie Bettler kommen ihm die Tage daher, triefäugig, hinkend: geh in dich! Aus Not und Einsamkeit versucht er es den ledigen jungen Arbeitsburschen gleichzutun an Sorglosigkeit, er übertrifft sie noch. Ja Kameraden, doch ohne daß er wie sie seine Freude daran und Aussicht auf Leben und Zukunft, die hat er nicht; Verzweiflung wohin ich sehe. Noch ein Schluck aus der Flasche, jede Flasche hat ihre Zeit und die wird immer kürzer. Wie er ist angekommen, hat eine Flasche ihm noch für zwei Wochen gereicht, Sonntage eingerechnet. Und jetzt reicht sie kaum noch hinein in den heutigen trostlosen Nachmittag. Jeden Tag verstohlen ein Quantum mehr, um dieses Heute wenigstens zu überstehn. Er hadert mit Gott und der Werkbank die ihm nicht gehört, sie kennen ihn schon. Immer öfter macht er sich vor sich selbst und in den elenden Schenken zum Narren auf seine alten Tage, hielt Reden, predigt den erstaunten Huren und Säufern, daß er sein Schicksal erfahren hat; dann halts Maul. So höret, ihr Niedrigsten unter den Niedrigen; jetzt fängt er wieder an. Hier steh ich in eurer Mitte und sage umständlich mein armseliges Leben für euch auf, wie ein Gebet, wie vor Gott. So ein Niemand. Noch ein Jahr später reicht schon ein einziger Schnaps: er breitet die Arme aus und fliegt auf und davon.

Am Anfang sind es wenigstens nur die christlichen Feiertage gewesen, zur Ehre Gottes, und der verlorene Tag danach, aber jetzt? Ich kann fliegen, was folgt daraus? Immer älter und hinfälliger seine Reue, das bist du doch selbst. Andeutungen, Pläne, mit denen er großspurig geheimnisvoll herumfuchtelt, nur Geduld, eine kurze Weile noch und ihr werdet schon sehen! Immer mehr Morgen, da er sich beschmutzt in der Gosse wiederfindet (welche Gosse denn?), Reue, der besudelte Tag und jedesmal ist es das letzte Mal: und jedesmal fällt es ihm schwerer, nochmal wieder hochzukommen aus dem Dreck, Auferstehungen, immer mehr Dreck, sauf das alles in dich hinein.

Seine Vorsätze stets die gleichen, bloß daß sie jetzt wie die Wolken da droben, so fern, wundersam immer weiter davonsegeln – Gott hat es nicht gewollt. Dann Elend, Krankheit, hundert Vorzeichen, die Nieren oder mit was es anfing bei ihm; hört er nicht auch schon Stimmen? Vielleicht Schwindsucht im Zarenreich; dann noch zweimal hintereinander bringt er es wirklich fertig und schickt seinen Lohn, das Geld in der Tüte, viel ist es nicht, Ihr Lieben, was ich jetzt für Euch tun kann, Gott mit Euch! Fromme Briefe, in denen er sich der Haltlosigkeit anklagte, erbittert, daß ich das auf meine alten Tage noch mit mir muß erleben! Seine schriftliche Reue, das himmlische Erbarmen unauffindbar wie der irdische Mantel des Dichters (aber daß etwas nicht da ist und wir es vermissen, ist das etwa kein Beweis?). Und am Ende vier Seiten lang für und wider zitiert er die Bibel, Drohungen und Verheißungen, sorgfältig numeriert. In der gleichen akkuraten winzigen Holzschnitzerhandschrift, mit der er viele friedliche Samstagabende einst am Küchentisch (erst wird der Tisch abgeräumt, abgewischt und mehrfach zurechtgerückt, dann die Lampe geputzt und geputzt, in aller Ruhe, wem fiele denn nicht ein, dabei vor sich hinzusummen, der Docht gestutzt, heruntergezogen und hochgeschraubt) geduldig die Rechnungen für die vollbrachte Woche ausgestellt hat, in seinem früheren Leben und ich wärme mich heut noch daran. Und jetzt? Herrgott, was jetzt noch, was willst du von mir?

Dieser Brief, direkt schon ein kleines Päckchen, als ob er sich zuletzt noch fleißig sein eigenes Grab damit schaufeln hat wollen, soviel Dreck, Arbeit, fromme Sprüche, Bitternis, Demut, Verzweiflung sind darin ausgegraben und aufgeschüttet und angehäuft, kam viel später erst, schmierig und verknittert: er muß ihn von Suff zu Suff mit sich herumgetragen und immer wieder gelesen und nachgerechnet (ganze Abschnitte sind völlig unverständlich und in mehrerlei Hinblick zu lesen; wenn eine Seite voll war und überlief, hat er sie flugs auf den Kopf gestellt und zwischen den Zeilen nochmal in Gegenrichtung bekritzelt, ohne zu zögern; genauso die zerzausten Girlanden Rand für Rand und die Springflut der Rückseiten) und immer nochmal immer noch was dazu getrunken und geschrieben und getrunken haben, wochenlang; man muß lernen, im Dreck zu leben.

Beschwörungen, vom baldigen Nachkommen kann längst keine Rede mehr sein, nicht in diesem Leben. Von den Tauben seiner Hoffnung ist nicht eine zurückgekehrt.

Dann wieder ein Brief, eine windschief hingehetzte Nachricht, die Botschaft, daß er den langen letzten Brief in seinem baldigen nächsten Brief noch ganz genau wird erklären: kein Wort war umsonst, erst jetzt geht sein Sinn mir auf und wird von Tag zu Tag wahrer. Mit jedem Schritt den ich tue, in Gedanken immer bei Euch. Schon fängt es zu tauen an, bald sind die großen Fasten vorbei. Dann meine Lieben, werdet Ihr mich und alles verstehen, habt Vertrauen, sind es doch Gottes Wege, wenn auch in der Fremde, Sein Heiliger Wille mit dem ich bin alle Tage und einhergehe (ER wird uns schon heraushelfen). Die Buchstaben wie Schreie, verstört: taumeln, winden sich, sie halten nicht stand, stürzen ab, sichtbare Zeichen eines heftigen Sturms, der da auf dem bescheiden linierten Papier tobt – die Stille aber ist unsichtbar. Wie der Wind durch die Pfützen fegt, in aller Frühe; noch finster.

Dann wieder lange Zeit hören sie nichts von ihm, dann war er woanders, dann: in welcher Gosse, das wissen wir nicht; hat er sich wieder auf den Weg begeben und wohin? War es auf der Poststation, auf der Straße zur Poststation, Gottes Erdboden, welche Station denn? Ist der Teufel zu früh gekommen, wie er noch hastig seine letzte Kiste zusammennageln will, nur schnell schnell, hier in dem zugigen engen Verschlag und nicht genug Licht. So also, kommt der Teufel am Nachmittag? Hat er zugewartet zu lang oder nicht genug und ist dann überstürzt davongegangen, wie es zu spät war und der Schnee fing zu treiben an? Sinkt schon wieder die

Nacht herab, so verlor sich bis heute einstweilen endgültig seiner armen Seele flüchtige Spur.

Wo denn suchen? Deine Kindheit lang, wie sollst du entscheiden, wann du aufgehört hast, darauf zu warten, daß er gleich vor der Tür steht: im nächsten Moment wird er schon geklopft haben. Oder kommst heim und er ist längst da, wäre siegreich zurückgekehrt.

Was soll nun aus uns werden, mein Kind? Die Mutter hat angefangen, Lumpen zu sammeln, erst heimlich, dann unverhohlen: wir müssen doch leben.

Sie zogen aus dem Hinterhof in die Vorstadt. Und von dort, schon zwei Jahre sind so vergangen, zu den Zigeunern und Kesselflickern im alten Steinbruch; Armut ist keine Schande. So konnten sie was noch übrig war, wie die Zeit vergeht, von ihren Möbeln aus besseren Tagen das meiste nach und nach verkaufen, wenig genug: so gab sie die Hoffnung auf, Stück für Stück. Mit Verlust natürlich, doch was soll man da machen: so reicht es vom einen zum andern Mal wenigstens für die dringendsten Schulden; so reichten, man weiß nicht wie, das wenige bißchen Geld und die restliche Hoffnung nochmal für alle unvermeidlichen Sonderausgaben, auch Winterbrand und die Teuerung, und für nochmal fast anderthalb Jahre Alltag: ach, wie die Vögelchen haben wir ja gelebt; eine alte Geschichte.

Die Möbel hat der Alte in ihrer Brautzeit natürlich selbst gemacht, jeden Handgriff, fürs Leben. Lumpen sammelnd mit einem kleinen Wägelchen zieht sie jetzt alle Tage mühselig durch die endlos gebreitete steinerne Stadt, sie ist meine Mutter, er hilft ihr so gut er kann. Manchmal friert er und sagt es nicht, läßt sich nichts anmerken in seiner alten Schuljacke aus schäbigem blauem Samt, die ihm schon lang vielzuklein ist, Jahr für Jahr mit Strickbündchen verlängert und schrumpft jetzt mit jedem Tag mehr zusammen. Das Wetter kann man sich nicht aussuchen, Kind. Oft reicht das Geld kaum für Brot. Immer öfter muß sie jetzt stehenbleiben, sich ausruhn. Das vergeht wieder, sagt sie.

Immer ja nicht, aber manchmal läßt sie ihn schon allein die kostbaren Lumpen in der Fabrik abliefern, jeden Dienstag und Donnerstag. Der Wiegemeister hat trangefettete Stiefel an. Was gute, was schlechte Lumpen sind, weiß nur er allein; großmächtig steht er auf seiner Laderampe und brüllt immerzu: hierhin, dorthin, wie ein echter General. Bloß nicht, daß du das Geld verlierst auf dem Heimweg, gleich ist die Nacht da.

Einmal ist sie in einem fremden Treppenhaus ohnmächtig geworden, in aller Frühe, aber bloß einen einzigen kurzen Augenblick: da hat er gedacht, sie stirbt. Oft, wenn sie sich (der Tag schwieg beharrlich) nach einem Hustenanfall am Straßenrand mit erschrokkenem Blick auf unser geduldiges kleines Wägelchen stützt, ist sie so außer Atem, daß sie nichtmal auf seine allerdringlichsten Fragen jetzt antworten kann; er war zwölf: wie alt ist sie doch geworden in den vier Jahren und so arm und so klein, wenn er sich nach ihr umdreht.

Dann ein Tag, da steht sie, seit er sich erinnern kann ist es das erste Mal, morgens nicht auf. Die ganze Nacht ist sie hustend aufrecht im Bett gesessen, einem elenden Lumpenlager in der Hütte am Rand des Steinbruchs; eine rauchende Schutthalde, es regnet in Strömen. Wo die lichten Morgen, wenn sie ihrem Mann das Frühstück gebracht hat (das ist die hellste Erinnerung die ihr bleibt) und er zeigt ihr: das wird unser Schrank, unser Bett, unser Tisch. Sie haben sich vor der Werkstatt im Hof auf einen Holzstoß gesetzt: sie sieht seiner Freude zu und wie er ißt und in den Bäumen lärmen die Vögel. Und jetzt bist du da, du Kind, spätgeboren. Und sie zeigt ihm vom Bett aus, wie er Tee kochen soll und wo das Geld liegt für heute, für Brot. So ist das, heut geht es nicht, Kind, so muß man sich eben behelfen.

Am vierten Tag kommt ungerufen die alte Stanislawa. Bis ans Kinn eingehüllt in ihr schütteres schwarzes Schultertuch, wie eine große gerupfte Krähe sieht sie aus; sie hat Tee mitgebracht, Zucker auch. Blitzschnell macht sie Wasser heiß, hat im Handumdrehn aufgeräumt und kocht eine Suppe zum Gesundwerden. Da steht sie am Herd, rührt, kostet, streut Streifen getrockneter Pilze hinein; so ernst und bedächtig beugt sie sich über den dampfenden Topf, als ob sie darin die Zukunft zu lesen sucht: Angst hat er nicht vor ihr! Als erstes hat sie das Bett gemacht, solang hat seine Mutter in ihrem hundertmal gewaschenen hellblauen Nachthemd beim Ofen gewartet, ein frierendes Kind. Jetzt sitzt sie im Bett und ißt Suppe aus einer Tasse. Stanislawa daneben betet oder was flüstert sie, lautlos die Lippen bewegend, bekreuzigt sich immer wieder. Das hat nichts zu bedeuten, die ganze Lumpensammlersiedlung bekreuzigt sich unentwegt.

Schon, siehst du, kriecht die Dämmerung aus ihren Winkeln hervor und fängt an zu flüstern. Stanislawa ist hundert Jahre alt. Ein Glas Wasser jetzt bringt sie der Mutter, die mager und bleich im Bett sitzt wie ein müdes Gespenst, armes Kind. Aufrecht, weil sie so den Husten besser kann unterdrücken: ein Glas Wasser, das schimmert so silberhell da am Rande des Schattens, und sie gibt ihr ein kleines silbernes Kreuz zu halten. Wie in einer Herrschaftskutsche sitzt seine Mutter im Bett, mit letzter Kraft, angelehnt, wann werden wir ankommen? Das Kreuz ist bald zweitausend Jahre alt, wann werden wir ankommen? Sei ganz ruhig, ihre Hände sind trocken und heiß, ihre Augen glühen wie auf den Glasfenstern in der Kirche das Halstuch der Magdalena, das Wasser des Samariters, wie blaue Sterne in einem Kaleidoskop. Für mich nicht, für mich mußt du nicht so angespannt lächeln, sooft ich nicht weggucken kann. Bis sie starb, war ihr Haar pechschwarz und so dicht, wie bei einem jungen Mädchen, wenn es am Samstagabend zum Tanz geht. Später, wenn er sich erinnert, hatte sie immer Kinderaugen.

Stanislawa zündet eine Kerze an, scheucht kundig die Schatten zurück, die flüstern, und geht keinen Arzt finden. Sie kann zaubern, aber ein richtiger Arzt kostet Geld. Vom frühen Morgen an, einen ganzen Tag lang ist sie in der Stadt gewesen: da kommt sie zurück und sitzt wieder am Bett, aber warum ist meine Hoffnung dahin und wo soll ich jetzt oder je wieder welche herkriegen? Seine Mutter starb zwei Tage später an einem Samstagabend im Frühling, im Mai.

Eben doch haben die Glocken geläutet, hast du sie nicht gehört? Hellgrün war der Himmel und weit und glänzte wie aus Perlmutt, eine weite stille Wasserfläche, Handbewegung: wie aus feinster chinesischer Seide. Die Krähen, wie alle Tage, kehrten müde vom Waldrand zurück, sammelten sich und kreisten krächzend über der Schlucht, lang: bis es anfing, finster zu werden.

Mutter, sie ist tot, nur die hiesigen Kesselflicker, Lumpensammler und ein paar fromme alte Zigeuner gehen im hellen Sonnenlicht mit aufs Begräbnis. Und zwei Meister aus der Altstadt. Der Priester hats eilig, er lispelt (ein Fremder), wie wenn er sich und die Zuhörer bei jedem Wort gleich beschwichtigen will: das ist alles nicht so gemeint. Und Not, Gebrechen und Alter, drei überzählige Betschwestern aus der Sankt Michaelskirche, ihre Klagestimmen wie aus dem Jenseits, als ob du Glas mahlst und hörst nicht auf. Wie blinde Hühner sind sie; ihre Zeit ist sowieso gratis, längst abgelaufen. Die Zigeuner in ihren ehemaligen Hochzeitsgewändern sahen wie vornehme alte Teufel aus. Noch nie hat ein Tag so geleuchtet! Da war er dreizehn: wie müde ich bin und so fremd, so weit weg für mich selbst, meine Augen brennen.

Der alte Flickschuster Elias, ein wortloser bucklichter Engel (wer bist du?) nahm ihn mit zu sich heim in sein niedriges Witwerhaus in der Vorstadt; es steht da und blinzelt. Überall Kräuter zum Trocknen: das ist es, was hier so riecht. Ein Taubenschlag auf dem Dach. Der alte Elias lebt hauptsächlich von Tee, Sonnenblumenkernen und selbstgebackenen Fladen. Bist du ein paar Tage nur dort gewesen oder bis weit in den schläfrigen leeren Sommer hinein?

Nur das Gurren der Tauben auf dem Dach und daß die Sonnenblumen vorm Haus zuletzt fast bis an den gottesfürchtigen Giebel reichten. Wie die kniehohe Lattentür quietscht jedesmal (man mußte sich bücken, um sie zu öffnen): zwei ausgetretene Sandsteinstufen, die vom Weg herab in das überquellende kleine Vorgärtchen führten. Wieviel Wasser er jeden Tag trank aus dem verbeulten blechernen Schöpfkrug der überm ausgekühlten, mit einer Matte bedeckten Herd an der Wand hing. Und wie dämmrig und kühl es beständig tagsüber war, hinter geschlossenen grünen Läden.

Der alte Elias, jeder hier kennt ihn, arbeitet nur noch selten; er ist halbblind, er ist müde und die meiste Zeit schwerhörig scheints ist er auch. Oder weit weg in Gedanken, wo weiß ich auch nicht, wenn er mit seiner leeren Kindergießkanne, mit vielerlei nützlichen kleinen Handgriffen beschäftigt, wie ein gemächlicher Schlafwandler ums Haus geistert, schien zu *schweben*: lieber nicht stören! Bienen summen. Was für ein wunderliches Pilgerkäppchen aus weißem Leinen hat er da auf dem Kopf. Wenn er am Nachmittag in der Stube liest, grübelt, Tee trinkt, oder ist eingeschlafen in bedächtiger Stille, in seinem riesigen schwarzen Wachstuchsessel, der langatmig ganz von allein knarrt, dessen Lehne mit Ohrenschutz fast bis an die Decke reicht – wieso soll die Zeit dann nicht stillstehn? Zum Lesen sind seine Augen noch gut: auf seinen Knien liegt aufgeschlagen, groß und schwer wie ein Meßbuch die Lebensbeschreibung der Heiligen Märtyrer; sein Leben lang hat er in diesem einen einzigen Buch gelesen – schläft er?

Nach dem Aufwachen wird er stundenlang husten und Tee trinken, sich räuspern und weiter lesen bis tief in die Nacht hinein, die blau ist und still und voll Blütenduft hier in der Vorstadt.

Ein einziger langer Sommertag, der letzte Tag seiner Kindheit: worauf hast du denn gewartet? Sobald sie konnte, kam großmächtig seine welterfahrene ledige Tante, eine angesehene Herrschaftsköchin; du nickst.

Kam den weiten Weg mit der Bahn angereist und nahm ihn von heute auf morgen mit nach Tula, nach Orjol. *Da gehen sie.* An die Fahrt mit dem Zug denkt er heut noch, als sei es erst gestern gewesen, als stünde sie noch bevor und er muß sie sich immer wieder vorstellen, damit der ungeduldige Zug endlich abfahren kann. Und wie er vor der Reise (sein ganzes bisheriges Leben, das ihm auf einmal so eng und erstickend vorkam wie ein Schrank voll mit abgetragenen Kleidern; hinter der Wand hört er endlos den alten Elias husten und murmeln), wie er die letzte Nacht nicht hat schlafen können – vergiß nicht zu atmen!

Sie hat schon eine Lehrstelle für ihn bereit, mit Kost und Logis, ein komplettes Ersatzleben bei einem trunksüchtigen gottesfürchtigen Glasermeister, der Jaroslaw Marx heißt, aus Riga und gleichfalls halbblind: er säuft Kutscherwodka seit gut dreißig Jahren. Wohnung und Werkstatt im Hof eines gewaltigen Getreide- und Kohlenhändlers, dem selbstredend auch die Schnapsbrennerei gehört.

Hier im Hof, zwischen Speichern und Stall, verloren in dem immerwährenden haushohen Getümmel von Lasten, Fuhrwerken und Geschrei, Auf- und Abladen (der Hof ist ein Markt, ist ein Dorf für sich); hier zwischen Botengängen, Pflichten, Schuppen, Keller und den wechselnden Wolken am Himmel, beeil dich, die Wahrheit dazwischen: das bist du, das soll fortan dein Leben sein;

und spätabends irgendwo ganz zuletzt, nach mehrfach begonnen-zerrissenem Halbschlaf, Unterbrechungen, nochmal von vorn, ganz zuletzt findet sich hier auch für ihn noch ein letzter Winkel im Schlaf der andern (der sich längst zu mächtig schnaufenden Ballen türmt): zwischen Schuppen, Werkstatt, Vergessen und Küche, in der er auch manchmal hilft zur Hand gehn: Kartoffel schälen, kehren, heizen, Holz hacken, dann endlich das Vieh füttern, ausmisten, neunzehn Hühner, Kaninchen, die Ziege, drei Schweine; Einkaufen, Kinder hüten, was stehst du hier rum und hältst Maulaffen feil? Die Asche noch glühend, beeil dich!

Glas holen, schneiden, kitten, austragen, vom frühen Morgen bis in die Nacht hinein – wie ein Trichter sein Schlaf, durch den er blitzschnell hindurchrutscht – und schon ist der Morgen da: zünd ein Feuer an! geht es wieder los: Asche schaufeln, Fleiß und Bescheidenheit; wenn das Feuer brennt, aber richtig, wie ein Sturm muß es lodern, dann wisch die Dielen auf! Wird heut Leim wohl gesiedet?

Nimm das Beil, erst die Werkstatt aufräumen! Leg Glas den Gesellen zum Schleifen und Schneiden zurecht, *jetzt* nimm das Beil und geh in den Schuppen, so spielt sich fortan sein Leben ab. Daß man dir immer alles erst anschaffen muß, statt daß du längst von allein, was gibts da zu gaffen! Es gehört ihm nicht mehr, nur ab und zu unterwegs eine Pause – die mußt du dir stehlen, schnell! Abenteuerliche Umwege, die du dir, Lasten schleppend, nicht oft genug kannst erträumen (er verläuft sich und merkts kaum), damit du dich nicht verlierst und, wer weiß, es wäre für immer. Wo kommst du denn jetzt erst her? Am schlimmsten ist es, wenn er wieder vielzuspät dran und hat die Adresse gar nicht gefunden, sich ganz umsonst abgeschleppt: Feindesland, in das er zurückkehrt. Am schlimmsten wäre, sie könnten jederzeit seine Gedanken lesen, verbieten, wegnehmen.

Ein Traum, Nachmittag, Gott sieht zu. Der Alte säuft und döst im Keller auf leeren Hafersäcken, halb offen die Tür. Zwischen seinen Wutanfällen, nie weiß man wann und warum, fixiert er die tanzenden Sonnenstäubchen, Ewigkeiten, sein Universum. Sie wagt nicht, offen mit ihm zu hadern, keift die meiste Zeit an seinem Suff vorbei aus dem Küchenfenster: auch wenn die Sonne scheint, versessen auf jeden Ersatzzwist. Putz die Schuhe dem Meister, der Meisterin, den Gesellen, weil morgen ist schon wieder Sonntag, du Faulpelz! Oder was sie sonst in mein und jedermanns armes Leben beständig hineinschreit. Euch will ich singen lehren, ihr Tagdiebsgesindel, wer hat die Butter gefressen? Verrecken sollst du, zahl oder stirb! Das bin doch nicht ich. Ein Traum, ein immerwährender Traum.

Die Sonntage, da darf er manchmal in die Kirche. Nicht zu oft, aber manchmal nach der Kirche geht er seine Tante besuchen in dem verzauberten Schloß, hintenrum in die Küche. Den nimmersatten König, für den sie dort immerfort kocht und kocht, oder vielleicht ist er auch Kardinal, kriegst du nie zu Gesicht. Was für Köstlichkeiten mögen das sein, wenn du sie nichtmal dem Hörensagen nach kennst, woher denn? ja nicht einmal weißt, wie du sie dir vorstellen sollst, nichtmal Namen dafür weißt. Aber doch unverzagt gern will ich daran glauben, wie an das ewige Leben. (Bloß schade, daß alles gefressen wird!)

Den unsichtbaren König denkt er sich, kann nicht anders, auch wenn er weiß, das ist kindisch, gern als verzauberte goldene Kröte; das ist geheim. So groß wie ein Kalb. Warum sonst sieht man ihn nie majestätisch im Park wandeln, wie es ihm zukommt, wie auf einem Gemälde. Oder ausfahren in der königlichen Kutsche in all seiner Pracht und Herrlichkeit. Den Kardinal, wie er sich den vorstellt? Eher wie einen gravitätischen roten Vogel, das ist eine Sünde. Gefräßig sind beide. Sowieso behält er seine Sünden lieber für sich, lernt sie auswendig wie Gebete.

Hier sind alle Straßen aus Stein und kennen dich nicht. Und kennen dich nicht! Und jede geht anders, als wie du zu wissen glaubst: immer anders rennt sie vor dir weg. Der ganze lange Weg Sonntagvormittag nach der Kirche eine beschwerliche Andachtsübung. Als ob er zur Bewährung auf einem gratschmalen Dachsims ausgesetzt lebt und noch im Schlaf sich dessen bewußt bleiben muß – nur nichts falsch machen! Immer sind ein Paar Schuhe zu eng, die er hat, und ein Paar neue zu groß, auch noch zu schade zum Anziehn. Im Gehn, in Gedanken, die Jackenärmel schmerzhaft zu kurz: er übt sich darin, mit verschiedenen Stimmen zu reden und gegenzureden: das macht ihn ganz wirr im Kopf, wer hört mir denn zu? Denkst du nicht auch, daß die richtigen Wörter, daß die für immer zu schwer sind? Zu spät, du wirst sie nie lernen.

Unterwegs, unzählige Male, wieder und wieder versucht er den Faden zu finden – ich bin die Weltgeschichte. Unmengen Kuchen, die er träumt. Vom einen zum andern Sonntag vergißt er, wie weit ihm der Weg mit jedem Schritt wird und wundert sich wieder darüber. Wie Kristallspiegel ohne Unterlaß blitzen und funkeln in den Hauptstraßen die feinen Läden, da hast du nichts verloren. Eine bessere Welt, er traut sich auch gar nicht hinein, aber wenigstens einmal, ein andermal! Er hat geträumt, er geht mit einem Sack durch die Stadt, unter Bäumen. Sind überall Backöfen aufgestellt und die Leute bieten ihm immer mehr und mehr Kuchen an, wie der duftet und lockt.

Die Werktage, wenn er (wieder ein anderer) mit seiner gläsernen Last keine Tür findet, wird jeder Stein in der Stadt ihm zum bösen Feind; eine ungeheure Verschwörung. Und was für Höllenfratzen das sind, mit denen sie ihn anstarren: jedes Haus hat ein Gesicht. Mein alter Elias – schläft er? Wie die schwarze Stanislawa umsonst aus der Stadt zurück ist gekommen: gesagt hat sie nix mehr, hat sie nur noch den Kopf geschüttelt. Schon seit zwei Jahren Nachwinter hier in der fremden Stadt; nie mehr ausschlafen. Wie taub bin ich, so viele Stimmen: auf welche soll man denn hören? Immerfort dröhnt mein Kopf, ist wie aufgeblasen. Meine Füße brennen. Den Faden finden!

Immer zu Ostern kauft sie ihm feierlich ein Paar Schuhe zum Reinwachsen. Er war fast schon erwachsen, im zweiten Lehrjahr, fünfzehneinhalb, und zu seinem nächsten Namenstag da hat sie ihn abgeholt und hat ihm feierlich einen feinen schwarzen Tuchanzug anmessen lassen. Siehst du, *da* gehen sie! Leider nur hat sie gerade da nicht viel Zeit gehabt, sodaß der große Tag gleich danach wieder rum ist gewesen. Selbst ging sie nie zur Messe, aber ihn hat sie immer hingehen heißen, eine herzensgute Frau. Später wird sie sich von ihren Ersparnissen ein solides Speisehaus kaufen, in Kursk. Mindestens dreißig Personen, die gleichzeitig bei ihr essen können: nie sprach sie bloß von Plätzen, sondern immer so, als ob es lauter Leute sind, die sie kennt.

Der alte Mann nickt, davon hat er oft erzählt, ja Lebzeiten, wann fährt mein Zug?

Wann fängt es denn an, das Leben? Hier die jetzigen Schuhe an seinen Füßen, die hat er erst kürzlich nagelneu von der Arbeiterwohlfahrt, nein von der Heilsarmee – bißchen groß zwar, so ist das ja immer. Da mußt du mit Zeitungspapier, mit Geduld, das *wärmt* auch, das hält auch die Nässe ab.

Aber sonst ist bei Gott nix dagegen zu sagen. Gute feste Schuhe, wahrhaftig, alles was recht ist: wie selbstgekauft. Er träumt. Er zieht eine altmodische Taschenuhr hervor, in Gedanken; in der wirklichen Wirklichkeit hat er oder schon sein verstorbener Vater sie längst verloren, verspielt. Oder fünfundvierzig die Russen, der Krieg, selber Russe, Brüder sind wir und Todfeinde oder was er sich da gleich geläufig zurechtmurmelt, Menschheit, läßt den Silberdeckel aufspringen, pling, erkennst du noch das Geräusch? und hält sie ans Ohr; Blütenranken sind auf den Deckel graviert.

Da hat er aber, siehst du, wenigstens noch so ein' Flachmann, Mensch, noch von heut Morgen in der Tasche: sind grad genau zwo Schluck, was noch drin sind. Im Traum kam sein toter Vater zu ihm: hast du denn gewußt, daß sie heut die Truhe holen wollten? Ich hab das ja gar nicht gewußt, sagt sein ratloser toter Vater und hustet betroffen und wagt nicht, ihn anzusehn. Nein, sagt er im Traum zu sich selbst und schüttelt (verblassend) betrübt den

Kopf drüber. Er lauscht, er nickt lächelnd: ach, die Zeit, ja die Zeit, wie die Zeit vergeht, ja. Aber sowieso hat ihm keiner hier zugehört; die Flasche ist leer. Steck sorgsam die Uhr ein, die du längst nicht mehr hast; nächstes Mal.

Da schleicht er sich mit dem Tag der geht, mit dem Abend. Mit seinem Bündel. Selbstgespräche. Weißgott welche Flüche und Gebete: er ist der unbegreifliche Lehrherr Marx, Glasermeister, Gott im Himmel, kennt sich nicht, und sein verschollener toter Vater, der nicht heimfindet. In Ewigkeit Amen, er bekreuzigt sich mit geballter Faust: Eines Tages/Schlag ich Euch Allen/Nochmal die Fresse ein! Sauf den Fusel aus, geh durch die graue Eisenkälte mit Riesenschritten zum Bahnhof, auf die Hauptpost, ins nächstbeste Kaufhaus: und klau dir blitzschnell acht Mark! Nimms von der erstbesten armen Witwe, aber ja, für Bouletten und Bier und Korn! Richtig Betteln will gelernt sein. Zeitlebens Autodidakt und dann kommt über Nacht der Tag, da deine mühsame Bildung, der kostbare Scherbenhaufen, dir wie eine Ruine den Blick verstellt: als hättest du Scheuklappen auf. Eine Sprache – wie finden? Das nächste Mal in der unterirdischen Vorweihnachtszeit siehst du ihn versunken ins Leere fuchtelnd in irgend gottverfluchter B-C-D-Ebene wieder, sowieso verloren, ein vertrautes Gespenst; jeder hat seine eigenen. Noch zehn Jahre.

Und wie er die Schuhe von damals wohl abgelatscht hat, Mensch, auf welchen Wegen, auf welchen Abwegen, Irrwegen, Fluchtwegen, Rückwegen: das fragt ihn keiner.

XI

Ein Winter in der Stadt; Straßenecken, Kreuzungen über denen klirrend die hohe Stille – zerbrach, geborsten, wo dich brüllend der feindliche Wind ansprang, wo unversehens wie stets mit leichtem lockendem Schwindel der zeitlose unwiderstehliche Alptraum jähen Falls über dich kam, traumatisch, die vorausgeahnte Empfindung vom tödlichen Sturz in die Tiefe, den allgegenwärtig wartenden Abgrund. Während er sich tapfer auf das eine und nächste Delirium zutrinkt; ein dichtes Gedränge von Bildern und Mänteln, ich ging einfach weiter. Abendzeitungen. Zwei Straßen weiter ein Auflauf, ein praktizierender Epileptiker. Ausgerechnet vor einem Bankportal, Marmor; sie tun sich im Volksmund nie was. Wie kommst du darauf, absurd, das bist doch nicht du! Auch nie im Leben so aufdringlich gelbe Schuhe gehabt. Hauch um Hauch unser Atem sich *wölkt*: es wird immer kälter. Da tönt ja auch schon das Überfallkommando durch den heutigen Feierabendverkehr und wir wollen lieber unauffällig beiseiteschlendern. „Können Sie nicht aufpassen, Sie Mantel!"

Einmal abends hat er hier an dieser Ecke eine ganze Stunde lang mit dem hl. Antonius gesprochen. Der grad da aus der Kneipe kam, ungelogen! Im Bahnhofsviertel, direkt unter den Augen von einhundertacht übereifrigen Polizisten des vierten Reviers. Ich bin der hl. Antonius, hat der hl. Antonius gesagt, vertraulich. Und dann hat er ihm eine ganze Stunde lang aufmerksam zugehört. In der Kälte, Leute gingen vorbei, und der hl. Antonius – hier stand ich, da er! So wahr ich hier stehe! Mindestens zehn Grad unter Null; du kannst seinen Ärmel anfassen. Mitten im Winter hat der Luftikus eine leichte hellgraue Trevira-Freizeitjacke an. Er hat eine Art Lampe auf dem Kopf. Er hat ein paarmal zutiefst genickt, jaja, immer an den richtigen Stellen; der hl. Antonius lügt nicht! (Vorbestraft ist er bloß wegen Fundunterschlagung!)

Und zum Schluß hat er mir in allem recht gegeben! Oder der liebe Gott, sein stellvertretender Sohn, oder am Ende ist es doch der große strahlendweiße Eisbär aus einem Bilderbuch seiner Kindheit gewesen: der alles versteht, an den er (wie die Zeit vergeht) doch neulich erst kürzlich flüchtig und seither dann schon gut ein Vierteljahrhundert lang nicht mehr gedacht hat. Inzwischen ein

Sternbild auf Wanderschaft. Eine Straßenbahn fährt vorbei. Neuerdings sind es lauter niedergeschlagene Bengalen mit Geringverdienervertrag die, steingrau im Gesicht vor Kälte, die unverständlichen Abendzeitungen ausschreien. Geduldet, sagt das Asylrecht. Wieder ein Tag.

Einmal ist es ein struppiger schwarzer Hund, der vom frühen Morgen bis spät in die Nacht hinein hinter ihm herläuft: von Heddernheim bis nach Nied; zahlreiche Umwege.

Immer in einigem Abstand, aber ganz eindeutig meint er mich! Direkt wie ein Spitzel sieht er ja nicht aus. Ein großer verwilderter Hund, geh doch schneller, ignorieren oder wie kann ich ihn loswerden? Warum gleich so ein Riesenvieh? Ein langer Tag zu Fuß. Was will er von mir? Die S-Bahn, denk an deine Nerven, kommt sowieso nicht infrage. Was läufst du immerfort hinter mir her, Vieh, ich weiß ja selbst nicht, wohin ich gehe. Hatte wieder kein Geld für Kneipen und Schnaps, fror und schwitzte, was treibt mich denn – nichts ist richtig. Stundenlang Selbstgespräche. Scheißkälte, schmutzige Schneereste überall; zum Schneien war es zu kalt. So trollen wir uns durch den erstarrten Tag.

Alle starren uns mißtrauisch an, Passanten und Aufsichtsorgane, aber haben es gottseidank eilig, ihre eigenen Angelegenheiten, haben andere Aufträge, Sorgen, Prioritäten und wie auch sollte ich denn damit anfangen, jedem von ihnen (er versucht es ein paarmal gutwillig-hoffnungslos oder bloß in Gedanken) einzeln umständlich zu erklären, daß der Hund nicht zu mir gehört. Kann sein, er verfolgt mich, aber ich kenne ihn nicht. Es *gibt* Zufälle; ich meinerseits seh ihn zum erstenmal. Daß ich so stottere, ist bloß weils so saukalt ist, eine Ausnahme. Herzklopfen. Ich gab ihm keinerlei Anlaß Veranlassung – wir haben nichts miteinander zu tun. Nie gesehn. Mein Name, mein eigener, ist mir soeben blindlings entfallen. Mir ist schon ganz schlecht vor Aufregung. Außerdem geht Sie das, denke ich, einen Dreck an! Ein paar einzelne Schneeflocken die, erst denkst du: Kreislaufstörungen, wie blinde Augen blicklos zu Boden taumeln, aber zum Schneien war es zu kalt. Auch schien er, der Hund (einer der sich aufdrängt, aber weiß, man darf sich nie aufdrängen), von sich aus bestrebt, Distanz zu halten, ein magischer Abstand, er will was! Wir tun, als wüßten wir nichts voneinander. Scher dich unverzüglich zum Teufel! Nur kein Aberglaube: vielleicht bin ja ich es, der sich hier eilig zum Teufel schert. Den ganzen Tag streunten sie so durch die blinden vermauerten Vororte, namenlos, ohne Trost, in weitem Bogen um die an beiden Ufern gestrandete Stadt herum.

Am Ende ist es eine Straßenecke in Nied, nah beim Fluß, abends: hier also. Wie der Tag mir die Sinne verwirrt hat! Gegenüber von der Eckkneipe ist eine Eckkneipe; Leute kamen heraus. Ihre wortreichen Abschiede, bevor sie sich endlich, jeder für sich und alle zusammen (dir ist, du müßtest sie kennen), zuversichtlich auf den Heimweg begeben – es soll nicht weit sein! Vor lauter Sehnsucht zog sich mein Herz zusammen, das spürst du, wie wenn einer eiskalten Essig draufträufelt aus großer Höhe, mittels Schwamm, lauter einzelne Tropfen. Ach Frieden, ich stand im Dunkeln. Da plötzlich merkte ich, ist er weg. Erst meine feige Erleichterung, besser so, dann fing ich an, ihn zu rufen: Hund, Hund, komm jetzt her, komm doch wieder! Ich streckte die Hand aus, als ob er noch da sei. Wie die Rinnsteine *dampfen* (es war saukalt). Wenn er zurückkommt, will ich dies und das, meinetwegen nochmal eine Weile an Gott glauben oder was dir sonst überstürzt zu geloben einfiel, nie mehr lügen und trotzdem ein guter Mensch sein! Ich lockte ihn, ich will tun, als hätte ich einen saftigen Knochen für ihn in der Hand, hier in meiner Tasche, den will ich ihm dann gleich besorgen! Doch er blieb verschwunden.

Umsonst der Tag, wir hätten uns zusammentun können: jetzt ist es auch dafür zu spät. Ich hatte Hunger, kein Geld und alle Läden längst zu. *Eine Straßenbahn fuhr vorbei und du bleibst stehn, wie wenn es die erste in deinem Leben ist: hellerleuchtet, fährt gleichsam mitten durch dich hindurch.* Schmeiß doch endlich den eingebildeten Knochen weg, eiskalt, schon ganz klebrig, bevor er dir an der Hand anfriert, Narr, die guten Vorsätze auch. Immer ferner die Stimmen der Leute, die da (gemütliches Beisammensein wie gehabt absolviert) die Straße hinunter heimwärts wandern, auf dem gutbeleuchteten Bürgersteig. Sie kennen sich alle. Wieder ist Freitagabend; Verluste. Den ganzen Tag war er da, sind wir sinnlos immer weiter gegangen. Schmutzige Schneereste überall, jede Richtung war falsch. Ich weiß nicht einmal seinen Namen (wir hätten einen für ihn gefunden).

Wo suchen jetzt? Er sah sich hoffnungslos um – gleich wird er den, diesen hier, seinen einzigen Kopf verlieren. Da war es noch gar nicht lang her, daß Kinder da unten am Flußufer spielten – denk dir Namen aus! Hast du nicht ihre Stimmen erkannt? Und er selbst, armes Kind, wie er sein Schiffchen in Seenot, sein schwankendes Schiffchen zaghaft aufs Wasser setzt, frierend, es bebt, seine Hände zittern vor Kälte (und begibt sich an Bord). Und Vorfrühling, März, erkennst du die Zeit? Den lieben langen Tag schrill das Kreischen des Sägewerks am Flußufer hinter den Gärten; bald ist wieder April. Wie Flaschenglas grün war der wohlfeile Himmel am Abend, die Vögel kehrten zurück und Dämmerung brach schwankend herein. Ist kein Jahrmarkt auf diesen Wiesen, klatscht die Nacht wie mit nassen Tüchern drauf, schwer. Die verlorenen Stimmen, aber wir sind ja alle längst heimgegangen und nur ich finde stolpernd den Weg nicht, hinter mir selbst drein, in Kälte und Abendnebel, zwischen elektrisch summenden Lichtmasten, Hochspannung, Maschendraht, Zäunen, Vorzeit, Finsternis, Lebensgefahr.

Hör zu, ich weiß ja kaum noch Worte mehr! Letzte Nacht fremder Eindringling im Lagerraum einer Papiergroßhandlung, anonym, ein Gefangener der Hohlwelttheorie, scheints aber doch ungeheizt – um mich her schweigen, in Kisten verpackt, aufgestapelt die überzähligen Ewigkeiten, feucht und kalt. Nachtwächtergespenster, Fallen überall. Mehrfach verlängert die letzte Frist, das war heute: immerzu mein letzter Tag hier auf Erden und ist jetzt so gut wie vorbei. Sind alle heim, sind gegangen, bin das bloß wieder ich, der mir bleibt? Zuletzt, immer bleibst du zurück in Nacht, Kälte, Finsternis, kein Geld mehr, siehst wie aus dem Jenseits (namenlos) zu, wie die Kneipen zugemacht werden und über jedem Kanaldeckel eine Dampfwolke, die sich windet und krümmt wie ein todwundes Gespenst. Nicht leben, nicht sterben! Deine angebliche Chance, die du angeblich gehabt hättest, womöglich mehrfach, wie sie gehässig beteuern, das kann dir belegt werden. Aus meinen Ohren mit eurem Geschwätz! Heimweh nach dem Himmel: jetzt endlich könnte es landen, längst überfällig, das langerwartete außerirdische Silberflugzeug, und mich blitzschnell heimholen! Jetzt hast du vergessen, wie hieß doch mein Stern?

Ein Winter in der Stadt, ein langer sinnloser Tag in der Kälte der Vorortstraßen in denen es nichts mehr zu sehen gibt, so teuflisch geschickt haben wir uns und das Leben ein- und ausgesperrt. Bloß der blasse Widerschein entlegener Kontinente am Himmel, so fern bin ich mir, und gleicht unser Leben hienieden (literarisch betrachtet, der Verf. schenkt sich gleich *noch* einen Schnaps ein, aus wilden Schlehen; eine rote Sonne am Himmel, die Flasche noch mehr als halbvoll und die nächste steht schon bereit – wer soll mich denn rufen?), ja gleicht es nicht einer mühselig-langwierigen Wanderung durch am Ende versunkene Zeitalter? Teil das der Gerichtskasse mit!

Ein großer schwarzer Hund, wie kann er denn heißen, ohne Halsband und Steuermarke, was willst du? Nicht nur ich, andere haben ihn auch gesehn. Und beinah menschlich in seinem müden Hundegesicht der Trübsinn und Gram, die Qual der verlorenen Zeit, das fällt dir erst jetzt ein. So hat er vergeblich auf deinen Wink gewartet, um einen Sinn zu erhalten. Versteht du nun endlich? Den ganzen Tag war er da, mein struppiger Bruder, und jetzt? Kein Zweifel, daß er wirklich *mich* hat gemeint, doch wüßte ich wenigstens, ob es tatsächlich nichts als ein Hund, eine Ahnung, und was soll das bedeuten? Vergangen, nichts bleibt, nur mich werd und werd ich nicht los, nicht in dieser Welt. Heimwege, die er sich fahrig zurechttorkelt-träumt: jedes erleuchtete Fenster, jeder hypothetische Eingang rührt ihn noch in der Erinnerung augenblicklich zu Tränen, wieder und wieder.

Und natürlich wieder kein Mond heute, Freitagabend, suchst du vergeblich (knallt einer geschickt sein neues Garagentor zu: kann sein, der ist bei der Polizei). Sein Name fiel ihm nicht ein, bald bin ich alt, lieber schlafen!

Gleich ist die Flasche leer: es will nicht Frühling werden! Wieder hat er zerstreut (unterwegs) seine innere Uhr aufgezogen, er geht durch den Park; grau und leer kam soeben die Dämmerung, weit und breit kein Mensch.

Erschrick nicht! Da in den Bäumen, von Ast zu Ast, da auf dem abgelatschten Ersatzrasen, im schäbigen Schnee, auf jeder Gartenamtsbank, ohne Zweifel befugt, dort auf der Mauer, einer neben dem andern, immer mehr, wo du hinsiehst, den ganzen Weg lang – wie reglos sie dahocken: Geier, Harpyien. Und lassen ihn nicht aus den Augen. Was wollt ihr von mir, wieso ich? Er geht schneller. Die Stille: hörst du die Stille? Bis sein ausgebliebener Atem wider Erwarten dennoch die Steigung, die Höhe, den Paß geschafft hat und das stehengebliebene Herz (die Uhr geht) kam wie ein schweres Pendel mühsam nochmal wieder ingang, klopft, klopft.

Abendnebel, Grab um Grab, er stolpert, fand augenblicklich alles in seinem Gedächtnis wieder, hastig und bestürzt, als ob er, komm ins Grab!, als hätte er das schon einmal, schon tausendmal ... erlebt? geträumt? Weitergehn, atemlos: er geht immer schneller (ohne Sinn hat mein Leben keinen Sinn). Fluchend, was jetzt? So weit hat es kommen müssen. Wenn-sobald er in Panik gerät, wird sich der erste, werden sich einer und alle gleich auf ihn stürzen. Woher weißt du das? Nicht zu zählen, schnell zieht er den Kopf ein, tief zwischen die Schultern, ganz schief schon vor Müdigkeit; frierst du?

Die erstbeste abstruse Querverbindung, die ihm (hör auf zu stolpern! Kein Strohhalm für den der ertrinkt?) als Rettung einfiel und plötzlich war ihm, er kehre wieder am Ende des Tages erschöpft, heiser, todmüde, frierend vom Winterberg heim, weite Wege, heim von den wilden Spielen seiner Kindheit. Ach, ihr müden Pferde, Rentiergespanne und Schlittenhunde, wir sind ja nun vielzuspät dran. Mein Schlitten kriecht lahm hinterher. Ich selbst bin das müde Pferd. Immer länger die Schatten, blau der Schnee friert. Doch wo ist die Sonne, wo meine Freude von soeben-vorhin, die ich bewahren wollte und bei mir tragen wie ein Amulett, sie war wie ein Lied, der Mittag so hell auf den Hügeln im Schnee und mein Herz das vor Freude schmilzt, wo meine Weggefährten, wo sind die hellen Stimmen der Kindheit geblieben? (Drei Wünsche, sagte die Fee, und sie sollen dir der Reihe nach erfüllt werden. Und: einmal mit eines andern Augen, fiel mir zuerst ein, die Welt sehn; ich war selbst überrascht. Ist einer farbenblind, so (angeblich) merkt er das erst, wenn es ihm lang und breit erklärt und bewiesen wird, vom Staat, in der Schule, Ehe, Fahrschule oder sonst ein vorgeschriebener Idiotentest; bloß beispielshalber. Wie jederzeit jeder Tag, jeder Weg dir in Freude und Leid zum gültigen Muster des Lebens, Einzelhaft, ist das die Welt um mich her oder ist sie in deinem Kopf? Ich sah sie noch nicken, die Fee; ich war sieben. Und jetzt? Seither der Traum im Traum – endlich aufwachen!)

Fremd und feindselig um mich her, meine Welt ist das nicht. Die verschrobenen Vorstadtgiebel so abweisend, als ob sie einer gekränkt hätte, nein, wie düstere Prophezeiungen starren sie dir ins Gemüt. Dahinter die kalte rote Dezembersonne ist längst schräg ins jenseitige Abendtal gerollt, kam von da an wochenlang gar nicht mehr übern Berg. Wie betäubt weitergehn, wie der Schnee knirscht bei jedem Schritt und gleich ist der Tag gegangen; jeder Zaunpfahl ein verzauberter Wanderer, unerlöst, Pilger sind wir und kommen nie an (und werden nicht wiederkehren). Schon blitzen wie nahe Sterne die ersten Lichter: gleich bin ich daheim.

Gleich war ihm, alles sei immer so gewesen und doch war es, das weißt du, das erste Mal, daß er (hier also!) seinen Tod, wer wird sich denn damit aufhalten, seinen eigenen bevorstehenden Tod als einfache künftige Wahrheit begriff, ein Ereignis, und sich dessen gewiß war: getrost nach Hause tragen. Die Bäume standen ganz starr, untröstlich, während er mit einemmal gelassen und müde am Ende seiner Erbitterung, Reue, Verzweiflung bloß seinen Weg weiterging und dort vorn der Abend. Die Schuhe drücken, vielmehr sind zu groß: das reibt so, man hat keine Ruhe. Was weißt du, wohin er geht, ist egal. Am Rand des Parks – wie eilige frohe Botschaften nicht für dich – flitzten Autos vorbei. In alle Richtungen hin und her, mit eingeschalteten Scheinwerfern; sind sie schon auf dem Weg ins Theater? Shakespeare heute? Alles hat, wie du zugeben mußt, seine Richtigkeit – nur nicht davonrennen! Dort vorn der Abend, Lichter zwischen den Bäumen; er keucht, er geht immer schneller: wer flieht, ist verloren! Wer stehenbleibt auch! Dämmerung, lautlosen Flügelschlags: schon hüllt die Nacht ihn ein. Während sie, spürt er im Genick, sich hinter ihm schwerfällig wenden, ihm nachblicken, Totenvögel, vielleicht von Amts wegen: allzeit bereit. Wie Grabsteine hocken sie zahllos, lebendig fleischgewordene Insignien des allgegenwärtigen Staates: daß sie von je her und du hättest bloß nicht darauf geachtet bislang. Und wirst und wirst sie jetzt nicht mehr los. Wozu noch lang davon reden, aber weißt du es auch, wenn du wieder mit deinem ganzen Gewicht gleichgesinnt auf die Straßenbahn wartest, im November gemeinsam ein Doppelbett kaufst, französisch, mit Aufschlag und Preisnachlaß, einer der sich auskennt. Nächstens kaltblütig ein neues Auto, noch ein Kind für die Steuer. Sonntagabend vorbei. Wenn du aus Leibeskräften dein Kind, deine Kinder anbrüllst, ha Zukunft!, werden scheints auch immer mehr! Immer im Recht, nie genug Zeit, Kulturträger. Und im Büro, vor dem Spind, auf der nachnächtlichen Laderampe laut und deutlich wie heißt das GU-Ten MOR-Gen sagst; jeden Morgen das gleiche langohrige alte Schwein. Nach einem Hustenanfall, bevor du früh um vier auf vereister Fahrbahn ins Schleudern gerätst, wohl doch eingenickt, aber bloß für Sekunden! Bruchteile! Lieber nicht fragen! In der Klinik ein Bett zum Rausschieben. Könnte ich doch wenigstens dieses eine einzige Mal noch eine Flasche Schnaps auftreiben, noch eine.

Gleichsam außerhalb der Zeit und so als ob es nicht zählt: im Zustand der Unschuld.

Da endlich begriff er sein ganzes Leben und mit wieviel Mühe er es vertan hatte und jegliche Zeit von Anbeginn und daß auch er sterben würde. Ebenso jedermanns endlichen Tod alle Abende, während er weiterging, ohne Eile jetzt, beinah schon geborgen. Seine Müdigkeit jahrealt; Heimwege an die du nicht glaubst. Du wirst kein Gärtchen haben, um auf deinen Tod zu warten. Noch ein letzter großer Schluck aus der Flasche, wie ein Abschied, daß die Lichter dir in die Augen taumeln und unter deinen Füßen der Weg wird noch einmal lebendig, Stationen, und ankommen wirst du nie. Die Fortsetzung seines Heimwegs: dort vorn sind sie schon wieder mit dem Turmbau zu Babel beschäftigt und wissen es nicht.

Und hat doch immer daran geglaubt, gar nicht oder wenigstens mit einem Fluch auf den Lippen zu sterben: ja Kapitän, zur Hölle! Doch konnte sich in Wahrheit seinen eigenen Tod, der Kapitän hat ein Holzbein, nie so recht vorstellen – du mußt dir mehr Mühe geben!

Gab es eine Vergangenheit, in der er Nietzsche las und die Zeitung, nachts am offenen Fenster begeisterte Briefe schrieb und (der Wind kam ins Zimmer) hörte die Schiffe rufen vom Fluß herauf, ein Fremder in der Großstadt: ein Paket Haferflocken bis zum Ende der Woche steht da auf dem Tisch, an der Wand Van Goghs gelbes Haus (war im Mai das Kalenderbild), und das Geld für die tägliche Milch ist noch lang nicht fällig! Vorher wirst du dir Leinwand und Farbe kaufen! Und fing eben an, sich zurechtzufinden.

Und die Fünf-Uhr-Nachmittag-Sonne, die Samstagabende als er fünfzehn war, Sonnenuntergänge, der Fluß, ein anderer Fluß, der ohne Ende durch das versunkene Land deiner Kindheit fließt und die elende trostlose Reihenhausstraße (wieso denn trostlos?) mit den verkrüppelten Fliederbüschen; dahinter, was da so stinkt, ist ein alter Kanal. Die Häuser gehören dem Walzwerk; sie gleichen einander wie schäbige Mantelknöpfe, die du alle paar Jahre betrübt wieder annähst und dennoch ist jedes anders. Kollektive Holzschuppen und eigenbrötlerische Kaninchenställe hinter jedem Haus. Wie die Dachpappe riecht, wenn es heiß ist; die Straße soll nächstens geteert werden. Und familienschubweise das traditionelle Samstagabendbad in der steingrottengrauen Gemeinschaftswaschküche im Keller, solang er zurückdenken kann, das ist immer.

Dann: wie wir immer vor dem blechernen alten Bahnhofskiosk sind rumgestanden, stundenlang, viele Abende, großspurig-hilflos, mit unseren mitgebrachten Namen und Fahrrädern; die Rollen und Redensarten alle neu einstudiert. Da im Kasten das ist der störrische alte Kiefler mit seiner angeschlagenen Saufnase und dem (unsichtbar) knarrenden Holzbein, Weltkrieg eins. Was suchten wir denn? Wir wußten, der Krieg ist vorbei. Mußten immer abwechselnd betteln und schwören, damit er uns noch eine Flasche Bier verkauft; scheiß auf das Jugendschutzgesetz. Zwischendurch donnern in vorbestimmten Abständen die Abendzüge vorbei, wieder und wieder, wie wenn du jedesmal jäh von neuem an deine eigene geheime Vorstellung von einem anderen (wirklichen) Leben erinnert wirst, fern von hier, anderswo: die Verheißung. Die Schlehen und Weißdornhecken den Zaun lang über und über mit Ruß bedeckt; immer roch es nach Pisse, Walzwerk und was grad blüht. Schichtwechsel: da gehn die verzagten Väter heim, müde, mit rostigen Eisengelenken. Fünf Uhr durch, hast du nicht die Sirene gehört? So ein trauriges Abendlicht gleich danach, wie für immer. *Mein* Alter, wenn der daheim is, der pennt bloß immer. Gilt nich, *du* hast ja auch bloß-n Stiefvadder, zählt nich!

Nach und nach probieren wir dem Kiefler seine sämtlichen Likör- und Schnapssorten durch, Flachmänner die hinter ihm auf dem Wandbrett stehn wie Soldaten: Zitroneneislikör, Dornkaat und Rumverschnitt pur, meistens lauwarm. Angeblich war er Kompaniechef, lügen tun sie ja alle. Auch Kosakenkaffee. Brauchten immer bloß abwarten, bis daß er zuverlässig wieder blau genug ist in seinem lachhaften Blechkasten, letzten März frischgestrichen; meistens so gegen neun. Wenns trüb ist, die meiste Zeit, fängt er schon morgens zu saufen an und wird tagelang gar nicht nüchtern; keiner weiß, wo er wohnt. Ja klar, fier mein Altn, mußte ihm sagen, aber todernst! (Er glaubt an den Kaiser!)

Der Abend ist limonadengelb, alle Züge längst abgefahren. Die Fabrik, wie ein Riesenschiff zwischen all den Schaluppen von Lagerhallen, Baracken, Güterschuppen und Schreberhäuschen die schlafen, ist kaum eine halbe Meile weiter stromaufwärts gestrandet – worauf warten wir noch? Wie Vorgebirge verdämmern dahinter die Schlacken- und Schutthalden; es schien immer der letzte Abend zu sein.

Ums Leben nicht wüßt ich heut noch zu sagen, wovon wir gesprochen haben, hätte es damals vielleicht genausowenig gekonnt.

Nur daß wir dastanden, hat einer ein heiliges Kofferradio mit, und Eckstein und Overstolz sparsam auf Lunge rauchten, auch Supra Filter; lauter Sorten die schon unsre Väter rauchten, andere gab es nicht. Nie laut genug die Musik, aber wo willst du hier unerkannt Batterien klauen? Im Ort heißt die Siedlung die Bahnkolonie. Ewigkeiten, seit die Vögel davonflogen, seit wir die letzten Indianer gewesen sind, ging die Zeit ins Land, ist gegangen wie Rauch. Einmal träumt ihm, sein Vater ist Lehrer. Manchmal bringt mein blonder Freund Christian, dem sein Vater praktischer Arzt ist, ein schwarzer Mercedes 180, sie sind sehr vornehm im Jahr 1954, bringt eine ganze Sinalco-Flasche voll Feuerwasser mit, Mensch Asbach Uralt. Sie haben eine Trauerweide vorm Haus. Manchmal im Mai, im Juni schien die Dämmerung in immer tieferen Farben bis lang nach Mitternacht anzudauern; komm mit runter zum Fluß! Wir waren fünfzehn und wußten, jeder von uns würde nächstens Großes vollbringen; es war Samstagabend und wir wußten es ganz genau.

Eine Vergangenheit, in der er einen Ort, einen Platz, einen Namen, das bin ich, in der er manchmal Geburtstag hatte, sein Geld zählt, seinen Anteil zahlt, mehr als das, ewig recht behält, zu seinem eigenen Wohlgefallen Baudelaire mit dem Wörterbuch übersetzt, Sprachgefängnis, mit dreizehn einen anonymen Drohbrief an die Schulleitung schickte, doch trotz der angekündigten Bombe im Lehrerzimmer am 4. April sind die Zeugnisse nicht abgeschafft; der Bunker steht heut noch, Backstein und Schiefer, aber er ist auch nie erwischt worden (Buchstaben für Buchstaben, jeden einzeln, aus dem Allgemeinen Kreisanzeiger sorgfältig ausgeschnitten, die ganze Siedlung hat eh und je bloß die Samstagzeitung bestellt, und mit kostbarem Uhu auf ein neutrales Löschblatt: weder Rechtschreibfehler noch Fingerabdrücke und die Uhrzeit hast du vergessen), eine Vergangenheit in der er alle Tage zu Füßen des Steins verzweifelte und dennoch nicht aufgab, Leben hineinzuschlagen, jeden Tag den er weiter mitmacht; es gab eine Zeit!

Entdeckungen, seine ferne Kindheit ein dauerhaft sicherer eisfreier Hafen. Wie er vierjährig an der Hand seiner Mutter, wie vorher schon einmal, mit brennenden Augen durch den einen und nächsten eiskalten Advent wandert, es schneit, wie in einem geträumten Reigentanz kehren die Menschen, Mythen und Zeitalter wieder und es ist das erste Mal in seinem Leben, daß er heimfindet, daß er sich wiederfindet in seinem Gedächtnis mitten in der Zeit, daß er mit dem Finger draufzeigen kann und ganz genau weiß, es gibt was, das wird er für immer wissen. Und da und dort! Zwei Tage vor der Währungsreform, im grauen Abendregen, im trüben Licht hat sie ihm von dem letzten alten Kriegsverlierergeld in ihrer Ratlosigkeit schnell noch zwei kleine Pferdchen aus Holz gekauft, eins ist schwarz, eins ist weiß. Die nicken bei jedem Schritt; wie hell und weit die Welt wird! Die Fensterbank ist meine Sommerweide, er wirft ihnen gekräuselte Wollreste vor, hier habt ihr saftiges Friedensgras, meine lieben lebendigen Pferde!

Dann eine andere kontinuierliche Gegenwart in der er seiner Firma, die ihm nicht gehört, jetzt bin ich erwachsen und bin wer, Tag für Tag jede Woche die meisten Aufträge reinbringt, unser Starverkäufer. Kaum zu fassen: wo ich hinkomm, kann mich jeder gut leiden (wem seine Firma gehört, weiß er nicht; was geht mich das an).

Jeden Morgen zwei Stunden Gastritis, Zähneklappern, ein Kollaps, Magenkrämpfe, bei jedem Hautjucken denkt man gleich mindestens Krebs und wer weiß, was die Zukunft noch bringt, aber den Teufel haben sie abgeschafft. Nach jedem Erwachen die Welt neu ordnen! An Maßanzüge, der armenische Schneider heißt Thumbian am Opernplatz, Konferenzen und feine Hotels ist er längst gewöhnt, geschenkt wird dir nix, friß die Aufputschpillen! Was sagt der Wetterbericht?

Er trägt Seidenhemden, hat reden gelernt und raucht achtzig Zigaretten pro Tag. Jeden Morgen Gastritis, Ohnmachten, Todesverachtung und Fernet Branca, zwei Silberbecher – kipp ab! Kreislauf, Vitamintabletten, Alka Seltzer, Augentonikum, Autosuggestion und ab zehn (manchmal kommt die Sonne durch) sind Schmerzen und Panik wie weggeblasen: die goldene Nadel der Direktion, eingetragenes Mitglied im Bundesverband junger Unternehmer, Kreditkarten, Scheckhefte, Telefon, Kellner und Sekretärinnen huldigen ihm resp. Seiner, er strahlt wie ein Werbeplakat.

Es geht immer wieder auf Mittag, er hat seinen Text gelernt, wieso soll er nicht an die Zukunft glauben – schluck vorsorglich noch zwei-drei glatte Pillen! Zigarren leider schmecken ihm nicht. Keiner aus seiner Verwandtschaft und keiner aus seinem Jahrgang hat es bis jetzt schon so weit gebracht; keiner den er kennt jedenfalls. Nächstens wird er sich, der erste richtige Frühlingstag in seiner Vorstellung, makellos, einen silbernen Jaguar kaufen, Zwölfzylinder. Selbstredend Autotelefon und die Sitze mit Leopardenfell. Lang genug gewartet. Eher doch wohl einen Bentley, aufwärts geht immer weiter, jede Zukunft wird eine bessere Zukunft. Wie fett die andern schon sind, Zeitgenossen. Bis ich sterbe, bin ich so weit, daß ich die führenden Fachärzte für alle Leiden um mein Krankenlager versammeln kann, wochenlang, ein komplettes Kollegium kostspieliger Kapazitäten: um mich herum himmelan erbaut sich lautlos vollautomatisch eine perfekte Privatklinik, eine uneinnehmbare Festung. Auch ein bis zwei Kardinäle (egal was das kostet) werden dabei sein.

Das hat noch Zeit, noch lang hin: dann bin ich General Manager für Europa und Übersee und werde samt Vollmachten, Chauffeur, Leibwache und Sekretariat in einem fahrbaren Sitzungszimmer, eigens angefertigt, in einem nagelneuen goldenen Rolls Royce beerdigt R.I.P. Auf dem Börsenplatz und im Palmengarten. Nein, der diamantengeschmückte Düsenjet mit meiner Leiche, startbereit, wird den Sonnenaufgang abwarten, noch einen Tag (der Weltluftverkehr eigens eingestellt, Funkstille), das ist der *längste* Tag: dann donnernd empor, blitzschnell pfeilgerade in den pompösen Sonnenuntergang hinein, pures Gold, dann fliegen wir heim. Meisterhafte Agentur-Traueranzeigen, Millionen mit Bildung sinnig zu Tränen gerührt, Leben hast du gesucht! Dann als Dauer-Leihgabe ins Museum.

Nein, alles ganz anders, hör zu: ich bin der nette Verrückte der vor vielen Jahren am Baseler Platz schuldlos die letzte Bahn verpaßt hat, die Fuffzehn nach Niederrad, und seither nicht mehr heimfindet. Sie fuhr ja selbstredend vielzufrüh ab und ich bin verloren – bin das immer noch ich?

Da hat er mit vierzehn als Lehrling, eine alte Geschichte: bei einer betrieblichen also Betriebsfeier ist er im Trubel irgendwie direkt am falschen Tisch zu sitzen gekommen und hat aus Verlegenheit aus Versehen ein großes Glas Rum ausgetrunken. In einem Zug, atemlos, das brennt in dir drin (da muß sich einer einen dummen Scherz) und macht ihn so traurig und froh und hingerissen und besessen von sich selbst mit all seinen Sinnen, danach gab es Firmensekt, sauf noch ein Glas! Mitten im Winter, wieso hat ihm das denn keiner gesagt, daß das Zeug so eine Wirkung und ich hab das nicht gewußt.

Und lacht und weint, kann plötzlich Gedanken lesen: auf einmal bist du allwissend und deine Zärtlichkeit wird so groß, daß du dich abwenden mußt und doch nicht zu gehen vermagst, nicht weggucken kannst. Aller Augen hingen an ihm und als ob er tief in sich und in sie hineintaucht, versinkt, er *fliegt,* er kann tanzen, erwachsene Sekretärinnen. Auch noch nie so heilig ernst und so wahnsinnig witzig gewesen. Was soll denn passieren? Die Wahrheit, das bin doch ich: ein seltenes Instrument auf dem die Trunkenheit spielt und spielt. Und kann gar nicht aufhören zu agieren.

Am nächsten Tag, kaum zu sich gekommen: erst denkt er wie untertage verschüttet, der Film ist gerissen, total ein Blackout! Dann die Bruchstücke von Einzelheiten unverständlich und grell in seinem Scherbengedächtnis und wie ihm davor graut – was hab ich getan? Nie wieder: nie wieder wird er sich dort oder irgendwo zeigen können noch weiterleben als Mensch, ein Verfemter! Doch waren sie, wie er wieder hinkommt (statt daß es sein verzweifelter letzter Gang, bloß im Morgennebel als grauer Kittel geduckt die übergeordnete Post aus dem Schließfach geholt), wie sich gleich zeigt waren allesamt glatt begeistert von ihm. Gleich ein Nachtrunk: sauf weiter Sekt! Die Erleichterung. Seither nicht mehr nüchtern geworden, bis auf den heutigen Tag.

In aller Herrgottsfrühe (um die Henkersmahlzeit beschissen) bin ich jede arme Seele, die heut wieder vielzuspät dran, fröstelnd, wo gehts hier zum Richtplatz? Da lang, während die blöde Bahn sich im Nebel verirrt hat, wie blind durch die reihenweis namenlosen Vororte kriecht, knarrend, ächzend, stöhnend, wie sie schwankt, mehr steht als sie fährt: steht-fährt-steht, man weiß nicht warum – jedesmal, wenn sie zu bremsen anfängt, wird dir gleich ein bißchen mehr noch zum Kotzen. Dann eine Weile ist ihm, er schwebt wie lebendig begraben in einer milden Ohnmacht dahin, die Katharsis liegt ihm auf der Zunge wie eine letzte bittere Pille, die zu schlucken er außerstande, vergeblich, und solchermaßen tausendmal tausend Tode starb, alle Tage: blöde angegafft von allen Seiten unbeholfen in öffentlichen Verkehrsmitteln starb, unzählige Male, morgens um 07 Uhr 30; Vororte namenlos und wir werden nicht wiederkehren.

Während die Scheiben beschlagen, immer dichter. Während (halt kundig die Luft an) die Welt, die da draußen scheppernd vorbeizieht, davonfliegt, immer schneller verblaßt und vergilbt, sich auflöst und gleich gar nicht mehr da ist sie weg – keiner kann sich erinnern, mitten in Raum und Zeit: ach, die? alte Erde? Kopfschüttelnd, ja also, du sagst, daß sie rund war. Und blau aus der Ferne. Sie wissen es nicht.

Wo gehts hier zum Richtplatz? Ich bin amtlich der Herr Delinquent. So ein abgerissener Spinner, der sich da vorm Lokalbahnhof in einer Pause des Regens (es ging auf den Abend zu, nasse Straßen und der Himmel fing an zu leuchten) unberufen zu großen Volksreden aufschwingt. Über mächtige feindliche Mächte nämlich und daß die den Dreh jetzt raushaben, nämlich Strahlen! Da haben die jetzt, da können die bald jederzeit überall damit zwischenfunken, eine Art Sender zur geistigen Fernsteuerung, unmerklich – direkt ins Gehirn!

Und wie er deswegen noch aufgeregt am Rumfuchteln ist (gleich wird es weiterregnen) und will dazu *schnell* einen Schluck aus der Flasche, schon aufgeschraubt, griffbereit: da glitscht sie ihm glatt durch die Finger und fällt und knallt hin und rollt weg und schon schwappt der süße Wermut rot in den dreckigen Abendpfützen (scheißschmierige Plastiktüten was er ewig schon mit sich rumschleppen muß). Und bis er sie einfängt und aufhebt – sachkundig schräg ins Licht halten: leer, so ein Pech, so ein Unglück, das trifft ihn. Vorhin noch extra dafür in die überlaufene Kaufhalle mit den letzten paar mühsam geschnorrten Groschen, Freitagabend, jetzt mach eine Flaschenpost draus. Schien eben noch unerschöpflich. Verwinden: wird er das nie! Außerirdische, die Russen, das Pentagon oder sonstige offizielle Geheimgesellschaften, dahinter die wahren Drahtzieher! Hört ja doch keiner hin, Mensch, schad um den guten Fusel.

Und verschwindet mit seinen abgetragenen zwo Plastiktüten, aber nix mehr zu trinken im Abendgetümmel. Zwischen eiligem Fußvolk und Herden von Vorortbussen, die ohne Unterlaß an- und ablegten (wird kalt heute Nacht). Schuhe schon ganz aufgeweicht beide und fangen jetzt an, sich aufzulösen für immer: spurlos, irgendein Irrer der im Regen schräg den abschüssigen Rinnstein langstolpert, der sich steil vor ihm aufstellt, jäh abkippt; ganz verstört von Weltraumstrahlungen faselnd, fassungslos, armer Narr. Und weißgott, *ob er nicht sogar recht hat!* Sie haben uns längst im Kasten, wer hat er nicht gesagt.

Hat er als Bankkassierer (zwoter Kassierer) aus Pflichtgefühl den Verstand verloren, womöglich beim privaten Sonntagsspaziergang? *Die* Verantwortung alle Tage: schon jahrelang, lautlos die blutleeren Lippen bewegend, zähle ich jeden Hauch.

Ist er einer von den vielen Schaffnern die durch die unfehlbaren neuen Fahrscheinautomaten endgültig ungültig wurden und abgeschafft? Seit Jahren schon jeden Tag kommt hier mindestens ein erledigter alter Rentner der die Welt nicht mehr versteht, gestern auch schon nicht, meistens Kleinstrentner, unter die Straßenbahn: Knochenbrüche und innere Verletzungen; Witwen auch. Zahlreich. Die meisten sind nicht gleich tot, nicht ganz, sondern machen noch ein paar Stunden so mit. Macht sich auch besser, wenn sie vom Unfallort erst noch ins Unfallkrankenhaus, statt gleich direkt in die Leichenhalle. Kaum daß die gestreßten (angeödeten) Wagenführer sich noch die Mühe machen, auf Strecke vergeblich zu bremsen; erst nachher. Zwecks Protokoll und vorgeschriebenem Funkruf an die Zentrale: Wieder einer! Kapiert der am andern Ende nicht gleich: Wieder einer erledigt! Muß man auch noch zusätzlich ein leidiges Formular ausfüllen. Die täglichen Dreizeilen-Zeitungsmeldungen, immer die gleichen, absichtlich so abgefaßt und placiert, daß sie kaum ein Mensch liest, Lokalteil. Jedoch wird bestritten, daß den Wagenführern Prämien dafür gezahlt werden: vorgesehene Fahrzeiten, menschliches Mitgefühl und insbesondere der knapp bemessene amtliche Etat verbieten uns! Vor der Wahl versprechen sie reihum das Blaue vom Himmel, jedem sein Eigentumsparadies und nachher bleibt kaum genug Luft noch zum atmen.

Oder gehört er gar zu den amtlichen Kontrolleuren, die nicht länger mitmachen wollen? Sich jetzt, wie man hört, in Massen in die Wälder schlagen. Auch haufenweise entlaufene Briefträger jeden Tag; Postguttaschen und Uniformstücke werden in Hauseingängen gefunden. Ganze Scharen sollen schon dort sein und ich mach das hier auch nicht länger mit! Bis ins kleinste hat er alles vor- und vorbereitet und Fluchtwege und Gegenideologien auswendig gelernt, aber das ist jetzt jahrelang her und doch ist er – übereifrig aus Tarnungsgründen – immer noch da. Alle zwei Jahre eine lausige Lohnerhöhung und die schäbige Ehre noch obendrein (bin das immer noch ich?). Geht täglich ins Amt und wartet und lauscht und horcht und wartet geduldig auf die Signale.

Lang nach Mitternacht, die leeren nassen Asphaltstraßen glänzen wie schwarze Spiegel, versucht er auf dem Alleenring zwischen den Fahrbahnen eine Laterne darzustellen: mein Name ist Kandel-aber mir sind schon steif beide Arme. Das ehrt mich. Als ob wir hier auf der Milchstraße sind (wie die Jahre sich gleichen): vereinzelt späte Autos die mit hundertfünfzig angerast kommen und erst im allerletzten Moment verdutzt einen jähen Haken schlagen – wie nervöse Raketen zischen sie um ihn herum. Er steht da und grinst: weiß es besser.

Morgen wieder der gleiche Film, wie er sich überstürzt aus der Pfütze erhebt, alle Morgen, Kloakengeschmack im Maul, und triefend eine lange steile (die gleich brummend anspringt, bloß allzeit verkehrtrum) Rolltreppe rauf-runter-raufstolpert, wohin denn? Vielzuspät dran zwischen Himmel und Erde, todmüde, noch ein Tag. Was heißt denn Zufall und Zukunft, deine Chance hast du gehabt. Überall liegen gestrige Bettler herum, teils schlafend, teils tot. Es war zwar die falsche Rolle, doch deine Chance die hast du gehabt. Nicht gefragt, nicht gefragt, hier die Zeitung, dein Urteil und jetzt beeil dich! Nie keine Atempause, Herrgott, wer bin ich denn? Nach jedem Erwachen die Welt neu ordnen!

Ganz verstört und verschlafen der elende kleine Backsteinbahnhof um fünf Uhr früh, ein schiefgesichtiges Hühnerhaus hoch auf der Leiter, in dem er es dennoch irgendwie fertigbringt, blitzschnell seinen jederzeitigen heutigen Morgenschnaps zu erstehn, jederzeit, aber ja, eine ganze Flasche. Gibts keine größeren? Lieber zwei d.h. drei, ein halber Liter für jetzt und zwei halbe Liter zum Mitnehmen! Noch ein Schluck, säuft im Gehn, nur weiter, immer weiter! Triefaugen, der Himmel ist lang vor Tag in den Pfützen ertrunken. Was da so jämmerlich jault, keine Angst, sind bloß Automaten. Ruckweise (wohin?) hastet er egalweg über den schrägen Abgrund von Bahnhofsvorplatz, wie in einem Film der gleich reißt und alles fängt an zu *flimmern.*

Vielleicht muß er sich jeden Tag alles neu ausdenken, am Ende er auch: die ganze (bekannte) Welt!

XII

Dann eine lange krumme Gasse geht er entlang zwischen niedrigen alten Häusern, die stehen ganz schief da. Das Pflaster ist kobaltblau. Jedes Haus hat ein Gesicht; jedes Haus ist mindestens dreihundert Jahre alt. Es ist die Kelsterbacher Straße in Niederrad und mitten im finstersten Mittelalter, das träumst du ja wieder nur. Auf jedem Dach hockt der Teufel und hält ein Gelage. Doch schon ist alles von Schnee bedeckt, der in der Sonne glänzt und ein Lied, eine einfache kleine Flötenmelodie, ach du Kind, hüpft munter den Weg entlang; Mittag. Und dann, zusehends, trübt sich das Bild. Wo will ich denn eigentlich hin? Das fragst du dich jetzt? Noch tausend Schritte, da hab ich, wieder ein anderer, auchmal gewohnt. Ein blitzschnelles Schneegestöber, immer dichter, wie eine blinde Wolke hüllen die Flocken dich ein, gute Nacht. Es war noch nicht einmal drei Uhr nachmittags und ich wollte fortgehn von dort, ja für immer.

Eine schwarze Katze, das Pflaster so bucklicht, und siehst du die Raben da auf dem Dach? Was schreien sie immerfort? Vögel als Vogelscheuchen, was krächzt ihr Brüder? Ich kenn euch längst. Schrill quietscht die Bettlerfiedel, die rostige Wetterfahne da auf dem First; der Greis ist barfuß, erkennst du ihn nicht? Das kleine blonde Mädchen an seiner Hand, meine Schwester, siehst du nicht, wie sie friert? Sie zeigt ihm den Weg. Die Wolken am Himmel haben sich zusammengefunden wie in der holländischen Landschaftsmalerei des siebzehnten Jahrhunderts bei van Goyen oder Aert van der Neer; Kinder gehn Schlittschuh laufen. Ihr verrückten Raben, was schreit ihr Tag für Tag in mein eisblaues Morgenfenster, heller wirds heute nicht, und weshalb seid ihr so verstört? Große schwarze Vögel, die langsam mit ihren Flügeln winken und winken immerfort, Bettlergestalten, wer schickt euch nach mir? Schon die Scheibe beschlägt, sichtbar, das ist meine Einsamkeit, und friert stetig zu; besser auf- und davongehn. Blitzschnell war die Nacht da, wir sinken. Längst bin ich müde bis auf den Tod, soll ich mit dir gehn? *Fremd bin ich eingezogen. Fremd zieh ich wieder aus!* Die ganze Zeit gingen die Schubert-Lieder von Wilhelm Müller mir im Kopf herum. Die Winterreise. Und ob sein früher Tod, gerätst du gehörig ins Grübeln, eine Niederlage war oder nicht. Damals war ich zuviel allein. Ich stand am Fenster und versenkte mich in den Anblick einer hohen Mauer. Zehn Stufen tiefer, ein Fremder schon, wenn ich mich auf dem Treppenabsatz auf die Zehenspitzen stellte, konnte ich durch eine Art Luke mit Mühe in einen leergefegten Werkstatthof hineinschauen: blindes Glas und Beton. Dort wurde schon lang nicht mehr gearbeitet.

Nur manchmal kam eine alte Frau daher mit einem ramponierten (ehemaligen) Kinderwagen; viele Bündel, Taschen und Tüten drauf: eine Lumpensammlerin. Doch sie suchte nichts, sondern kam um sich auszuruhn.

Sie schluchzt und jubelt, sie ist allein auf der Welt. Zehn-zwanzigmal zählt sie da ihre armen heiligen Habseligkeiten, herzt und küßt sie wie Puppen, Kinder, ein ums andere Ebenbild, Fleisch und Blut, Leben mein! Oder sitzt auf dem kostbarsten von ihren Bündeln, hat die Katzen des Viertels um sich versammelt und teilt ihre Vesper mit ihnen: Abfälle aus den Mülleimern. Was mag das sein, was sie ihnen da predigt Wort für Wort und jede Katze hört aufmerksam zu? Klar galt sie allen dort als verrückt; jeder kennt sie. Wie ausgestopft, wie eine unbeholfene Stoffpuppe: fünferlei Kleider, Jacken, Röcke und Kittel übereinander, Gottes Segen, Filzpantoffeln und – es wird immer kälter – in einer hoffnungslos *anderweitigen* Welt behütet einzig und allein von einem ernstgemeinten Pudelmützchen, rot und blau. Wie ein Derwisch hüpft und tanzt sie im Hof herum, in den Pfützen. Singt um sieben Uhr früh im Regen auf Polnisch Ave Maria. Noch finster; eisiger Januarregen der ohne Ende auf den schmutzigen Schnee fiel und klatschte, in Strömen. Wie auf einem Bauernhof der zum Sonnenaufgang hin liegt, so früh kommt sie oft. Und hat dabei doch schon ein gutes Stück Wegs zurückgelegt.

Sie nannten sie dort die Hühnerfrau; sie ist die Tante aller Tiere. Den Kiosksäufern, selbst meistenteils Penner und die wenigste Zeit ganz bei Trost, ist sie die Ärmste der Armen. Sie geben ihr einen Schnaps aus und lachen: ha, die spinnt! Das ist so eine verrückte Pollackin, sie stinkt wie die Pest. Wie ein Misthaufen, hau jetzt ab! Den Schnaps wird sie trinken mit pantomimischen Gebärden; wenn es ein Flachmann ist und tut keiner sie drängen, nimmt sie den Rest lieber mit. Sie machen ihr reihum Heiratsanträge oder tun, als wollten sie ihr den Kinderwagen entreißen: Beschlagnahmt! Geschenkt! Da steht sie und weiß keinerlei Miene zu jedwedem

Spiel: aus welcher Ruhe soll sie sich denn bringen lassen? Pausbäckig, mit ihrem gutmütigen runden Apfelgesicht, als ob sie immerfort lächelt, wie für ein Kind gemalt.

Gern hätte ich alle Türen und Fenster für sie aufmachen lassen, mitten im Winter. Keiner weiß, wo sie wohnt. Das Dach wird mir über dem Kopf zusammenfallen, der Boden unter den Füßen. Und das ganze finstere Lügenhaus wird wie ein selbstmörderischer Fahrstuhl senkrecht in seinen eigenen tiefen Keller stürzen: es wird nicht mehr lang dauern! Fenster gen Westen. Zähl die Tage (sie zählen nicht). Die Vögel haben aufgehört zu singen. Immer waren Wolken da, den Sonnenuntergang zu verdecken; alles so starr und tot. Ich stand da und hielt den Atem an, um aus der Luke zu schauen; verging eine Weile Zeit.

Und danach war ich so verzagt meistens, daß ich („Ruh eine Weile, wenn Gott fort ist") gesenkten Kopfes die paar Stufen, zähl sie doch, jede knarrt anders, wieder hinaufstieg, erschöpft: mich verkriechen in meiner Kammer; komm ins Grab!

Ich war mir selbst wie ein unbehaustes Gespenst, so verlassen, als ob ich schon gar nicht mehr auf der Welt sei. Jeder Laut schreckt mich. Manchmal, zurückgekehrt, eben erwacht (mit letzter Kraft): ohne es gleich zu merken sprach ich Worte vor mich hin in der vorgeschrittenen Stille, in meiner Kammer, mich friert, Worte und ganze Sätze – und dann (unterm Dach, mir ist kalt) erschrak ich über meine eigene Stimme, so fremd. *Habe ja doch nichts begangen, daß ich Menschen sollte scheun!* Nicht die Nerven und auch kein Geld mehr für Kneipen, aber ich hatte ja noch mein ergiebiges kleines Bauernfäßchen mit Walnußschnaps und eine Ballonflasche Kirschwein, schon eher Likör, fünfzig Liter. Ein Glücksfall. Aus dem Badischen, fast geschenkt. Der Schnaps so wasserklar lupenrein brennend und bitterscharf, daß ich immer gleich atemlos Unmengen Kirschwein nachtrinken mußte, dunkelrot, süß und klebrig. Bis das Licht in deinem Kopf explodiert. Und dann nimmst du vorsichtig wieder noch einen Schluck von dem Schnaps. Denk an die Bäume, uralte Nußbäume, rauschen im Wind heute Nacht. Und die Kirschen, wenn sie blühen am Dorfrand ein lichter Wald. Hundertvierzig Kirschbäume oder was er gesagt hat, hinterm Haus auf der Wiese, sein Großvater hat sie gepflanzt. Da war ich ein Kind und bin barfuß gelaufen. Und zeigt mit der Hand, wie er sich selbst noch nicht einmal bis zum Gürtel gereicht hat; jetzt auch schon bald achtzig.

Nachts saß ich am Fenster und schrieb; es war kalt im Zimmer. Ich schrieb um mein Leben. Von Zeit zu Zeit bebte der Fußboden und die Tür hinter mir (ich hätte nicht mit dem Rücken zur Tür sitzen sollen, doch diese vier Wände ließen mir keine Wahl), die Tür sprang von selbst auf: jäh ein Luftzug traf meinen Hals und mir war, als hätte mich jemand gerufen (doch nur die Toten zogen durch die Gassen). Nichts, niemand, nur das Licht zittert und die Scheiben dröhnten leise in ihren Rahmen. *Soll ich mit dir gehn?* Besser schlafen. Schneefelder, kahle Bäume die sich gestikulierend zusammenrotten in der Dämmerung; was wollt ihr von mir? *Jetzt merk ich erst, wie müd ich bin!* Ferne Welt, da neigt sich mein Tal; kann sein, daß er so erfror, bloß ein Traum. Schläft er? Ein Selbstgespräch auf dem Eis: ich möchte schlafen, aber du mußt tanzen!

Der Greis, das Kind, Schleier zogen vorbei, ganz feiner Kristallstaub der in unablässigen Wirbeln panisch kreiste über dem Eis: ach Mütterchen, Mutter, längst tot sind die mir da winken! Der Schnee fing zu treiben an, noch tausend Schritte – *bin matt zum Niedersinken, bin tödlich schwer verletzt!* Willst du glauben, was in der Zeitung steht, so haben sie meine Leiche erst im nächsten Frühling gefunden; Grablegung anbei. *Ach, daß die Luft so ruhig, ach daß die Welt so licht!/Als noch die Stürme tobten, war ich so elend nicht!* Erst jetzt, da ich tot bin, schweig still, mein Herz, amtlich (aber bin das noch ich? schläft er?), kann ich richtig zu leben anfangen. Unbeschwert, ins Blaue hinein. Das, sagt man dir, sei normal? Und zählt es noch oder nicht?

Sind das Schiffe die rufen? Nacht und kein Stern am Himmel. Wenn sie doch auf dem Fluß, so ein Lastkahn wenigstens, und hätten auf ihn gewartet. Und gleich auf und davon!

War es nicht schon am Nachmittag, heute, daß ihn unvermittelt vertraut so eine *Ahnung* direkt überkam? Bloß dann bist du eingeschlafen, erst in der einen, dann in der nächsten und in noch einer Kneipe, dann auf der Bank, dann im Gehn: immer steiler die Straße und schlingert so. Im Nebel, im Nieselregen. Da hast du mit sperrigen Gliedern eine Treppe als Bett, einen großen Stein gesucht für dein müdes Haupt, eine Tür um dich anzulehnen. Wie eine schwere Betäubung dein Schlaf in all dem heftigen Stimmengewirr fort und fort und hat dich überwältigt; hat sich soviel Müdigkeit angesammelt, Jahre und Jahre. Deshalb auch hast du dich vorhin beim Aufwachen, schon wieder im Gehn, bergab jetzt, immer noch hier und wußtest nicht wo du bist, deshalb hast du dich dann nicht gleich erinnert: das macht nix, da kommt es doch nicht drauf an. Eine Verabredung jedenfalls: wie und woher, das mußt du doch jetzt nicht wissen. Vor langer Zeit einmal bist du mit deinen Gedanken über eine Brücke gegangen. Und war dir da nicht, kommt dir jetzt vor, als hättest du es schon damals gewußt? Das *trügt* nicht, das kannst du mir glauben!

Er beeilt sich, er geht immer schneller. Gleich außer Atem: wo denn, wo? Im Osthafen oder am anderen Ende, bei der Griesheimer Schleuse, das ist es: endlich ein Ausweg! Keuchend, warum nicht viel früher schon? Dein Schlaf zerbrochen, kaputt, nicht länger bewohnbar; jetzt hast du kein Haus, jetzt hast du auch keinen Namen mehr und mit dem ewigen Knirschen dir die Kiefer und Zähne ruiniert. Als hättest du jeden Tag Eisen gefressen, selbst Eisen, ganz rostig schon, so spürst du jeden einzelnen Knochen und dein Herz ein gefangener Vogel. Ob es nicht schon zu spät ist? Es ist wahr: diesmal ist es dir hier nicht gut ergangen. Ist es denn nicht in Wahrheit, unter uns, im Vertrauen von Tag zu Tag und mit jeder Wiederkehr schlimmer geworden? Die alte Welt, wozu noch länger verweilen? Dazu ist der Fluß ja da: daß man leichten Herzens die Stadt verläßt, die Schatten, die Lebenden und die Toten. Ging unter vor fünfhundert Jahren.

Hörst du, das Glöckchen bimmelt! Noch weit bis zur Schleuse, das werden noch gut drei-vier Stunden Weg. Da hilft nix: Geschichten, Gebete, sag dir dein Leben oder was du dir vorsagen magst, eisern, nie müde geworden, mußt du gehen und gehen!

Bei der Schleuse die Lichter. Wenn du hinkommst, sie werden schon auf dich warten. Bloß Binnenschiffahrt; dicht an der Böschung dein Kahn, du siehst ihn zum erstenmal, und liegt da viel größer als du ihn dir ausgedacht hättest. Direkt vorm Schleusentor in der Fahrrinne; hörst du, ein Diesel. Jetzt fällt dir auf einmal ein, wo sind denn die geduldigen alten Flußdampfer alle hin? Mit ihren Schleppzügen, mit der Wäsche drauf flatternd; du siehst dich noch winken und winken. Sie haben zu deiner Kindheit gehört, genau wie die gutwilligen Kühe und Pferde, die Feldwege die dich mitnahmen, die Haselnußsträucher und Brombeerhecken. Die Jahreszeiten, die Hecken- und Holzschuppenwinkel, lebendig das Federvieh um jedermanns leibliche Füße – das war doch nicht bloß ein Bilderbuch! Und die fleißigen Dampflokomotiven durch die Nächte und Tage, vom Meer bis zum Alpenschnee, von Küste zu Küste. Sonne und Regen, die Luft und die Erde. Du bist nie gefragt worden und jetzt weißt du nicht einmal, seit wann sie denn eigentlich weg sind: wie gelogen, wie nie gewesen! Und die Zeit ist mit ihnen weg, ist gegangen.

Du wirst auf der Böschung, schräg, wird der Wind aus welchen Nachtfernen her in der Dunkelheit übern Fluß, naß und kalt, wirst du wie früher das Wasser, die Erde riechen und sollst dich selbst wieder kennen. Einer Heimkehr gleich: der du warst oder sein wolltest. Deine Angst, es könnte zu spät sein, vorbei. Die Positionslampen und Signallichter wie Augen: es wird sein, wie wenn sie dich grüßen. Eine Erregung, als solltest du weinen, ein Vorgefühl, eine große Ruhe zuletzt werden auf dich gewartet haben. Im Nieselregen, jetzt schon an Bord, noch fremd, wirst du durch ein Querfenster in die Kajüte sehen können, im Lampenlicht, sie wird aufgeräumt sein. Wird der Motor sich gleich mächtig anstrengen und der Boden unter deinen Füßen, das Schiff wie ein mächtiger Leib fängt zu beben an. Wird vor euch in der Finsternis die Schleuse wie ein offener Backofen aussehen oder wie ein beleuchtetes Aquarium? Wie die Öffnung, das Luftloch in einem Heißwasserboiler in dem, drehst du den Hahn auf, alle Gasflammen rauschend emporbrennen. Gleich euer Zeichen zur Einfahrt, dann legt ihr ab, hat der Wind beigedreht, hörst du das Glöckchen bimmeln, hörst du das Horn langhin gleichmütig tuten und die Rufe versinken, wird das Beben schon in ein dauerhaftes Vibrieren übergegangen sein und das wird sein, als ob du es von je her gekannt hättest.

Nicht lang fragen wohin! So ein gewaltiger Kasten und dann sind es doch nur ein alter Mann und ein halbwüchsiger Junge oder jedenfalls sind es nur diese beiden, die du zu Gesicht kriegst; sie werden dir schweigend zugenickt haben. Kaffee mit Rum, eine Thermosflasche für jeden. Die lange Nacht. Dir ist, du müßtest Bescheid wissen, dich erinnern und dann doch wieder nicht. Wie alt, fragst du dich, wo denn her, welchen Weg gekommen und wer mögen sie sein? Oder ich, genauer gesagt: was haben sie und ich hier zu bedeuten? Nie am Ziel, nie am Ziel! Oft hast du gewartet, hast zugesehn, wie es hell wird; so geht sie und geht, die Zeit. Wie der Motor klopft und klopft unter deinen Füßen: wir fahren! Und wo, wenn der Tag, wenn der Morgen uns wie zum letztenmal findet, noch einmal, wo sind wir dann?

Wenigstens so ein Riesenlastwagen, wie eben wieder einer haushoch vorbeigerauscht ist, daß du den Luftzug noch bis auf die Knochen spürst; Güterferntransporte international (TIR). Sind die Strassen nicht voll davon? Vier Achsen, wenn nicht sogar sechs, und du hast dich jetzt lang genug allein abgeschleppt, sogar Eisenklumpen und Felsblöcke kann der für dich tragen. Die Reifen jeder fast wie eine Haustür so groß, der kann dich doch mitnehmen! Neben dem Fahrer wirst du sitzen, barfuß, Hemd offen: in beträchtlicher Höhe. So ein unerschütterliches Grinsen, du wirst es schon lernen in dem ständigen Gerüttel.

Speis und Trank überall, sogar Landkarten, eine ganze Aktentasche voll Kartografie und Namen und Fahrtrouten für zehn Jahre im voraus und was ihr nicht mithabt, wird sich beizeiten finden. Am Wegrand finden. Laß dir das gesagt: keiner wird euch gewachsen sein! Laßt den Motor und die Musik triumphierend losdonnern und dröhnen, ohne Unterlaß schreit ihr euch eure wilden Geschichten zu und der Fahrtwind wird Tag und Nacht über eure heißen dreckigen Gesichter hinstreichen. Und ihr werdet strahlen und strahlen, solche Könige und Athleten wie ihr seid, sondergleichen. Erfahrung, die Flaschen mit Schraubverschluß, Zigaretten gleich stangenweise. Natürlich mit Doppelschlafkoje, die rollt mit: zum Verkriechen, die Betten übereinander; Aktfotos wie im Knast. Um alles in der Welt, wer soll euch denn Vorschriften machen? Wunderbar weiche Karpathenstiefel, thessalische Schafpelze und aus Izmir seidene Halstücher. Wie für Piraten. Und wieder andere ergiebige Flaschen und Erinnerungen aus aller Herren Ländern habt ihr mit und bereit und zurhand für die kühleren Nächte auf Erden; für unsereinen die besten, das weißt du längst, das sind die zehnfach verkauften, die armen, die billigen Länder. Hin und her, da und dort, was sollen euch auch schon Schneestürme anhaben?

Mach dir bloß keine Sorgen, ihr siegt unentwegt! Warum nicht Beständigkeit in der Unrast, so ein Leben kann dauern. Aufträge mehr als genug. Wie billig ihr euer tägliches Kiff habt von Land zu Land und die Tabletten: kommt ihr mühelos dran, Kinderspiel. Am Sraßenrand Europa wie es im Shell-Atlas steht, die Städte versinken in Abend und Rauch. Und immer noch einen beträchtlichen Vorsprung, den ihr erkämpft und euch gutschreiben laßt: für die Ewigkeit. Wozu denn bleiben, es tut bloß weh!

Stattdessen: zu was für Flüchen und Beschwörungen und glorreichen wahren Geschichten euch jede künftige Vergangenheit jederzeit herhalten wird, ausnahmslos, da ist lang noch kein Ende in Sicht.

An einem Nachmittag wie dem heutigen, hör zu, wirst du dich auf den Weg machen: es wird wie ein Sonntag sein, aber doch kein Sonntag, wenn du endlich an den stumm und erbittert kämpfenden Kindern vorbei (auf Leben und Tod, sie wissen Bescheid) in die leere Fabrikstraße einbiegst; die kann doch nicht für die Ewigkeit sein, solche sprachlosen Mauern. Wozu denn Herzklopfen jetzt, das ist nur so eine dumme Angewohnheit von dir, wohl von früher. Ausgeschlafen oder nicht, du wirst keine Minute zu früh und keine Minute zu spät dran sein. Ein Lastzug nach dem andern hat schon an dir vorbei die Ausfahrt passiert. Aber deiner, das siehst du gleich: der wartet da vorn! Wirst du gleich auf den ersten Blick, keine Angst, da steht er beladen und abfahrbereit.

Und die Lagerhäuser, soll man sagen, sie schlafen? Gleich könnten Flammen daraus hervorschlagen. Bewegt ein Luftzug kaum merklich die Planen und das Licht fliegt drüberhin, mußt du weit zurück an einen alten stillen Abendteich denken. Den du doch einst wirklich gekannt hast. Und jetzt hier und kannst es kaum glauben. Hat er dich jetzt schon im Spiegel drin? Gleich hörst du den Motor anspringen und seufzen erleichtert die Bremsen. Ja richtig, dein Kumpel Fahrer, der Kapitän: das wird eine Überraschung! Ob du als Kind mit ihm gespielt hast, Junimorgen, ihr habt die Welt entdeckt und die Zukunft der Welt, oder ist er der Fremde, der Andere, der dich vor vielen Jahren am Nordkap gefragt hat, nicht wer du bist, sondern höchstens woher du kommst und wohin des Wegs, Bruder.

Während du von hinten auf euren Zug zu, gleich werden dir unsere Namen einfallen, während du auf deiner Seite gemächlich nach vorn stiefelst, vergehen fünfundzwanzig Jahre. Gleich losfahren, auf und davon: nach Genua, Syrakus, nach Marseille, schnell ein Schiff! Oder in der Frühe weiter nach Lissabon, Algeciras, Tanger und dann zu Fuß: wie lang die Wüste, in Einsamkeit brennend, schon auf dich gewartet hat, ruft und ruft. Und das glückliche Afrika deiner Kindheit. Wo der Fluß eine Biegung macht und durch das klare Wasser in dem sich andächtig unsere Heimat, der Himmel spiegelt, vom Morgen bis in die Nacht hinein, Tag für Tag leuchtet der Sand auf dem Grund gelb und silberweiß wie in einer Sanduhr die reine Zeit; hinterm Wald, hinter dem Horizont hinterm Horizont, hörst du nicht schon die Trommeln? Insgeheim klar hast du immer gewußt, daß man *doch* zu Fuß hinkommen kann und sie werden in aller Freundschaft schon auf dich gewartet haben in ihren prächtigen Zelten, im Schatten, in ihren Baumhäusern und Grashütten, Brüder und Schwestern. Frieden sei unser Gruß, gleich bist du und wärest gerettet.

Wie Höllenfackeln die Schweißgeräte und Lötlampen und dort drüben wühlen sie sogar im Scheinwerferlicht: Unterirdische mit ihren Spitzhacken und Preßlufthämmern, fleißige Unterteufel in Overalls. Sehen ihn nachmittags spät im Winter in Nieselregen und Dämmerung eine Riesenbaustelle überqueren. Unbefugt, auf eigene Gefahr, *gleich* wird er sich auflösen im Nebel: gewesen, ich bin gewesen (um ein Haar noch gekreuzigt worden). War ihm nicht wie schon einmal, als ob er sich nachsah wie er davonging, verloren.

Oder daß sie die unbekannte, teilweise männliche Leiche beim Abbruch des Hauses, der Polier und sein Kumpel, der Emil, erst im letzten Moment entdeckt: na sowas, Mensch! Ganz baff; im Erdgeschoß, neben der Treppe. Mit all den Sachen die als persönlicher Mindestbedarf um ihn rum: eindeutig ein Penner und schon wochenlang tot. Ein langer Winter, vielleicht seit Oktober schon. Und seither sitzt der da, kalt und steif. War morgens um neun, kurz nach neun: wenn man jetzt und wo muß man das eigentlich melden? Grad erst gefrühstückt! Soll doch hätten lieber nicht dem hilft das auch nix, ist nicht mehr zu helfen. Was für Laufereien und Ärger, besser ihn nie gesehn und das bleibt unter uns. Den kennt ja doch keiner mehr. So ein Lumpenhaufen. Lieber gleich wieder raus, Sauwetter auch. Mein lieber Emil! Gibt er als Polier dem ahnungslosen Baggerführer das Zeichen: Anfangen, fang schon an! Und was der Emil ist, steigt mit wie einem Kater zum Kotzen mit zitternden Knien, aber eisern und dennoch auf die neue bananengelbe Planierraupe. Schon vorgefahren der Kipper und ladebereit: Motor läuft.

Die ganze Bruchbude voll Gerümpel, wird es auf die paar Kilo Knochen auch nicht mehr ankommen! Seelenleben, durchwachsen. Wird der Polier auf eigene Rechnung eine Flasche Klaren und schon um halbzwölf die zweite: Mittag, da wird dir ganz mild zumute. Hast wohl die Spendierhosen an? Nur er und der Emil wissen warum und abends kommt die komplette Belegschaft besoffen nach Haus. Oder ist das (erweist sich) doch bloß wieder eine von den abgeschmackt rührseligen Geschichten, die er sich zu seinem eigenen

Trost und Untrost immer gleich ausdenkt: bei schlechtem Wetter zu Fuß unterwegs und wieder kein Geld.

Müde bin ich, was quälst du mich so? Während er sich tapfer auf das eine und nächste Delirium zutrinkt. Jetzt kommen die Bestien des Tages mir schon bis in den Schlaf hinein nach und die Harpyien der Nacht, diese Geier, begleiten mich tagsüber durch die Vorstädte. Welcher Wurm nagt an mir, eine Schlange? Und wo ich auch bin und gehe, ein Motor brummt beharrlich und allgegenwärtig wie in meinem Kopf, wie die müde Zeitmaschine der Ewigkeit. Warum ist mein Herz so schwer und ich kann zu niemandem davon sprechen? Wieso erschreckt jedes Rascheln, jeder harmlose Laut, jeder einfache Schatten mich fast zu Tode? Das bist du, sagt er sich, wo denn hin, wo sind wir denn hier?, geh nur weiter, das bist du alles selbst, aber dafür darfst du dir (hellsichtig) da vorn an der Ecke, da wo die Säufer stehn, siehst du, jetzt gleich eine mittlere kleine Flasche Schnaps kaufen. Verflucht preiswert. Trink einen Schluck und sieh, wie die Lichter glühen im Nebel! Dabei ist erst Mittag, noch nichtmal halbdrei. Neinnein, nicht als Bauschutt von Bagger und Planierraupe abserviert, wo denkst du hin! Vorerst nicht. Daß der Polier und der Emil feierahmds schon wieder besoffen heimkommen herrje, das hat doch auch heute nix ze bedeuten!

Sehen ihn noch am gleichen Abend mit einem, das ist doch, den kennst du auch: *der* Penner der immer von seinem Kumpel in Offenbach nur tut reden, und was für eine prima Bude der hat. Mit städtischem Ölofen drin, Fernseher, Perserteppich, alles da! Doppelbett, Sessel auch: zwo-vier-sechs kann er dir aufzählen, jeden einzeln. Zum Sitzen, bequem. Gefangenschaft, Spätheimkehrer, Sibirien. Manchmal ist er es auch selbst, der diese prima Bude und sein liebes kleines Frauchen und überhaupt alles hat, was er braucht. Und wird dann gleich jetzt bald heimfahren, aber meistens ist es egalweg sein glücklicher Kumpel. Wie Brüder.

Am Hauptbahnhof, an der Hauptwache oder wo sie sitzen, hinterm Rundschauhaus auf der Treppe. Beim Eschenheimer Turm. Eine angebrochene Flasche Jägermeister, die einer von beiden mitgehabt hat, jetzt ist sie leer. Jetzt erzählen, erklären, versichern sie sich und einander immer nochmal, wie sie da eben vorhin, Mensch, den letzten Schluck miteinander geteilt haben! Ehrlich geteilt, ja bei Gott, da kennen sie nix, da kann sich jeder, da soll ihnen bloß keiner! Gerechtigkeit! Versuchen zwischendurch immer mal wieder von Vorübergehenden bescheiden paar Groschen zu schnorren, immer abwechselnd. Eins-sechzig, eins-achtzig oder was kann so ein schneller Flachmann da vorn an der Anlage kosten? Das blöde Volk hats ja viel zu eilig. Nachher kommst du hin und dir fehlen vielleicht zwanzich Fennich, weil so ein Flachmann womöglich zwo Mark kosten soll. Aber für zwo-zwanzich wiederum kriegst du statt Doppelkorn auch schon Weinbrand.* Der andere hat in seinem Bündel gekramt und dreht jetzt zwei Zigaretten. Bevor der Kaufhof zugemacht hat, viel billiger, aber da war ja der Jägermeister noch nicht leer, noch lang nicht. Da sind sie sich doch überhaupt erst begegnet, wie? Und dann erst der letzte Schluck und wo und wann, wie oft und mit wem sie nicht alles schon wieder und wieder den ewigen letzten Schluck als Schicksal geteilt haben, jederzeit, gnadenlos und barmherzig. Und unterbrechen augenblicklich die Pfennigschnorrerei, um dem blöden Volk was sich keinen Begriff davon macht (ziehn bloß die Köpfe ein und gehn immer schneller), um ihnen aus dem Stegreif ihre ungereimten Großspurigkeiten hinterherzubrüllen, Platz gemacht!

Du lieber Gott, soviel Leute was hier vorbeikommen! Das geht jetzt schon stundenlang so. Oder sind es die gleichen und kommen (will alles bedacht sein) immer wieder vorbei, ganz abgelatscht schon und jedesmal noch einen Schritt schneller?

Aber bis du bei denen deine paar Groschen zusammenhast, ja das dauert. Da gehn die Flachmänner hin und unwiderruflich auf und davon. Manche, die sehn dich erst gar nicht, die meisten haben vor lauter Eile gar keine Zeit dafür. Nach dem zwoten Flachmann, das ist nix, so kleine Fläschchen und auch noch zu zweit, da trinken wir lieber gleich Bier! Das rinnt und gluckert dir so vertraut in den Bauch, so lau und gemächlich, das nährt auch. Da kannst du in aller Ruhe hier auf der Treppe auf deiner Jacke sitzen und all diesen vielen Füßen zugucken, wie sie vorbeikommen: fang bloß nicht zu zählen an! Scheints alle kennen die Richtung und sooft dir ein bißchen Angst wird davon oder beinah schwindelig im Kopf, mußt du bloß gleich wieder noch einen langen Schluck trinken –

* Der Wirt da im Häuschen, der Kioskbesitzer hat die Polizeihundeprüfung in allen Punkten mit Auszeichnung, Hasso von Greifenstein. Den Köter für neunzehnhundert Mark kann er ja tagsüber gut im Auto lassen, Rekord Kombi. Aber wo soll er nun die Urkunde hinhängen? Zu Hause ist er den ganzen Tag nicht daheim, ist bloß seine Frau, um die Wand anzuglotzen. Und hier im Kiosk kein Platz. Ja, wenn er auf altdeutsch eine biedere Eckkneipe hätte!

wo ist der Tag denn hin? Da leuchten und brennen vor deinen Augen die Neonreklamen und dahinter der Himmel wie Glas dunkelblau zittert immer so weg.

Sind dir nicht schon heut Mittag auf der Kaiserstraße immer wieder Indianer aufgefallen? Gegen eins, wie die vielen artigen Stenotypistinnen in ihrer Mittagspause kennerisch Parfüm kaufen gingen und hungrig Schuhe betrachten, eilig auf hohen Absätzen klappernd. Und die schönsten Schulmädchen sind mit ihren vollgekritzelten Taschen geil und verträumt zum Bahnhof geschlendert; gern wüßtest du, was für Gedanken sie denken. Da stand die Zeit einstweilen still oder stand beinah still: die Mauern, die Leute, als ob du durch sie hindurchgehen könntest, wenigstens in deiner Vorstellung, und sie auch durch dich und das fließt so dahin, Schemen bloß, wie die Spiegelbilder in den Schaufenstern, zeitlos ein trüber Tag. Da hast du dir schließlich ein kleines Weißbrot gekauft, um es nachher im Gehen zu essen. Da haben sich die Indianer wie Spähtrupps locker zwischen den sonstigen Passanten, die wie ein dumpfes Gemurmel waren, bewegt.

Kramt der andere in seinem Bündel und zählt dabei, wie wenn er betet, die Züge nach Offenbach auf. Mit Zugnummern, Gepäckwagen, Postbeförderung, Abfahrt und Ankunft – auf welchem Bahnsteig denn, gestern, heute und morgen? Wird gleich noch zwei Zigaretten drehn, besser gleich zwei für jeden: mußt du zugeben, ein Geizhals ist er beileibe nicht. Weißt du noch: vorhin der letzte Schluck und wie ihr ihn ehrlich geteilt habt?

Dann könnt ihr wieder eine Weile großartig dasitzen mit eurem Abendbier und den Zigaretten und dem Gedränge zusehen, nichts als Mäntel und Aktentaschen. Der andere hier, dein Kumpel, was ihn anbetrifft, er ißt sonst immer so Salzbrezzeln, also Laugenbrezzeln zum Bier. Zum Korn auch und natürlich zum Äppelwoi. Immer vornehm, in Offenbach in seinen sechs Sesseln. Gut und schön, aber ist ihm auch schon aufgefallen, daß die Brezzelverkäufer alle ganz dick aufgequollene Nasen haben, rot und porös, teils sogar blau bis lila bereits und direkt schon angefressen und weggelaugt oder verwesend. Wie, davon will er auf Ehre noch nie was bemerkt haben? Da wirst du ihm gleich ehrgeizig sämtliche Brezzelstände überall in der Stadt und die zugehörigen Nasen, vollzählig, wirst du ihm aufzählen und beschreiben. Die bloß wie mehrfach verbrüht und erfroren, also abgefroren aussehen: das sind noch mit Abstand die besten, kann ich dir versichern. Nicht zu vergessen die Brezzelweiber: stehn am Roßmarkt, an der Konstablerwache, am Schweizer Platz, aufm Römerberg, Liebfrauenberg, beim Dom, auf Ansichtskarten, auf dem Eisernen Steg. Sind so Bauernweiber mit Henkelkörben. Oder sehn auch bloß aus wie Bauernweiber, weil sie so dick angezogen sind und blauweiß karierte Kopftücher, wahrscheinlich wegen der täglichen Kälte. Wo werden die her sein? Aus Bornheim, aus Bergen, aus Enkheim, aus Fechenheim, aus Bonames und aus Sulzbach. Aus Sulzbach nicht, da ist die Verbindung zu schlecht. Kommen jeden Tag mit der Straßenbahn in die Stadt oder wenn der Schwiegersohn mit dem Auto zur Arbeit; meistens Witwen. Gut die Hälfte, mehr als die Hälfte von denen hat schon lang einen dicken Verband um die Nase. Auffällig mitten im Gesicht. Wer weiß, ob darunter die Nase überhaupt noch da, fragst du dich, ist vielleicht längst spurlos! Das muß doch zu denken geben!

Dann wird es schon bald wieder Zeit, an die nächsten zwo Flaschen zu denken. Da sind auch die Scharen schon weniger dicht und haben nicht mehr so wie vorhin ums Verrecken den Gleichschritt drauf; da fällt es schon leichter, du suchst dir den Richtigen aus und sagst ihm: he Kumpel, für mich unn mein Kumpel da! Oder was du sonst zu ihm sagen magst, vielleicht auf die feine Tour. Ist ja saukalt worden über Nacht, letzte Nacht, HERR! Die jetzt daherkommen, siehst du, sind manche schon weniger blind und taub. Und auch nicht mehr alle nur aus der einen Richtung.

Kommt als nächster so eine Art Seemann daher, heimatlos. Ist vielleicht auch nicht geradezu Seemann, sondern auf Wanderschaft so ein Hamburger Dachdecker, wenn nicht gar arbeitsloser Trapezkünstler. Kommt gemächlich daherspaziert, wie wenn er eben erst angekommen, wie wenn er gerade an einer Strickleiter vom Himmel heruntergestiegen wäre. Und fragt, wo hier der nächste Strich ist. Ja Kumpel, denkst du denn, hier gibt es bloß einen? Was heißt denn der nächste, so eilig darf man es auch nicht haben. Wieviel wird er denn anlegen wollen? Willst du nur mal schnell rein und raus oder jetzt im Winter die ganze Nacht? Soll es was extra was Feines sein, mit Gefühl, nach Herrenart ein Erlebnis oder doch eher preiswert? Oder willst du überhaupt bloß zum Gaffen hin?

Da zaubert er eine Flasche Kümmel hervor, schraubt sie auf, siehst du, sogar Goldzähne hat er Stücker drei oder vier, und trinkt einen guten Schluck. Hast du auch gesehn, wie gebildet er mit der Hand erst seinen und dann den Flaschenmund abwischt, die Bazillen, und bietet uns gleichfalls an. Hat auch aktive, Lucky Strike. Kommst du vielleicht sogar frisch aus dem Vollzug, Kumpel, aus Butzbach oder aus Preungesheim und deshalb die Reisetasche? Komm, setz dich, Kumpel, nur zu uns! Das ist ein guter Kümmel, den du da hast. Uns kannst du die Wahrheit sagen, *mußt* aber nicht!

Der andere Kumpel hier, siehst du, das ist so einer der jederzeit alles hat, was er braucht. Höchstens sind es ab und zu mal zwo Mark, die ihm auch nicht direkt fehlen, nur abgehn. Aber zu so einem guten Kümmel wird er aus Anstand natürlich auch nicht nein sagen (können und wollen). Wie du ihn hier sitzen siehst mit seinem Bündel, will er schon seit Jahren nach Offenbach. Über zwei Eisenbrükken, die Fahrt mit dem Zug dauert zehn Minuten. Die Züge, fährt jeden Augenblick einer, Tag und Nacht, kann er dir alle auswendig hersagen, noch im Schlaf, nur kommt er nie hin, kommt nicht an. Verstehst *du* das vielleicht? Immer noch einen Tag.

Und ich, ja Bruder, wenn ich nur wenigstens wüßte, ob ich beerdigt bin oder nicht. So sitze ich hier. Wie ich heiße, mag Gott allein wissen. Ich finde mein Grab nicht, die ewige Ruhe. Kam eben der Abend ingang, der Kumpel redet von Eisenbahnzügen und Brezzelweibern und Nasen. Und da kommst du daherspaziert mit deiner großen Tasche. Hast du keine Mundharmonika, Kumpel? Du hast zu deinem Schnaps doch wenigstens die Entlassungspapiere und weißt also, wer du bist. Und der andere Kumpel, auch wenn er nicht ankommt, der weiß, wenn es Nacht wird, doch immerhin jedesmal, wo er hinwill. Zu einem Ölofen nämlich. Aber ich? Ja, wenn unsereiner doch nur wüßte, wo die Strickleiter hängt und könnte sich, wie weit es auch ist, noch heute Abend zu Fuß auf den Weg machen. Aber hier in der Stadt, bei so vielen Lichtern, Kumpel, da siehst du ja nichtmal die Sterne! Das fällt dir gerade ein, weil er so einen prächtigen Sheriffgürtel umhat, mit Silbernägeln beschlagen. Wieviel hast du denn dafür bezahlt? Und wo hast du es deinerseits hergehabt, Kumpel, na nix für ungut, das gute Geld? Dann also auf dein Wohl, Kumpel! Wenn es dir recht ist, trinken wir drauf, daß du uralt wirst; warum denn nicht? Wenigstens hier und heute. Und wenn du heut Nacht zu den Nutten willst, da laß dir nur Zeit. Man soll auch nicht zu früh kommen.

So sitzt ihr und sitzt und redet und trinkt und laßt die Welt und den Abend an euch vorbeiziehn, da auf der Treppe. Der eine, der fremd hier ist, verteilt Lucky Strikes; der andere kennt sich aus und dreht Zigaretten auf Vorrat. Und du kennst dich aus und bist trotzdem fremd, wie soll man das nennen? Und doch auch ein guter Kumpel. Zu dritt, so ein feiner Kümmel! Noch lang bis zum letzten Schluck!

Hat das Volk sich verlaufen, sitzt ihr immer noch da. Hat keiner eine Mundharmonika, ist ja auch viel zu kalt für Musik. Hinter den Lichtern und Neonreklamen der Himmel ist schwarz, ist wie weggebrannt: unsichtbar, bloß im Finstern ein schwarzes Loch oder wie vernagelt. Da hinten hats einen prima Luftschacht zum Aufwärmen, auch gut gegen Rheuma. Fährt schon zum zweitenmal ein Streifenwagen langsam vorbei und du merkst, wie du frierst.

Sind jetzt alle daheim und sitzen vorm Fernsehn. Hat jeder seinen täglichen Kasten Bier vor sich und die Schnapsflaschen griffbereit auf dem Beistelltischchen. Das Programm bestenfalls so ein alter Film. Das Bier doch wohl eher im Kühlschrank, Vorräte. Braucht einer den Flaschenöffner, ist Bildstörung, will er nochmal Beruhigungstropfen, den Senf, die Programmzeitschrift, brüllt er nach seiner Frau. Jetzt haben die den ganzen Tag geschuftet, haben jede Menge zu Saufen daheim, aber todmüde, aber müssen morgen in aller Herrgottsfrüh wieder raus. Was die Reichen sind, sitzen jetzt in der Oper und so. Da tun sie Sekt und Champagner saufen, na wenigstens in den Pausen. Im Frack oder was sie anhaben, Pelzmäntel und Mercedes. Vorher haben sie alle extra gebadet, frisches Zeug an, dann groß Essen gewesen. In jeder Pause wieder ein Imbiß mit allem drum und dran. Und hinterher gehn sie gleich nochmal groß Essen. Mindestens je eine Dame für jeden, die sind meistens halbnackt, hochelegant. Überall gutgeheizt. Vor jedem Essen haben die ihren besonderen Schnaps, meistens bitter, zum Essen dann Wein alle Sorten, soviel du willst und hinterher wieder Schnaps und Likör. Für jeden Stoff ein anderes Glas, was denkst du was die vertragen. Könnt ihr euch fachmännisch drüber einig werden, was sie so alles essen: nur das Beste vom Besten, klar, von allem ein bißchen: Kaviar, Schildkrötensuppe und überhaupt viel so ausländisches Zeug mit Namen, allerlei Namen. Aber natürlich auch Riesensteaks, Hirschlende, halbe Ochsen. Was es kostet, gucken die gar nicht drauf, schreiben dann einen Scheck aus: Spesen!

Inzwischen habt ihr nach dem prima Kümmel noch ein paar Flaschen Bier (ob sie noch auf ihn warten? wie hinter braunem Glas, wie durch eine halbleere Bierflasche sieht er sie sitzen in dem honigfarbenen Licht der Vergangenheit und wird jetzt *gleich* eintreten), noch eine Flasche Korn und eine große Diskussion vor dem Häuschen da oben, da an der Anlage; kam ein Streifenwagen vorbei. Hast du dich scheints geschnitten oder wie das zuging – merkst es erst, wie auf einmal schon alles voll Blut, Sauerei, so ein Schreck, blitzschnell alles vollgeblutet: das kann doch nicht bloß von mir? Und wenn du wieder aufblickst, sind sie alle gegangen. Wie weggerafft, torkelst du jäh in die Nacht, in die eisige Leere hinein wie in einen Hinterhalt, einen allgegenwärtigen Abgrund. Auf und davon, das Häuschen jetzt auch rundum zu, jetzt fehlt dir für heute für immer dieser Tag, dieser Abend, dieser heutige letzte Schluck. Wird Zeit, daß ich für mich geh!

Jetzt noch zum Bahnhof? Du bist heut doch schon dreimal vergeblich am Bahnhof gewesen, ein Bahnhof nach überallhin. Allein, hättest besser vor Jahren nur auf der Durchreise hier im Hotel übernachtet! Da siehst du euch gehen, Verliebte, ihr kennt euch noch kaum: die ersten paar Schritte, war wieder Oktober. Komm, gehn wir ein Stück zusammen! Noch einen ersten Herbst, noch einmal! Wie es aufgehört hat zu regnen, der Wind kehrt zurück, ein vertrautes Gespenst. Wo ist der Tag denn hin? Hier sind die Füße der Menge gegangen, nicht zu zählen die Blicke! Wie weggeschmissene Kippen. Dann und dann muß es dunkel geworden sein. Dort hast du und da gesessen. Zusammenhänge, sagst du dir. Es ist so und so gewesen, dies nicht und das nicht! Hast du gehofft und gegrübelt, gedacht und gedacht; gekommen seid ihr und seid gegangen! Einmal, die du gesehn hast im Abendlicht – wir könnten sein wie die Götter! Sind ohne Ketten, vor aller Augen sind sie in der Sirenenstille gelassen furchtlos und verträumt durch die verkaufte Stadt, durch ihre siechen rostigen Straßen noch einmal und über die geplünderten Plätze *sehend* gegangen und als wären sie frei. Oder zu sein gedachten, sagst du dir jetzt. Sind gegangen. In einem lichten Moment zum Sonnenuntergang, wir sollen wie Statuen, wie angeschlagene Engel arglos gelächelt haben.

Schräg den Rinnstein hinab am Saum des Himmels, besessen mit sich selbst redend und gestikulierend, wie er neben sich herstolpert. Wo willst du denn jetzt noch hin? Weit und breit keine Strickleiter, nichtmal ein Strick hängt herab. Den Himmel vielleicht schon, da gibt es so Wellplastik, lichtdurchlässig, mit Berieselungs- und Klimaanlage, aber das Geld werden sie noch nicht abgeschafft haben! Als Kind, unsere Erde, hast du gedacht und hast gewußt, daß sie am Himmel in Wahrheit ein Stern ist unter anderen Sternen.

Und seither, seit du auf der Welt bist, haben sie eine perfekte Bombe daraus gemacht, auf Abruf: mittels Knopfdruck, und kreist und kreist. Ruhig schlafen. Die meisten Lichter schon aus, ein paar Lichter werden noch ausgehn.

Und am Ende der Straße, am äußersten Rand der Nacht, eine leere gutbeleuchtete Kreuzung, wie wenn du in deiner heillosen Müdigkeit Jahre und Jahre schon draufzu wanderst, frierend. Wie wenn sie gleich wegkippen wird. Und die Ampeln und Lichter winzig und wie gestochen dort in der Ferne funkeln und blitzen diamantenhell, rubinrot, smaragdgrün, brennen wie Edelsteine in einem alten Kästchen, bevor der Deckel gleich zufällt: was willste nun endlich, raus oder rein?

XIII

Gott was für ein Trubel! Kaum daß die gläserne Kneipentür hinter dir zufällt mit sanftem Schwung und schon bist du mittenhinein verstrickt, so ein Babylon! Wie ich mir eben noch einen zweiten (dritten) Rum immer rein in den heißen Kaffee kippe, fröstelnd, Herrgott so früh!

Vorher meilenweit allein durch die finstere Kälte, dem Ende der Nacht zu: wie ausgestorben die Stadt im eisigen Lampenschein; nasser Schnee fiel in großen Flocken. Halb erfroren, eben erst reingekommen, eine Kneipe die immer schon um fünf Uhr früh aufmacht oder hat auch die ganze Nacht auf.

Wenn du dich umsiehst, wo anfangen? Gleich zehn nach sechs. Der Wirt hier heißt Stalin, schon lang. Weil er so einen Blick hat! Siehst du ja selbst, oder siehst du es nicht?

Jede Menge Nutten, Zuhälter, Gimpel und Messerstecher; der Strich jede Nacht ist hier gleich um die Ecke, die Breite Gass'. Haufenweis Arbeitsscheue, Säufer, Schieber, Gelegenheitsgauner, mehrfach einschlägig vorbestraft, falsche Zeugen, jeder Penner der sich auskennt und um fünf Uhr früh noch zwei Mark hat, Händler, was heißt denn Händler?

Die Omi Reschke: kommt kurz nach fünf und hat einen Pelzmantel zu verkaufen, nur *ein*mal getragen, jeden Tag einen! An schlechten Tagen ist es auch mal bloß eine Krokohandtasche, ein Rubinarmbändchen, eine klitzekleine goldene Uhr. Tscha, Geschmack hat sie ihren aus einer guten Kinderstube. Die Nutten, besonders was nicht mehr so jung sind, tun gern bei ihr kaufen, immer reell. Leider, mit Porzellan, Aussteuer, Abendkleidern ist derzeit nix. Dann bleibt sie bis neun, zehn, elf in den Vormittag sitzen und säuft Eierlikör oder Mampe, aber auch Steinhäger, ist sie auch *sehr* dafür.

Wenn du dich zu ihr setzt, noch ein Likörchen, hat sie in Magdeburg eine Textilfabrik und im schönen Potsdam die Herren Marineoffiziere vom Stab sind selbstverständlich jede Saison ganz verrückt nach ihr. Immer montags hat sie kein Angebot, weil am Sonntag die Läden zu sind; da kommt sie bloß so aus Gewohnheit, privat.

Alle möglichen Ehemaligen, Würfelspieler und Legionäre. Wenn man wüßte, ob die Omi Reschke Ersparnisse hat! Da der Kerl mit der Leichtmetall-Ausziehleiter, sehr praktisch – egal jetzt, ob er vom Fach ist, nächtlicher Einbrecher mit Umsicht müd auf dem Heimweg oder früh dran ein fleißiger Fensterputzer auf Flächenakkord, der Fassadenschreck, aber sieht er nicht wie ein richtiger echter Filesof aus mit seiner altmodischen Nickelbrille und so urban die abgetragene Baskenmütze aufm Kopp? Rasiert sich scheints zwomal die Woche. Und hast du nicht gesehn, wie mit einem Zirkel die feine Handbewegung mit der er der Wilma da zu verstehn gibt: schnell noch einen! Doppelkorn oder was er da säuft, kipp ab, das Glas zu einszwanzig. Kommt jeden Tag zehn nach sechs, saukalt draußen. Nacht und Nebel, wer soll ihn denn kennen? Er hat neue Handschuhe. Aber nie mehr als drei Doppelte, dann muß er schon wieder weiter mit seiner Leiter.

Das Reff da hinner die Bar, laß dir gesagt sein! Mit dem Schwabbelbusen im Rüschchenhemd, mit den breiten Schultern, mit der sich hier jeder gut stellen tut, die mit den neuen Reithosen, richtig: *das* ist die Wilma! Genau! Oder scheints doch auch ein Mann, bellt auch so, kannst ihm Willem sagen, auch Herr Willi. Im Gegenteil, die nimmt das nicht krumm! Da dröhnt aber wieder die Musikbox los und hat ein ganz anderes Glück zu bieten. La Paloma. Da sind sie gleich alle mit Herz und Seele, stirbt jeder gern noch ein bißchen. Nicht vor halbneun, eher wird es zur Zeit nicht hell. Der die Platten gedrückt hat, der Krauskopp, das ist hier der Tarzan. Hat ab Mitternacht vier Stunden Taxifahrer gemacht, im Schneetreiben: ohne Lohnsteuerkarte 99,– Mark verdient, Aushilfe. Hat Beziehungen.

Und jetzt: schon das vierte Bier was er in sich rein, er kommt ja fast um vor Durst. Noch einer hier, der kommt aber heute nicht, ist dem Albert Schweitzer wie aus dem eigenen Gesicht geschnitten, der Urwaldfuchs, also Wüstendokter. Bildung! Der Dünne dort, der so blaß ist, so käsig und dauernd aufs Klo und jedesmal seine beiden Aktentaschen, Hut, Schal und Mantel umständlich mitnimmt und hüpft wie ein Vogel, das ist ein wahrhaftiger Advokat. Der säuft nicht, der schnupft; die meiste Zeit geht er aufs Klo. Tee trinkt er, Tee mit Büchsenmilch. Da oben im Gericht die Gesetze kennt der jeden Winkel.

Das ist jetzt dein fünfter Rum und immer noch die gleiche erste Tasse Kaffee in die du ihn glücklich reinkippst: trinkst immer wieder vorsichtig ab und kannst noch einen nachschütten, gut für den Magen, gut für die Nerven. Vorher fast erfroren, fast schon gedacht, du bist als letzter, als einziger übriggeblieben. Ja Menschheit, jetzt trinkst du immer noch einen Schluck und sooft du aufblickst: der Lärm und das Licht dringen tief in dich ein. Wie die Wärme jetzt in deinen Adern summt und vibriert! Wo anfangen? Der Wirt hier heißt Stalin, kann jeder gern brüllen: He Stalin, noch einen!

Aber jetzt hat er seinen angestammten Platz hinter der Theke, ich bin hier der Wirt, verlassen und sitzt dort drüben einsam an einem Extratisch ganz für sich. Die Abrechnung oder was er sich vorgenommen hat; die ganze Nacht aufgehabt jetzt im Winter, jetzt sind die Nächte am längsten. Das Kassenbuch, der Zettelspieß mit den Bons: sollst du zählen und eintragen! Jeden Morgen ist es wieder eine Flasche Wacholderschnaps, Wodka auch, die Nacht über ausgetrunken. Zum Einkaufspreis. Nicht gerechnet, was er zwischendurch mit den Gästen, zum Wohle, wie lang willst du das noch mitmachen?

Er tut sich vor keiner Faust und vor keinem Messer nicht fürchten. Und auch vor dem Teufel nicht. Und sein Gott, wenn er ihn findet, laß gut sein, wird ihm schon gnädig, nickt, braucht ihn nicht. Aber die weißen Mäuse, die Ratten und Schlangen? Nach dem zwoten Delir ist ihm das Haar, sein schwarzes Haar ist eisgrau geworden, beinah über Nacht. Wie Rauhreif, jedesmal wenn er sich nach dem Pissen im Spiegel anstiert mit blutunterlaufenen Augen: ein finsterer Fremder auf seinem Klo, suchst du Streit? Kann man auch *darum* noch disputieren, ob das zwote nicht doch schon als drittes zu rechnen ist, aber beim nächsten Mal? Geschäft ist Geschäft, er ist aus Danzig und hat einen Schädel aus Eisen, aber wenn er nicht bei sich, im Suff, noch ein Schluck und kann sich nicht halten und findet dann nicht mehr zurück, Korsakoff und was dann? Was ist dann? Da hat er zuviel von gesehn, Herrgott, gleich zehn nach sechs, so eine Herrgottsfrühe, jedesmal wenn er nachdenken will – was soll denn noch werden? Noch eben drei Finger breit ein guter letzter Schluck in der Flasche, nur Mut, den sauf aus! Und dann eine Weile ins Dösen geraten, im Lärm, wie wenn du langsam ertrinkst, eine weiße Taube! Und dann, wenn er nach seinem Morgengrog brüllt, unverzagt, wird es bald auf sieben zu, säuft er sich mit Grog Glas um Glas den Kopf wieder klar: um halb neun, kannst du zusehn, wird es langsam schon hell!

So ein Prinz Eisenherz an der Theke schmeißt eine Lokalrunde, schon die zweite. Stinkt wie ein Friseurladen, wie ein Puff nach Parfüm und Pomade, soll man ihn rausschmeißen? Er hat einen feinen rehbraunen Anzug an, nagelneu, wie zur Anprobe. Gott weiß, wen er wohl abgemurkst hat in aller Ruhe in dieser langen Winternacht. Hat vielleicht, wie er da sitzt (hörst den Anzug direkt noch knistern, so neu), hat alle Taschen voll Kronjuwelen und Bargeld als Beute, oder das Große Los. Wozu sonst das Getue, Lokalrunden, spreizt er sich so zur Feier des Tages, soll man ihm doch *besser gleich* ein paar reinhaun? Jetzt ist er auf dem Barhocker eingeschlafen: es soll eine große Sache werden und dann schläft er mittendrin ein – was willst du da groß noch verlangen? Jetzt schnauft er und zuckt im Schlaf, in seinem feinen Anzug; jetzt hat bis auf weiteres jeder wachsam ein Auge drauf, daß von den andern ihm keiner die mutmaßliche Brieftasche klaut, so ein Gimpel ist das!

Die was da sitzen und würfeln, sind schon seit drei Tagen dabei: immer abwechselnd hier und dann wieder eine Schicht in der Neuen Welt. Mit Verlust: eine Lebensgeschichte nach der andern, um die sie würfeln; dann um den gestrigen Tag. Inzwischen ist jeder von ihnen gut zehn Jahre gealtert, längst abgesoffen, versackt, doch können nicht Schluß machen. Aber es geht alles mit rechten Dingen zu.

Der dänische Fernfahrer, noch keine Woche seit er hier aufkreuzt. Sein Zug steht nicht weit vom Osthafen in der Hanauer Landstraße. Schleicht er sich ganz zuletzt immer pennen hin. Den ersten Abend, eben angekommen, hat er nix als wie Sekt nur und Kabinettwein getrunken, dann zwei Tage Schnaps und jetzt ist er scheints beim Bier gelandet. Wie in einem dauerhaften Halbschlaf. Den Weg hin und her weiß er auswendig, zum Schlafen in der Kabine zieht er immer noch zwei Pullover und zwei Paar Hosen drüber; es regnet, dann schneit es wieder (er hat eine dicke Wollmütze über beide Ohren). Jetzt weiß er nicht, was für ein Tag, wie lang er schon hier ist, doch nicht erst seit gestern, wo die Zeit, wo sein Ziel, wo das Geld und die Frachtpapiere geblieben sind, wohin mit der Ladung oder ist sie schon gar nicht mehr da? Was er holen und bringen soll, keine Spur in seinem Gedächtnis, kein Gedanke an Rückfahrt und Wiederkehr! Längst überfällig, verschollen, ob sie schon nach ihm suchen? Er weiß und sieht sich in weiter Ferne, verloren, nicht bei sich, sein Dort und sein Hier. *Vielleicht,* seine letzte Hoffnung, ist er bloß als Gespenst hier zurückgeblieben, das große Zittern, verregnet, krank, dreckig, hustend und unrasiert, mit entzündeten Lidern, und sitzt in Wahrheit längst wieder glücklich gelandet in Aarhus, in Odense auf Fünen, auf Seeland in seinem gemütlichen Häuschen. Hinter dem Gartenzaun, hinterm Deich, mit Blumen an jedem Fenster. Mit seiner lieben Braut ein verdienter Urlaub.

Der hier im wasserdichten Original-Kleppermantel einen Liebesbrief schreibt und absitzt seit vielen Jahren: er kommt früh am Morgen und bleibt bis er müd wird. Er hat kurz vor der Währungsreform damit angefangen, gerade aus Dresden gekommen. Damals stand hier eine Barackenkneipe auf den Trümmern, kann er dir in allen Einzelheiten. Mit Kanonenofen. Und seither sind er und seine Gefühle keinen Tag älter geworden. Damals ist er schwarz über die Grenze, mit vier Zeiss-Kameras und zwei Kilo bestem Weizenmehl. Künstlerische Aktfotos tut er auch verkaufen. Aus eigenem Atelier. Die Visitenkarten mit Kopierstift, Standfotograf und Filmproduzent. Diesen seinen praktischen Kleppermantel hat er sich im Dezember 1954, nein, 53, nein 52, wahrhaftig: ein guter Kauf!

Die beiden günstigen An- und Verkaufshehler, direkt vom Dieb: nicht nur, daß sie beide Magengeschwüre haben, Raumnot, Platzmangel und die Läden im gleichen Haus, gleich nebenan, feucht, eng und finster, der eine im Keller, der andre im Hof, werden sie überdies auch noch dauernd geschäftsschädigend verwechselt. Von Kunden und Lieferanten. Muß jeder von früh bis spät zusehen, wie sein Schatten, sein Nachbar, sein Todfeind ihm unentwegt die besten Geschäfte vor der Nase weg und können einander noch nicht einmal denunzieren ohne selbst gleich mit die Polizei auf dem Hals, eine Strafe Gottes, ein Kreuz (der andere ist der Schatten, der andere bin doch ich! Geht jeder noch schnell einen Umweg um sich nicht, ein jeder vor seiner Tür, zu begegnen im Unglück). Ja richtig, die sind ja noch gar nicht da, die kommen immer erst kurz vor acht beide: Nescafé und Underberg heißt ihr tägliches Frühstück. Der eine speist Rollmöpse ohne Behagen, der andere frißt hastig Zartbitter Schokolade dazu oder umgekehrt. Beide sind Kreuzworträtselexperten, ach, Jahre und Jahre. Acht unzulängliche Schlösser an deiner Tür, aber nicht daß dadurch die Sorgen weniger, ganz im Gegenteil schleppst du dich mit dem Schlüsselbund.

Die Neue Welt, fragt dich einer, wann macht die denn auf? Die Neue Welt, eine Kneipe drei Häuser weiter, macht erst um neun auf. Deswegen, da komm ich nie hin. Da bin ich längst zu bis um neun! Daß er dann, meint er jetzt und kann sich noch eben am Thekenrand halten, aber auch nicht mehr lang, daß er dann vielzublau sei: um neun, schafft er nie! Lachhaft, was heißt'n hier neun? Am besten, du gibst ihm rasch recht, da torkelt er auch schon hingerissen ins Leere.

Ich bin hier der Wirt, sein Schädel aus Eisen, ganz deutlich jetzt in seiner angespannt überzogenen Müdigkeit spürt er das Gewicht, den Rost wie er frißt, die Scharniere, Schrauben, Winkel, Verstrebungen. Gleich halb sieben, soll er schon jetzt seinen Grog? Besser noch eine Weile warten, nochmal ins Dösen geraten, sonst bist du nachher zu früh dran, fängt der Tag noch nicht an.

Die Wilma da hinter der Theke die schmeißt schon einstweilen den Laden, die kennt sich aus: je mehr Trubel ist ihr umso lieber. Damit es hoch hergeht, klatscht sie der fleißigen kleinen Kellnerin bei jeder Bestellung mit geiler kundiger Hand fest ein paar hintendrauf; Hände wie Teppichklopfer! Im Spaß, im Ernst, muß dir wohl Beine machen, das muntert die Gäste ein bißchen auf, sorgt für Stimmung und die Wilma steht ihren Mann. Die Kleine heißt Rita, ein liebes Kind. Sie soll sich endlich Netzstrümpfe kaufen! So ein knappes Röckchen im Dienst, da tätschelt gern jeder, da gibts was zu gaffen, noch zwo Doppelte dann! Und damit die übernächtigte Kundschaft auch gehörig auf ihre Kosten kommt, sagt die Wilma öfter laut und deutlich zu ihr: Gleich gibts mal wieder was auf die Schlüpfer, mein Kleines! und zupft und zerrt an ihr rum und deutet zur Tür mit der Aufschrift =Küche=. Hahaha, da hat sie die Theke jederzeit voll auf ihrer Seite, wenigstens einer lacht immer. Der Rita siehst du die Tränen immer schon im voraus an, so niedlich, die hat das ganz gern.

Küche, was heißt denn Küche? Das steht bloß so drauf. Bierkästen in der Ecke, der halbe Fußboden ist mit leeren Flaschen vollgestellt (wie dir das gleich zu Kopf steigt). Ein Tisch, ein Sessel, zwei Stühle zum Sitzen. Und die anderen Stühle was in der Kneipe zu Bruch da auf einem Haufen, aber die Versicherung will nicht zahlen. Ein alter Elektroherd, ein alter Kühlschrank, ein alter Schrank. Die Pappkartons mit Belegen für den Steuerberater, Staub, Stille, stapelweise Illustrierte und Pornohefte, Playboy und so: kann dir keiner sagen, wie die hierherkommen (der Wirt hat seine eigenen drei Schlampen zu Haus und findet kaum je den Heimweg). Staub, Staub, das Sofa voll Alpträume, zwei Neonröhren die surren, wenn man sie anknipst, ein Wecker der steht, noch ein Zeitschriftenstapel als Nachttisch, ein Nachttischlämpchen (sieht aus wie kaputt), die Heizkörper an der Wand, grau gestrichen.

Umso bunter die Brauereikalender gar manches Jahr. Und ein großes schweigendes Milchglasfenster, seit wann hat es denn einen *Sprung?*

Der Rita ihrer hats mit Autos, Leidenschaft und Geschäft: frisieren und umfrisieren, Ersatzteile, eins a Spritzlackierung in Werksqualität über Nacht! Er hat einen billigen Schuppen in Offenbach, weiß sich auch um Papiere zu kümmern und macht Überführungen, die sich lohnen. Wenn der einen Motor, da hat er das absolute Gehör für, weiß er gleich was ihm fehlt und was drinsteckt! Irrtum ausgeschlossen! In seiner schwarzen Lederjacke, den Kragen hoch, kühn wie ein Kampfflieger, wenn ein Sturm aufzieht, wenn er für Himmel und Hölle bereit die Handschuhe anzieht und man sieht die Wolken düster sich ballen im Gegenlicht – doch glatt vergessen, was war das bloß für ein Film?

Die meiste Zeit ist er nicht da, dann nimmt die Wilma seine Kleine meistens mit zu sich. Nach der Schicht, sie wohnen im gleichen Haus, was soll er dagegen haben? So kann ihr die Kleine wenigstens ab und zu hier und da zur Hand, Zeitvertreib und ist unter Aufsicht. Kann ihm bloß recht sein, auch wenn sie nächstens bald siebenundzwanzig wird. Sie soll endlich ihre Röcke für im Dienst, sind ja vielzulang, soll sie endlich umnähen oder wie oft muß ich dir das noch dreimal sagen! Die Wilma wird wie ein abgekämpfter Athlet auf der Schlafcouch sitzen in ihrem ausgeleierten Trainingsanzug. Sie hat sich das erste große Glas Adventsschnaps eingeschenkt, noch mehr da und raucht einen dicken Stumpen; daheim, in aller Ruhe, raucht sie immer Stumpen. Das Zimmer ist überheizt, sie haben alle Lampen an und die Vorhänge zu: wird wohl Nachmittag, es wird *dieser* kommende heutige Nachmittag sein! Nur leise die Autos und Straßenbahnen, weit weg; vielleicht schneit es dann wieder.

Wird die Wilma denn auch behaglich sitzen? Kissen mehr als genug, die Füße in alten Filzschlappen auf einem prächtigen Kamelsattel vom Woolworth und kein Verhängnis in Sicht; laß dir Zeit! Der Reihe nach muß ihr die Kleine, egal wie lang das jetzt dauert, den ganzen Kleiderschrank, ihre sämtlichen Kleider und Röcke vorführen und die Wilma wird ihr mit Schneiderkreide eigenhändig anzeichnen, wo der Saum hingehört, keine Widerrede! Schnaps, Stumpen, die schwitzende Schneiderkreide und die kleine Rita als heiße bewegliche Gliederpuppe, soviel Hände hat die Wilma doch gar nicht! Dazu noch pausenlos knuspriges Salzgebäck fressen, daß es nur so kracht, die Kristallschale steht da auf dem Tisch. Halt jetzt mal endlich still, sonst! Sie werden sich früher oder später den großen Garderobenspiegel aus dem Flur dazugeholt haben oder gibt es gar eine dreiteilige Sonntagsfrisierkommode an der Wand gegenüber: dicht verschlossen das Fenster zum Hof drin gespiegelt. Alle Lampen an. Haben vielleicht sogar eine Art Bühne, Laufsteg, ein Sitzkissen oder eine Kiste als Podium findig hingerückt – da stell dich drauf! Privat, die Schlappen sind die bequemsten Schlappen der Welt, die Wilma keucht und schwitzt glücklich (nur Obacht, daß der Schnaps nicht zu warm wird). Notausgang gibt es keinen. Die Kleine legt zwischendurch Platten auf, atemlos: ist sie nicht haargenau wie die zerbrechlichen Traumgestalten nicht zu zählen jede Woche in den eleganten Modezeitschriften? Hier in meinen eigenen vier Wänden, also der Wilma ihr Wohnschlafzimmer. Was heißt denn zu kurz, du brauchst dich gar nicht so zieren! Daheim in ihren vier Wänden wird die Wilma unverzüglich der *Herr* Willi und das wär ja gelacht, wenn der nicht jederzeit Manns genug und wüßte sich keinen Respekt, ha! Sie macht hier auch noch nebenbei Hausmeister, macht hundert Mark auf die Miete drauf runter im Monat: leicht verdient!

Der Hausbesitzer selbstredend wohnt ganz woanders, läßt sich kaum je hier blicken, der geschniegelte Geldsack!

Ein Schiff wird kommen! Der Strich ist hier gleich um die Ecke: kommt durch die Nacht durch immer mal schnell eine reingehuscht, privat einen kippen, auf eigene Rechnung sich aufwärmen, abschalten nur fünf Minuten! Weil hier drin hats zivile Preise und auch nicht lauter Freier und Gimpel wie in den Bumskneipen nebenan! Nur schnell mal aufs Klo, noch lieber zu zweit, einen Blick in den Spiegel, kurz die doppelte Qual, Ort und Zeit, die zwei zu engen Schuhe abstreifen: manche im Streß kommen alle zwanzig Minuten und bleiben dann jedesmal gleich zwei Stunden, macht auch nicht öfter als vier bis fünfmal pro Nacht.

Sind es besonders die älteren Nutten, die abgeschlafften, was gegen Morgen hier landen und gut und gern hängenbleiben: erst schnell einen Dornkaat, frühe Stunde, geziert einen Gin Tonic, dann noch einen, wird es nicht endlich hell?, noch einen und ein Bier, ein Cola, einen ehrlichen Doppelten und dann (über Nacht ist ein neuer Tag geworden) sitzen sie da in dem trüben Licht, brennen sich mit jeder Zigarette ein Muster in die neue Dralonbluse und winseln und maulen so vor sich hin. Beinah schon im Schlaf. Egal ob ihnen noch einer zuhört jetzt oder ist gar niemand da oder was du ihnen auch sagen magst, faseln sie egalweg schon ziemlich blau doch immer nur von ihrer Handtasche und wie sie jung waren gestern Abend irgendein Kerl und was ihr Herr Vater gesagt und getan hat im Bösen, im Guten. Und was denkt sich die rotzfreche Fotze aus Köln, neu hier, bloß weil sie blondes Haar, die alte Drecksau, so ein Miststück, knapp achtzehn und die besseren Kunden, die mit den Spesen, die Herren Handelsvertreter, blöd genug, die fliegen natürlich auf so ein verlogenes Loch! Noch nicht einmal echt! Am liebsten ist diesen Reffs, jeder hätte sie schon als liebes kleines Mädchen gekannt und geliebt und in aller Unschuld aufm Schoß, mal sagen, an ihrem fünften Geburtstag. Wenn sie doch noch ein einziges Foto wenigstens hätten, zum Andenken, von sich selbst auf der Schaukel! Zum Vorzeigen, großer Gott, gleich wird sie losheulen und schmeißt dabei noch dein Glas um! In einem güldenen Medaillon immerdar, immer bei sich! Wie willst du so eine aufwecken?

Fünfzig Mark oder achtzig saufen die, je abgeschlaffter sie sind, wie nix weg von sechs bis acht. Seit wann denn noch keinen Bissen gegessen, schon dreimal eingeschlafen, jetzt ist die Puderdose weg, Uhr, Wimperntusche, Ringe und Namen geklaut und verloren, ihr Ausweis, ihr kleines Adreßbuch, glatt unersetzlich, ihr halbes Leben verlieren sie jeden Tag wieder: alles weg, alles weg! Und dann mit einem Taxi, egal was es kostet! Bis vor die Haustür, sonst schaffen sie es nicht heim! Kann eine noch von Glück reden, wenn ihr zu der Adresse in ihrem Kopf die Wohnung, die Schlüssel, die Handtasche und ein oder zwei oder drei Zwanzigmarkscheine geblieben sind, sobald sie am Nachmittag dumpf und schwer wieder zu sich kommt: gottlob daheim, um zu sehen, was sie seit gestern alles verloren hat oder wie das zuging. Nachher liegt doch noch ein Räumungsbefehl vor der versiegelten aufgebrochenen Tür: den Brief vom Gericht muß sie am Hauptpostamt abholen. Mit Zustellurkunde. Nachher ist der falsche Zwanziger doch bloß ein letzter schäbiger Fünfer, genauso grün, so ein Elend, so ein abgegriffener Lappen. Wachtabletten sowieso, Kaptagon oder was weiß ich, jeder schwört auf seine Marke, aber beinah jede von ihnen, so abgeschlafft wie sie da sitzen, kauft jeden Tag ihre drei Röhrchen sind 36 Stück Aspirin in der Apotheke, noch besser mit Nachlaß beim Blumenpaul, aber wenn sie nach dem Aufwachen schnell eine braucht: nicht ze finden! Ein Schiff wird kommen! Die Platte hält sich hier jetzt schon ihre guten zehn Jahre.

Öfter auch tut eine von den Abgeschlafften hier reinschneien, wenn sie wieder einen gefunden hat, mit dem sie sich für eine gute Weile oder drei Tage zusammentut. Zum Feiern und Heimgehen, aber selbstverständlich kein schneller Freier, sondern eher zum Zuhören einer, zum Ausruhn. Ob er seinerseits ausnahmsweise bei Kasse oder im Gegenteil ist selbst bloß ein armes Schwein: aus Freundschaft also. Und vielleicht, daß er bei ihr kann unterkommen vorerst, sich verkriechen und tut ihr warme Mahlzeiten kochen und streichelt sie in den Schlaf oder haut sie auch grün und blau, gesteht ihr sein Leben, ist nach dem erstbesten Streit oder, noch schlimmer, aus heiterem Himmel mit allen möglichen was heißt denn Wertsachen, Plattenspieler, Fön von der Quelle (hat sowieso nix getaugt, aber preiswert und fast nagelneu) und dem jämmerlichen tragbaren Fernseher auf und davon! Wie sie einen nixahnenden Wintermorgen die Woche vor Weihnachten müde heimkommt! Noch extra fürs Frühstück eingekauft auf dem Heimweg, sogar der Bettvorleger ist weg, ein knallgelbes Eisbärfell für in die Waschmaschine. Auf dem Sparbuch schon ewig bloß sieben Mark fuffzich. Und das Bügeleisen was ihr gar nicht gehört, bloß nachbarschaftlich ausgeliehen, wie soll sie jetzt weiterleben? Ob er ihr zum Dank tadellos die Bude tapeziert, überdies auch noch treu wie Gold, hilft ihr geduldig beim Haare färben und kann sogar unwiderstehlich massieren, macht alle Tage den Haushalt tiptop oder bringt sie aus Liebe vielleicht wie gelernt mit dem Tauchsieder um, was weiß ich, Gott befohlen, wie sie es treiben.

Kurz nach halb sieben: denkst du, der Morgen graut, da ist die Nacht noch einmal stehengeblieben. Für alle die mit den unerläßlichen Vorbereitungen für ihren mehrfach aufgeschobenen dringenden Selbstmord nicht zurande, wieder nicht, Umstandskrämer! Zu spät dran, die falschen Nägel und Wände, zum Abschied das fehlende Wort, kein Grund ist noch nicht genug! Und können sich auch *damit* nicht abfinden für die zerbrochene Ewigkeit, wieder nicht, ja oder nein?

Wie schwer die stehengebliebene Nacht dir jetzt auf die Augen drückt! Als Wirt, immer noch einen Schluck, bis der Lärm um dich her und in deinem Kopf in Wellen, wie wenn du langsam ertrinkst: eine trübe Flut aus Bildern und Stimmen und steigt und zieht dich hinab und schlägt über dir zusammen – wie wenn du aus weiter Ferne im Spiegel ertrinkst. Noch zwei Stunden, eher wird es nicht hell.

Die Würfelspieler auch wie verhext: stehn ihnen die Haare zu Berg, ist jeder erst kürzlich seinem Gespenst begegnet; lauter letzte Worte. Was sollst du noch Augen zählen, wenn dir schon Hören und Sehen vergeht! Und auch der Teufel bloß eine arme Seele, wird in der Neuen Welt wie im Jenseits vergeblich gewartet haben; wir sinken! Nein, noch einen Tag den schaffen wir nicht!

Der dänische Fernfahrer, direkt durchsichtig schon vor Erschöpfung, wird noch dreimal husten und dann ist er *unsichtbar:* derweil in Aalborg seine kleine Frau fröhlich das Frühstück auf den Tisch bringt und schon sein Badewasser einläuft – wer soll ihn denn suchen? Den Lastwagen werden sie finden, aber doch nicht seine letzten Tage! Schnell noch die wahre Geschichte von einem anderen Lastwagenfahrer der mit einer Ladung Eisenträger, die sind wohl ein bißchen verrutscht – muß im Baustellen-Nahverkehr gewesen sein, da geht es immer so eilig zu. Wie er im dritten Gang um zehn, um halb elf durch einen ordentlichen Vormittagsvorort rast, rasiert er mit einem soliden überstehenden Kanteisen blitzschnell zwei Passanten und merkts nicht, hintereinander. Also Fußgänger.

Zwo Frauen mit Einkaufstaschen aufm sauberen Gehsteig, auf dem Weg zum Metzger und auf einmal der Kopf ab! Hoch oben in seinem Führerhaus hört er bloß den Motor, hört im Radio den HR 3, hört die Ladung hinter sich lärmen, hat höchstens beim zweitenmal kurz einen unerheblichen Ruck und sieht im Spiegel, wie da seitlich was übersteht. Wirst doch nicht ein Verkehrsschild, eine Straßenlampe, denkt er mulmig, einen besseren deutschen Vorgarten gar damit angekratzt haben? Ist außer der Reihe ein Samstagmorgen, wo ihn der Polier wegen Überstunden bekniet hat: bloß drei, vier schnelle Fuhren und fertig! Im Radio: Vergnügt ins Wochenende!

Jetzt ist es aber seine Verantwortung die ihm unverhofft einen Streich spielt und am Ortsende kehrt er dennoch pflichtbewußt um: besser sich kurz überzeugen! Da liegt doch, sieht er von weitem, was ist das denn, was da liegt? Vielleicht auch die ersten herzueilen, künftige Zeugen die ihm entgegenfuchteln. Und auf dem letzten Stück Rückweg zur Unfallstelle, kaum 500 Meter, schnell noch zwei auf dem Gehsteig die er ungewollt tragisch köpft: ein Rentner auf seinem Morgenspaziergang; eine junge Mutter mit Kind aufm Arm, das Kind auch gleich mit: acht Monate alt geworden.

Aber dem Fünfjährigen was neben der Mutter ging an ihrer Hand, ist kein Haar gekrümmt! Vom Hörensagen wissen wir leider nicht, ob es ein Junge oder Mädchen und wird schon seinen Weg machen über die Fürsorge. Jedoch keinesfalls hat er das Zeug im Akkordlohn befördert: ist laut Tarif doch auch gar nicht zulässig. Das Wetter, wie kann es gewesen sein? Jetzt sitzt du da mit dieser Geschichte und sollst sie den schäbigen Rest deines Lebens mit eigenen Worten weitererzählen, betroffen, hört kaum je einer richtig zu (hätte eben doch am Ortseingang sich die Zeit nehmen und zurückschalten sollen).

Und die Omi Reschke, ausgerechnet jetzt muß dir das auch einfallen (da sitzt sie so fein und putzt ihre Silberbrille): die ist doch auch nicht mehr lang von Dauer! Einen Morgen kommt die nicht mehr und ist auch nicht erster Klasse in ihr schönes ehemaliges Potsdam zurückgereist. Verkehrsunfall, Glatteis, braucht sie ja bloß einer auf dem Gehsteig anrempeln, so zerbrechlich wie sie ist, Knochengerüst. Wiegt ja kaum neunzig Pfund. Wenn man sich vorstellt, sie könnte unter eine Trambahn, die Fünfzehn aus Niederrad, die Achtzehn nach Bergen-Enkheim, am Dominikanerplatz unter einen pünktlichen Linienbus kommen: da nützt ihr dann auch ihr vornehmer Krückstock mit Elfenbeingriff nicht mehr viel. Oder wird nicht die erste sein, die verhungert im Bett liegt, wo wohnt sie denn überhaupt? Oder beim C&A in einer Umkleidekabine, zwei neue Mäntel an und drei oder vier Handtaschen um sich rum: tot! Wird sich nicht ein einziger Verkäufer erinnern, daß sie ihm bißchen bekannt vorkommt! Ob sie Ersparnisse hat? Ein Vermögen, wer weiß, unter der Matratze? Doch säuft auch nicht schlecht und wenn sie in aller Frühe einen Herzanfall, einen Schlaganfall, eines schönen Tages, dann wird es hier in der Kneipe sein: jetzt hat sie die Brille wieder aufgesetzt, jetzt nickst du ihr freundlich zu. Gleich nochmal und dazu d e u t l i c h lächeln, weil sie kurzsichtig oder weitsichtig und schwerhörig ist sie ja auch mit ihren siebzig oder mehr aufm Buckel; jetzt trinkt sie dir über drei Tische weg mit viel Übung vornehm zu.

Soldaten sind keine da, bloß zwo Amis zivil, die aussehen wie desertiert, auf der Flucht, wie wenn sie nächstens wahllos in ihrer Verzweiflung den erstbesten müden herzkranken Taxifahrer überfallen – nachts um drei, was für ein Fahrtziel sollen sie angeben? Egalweg heißt jeder Ami hier Darling und Sergeant! Vom Bund sowieso nicht, die kommen nicht her.

Der Fensterputzer als Einbrecher: wird eines Tages nicht heimkommen, dann ist es zuletzt seine eigene Tür. Auf der Flucht erschossen.

Der Albert Schweitzer wird sich stillschweigend totsaufen, der Idealist.

Was der Jurist ist, schon jahrelang auf dem Weg zum Gericht: nicht mehr lang und er bepißt sich auf einem feindlichen Anstaltsbett, angeschnallt. Und in dieser Lage, wie für einen Käfer den das Schicksal auf den Rücken geschmissen hat und nicht mehr auf die Beine, nicht mehr hochkommen läßt, ist es natürlich nur eine Frage der Zeit, daß er sich endlich davonzappelt aus dem Staub, an seiner mitgebrachten jahrzehntealten Bronchitis, das ist wieder und wieder die Welt die dir hochkommt, an seiner eigenen Kotze erstickt: was nützen ihm da noch die angeborenen Flügel?

Seine treuen Leitz-Ordner, Recht und Gesetz wird er nach dem Einweisungsbeschluß selbstverständlich nicht haben mitbringen dürfen.

Der Rita ihrer, wenn man bloß an das Risiko darf man gar nicht dran denken: dauernd!

Der Tarzan da mit der bunten Jacke wird bei einem Verkehrsunfall Samstagnacht Nähe Frankfurter Kreuz Abfahrt Flughafen: infolge Übermüdung auf die vereiste Gegenfahrbahn geraten, frontal! Und trotz Autoradio und belebendem Nachtwind bei offenen Fenstern mutmaßlich sanft entschlafen: die große Schleife direkt in den Himmel!

Oder daß er beim Versuch, eine bewaffnete Bank auszurauben, unser Tarzan, auf einer Bananenschale ausgerutscht die Kurve nicht kriegt in der Eile; hat ihn ein unbekannter US-Soldat auf der Fahrt zum Kasernentor, die Nacht wie ein Tunnel, mit einem abgesägten Eisenrohr – kannst du auf jeder Baustelle finden, doch eher zwei Soldaten, in dieser Finsternis höchstwahrscheinlich zwei Neger: Taxifahrer fordern die Todesstrafe!

Wird unser Tarzan für einen beiläufig versehentlichen Messerstich, von wegen Notwehr ist ihm ein Kumpel gegen den er nie etwas hatte dirrrekt in die augenblicklich splitternde Pilsflasche hineingestolpert-gestürzt: drei Jahre ohne Bewährung! Hat es selbstredend nicht so gemeint (für den verpfuschten Bankraub hätte er mindestens acht bekommen, andernfalls Verletzung mit Todesfolge), aber wie soll man, wie willst du das der höheren Gewalt der Gerechtigkeit was heißt denn erklären-erklären? Die sitzen von oben herab in ihren schwarzen Kitteln, da bleibt dir das Wort im Hals. Dazu noch sein Pech im Unglück: wird sich im Knast in seinem dritten Jahr, wie er schon anfangen will die restlichen Tage zu zählen, hat er sich in der Schreinerei glatt die Sehne durch, bis auf den Knochen, sodaß zwei Finger, der Arm, die Schulter steif bleiben, Herzfehler, hinkt fortan, hat ein billiges Glasauge und kehrt nach Jahr und Tag mit Glatze und Hängebauch, kaum noch einen Zahnstumpf im Maul, mit Holzbein auf Krücken keuchend als schäbiger armer Krüppel zurück. Mensch, ausgerechnet der Tarzan oder siehst ihn nie wieder! Und alle die gegangen sind, gegangen und nicht mehr gekommen!

Die beiden Hehler, reißt ihnen magenkrank die Geduld, wird einer den andern reinreißen mit seiner sachkundig formulierten anonymen Anzeige, nächtliche Brandstiftung, beschlagnahmt die Ware als Diebesgut, Gewerbeschein eingezogen, das Haus wird nächstens verkauft umgebaut abgerissen: soll ein Supermarkt oder modernes Bürogebäude mit Schalterhalle, ein Parkhaus Nähe Zeil, die Dresdner Bank. Und wird selbstredend keiner von beiden je wieder in dieser oder sonstiger Lage, so ist die Lage, ein geeignetes Ladenlokal zu erschwinglichen Preisen auch nur halbwegs finden, sich träumen lassen, auch keinen neuen Gewerbeschein, sodaß sie einander im Unglück noch ähnlicher werden, viele Jahre. Verbittert und arbeitslos, jeder für sich, bis endlich der eine als vorbestrafter Packer lebenslänglich beim Neckermann landet; sein feindlicher Bruder schleppt bis ans Ende der Zeit Schranktüren und Bettgestelle in einem eisigen Möbellager in Hofheim. Der gleiche Hungerlohn. Dazu noch morgens und abends die lange, die teure Fahrt, dreimal umsteigen, immer bloß Zwieback, Haferbrei und lauwarmen Pfefferminztee dazu und werden beide bloß eine ganz kleine Rente als Zukunft, weil jahrelang nicht geklebt, dann hoffnungslos rein in die siebziger Jahre.

Der künstlerische Standfotograf (?) wird in seinem unverwüstlichen Regenmantel wie eine Fliege vertrocknen. Bevor sein Brief fertig ist, kann sie nicht zu ihm zurückkehren, auch wenn er wie durch ein Wunder wüßte, ob sie noch lebt, wie sie heißt und wo bist du jetzt? Ein einziges Mal nur für Sekunden gesehen: in Warnemünde, wo die Schiffe anlegen! Es gibt eine Ansichtskarte, leider nicht in seinem Besitz, auf der sind sie beide als winzige Gestalten inmitten der Menge, doch deutlich erkennbar verewigt: im bleibenden schwindenden Licht eines späten Sonntagnachmittags im Juni 1943 – keine Frage, sie wartet! Sie hat ihn auch, sie hat seinen Blick erwidert! Oder soll er sich ordnungshalber im Kleiderschrank aufhängen?

Die eigenhändigen Aktfotos wenn er dir zeigt, erweisen sich augenblicklich (gleich auf den ersten Blick) als dilettantische Abzüge aus billigen alten Pornoheften: schon hundertmal gesehn, wie leergegafft sehen sie aus. Höchstens noch für bescheidene Knaben und unbelehrbare Greise. Sein berühmtes Atelier ist bloß eine stickige Dachkammer mit Klappbett hoch über der Glauburgstraße, Luftklappe statt Fenster, neunzig Mark im Monat für neun Quadratmeter, und kein Mensch will eine von seinen Visitenkarten. Nicht ums Verrecken, nichtmal die Bettler: sie nehmen sie nicht!

Aber wenn er an seine zahlreichen unsterblichen Spielfilme denkt: manchmal ist ihm, als ob er sie wirklich gedreht hätte!

Sein bestes Jahr, von diesem einen einzigen längst verjährten unvergänglichen Augenblick Ewigkeit abgesehn, sein bestes Jahr war vom Mai 45 ungefähr bis zur Währungsreform; danach ist es den Leuten gleich wieder vielzugut gegangen! Die Abzüge ohne Gesicht auf schlechtes Papier hat er bloß für seine eigenen weiträumigen Manteltaschen voll Tabakkrümel gemacht. Damals, kurz vor der Währungsreform den Frühling hätte er sich beinah ein Auto gekauft! Für ein vorhanden gewesenes Vermögen an Nescafè und Amizigaretten: einen milchkaffeebraunen Vorkriegsadler mit Stoffdach zum Aufmachen, von einem Tierarzt, tadellos.

Wieso denn auf einmal so still? Gleich gibt die Wilma der Kleinen, der Rita aus der Kasse ein Markstück, haut ihr vor aller Augen gehörig ein paar hintendrauf, Geschäft is Geschäft, und schickt sie sechs Platten drücken: wird die müde Kneipe vielleicht nochmal munter! Die Nummern schreit sie ihr auswendig hinterher, die ganze Serie. Klar, daß die Kleine jetzt auf ihrem Weg zur Musikbox und zurück ausgiebig beklopft und abgetatscht, wie auf einem Markt: Hände von allen Seiten; wenigstens als Bedienung ist sie ihr Geld wert, darf bloß nicht verwöhnt werden. Die Wilma hat sich grad großzügig einen Extraschluck eingeschenkt, damit sie ihre Lieblingsstücke umso besser genießen kann; was sie hinter der Theke wegkonsumiert, hat sie gratis. Und sieht glücklich zu, wie die Kleine da an der Musikbox: liegt ein großer schwarzer Hund, wem der wohl gehört? Und daneben sieht sie womöglich noch zierlicher aus in ihrem dunklen Kleid, selbstvergessen, in dem schillernden Regenbogenlicht: wie vor einer Höhle tief in der Zeit, in der sie dich sucht und sucht, am Eingang zu einer Geschichte. Schön auch, zu sehen wie sie sich bewegt, bückt, aufrichtet – was darfs sein? –, den Fusel, das Gift, die Erfüllung der Wünsche, das Gleichgewicht in der Schwebe achtsam daherbalancierend, sich wieder und wieder den Weg sucht lang durch die Nacht auf ihrer beschwerlichen Wanderung auf und ab zwischen den Händen und Gesichtern die wie durchsichtig wechseln, zwischen den ewigen Tischen und Stühlen. Nach jeder Schicht müd und schwer wie betäubt, kommt dir vor, du hättest sie auch bloß geträumt: wenn du dann endlich rauskommst ist es immer die *falsche* Tageszeit. Wo sie sich über einem Tisch weit vorbeugt, servieren, abräumen, ganz versunken Wechselgeld rausgeben bitte-danke, kann man ihr jedesmal extra gut untern Rock, von hinten. Rotbäckchen, denkt die Wilma gerührt, so ein hübscher Arsch! Wenn es nach ihr ginge, müßte die Kleine hier nackt bedienen, warum denn nicht? In Strümpfen und Stöckelschuhen, deine Striemen kann gern jeder sehn, höchstens noch ein Servierschürzchen mit Tasche fürs Wechselgeld und hinten ein Schleifchen, wozu denn die Umstände? Ist doch hier drin warm genug und sie wird ihr schon einheizen!

Jetzt fängt die Musik, das hast du doch gleich gewußt, noch einmal La Paloma. Bei ihren Lieblingsstücken hat die Wilma es nicht so gern, wenn man mitgrölt, da summt sie sich selbst die Begleitung. Wie die Kleine jetzt brav wieder angetanzt kommt auf ihrem Rückweg zur Theke, will jeder gern noch ein Glas. Bier hat die Wilma, kennt sich aus mit der menschlichen Seele, schon ausreichend vorgezapft. Den Rest Fusel einkippen, griffbereit jede Flasche hat ihren Ausgußhahn, macht sie bequem mit der Linken.

Aber ja, jederzeit: meistens Weinbrand und Korn. Jetzt ist es viertel vor, jetzt rückwirkend steht sie und fällt, die Nacht und wird sich gleich neigen. Dann Obacht, dann zeigt sich, ob wir es doch wieder nochmal geschafft haben, jeder für sich! Wenn man schon davon anfangen will, der letzte Schluck, die letzte Flasche, das letzte Glas, das merkst du erst hinterher, sind nun doch jedesmal unvermeidlich ein paar Jahre zuviel gewesen; wird es nicht endlich *hell?*

Da siehst du den Stalin an seinem Extratisch bei der liegengebliebenen Abrechnung: als Wirt hat er die Devise, nicht über seine nächtliche Flasche hinaus – aber wenn die Nacht will kein Ende nehmen? Für seinen Grog für den klaren Kopf ist es eindeutig noch zu früh; erst wenn der Morgen graut! So hat er sich doch noch eine von den angebrochenen Kornflaschen was für die zahlende Allgemeinheit sind (ich bin hier der Wirt). Über die Theke, muß erst noch den Ausgußhahn raus: mit der gleichen Bewegung hat er in einem zeitigen früheren Leben bei seiner Tante auf dem Hof die Weihnachtsgänse ins Jenseits, sauf jetzt *die* Flasche auch noch aus! Ob die Weichsel jetzt zu ist gefroren? In der kalten Heimat; er sieht sich wieder mit einem Beil am Trog stehn, einen Wintermorgen noch früh, unter dem niedrigen Vordach, um das Eis aufzuhakken; hat noch kein Hahn gekräht? Die Abrechnung kannst du vergessen! Wird nachher, wenn die Ablösung kommt (weil über Nacht ist ein neuer Tag geworden), wird die Wilma im Handumdrehn, bei ihr geht es immer glatt auf: klar Schiff punkt neun, ein Schiff wird kommen! Nimmt sich zuverlässig ihr Fixum, zahlt der Rita ihre Prozente aus oder hebt das Geld für sie auf. Vielleicht kriegt die Rita heut endlich den Rock mit Schlitz, wird auch Zeit! So gegen zehn vielleicht unter einem schweren dreckigen Winterhimmel siehst du sie zur Zeil hinauf oder wohin gehen sie? Die Rita in ihrem strahlend gelben Lackmantel! Schleppt der Wilma ihre gestrigen Einkaufstüten und sieht mit ihrem Pferdeschwanz oder hat sie das Haar jetzt offen?, nach der Arbeit, sieht kein bißchen müde aus! Und die Wilma selbst, gut dreimal so breit in ihrem abgetragenen Lodenmantel und mit einer Art Panzerfahrerkappe als ob sie mit Verspätung aus dem letzten Krieg kommt, den ganzen Weg zu Fuß. Obzwar sie nach Luft japst bei jedem Schritt, unterbricht sie ihren Vortrag nicht einen Moment, ein Charakter! Wer weiß, was sie der Kleinen da unentwegt eintrichtert, Drohungen, Vorwürfe, Anstandsregeln, ob sie sie ausfragt, ausschimpft oder belehrt, Befehle, Ermahnungen, Jähzorn, Gedächtnis und Pläne, vergiß nicht, pausenlos eine einzige unendliche Liebeserklärung seit sie sich kennen, seit ihrem ersten Tag. Der Wilma ihr Frieden, sie hat einen eisernen Willen, aber ihr Frieden der ist wie ein Glas das schon fällt! Jetzt schwankt der städtische Himmel, der abgetretene Boden ein bißchen. Sind sie denn die einzigen Fußgänger weit und breit oder haben wir die andern bloß nicht bemerkt unterwegs?

Kommt ein Wind, kommt ein Sturm auf, fliegt der Schnee, fliegen die Häuser und Baustellen jählings davon! Du bist, wer denn eigentlich?, desorientiert und allein auf der leergefegten Straße zurückgeblieben. Es ist noch früh, die Straße ist naß. Wind; Scharen und Scharen blutbesudelter Möwen die ihn bis in seine Träume hinein verfolgen mit schrillem Schrei!

Ein weiter verlassener Winterstrand, der Himmel bedeckt, hier also bleibst du zurück: ein künstlicher Strand aus mit Schlacke und Sägmehl beklebter Pappe, Beton, Scherben, Glas und hohe randlose Spiegel ringsumher, weit, und im Westen ein fernes Leuchten; die Pappe ist feucht und wellt sich wie billige Dünen. Langsame Lichter am Horizont; Windschriften. Die Möwen gierige kopflose Flederwische (gelten sie nicht als heilig?), hängen an Drähten, stoßen unablässig so viele aus großer Höhe auf ihn herab, pfeilgeschwind! Sie sind blind, sie schreien wie Neugeborene in die Zeit – bloß auch wieder so ein fahler gestriger Nebenhöhlentraum, der da lang vor Tag den nächsten schütteren Morgen ankündigt, voller Schrecken, riesengroß: Saurier, Bulldozer, Bagger und Krebsspinnen die wie ferngesteuert auf dich zukriechen, zielsicher, rote und schwarze! Klamm und feucht sind Netze und Tang in die du dich (angeblich ist das die Gegenwart) immer tiefer verstrickst, sehnsüchtig, lieber schlafen!

Was soll nur werden, der Wirt; jetzt ist es viertel vor sieben. Vorhin war es auch schon viertel vor sieben, die Sinalco-Uhr an der Wand wie ein toter Mond in deinem müden Gedächtnis und wie soll er die nächsten anderthalb Stunden noch schaffen? Wenn endlich der Tag, wenn der Morgen graut (sagst du dir wie einen Fluch, wie ein Gebet vor, wieder und wieder): er trinkt seinen Grog, noch einen, nimmt das Glas und seine Müdigkeit mit und geht vor die Tür. Wäre es doch soweit, er kommt hinaus und in der Nacht hat es geschneit. Ist es auch bloß so ein wässrig zerfließender Schnee der nicht bleibt und eisgrau wie sein Haar, der Spuk im Spiegel, so kannst du ihn doch wie ehemals noch betrachten-berühren-benennen: Schnee, Schnee! Und liegt da, ist lautlos vom Himmel gefallen die lange Nacht. Scheints unterm Schnee, wie im Wetterbericht, ist die Fahrbahn stellenweise gefroren. Jenseits der Kreuzung eine Straßenbahn die gehalten hat, hellerleuchtet, klingelt und fährt langsam an. Immer hast du gedacht, du hast Glück. Schatten tapsen vorbei, so vorsichtig, als ginge es immerfort einen lebensgefährlichen Abgrund entlang – besser kriechen! Als sei schon zu ebener Erde der aufrechte Gang: das brauchst du jetzt nicht noch lang und breit formulieren – vielleicht hat längst jeder Fußgänger seine prima Schußwaffe einstecken. Die Autos mit eingeschalteten Lichtern fahren hintereinander wie an Schnüren gezogen, rollen zögernd auf die Kreuzung zu; die Ampeln wechseln reihenweise von rot auf grün in der bewegten Frühdämmerung die sich lichtet, erst blau wird, dann bleich. Der einzige *wirkliche* Moment des Tages der ihm geblieben ist: wie er dasteht mit einer neuen Zigarette (immer eine an der andern anzünden) und dem heißen dampfenden Glas in der Hand; nach so vielen Jahren an Ort und Stelle ein Fremder. Könnte eben angekommen gar nicht erst bleiben, genausogut weggehn für immer. Andere Morgen hier sind die Straßen blau vom Regen. Wind vom Fluß, Nebel, sind das Schiffe die rufen? An solchen Morgen kommen die Möwen bis hier herauf, hoch über den Dächern und schreien den Tag herbei. Wie vor vielen Jahren über dem Lichtschacht vor meinem blinden Fenster im Gefängnis; die kamen vom Meer herein. Einzelhaft. Früher wenigstens hat er manchmal auch noch die Abende gehabt, es gab eine Zeit, lang vorbei. Weiter vorn in der Straße sind die Läden schon auf. Lädt einer wie jeden Tag seinen geduldigen Lieferwagen aus, stellt die eisigen Obst- und Gemüsekisten (irgendheilige Reihenfolge wird er sich seine dafür schon erschaffen haben) vorm Laden auf und rückt sie zurecht. Vor dem Schaufenster, vorgebeugt in dem weichen Lichtschimmer, als ob er ihm Opfer darbringt, ihn schürt, beschwört, mit Gebeten beschwichtigt und sich daran wärmt, so früh und allein. Wie lang du nicht mehr über einen Markt gegangen bist! Ist das ein Milchauto was da hält? So weiß und hellblau, also Tiefkühlkost aktuell! Und dir kommt es auf einmal noch gar nicht lang her vor, seit morgens mit Zuruf und Hufschlag die Pferdewagen durch die Straßen gerollt sind, eine andere Stadt und du warst noch ein Kind. Früh genug für die Schule! Jäh eine Schar Rotznasen aus der Bäckerei: kommt die drei Stufen herab und rennt johlend über die Straße. Und darüber im zweiten Stock in den Fenstern wird Licht. Manche Morgen ist dir bei jedem erleuchteten Fenster, als ob du die Leute siehst, wie sie hin und her in Gedanken hantierend den Tag anfangen, als ob du sie alle gekannt, als ob du Jahre und Jahre mit ihnen gelebt hättest, wann denn? Wer soll ich gewesen sein? Und hast doch nie deinen Vater gesehn!

Da jetzt im Morgengrauen die Breite Gass': hat sich herumgewälzt, schwer, alle Viere von sich und schnauft leise, schläft, selbst ein Traum, schwitzend in den Tag hinein. Aber schon in zwei Stunden wenn du kommst, um halb elf, um elf: sie hat sich den Schlaf aus den Augen gerieben, geblinzelt, gegähnt; die jüngste ja nicht, aber unverzagt! Kratzt sich hier, kratzt sich da, Herrgott so früh so ein Heidendurst, reckt sich mächtig: schon kommt wieder Leben auf, geht der Rummel gleich weiter. Vor wievielen Jahren einen Sommer ist er oft mittags, wochenlang beinah jeden Tag hat er sich da einen Besuch geleistet. Zwei die er gekannt hat, abwechselnd, braucht ja als Wirt bloß hier um die Ecke und jeder kennt ihn.

Immer eine Flasche mit, Pernod, Campari oder sonst ein ausgefallenes Zeug zu Großhandelspreisen, wochenlang hat es nicht geregnet. Sitzen und Trinken: die Läden zu vor offenen Fenstern, es ist dämmrig und beinah kühl im Zimmer und nur durch die Ritzen schimmert in Streifen von draußen das Licht; gleich eine große Ruhe die ihn überkommt. Nicht selten nachher sogar eingeschlafen.

Und wenn er zurückgeht, viel später, noch ganz verwundert oder wie soll man... – weit fortgewesen, Heimwege, laß dir Zeit, sind die Schatten gemächlich gewachsen, geht es schon auf den Abend zu. Als ob mich jemand *gerufen* hätte! Die zwei, längst nicht mehr da, sind zueinander wie Mutter und Tochter gewesen. Wie er immer nochmal noch einmal hinging, immer noch einen Tag: es ist immer zwei Uhr, die Straße schattenlos grell in der Mittagshitze. Wie in einem längst verjährten Tagtraum zum Onanieren den du jetzt staunend wiederfindest, erkennst: in allen Hauseingängen die halbnackten Nutten, Nachbarschaft, die Straße führt sanft bergauf. Immer der gleiche angebrochene Augenblick der dir als Anfang der Ewigkeit wie ein entlegener Hof im Gedächtnis, das bleibt!

Und im Hintergrund, wie wenn du sie auch bloß träumst, immer die gleiche ferne Musik, woher denn? Und hätte genausogut arabisch sein können, so undeutlich, so weit weg. Und dann nicht mehr!

Heut den Leo besuchen? Das ist da vorn am Zeitungskiosk sozusagen sein Nachbar, schon seit hier noch weit und breit nix wie Ruinen und Trümmerhaufen, herrje die Buden und Kellerläden. Jetzt sitzt der Leo in einem Neubau Parterre im Glaskasten: Getränke, Zeitungen, Zigaretten. Neonlicht, die meiste Zeit Winter.

Sooft einer kommt, ein Kunde, nimmt er die Brille ab, räuspert sich und schiebt umständlich seinen Schalter auf, fast wie bei der Post oder Bahn ein Beamter. Wir tun uns noch manchmal mit Wechselgeld aushelfen. Er hat sich zu einem grauen Kittel verurteilt, er ist selbst schon ganz grau im Gesicht und frißt von morgens bis abends Zeitungen. Ja der Leo, ein Schwätzer oder Schweiger, je nachdem ob du jetzt oder früher meinst. Gar nicht so lang, da hast du ihm noch manchmal morgens einen Grog mitgebracht, sind bloß drei Schritte, aber seit er so grau ist im Gesicht, säuft er ja Tag für Tag bloß noch Underberg, den hat er seinerseits selbst im Sortiment. Auch so spitznasig neuerdings, führt auch Flachmänner, Spirituosen, Flaschenbier undsoweiter, hast du manchmal aus Anstand ein winziges Fläschchen Dornkaat bei ihm gekippt, Bier sowieso. Sollst leben, Leo!

Aber was soll man dazu reden, wenn er – ewig die Hand an der Scheibe – schon wieder nach seinen Zeitungen schielt und damit raschelt, eifrig wie eine Maus. Aus Gleiwitz. Er schafft nie alle am gleichen Tag und das nagt an ihm, das frißt ihn noch auf! Und erst recht die Zeitschriften und Illustrierten: wie soll er den neuen Stern anfangen, wenn er mit dem Spiegel vom Montag noch nicht fertig, kaum erst die Leserbriefe, aber muß doch jeden Morgen zuerst die wichtigsten Tageszeitungen, schon die schafft er nicht bis zu seinem späten Feierabend, gerät immer mehr in Verzug oder soll er überhaupt nicht mehr heimgehn zum Schlafen? Die Brille putzen! Hier verträgt er die Zentralheizung nicht mit seinen empfindlichen Schleimhäuten: die trockene Luft, das erklärt er dir haargenau, medizinisch! Gleich hustet er zum Beweis. Für die Zeitungen hat er ein Fremdwörterlexikon. Aber vielleicht ist es eher die lange Stille Stunde und Tag die ihm zu schaffen macht: vielleicht wenn er nicht so abgeschlossen in seinem Glaskasten! Wird er ja noch zur Mumie!

Früher hat er wenigstens noch Radio gehört: früher haben wir ihn den Volksempfänger geheißen! Und weißt du noch, wie bei seiner Bude hier auf den Trümmern immer der Schornstein, bloß ein seitliches Ofenrohr-Doppelknie mit spitzem Eisenhütchen obendrauf und hat gequalmt und gequalmt, wie wenn er gleich auf und davon dampft. Baugenehmigung hat es nicht gegeben, hat keiner nicht dran gedacht damals! Wen denn fragen? Haben wir das Kleinholz vom Krieg verheizt, ist einer zum andern zehnmal am Tag mit Riesenschritten sich wärmen gekommen. Was sind das jetzt auch für Neuigkeiten?

Vielleicht wenn noch wie früher die Flaschenbiersäufer im Stehn, daß er so seine tägliche Ansprache hätte. Aber die Neue Heimat oder wie die Konsorten heißen, die dulden nicht und so macht er seine Scheibe immer gleich wieder zu. Natürlich, da kommen die Säufer erst gar nicht! Bleibt ihm die Kundschaft von der Straßenbahnhaltestelle: täglich Bild, die Rundschau und zwomal HaBe auf dem Weg zur Arbeit, dafür braucht er gar nicht erst hochgucken. Die Quick und hach die neue Hör zu, das neue Grüne Blatt und Büchsenwurst und Sterilmilch für die Hausfrauen hier in der Gegend, meistens Schlampen. Ist heut erst Dienstag oder schon wieder Freitag? Immer wieder das Mittagessen und die Streichhölzer vergessen! Du denkst, die können doch nicht den ganzen Tag abwechselnd schlafen und dösen oder? Doch nicht jeden Tag oder? Nach der Schule die Rotznasen mit ihren Zehnmarkscheinen für Süßigkeiten, markenbewußt. Denkst du, für die ist der Schalter doch viel zu hoch, aber das hat irgendwie mit Unzucht und Sittlichkeit Minderjähriger seine Gründe. So hat die Neue Heimat an alles gedacht. Vielleicht hat bald jedes Schulkind schon seine eigene Schußwaffe einstecken. Kaugummi hat er vierzehn Sorten auf Lager. Er führt auch Tempotaschentücher, Suppenwürfel für jeden Geschmack und billige Kugelschreiber und kann finanziell nicht klagen. Sowieso als Witwer und die Zeitungen hat er jeden Tag gratis, der klagt nicht.

Aber mit wem soll er über die bedenkliche weltweite Abrüstung reden? Liegt wieder ein Papst in einem ernsten Zustand? Und die Zeit, die ganze Zeit, ist nicht da: wie verpackt, eine taube Nuß, ein unreifer Apfel, ein leeres Korn, eine luftdicht verschweißte Knospe! Und blüht nicht und bricht nicht auf! Wie da im Körbchen die Brötchen von gestern, siehst du: die wird keiner mehr essen! Ist bloß wie vom Hörensagen, die Zeit, ist wie in der Zeitung! Bleibt trotzdem mal einer ahnungslos mit seiner Bierflasche bei ihm stehn, ausnahmsweise: prompt drei Tage später ein eingeschriebener Drohbrief von der Neuen Heimat. Da haben die eigens ihre Spitzel und Anwälte für, fängst du lieber gar nicht erst an. Sowieso wenn der Schalter zu ist, siehst du im Näherkommen nix wie bloß seinen Kopf da sitzen, mit dem spärlichen Scheitel. Ist vielleicht (kommt dir unwillkürlich) längst tot seinerseits, ist in Gedanken vertrocknet: ja, der Leo! Und inzwischen, will man ihm glauben, ist ihm diese Ordnung auch lieber so. Den Underberg als Arznei tut er gemäß seinem Magendrücken wie nach der Uhr saufen, pünktlich jede Stunde. Für das Wechselgeld jeden Tag läßt sich vorsorgen, gibt es durchgehend die Volksbank und gleich um die Ecke noch vier protzige Banken, ein Neubau am andern. Was bleibt da noch zu reden übrig? Du wirst dir doch nicht eine Zeitung kaufen!

Noch zur Tankstelle? Frühmorgens zur Tankstelle spaziert er nur, wenn ihm danach ist, wenn er kein Glas mithat und den Kopf nicht so voll und schwer – längst nicht jeden Tag! Hier im Viertel haben sich vom Krieg her die Trümmer länger als irgendsonst in der Stadt gehalten. Aber jetzt sind die Lücken gefüllt, jetzt fangen sie an, eins nach dem andern die letzten Vorkriegshäuser abzureißen; wer denn eigentlich? Bald auch die Bäckerei. Auf Schritt und Tritt, bei jeder gottverlassenen Baustelle mußt du unverzüglich an Mord und Totschlag denken. Und daß es kein besseres oder sonstiges Jenseits nicht geben kann, weil du nicht daran glaubst; wem gehört denn die Zeit? Schneit es noch?

An der Tankstelle, wie er hinkommt, ist der Schnee schon größtenteils weg, weht zugig ein kalter Wind, färben sich die übernächtigten Lampen schon grün, bevor sie zu flimmern anfangen im trübbleichen Vortageslicht. Schaudernd die schwarzen Pfützen im Vorhof. Spar dir die Mühe, den heutigen Tankwart den kannst du nicht kennen! Einmal ist hier, muß drei, muß vier Jahre jetzt her sein: ist ein Tankwart wie seine Schicht fast vorbei war erschossen worden. Aber kein Raubüberfall, sondern unter Freunden das heißt eine Schlägerei, ein Versehen, ein Mißverständnis. Weiß wer dabei war keiner, wie es passiert ist; höchstens hinterher einzig und allein der Richter auf seinem Papier.

Da steht wie zur Flucht, wie für deine Sehnsucht bestellt ein geisterspukheller DS 21. Der Fahrer hat mit dem Tankwart was können sie groß geredet haben so früh in der Kälte und steigt wieder ein: allein, wird gleich fahren! Wohin denn? Wer weiß, was der vorhat! Es riecht nach Schnee und Benzin; hoch oben die Plastikfähnchen knattern so heftig, als müßte das was bedeuten. Viel Himmel; jetzt fehlt ihm der Baum der hier stand. Jetzt losfahren: bis du aus der Stadt raus und auf der richtigen Straße bist, werden auch die letzten Nachtschatten auf und davon, vom einen zum anderen Ende des Tages ein trübweißer Himmel, wie zerbrochen, das Weiße in deinem Auge, wie dreckiges Porzellan. Muß gleich pissen! Der neue Tankwart in seiner Einsamkeit scheints ein fanatischer Schneeschipper. Immer lauter die Fähnchen und zerren an ihren Seilen. Jahre und Jahre und jetzt weißt du nicht, was für ein Baum das war: am besten, sagst du dir, ein Kastanienbaum der hier stand. Doch keine Pappel und auch keine Trauerweide, im Leben nicht!

Muß gleich pissen jetzt, müde auch und fängt endlich zu frieren an auf natürliche Weise. Dann, vielleicht schon gerettet, schon der Morgen, der Tag kommt ingang, dann *ginge* er schnell zurück; Riesenschritte.

Wäre es doch soweit und er käme zurück und könnte wie eh und je, daß der Tag seinen Fortgang nimmt auch im Winter, getrost in die Zeit hinein: an einem Tisch für sich mit immer noch einem Grog.

Allein und doch nicht allein, ob er sich nun gelassen auch nur vorgeblich mit seinen täglichen Pfennigfuchsereien befaßt, mit Umsatz und Kassenbuch, oder mit dem Tarzan ernsthaft ein langes Gespräch. Meinetwegen über Automarken, Boxkämpfe, Kino, über Geschäft und Verbrechen, sachlich, ob es sich lohnt? Überhaupt was sich heutzutage noch lohnt (der Tarzan ist schließlich kein Millionär). Mit der Rita ihrem, ist kein Schwätzer, kein Schleimscheißer gottseidank, hat er nächstens in diesem Winter noch eine lange Fahrt vor.

Sich hinter der Theke ergehen, aufgeräumt, laß dir Zeit, ich bin hier der Wirt! Jetzt ist die Ablösung da und der trübe Vormittag geräumig genug, endlich einmal in aller Ruhe der Reihe nach die Lieferanten anzurufen und hätte eine gute Zeit vorgesorgt. Ab und an noch ein kleiner Schluck, weil es wieder so fabelhaft klappt, Herrgott so friedlich hat er es ja lang nicht zu glauben, lang nicht mehr gehabt hier in dem alten Kabuff und mit seinem Gegrübel: es klappt immer weiter! Was soll er nun von der Inge mit ihren eindeutigen Angeboten? Daß sie scharf auf ihn ist, gut und schön, aber daß ihr Alter auch noch jederzeit so ein erfreutes Fischgesicht dazu macht? Das kann doch nicht mit rechten Dingen oder ist der so blöd, so ein Gimpel? Sowieso hat sie doch gar nicht nötig, hier für ein Taschengeld als Bedienung, beinah wie im Puff! Fragst du dich jeden Tag. Allein das Zeug was sie immer anhat und die teure Frisur! Und er mit seiner Automatenvertretung, vier Lieferwagen, ein Isabella-Coupé und ist knapp dreißig vielleicht, muß er doch Geld wie Heu! Was soll man nun davon halten?

Wird sich, geht es dann endlich auf Mittag, soll er sich erst noch ein Pfundssteak in die Pfanne haun? wird sich mit ca. zwo Flaschen lauwarmem Bier gemächlich in einen großen besinnungslosen Tagschlaf hineinsaufen, erst an seiner Theke noch, zerstreut hin- und herschlurfend in Hemdsärmeln, und dann hinter der Tür, nebenan auf dem Sofa: ein tiefes Loch! Bevor er daraus wieder auftaucht, sich mühsam erhebt, gewissenhaft noch die heutige Serie seiner angestammten Alpträume absolvieren und sich dann noch stundenlang kaum wiedererkennen. Im Spiegel nicht und auch nicht in Gedanken. Sein Schlaf in Etappen, nie mehr als zweieinhalb Stunden am Stück.

Oft im Erwachen, in mühsam verlängertem Halbschlaf, Namen vergessen, findet er sich in einem dumpfen Berliner Hotelzimmertraum: erst am Abend dort angekommen, fremd in der Stadt und was für eine Arbeit soll das sein, die er morgen wird finden? Mit welcher Zuversicht denn?

Das Zimmer heißt 214. Direkt vorm Fenster eine hohe Mauer, ein Schacht: die Luft riecht nach Kohlenrauch, ist eiskalt und modrig. Jede Stunde steht er auf, Wasser trinken! (Der Wasserhahn ist im Niemandsland Flur in dem eine einzige trübe Lampe brennt, über einem rostigen kleinen Emailwaschbecken; wie kann es in so einer schmalen schäbigen Bruchbude mit nur einer gehbehinderten Frau als Besetzung hunderte von Zimmern geben? Das Waschbecken vor deinem geistigen Auge in diesem quälenden Licht wie die offene (übriggelassene) Hälfte einer angefressenen Frauenbrust, doch das hieße an hohle Riesinnen gußeisern glauben und wer soll das sein der die unbesorgt frißt?)

Und zwischen den Pausen, benommen auf dem ramponierten Eisenbett, schläft er jetzt oder nicht? Hätte lieber gleich nach dem Preis fragen sollen! Wie aufgebahrt in der erstickenden Finsternis hört er durch die keuchende stöhnende Nacht Züge fahren, Bremsen quietschen, Signalpfiffe, Lautsprecherstimmen, Eisen auf Eisen die Puffer aneinanderstoßen – was rufen sie denn, wird es nicht endlich hell? Da war er achtzehn, zwei Jahre vor dem Krieg.

Als ob sie in dieser Nacht die Reichshauptstadt von der er bislang nur zwei Nebenstraßen: einmal mit Koffer durch, mit seinem übergewichtigen Vorgefühl, als ob sie sie eigens umgeräumt hätten, eher kann der Tag, ein Trick, ein Komplott, nicht beginnen!

Allein und doch nicht allein, ob er noch in die Stadt wird gehn? Wie zwischen Wolken umher! Besonders im Gedränge, wenn er nicht weiß wo er ist (laß dich treiben), kommt ihm vor, er sieht was er denkt, was er hört, als Neonschrift: sieht es in Leuchtbuchstaben, als Schlagzeilen, als Transparent, Eisengerüste, Stahlkonstruktionen, ein unflätiges Geschmier über den Köpfen der Menge! Die Wolken in seinem Kopf; die Stadt zieht durch ihn hindurch, ein Gemurmel vergessener Stimmen.

Kann durch keine Tür, kann jetzt nie mehr aus dem Haus gehn, auch nur drei Schritte weit, zur Reinigung, in die Bäckerei, ohne die zugehörige Zwangsvorstellung, daß er nie mehr zurückkommt: lebendig nicht! Die er kommen spürt als Verhängnis: Delirien, Korsakoff, Krankheit-Nacht-Tod! Und nur wenn er geht und geht, sein Dasein und Denken auf Wanderschaft schickt, sich bis zur Erschöpfung verausgabt, vergafft und vergißt: dann vielleicht vermag er sie einstweilen vorläufig noch abzuwenden, noch einmal! Ein Aufschub.

Stunden und Stunden die er so als Schatten dahinwandert, jeden Tag: von der Zeil zum Zoo, nach Bornheim, ins Nordend; nicht weit seine Wohnung. Da kommt er nur höchstens alle einzwei Wochen noch hin, immer wie zum letztenmal. Soll er die menschenleeren Straßen nicht doch besser nicht: besser meiden? Mietshäuser, kahle Bäume, ein rostiges Eisengitter, eine übermannshohe Mauer in die Ferne und du weißt nicht, ob darin noch ein Tor, eine Pforte und was ist dahinter? Warum das Kulissenschweigen, die Fenster und Türen wie aufgemalt, warum so ein schmaler Gehsteig nur und der Rinnstein verdächtig tief? Kann sein, so entlegen die Straße, daß sie noch gepflastert, teils Schnee vom vorigen Jahr, das Pflaster ist naß und die ganze Gegend hier so blaß und vergilbt wie auf einer rätselhaften Radierung; solche Straßen sind es, die ihn spukhaft anziehn und ängstigen: es *könnte* ihm etwas zustoßen! Du betrittst sie, als solltest du in ein Bild hinein, durch eine eben entdeckte Tapetentür hinterm Schrank einen geheimen Gang – wie denn wissen, was einen da mag erwarten? Man geht hinein: und womöglich am Ende: kommt nicht mehr raus! Das bist doch du, der da vorn vor deinen eigenen Augen und torkelt so und – außer Rufweite schon – jetzt gleich um die nächste Ecke: auf und davon!

Zurück durch die Innenstadt, Börsenplatz, Hauptwache, Römer, hin und her über den Fluß, trockenen Fußes (geht jede Brükke sich anders). Da ist er ja wieder, der alte Baseler Platz: hingeduckt unter dem schweren Winterhimmel, als sei er wie ein Karussell eben erst zum Stillstand – verrückt genug, halt mich fest! Wie willst du nun so einen Platz überqueren? Die Gutleut-Kaserne ein Grabmal für häßliche Riesen, wann sind sie denn ausgestorben? Nach dem Krieg als Schwarzhändler hätte er zehnmal soviel verdienen können, wie er als Schwarzhändler nach dem Krieg verdient hat; wird auch nicht jünger! Komplizierte Muster die er insgeheim abschreitet, langsam, nur langsam! Oder, nachträglich: muß selbstvergessen seinen Weg direkt über den Himmel, anders kannst du dir das nicht erklären (genommen haben).

Zum Bahnhof: die Bahnhofshalle von innen sieht haargenau wie die Bahnhofshalle von innen aus! An einem naßkalten diesigen Wintertag wie es der heutige *wäre!* Die Münchener, die Taunusstraße, wie aus dem Jenseits immer andere fremde frühere Leben, warum denn hier? Wieso sollst du ausgerechnet hier Droschkenkutscher, Kohlenträger, Bäcker und Gendarm gewesen sein, eher noch Färbergeselle als Gendarm: arm aber meistenteils ehrlich. Und dich gerade jetzt auch erinnern? Du mußt nur aufmerksam die Eingänge betrachten: du wirst dein früheres Leben am Haustor erkennen! Das Bahnhofsviertel, da gaffst du die zur Reglosigkeit verdammten verzauberten Pelzmäntel an zwischen düsteren hohen Häusern, gutwillig, denkst dir du denkst an nix, hieß es nicht eben noch Platz der Republik? und auf einmal stehst du vor dem Polizeipräsidium, Haupteingang. Doch nicht hier, dir hilft doch kein Fundbüro suchen!

Lieber die Mainzer Landstraße noch! Sooft es ihm einfällt, trinkt er im Stehn einen Schnaps, Büdchen, Trinkhallen, Kneipen die er zu seiner Beruhigung nie zuvor, noch einen, noch einen! Mit äußerster Vorsicht, nie mehr als nach Möglichkeit höchstens zwei und was heißt denn auf einmal? Sonst als Fremder könnte es ihm passieren, daß er einen Moment nicht auf sich geachtet hat und ist gleich nicht mehr da: weg für immer! Ohne Zeugen! Besser du hörst nicht auf, mit dir zu sprechen bis du wieder allein und kannst getrost weitergehn, namenlos. Ist das schon der heutige Feierabendverkehr? Jenseits jeder Müdigkeit, darauf kommt es nicht an, so geht er und geht.

Bis in Schüben die Wirklichkeit ihn wieder erreicht, in Gezeiten: merkst du, daß sie dich verläßt, also da war und wiederkehrt, kommt und geht, gleichsam träge um ihn herschwappt, begleitet und trägt ihn und dringt in ihn ein, graue Flut. Kehrt wie eine Erinnerung erst und dann jedesmal deutlicher, dichter und länger zurück, das spürst du im Bauch. Du bist nicht ertrunken, du hast nur wie tot eine Weile am Strand gelegen, ein paar Jahrhunderte, einen einzigen Augenblick! Für diesmal noch nicht verloren, laß dich treiben! Mein Leben, mußt nur gehen und gehen!

Eine finsterbrütende Eisenbahnunterführung nach der andern; hier auf der Mainzer Landstraße heißt es Obacht, weil: die verläuft sich gen Abend so. Eben noch an der Galluswarte im dichten Trubel (fast schien es, als ob seit Wochen zum erstenmal die Sonne durchkäme, nachmittags spät, wenn auch nur für Sekunden: eine Sinnestäuschung, denkst du, jede Nähe so fern), auf einmal schon hinter Hattersheim, Zeilsheim, wer weiß. Weit und breit der letzte, der einzige Mensch, nur noch Autos brausen vorbei. Bringt dich jedes mit seinem Fahrtwind zum Stolpern und Fluchen. Schon wieder am Rand der Nacht, das ist doch die Autobahn West, die Kriechspur: Wiesbadener Kreuz 4 km.

Schon die ersten Vorwegweiserkommandos, immer mehr Fahrspuren, jetzt sollst du dich blinkend und zügig einordnen!

Warum kann ich nicht heimgehn? Wenn er an seine Wohnung denkt, sooft sie ihm in den Sinn kommt, ist ihm wie wenn er dort kürzlich einen Mord: mitten aus dem Leben heraus seine drei nächsten Angehörigen! Blutrausch oder Verzweiflungstat? Mit einer einzigen Axt! Das muß er seit Jahren und Jahren unbewußt, immer die besten Absichten und ist in ihm gewachsen: Schwester, Frau und Tochter!

Die übrigen sechs, er hat sie danach erst gezählt, sind Nachbarn gegen die er nie was gehabt hat: persönlich! Sind bloß durch Zufall dazugekommen, weil sie direkt nach der dreifachen Tat durch den

Lärm alarmiert dazukamen: ging blitzschnell. In dem Durcheinander, ganz durcheinander!

Hätten sich eben lieber um ihre eigenen Angelegenheiten, das sagt sich so leicht! Oder wenn sie noch besser als Berufstätige tagsüber praktisch nicht daheim: jetzt sind sie zugerichtet!

Nur weiter! Wie er, den Fluß im Kopf, in Gedanken: ein Phantom, umgeben von Gespenstern, wie gestern und alle Tage durch die Kaufhäuser wandert-zieht-schwebt; Lichthöhlen, luftdicht, eine Glasglocke auf dem Meeresgrund; wie lang wird die Luft noch reichen? Stand nicht die ganze Zeit Weihnachten vor der Tür? Lang ist er behutsam neben sich her gegangen, haben die Kassen geklingelt, haben die Eindrücke, Bilder und Stimmen sich wie L e u c h t z i f f e r n in seinem Kopf und Gedächtnis summiert und immer höher emporgetürmt, bis daß er kaum noch zu atmen gewagt hat – siehe, dies ist die Stadt! Dann wieder horcht er auf die Lautsprecher, ob sie denn keine Botschaft für ihn: wo er erwartet wird? Die meisten Durchsagen hat er verpaßt, überhört, nicht mitgekriegt, nicht kapiert, auch Fälschungen, Engelchöre und Fallen die sie ihm stellen! Wen fragen, wie soll er sich finden? So ein Getöse in seinem Kopf, geht es schon auf den Abend zu? Der gleiche ewige künstliche Wintertag, vielleicht ist er längst tot?

Muß halbe Tage wie taub in so einem Kaufhausimbiß, was heißt denn Wartesaal, was heißt denn geduldig, *meine* Zeit ist das nicht! Wie in einem Zug mit Verspätung, einem Zug der gleich abfahren soll: das ist deine Ungeduld die in dir brennt! Und wollte doch gleich zurück sein, wie gestern schon: jetzt ist die Zeit vorbei. Zu spät, wie mag er darauf verfallen sein, daß er hier auf seine Mutter-Frau-Tochter zuversichtlich hat warten sollen? Und hätte sie vielleicht auch gar nicht erkannt. Und wollte doch in Wahrheit bloß schnell eine tadellose Axt kaufen. Zu leihen, das ist doch lachhaft, wo soll es die denn zu leihen geben? Familientragödie im Westend! Da zum Glück wohnt er nicht, ist auch die Zeitung von gestern.

Nach der Tat: die Axt als Beweisstück verschluckt, Reue auch! Und seine Lieben samt liebem Besuch also so eine Überraschung aufs Sofa und in die Sessel, na also! Dann Blumen gekauft: zu vier Mark achtzig pro Stück. Mit dem Taxi, und Kuchen für neun Personen liebevoll aus der besten Konditorei, ein Riesenpaket. Saubere Silberlöffel für jeden, sogar Tortengäbelchen, bitte sehr! Wie bei einer richtigen Goldenen Hochzeit! Mitten im Winter, noch die

Stehlampe an: echt gemütlich! Sitzt denn auch jeder bequem? Sie sacken so unter sich, kann sie doch nicht anbinden! Im Radio das Wunschkonzert eingestellt, nochmal die Blumen nachparfümiert, stimmt jetzt alles? Bloß das Blut überall, über achtzehn Axthiebe prokopp, die Flecken gehn nie mehr raus! Muß man ein Auge zu, ganz gerührt: letztes Mal noch zum Abschied genickt; den Schlüssel laß stecken!

Und dann: spät schon, allein, mit dem unwiderruflichen Nachmittag der dir genauso wegsackt da aufs knisternde Eis hinaus, in die Dämmerung. Regt sich nichts! In die Stille!

Wie der Ostbahnhof ausgebrannt war und es gab heiße Pellkartoffeln, gab es wie sonst im Winter Röstkastanien ohne Marken am Stand zu kaufen: was heißt denn Pellkartoffeln, wenn jeder die Schalen gleich mitfrißt! Und kannst dir dabei noch im Gehen die Finger dran wärmen, sie dampfen.

Nachts losgezogen: auf Transportdiebstahl hat das geheißen! Güterzüge Waggon für Waggon probieren, ob ein Brett lose und wer weiß, was dann drin ist; ging aus jeder Familie immer nur einer mit. Auf gut Glück, leise, aufbrechen will gelernt sein! Manche sind gut anderthalb Kilometer lang. Die Amis haben ihre bewachten Versorgungszüge, hatten die Wachmannschaften natürlich alleinig das Monopol drauf, die Hiwis. Auch erstklassiges Werkzeug und konnten in aller Ruhe, die waren natürlich am besten dran! Unsereiner, bis sich eine Gelegenheit findet bei Nacht und Nebel Kopf und Kragen riskiert und dann weißt du oft nichtmal was es ist, so ein Zeug.

Ganz umsonst abgeschleppt, jetzt fragst du verdächtig herum, so ein hellgraues Pulver, bestimmt nicht zum Essen, was heißt denn concrete? Oder sauschwer eine wie die andre: Kisten und Kisten mit nix als wie Formularen. Oder 4000 St. Armee-Sockenhalter die kein Mensch braucht. Qualität ja, aber als Tragriemen oder will einer sich endlich aufhängen, endgültig, sind sie zu kurz. Hosenträger draus machen, Einkaufstaschen, Mensch, da brauchst du ja eine Fabrik. Die Bahnhöfe ausgebrannt, kleine Feuerchen auf den Straßen; war gar nicht so einfach, sich in den brandneuen Ruinen zurechtzufinden.

Zu spät dran, dem Ende der Nacht zu, das kann gefährlich! Einen hat er gekannt, jetzt weiß ich nicht mehr, war das dem seine Braut? Beim Ausräumen, wie er auf einmal anfährt unter den Zug und ein Bein ab: seine Braut oder ist es die Schwester gewesen? Rauhreif am Morgen, nie mehr nachher die Sonne so groß und so rot! Muß der Leo doch auch sich erinnern! Eben noch in Höchst durch die gestrigen dämmrigen Abendstraßen, als ob du durch Asche watend immer tiefer darin versinkst. Jetzt wieder Rolltreppen auf und ab – mit dem Bein die war neunzehn, weiß er wie heute! Dem einen die Schwester, dem andern die Braut; so suchst du dir durch den Tag deinen Weg.

Beim Pissen, unterirdisch: in Griesheim gibt es einen Bootshafen, da hat er vor zwölf, fünfzehn Jahren einen langen Abend, ist seine Tochter erst fünf gewesen – fall da nicht ins Wasser! So ein Mäuerchen, auf dem hat er gesessen, im Sommer. Nachher nie mehr dort gewesen. Da war am Ufer ein großer freier Platz und dahinter eine Allee. Noch Stunden nach Sonnenuntergang, wie wenn es heute die ganze Nacht nicht dunkel will werden und die Kinder in Scharen wissen das längst: kein Gedanke an Schlaf!

Und nach und nach immer mehr Leute kamen aus ihren Häusern, die Alten auch und bevölkern das Ufer. Wie in einem anderen Land hast du gedacht, was tun die denn sonst und wo bleiben sie, ach ich auch, all die übrige Zeit? Und jetzt will ihm scheinen, als ob das der letzte ruhige Moment in seinem Leben, das kann doch nicht stimmen! Und seither pausenlos nix ist richtig! Der letzte Abend seiner Jugend, nie gedacht, daß sie solang dauert!

Und sein Kindchen, die Tochter, als ob er sie danach nie mehr, nicht wirklich – gesehen ja, das läßt sich nicht leugnen, doch an ihr vorbei, kaum erkannt und jetzt ist sie erwachsen, ein Mensch für sich, was soll er noch mit ihr streiten? Immer enger der Schacht, wie lang wird die Luft noch reichen? Ist Weihnachten denn schon vorbei? Er ist im Gedränge über den Weihnachtsmarkt, saukalt und es wurde rasch dunkel, aber welches Jahr, welches Jahr? Und jetzt? Alle vergangenen künftigen Sommer so fern, daß er sie todmüde kaum noch erreichen kann mit seinen Gedanken. Wenn doch endlich die Nacht vorbei! Ihm ist, wie wenn er sich an jeden einzelnen Morgen seit dem Krieg kann erinnern! Früher noch, weiter zurück, die Eisschollen auf der Weichsel; ellenlange Eiszapfen hingen vom Vordach damit du siehst wie er wächst, der Tag. Die Fahrt im Zug von Berlin nach Danzig, wieder und wieder, von Danzig nach Wilna – wird es nicht endlich hell? Jetzt sitzt er hier und hält das nicht länger aus und kann auch mit äußerster Anspannung nicht eher den Tag: wie denn rufen? Nie genug!

Kein Glas, keine Flasche, kein Fusel wird jemals reichen! Jetzt sitzt er hier und ertrinkt!

Du bist nicht der Wirt, bist eben erst reingekommen: fünf Rum (sieben), in einer einzigen Tasse Kaffee! Vorher fast *vergangen* in Nacht und Eis, die Straßen verlassen.

Jetzt ist es halb sieben, jetzt steigt dir die Hitze, schnell kippst du zwischendurch einen pur: keine Angst! Zu deinem zweiten Kaffee, den du eben bestellt hast, brauchst du dann nur noch zwei, höchstens drei. Wird es kurz vor sieben dann sein, hast dich aufgewärmt und kannst – für diesmal gerettet! – getrost in den Tag hinein fortsetzen deinen Weg: mach dir bloß keine Sorgen!

Während du Schluck für Schluck die Uhr im Auge behältst, um nachher nicht übergangslos total blau: siehst der finsteren fremden Baßstimmenriesin zu, wie sie großmächtig hinter der Theke hantiert (gelassen, was soll sie denn gegen dich haben?); siehst der kleinen Kellnerin zu, wie sie da leichtfüßig zwischen den Köpfen und Tischen und gleich danach als schmale dunkle Gestalt ins Licht hin zur Musikbox tänzelt – das trifft dich mitten ins Herz! Liegt ein großer schwarzer Hund neben der Musikbox, die aus der Ferne aussieht wie ein prunkvoller künstlicher Feuerofen: so lila und rot und grün! Und er liegt daneben und schläft; wem kann er gehören? Dir ist, wie wenn du ihn immer wieder hättest lautlos zwischen den Tischen herumspringen sehn, eben noch: vor deinen Augen! Bloß Schattenbilder und Trug. Der liegt schon seit du zur Tür rein, die ganze Zeit liegt der da, zuckt im Schlaf mit den Pfoten, schnappt mit dem Maul und winselt so, winselt leise – was kann so ein Hund denn träumen?

Du bist nicht der Wirt, der heißt Stalin und ist eben eingeschlafen. Oder *denkt* vielleicht: mit dem Kopf auf dem Arm auf dem Tisch und die Flasche daneben, die königlich wartet: ein Zepter aus Eis. Setzt die Musik wieder ein und gleich lauter das Stimmengewirr! Kippt ein Hocker, ein Stuhl, fällt ein Glas, ist ein Tisch ins Leere gestürzt, gerät gleich die ganze Kneipe ins Kentern vor Tag: mußt du dich an der Theke festhalten, damit der Lärm dich nicht wegspült. Zum erstenmal hier, aber nach deinem nächsten Schluck kommt dir vor, wie wenn es lauter bekannte Gesichter sind um dich her. Der Hund, sooft du aufblickst: immer wie wenn er eben noch in wechselnden Sprüngen vervielfacht hier und dort am Rand deines Blickfelds – wie in deinem Gedächtnis vor langer Zeit in einem reglosen dichten Wald, wie wenn er sich selbst träumt und huscht so vorbei. Und liegt doch und schläft. Neben der Musikbox. Vor deinen Augen. Was heißt denn friedlich? Wem soll er gehören, so ein großer schwarzer Hund? Kann doch nicht allein hier? In Wellen der Lärm, immer höher, und schlägt über dir zusammen. So ein Trubel, kaum daß du dich beim nächsten Schluck noch im Spiegel erkennst – Nein, der doch nicht: der daneben! Da auch im dichten Gedränge wieder der Alte mit seiner Fiedel und winkt – *soll ich mit dir gehn?*

Besser den letzten Schluck, noch ein Schluck auf den Weg, besser gleich weiter, sonst findest du hier nicht mehr raus! (Eine Kneipe am Allerheiligentor im Dezember um sieben Uhr früh. Noch finster; draußen schneit und schneit es in großen nassen Flocken!)

XIV

Genau siebzehn Stunden später, paar Minuten vor Mitternacht oder kurz danach, stolpert er in der Großen Eschenheimer Straße, im Traum, im Holzgraben, in der Hasengasse, in der Schäfergasse (oder sonstwo dortherum in der untergegangenen Innenstadt wo keiner von uns je den Weg findet, nichtmal morgens) durch eine geschlossene gläserne Kneipentür =ZIEHEN= hinaus auf die eben noch bühnenleere gutbeleuchtete Fahrbahn und wird augenblicklich von einem gigantischen Zwölftonner-Zementlastwagen erfaßt, überfahren, auf der Stelle tot. (Glassplitter, jäh ein Scherbenregen die Tür, er muß sich verletzt haben, stolpert – grauenhaft geblendet vielleicht – und der Lastwagen unfaßbar wie ein ungeheurer Nachtblitz war das Letzte was er hier unten sah!)

Oder ließ sich, wer weiß, schlau in einem altmodischen Städtischen Hallenbad einschließen, Mittwochmittag, am letzten Tag vor den angekündigten Betriebsferien. Nachdem er zeitig um elf in der winzigen meerblauen griechischen Kneipe gegenüber allein zu Mittag gegessen hat, lauter schmackhafte Vorspeisen und Retsina – weiß gar nicht, mit welchem Geld er bezahlte; Kapa Omeya Omicron, ein alter Holztisch, viele griechische Buchstaben vor langer Zeit reingeschnitzt. Fast zwei Liter Retsina, roten: war selbstredend ziemlich blau (und rennt, rennt, er hat immer noch nicht die Mitte des Flusses erreicht, atemlos, in der leeren *gleißenden* Stille).

Er hat sich ordnungsgemäß eine Eintrittskarte gekauft; sie schließen um eins. Er wartete listig und still und betrunken, blieb in seinem Versteck, bis sie fort, bis sie endlich alle gegangen sind. Betriebsferien: das Wasser sollte eigentlich noch am gleichen Tag abgelassen werden, aber hat Zeit auch bis morgen. Sieben Mann Personal und ist heut sowieso hier der letzte Tag, ist spätgeworden und müssen morgen ja doch nochmal herkommen. Das Hallenbad soll in den Ferien renoviert werden, doch die Herren Handwerker kommen erst nächste Woche und am späten Nachmittag wacht er auf: desorientiert in seinem finsteren engen Versteck, von großer Stille umgeben, bevor er – wo bin ich? – anfing, die mechanischen fremden Geräusche wahrzunehmen, zu unterscheiden, zu deuten. Sobald seine Augen sich an das diffuse Dämmerlicht hinter dem

Spindschrank der Schöpfung gewöhnt hatten. Nein, niemand hat deinen Namen gerufen. Glieder ganz steif noch, wärmt sich an einem röhrenden staubigen Heizungsrohr, brauchte eine Weile, um sich zurechtzufinden. Geht überall rum, betrachtet *was da ist*, immer noch bißchen blau. Besieht sich in allen Spiegeln, grüßt reserviert, wußte noch nicht den Grund seiner Anwesenheit. Wozu hier? Was willst du denn hier? So war der Schauplatz vorerst wie ein ungelöstes Bilderrätsel für ihn (in der Eingangshalle hoch an der Wand eine mondgleiche Riesenuhr).

Brach planlos verschlossene Türen auf, sozusagen aus Pflichtgefühl, ordnungshalber, wirft auch einen zerstreuten Blick in die Sauna, die ist schon seit Weihnachten außer Betrieb. Da war es erst kurz nach zwei. Das Hallenbad wurde im Jahr 1904 erbaut und soll jetzt mitten im Winter zum erstenmal renoviert werden. In amtlichen Anklageschriften wird immer gehässig betont, daß es sich bei den aufgebrochenen Türen um verschlossene handelte. Erst jetzt wird ihm klar, daß er nur ein paar Minuten geschlafen hat. Wo bin ich, wenn ich nicht bei mir bin? Wir schreiben das Jahr Sechzig, so ungefähr. Was jetzt? Trockene Heizungswärme, intensiv-allgegenwärtiger Wasser- und Chlorgeruch und eine undeutlich freudlose Schulreminiszenz in der er sich nicht zurechtfand, sich nicht wiederzufinden vermochte – wie auf einem alten Klassenfoto: vollzählig knieend, sitzend, stehend und auf dem Podest, solchermaßen als langweiliges Panorama angeordnet, vier Reihen verblaßte frischgeschorene Nichtschwimmer, aber das ist nicht mein Jahrgang und diesen soliden jugendlichen Greis in Knickerbockern der aufsichtsführend dabeisitzt und aufgeräumt mit seinem Kneifer blinkt, hab ich nie gesehen. Was jetzt? Was weiter? Er bricht (Kleinigkeit) einen der beiden Zigarettenautomaten auf und – in Ruhe nachdenken! – zündet von da an eine Zigarette an der andern an: drei Züge für jede. Erregung, eine Art Vorgefühl in der Stille, eine seltsame Unruhe hat ihn erfaßt: wie vor einem Aufbruch, Begegnungen, ein Ereignis auf daß du unbewußt Jahre und Jahre deines Lebens gewartet hast, lauter Vorabende die in deinem Gedächtnis aufflackern und wir werden nicht wiederkehren. Die Stille, hörst du die Stille? Nachdenken, schon wieder die Zigaretten verlegt, leere Hände, mußte alle Augenblick gehen und (mein Schutzengel, früher hatte ich doch einen Schutzengel?) sich eine neue Packung aus dem aufgebrochenen Automat, der hängt in der Eingangshalle, stopf dir die Taschen voll! Hat sich die Hand verletzt, Blutspuren.

Zwischendurch nochmal in die Kneipe gegenüber (wo sie schon anfangen, ihn zu kennen: aus Thrakien, Arkadien, vom Parnass? Stolpert dir einer in den Weg – erst denkst du: bist es selbst – faßt flehentlich deine Jacke an, lallt: hast du schonmal eine gekannt, die was Maria geheißen hat? Ich, Kumpel, bin bei der Binnenschifffahrt) und trank dort noch zwei, noch drei Tassen heißen süßen griechischen Kaffee; kann sein mit Ouzo. Kommt dir dein Leben jetzt vor wie ein Lied? Und klingt in dir drin mit jedem vergänglichen Augenblick mit? Mußte eigens dafür noch ein passendes Milchglasfenster beim Hintereingang zerschlagen; jetzt auch noch Schnittwunden Unterarm, links. Der Architekt hat an alles gedacht, für jeden Einfall eine Nische. Doch weiß der Teufel, wo sie hier laut Vorschrift die Ersatzschlüssel aufbewahren? Die er im offenen Schlüsselkasten fand, schienen (obwohl jeder anders) gleichermassen für gar nichts zu passen: große altmodische Theaterschlüssel für unbeholfene Laiendarsteller die beständig befürchten, nicht oder mißverstanden zu werden (das Publikum ist ja so ungebildet, begriffstutzig, schwerhörig, kurzsichtig, fressen den ganzen Akt gierig Erdnüsse, Mandeln, Salzstangen, mitgebrachte Häppchen, die Schweine, Marzipan, Milchschokolade, Äpfel und Räucherfisch). Und daher die meiste Zeit auf offener Bühne übertrieben gestikulierend mit überflüssigen erklärenden Monologen zubringen, eh sie bei ihrem endlichen Abgang unbeholfen, jetzt aber bühnenwirksam über ihre eigenen offenkundigen Absichten stolpern. Während Schicksal und Vorbestimmung hinter der Bühne längst umsichtig und dramatisch: alle für Fortgang, Höhepunkt und vielfach angekündigten tragischen Schluß erforderlichen (unerläßlichen) Fäden, Knoten, Netze und Fallstricke: schon pedantisch geknüpft haben, knüpften. Der Held hat sich, nach dem ersten Akt um Jahre gealtert, beleidigt ins Klo eingeschlossen; abgesehen von dem nutzlosen allgemeinen Geplärre ist es totenstill und kein Schlüssel paßt.

Vom Hof her durchs Fenster. Spätnachmittag, wenn er aus Hellas zurückkommt; die gleiche Stille. Wie vertraut Heizung, Wasser und Chlorgeruch ihm schon sind, aber was hab ich hier verloren?

A.D. 1904. Unter der Uhr, in dem Ein-Mann-Glaskasten aus dem die Eintrittskarten verkauft werden, Tempotaschentücher und =Erfrischungen=, findet er zwischen Atemgold, Keksen und Kaugummi, aber die Kasse haben sie mitgenommen, fand auf Anhieb Stapel von Pappkartons – nicht zu zählen – voll mit lauter kleinen

Fläschchen Magenbitter: praktische Faltkartons mit Aufstelldeckel, Inhalt je 24 Portionsfläschchen a 4 cl/47%, empfohlener Verkaufspreis DM 0,95. Trank zwei davon (gut für den Magen) und hebt sich den gewaltigen Rest für später auf: bauchige kleine Fläschchen aus braunem Glas, Schraubverschluß, glichen gedrungenen kurzhalsigen Knechten mit Mütze oder behelmten Soldaten, Serienherstellung, Subalternfiguren eines feudalen Brettspiels, bei denen sich der Hersteller Gott nicht die Mühe, Einzelheiten von Physiognomie und Charakter. Und Tempotaschentücher gibt es hier auch, sind gleichfalls vorhanden und können benutzt werden, mit oder ohne Menthol? Er sprach die ganze Zeit geduldig mit sich selbst. (Aber die Kasse haben sie mitgenommen!)

Noch ein paar Fläschchen Magenbitter, während schon rauschend mein Wasser einläuft. Und niemand weiß, daß ich hier bin. Auch mit den Taschentüchern brauchst du nicht sparen! Er benutzt jedes nur höchstens einmal und schmeißt sie wie leise Flüche, wie künstlichen Schnee um sich her. Ging barfuß in offiziellen Gummischlappen der Anstalt herum und traf fahrig Vorbereitungen für gleich ein Wannenbad. Was für Fratzen auf den Fliesen: „Daß mir keiner zu nah kommt!" Mit jeder halbgerauchten Zigarette zündet er manisch die nächste an: mehr als genug da, Prost! Der Schnaps, je Fläschchen ein Doppelschluck, hat 47 Prozent und enthält ebensoviele würzige Gebirgskräuter (Rübezahl fiel ihm ein, grüß dich, auch an ihn hat er jahrelang nicht mehr gedacht). Hin und her, er brauchte eine halbe Ewigkeit, bevor er überhaupt anfing, sich auszuziehen. Du kannst heißes Wasser nachlaufen lassen, soviel du willst, stundenlang! Keinen Pfennig wird dich das kosten! Im oberen Drittel eines hohen blinden Milchglasfensters stand eine Klappe offen, kannst du den Himmel sehen: finstere Wolken die hastig vorbeizogen.* Berge von frischen Handtüchern die er sich grinsend zurechtlegt: Stadtbad Nord oder was da in Spiegelschrift draufsteht, Mißbrauch strafbar.

Dampfend, ein sehr heißes Bad: beinah wieder eingeschlafen in der lastenden Stille – eingebildete Feuersbrünste aus denen er halberstickt schreiend erwacht, Wannenbad, Herzklopfen. *Wo bin ich,*

* Scharen und Scharen schwarzer Vögel, wovor fliehen sie ohne Unterlaß, stumm? Wie Rußflocken weht der Wind sie davon.
Buntgekleidete Kinder an Ballonbündeln, Drachen und Regenschirmen, kopfüber manche, trieben in weiter Ferne dahin. Schwer zu sagen, ob sie riefen und winkten und wenn ja, ob es Panik war oder Übermut.

wenn ich nicht bei mir bin? Da trinken wir gleich noch zwei Magenbitter, barfuß, tropfnaß: wunderschön wie sich die bunten Deckel werbewirksam aufstellen lassen! Die Fläschchen in Reih und Glied. Schwimmt dann, immer noch am Leben, im großen Becken; das Hallenbad, ungewohnt leer im trüben Licht, kam ihm viel größer vor – eine Welt für sich. Und wie still es die ganze Zeit ist: willst du bleiben? Als fremdes Kind, nicht einzuordnen in deine heutigen, korrekt chronologischen Vergangenheiten, ein paar tragisch verhärmte Jahre lang hast du gedacht, das bleibt dir als Schicksal: Nichtschwimmer; dann gelernt! Dann ist es auf einmal ein Naturgesetz geworden-gewesen und funktioniert. Zog gleichsam pflichtbewußt ganz für sich angestrengt seine einsamen Kreise im Wasser, im Leeren, eine Weile lang. Nimmt anschließend noch ein Wannenbad, ist jetzt müd (statt jede Wanne verschwenderisch nur ein einziges Mal zu benutzen), macht sich unterm Heißwasserhahn Tasse um Tasse literweise lauwarmen Chlor-Nescafé – nachher bald eiskalt duschen! Gleich kam der Vorsatz ihm jahrealt vor: das kannst du getrost vergessen! Er hat zwei Schreibtische aufgebrochen, nur so, trinkt (wie einer der alle Augenblick nicht mehr weiß, ob er seine Arznei für heute schon genommen hat oder nicht) sicherheitshalber immer noch zwei Fläschchen Magenbitter, bin müde. Schlief rauchend ein, wachte erst gegen Abend wieder auf. Wie als Kind mit fiebriger Halsentzündung alleingelassen: deine liebe Mutter ist bloß schnell zum Bäcker, zum Metzger und in den Edeka-Laden und wollte doch gleich zurück, du hast ihr vom Bett aus jeden Schritt Weg nach gedacht, aber jetzt ist es eine Ewigkeit, daß du wartest, schreit dir die Stille beidseitig in die Ohren. Trübselig tintenblau der trostlos verdämmernde Winternachmittag vor (hinter) schmutzigen trüben Hallenbadfenstern. In lauter gleichgroße Vierecke unterteilt, bleigerahmt. Die meisten auch noch aus Milch- oder Riffelglas, staubig und blind, dicht unter der hohen gewölbten Decke. Wie in einem veralteten Irrenhaus, Nachtasyl, einer Massenhaftanstalt mit Gemeinschaftsschlafsaal, darin du als Einziger, damit sie vollzählig Platz finden, die vertrauten Ungeheuer deiner Einbildung – erkennst sie allesamt wieder: Willkommen daheim! Die Decke kaum noch zu sehen. Wie Schatten gen Abend so war ringsum die Stille gewachsen, unmerklich, während er schlief. Schon jahrelang Einzelhaft und es will nicht Frühling werden!

Was tust, worauf wartest du hier? Geh pissen und eine Leiter finden! Nacheinander trinkt er weitere vierfünfsechs Tassen Doppelnescafé und gut einen Liter Chlorwasser dazu. Bestimmt sind die Leitungen hier aus Blei. Zigaretten, noch ein paar Fläschchen Magenbitter die er vorhin schon erledigen wollte: werden scheints immer mehr.

Geht dann (wie zu einer Verabredung, von der ihm nur Ort und Zeit im Gedächtnis blieben und wie wichtig sie ist, aber nicht, wen er treffen soll und warum – „Ich käme selbst auf mich zu und wir würden bloß nicken!" Da die dunkle Gestalt die aus dem Schatten sich löst und mir winkt: komm jetzt mit, das bin ich), geht nochmal auf die Straße – ein Fremder und weiß nicht in welchem *dämmrigen* Land – und vor bis zur nächsten Ecke. Hier warten? Wirst dich erinnern, daß er eine Weile stehenblieb, fröstelnd stillstand, was murmelst du da?, und erregt auf die nah-fernen Lichter starrte. Kommt keiner und holt dich ab! Autos die vorbeifuhren, Abend, Winter, eine Großstadtkreuzung, es ist kalt, es wurde rasch dunkel; die Stadt ein verzweigter Sternenhimmel zu Füßen der hohen Nacht. Er fror, ging, kehrte zurück und (viele Stimmen im Gedächtnis) schaltet, allein in einem altmodischen Städtischen Hallenbad das nächste Woche renoviert werden soll, unbefugt alle Lichter ein, deren Schalter er findet: wenig genug. Muß doch auch Lautsprecher hier geben, eine Anlage! Für die Losungen, Botschaften, Hilferufe: wer ertrunken ist, gegen die Badeordnung verstoßen hat, um siebzehn Uhr am Haupteingang erwartet wird, sich beim Bademeister melden soll, und für Zeitansagen, denn sie sollen getröstet! Wir schließen in fünfzehn Minuten. Immer dichter die trübe abgestandene Stille um ihn her, trübe Fluten. Und trinkt noch mehr Kaffee, schaudernd, war ganz verrückt nach Kaffee und konnte die ganze Zeit nicht genug davon kriegen. Bis ihm sein Körper zu eng: da ist ihm, er müßte in alle Richtungen gleichzeitig und gestikulierend in hundert Gespräche verstrickt, noch einmal die Summe der Zeit, jeden Augenblick für die Ewigkeit! Sein Kreislauf rast, er knirscht mit den Zähnen. Auf und davon, besser gestern schon, es wird Jahre und Jahre her sein! „Zu denken, daß man sich nur umzubringen braucht – und das Rätsel ist gelöst!" Abend, noch ein paar Fläschchen Magenbitter. Als ob du sie pflückst. Zwischendurch säuft er Korn, wasserklaren, in tiefen Zügen – wo er die Flasche herhat, wissen wir nicht. Nachsehn wie spät es ist: in der Gegenwart hast du nie gelebt! Aufs Land fahren, notfalls in der dritten Person, kein Gepäck und dem Abend zu auf einem geduldigen Weg zwischen Bäumen, Feldern und Stille sich verlieren, durch Wald und Gestrüpp, durch die Jahreszeiten, Wetter und Menschenalter, damit ich mich wiederfände! Wie es mich sehnt heut! Doch vor mir, schon lang, breitet sich unabsehbarer Winter! Jetzt im Suff wenigstens kann er die Zeit anhalten, auch beliebig vor und zurück, Auferstehungen: er verdoppelt sich, Jesus Christus, geht besessen redend, mit Vorsätzen und Gedanken fuchtelnd neben sich her – wer bin ich denn? Ob sie noch auf ihn warten? Wie in braunem Bierflaschenglas gefangen sitzen sie verlassen und klein und du siehst sie und es drückt dir das Herz ab. Mit brennenden Augen, wollen wir Wort für Wort eine Leiter aus Lichtstrahlen anstellen, schluchzend, ein bißchen schief, und andächtig-unbeholfen hinaufsteigen zu der großen elektrischen Uhr in der Eingangshalle? Weil sie ist wie ein müder alter Mond. Einmal noch Flügel! Er umschreitet das Schwimmbecken, Riesenschritte, und reißt lärmend sämtliche Türen zu den sechsunddreißig Kabinen auf, lärmend und torkelnd: alle leer, keiner da! Er kann kaum noch stehen, er hält ihnen eine Ansprache. Ohne Mikrofon. Kam ihm vor, daß sie keuchen, im Takt, immer lauter? Sie bleiben stumm und finster und starren gehässig zurück; sie sind numeriert. Müde bin ich, was quälst du mich so?

Abend, noch ein paar Fläschchen Magenbitter zwecks klarem Kopf oder kannst sie auch wegschmeißen, hin und her und geschickt verlieren, und wäre zwischendurch fast wieder eingeschlafen. Was für ein Schreck, wie der Lastwagen – hat ihn plötzlich erfaßt!? Trinkt noch mehr Kaffee, nimmt alle restlichen Beruhigungstropfen die er in einem aufgebrochenen Schreibtisch gefunden hat, auf einmal ein: Baldrian. In seiner trüben Vorstellung, die sich mit dem penetranten Geruch mischt, wird ohne daß er es merkt die Frau der die Tropfen gehören, du kennst sie nicht, mit einer ehemaligen Zimmerwirtin identisch, die Regenhexe. Hat sie nicht jeden Tag für mich beten wollen, längst tot und jetzt sitzt sie hier? Nicht gar seine verstorbene verwitwete Tante bei der er in einem traurigen früheren Leben gewohnt hat? Wie in einer Gruft, einer Welt ohne Farben: kaum daß man zu flüstern gewagt hat, erinnerst du dich? Einzelhaft, die ganze Zeit Vorfrühling, Regentage. Und ertränkte sich – obzwar ein geübter Schwimmer seit gut dreißig Jahren – gegen dreiundzwanzig Uhr dreißig im elektrisch beleuchteten, leeren, hellgrün gekachelten Hauptschwimmbecken. Vielleicht daß er sich in seiner langen einsamen Verwirrung ganz desperat den heißen empfindlichen Schädel wo anstieß, schlug, einrannte, nie keine Ruhe, und deshalb ertrank; genug fixe Ideen und feindliche Ecken und Kanten die auf Schritt und Tritt auf uns lauern. Rundum an drei Seiten alle Türen zu den sechsunddreißig numerierten Umkleidekabinen standen offen; sie sahen ihm zu.

Ein Ertrinkender, heißt es, sieht in der allerletzten Sekunde noch einmal sein ganzes Leben: wie in einem Film.

Sie fanden seine Leiche am nächsten Tag, vormittags. Ist ja Licht an? Sind zum Aufräumen hergekommen, klar Schiff, bevor renoviert wird. Die Leiche trieb ganz allein (wie geistesabwesend) auf dem Grund des hellgrün gekachelten Hauptschwimmbeckens – eine optische Täuschung: als steige sie, noch ganz am Anfang ihrer langen beschwerlichen Himmelfahrt, Füße voran, langsam und stetig schräg empor – ruhig und selbstvergessen wie einer der auf dem richtigen Weg, in Gedanken woanders, weit fort schon und endlich von seiner eigenen, von großer Stille umgeben.

Als sie ihn schließlich entdeckt hatten (umständlich genug, nachdem sie zuvor beim Reinkommen nichtsahnend, mit wachsender Verwunderung, auf Schritt und Tritt die Unordnung seiner letzten irdischen Spuren vorfanden, Verwüstung und aufgebrochene Türen, Schreibtische, Milchglasfenster, der Kassenschalter, das kann doch nicht, Scherben, Dreck, Trümmerhaufen, der blutige Zigarettenautomat, und nicht wissen, was soll das bedeuten – sagten eine ganze Weile lang alles doppelt und dreifach und werden später noch hundertmal mit immer anderen, immer den gleichen unzulänglichen Worten erzählen was sie für diese Geschichte halten: selbst erlebt; später Vormittag): standen fassungslos, als gäbs hier was zu kapieren. Ist das denn erlaubt? Sie sind die beiden pflichtbewußtesten Angestellten: der Döring, Heinrich, Hausmeister und angelernter Heizungsmonteur (was er verdient, geht keinen was an), und die gute Frau Simian.

Nachher wußte die Frau Simian, halbtags, die aufsichtsführende Handtuchfrau wie sie leibt und lebt, wußte gar nicht wohin mit ihrer beidhändigen Aufregung und wo sie vorhin beim Reinkommen ihre drei Einkaufstaschen hin, wo kann sie die denn gelassen haben? In Gottes Namen, die Nerven und keine Baldriantropfen. Mein Gott, hat sie da gedacht, geistesgegenwärtig, zumindest nachträglich, also sowas! Ist nämlich heut schon in aller Frühe auf der Zeil gewesen, weil doch (sonst hat sie ja morgens nie keine Zeit) seit Montag ist Winterschlußverkauf: Handtücher, Bettwäsche und

Stoff für neue Gardinen. Kann man nie genug, hat sich abgeschleppt; sie hat einen Sohn und zwei Töchter, längst verheiratet alle drei. So hat sie zum Schenken, preiswert und praktisch: für Weihnachten und die Geburtstage, für viele Jahre im voraus. Sonst immer Dienstbeginn schon um neun, kommt sie oft Monate nicht auf die Zeil. Seit nun die Kinder glücklich aus dem Haus und ihr Mann ist in Rente, geht sie wieder halbtags: von neun bis halbzwei. Besuch: heut Nachmittag kriegt sie Besuch. So schön wie jetzt, sagt sie oft, haben wir es ja noch nie im Leben gehabt. Direkt zum Erschrecken, wie jahrelang Flitterwochen. Muß hier manchmal auch mit Verantwortung die Vormittagskasse übernehmen. Gesundheit! Niesen ist gesund! Das ist der wahrste Satz den sie kennt (einen wahreren Satz kennt sie nicht). Die defekte Heizung deren dumpfes Rumoren sie seit ewigen Zeiten zum erstenmal wieder wahrnahmen; Sprungbretter ragten ledig – zu beliebiger Verlängerung stets geahnter Schwerelosigkeit einladend – über die reglose Wasserfläche (die gleich abkippen wird oder wie ein erschrockener Spiegel zerspringen in unzählige Scherben und Splitter – nie mehr zusammenzukriegen); vereinzelt elekrische Lampen brannten, gleich halb zwölf, und die Türen zu den Umkleidekabinen alle (schweigend) offen.

Vielleicht aus Zerstreutheit hatte er Hemd, Hosen, Schuhe anbehalten und lag oder trieb, Rückenlage, stumm auf dem Grund des Beckens. Und hat aus ihrer Tasse getrunken! Städtisches Hallenbad Nord. Erster Tag Betriebsferien. Wegen Umbau und Renovierung (mitten im Winter). Der Verfasser hat drei Tage lang *ununterbrochen* keinerlei Alkohol – eine fast unerträgliche Klarheit in Kopf und Blick; sieht aus wie ein Erzengel. Sie haben sich wie vor Jahr und Tag mit ihren Schlüsseln vor der Tür getroffen; sie sind seit vielen Jahren die beiden pflichtbewußtesten Angestellten hier im Bau. *Jetzt* heißt es zum Telefon schreiten! Nicht auch ein *deutlicher* Gasgeruch in der Luft? Du wirst dir, Heinrich Döring, Besoldungsgruppe, eine Zigarette anzünden und gleich ist das Dach weg: Gewohnheit. Hat er nicht auch den Krieg gewonnen? Die anderen fanden sich nach und nach in den nächsten zwanzig Minuten, jeder einzeln, Sirenenstille, überstürzt und verspätet aus allen Richtungen ein: Kollegen. Immer die gleiche Geschichte, so wirst du alt. Heimfinden. Ein Glöckchen bimmelt. Vor deinen Augen taucht die erbärmliche weißgetünchte Kapelle auf, Einödhimmel, die Häuser so niedrig, ein windschiefer Lattenzaun, Pfützen, der Weg in den Abend, Vorfrühling, März, der Schnee schon geschmolzen und über dem Wald der Himmel fängt an zu leuchten.

XV

Kurz vor Mitternacht beim Verlassen einer Kneipe, wie heißt denn die Straße? von einem gewaltigen Möbelauto oder Zementlastwagen – war sofort tot. Wie vom Blitz getroffen, direkt vor der Tür!

Die telefonisch herbeigerufene Polizei, zwo Mann, zieht geschäftig Kreidestriche, versucht beflissen die grenzenlose Nacht auszumessen: hier stand er, da liegt er! Zeichnet mühsam und gewissenhaft plumpe Umrisse auf und nimmt pflichtbewußt nichtssagende Einzelheiten zu Protokoll. Er sei offensichtlich geistesgestört oder besoffen gewesen, beides. Und deswegen hab ich ihm (nicht ganz bei Trost) die Verabfolgung weiterer alkoholischer Getränke umsichtig verweigert. Da hat er drauf gar nichts gesagt, holt ein kleines Schnapsfläschchen also Flachmann aus der Manteltasche: Aufschrauben ging blitzschnell, mein Reich ist nicht von dieser Welt. Und trinkt es in einem Zug aus, im Stehn und wischt sich den Mund. Jetzt aber raus! Wischt sich so ein eigentümliches flüchtiges blasses Grinsen aus dem Gesicht (der Mantel zu weit, die Ärmel zu lang). Schmeißt das leere Fläschchen da auf den Steinfußboden – wo es aufprallte, *nicht* zerbrach, ist davongerollt. Gesagt hat er gar nichts und ging in gerader Linie – als einziger – durch die geschlossene Glastür hinaus (sich solchermaßen die letzten Schnittwunden seines Lebens zugezogen). Die zerbrochene Glastür wird vorgezeigt und besichtigt. Eine erschrockene Serviererin, hübsches Ding, denkt sich jeder, und vier bleiche späte Gäste bestätigen diese Aussage; keiner weiß mehr!

Fahrer und Beifahrer des Unglückslastwagens der jetzt als zahmes friedliches Ungetüm mit abgeblendeten Lichtern still vor der Tür steht, am Rande der Nacht und wartet geduldig, können beim besten Willen nichts anderes sagen, als daß er ihnen genau vor der Kneipe hier: direkt vor der Tür: direkt vor die Karre ist der uns gelaufen! Unter die Räder – wie ein Blinder! Fuhren kaum vierzig im zwoten Gang und wie vorgeschrieben auf der rechten Seite, sowieso Einbahnstraße, am äußersten rechten Rand der nächtlichen Fahrbahn – wie sie noch aus Leibeskräften hupten-bremsten-erschraken, aber umsonst, Mensch: zu spät! Beide mit (wie Boten aus dem Jenseits bzw. Marsmenschen im Kino) atomblitzfarbenen

Schutzhelmen, Raumfahrerbrillen und knallgelben Stulpenhandschuhen dergleichen du nie zuvor sahst.

Haut dir ganz schön in Magen rein, sowas! Sie seien überhaupt erst vor zehn Minuten nüchtern und mit keinen besonderen Vorkommnissen vom Osthafen aus gestartet.

Deutlich sichtbare Bremsspuren und aus leerer nächtlicher Ferne erschöpft zurückkehrende Echos gutgemeinter nutzloser Hupsignale wurden bereits sichergestellt, Personalien zuverlässig notiert. Der eine Polizist schwitzt und knöpft sich den Kragen auf, seufzt; beide nicken von Amts wegen. Die Polizisten haben zu viele Filme gesehn, aber jetzt sind sie müd. Ein runder Sachverhalt, alle Aussagen stimmen überein: der Schuldige ist tot und hat sich das selbst zuzuschreiben, die Schuldfrage keine Frage. Keiner kennt den Angeklagten bzw. unbekannten Toten, der immer noch nicht die Mitte des Flusses erreicht hat. Er war wie gesagt zum erstenmal hier. Er ging, in seinen endlosen (unverständlichen) Geisteskrankenmonolog vertieft oder schweigend, ging geradewegs durch die geschlossene Glastür hinaus.

In die senkrecht erstellte Nacht, eine Nacht wie im Frühling, die durch die Tür einem hohen leeren gutbeleuchteten Nachtspiegel glich der vor deinen Augen zerbricht. Hat den ganzen Abend geregnet. Jeder hat noch das Klirren im Ohr; das sind jetzt nach den Zeugenaussagen inoffiziell die Gespräche: da wissen sie alles gleich doppelt und dreifach. Und stolpert und rennt in den haushohen Lastwagen rein, besoffen oder wie kann man so geistesabwesend oder verrückt – er muß was eingenommen, geschluckt haben, verrückt *und* besoffen gewesen sein! Wie gesagt. Nämlich mitten hier durch die Tür, die war zu, geht nach innen: ZIEHEN steht dran! Wir haben ihn vorher zu keinem Zeitpunkt alle noch nie gesehen!

Der Unfall ereignete sich um null Uhr fünf (die Uhr da geht immer fünf Minuten vor). Zu dieser Zeit war er weit und breit der einzige Fußgänger und der Lastwagen einziges Fahrzeug nicht nur in der ganzen Straße, sondern von hier bis! Warum sagt keiner was? Weshalb seid ihr alle so stumm? Inzwischen hat der Wirt für alle Anwesenden kundig Kaffee gemacht. Auch die Polizisten im Dienst sagen da nicht ganz nein. Späte Nacht; jeder kann sich Rum rein soviel er will. Sogar das süße Kind Uschi, die Kellnerin, hält ausnahmsweise den Mund: der Schreck steht ihr gut. Wie solls denn weitergehn? Alle zünden sich neue Zigaretten an, aber warum er zuletzt wohl durch die geschlossene Glastür? Und schien es auch noch eilig zu haben, wie zu einer wichtigen Verabredung, als sei er ein bißchen zu spät dran. Ist noch keine Stunde jetzt her. Da die Uhr an der Wand; dort die zerbrochene Glastür, Scherben, so ist das Leben. Muß man aufkehren. Alle nickten, Augenzeugen. Die beiden Polizisten sind dienstlich im Bilde, es geht auf eins. Die Leiche, mit Packpapier zugedeckt (kein Wind geht), liegt jetzt dicht am Haus auf dem Bürgersteig; keinerlei Ausweispapiere.

Spät genug; alle rauchen und trinken im Stehn Kaffee. Da steht die Rumflasche auf der Theke. Wußten vorerst nicht was sagen oder denken angesichts tragischen Unglücksfalls – muß man sich einstweilen mit gängigen Phrasen und Redensarten behelfen. Bevor er rausging vorhin, hat der Wirt gerade die Mitternachtsnachrichten eingeschaltet. Jetzt weiß hier keiner, was in der Welt passiert ist.

Ein Uhr, Geisterstunde beendet. Polizei nimmt (Kaffee ausgetrunken, bestendankauch) salutierend den Sachverhalt mit, die Diensthandschuhe, nimmt Abschied. Sahen ihnen nach, wie sie zu zweit davonstampften, beide doch ziemlich fett in ihren knappen demokratischen Uniformen und plötzlich auch wieder dienstlich in Eile. Und hörten sie gleich darauf wegfahren in der vorgeschrittenen eisigen Stille der Nacht. Fahrer und Beifahrer, erwiesenermaßen unschuldig und ohne Schuld, setzen ihre gewaltigen Helme und Schutzbrillen wieder auf, wie das blitzt, ziehen sich die nagelneuen knisternden Stulpenhandschuhe zurecht und setzen ihre so kurz nach dem Start so tragisch und lästig unterbrochene nächtliche Dienstfahrt nach Narvik, Granada oder Groß-Gerau fort. Sie sahen wie Brüder aus, nur daß der eine fast doppelt so groß; fuhren lärmend davon. Bleiche Gäste aus der Nachbarschaft, wieder spät geworden, bereiten jetzt gleichfalls umsichtig und verhohlen ihren Aufbruch vor. Jeder für sich; längst eins durch. Der Wirt hat die zerbrochene Glastür inzwischen schnell noch mit Preßpappe oder zufällig vorhandenem Sperrholzrest geklebt, vernagelt oder sonstwie notdürftig zurechtgeflickt; Glastür mit Metallrahmen und Doppelsicherheitspräzisionsschloß wie die vom Staat vorgeschriebene Versicherung es vertraglich vorschreibt, hierzulande ist alles geregelt. Vielmehr fand sich pünktlich einer aus dem Publikum, ein Gast der sich erbot, ihm zu helfen und schließlich die ganze Arbeit allein macht, geradezu glücklich darüber: ein nützlicher Mensch!

Preßpappe oder brauchbarer Sperrholzrest, genau das gewünschte Format, eine Spanplatte fand sich rechtzeitig im ebenerdigen Hinterzimmer. Steht auch kursiv =*Küche*= drauf, aber es ist gar keine Küche, sondern Herrgott schon wieder nur massenhaft leere Flaschen und Bierkästen, die gleichen Brauereikalender, längst verjährt. Kühlschränke, Gerümpel, Jahrzehnte. Ein ruiniertes Sofa (darauf zu ruhen ist viel zu anstrengend), ein weißes Porzellanpferd, blind, und bäumt sich hochauf in wildem Gelächter, im Wind, der ist unsichtbar, flattern Mähne und Schweif. Keine Bombe. Luftschlangen, Lampions. Ein defekter Tennisschläger, immer noch gut genug, um dieser niedlichen kleinen Schlampe mit dem roten Haar ab und zu eine Tracht Prügel glaubhaft in Aussicht und nächstens wird sie ihn selbst darum bitten, ein Stiefel, die Stille, die abgestandene Kälte, ein zusammengerollter Teppich der schimmelt, totes Laub, Schneereste, leere Koffer voll Staub, doch zur Ruhe kamen wir nie! Wird auch ein trüber Spiegel, ein entlassener Garderobeständer, ein erdrosselter Ventilator, werden durch Nässe verdorbene elektrische Weihnachtskerzen sich finden, künstliche Blumen zum Wegschmeißen, ganze Stöße Zeitungen, eine Zielscheibe, Ratten vielleicht, ein Spezialwerkzeugkasten zum Demontieren (wie für einen siebenjährigen, kaltblütig geführten Präventivkrieg gegen Roboter und Maschinen, einen heilig-erbitterten Feldzug nächtlicher Einbrüche im Namen der ausgleichenden Ungerechtigkeit; im Karton, in Watte verpackt, erstickt sind die Kerzen: erstickt). Und ein alter Schreibtisch, Nußbaum, dessen leere Schubladen alle klemmen, alter Notariats-Erbschreibtisch mit zahlreichen Geheimfächern; auch die Erben und Erbeserben sind längst dahin; das verblichene Sofa sieht aus – am ehesten noch wie aus einer Bauernkomödie ein Bühnenmisthaufen mit Drahtgerüst sieht es aus!)

Gute Nacht! Alle vier letzten Gäste gingen gleichzeitig. Wirt schließt zu, gähnend, probiert: wird schon halten bis morgen früh! Gingen alle gleichzeitig und gleichsam beschämt und im Gänsemarsch, sehr bleich alle im späten Lampenlicht und sahen sich mehrfach um dabei; sie gingen wie Fahnenflüchtige in ihrem eigenen Leben, Defraudanten die an alles gedacht haben, nur an fortan ihr eigenes zuverlässiges schlechtes Gewissen nicht. Und hielten einander bei ihrem Abgang, einer dem andern, hielten sich allesamt gegenseitig unbeholfen und förmlich die Tür, die bewußte Tür auf, geraume Zeit – als gehe es einzig nur darum, wer als erster und wer dann, wer zuletzt: gingen, sind gegangen, die Nacht nahm sie auf.

Mein Gott, wie die armen Seelen Ertrunkener haben sie sich davongeschlichen.

Es ist zwanzig nach eins oder zwanzig vor zwei, wie immer wenn er zumacht. Vor der Tür die leere schwarze Soundsostraße oder wie sie sonst heißt, eine lange schräge Querstraße die – sehr altmodisch – *immer wieder* von der Innenstadt in die Innenstadt führt und zu den verschiedenen Tages- und Jahreszeiten oder was davon übrigblieb, hier in der Stadt, in deinem Gedächtnis (ein künstlicher Wintertag), mehr und mehr einem undeutlichen alten Bild zu gleichen beginnt, einer vorgestrigen Ansichtskarte. Und die wenigen handkolorierten (farblosen) Passanten, viel zu spät dran mit ihren eigenen Angelegenheiten und Absichten und umständlichen Hüten und Spazierstöcken oder Regenschirmen und Aktentaschen, sind bloß blasse Geschöpfe ihrer eigenen spukhaften Einbildung: jeder in seinem Traum gefangen, zeitlebens, ein öder Wahn, aber damit wollen wir uns jetzt nicht aufhalten! (Dieser ganze lange künstliche Wintertag ist darüber hingegangen, daß sie vergeblich versuchten, sich zu erinnern, was sie denn vorgehabt, was sie seit wann denn vergessen haben? Daß sie die Straße überqueren wollten oder wenigstens beizeiten einen diesbezüglichen Entschluß fassen oder nicht, aber jetzt ist es auch dafür zu spät!)

Vor der zerbrochenen Tür, abgeschlossen, vernagelt, riesengroß die leere schwarze schweigende Nacht, wie aus Glas.

So ein städtischer Januar der kein Ende nimmt: vorgestern ein Tag wie im Frühling und heut war es wieder saukalt! Die Kellnerin auch schon weg, sie ist einundzwanzig. Sie hat ein Kind von einem windigen Lügenvertreter mit dem sie zwei Jahre rum ist gezogen; gestern selbst noch ein Kind. Erst jedes Wort ihm geglaubt und jetzt kein einziges mehr – mit seiner Scheidung: ist klar, das geht nicht so schnell, er weiß schon warum, aber bald Geld wie Heu und dann ist nix kein Problem mehr für uns! Jetzt wohnt sie, weil sie das Kind hat, die Monika, wieder bei ihren ehemaligen Eltern in der gleichen engen Dreizimmerwohnung hinter der Galluswarte: Kamerun. Seit sie denken kann die gleichen Tapeten und im Hof spielen Kinder. Da ist ihr, sie müßte die Stimmen erkennen, kommste spielen! Als ob sie nach *ihr* noch rufen! Sie steht in der Küche, Spüllappen in der Hand, Gasgeruch, Wasser summt; die Wände sind dick mit lehmbrauner Ölfarbe angestrichen und schwitzen wie eh und je: sie steht in der Küche am Fenster wie vor zehn Jahren, wenn sie um halbzwei von der Schule heimkam und soll sich das ewige gestrige Abendessen warmmachen, den Topf da. Nachher spülen, dann einkaufen, dann Kartoffeln schälen. Ihre Mutter, die es immer gutgemeint hat, ging putzen. Seit sie in der Kneipe arbeitet, wieder daheim, steht sie immer erst mittags auf. Oft ist ihr, sie müßte nur eine Weile stillstehn am Fenster, sobald es nicht regnet: dann könnte sie sich zusehn wie sie jenseits der Zeit da im Hof spielt, da bei den Wäschestangen. Gestern, heute oder ist das schon ihre Tochter die sie doch erst vor zehn Minuten gewickelt hat und dann schlafengelegt in dem überlieferten weißen Gitterbett hinter der Wand. Im April wird sie zweiundzwanzig. Jeden Montag, Mittwoch und Freitag oder Dienstag, Donnerstag, Samstag, jedesmal wenn ihr armer unglücklicher Vater Metallarbeiter wieder zu Recht besoffen heimkommt, haut er sie windelweich; sie heißt von Kind auf die Uschi. Die Fabrik wo er alle Tage sein Leben hinträgt, ist gleich um die Ecke. Die Kneipe auch. Und am Ende der Straße wartet der Abend.

Er ist bald zweiundfuffzich und hat immer noch nicht im Lotto gewonnen, auch sonst nirgends. Sooft wie er der Uschi gehörig den strammen Arsch voll, verkatert oder im Suff, die Sonntage sowieso, wo soll er denn hin mit seinem täglichen alten Zorn?, braucht er wenigstens mit seiner Alten keinen Streit anfangen (die ist zwar sparsam und fleißig, doch kann leider Gottes das liebe Geld nicht zusammenhalten: braucht es zum Leben!).

Und die Uschi ist dran gewöhnt, Elternhaus. Jetzt gibt sie Geld ab, kann ihre Mutter jeden Tag nicht mehr die jüngste das Kind ihr versorgen daheim. Ab und zu fällt ihr ein, klaut sie dem Alten wie früher fünf Mark aus dem Geldbeutel. Nur so aus Gewohnheit, sie ist doch immer sein Goldschatz gewesen. Zwanzig, soviel hat er selten, daß er nicht merkt, wenn ein Schein ihm fehlt. Was nützen ihr denn fünf Mark? Vielleicht kommt ihr nächstens, sie steckt ihm manchmal heimlich was rein. Wieso denn nachtragend, bei der Arbeit den lieben langen verqueren Tag von mittags halb vier bis nachts um eins kommt sie sowieso nicht zum Sitzen und bei so vielen Säufern mitten in der Zeit, Zeit genug, finden sich immer paar vielhändig feiste Geilhuber die ihrerseits jederzeit gern noch ein Bier bestellen, um sie in aller Ruhe ein bißchen betätscheln zu können: umständlich, voller Wohlwollen, von vorn und von hinten, das tröstet. Jedem der Zeit hat und guten Willens scheint über seinem täglichen Suff, erzählt sie in Kurzform ihr ganzes Leben. Immer aus der Sicht der letzten drei Tage. *Wenn* er kein Arschloch ist, heißt das, kein Schwätzer, Hochstapler, feiner Pinkel! Zu voll natürlich soll er auch grad nicht, wenigstens nicht gleich am Anfang: nicht daß du kaum verstehst, was er lallt und da kippt er dir auch schon weg! Menschenkenntnis!

Gern hat sie, wenn einer der das Leben kennt, ihr lang und breit bestätigt, daß irgendwer-irgendwas zur Not auch das saublöde Schicksal ja wieder mal richtig ungerecht zu ihr war. Obwohl sie doch gar nichts dafür konnte! Sind wir soweit erstmal klar, dann ist sie gleich ganz gerührt: fallen ihr gleich auch jede Menge eigene Sünden ein, aber ja! Auch Einzelheiten, wenn einer scharf drauf, zeigt sie ihm gern auch die blauen Flecken. Dann fallen ihr, noch eine Runde, massenhaft ausführliche Selbstbezichtigungen, Tränen, Beichten, Geständnisse, sogar der gestrige Tag, verloren, ihr Gestern und Heute gleich gar nicht mehr schwer; da steht der Schnaps. Schmeiß nochmal Geld für Musik ein! Jede Zeit hat ihr Lied. Aber einer muß da sein, der zugibt und anerkennt, daß sie dennoch ein gutes Herz! Auf alle Fälle, na klar: Herz aus Gold! Dafür dann frißt sie ihm gern aus der Hand.

Sie ist weg, Feierahmd, hab kaum gemerkt, wie sie ging. Wir rechnen immer erst am nächsten Tag ab. Du heiliger Gott, wie soll sie denn mit den Bons schummeln? Sie blickt nicht durch und läßt sich von jedem beschwätzen. Sie säuft, sie ist jung und unglücklich, läßt sich von jedem ficken der kommt. Zutraulich wie ein Kätzchen, denkt er traurig, der Wirt, und wie in zehn Jahren, wie mit fuffzich? Erst jetzt sehen wir, das ist ja der Mischa, mein alter Freund Mischa aus Odessa! Wie es scheint hat er, wunderst du dich, die alte Kneipe hier erst kürzlich neu übernommen – mal sehn, was draus wird! Doch Nacht jetzt, das Viertel verödet, alle sind heimgegangen: das ist die Zeit die dir bleibt.

Er hat gern diese letzte halbe Stunde allein, spät in der Nacht: hab vergessen, wer ich bin. Der kommende Morgen jetzt näher als der vergangene.

Er schenkt sich bedächtig ein großes Glas ein das er dann nur zur Hälfte noch trinkt: Whisky. Radio spielt, er raucht noch zwei Zigaretten, bin müde (er dachte zerstreut an Samarkand, an New York, so weit weg, fand sich wieder), zieht seine müden zwei Schuhe aus. Noch ein Schluck, nachher gleich schlafen gehn! Er zündet sich immer noch eine allerletzte letzte Zigarette an und wandert (seit seiner Kindheit auf der Flucht) mit lautlosen müden Schritten hin und her wie ein geistesabwesendes Gespenst, das den Ausgang nicht findet – wie still es jetzt ist! Zog müde den Fuß nach, links, eine alte Wunde. Nicht zu glauben, wo ich seit Odessa schon überall hin und gewesen bin: spät in der Nacht hast du immer dein ganzes Leben im Gedächtnis; ging und ließ sich kaltes Wasser übern Kopf laufen, lang. Das Handtuch. Licht aus. Geistesabwesend und müde steigt er (schon unterwegs seine Kleidung Jacke, Hemd, Hose aufknöpfend und Stück für Stück abstreifend: weg damit!) Stufe um Stufe eine halbe Ewigkeit lang durch die knarrende Stille hinauf in den ersten Stock, wo in einem großen, fast leeren Hinterzimmer leise atmend Ludmilla schläft, seine Frau. Schläft schon drei Stunden. Fenster offen, es ist dunkel im Zimmer, nur die Lampe von gegenüber. Und vorm Fenster in seinem trostlosen städtischen Hinterhof, eingemauert, ein Apfelbaum der schon lang keine Früchte mehr trägt, der einzige Baum in der Straße.

Ludmilla die im Schlaf seinen Namen sagt, Zauberwort. Nachtetappen, mit einemmal ist er todmüde, wirft seine unwiderruflich letzte Zigarette aus dem offenen Fenster in die leere, ruhig atmende Nacht, läßt die restlichen Klamotten von sich abfallen wo er gerade steht und legt sich zu ihr so leise er kann (Nacht und alle Städte die ich kenne, von Odessa bis San Francisco, bis Valparaiso); sie regt sich im Schlaf, murmelnd, drängte sich schlafwarm an ihn und er hört sich redlich antworten: Ludmilla, im Halbschlaf schon, mehrmals, ja Liebste, ja! Selbst wie betäubt, in lautlosen Wassern versinkend, schlief sofort ein.

Am nächsten Tag, den er wie alle seine Tage umsichtig mit Kaffee und Rum beginnt, grübelnd (alle Morgen in Einsamkeit, wie auf einem Schiff, eine lange Reise), weiß niemand ein Wort von dem nächtlichen Unfall. Gegen Morgen ist Schnee gefallen. Erst da fiel ihm nachträglich ein d.h. auf, daß (in seinem verstörten Gedächtnis) scheints niemand die Leiche weggeräumt hat – fand folglich keinerlei Unfall statt?

Zwei fremde helläugige Lastwagenfahrer unterwegs haben kurz vor eins schnell noch ein Bier und-n Korn jeder. Im Stehn, an der Theke: finnisch, tungusisch oder welche entlegene Sprache sie mithatten – müssen sich verirrt haben, nachts kommt hier nie ein Lastwagen durch. Zwo Grog oder Kaffee mit Rum (er saß da, es ging schon auf Mittag, und rührte benommen in seinem Morgenkaffee mit Rum).

Die Polizei kommt gegen Mitternacht oder kurz vor der Sperrstunde öfter Kaffee schnorren. Ungerufen, vorbeikommen nennen sie das, mal reinschauen – vielzuviel Polizisten! Der Wirt, was sein Vorgänger hier: ist ein Speichellecker gewesen. Immer die gleichen ratlosen letzten Gäste; die Abende gleichen einander, scheinen sich spät in der Nacht ohne Übergang aneinanderzureihen: zuletzt, in vorgeschrittener Stille, ist es immer die gleiche Nacht. Und die Glastür, mit einer Spanplatte geflickt, die Glastür ist schon seit vier Tagen kaputt. Wenn der Glaser heut wieder nicht, ruf ich nochmal an! So ein Schwätzer, soll er morgen wenigstens kommen; jeden Tag sagt er heute!

Saß da und starrte endlos in seinen wolkigen Morgenkaffee; ist heut Dienstag? Kein Unfall: nein, ich werd nicht verrückt! Welcher Sinn denn, warum soll das etwas bedeuten müssen? Ich hab keine Angst vorm Verrücktwerden, sagt er sich, stellt herausfordernd die Musik lauter: When The Saints! Gegen Morgen ist Schnee gefallen. Wen denn fragen? Mittags die fixe Idee, daß er gleich in die Stadt muß: nein, jetzt sofort! Vielleicht war es schon gestern zu spät! Und drängt seine Frau: komm doch mit! Sie braucht, fällt ihm ein, neue Handschuhe – das hat doch nicht Zeit bis morgen!

Und erzählt ihr unterwegs die Unfallgeschichte, als hätte er sie vor langer Zeit ganz woanders ... ja erlebt, denkst du jetzt, aber wie soll ich wissen, ob ich mich nicht *geirrt* habe? Genügt doch eine kleine Schar Gleichgesinnter und trifft sich und kann dir geschwind ein halbes Leben vorgaukeln: damit du es beschwörst und beschwörst, Augenzeuge! Wieso denn Einbildung, eine wirklichkeitsgetreue Halluzination in Monterrey, in Toronto – dort lag der Schnee viel höher. War keiner, mit dem ich sprechen konnte, niemand da und ich dachte, ich werde verrückt. Damals, weißt du, ich hab es wirklich geglaubt. Du weißt noch nicht die Hälfte von mir, du sollst dich nicht wundern!

Kurz nach vier – schon schwindet das Licht auf dem Schnee, färbt der Tag sich blau – fuhren sie mit vielen Tüten und Paketen in einem nagelneuen schneeweißen Taxi zum vornehmen Frankfurter Hof. Sie haben außer den Handschuhen zwei Kleider, Stiefel, Pullover, einen Muff und eine Pelzmütze für Ludmilla gekauft. Warum nicht noch dort einen Mantel? Am Opernplatz: eine Straßenbahn klingelt, damit wir zu unsrem Glück nicht überfahren werden und ich sehe uns jetzt noch, wie wir mitten im Satz stehenbleiben und einander lächelnd zurückhielten – du meinen, ich deinen Arm.

Mittags um zwei, die Luft riecht nach Schnee. Wo war das denn, daß ich auch so eine Pelzmütze hatte, groß wie ein Sofakissen? Wäsche auch für Ludmilla(wird sie denken, nach zwanzig Jahren, ich spinne, weil wir die in der Goethestraße kauften, im teuersten Laden der Stadt – frag nicht nach dem Preis). Zwei Stapel russische Bücher, jedes einzeln verpackt, die wollen wir gleich wieder auspacken! Und eine Schallplatte: die Winterreise. Die Garderobenfrau aus der Warschauer Vorstadt Praga.

Tee und Cognac bestellt; laß warten den Tag, sagt er gelassen und froh in ihre Augen hinein. Wir sind nicht zu früh hier und auch nicht zu spät dran in diesem Winter. Sind jetzt hier in ... ? in Frankfurt, sagt er überzeugt und sieht sie zuhören, hört sich reden, als seien wir Fremde (ein bekannter Effekt, wenn du jahrelang zuwenig Schlaf, atemlos, wenn du aus Schneeluft und Kälte unvermittelt herein in die Wärme kommst).

Hast du das auch bemerkt? Vorher wochenlang nichts, als ob man nicht da und die Zeit fände anderswo statt. Vielleicht unter Ausschluß der Öffentlichkeit. Und nun die Stadt, unser heutiger Nachmittag – wie um ihn nach Jahren dauerhaft wiederzufinden, lebendig, ein Bild im Gedächtnis. Und brennt in dir fort und fort, danach kannst du süchtig werden. Geht es denn allen so, die heut in der Stadt sind? Und zehn Jahre und noch zehn Jahre wirst du dich fragen, warum es gerade dieser Tag ist: gewesen, vielleicht nur ein einziger Augenblick der dir blieb als Summe der Zeit. Handschuhe doch wollten wir kaufen! Und sollen uns jetzt bis ins Grab dran erinnern: ja damals! Frag nicht nach dem Preis! In Toronto hab ich in einer Brotfabrik als Ersatzteil gearbeitet und in einem Schließfach gewohnt – jetzt weiß ich nicht, wie ich darauf komme. Hier die Bücher, sie haben von Juli bis jetzt gebraucht, nur um bei uns anzukommen. Und wir, wie lang sind wir denn schon unterwegs? Doch nicht erst seit heut Mittag? Dauernd die Vorstellung, wir gehen nachher zum Bahnhof: durch die Kaiserstraße, die Kälte, du kennst den Weg. Die Lichtreklamen! Wir könnten wieder ein Taxi nehmen und der Fahrer, er auch, käme uns in aller Eile bekannt vor. Noch Koffer kaufen? Ein Zug wird sich täglich finden. Und unsere getragenen Leben hier, auf einmal wie frisch gewendet, die nähmen wir mit!

Mach dir keine Sorgen, denk lieber nach! Soviel Zeit und wir werden, erinnerst du dich, noch viele Städte und Länder und Jahreszeiten, das weißt du wie ich. Sitzen auf einem geduldigen Teestundensofa aus Friedenszeiten, aus vornehm verblaßtem Purpursamt; Licht und Wärme um uns her. Da schreitet herzu ein Kellner der wie ein Konsul aussieht (mindestens) und zündet feierlich eine Kerze an – hast du bemerkt, wie diskret er sich räuspert? Ja, wenn wir ihm nun aus Versehen die Hand geschüttelt hätten wie ein ungeschickter Verwandtenbesuch, erst du und dann ich!

Sechzig Stunden bis Moskau: dort muß man bleiben bis es anfängt zu tauen. Wir würden zwei Wochen lang jeden Tag ins Theater gehn, froh wenn die Zeit uns lang wird. Von Moskau nach Tiflis, nach Buchara: dort hatte ich einen Onkel der war Teppichhändler. Wenigstens abends zu Hause für sich allein war er Karawanenausrüster und Teppichhändler, tagsüber Austräger im Basar. Wie ein stolzer finsterer Khan sah er für mich aus: Alexander der Große hätte sich vor ihm von rechts wegen bis zur Erde verneigen müssen. Er muß zeitlebens von einem eigenen Kamel geträumt haben, wenigstens von einem Esel der mit ihm die Arbeit tut. Der kein Futter braucht, kann die Sanddisteln fressen! Noch später dann nur noch von nochmal einem neuen Festtagsgewand, zwiefach genäht und mit Borden verziert: genau wie ehemals das hier, sein erstes, was er sich vor der Hochzeit hat hoffnungsvoll machen lassen. Als ehrlicher alter Mann aber Tag und Nacht davon, daß er und der verschollene Jüngling in ihm in einer Person in einem Handstreich Indien und Europa erobern und er sich die kaiserlichen Füße fortan allzeit nach Belieben auf einem kleinen gemauerten Dungöfchen könnte wärmen. In dem eigens dafür ein ewiges heiliges Feuer geschürt wird. An die beiden Amerika wird er nicht haben glauben mögen oder galten sie ihm einerlei als Armeleuteland und wie das ferne briefmarkenkleine Flicken-Australien (das immer weiter davonschwimmt) der Mühe nicht wert. Den Ofen am besten verschluckt, tief im Bauch.

Dort in Buchara wird mit Kamelmist geheizt, man kauft ihn von Straßenhändlern: winzigkleine Portionen, teurer als Grütze und Brot. Wie Seidentücher die Dämmerung; dort wenn du hinkommst ist immer der erste Frühlingstag.

In der Gegenwart: sitzen nebeneinander wie auf einer bequemen Wolke, wie in St. Petersburg im Jahr 1907. Bis dir der Atem stockt, Rußland, das alte Jahrhundert. Sogar der Schnee bei den Säulen vorm Eingang, wenn auch nur für zwei Tage. Das Licht und die Stimmen, ja wirklich, sogar die Musik, ein als Zigeuner verkleideter geschminkter Kanzleivorsteher, sogar die Musik ist die gleiche. Dort siehst du den Rücken des Klavierspielers der nichts dafür kann. Hab keine Angst, was soll uns denn passieren? Wir sind nicht in Gefahr, jetzt nicht.

Mein Onkel Tamen, nach der Familienlegende soll er in jungen Jahren einem Tuchhändler einen Brunnen gegraben haben. Für sein Landhaus. Es soll ein tiefer Brunnen gewesen sein, ein prächtiges Landhaus, aus Charkow ein reicher Tuchhändler, ein Würdenträger und Wohltäter – der Brunnen ein Ziehbrunnen nach ukrainischer Art.

Und hat gegraben und gegraben, mein Onkel Tamen, zur Ordnung den ausgegrabenen Sand in die Wüste und für die Einfassung Steine herzugekarrt, mit Gottes Segen, unter geduldigen Selbstgesprächen, die schönsten zu finden weit und breit. Und hat nicht nur viele Wochen lang mit seinem Eifer den Herrn erfreut, seinen Wohltäter, und jeden Tag mehr als gerecht seine kräftige Kost für die Arbeit bekommen, sondern erhielt, als der Brunnen vollbracht und die Einfassung sauber ausgemauert, einen lebendigen Esel zum Lohn.

Der Esel hieß Sed, vielleicht war er schon alt, doch ging fortan willig mit ihm zum Markt, zum Bahnhof, in die Karawanenhöfe, auf die Lagerplätze und an die Küchentüren der Reichen. Auf seine Stimme hat er gehört, verstand jedes Wort. Nie war ein Weg ihm zu weit, nie eine Last zu schwer, so siehst du die beiden ohne Not Tag für Tag durch die Oase ziehn (sie werden sich aneinander gewöhnt haben). Doch in seinem vierten Jahr: auf einmal vor Müdigkeit hat er nicht mehr fressen wollen, der Esel, nicht einmal Wasser trinken. Hat sich in den Schatten geduckt und zum Sterben allein, was für ein Jammer, zwei volle Tage gebraucht. Und weil es, das kannst du dir denken, ein schlechtes Jahr nach einem schlechten Jahr ist gewesen und darauf wieder ein schlechtes Jahr und ohne Esel sind seine täglichen Einkünfte auch wie ehemals viel geringer gleich wieder geworden, so hat er es nie mehr zu einem neuen Esel gebracht. Über die Lasten will er nicht klagen, lieber Gott und den Herrschaften danken, sind sie doch sozusagen sein tägliches Brot. Jedoch hat er sich, wie er noch neben dem Esel einherging, siehst du, unbedacht selig das Gaffen und Sinnieren angewöhnt und fällt es ihm schwer jetzt, darauf zu verzichten. Kühn wie ein Khan, das ja, aber als Austräger oft genug zieht man die wohlgenährten ihm vor, die Kolosse und die mit eigenen Eseln.

So also, da ihm das Sinnieren nun wieder verwehrt war und er sich, Lasten schleppend, erneut nicht mehr sattzusehen vermochte, auch der Jüngste schon nicht mehr: so hat er sich eingerichtet im Traum des armen reichen Mannes; Teppichhändler und Krösus nur für den Anfang. Bis nach Persien, Baludschistan, Indien, Sumatra, nach Ost-Turkestan, Trans-Baikalien, in die neuen Amur-Provinzen, in die Mongolei, in die Mandschurei, Drachenland, weit nach China hinein ziehen, vom Wind begleitet, Abend für Abend seine prächtigen Karawanen. Sein Reich als stolzer finsterer Khan schließlich reicht vom Morgen zum Abend, von einem Weltmeer zum andern: ein endloser Sonnenuntergang glüht drüberhin. Zuletzt als Despot auf dem Gipfel wird er nie mehr sprechen, mit keinem, nicht ein einziges Wort. Nur noch befehlshaberisch: da, da! Mit Kienspan und Schwert fuchteln, unbesiegt, mit einem goldenen Stecken. Sollen seine Wünsche ihnen oberstes Gebot, sollen sie seine Wünsche doch pausenlos erraten! Wie soll er noch je einen Esel, noch einmal ein Festtagsgewand? Das Öfchen soundso, aus was für Steinen es sein soll, müßte die und die Höhe, ein zugehöriges kaiserliches Samtkissen und besten Dung für das Feuer allzeit im Überfluß.

Der Brunnen seiner Jugend, der Brunnen für das Landhaus des Tuchhändlers: ein wahres Wunder von einem Brunnen soll das gewesen sein. Schwer zu sagen, ob ich ihn als Kind je wirklich gesehen – vielleicht steht er heute noch, so kunstvoll geschaffen. Sein Wasser so rein und frisch, daß nicht einmal die Moscheen in ihrem irdischen Überfluß besseres hatten. Auch nicht in Zeiten der Dürre: nie versiegt, nie versiegt! Denk nicht, daß ich Heimweh, Ludmilla, das ist nur um zu reden. Seinerseits der Würdenträger aus Charkow wird Heimweh nach der Ukraine gehabt haben, anhaltend wachsendes – warum sonst hätte er sich einen Ziehbrunnen für tausend Jahre nach Buchara in seinen Park gewünscht? Vielleicht war er nicht immer reich, sondern hat es erst mühsam werden müssen unter fremden Menschen. Jetzt vielleicht ist das Haus mit seinen lichten Fenstern ein Erholungsheim für die Arbeiterinnen von den Baumwollkolchosen. Für einen Kulturpalast nämlich war es zu abgelegen, auch als Landhaus im ukrainischen Stil nicht hoch genug leider: zu wenig Etagen.

Von einer Station an der Bahnstrecke Moskau – Saratow will ich dir erzählen: der Zug kommt morgens an. Dort gibt es Teiche. Oder ist das über Rostow die Strecke ins Kubangebiet und nach Grusien? Sonnenblumen werden dort angebaut, der halbe Bezirk lebt davon. Und frohe Kinder zu haben, das gilt bei den Bauern als Glück; es heißt, das bedeutet ein langes Leben. Hätte mir gleich heute auch noch warme Socken kaufen sollen. Aus Schafwolle, für Jahre und Jahre im voraus. Als Kettenraucher: hätte ich Heimweh, ich müßte daran ersticken! Heimweh jetzt, hier, das wäre wie eine Waffe zur Unzeit gefährlich: es wäre so groß, daß die Geschichte unmöglich gut ausgehen könnte! Doch wir kennen uns, du und ich, wir wissen Bescheid (wie denn hierhergekommen? wie komme ich jetzt darauf?) und werden uns schon beizeiten kümmern. Du weißt, daß ich, wenn es sein muß, Ludmilla, wir werden! Da wird uns lautlos der nächste Cognac gebracht – gibt es nicht wie für Fürsten und Plünderer geschliffene kleine Kristallkaraffen in diesem Palast? Und draußen Winter; draußen fing es schon wieder an, dunkelzuwerden.

In der Nacht hat es geschneit. Es ist Mittwoch und das Städtische Hallenbad Mitte Nord z. Zt. wegen Renovierung geschlossen.

Und die ganze letzte Nacht, fragt er sich, einsame letzte halbe Stunde vorm Schlafengehn, betroffen, sollst du jetzt bloß geträumt (und grübelst und denkst und kein Ausgang), bloß geträumt haben? Wenn ich mich wenigstens nicht so *deutlich*, Gedächtnis, hundertmal jede Einzelheit: zuviel Zigaretten. Kurz nach eins zugemacht; was heißt denn mit rechten Dingen? Die Uschi, die Kellnerin, ziemlich kleinlaut ausnahmsweise, hats eilig wie immer und schien dennoch zu zögern, beeil dich! Mehrfach ein Auto hupte ungeduldig nach ihr, während sie sich noch hastig-stumm-todernst in letzter Minute – wie oft denn noch – Locken, Strümpfe, Rock zurechtzupfte: ist sie immer so blaß? Die Lichter schon aus, nur über der Theke eine einzige Lampe. Wer soll uns hier erlösen? Da rief das jungfrauenfressende Ungeheuer vorn an der Ecke zum zweiten-, zum drittenmal. Rasch noch die anderen Schuhe, Schlüsselbund fiel ihr hin (Steinfußboden) und in der späten Stille klang das wie ein Pistolenschuß. Sie zuckte auch folgerichtig, bevor sie sich bückte und ihn mit einstudierten Bewegungen, Kellnerin, knicksend aufhob – wird dann gegangen sein, gute Nacht. Hab noch einen Schluck getrunken, allein, hellwach und todmüde zugleich (spät in der Nacht, von großer Stille umgeben); halbvolles Glas stand heutmorgen noch da.

Er hat die Kneipe vor zwei Wochen erst neu übernommen oder fühlst du dich (in der Gegenwart, bei dir selbst, in Gedanken) immer so fremd – fortan alles selbst machen, zäh und geduldig, jeden

Handgriff und die Gedanken, den Sinn auch dazu! Hat noch nichtmal mit der Kellnerin, wir kennen uns kaum erst seit gestern: Uschi heißt sie, rotes Haar. Vom Vorgänger übernommen. Freund mit Auto, holt sie jeden Abend ein anderer ab, als sei sie sein Eigentum: gekauft und bezahlt. Hier willst du ehrlich, hier alt werden? Parken alle an der gleichen Ecke zwei Häuser weiter und warten mit Hupe im Auto, Zeit ist Geld. Braucht sie wenigstens nicht zu Fuß, so spät! Wenn der Abend rum ist, als letztes die Stühle auf den Tisch, dann zieht sie sich vor ihm um, schweigend, dem Anschein nach ungerührt. Vor der Tür zum Flur, wo ihr armer ehrlicher Mantel hängt, fast noch aus Schulmädchenzeiten; sie läßt sich Zeit und braucht trotzdem nicht lang. Soll er dastehn und gaffen? Kleingeld zählen? Fällt es ihm ein, ihr geschäftliche Fragen zu stellen, antwortet sie auch halbnackt bereitwillig und ausführlich. Jetzt sogar zieht sie neue Strümpfe noch an, von wegen Laufmaschen. Klingt ihre Stimme *anders* als sonst, jeder Satz insgeheim eine Frage? Doch wie willst du wissen, ob du dir das nicht auch bloß einbildest, genauso, bevor sie gleich im Mantel sowieso geht?

Auch vergessen, das Radio auszuschalten, ganz zuletzt letzte Nacht: spielte noch, als ich heutmorgen runterkam und – wie vor vielen Jahren den Winter in Schweden als geborener Taxifahrer, sprachlos glücklicher Handlanger in der Chemiefabrik, neun Monate Winter – die erleuchtete Senderskala war mir ein großer Trost jedenfalls, in der blaugrauen unvermessenen Morgenödnis. Befangen, die gestrigen Stimmen im Ohr: Geschwätz, meistenteils, Wiederholungen, so fängst du immer wieder von vorn an. Als erstes Kaffee und Rum. Als erstes das Schnapsglas von gestern wegkippen: nicht ganz den Rest mehr geschafft. Als erstes dann, das soll hier dein neues Leben, legt er immer Bierdeckel – mußt du dir zurechtknikken und -falten, geduldig, unter die unbelehrbaren Kneipentische: wackelt jeder auf seine Art. Als Wirt bist du ewig müde und kommst nie zum Einkaufen: nie in Ruhe deine eigenen Angelegenheiten! Gehören Filzstücke untergeklebt, Korkscheiben. Von rechts wegen. Überall Dreck, Unordnung und Gewohnheit – soll er anfangen Zeitung lesen? Kettenraucher, längst Zeit zu fahren, das hast du gewußt! Er macht sich Kaffee (als Taxifahrer mit einer pelzgefütterten Jacke hast du zum Warten immer ein Sandwich mit Salatblatt, die Uhr im Auto und dicke amerikanische Taschenbücher; sieben Seiten hat jeder Tag, sieben Gesichter), noch mehr Kaffee, allein in der leeren Kneipe: dauert jedesmal eine Ewigkeit, bis der Tag ingang kommt. Meistens sowieso wird es Mittag, bevor er hier endlich aufmacht, ein Räuber. Schon nicht mehr nüchtern, hier kannst du nicht bloß zum Kassieren herkommen: lieber den Tag mit Gleichmut, finstere Zeiten. So verzagt, daß ich mich selbst kaum wiedererkannte. Lieber noch in Marseille, wenn wir uns das nächste Mal treffen. Wie geht das, komplett eine Kneipe versaufen, fragst du ihn, fragst du dich, sind viele Jahre vergangen, wird er dir verkünden, daß es keinen Sinn hat, Verlust und Verlust zu berechnen und um wieviel du täglich betrogen wirst und dich im Zweifelsfall selbst beklaust, halt dich damit nicht auf! Genau wie mit Schicksal, Würfeln und Kartenspiel, so alt wird man nicht, um die Zeit damit zu vergeuden.

In der Nacht hat es geschneit (gegen Morgen ist Schnee gefallen). Der Glaser, als ich ihn wieder anrief, zum zehntenmal, sagte: heut ganz bestimmt! Letzte Woche hats nicht geklappt, vorgestern kam was dazwischen und (ich rief von der Kneipe aus an, Mittag, die Tür zum Hinterzimmer stand offen: durch das *trübe* Hoffenster konnte ich schwarz und weiß die kahlen frischbeschneiten Äste des toten alten Apfelbaums sehen, reglos, und die brüchige braune Mauer hinten im Hof, solang ich mit ihm telefonierte) gestern ging alles schief! Aber heut komm ich ganz bestimmt, sagte er, keine Frage! Notfalls nach Feierahmd!

(– daß der Betreffende ohne zu zögern durch die geschlossene Glastür hinausging, sei mutmaßlich eine dichterische Übertreibung. Geradezu charakteristisch für solcherlei Suffgeschichten vom Hörensagen. Im Polizeibericht nicht zu finden! Die alte Jacke, zu kalt für die Jahreszeit, am Ufer zurückgelassen; Loch im Eis.)

XVI

Halluzinationen! Der verschollene Merderein, Handelsvertreter, er oder ein anderer in greulichem Delirium – da ist er ja wieder! – geht durch die Stadt. Wochen und Wochen, seine Zeit ist ihm abhandengekommen, er sieht Gespenster, predigt, fixiert der Reihe nach seine gesammelten Wahnvorstellungen: alle noch komplett! Friert, flucht, trinkt, hat Ohnmachtsanfälle; er droht, weint, winselt die fühllosen (die singenden) Lichter an. Die Erlösung: ein Kampf bis aufs Messer, auf Leben und Tod. Dann wieder überkommt ihn wie Fieber tröstlich ein süßer vertrauter Schmerz der langsam durch ihn hindurchzieht: es ist wieder Abend geworden. Warum nicht ein bißchen weinen, im Gehen, nur weiter, zitternd, in einer Kälte die er nicht mehr spürt.

Doch es gibt keine dauerhafte Erlösung und alles fängt wieder von vorn an: das Gericht. Erbittert, er rechnet ab, verteilt Gut und Böse – die Wahrheit bin ich! Immer noch von mächtigen Feinden umgeben, doch er hat (hinter vorgehaltener Hand) . . .Pläne! Ich bin: *das* Wahrheit, *der* Recht und *ein* Ortnunk! Bald ist es vorbei mit meiner Geduld und dann will ich euch fressen! Gerechtigkeit. Ruhig mein L i c h t , nur der Tag flackert so! Von neuem, wieder und wieder durchlebt er alle Situationen der Vergangenheit in zahllosen Variationen und Wiederholungen. Will kein Schnee fallen! Seit Tagen, seit Wochen mit keinem ein Wort gesprochen; mein Schlaf wo? Wir haben jederzeit ein wachsames Auge aufeinander! Er wollte, er ist anonym vom Henninger Turm oder hat sich aus einem Hochhausfenster, die Hauptverwaltung, doch das muß auch bloß traumatisch, ein Traum oder der Aufprall läßt auf sich warten: wir kommen nie an.

Wie aus dem Jenseits starrt er einen erleuchteten Hoteleingang an: das gibt es noch? Diese verlorene Welt glücklicher Ankünfte: sind Autos vorgefahren, ist das Gepäck schon oben, jeder Tisch dir gedeckt, nach Post fragen, gleich zum Abendessen verabredet und immer noch Zeit für ein Glas. Wer du auch sein würdest, eben angekommen: daß Ort und Zeit, Ferne auch, noch vorhanden und es hätte damit seine Richtigkeit! Kein Gedanke an Katastrophen und die Partner, ein jeder mit Absicht und Namen, Traumballast, gesellen sich in höflicher Kumpanei. Noch da, das gibt es, das funktioniert noch – d o r t , siehst du, und doch unerreichbar wie auf dem Meeresgrund, Vineta, das Leben in einem Aquarium. Als Kind vom Bus, von der Straßenbahn aus, abends, mit brennenden Augen hast du dir Häuser ausgesucht in denen du wohnen wolltest: mit vielen Giebeln, Erkern und Bogenfenstern; wenigstens ein Türmchen sollten sie haben! In allen Fenstern ist Licht und die Türen zum Aufmachen wie bei einem Adventskalender. Schon die Nacht wie mit Flügeln und schwarzen Fahnen. Frierend, am Rande des Lichts, als ob er *unsichtbar!* Und das tote Gestrüpp neben dir raschelt und weht: kannst du einschlafen, träumen, aufwachen, träumen – noch nicht kalt genug zum Erfrieren! Mußt du Geduld, noch warten, nimmt er verzagt seine Wanderung wieder auf: die Schuhe aus Blei.

Den Fluß entlang, vom Morgen zum Abend, der Tag kennt dich nicht. Mütze mit Ohrenklappen besorgen! Alle Namen sind falsche Namen: er ist ein anderer und ich bin gar nicht da! Ein Irrgarten, ein Alptraum ohne Ende: er ist auf der Flucht, dann wieder nimmt er zäh die Verfolgung auf. Will kein Schnee fallen? Wie Wunden brennen die Schauplätze all der Selbstmorde in seinem Gedächtnis: das heilt nicht zu! Das Messer im Bauch, in den Eingeweiden, sein großes rostiges Messer! Zähneklappernd, sie sollen nur kommen! Wer – weiß er auch nicht, stirbt täglich zahlreiche Tode. Unterwegs, jeder Schlaf eine Ohnmacht, ein tiefes Loch: nur am Ende seiner Müdigkeit und Verzweiflung, leer und erschöpft vermag er sich für ein paar Stunden jedesmal zu verkriechen. Woher gekommen? Als ob er seit seiner Kindheit verschüttet, seit dem letzten Krieg in einem Kohlenkeller im Untergrund, halbes Leben und findet jetzt nicht mehr heim. Will keine Ecke, kein Augenblick dich mehr kennen: meine Welt ist das nicht! Den ganzen Tag in die falsche Richtung gegangen, jede Richtung war falsch. Wo verweilen?

Wir sehen ihn auf der Flucht, sehen Lastwagen an ihm vorbeidonnern, mächtige Ungetüme die ihn – wie lang denn noch? – stets nur um Haaresbreite verfehlen; die ganze Zeit Winter. Gegen Abend finden wir ihn in einem entlegenen Vorort wieder, namenlos. Eine Baustelle oder hier schlug der Blitz ein! Er steht am Straßenrand und wärmt sich an einem Feuer – überall auf der Kreuzung und die Straßen entlang brannten Feuer, der Himmel ein braches Feld. *Dämmerung,* wie müde er ist. Hier warten? Passanten, Gaffer, Bauarbeiter die ihr Zeug wegtragen: räumen den Tag beiseite, hantierten mit Eisenbahnerlampen und Bergwerkslaternen und stellten Barrieren auf: Feierahmd. Alte Armeelastwagen die hintereinander abfuhren mit viel Getöse, wohl eher ein Feldlager; da ihre schwarzen Zelte. Siehst du erst jetzt. In diesem Aufruhr, mitten im Lärm, er lauscht benommen den Stimmen (Hochwasser? Lawinengefahr?), versteht kein Wort und hat alles schonmal erlebt – weit hinter Altai und Irkutsk eine verlorene Kindheit in der nördlichen Mongolei oder am Eismeer bei den Samojeden die du auf Anhieb in deinem Gedächtnis wiederfindest. Haben Brot und Salz, ihren Anteil Leben, Hirse und Trockenfisch und die wenige Wärme auch mit dir geteilt und dich nicht aufgespießt mit ihren Augen. Nachrufe, die ganze Zeit Winter; manchmal siehst du ein Gesicht.

Abends am Hauptbahnhof der gleich abfahren wird: viele Stimmen und er hat seine Sprache verloren.

Wind auf den Knochen. Durch die Mosel-, die Elbe-, die Taunusstraße schleicht er als Gerippe, trifft ihn kein Blick. Vor einem Eckkiosk, sich an die letzte Flasche halten! Neben einer riesigen Baustelle die einer Ruine gleicht, Gottes Acker. Mich friert! Alle Baustellen jetzt sind – Fallen, ja Menschenfallen, eigens für ihn errichtet. Und die Stadt ist voll davon! Was weiter, was soll nur werden? Er ist verloren, früher oder später wird er unter die Räder kommen, wird gesteinigt, von Wölfen zerrissen, erfrieren oder einer Hundertschaft hungriger Polizeistreifen in die allzeit bereiten Fangarme laufen. Doch wie lange noch, Herr, da hierzulande Nachtfrost und Wölfe ja immer erst Anfang bis Mitte Januar und überdies äußerst unzuverlässig, die Wölfe satt und sehr wählerisch, aus jedem stickigen Amtszimmer, Luftschacht, Kellerloch, Hauseingang und Kanaldeckel schlägt dir wie abgestandener Atem gleich dampfend die überschüssige Wärme entgegen, in den Kaufhäusern hat sofort nach dem Sommerschlußverkauf die überheizte Vorweihnachtszeit angefangen, Barmherzigkeit, Engelchöre, wird es womöglich in der gesamten vielfach unterkellerten Innenstadt mit all den Autos, Menschen, Lichtern, Passagen und Pendeltüren, Zigaretten, die Abgase nicht zu vergessen, Dunstglocke, seit vielen Jahren schon gar nicht mehr kalt genug zum Erfrieren; die unterbezahlte Polizei bekanntlich ihrerseits dauerhaft überfordert bzw. anderweitig (für Steuergelder) und alle energischen Bürger, obwohl es viele Steine gibt, reichlich begriffsstutzig und (trotz zahlreicher Steine) meistenteils bis auf weiteres unbeholfen genug mit Vorbehalten, hat jeder seine, mit ihren langweiligen eigenen Angelegenheiten beschäftigt.

Nur die Abfälle nach wie vor nahrhaft und ausreichend. Und jetzt ist erst Oktober. Ich kann nicht mehr, lasset die Kindlein zu mir kommen!

Im Bahnhofsviertel oder wo wir hier sind: sehen ihn wieder im kalten Licht hustend und betend eine alltägliche öde Trümmerhaufenstraße herunter daherstolpern. Herrgott, noch früh: die Müllabfuhr raubt rüde den Abfall. Der Tag, der ringsum zögernd ingangkommt, eine weltweite Verschwörung und du als Einziger hast nicht daran teil: der Tag kennt dich nicht.

Die Vögel, keine Vögel mehr da? Er sah sich alle Augenblick mißtrauisch um, der Wind trieb uns Tränen in die Augen. Wie denn ein Amoklauf – weit und breit kein Mensch; das Messer ist doch für die Brotkanten bloß. Da hat er in allen Taschen noch ein paar Kippen, gottlob auch Streichhölzer selber. Und nickt, unrasiert flüsternd – verstand nicht die Hälfte. Zum Ausspucken ist es zu kalt vorerst. Jäh ein Lastwagen donnert vorbei: kam nichtmal dazu, in Deckung zu gehn. Kaum hat er sich eine, dann die nächste Kippe gutwillig angezündet (und raucht wie ein Süchtiger, stolpernd: noch nicht einmal warm geworden), auf einmal am Ende der Straße, wie der erstbeste billige Trick, zieht schon wieder schweigend der Abend auf; am Himmel der Widerschein Asiens. Erschütterungen: eine S-Bahn, ein Personenzug, ein Güterzug sind über die Brücke gefahren; dort das Viadukt mit dem *bösen* Blick. Hier steh ich, hab noch die Waggons zählen wollen, du heilige Einfalt, wo ist der Tag hin?

Kein Mensch, niemand da, nicht eben noch Morgen? Eine Schar Kinder am äußersten Rand des Tages: wie durch ein umgekehrtes Fernrohr auch sie.

Und rannten über die Straße und verschwanden sogleich im nächstbesten Erdloch oder Hauseingang. Und erst jetzt ihr verspätetes Johlen, wie begraben, wie aus dem Innern der Erde. Kann sein, du träumst diese Kinder überhaupt nur nachträglich noch dazu, damit der Tag nicht so leer und vergeblich, nicht so trostlos das Bild in deinem Gedächtnis. Aber jetzt sitzen sie im Kyffhäuser oder lauern im Fußgängertunnel auf gehbehinderte Rentnerinnen: blitzschnell die Handtasche, Einkaufstaschen-netz-tüten an sich gerissen, ihr die Mantelaufschläge unter den Arm durch: hinterrücks zugeknöpft, einen faulen Apfel, eine klebrige Monatsbinde fest in den Mund und Witwenhut oder Kopftuch mit einem Ruck über die Augen – bis die schreiend ans Licht zappelt: das wird dauern, das braucht seine Zeit! Den meisten wird erstmal zum Kotzen, ein Schwächeanfall. Die Rolltreppe haben sie abgestellt, kennen sich aus. Sind derweil längst im nächsten Revier: klauen im Hertie Strumpfhosen und Schallplatten, Transistorradios beim Neckermann; helfen dir auch nicht weiter oder kannst du ihnen helfen? Was soll dir jetzt noch einfallen, damit die Welt rasch wieder in Ordnung, am besten rückwirkend, und ist es in Wahrheit doch nie gewesen!

Bevor ihm mit Riesenschritten, mit Flügeln wieder die Nacht auf den Hals kommt, Rattenfänger. Die schwarzen Vögel, was sind das für schwarze Vögel, so groß? Bevor er gleich panisch und gerissen in entgegengesetzte (mehrere) Richtungen weg und davonstürzt, stumm: *immer bleibst du zurück!*

Wir sehen ihn, es ist ein kalter gelber Wintermorgen, der Schnee beiseitegeschippt, alt und grau, sehen ihn aus der Stadt wandern. Wo denn hin, fragst du dich, wird er denken, nach Norden, nach Norden. Früh schon muß er sich aufgemacht haben, ist vielleicht schon die ganze Nacht unterwegs.

Nimm dir Zeit, finde solche Wintermorgen in deinem Gedächtnis wieder! Die Schrebergärten verschneit, kahle Obstbäume hinter Zäunen und Zäunen. Hier ein Feuer anzünden? Nichts regt sich. (Gedenken sollst du!) Alle Gartenhäuschen für den Winter vernagelt, blind und stumm. Die Zäune lassen ihn weitergehn – nicht so hastig, das fällt doch auf! Am Horizont himmelhoch apokalyptische Fabriksilhouetten; der *allgegenwärtige* Blick. Vor dir her mußt du träumen: eine kleine Brücke, ein gefrorener Bach, Graben, Kanal den er auf seinem Weg überquerte – und ist stehengeblieben, um einem großen schwarzen Vogel nachzusehen, der aus einem nahen Baum aufflog und lautlosen Flügelschlags über ein weites leeres Schneefeld hin; hat dich niemand gerufen. Am Horizont die Fabriken, noch als ob sie hinter ihm herdrohen, zurückbleibend, sinken mählich so weg. Wer gehen will: vor dir her mußt du träumen! Die Vögel im Winter. Dreck, Schneematsch und beträchtliche Vereisungen in den vorgestrig steingrauen Vororten die er im ersten Morgengrauen durchquert hat, lang vor Tag, und ihr Blick verfolgt ihn noch jetzt. Immer mehr Schnee, seit er aus der

Stadt heraus einen Stadtrand nach dem andern passierte, die Irrtümer der Zeitalter und Jahrzehnte: vielleicht der letzte der hier noch zu Fuß und wo will ich denn eigentlich hin? Später sehen wir ihn als kleine dunkle Gestalt lang durch menschenleere Winterlandschaften wandern. Reglose schwarze Bäume und gegen Mittag, du hast sie nicht einmal gleich erkannt, das ist doch die Sonne am Himmel, kalt und fern; noch bleicher ein Tagmond dann (und wandert mit); bißchen Wald am Horizont.

Dann durch Schneewehen führt ihn der Weg einen Bahndamm entlang: kein Zug fuhr; vielleicht fahren schon lang keine Züge mehr. Eine Hochspannungsleitung die seinen Weg kreuzte: kam großmächtig im Schnee die Hänge herab – stehst du und gaffst hinauf. Gleich wird ihm das Atmen schwer, schien der Himmel noch tiefer zu hängen. Und hat ihn begleitet, bis er immer öfter ist stehengeblieben, keuchend, immer mühsamer Schritt vor Schritt. Bis er sich besonnen hat und ist abgebogen und sie ließ ihn wider Erwarten gehen: stelzte nur und lief weiter Mast um Mast in ungleichen Sprüngen auf den Horizont zu. Jetzt, probeweise, kannst du schon anfangen, sie zu vergessen. Einöden, meilenweit Stille. Seit wann denn schon keinem Menschen begegnet? Einmal weit weg ein Fuchs – hat vielleicht einer den andern gar nicht bemerkt. Fing es nicht schon zu dämmern an; blau der Schnee *friert.* Nah und fern die Bäume standen ganz starr. Nordöstlich (südwestlich?) der Mond, eine bleiche Sichel. Und wandert mit; auf den Hügeln der Wald: kam und ging.

Da hast du deine Müdigkeit nicht mehr gewußt und bist nur immer weiter gegangen: an Hecken vorbei, einen Hohlweg und lang bergauf und über die kahle Anhöhe hin, dann am Waldrand, vom Wind geschützt. Lag ein Dorf dort im Tal. Und ringsum verstreut hier und da ein Gehöft. Entlegen im lang nicht bedachten Schweigen verschneiter Felder unter dem kalten vergessenen Tagmond. Aus den Kaminen der Mittagsrauch, Menschenwelt, eine Erinnerung und grüßt zu dir herauf. So ist er dagestanden und hat sich nicht abwenden können, wie taub noch vom Wind auf der Höhe. War ihm nicht kalt? Brannte sein Gesicht denn vom Wind, daß er sich die Augen reiben mußte, damit sie ihm nicht mit der Welt davonschwimmen blindlings, und endlich doch weitergehen konnte, weil ihm seine Spuren einfielen und er den Schnee von den Schuhen geschüttelt hat. Ach, die Schuhe, das haben wir auch nicht bedacht, sind ja längst ein Kapitel für sich. Und hatte von da an öfter ein Gehöft zu umgehen, auch hart und trocken hallendes Hundegebell dem er ausweicht, befangen, ein Zementlager, eine (verlassene?) Ziegelei: besser nicht zu nah dran! Die Spuren im Schnee. Sooft er unwillkürlich schneller geht, hört er dicht hinter sich her die Stille in seine Ohren keuchen. Ist hier noch ein Weg? Wieder am Waldrand, er muß lang und beschwerlich bergauf und durch hohen Schnee, Schneewehen, Gestrüpp – ist er gelaufen, gerannt?

Noch ganz außer Atem jedenfalls, stand und starrte zu einer Autostraße hinüber die vor den jenseitigen Hügeln in weitem Bogen hin durch das stille verschneite Land, schon zur Nacht gerichtet: eine Tankstelle und die Autos mit eingeschalteten Lichtern. Fing die Luft an zu *flimmern?* So weit weg in der Dämmerung, wie soll einer da wissen, was er denkt? Inzwischen haben wir ihn aus den Augen verloren, sind zehn Jahre später wieder auf der B 3 Richtung Frankfurt unterwegs mit Musik und Wein, wie schon hundertmal vorher und es ist der gleiche leere trostlose Winternachmittag der da um uns zuende geht. Zehn Jahre Suff und Straßen, wo ist der Tag denn hin? Zehn Jahre und noch zehn Jahre.

Schon wieder der Abend hinter Schneefeldern, schwarzen Bäumen; eine riesige Spinne jetzt lauert am Horizont.

Einöden, lauter Irrwege. Mit der Hochspannungsleitung das hat nicht geklappt, gestern und heute. Mit der Eisenbahn das hat auch wieder nicht geklappt. Schon wochenlang nicht, obwohl er genau weiß, wie es gemacht wird: jeder Dummkopf, denkst du, bringt das einmal noch fertig, seinen Schädel da auf die Schienen und warten, den Fahrplan abwarten. Aber doch nicht ich und was ist dann, was danach? Da ist dir eingefallen, wie wir als Kinder Pfennige vor den Zug und hinterher hast du eine hauchdünne Kupferscheibe, groß genug, um bis zum Abend im schwindenden roten Licht die Sonne damit zu verdecken. Manchmal ein Riß drin, da hilft nix. Auch keine Wölfe in Sicht, weit und breit nicht. Erdbeben, Feuersbrünste, öffentlicher Amoklauf usw. wurden rechtzeitig abgesagt: wie soll man für sich allein mittellos explodieren? Eine meterdicke Eisschicht bedeckt schon seit Wochen unzerbrechlich den alten Main. Mit dem Staat will er nicht mehr handgemein, sich nicht darauf einlassen. Das Städtische Hallenbad z.Zt. wegen Betriebsferien und Renovierung bis auf weiteres geschlossen und das Wasser zwecks Durchführung dringender Reparaturarbeiten schon die ganze Zeit abgelassen. Züge scheints fahren nicht mehr. Mit der Hochspannungsleitung, wie er endlich hinaufklettern wollte in der weglosen weißen Einöde fing die Stille wie ein Uhrmacherladen zu ticken an, immer lauter – nur weg hier! Bist du hinter den fliehenden Rehen, hinter den fliehenden Krähen her, aussichtslos, bis zu den Knien im Schnee versinkend und hast im Zorn oder zur eigenen Orientierung wieder und wieder, das sage ich euch, deinen ehemaligen Namen emporgeschrien. So laut du kannst (merkt euch das!), bis du heiß, zitternd und heiser nicht mehr weiter gekonnt und hast dich an einen Baum lehnen müssen, im Schnee, dort im Feld, um wieder zu Atem zu kommen. Ein Apfelbaum.

Alle Züge längst abgefahren. Alle Lastwagen mit 1 a Luftdruckbremsen und die Fahrer zwar tollkühne Witzbolde, doch jederzeit erstklassiges Reaktionsvermögen (der Schadenfreiheitsrabatt); alle Mörder im Winterschlaf, Skiurlaub oder wie Gott der Herr langfristig mit anderen, die sich lohnen, also eigenen Angelegenheiten dauerhaft überlastet. Bleiben die Schutthalden, die Abende, die Straßen, die Nächte, Lagerhallen, Kohlenrutschen, der Güterbahnhof, am schlimmsten von zwei Uhr nachts bis noch einmal der Morgen graut; wird es nicht endlich hell? Angst nicht!

Bleiben Erschöpfung, Suff, Mißgeschick, Lungenentzündung, Gespenster, die Stimmen, wie Stationen die kleinen Ohnmachten unterwegs, langsamer Tod durch Erfrieren – wie hilflos er ist; wo verweilen?

In jedem seiner früheren Leben, immer up to date, aktives Mitglied unserer allumfassenden demokratischen Leistungsgesellschaft, sein Alltag lief wie geölt, falls er je drauf gekommen wäre, Schluß zu machen (Gründe genug): hätte sich zweifellos zielsicher und energisch glatt und sauber erschossen, Kopfschuß. Am besten mittags. An seinem Direktionsschreibtisch, an der Wand sein eigenes Bild. Im Sessel, klar kannst du hier die Füße auf den Tisch, Mahagoni. Zum Teufel die Schriftlichkeiten; gleich ist es zwölf. Was sollst du noch lang überlegen? Vielleicht in den Mund, beide Daumen am Abzug und dann ist es still. Zuverlässig wohlschmekkendes Prominentengift pikant im Champagnerglas, festlich, im engsten Kreis: Abschiedslächeln. Falls nicht bereits legal oder illegal, auch egal, im Besitz handlicher kleiner gutfunktionierender Faustfeuerwaffe, würde er die erforderlichen Mittel (natürlich doch keinen Scheck) jedenfalls umgehend aufgebracht und die notfalls gesetzeswidrige Anschaffung im nächtlichen Underground Ffm. – wie in einem perfekten Killerfilm, scheints ein Farbfilm, aber elend schlecht synchronisiert – zweifellos geschickt zu bewerkstelligen gewußt haben; fand sich, solang er noch bei Verstand und sozusagen am Drücker, Handschuhe aus feinstem Gazellenleder, stets überall und auf Anhieb zurecht: erfolgreich bis zur perfekten Planung, Vorbereitung und Ausführung seines sinnvollen wohlüberlegten (zwiefach genäht): durch eigene Hand.

Hypothetische Nachrufe: seine sämtlichen Vorfahren haben es in der Vergangenheit zu etwas gebracht, alle ganz unten angefangen, ein jeder zu seiner Zeit, Lebzeiten. Kaufherren. Senatoren. Er selbst sogar mehrfach, doch jetzt?

Jetzt kannst du frierend, hungrig, naß bis auf die Haut, schon die Nacht auf dem Hals und selbst schuld, ungetrost querfeldein stolpern, Stacheldraht, Dickicht, Friedhöfe: einmal *muß* eine Straße! Europa. Dann bloß noch stehen und winken und warten ob doch noch ein Auto kommt, kaum daß man die Hand vor den Augen und Eiszapfen in den Wimpern, das darf dich nicht stören, wenn du bei Gott keine Wahl hast (dir selbst zuzuschreiben). Denk dir einen gemütvollen Fahrer aus Fleisch und Blut der bei diesem Sauwetter noch so spät unterwegs, durch keinen Unfall aufgehalten, und kaltblütig gutmütig genug müßte er sein und hält und nimmt den offenbar gestörten, aber nicht gemeingefährlichen, möglicherweise taubstummen, naß und dreckig wie er ist (wovor soll er denn auf der Flucht sein?), diesen wortlosen halberfrorenen Lumpenkerl da aus Gefälligkeit mit. Glatteis.

Zumindest ein Stück des Wegs, mal sehen wohin. Am besten, ich käme gleich selbst daher, früher oder später: der ich war oder sein würde (wünschst du dir nicht zum erstenmal).

Gelegentlich kommt es vor, daß ein depressiver Mensch von zu Hause mit der unbestimmten Absicht weggeht, sich das Leben zu nehmen. Im Dahinwandern wird seine Absicht schwächer, und in einem traumartigen Zustand wandert er weiter und weiter.
Es kann sein, daß er sich nach ein paar Stunden oder Tagen an einem fremden Ort wiederfindet, nachdem er viele Kilometer zu Fuß zurückgelegt hat oder über weite Entfernungen gereist ist.
Dieser Zustand der „Fuege", des „pathologischen Wanderns", ist das bekannteste Beispiel für die Umwandlung eines Selbstmordtriebes in eine andere Aktionsform in einem veränderten Bewußtseinszustand.

(Erwin Stengel: Selbstmord und Selbstmordversuch, 1969 Frankfurt/M)

Als Bruder Laientierpfleger für die sanften gespritzten Kaninchen und für die wissenschaftlichen weißen Mäuse in der Psychiatrie, freiwillig, Insasse; der Teufel schläft tausend Jahre. Altwerden als Anstaltsgärtner, wunderlich, zu wem er wohl sprechen mag all die Jahre, allein? Umsichtig, sein eigener Wärter: die Kette mit Kugel fest und sicher am Fuß angeschmiedet. So vieler bleicher Morgen Verzweiflung, so viele Straßen bist du gewandert über den Horizont hinaus und jetzt diese Stille in deinem Garten! Wäre sie doch wie ehemals stehengeblieben, die Zeit, im Spätsommer, neben dir: Bienen summen. Wo leben wir denn?

Wüßten wir ihn, statt alle Morgen mit Aktentasche vom Hbf. im Gleichschritt über den Platz der Republik und am Polizeipräsidium vorbei auf den Abend zu, Unzeit, statt als Versandhauspacker, Speditionskaufmann, Paketsortierer bei der Bundespost fest und sicher im Innendienst, Schichtdienst, ohne Fenster (wie jahrelang untertage), wüßten ihn wenigstens einstweilen gut aufgehoben, halbwegs legal in einem Gartenhäuschen mit Ofen, irgendein Schuppen, leihweise, ein Verschlag.

Mietfrei oder zwanzig Mark für ein halbes Jahr im voraus, die kannst du ihm gerne leihweise. Denn Briefträger in diesem Land, Lehrer, Bibliothekshilfskraft wird ja doch keiner von uns je noch werden; welches Amt denn auch, Gott im Himmel?

Über einem ehemaligen Pferdestall, eine Hühnerleiter hinauf in ein enges zugiges Loch in dem er nach Belieben husten kann und stört ihn keiner; die zerbrochenen Fensterscheiben für langfristig finstere Zeiten mit Pappe vernagelt. Wen soll er hier stören? Am Stadtrand; schon die ersten Nachtfröste, Rauhreif jetzt jeden Morgen und bald wird es anfangen zu schneien.

Mietfrei. Wäre fortan jeder weitere Tag ihm ausgefüllt mit Bedacht, mit den weiten Wegen die er geht, um das notwendige bißchen Brennholz zu sammeln und heimzuschleppen in handlichen Stücken. Und was sich sonst noch so findet, sein tägliches Bündel.

Brot, Käse und Tabak bringst du ihm mit: ein Pfund Käse wird ihm den ganzen Herbst hindurch reichen. Er hat jederzeit ein paar Kartoffeln in seiner Glut liegen. Sich Zeit lassen: gleich ereifert man sich. Die Kartoffeln direkt aus der Erde, ein Hangacker, man kann sie mit bloßen Fingern ausgraben. Im Sitzen, als Filesof. Mit offenen Augen. Auch Mais mehr als genug in diesem Jahr. Und Äpfel, Birnen und Pflaumen sich gesucht, herrje, das ganze Häuschen riecht ja und duftet nach Äpfeln. Salz hat er, auch Zwiebeln haben sich dazugefunden und allerlei Kräuterzeug.

Und steht da ohne Bügelfalten in seiner abgetragenen einzigen Hose, steht da und grinst wie ein Bauernmessias. Sogar Roggenkörner zum Kauen, geben Kurzweil und Kraft, da wird dir kein Weg zu lang. Seit seinem ersten Schultag hat die Zeit ihm nicht mehr gehört.

Rotwein, wenn du ihm eine Freude machen willst, zwei Liter die Flasche zu zwei Mark neun: der ist ihm grad recht. Auf dem Etikett kommt er aus der Toskana. Mit Wasser und solang er allein bleibt hier draußen und ungestört, ob dus glaubst oder nicht, reicht ihm so eine Flasche, er kann gar nicht sagen wie lang. Früher drei Liter wenigstens Abend für Abend, den übrigen Fusel, den verlorenen Tag und was ihm dabei an Geschwätz aus dem Maul fiel, die Leer- und die Wartezeiten noch gar nicht gerechnet. Jetzt, die meiste Zeit ist es ihm sogar zuviel, auch nur mit sich selbst zu hadern; wird ja ohnehin jeden Tag früher jetzt dunkel. Hagebutten, Holunder, Haselnüsse, vor kaum ein paar Jahren noch hierzulande an jedem Wegrand hast du sie finden können. Schlehen auch; wahrhaftige Schlehenmorgen hat es gegeben im Herbst. Jetzt suchst du und suchst wie in einem fremden Land. Aber er wird sie schon noch zu finden wissen! Geduld, sagt er dir, ja wirklich, wie wenn er sein Leben lang auf diese bescheidene Ernte gewartet hätte. Hast du nicht auch, hat nicht jeder von uns als Kind vom täglichen Brot am liebsten die knusprigen Krusten gegessen?

Da die Zeitungen, siehst du, zwei solche Stapel und unter der morschen Treppe noch dreimal soviele. Wem seine Jahre das sind? Erst hat er sie nach und nach lesen wollen, dann die Ritzen im Hausgang damit überkleben. Jetzt, sooft er heimkommt und hat nasse Füße, stopft er seine zwo alten Schuhe sachkundig damit aus. Wenn er erst an den Sommer denkt, sie werden noch ewig reichen. Sooft er heimkommt ein heißes Fußbad: kannst du gleich besser nachdenken. Der Wassertopf da auf dem Ofen, es kostet nichts, vertreibt dir die unnützen Sorgen und du findest geradeswegs zu dir selbst zurück. Wohltuend wie in früheren Zeiten ernst zur Nacht ein Gebet. Wie lang ist es denn her, daß wir Abend für Abend wissen, die Sonne geht nicht für immer? Wir wissen das noch nicht lang. Wenn er an all seine Vorgänger denkt und ist beinah jeder von ihnen zeitlebens sein eigener ärgster Feind gewesen. Barfuß ist mir eingefallen, wie ich mir als Kind mein Jerusalem aufgebaut, Stein um Stein, geduldig jeden Tag wieder. Und staunend darin herumspaziert bin, ringsum in ewigem Sommer atmet das Heilige Land. Immer will er nachsehn, aus welchen Unglücksjahren die Zeitungen sind und vergißt es dann murmelnd wieder.

Da hat er, richtig, noch ein paar alte Notizblöcke, kann sich ja Zeit nehmen. Hier, willst du nicht lieber seinen Sellerie, einen stillen verhangenen Vormittag in einem aufgelassenen Garten gefunden, aber roh mußt du ihn probieren. Gut kauen! Den Garten, da haben ihm Amseln den Weg gezeigt; Amseln sind Frühaufsteher. Es war ein Morgen, wie um die Blüten des hiesigen Mittelalters zu verstehen oder das Leben einer chinesischen Tuschezeichnung. Ob du ihm Zeichenkohle mitbringen könntest?

Was er gern hätte, sind Sonnenblumenkerne. Die wärmen auch. Hat noch Zeit. Du läßt ihm dein Feuerzeug da. Streichhölzer wären ihm lieber, ein Brennglas und daß die Sonne mit hellen Strahlen ins notdürftig geflickte Fenster. Jetzt kommt ihm, wie wenn die Straßen im Halbschlaf mühsam dahintrotten, sein alter Schulweg ins Gedächtnis zurück. alle Tage, die Morgen im Herbst.

Bergziegen, eine kleine Herde, hast du einmal gesehen. Im Schneesturm, sie standen hoch oben am Hang im Wind und Gestöber. Mit angespannt leerem Blick, standen reglos dicht beisammen, um abzuwarten das Ende des Wetters. Dort in der Höhe dauert der Winter neun Monate jedes Jahr und weiter herunter kommen sie nicht. In einer aussichtslosen Lage, so heißt es, sind sie imstande, sich für den Tod zu entscheiden: stürzen bedacht in den Abgrund oder rennen sich an einer Felswand mit Vorsatz den Schädel ein. Das ist selten, soll aber vorkommen. Doch wenn sie als Jungtier sich einmal verstiegen, verklettert haben und fanden doch einen Weg, es heißt, daß sie dann die Hoffnung nie mehr aufgeben können.

Da ist wie gesagt so ein früherer Garten: ist dreißig, vierzig, gar achtzig Jahre lang Garten gewesen und jetzt dem Wind anheimgefallen, der Natur zur gewissenhaften Verwilderung zurückgegeben. Auch der Zaun weg – nur noch die rostigen Eisenträger die aufrecht und sinnlos der Leere einstweilen standhalten, dem Ansturm der Brombeerhecken und Brennesseln. Und das wächst sich jetzt aus, was gepflanzt war und angeweht wird, und wuchert und wächst dicht und bunt durcheinander. Auch Mohn hat er dort gefunden, Johannisbeeren, sogar Rosen um daran zu riechen wie in einem alten Lied. Und haben Wochen und Wochen gebraucht zu ihrem geruhsamen Verblühen. Und in zwei Jahren kommt planmäßig eine Autobahnkreuzung hin, Teilstück 7 km.

Neulich die Nacht sind Wildgänse hier vorbei, ganze Scharen. Und immer noch mehr kamen nach, er ist eigens aus dem Bett aufgestanden. Woher?

Er nimmt an, aus Karelien, aus Lappland, von der Halbinsel Kola, vom Weißen und Karischen Meer. Hinter Archangelsk, jenseits der Dwina das leere Land. Nicht daß sie in *einem* Zug hierher, erklärt er dir ernst, sondern bringen zurückkehrend Zeit am Omega- und Ladoga-See zu und im finnischen Seengebiet und leben den späten baltischen Sommer. Über die Ålands-Inseln die einen, zum Mälar-See hin, über Gotland und Schonen, übers Kattegat und den Sund. Auch diesseits die Ostsee herunter, durch den Herbst, durch Wälder und Sümpfe, durch ganz Polen, Masuren, die Küste entlang, flußaufwärts die Düna, die Memel, die Weichsel. Seine Augen leuchten, er zählt dir die Namen auf, als ob er selbst jedes Jahr hin und her mit der Sonne zieht. Wieder andere die hier den Sommer und *wieder* andere, die hier überwintern. Überhaupt allerlei freundlicher Spuk und lebendiges Nachtgelichter ums Haus und bevölkert gar wunderlich seine Träume und Dämmerungen.

Nächstens bald, kindisch genug, an einem windstillen Morgen wird er sich eine Wetterfahne aufs Dach basteln, Goldbronze, und seine eigene Wissenschaft damit anfangen; lächelt.

Ein kalter gelber Morgen, als wir ihn besuchen gingen; die Erde dampft, die Pfützen am Weg sind gefroren. Und tote Mäuse, sie kamen dir klein vor. Auf der anderen Seite der Nidda, hinter Praunheim auf freiem Feld, halbverfallen schon, eine verlassene Ziegelei; dahinter ein Krähengehölz. Dort wo die Stadt einstweilen vorerst noch nur die Horizonte belagert und Erde frißt, Erde frißt, mit ihren Hochhäusern, Schnellstraßen, Trabantensiedlungen, Schutthalden und Fabriken, meilenweit, doch der Ring hat sich schon geschlossen, die letzten Felder sind schon verkauft, Blaupausenträume, längst vermessen; dort in der Stille*, wenn er Besuch will, kannst du ihn finden.

Und wüßten ihn solchermaßen einstweilen gut aufgehoben *bei sich selbst.* Wie sollst du hier noch nach Dauer fragen, in welchen Zeiten leben wir denn?

* die schon besiegt ist und ausgezählt!

XVII

In der Stadt. Die Begegnung mit seiner toten Mutter: wie sie dastand und hat ihn durch trübe Scheiben bekümmert angesehen. Tonlos wie im Gebet – zu dir vielleicht spricht sie, doch er kann sie nicht hören; wo bin ich? Schon die Scheibe beschlägt und ihr Bild hinter Glas immer blasser. Abend, es schneit wieder. Jenseits der Dunkelheit, nach der großen Stille, es waren die letzten paralytischen Januartage die in einer Reihe hintereinander starren Blicks gebeugt sind vorübergezogen, hinfällig, greise Gestalten in der Erinnerung.

Wir sehen eine Wohnung und das fleckige trübe Licht in den Räumen zeigt uns, daß sie längst der Vergangenheit angehört. Wir sehen ihn in dieser Wohnung umhergehen, es ist morgens oder am Nachmittag eine geräumige Altbauwohnung die du kennst, die zweifellos lang schon leersteht und vielleicht nie mehr bewohnt werden wird. Hier muß wohl die Küche: ein großer Tisch, Regale, der blatternnarbige Ausguß, ein rostiger Gasherd, ein Trümmerhaufen von Büffet, mittendrauf eine alte Küchenwaage: steht da als ob wir verpflichtet sind, sie zu kennen.

Überall Unrat, Dreck, Kehrichthaufen, Zeitungen, leere Flaschen; der Fußboden stellenweise dick mit – ob das Schnee nun ist, Rauhreif oder Schimmel, eine Winterlandschaft die vor geraumer Zeit schon in Verwesung überging. Spinnweben, Risse an den Wänden, vielgestaltige Flecken Feuchtigkeit wie abendliche Kontinente, da ist der Putz abgefallen, die Decke hängt durch. Die Tür zur Speisekammer. Sieht wie aufgemalt aus. Nachher wird er sie vor unseren Augen öffnen. Durch das hohe Fenster mit den verfaulten Gardinen, wie Tang, sie hängen in Fetzen herab, scheint das Tageslicht nur unter großer Mühe und gleichsam um Jahre gealtert hereinzusickern; sagt man nicht auch: die Zeit tropft? Und der geborstene Rolladen sowieso verdeckt gut das obere Drittel des Tages. *Eiskalt* hier, alles klamm und feucht und eine große Stille die sich wer weiß wie lang hier angesammelt, gestaut hat. An der Wand eine Uhr die steht: eine Ecke fehlt, das Zifferblatt hat einen Sprung.

Wir sehen ihn hin- und hergehen – räumt er auf? Hat er sich wiedergefunden? Wie verstört die angeschlagene Wanduhr dreinblickt. Alle Gegenstände die hier zurückblieben unbrauchbar, schmutzig, defekt. Und: alle haben ein Gesicht! Ist er genesen? Obwohl er keine Minute stillsteht, scheint er gelassener, als wir ihn in Erinnerung, ja, er sieht „ganz normal" aus, findest du nicht? Oder nicht? Die Flaschen, gleich findet er eine, die noch mehr als halbvoll, drei Schritte zum Spülstein (der aussieht wie eine Lehmgrube an Regentagen, so trostlos, findet sich keiner, das leere Grab zuzuschaufeln?). Geschickt den Korken, vorsichtig bißchen abschütten, nochmal prüfend gegen das Licht* und stellt dann die offene Flasche auf den Tisch: algerischer Tafelrotwein, Literflasche.

Nimmst du gleich einen großen Schluck! Zieht, in Gedanken woanders, ein verdrücktes Päckchen aus der Tasche und legt es daneben. Mit geistesabwesendem Blick. Am Wasserhahn ist die Dichtung kaputt, das rauscht so, läuft ewig. Ist er genesen? In seinem Gedächtnis eine kleine gestreifte Katze die sich glücklich am Feuer wärmt und ihr Name fällt ihm nicht ein. Eine Zigarette; Streichhölzer, falls er keine einstecken hat, fanden sich auf dem Gasherd, auf dem Vorbau des Büffets oder im Regal (das Büffet ist eine Festung, ein Berg, eine mächtige finstere Felsenburg, jetzt Ruine: hat doch jeder als Kind auf dem Fußboden gespielt, nun *bleib* aufm Teppich). Zerstreut und gelassen zugleich, kann sein, daß er ab und zu pfeift, summt, selbstvergessen: ein Glas! sagt, bevor er ein Glas holen geht, kurz auch noch spülen; Dichtung kaputt – „hier ist jetzt das Glas!"

Das Päckchen aus seiner Manteltasche – ist Wurst drin, Aufschnitt, kalter Braten, preiswertes halbes Hähnchen vom Kaufhausgrill, ausgekühlt, totes Fleisch. Am Tisch, im Vorbeigehn, direkt aus dem Papier steckt er Bissen um Bissen rasch in den Mund, die Zigarette in der anderen Hand, während er abwechselnd aus dem Glas, aus der Flasche trinkt, dann wieder nachschenken, kauend. Er steht keine Minute still; wirklich: gleicht er nicht einem Mann, der soeben von einer Reise zurückgekehrt ist? Womöglich eher als geplant und vielleicht letzte Nacht nicht geschlafen hat? Noch im Mantel und sein Gepäck, wenn er es wäre, falls er Gepäck hat, stünde im Flur oder er hat es im Schließfach gelassen. Eine Morgenzeitung gekauft, am Bahnhof Kaffee getrunken, dann im Taxi hierher: die Stadt, Ort und Tageszeit, die schweigenden Morgenstraßen und Zubehör, damit du sie fröstelnd wiederkennst: immer der gleiche Film. Gut, daß ich Schlüssel, wo hab ich die denn beim

* Der Tag hinter schmutzigen Scheiben verzog keine Miene!

Reinkommen hin? Seine unverhoffte Rückkehr: kein Mensch da! Als sollte sein Leben in der Vergangenheit dieser Wohnung, die Summe der Zeit, zahllose Augenblicke, zusammengefaßt zu Stundenbildern, noch einmal vorgeführt werden, sehen wir ihn, sehen mehrere Merdereins in verschiedenen Stadien der Gegenwärtigkeit ab- und anwesend in ihren ewiggleichen x-mal vier Wänden hier und dort wie auf vielen durchsichtig übereinanderkopierten Filmen – dauernd geht er herum. Und der besudelte Tag wie ein schlechtes Gewissen allgegenwärtig im Hintergrund, hämisch schweigend.

Hin und her, lauter einzelne Happen die er eilig in den Mund steckt, immer im Vorbeigehn: viele schattenhafte Merdereins und ihre verstorbenen Großväter waren Konsule. Kaut, trinkt, kaut, noch ein Schluck, breitet einen gottverlassenen Fetzen Zeitung auf den Tisch und wirft wie über die eigene Schulter flüchtig Blicke hinein, kauend. Streichhölzer, er schüttelt die Schachtel. Dicht am Ohr, und sein zugehöriges atemloses Lächeln ist nicht für die Öffentlichkeit bestimmt, das verschweigen wir lieber. Gleich nachsehen wieviel noch drin: sind mehr als genug. Als hinge davon sein Leben ab, die Dauer der Zeit.

Trinkt, da steigt ihm wieder die Stille zu Kopf: gleich austrinken! So ein billiger Rotwein und schon wird dir leicht und hell im Gemüt. Allein: wenn du allein bist, das ist es, hast du keinen mit dem du darüber sprechen kannst! Wirft aus drei Meter Entfernung die Kippe geschickt in den grauslichen Spülstein. Ohne hinzusehn: trifft! Wo sie zischend verlöscht. Nachdem er – soeben zuvor – eine neue Zigarette: sich hat dran angezündet.

Aus der Provinz. An diesem einen einzigen klammen Welttag (der wie der letzte war, der letzte Tag hier auf Erden) schmissen die unterirdischen Setzer und ihre Gehülfen sowieso alles durcheinander: keine Chronik heute! Jeder fluchte aus Leibeskräften, eine Atmosphäre glücklicher lautstarker Idiotie die im Keller der Anarchisten immer größere Kreise zog: Ach, laß doch den Pfusch hier zum Teufel gehn, Mensch!

Der alte Dr. Neves kam alle zehn Minuten mit seinen vielen Notizbüchern herunter, ein zerstreuter Bote aus dem Jenseits. Anmerkungen. Den niemand bestellt hat, da ist er ja wieder! Was mag er nur murmeln, bekümmert in dem allgemeinen Durcheinander, in seinem wunderlich grünverblichenen Samtanzug: das Veilchen im Moose. Mit Brille und Baskenmütze.

Wer war denn so unbedacht, ihn aus seinem Schlaf? Spinnweben an der Brille; jeder kennt seine glücklosen Leitartikel und wie er darin den verlorenen Faden. Unterzeichnet mit Namen und Negationszeichen. Als ob ihm, siehst du, jederzeit etwas wesentliches fehlt, abhanden: aber was? Und das zuständige Fundbüro auch nicht zu finden! Vielleicht sollte er sich versuchsweise einen Bart – falls er einen hat, doch lieber abrasieren? Pfefferminzbonbons. Gesenkten Kopfes, als sei er in Wahrheit gar nicht da, zumindest keiner Aufmerksamkeit wie auch immer bedürftig, doch neigt zum Hineinstolpern: weicht immer zu spät aus und stets in die falsche Richtung. Man müßte ihm – wer hat ihn eigentlich geweckt? – müßte ihm auf Geschäftskosten eine silberne Gedächtnisschatulle: nicht überreichen, sie fände sich eines Tages wie von je her in seiner Jackentasche. Auf dem gewölbten Deckel Alphabet und Grille, kunstvoll graviert. Öffnen läßt sie sich nicht. In Dankbarkeit: Dein fiktiver Leser! Von einer umständlichen Girlande dauerhaft umblüht das Datum von gestern. Zum Nachstellen. Spontane Belegschaftssammelaktion; ich glaub nicht, daß er je Geburtstag hat. In seinem Aktenschrein hortet er Neuigkeiten und Abreißkalender.

Die Herren Korrektoren im ersten und zweiten Stock alle schon am Vormittag besoffen; sind sowieso vielzuviele, brauchen jeden Tag mehr Räume. Immer abwechselnd über die baufällige Hintertreppe neuen Schnaps holen, Nachschub. Erst einzeln, dann immer größere Gruppen. Sie sangen aus ihren Fenstern. Und leere Flaschen, alle Augenblick, krachten klirrend auf das Pflaster im Hof. Der leere Himmel nahm frühzeitig eine gleichmäßig bleierne Färbung an.

Einzelheiten: am Katharinenplatz ist eine Straßenbahn gekentert, liegt schon den zweiten Tag fest; Besatzung und Passagiere werden aus den umliegenden Häusern verpflegt und sind einstweilen noch zuversichtlich. Werden täglich von uns interviewt, Anwohner auch.

Die Chronik: weshalb wir uns noch die Mühe machen, jeden Tag eine neue Zeitung – es ist nachgerade lächerlich! Und natürlich bezeichnend wie jeder Aberglaube.

Markttage: die Einwohner mit ihren zahlreichen Taschen, Körben, Paketen, Tüten, neuerdings sieht man auch wieder Rucksäcke, sogar Schubkarren, stolperten, schleppten sich keuchend den Rinnstein entlang, graue Riesenheuschrecken aus einer anderen Zeitrechnung und der hiesige Sommer ist längst vorbei. Vögel sind keine mehr da. Als ob die Stadt sich auf eine lange Belagerung vorbereitet: deine eigenen Angelegenheiten sind dir lang schon egal, andernfalls wärest du längst abgereist (der Himmel ein trüber Spiegel). Doch die Einwohner, sagst du dir, sie sind da, sie sind wirklich! Noch früh, aber alle schon wieder auf dem Heimweg. Was wollen sie aber mit all diesen Vorräten? Eine große Stille zog die Straßen entlang. Der Botanische Garten wurde gerade zugemauert – endgültig. Man darf auch nicht übersehen, mit welcher Pedanterie nichtsdestotrotz hier noch alle tätig am Werk sind. Jeden Tag werden neue Vorschriften erlassen und wir drucken sie in der Zeitung ab oder sie reichen sogar für ein Extrablatt. Am nächsten Tag freut man sich auf die Berichtigungen: wieder ein Tag der nicht ohne Sinn und Fortschritt.

Heimwege. In den Rinnsteinen liegen gigantische Satzzeichen und große verschnörkelte Anfangsbuchstaben, verstörte Frakturlettern aus Gummi, Blei, Styropor. Auch aus Glas, teils zerbrochen, manche noch mit den Enden von Kabeln dran, zweifellos einst beleuchtbar. Und schmutziges Wasser schwappt drumherum. Nicht nur die Sommervögel haben die Stadt verlassen, kein einziger blieb zurück. Was bleibt noch zu berichten?

Man gewöhnt sich so rasch an diese Veränderungen: schon wenige Tage genügen, daß man sie als Normalzustand kaum noch wahrnimmt. Nicht nur Rucksäcke und Schubkarren, auch allerlei kleine Handwägelchen beleben morgens das Straßenbild. Häufig so schwer beladen, daß auch zwei oder mehr Personen sie kaum zu ziehen vermögen: zwei ziehen, einer schiebt, dann rasten sie wieder. Oft tun sie sich zu Fahrgemeinschaften zusammen, um vorsichtshalber in größeren Gruppen zu ziehen, zu rasten. Überfälle bislang nur als Gerücht. Besonders alleinstehende Personen benutzen gern Kinderwagen zur Beförderung ihrer täglichen Lasten. Wohl auch der größeren Wendigkeit wegen, denn viele sieht man im Laufschritt.

Heimwege. Wie lang ist es denn her, daß alle Kinder vom vollendeten zweiten Lebensjahr an jahrgangsweise, vollzählig alle Schulpflichtigen nach Bezirken geordnet, sowie eignungsbezogen nach Testergebnis sämtliche Jugendliche, soweit noch nicht wehrpflichtig, in Ferien- und Landschul- bzw. Sport-, Werk- und Vorbereitungsheime verschickt wurden, kostenlos? War das nicht nach dem Volksfest, nach den Herbstferien und sollte ursprünglich nur für vier Wochen sein? Seither immer wieder verlängert, man muß sich wundern über die Großzügigkeit der Behörden. Sogar die Steuervergünstigungen werden den entlasteten Eltern unvermindert weitergewährt. Desgleichen die Staatliche Säuglingspflege, die Sammelstellen: welche verantwortungsvolle Mutter vermag soviel gelernte Sachkunde und Sauberkeit zu garantieren? Fehlerquote gleich Null! Nicht zu reden von der Ansteckungsgefahr, von Frühpädagogik, Körperschulung und Intelligenztraining, wir drucken das jeden Tag in der Zeitung ab, auch zahlreiche dankbare Leserbriefe.

Maßnahmen. Als nächstes sollen männliche und weibliche Vorsorgebrillen ausgegeben werden für alle Wahlberechtigten. Pulszähler, am Uhrenarmband zu tragen, und Hörgeräte (Gehörentlastungsapparate) gebührenfrei erst mit Erlangung des passiven Wahlrechts. Nach Stichtag. Mit Blutdruckregelautomatik, erst kürzlich preisgekrönt. Von Versorgungsschwierigkeiten kann keine Rede sein. Im Gegenteil: das Angebot ist größer denn je. Die zunehmend starke Tendenz zur Vorratshaltung mag eher einem allgemein wachsenden Verbraucherverständnis in weiten Bevölkerungskreisen entsprechen. Die Zugkraft der Sonderangebote, die liebliche Vielfalt der Waren, ihre Haltbarkeit und die qualitativ und ästhetisch hochwertige Verpackung – wem soll das nicht einleuchten?

An den Marktständen werden in- und ausländische Konserven angeboten wie nie zuvor. Jeden Tag Markttag. Hoffnungsvoll, ein neuer Morgen, denkst du, denkt jeder, aber schon nach einer Stunde ist der Himmel wieder bedeckt und sie sind erschöpft auf dem Heimweg. Die Einwohner tätigen nach Möglichkeit morgens ihre Einkäufe. In vorbildlicher Disziplin. Den Rest des Tages befassen sie sich mit Preisvergleichen, mit der Lagerhaltung und sachgerecht gefälligen Anordnung ihrer Vorräte und schonen dann ihre Kräfte für den jeweils kommenden (nächsten) Tag. Kaum einer der nach elf Uhr vormittags noch unterwegs ist, außer von Amts wegen und uneingeordnete Elemente. Berufstätige hingegen übernachten nicht selten an ihren Arbeitsplätzen und haben neben Klappbett und Bildschirm auch dort ihren praktischen kleinen Vorrat zumeist kalorienbewußter Nahrung. Vitamine. Dauerbügelfalten. Nahe Angehörige pflegen vor dem Einschlafen fernmündlich, Ortstarif.

Werden keine neuen Vorschriften erlassen, was selten vorkommt, oder kommen sie zu spät herein, was öfter der Fall ist, denn die Ausschüsse und Komitees tagen selbstlos rund um die Uhr, so drucken wir auswärtige Selbstmordstatistiken ab. Ist Not am Manne, spendiert unser Dr. Neves seufzend wieder einige wenige Abreißkalenderblätter die von unserer Schriftleitungskommission jubelnd entgegengenommen werden. Wir setzen die rückwärtigen Sinnsprüche wie Überschriften, jedoch geschmackvoll gerahmt auf die ersten Seiten. Wir können uns beinah täglich Gedenktage aussuchen. Mit nur drei kostbaren Kalender-Kochrezepten gestalten wir doppelt soviele beliebte Hausfrauenbeilagen.

Selbstmordstatistiken. Das Leben geht weiter. Nach dem Volksfest, von dem wir noch jetzt tagtäglich ausführlich berichten, blieben die geplünderten Buden und die Reste der Dekoration einfach stehen. Die Stadt wird jetzt mehr und mehr zur Kulisse, immer fragmentarischer, eine verzweigte Heimstätte des Windes.

Lauter Vorzeichen, mit fortschreitendem Fortschritt und Verfall wird unser Leben hier zusehends komplizierter und gleichzeitig immer einfacher. Nur scheinbar ein Widerspruch, in Wahrheit nach Dr. Neves ein bekannter historischer Wandlungs-, ein Konsolidierungsprozeß: die Versorgung ist gewährleistet, das Leben auf ein Minimum reduziert, so nehmen alle Handlungen in der Wiederholung immer offenkundiger symbolischen Charakter an. Mitten im Winter (trotz Dunkelheit, Schnee und abgestandener Kellerluftkälte, die Eisenkälte einer stillgelegten Fabrik) scheint eine Art künstlicher Sommer ausgebrochen, wohl eher verordnet zu sein, eine Zeitlosigkeit zwischen zwei Epochen: eine Übergangszeit, spät. Von Aufruhr kann keine Rede sein. Nacht für Nacht brennen in den Vorstädten ein paar Häuser, Scheunen, Garagen ab, jedoch auch die weitreichendsten behördlichen Untersuchungen vermögen keinerlei Anhaltspunkte und die Versicherungen zahlen, geradezu erleichtert, mit größter Kulanz. Eine Übergangszeit, alle sind ins Dösen geraten; die Tage wie Schlacke. Gegen Abend gehst du manchmal zum Bahnhof.

Obwohl es so ein leerer Tag war, hat es eine halbe Ewigkeit lang gedauert, bis es endlich anfing dunkelzuwerden. Erst neun und schon stundenlang Nacht: da ließen die Setzer alles liegen und stehn – ist das meiste jetzt nicht sowieso schon getan und vollbracht bzw. verpfuscht für die Ewigkeit– und gehen und waschen sich alle noch sorgfältig die Hände im taghell erleuchteten Waschraum für Setzer und Drucker, diese Sonderlinge. Auf einmal sind sie gutgelaunt, geradezu redselig. Jeder tut, als sei Mitternacht längst vorbei. Jeder hat sich aus alter Gewohnheit eine der halbfertigen Zeitungen für morgen eingesteckt. Als ob hier im Bau auch nur einer sie noch je ernsthaft lesen würde! Jede Nacht brennt in einer Vorstadt ein Lagerhaus ab und wir berichten gewissenhaft von allen Seiten darüber. Nachträglich.

Haben sich auf den Weg gemacht und gehen auf einen Imbiß in die neueröffnete Imbißstube. Gleich um die Ecke, keine drei Häuser weiter; der Wind kam und ging. Verlassene Nachtstraßen; ein riesiger hellerleuchteter Bus fuhr vorbei, völlig leer bis auf den Fahrer. Sah es nicht aus, als sitze ein Kind am Steuer? Das kam dir wohl nur so vor. Und ein Streifenwagen aus entgegengesetzter Richtung. Verschwanden in entgegengesetzte Richtungen. Eine leere schwarze Dezembernacht; hörst du den Wind? Noch nicht einmal angekommen, nach kaum ein paar Schritten sind sie schon wieder verstummt. Sie haben dort ihren ständigen Stehtisch und kauen verdrossen.

Auf dem Katharinenplatz liegt jetzt schon seit Tagen eine Straßenbahn fest; wir berichten täglich darüber. Nach elf Uhr vormittags kaum noch Verkehr auf den Straßen. Als ob sie mit ihren Vorräten auch die Tage nach Hause schleppen – für später, für kommende Zeiten. Jeder wird immer tiefer in sein Innenleben, sein Schicksal, in seine kleinen Sorgen und Kümmernisse verstrickt, lauscht in sich hinein und redet sich ein, auf etwas zu warten; Geduld. Erwägungen, jeder Handgriff wird dreifach geprobt, unterteilt, bedacht und besprochen, dann aufgeschoben; Gründe genug. Jeder hat sich zum Überleben entschlossen. Worauf warten sie, jeder für sich?

Nach dem Volksfest, dessen Reste nicht einmal abgeräumt wurden, scheint hier alles auf natürliche Art zum Erliegen gekommen.

Und, seltsam genug: überall kriechen Gesangvereine aus dem Boden, ausgerechnet jetzt. Während die Abende hier jeden Tag eher beginnen und immer länger dauern. Kein Keller in dem sich nicht mindestens ein Gesangverein eingemietet hat: Concordia, Gethsemane, zahlreich sind ihre Namen! Und vermehren sich hemmungslos, auch Sekten, Diskussionsrunden, Bibelgesellschaften. Wahrhaftig, denkst du, die letzten Tage sind angebrochen (ich finde alles in meinem Gedächtnis wieder: auf Schritt und Tritt).

An allen Ecken, an jedem Kiosk und Zeitungsverkaufstand werden jetzt genehmigte Bibeln, Satzungen, Beitrittserklärungen und allerlei Weltuntergangsbroschüren feilgeboten. Manchmal ein schweigendes Abendrot.

Sogar Lokale und Läden haben sie mit behördlicher Konzession eröffnet in allen Stadtteilen, in jeder Seitenstraße. Noch in jedem Hinterhof finden sie sich. Am besten noch eignen sich die ehemaligen Tankstellen mit ihren Vordächern, Säulen und Fahnenstangen. Und so sehr jede Gruppe auch auf ihre Eigenständigkeit bedacht ist mit Namen, Abzeichen, Dogma und Ritual, man mag sie kaum unterscheiden. Ihre gemischten Chöre, an jeder Straßenecke harren sie der Ewigkeit und man wünscht sich, sie würden nun bald anfangen, die Stille als Vorstufe derselben zu betrachten. Und endlich begreifen, wozu diese Abende da sind.

Stellst dir vor, sie würden mit kreisrund bis oval geöffneten Mündern das Schweigen einüben, in Gottes Namen der Kunscht halber mehrstimmig: das große Schweigen! Und dekretierst ihnen flugs einen maßlos ehrgeizigen, aber taubstummen Dirigenten der sie auf dem Gipfel der Stille (des Erfolgs) stehenläßt da im Staub und macht sich kundig davon. Muß telefonieren, dringend ein Imbiß, von wegen taubstumm, so eilt er von Probe zu Probe. Sie blieben einfach stehen, mit größter Anstrengung, ein jeder an seinem Platz und du könntest kommen, auf Zehenspitzen, ein vergessenes Waisenkind, und – die Stille zu besiegeln – auf jede wohlfeile Zunge eine Münze legen, Kupfermünzen, lauter sorglich vorgewärmte Zweipfennigstücke. PSCHSCHT! Das sind die Straßen und keuchen so! Dann gehst du heim. Den Namen des Volksfestes, Sinn und Anlaß hast du vergessen; sie brauchen ja immer einen Grund oder Vorwand.

Es ist Abend und du gehst ohne Erbitterung heim d.h. zum Bahnhof, besser die südliche Ausfallstraße zu Fuß durch die Vorstädte und hast alles schonmal erlebt – weißt du noch, *weißtdunoch!*

„Willkommen daheim!“ Ist er immer noch bei sich selbst, wie eh und je, sind wir mit ihm in seinem früheren Leben zu Gast? Er raucht, trinkt, liest fahrig in ausgebreiteten Zeitungsfetzen: mehr als genug da. Die Gegenwart suchen! Und steckt zwischendurch Aufschnitt und kalten Braten in den Mund (den er direkt aus dem

Papier ißt). Dauernd hin und her, sagte sich zerstreut jeden Handgriff vor, was jetzt und was dann: Trink einen Schluck! Setz jetzt Wasser auf!

Er hat eine Sanduhr entdeckt, da auf dem Küchenbord zwischen den Gewürzen. Prüft den Gasherd, Anschluß und Schalter (warum nicht im alten Ägypten das Feuer geschürt und könntest jetzt lang schon ruhen), sucht sich einen Topf und läßt ihn rauschend voll Wasser laufen. Wo sind jetzt die Streichhölzer? Hier sind die Streichhölzer, antwortet er sich prompt (und schüttelt abergläubisch die Schachtel: andernfalls bliebe sie leer). Jetzt den Mantel aus dem ersten Kapitel, um Jahre gealtert, den Mantel des Dichters: jetzt gilt es ortskundig einen Haken dafür zu finden!

In den Flur, ließ die Tür offen – der Flur in dem nur eine einzige trübe Lampe brennt, eine riesige finstere Abendhöhle deren Grenzen nicht abzusehen sind hinter dämmrigem Lampenschein; Kanapees stehen da, Schränke, Stühle, Bücherregale hinter denen sich entlegene Buchten auftun, vergessene Durchgänge, Geheimnisnischen, Geflüster, ein faltenreicher Nachtvorhang, allerlei Nachlässe oder was davon übrig blieb (allein schon, wie lang kein Mensch mehr in deinem Leben Kanapee gesagt hat! daß du sogar aufgehört hast, für dich sie zu denken, die alten Wörter!); eine klassizistische Feuerstelle mit Sockel, Säulen und vergoldetem Schürhaken (wie ein bauchhoher griechischer Tempel).

Hier ein Feuer anzünden? Die Winterabende mit Glühwein und Bratäpfeln, wer hier noch leben will, wer daran noch interessiert ist, der läßt nicht den Dreck so – das hat sich angesammelt, die Scherben, die leeren Flaschen, Obstschalen, Tüten, Abfall, die Asche, die Zeit. Und liegt jetzt als Bodensatz. In der Ecke liegt Schnee im Zimmer. Wie jeder Laut klingt und nachhallt, wie in einem leeren Haus. Wie lang ist es her, seit er hier gründlich aufräumen wollte, guten Willens, um endlich anfangen zu können mit seinem Leben hast du gedacht. Jetzt getrost laß fallen auf Schritt und Tritt was du nicht mehr brauchst.

Im Flur: der verschrobene Eingang mit seinen ewigen Eisblumenornamenten – hier bist du doch reingekommen? War das nicht erst kürzlich, vorhin?

Eine Flügeltür mit geschnitzten Pfosten und ist jetzt mit altem Schnee zugeweht, mit vielen Jahrgängen Herbstlaub und Moder; daneben die weitgereisten Koffer und Reisetaschen voll Staub. Um zur Unterhaltung gutwillig ein Gespräch zu beginnen: ja, auf Korsika, im Hochland, im Oktober. Die Spinnweben wollen wir aus Kunstverstand: sind sie nicht wie Kathedralen? Doch wie konnten sich solche Zeitungsstapel ungelesen hier ansammeln? Mit rechten Dingen? Fenster sind keine im Flur. Diese Spachteln, Pinsel und Farbkübel die du hier siehst, diese Fußspuren und waagrecht an der Wand die morschen Leitern, das war so: eines schönen Tages, mitten in der Arbeit die sich gut anließ, blieben die Handwerker weg, ließen ihr restliches Zeug zurück, ließen sich nie mehr blikken. Man muß nicht gleich fürchten, daß jeder von ihnen übereinstimmend sein Gedächtnis verlor. Lang genug Geduld! Sind vielleicht ausgewandert, haben im Lotto gewonnen, Spielgemeinschaft Systemtip, sind mit dem Werksbus in Eile geschäftlich verunglückt, ein verewigtes Wochenende auf Sauftour, das dauert, kann dauern. Schwarzarbeit; die Familie.

Deshalb auch liegt der herrliche Leuchter da auf dem Fußboden. Wenn Besuch kommt, zeigst du ihm, wo dieser herrliche Leuchter hingehört: da oben, vielleicht schon morgen! Nicht wahr, ein schönes Stück! Muß es nicht auch einen großen leeren Spiegel hier geben? Über dem seit Jahren golden der Abglanz des Abends liegt, schweigend? Sich den Rest der Zeit mit der Sanduhr zumessen! Wie sollen sich die Abende und Gespräche noch je wieder einfinden? Zurück in der Küche: kocht das Wasser schon? Dampfwolken.

Er kommt und geht – wie die Uhr gafft: man kann sie *ver*stellen! Die Tür zur Speisekammer bloß aufgemalt. Und diese defekte Küchenwaage, du mußt sie nicht grüßen! In meiner Vorstellung ist es immer diese Waagschale gewesen, auf der frisch der Kopf von Johannes dem Täufer; jetzt kannst du sie furchtlos ausprobieren: was soll hier gewogen werden? Die Flaschen, das hat seine Richtigkeit: immer mindestens drei pro Tag, jeder Tag ist gewesen. Sind dahin und jetzt hier auf dem Fußboden: mußt du im Bogen um die leeren Flaschen herum und sie klingen beständig so mit; die Regale auch voll davon. Gewesen, gewesen: damals, so schien es, kommt dir jetzt vor, einmal war die Zeit noch ergiebig, nahezu grenzenlos unerschöpflich und wurde nicht zur Folter verwendet. Jetzt raucht er ununterbrochen, die Uhr steht, er hat gerade rechtzeitig noch eine zweite und dritte Flasche Rotwein gefunden und ißt den kalten Braten auf. Muß nicht auch noch Cognac da? Es gab doch hier mancherlei Zeiten. Den Korkenzieher bereitgelegt; dreh nochmal die Sanduhr um!

Wanderungen; der Flur, vielleicht nur in deinem Gedächtnis, ist so weiträumig verwinkelt, so riesig und dunkel, daß du dich darin wieder und wieder verirren, wie in einem Wald, daß du darin z.B. auf Pilzsuche gehen kannst: in jeder Hand eine unzureichende Blendlaterne und ein Bestimmungsbuch mit zahlreichen exakten Abbildungen in naturgetreuen Farben, lauter Prachtexemplare die du in Wirklichkeit im Leben nicht – ewig vergeblich hast du sie gesucht. Aber keine topografischen Karten, um den Rückweg zu finden. Beizeiten. Und natürlich auch wieder versäumt, den Weg mit Erbsen, Murmeln, Zahnpasta oder Kieselsteinen pedantisch zu markieren; meinetwegen nimm Bernstein, nimm faustgroße Diamanten. Im Farn. Die blaue Blume, willst du, kann ich dir zeigen! Sieh, die Falter da über der Lichtung; die Föhren so hoch. Nein, die Stimmen sind alt, bloß *geblieben.* Dort in der Ferne: schon neigt sich der Tag und die Herden haben sich aufgestellt, stehen in wortloser Sehnsucht. Fern ein Horn, hörst du? Aus der kommenden Nacht.

Der Flur: groß und verlassen genug, um Raum zu bieten den wechselnden Jahreszeiten. Lang schon dem Winter anheimgefallen; Belagerungszustand, eine eisige Stille. Jetzt kannst du gehen, dich seit Wochen zum erstenmal im unauffindbaren Spiegel betrachten. Das Wasser hat schon zweimal summend zu kochen begonnen und er schaltet es jedesmal wieder aus; dreh die Sanduhr um.

Er muß dann nochmal in einer Kneipe oder wie das zuging und spukt dir jetzt noch im Kopf. Zigaretten auf Vorrat geholt. Nicht weit, die leere Vormittagskneipe. Hat vielleicht eben erst aufgemacht. Der Wirt mit seinem Übergewicht, was heißt denn verdrossen (da kennst du ihn schlecht), seine heutige Laune wird sich überhaupt erst mal sehen was anfällt: wird sich erweisen. Die Kellnerin die sich für ihren heutigen Arbeitstag zurechtmacht, als ob sie eigens dafür zehn Jahre lang Tag für Tag gekonnt und glücklich die Schule geschwänzt. Zwischendurch gespannt mit ihrer bessergestellten Freundin flüsternd (ob du nicht auch so ein Zuhälter?). Die sitzt als Besuch auf dem Schemel, raucht Winston und kann gelassen in ihrer neuen Handtasche kramen; da bist du um diese Zeit wohl sozusagen der einzige Gast gewesen. Wenn nicht überhaupt die bloße Erinnerung an mehr und mehr Straßenecken, Eckkneipen, Regentage und Wintermorgen überzählig in deinem Gedächtnis. Gegangen, die Zeit zu erfragen.

Nochmal Kaffee getrunken, wie einer der in einem fernen früheren Leben noch was verloren, vergessen, zweifellos wichtig, aber weiß nicht was und behilft sich mit den erstbesten ehemaligen Gewohnheiten; umsichtig auch Cognac dazu. Zum Leuchtturm, Alte Tenne, Storchennest, was schert dich denn, wie die Kneipe hieß. Archiv. Jetzt dröhnt ihm nachträglich noch die dortige Musik im Kopf weiter, eingebildet oder nicht, ohne Ende: immer der gleiche Refrain, ein altes Lied, das hast du davon. Hingen nicht auch müde Luftschlangen von der Decke, fahle Lampions, ein übernächtigter Papiermond der sich alle zwei Meter grinsend wiederholt, das muß noch vom letzten Sylvester oder steht schon wieder ihr weltweiter Karneval vor der Tür? Sind sie sich gleich geblieben, haben die Dekoration seit Jahr und Tag und sehen sie schon gar nicht mehr, bloß dir will das nicht aus dem Kopf: Kneipen und Kneipen. Die Stimmen, dem Wirt sein blasses Gefuchtel, Herrgott, als ob er ertrinkt! Das kannst du jetzt auch schon anfangen zu vergessen!

Wieder zurück: brennt der Fusel dir jetzt noch im Mund; er wird sich eine kleine Flasche mitgebracht haben. Jetzt bist du nicht darauf vorbereitet, dir selbst zu begegnen! Jetzt ist er jedenfalls zurück, mit der eingebildeten Musik im Kopf, im Hintergrund. Er hat die Backröhre geöffnet und knipst an den klebrigen Herdschaltern, seufzend, hantiert mit Faden und Bleigewicht: will nichts funktionieren? Mit Spinnenfingern. Oder war es der leere Tag der nachdrücklich seufzte, der Wind vor geschlossenen Fenstern, die Zeit selbst: immer noch der gleiche trübe Tag, nimmt der Winter kein Ende. Und wer waren, sag doch, wer sind sie, die schwarzen Trauergestalten in deinem Gedächtnis? Von wessen ärmlicher Beerdigung kommen, in welches Irrenhaus immerdar gehen sie zaghaft bedächtigen Schritts? Redend oder schweigend, dem Abend zu, in trächtiger Stille. Unter dem leeren traurigen Vorstadthimmel, durch diesen schmutzigen alten Schnee. Den Mund auf und zu, er will rufen und kann nicht: er ruft und sie hören ihn nicht! Und sah sie unwiderruflich davongehen, zurückbleibend, sah sich am Fenster stehn, das war gestern.

Sind die Fenster gefroren? Er steht mitten in der Küche und faltet und reißt viele alte Zeitungen geduldig in lauter gleichgroße Bogen, schichtet sie sorgfältig aufeinander; obenauf ein farbiger Teppichprospekt (Kunstdruck, gesegnete Teilzahlung): eine dicke trockene Papierschicht mit der er, statt ihn zu putzen, den Boden des Backofens auslegt. Nie gedacht, daß er noch soviel Geduld, sah sich um: das Hähnchen hast du schon aufgefressen. Der Rotwein mit jedem Schluck besser. Die nächste Flasche schon wird gar kein Vergleich hier auf Erden, so mundig. Gleich ist es soweit, ja, ich komme!

Er zündet sich eine Zigarette an. Noch einmal hierher zurück – wer hätte das gedacht? Noch in den einfachsten Gebärden findet er wie im Fieber, wie Bruchstücke eines verlorenen Musters (endlos wiederholt) die Erinnerung an sich selbst, an zahlreiche frühere Leben: gekommen sind sie und sind gegangen! Bist du nicht auf dem Rückweg dem schwankenden Zug der Masken begegnet, die alten Tage? Oder einzeln ein frierendes Kind und schleppt sich lebenslang damit ab, ein Gedächtnis: auf daß keine Einzelheit und kein Augenblick in der Welt, Wort für Wort, folglich auch nicht ein einziger Mensch je für immer verloren! Wie Blei die Straßen in mattem Glanz und haben trüb den Himmel gespiegelt, als ich über die leere Kreuzung, aufblickend, es ging wohl auf Mittag; den Bürgersteig entlang und im Rinnstein schmutziger Schnee.

Spukwelten. Es ist die Wohnung des Vorabends deiner Abreise, es ist eine andere preiswerte Altbauwohnung und sie ist gar nicht verlassen, sondern unser liebes Rentnerpaar, bei dem wir zu Gast sind, schläft noch, schläft seinen dünnen zweigleisigen Altersschlaf. Um Wärme und Energie zu sparen und Zeit für die Ewigkeit zu gewinnen: ein Kuhhandel. Du hast ihnen noch selbst die Tropfen verabreicht für diesen Schlaf und wirst dich schon nicht verzählt haben – war es nicht zeitig schon im Oktober? Wirklich nur dieser eine einzige Winter seither? Erschrick nicht – das ist bloß die Stille und hallt so, als ob die Räume schon leer. Für ihn ist es die Wohnung seiner Kindheit in der er jetzt wieder erregt auf- und abgeht (oder deren geistesabwesende Rekonstruktion mit unzulänglichen Mitteln).

Kannst nicht bleiben, nicht gehen, nicht bleiben! So leer: in der Ecke liegt Schnee im Zimmer. Vielleicht Boten unterwegs und sind nicht angekommen. Vielleicht bist du selbst so ein Bote der seinen Auftrag veruntreut hat, ja, ich komme! Ist er verzweifelt? Er hat alles aufgegessen, noch Rotwein, er trinkt. Jetzt und hier, er ist gar nicht traurig, er kniet gelassen vor dem Gasherd nieder, Eis auf dem Fußboden, Pfützen, und legt versuchsweise seinen Kopf still, seinen stillen Kopf in den offenen Backofen. Auf die feste Unterlage aus trocken vergilbtem Papier, die ist dir gelungen, doch hättest getrost auch stattdessen ein passendes Kissen dafür, das fällt dir erst jetzt ein.

Das Haus wird demnächst von Amts wegen abgerissen. Die Wohnung ist längst verlassen oder das abgeschriebene Rentnerpaar Z. schläft im Hinterzimmer unter Mänteln, die auch schon bessere Tage. Er heißt Zacharias Zuber, zeitlebens Zimmermann, jetzt bin ich alt; sie aber Amalie, geb. Vogelsang, mein Frühling, wo ist die Zeit geblieben? Jahrgang 1896, jetzt hat sie den grauen Star. Nebeneinander, wie aufgebahrt und je ein Atemhauch wölkt sich in eisiger Stille, dicht überm Mund. Wer zählt die Oktober, seither kaum zu sich gekommen, da stehen die Schlaftropfen: im Halbschlaf versorgt einer den andern gleich jedesmal mit; Reichweite. Fenster verhängt. Immer noch Berge von Zeitungen übrig, immer mehr Schnee, kommt dir vor. In der Ecke ein Wolf: bleckt die Zähne, grüne Glasaugen. Scheints ausgestopft, mußt du den nicht von früher kennen? Müßten hier Bilder nicht auch an den Wänden? Ist sein Fell immer schon so gesträubt? Überall Rauhreif und eine fremde Stille die dich bösartig anschweigt. Auf Schritt und Tritt.

Hinaus in den Flur: fällt schon die Dämmerung? Hat das Käuzchen gerufen; ist ein Specht, klopft hier so? Der Mantel: er zieht ihn an, brauchst du nachher nicht suchen. Richtig, der Cognac, ein kleines Fläschchen, vorhin mitgebracht. Führt kein Pfad durch den Wald, so ein Wald ist das hier. Und ruft und ruft. Sooft er trinkt, die Schneeflocken um ihn her, tanzend, ein irres Gestöber. Brennt dir der Fusel im Mund, Schluck für Schluck; die Sonne, sagst du, die Sonne. Hier im Flur haben sich die Jahreszeiten gleichzeitig, haben sich in ihrer Reihenfolge vollzählig eingefunden: drehen sich vorbei wie auf einem langsamen Karussell.

So kannst du ihnen entgegengehen, kannst mit ihnen oder läßt sie ziehen und wiederkehren, so ist das und hat seine Richtigkeit.

Immer noch der gleiche trübe Tag hinter schmutzigen Scheiben und das Wasser rauscht, weil die Dichtung kaputt ist. Mich friert, mir ist kalt! Wie soll man da in Ruhe nachdenken, wie denn sterben? Als ob du dein Ich in allen seinen wechselnden Gestalten hier und dort hinschickst, aufstellst: mag der eine sich da mit dem Strick, der andere mit seiner letzten Flasche und wieder jener dort wird zur Hinrichtung abgeholt; ihm gibst du die Sanduhr. Hörte das Wasser laufen und es war immer noch der gleiche trübe Tag mit dem matten Glanz auf den Straßen; er kniet unbequem vor dem rostigen Gasherd, er hat seinen Kopf in den Backofen gelegt – geht es so? Und übt sich einstweilen darin, pausenlos tief und gleichmäßig zu atmen.

Nirgends Frieden: diese Stille, das ist doch kein Frieden! So müde; kann man nicht, wenn schon die Toten in den Betten liegen, kann man nicht wenigstens einen Erbsessel aufstellen mitten im Zimmer? Den überkommenen Wolf als praktisches Fußbänkchen, gleich kommen sie angetrottet, Reif im Pelz, drei oder vier. Mit der Ruhe. Zerfließende Frauengestalten die du kennst und neigen sich aus ihrer vergessenen Höhe herab mild zu ihm hin, genug jetzt, schon trübt sich das Bild. Schneeflocken, ein gegen das Ende hin *fehlbelichteter* Film; die gleiche alte Wohnung mit ihrem ewigen Abendschweigen. Ein Film: die Zuschauer erheben sich, drängen dem Ausgang zu, stumm.

Mach jetzt die Fenster auf und such dir in aller Ruhe einen Platz hier zum Schlafen. Den Mantel hast du schon an, komm, wir gehn noch ein Stück. Die Straßen noch naß, das war als ich heimging heut Mittag; kein Tag soll verloren sein!

XVIII

Angst nicht! Mit fünfzehn ein großęs Glas Rum, ein Glas Wein, eine Flasche Wein, deine erste, dann einundzwanzig Jahre lang nicht mehr nüchtern geworden. Der heutige Tag. Am 10. März 1979 in aller Frühe trank ich schaudernd Kaffee mit Rum, eine Stunde lang, zwei Stunden, heller wirds heute nicht, und ging dann zum Bahnhof, um mich von einem Zug zu verabschieden. Nach zwei Jahren Winter und einem falschen (künstlichen) Frühling der nicht zum Blühen kam hier in der Stadt; der Zug fuhr pünktlich, ist abgefahren. Was horchst du in dich hinein immerfort? Allein jetzt, auf dem Heimweg, das bist du immer noch selbst. Heut ist Samstag. Umsichtig die Vorräte ergänzen, meinen täglichen Morgenrum immer gleich dutzendweise in praktischen kleinen Portionsfläschchen nachgekauft, immer zuviel und doch nie genug. Erfahrung. Nie die Übersicht, nie die Geduld verloren: die Zeit, statt daß sie dir lang wurde, hat die meiste Zeit nicht gereicht. Wer weiß, ob du morgen noch, auch das Geld, besser nicht erst lang zögern, aber den einen und anderen wohlbedachten Umweg.

Wie die Straßen sich hinziehn und knirschen vorbei mit ihrem Samstagverkehr. Rauchwolken, Regenwolken. Wie mitten im hiesigen Winter ein trüber Tag. Der Uni-Schornstein, die kahlen Pappeln, du siehst, daß sie einer akademischen Lehranstalt angehören. Mit all dem Für und Wider in meinem Kopf, ging es nicht schon auf elf? Diesen heutigen Himmel genauso zu deiner lebenslänglichen Sammlung nehmen und wie du dich nicht umsonst damit abschleppst. Nie müde geworden! Durch die Mertonstraße, die Gräfstraße, als ob sie jeden Tag hastig neu aufgestellt würden: hier bleibt von dir keine Spur. Sie hören nicht auf zu bauen. Diese Mauern beschwören, benennen: gleich könnten Flammen daraus hervorschlagen!

Kommt dir in der Gräfstraße ein Wesen mit hündischem Blick entgegen – lautlos, und *ist* auch ein Hund, so ein großer struppiger. Mit schwarzem Fell und Pranken wie ein Löwe, gelb die Zähne gebleckt, Reiß- und Fangzähne komplett. Und stellt sich dir in den Weg. Und während du noch, weit und breit der einzige Mensch, berechnest, wie lang er brauchte, ein Pferd zu reißen, dein inneres Auge (blitzschnell, nur das Gerippe blieb übrig), kommst du darauf: zu fürchten brauchst du dich nicht! Er will nur deine Stimme hören, er ist vernarrt in den Klang der menschlichen Stimme.

Richtig, bist du ihm nicht schon einmal, direkt eine Auseinandersetzung wird es nicht gewesen sein: du warst ernst und betrunken auf dem Heimweg und hast ihm eindringlich – nicht sogar nachts? Nicht wie heute: da warst du wirklich blau und hast ihm, jaja, lang und breit von deiner Geduld, zeitlebens, wie verflucht gutwillig und geduldig und wie du schon als Kind und gestern und heute und immer. Herrgott, Verständnis! War mir nicht, ich hätte das auch bloß geträumt oder ein früheres Leben? Der gleiche Hund, nur ein paar Schritte weiter im Jenseits.

Jetzt senkt und hebt er den Kopf, wie um sein wortloses schwerfälliges Gedächtnis, wie man eine Uhr schüttelt, damit sie weitergeht, die heilige Zeit. Behutsam hat er dein Handgelenk, deinen Puls in sein Maul genommen, da brauchst du nicht übertreiben. Das erzählst du ihm jetzt noch einmal, eine wundersame Begegnung, hingerissen lauscht er auf jedes einzelne Wort. Laß jetzt meine Hand los mit deinem Rachen! Ich bin ein Mensch und du bist ein Hund! Jeder muß sich selbst erlösen oder es wird nichts damit! Dann gehst du und läßt ihn im Nachwinter stehen. Mitten auf dem Bürgersteig, groß wie ein Kalb, mit triefenden Lefzen. Bis zum nächsten Mal.

So sacht hat er den Knochen zwischen den Zähnen gehalten, daß du Schritt für Schritt nicht den kleinsten Kratzer jetzt findest. War der Tag nicht schon wieder so gut wie vorbei? Aber dann, als ich wie betäubt heimkam, Jordanstraße 36, vierter Stock, da war es erst zehn nach neun. Vorm Fenster laß warten den Tag.

Allein daheim bei meinen Zetteln sitzen, mit den Zähnen knirschen und weitertrinken bis Mittag: wie dir das auf den einzigen Schädel drückt! Mit Muskatwein billig ein Licht anzünden, so ein trüber Tag. Kopf wie ein abgebranntes Streichholz. Hab ich denn nicht erst vor ein paar Tagen eine Gallonenflasche Whiskey geschenkt bekommen, von einem Fensterputzer mit Nato-Beziehungen: Kentucky, Old Bourbon, mit gläsernem Griff, die wird nie leer werden.

Damals zeitweilig litt ich unter dem Zwang, tage- und wochenlang außer Schreiben jeden Handgriff mit nur einer, der linken Hand: gar nicht so einfach! Als Konzentrationsübung, wenn nicht die Folge einer verschleppten Nervenentzündung die ich dem Wermut auf nüchternen Magen zuschrieb, auch nie genug Schlaf, und mit erstklassigem polnischem Wodka zu kurieren bemüht war, bis der Satz sich auch jederzeit umkehren ließ mit Diagnose und Therapie. Versuchst du dir gutwillig einzureden: eine Nervenentzündung aus dem verregneten Sommer 1977, auch eine Geldfrage. Wollen wir nicht noch einmal den Dylan losschreien lassen, ich hatte ein altes Tonband, bloß schleifte ein bißchen und blieb immer mittendrin stehen, versessen auf Fußtritte.

Nicht müde werden mit all dem Fusel auf dem Tisch! Seit Jahren nie mehr als vier Stunden hintereinander geschlafen, meist dem Ende der Nacht zu: im Suff, jeder Schlaf eine Ohnmacht, ein tiefes Loch. Manchmal nachmittags nochmal ein bis zwei Stunden, je nachdem wie der Tag sich neigt; dann träumst du davon, wie ein Stein zu schlafen. Gearbeitet noch im Schlaf, gearbeitet hab ich immer. Probierte geschickt in Etappen zu trinken, statt einem Exzeß wenigstens drei Gelage pro Tag, leicht ist das Leben nicht. Und merkst erst jetzt, daß du in Gedanken immer noch am Bahnhof, mit all den Stimmen um dich her und in deinem Kopf, unentwegt Abschied nehmend: die Züge fahren durch dich hindurch.

Trink weiter jetzt, bis der Himmel anfängt zu leuchten, dann ist der Abend nicht mehr so fern! Unentwegt Selbstgespräche. Ich konnte schon lang nicht mehr aus dem Haus, auch nur um die nächste Ecke, befällt dich die Angst, es könnte sein, du-ich-er kämen nie mehr zurück. Und hat auf dich gewartet vor jeder Tür. Genauso, daß du hier nicht mehr raus, nicht lebend jedenfalls, nicht in diesem Leben. Ich ging halbtags arbeiten, nach vielen Jahren die erste Stelle wieder in einem schäbigen kleinen Büro, mein eigener Handlanger, und starb jeden Tag. Gehst Zigaretten holen in aller Ruhe, in aller Eile und kehrst erst nach Tagen und Ewigkeiten abgerissen, erschöpft, im Delirium, fieberkrank, ohne Namen und Hoffnung, dreckig, todmüde, vergiftet, durchsichtig, doppelt, mit letzter Kraft geschlagen und siegreich kehrst du zurück – bin das immer noch ich? Und wo bin ich gewesen, Herrgott, all die Zeit? Nicht eben noch früh im Juni, im September hellblau ein Morgen, die Sonne, die Vögel soeben erwacht; kaum daß er den Weg fand in seinem Gedächtnis. Genau so ein Morgen war es, vor vielen Jahren, da bist du aufgewacht und hast mit deiner eigenen Stimme in deinem eigenen Büro angerufen und ausrichten lassen, daß du nie mehr hinkommst. Als Personalchef und Mensch. Und hattest doch zehn Jahre dort gelebt, eine lange Laufbahn. Jetzt im Suff: jedesmal ist das letztemal, jeder Abschied ein Abschied für immer. So bist du oft genug vorzeitig ein bißchen ins Sterben geraten, ein Wunder ist es ja nicht, und mit den Jahren jedesmal tiefer hinein. Wenn ein Delirium dir in den Knochen sitzt: so dicht die Finsternis in dir drin, das ist wie bei der Geburt, wenn es um dich her enger und enger, wo du dir doch angewöhnt hattest, diese lebendige Wärme mit zu dir dazu zu zählen. Wohin denn zurück? Als Teil von dir sozusagen und als mächtigen Schutz, unentbehrlich, aber damit muß es vorbei sein. Und hast doch gedacht, du kannst nicht darauf verzichten. Wie sich das leicht machen jetzt, wieso denn auch leicht, bevor du das Licht siehst?

Und auf einmal weißt du, ist dir klar, daß du seit einundzwanzig Jahren dabei bist, dich zu betrinken, nicht aufgehört hast zu trinken. Den ganzen Weg zu Fuß, das bist du doch selbst gewesen! Genausolang wie du dir gezwungen dein eigenes Geld verdienst, da warst du fünfzehn, ein Frühling und jetzt? Wie die verlorene Zeit ein Phantom, ein Säufer, umgeben von Gespenstern. Selbst ein Gespenst, was faselst du da? Soll ich mit dir gehn? Hunger, Suff, Straßen, Verzweiflung, das Gift, der Alte mit seiner Fiedel, deine Angst auf dem Eis. Die Länder, Gefängnisse, Mauern, die Stimmen, die Zeit, ja, ein altes Lied. Die Kälte, Schatten, die Wölfe, die Welt in dir drin und um dich herum, das bist du alles selbst, wirst es sein und bist es gewesen. Du hast wie nur irgendein deutscher Richter deine Kindheit vergessen; die kannst du doch nicht vergessen. Du hast Jahre und Jahre in einem Käfig gelebt und die Tür stand offen. Und hätte ich nicht noch vor ein paar Jahren gesagt, nur bloß diese letzten Jahre ist das so schlimm geworden, der Suff!

Ich sollte nächstens Geld kriegen für ein Buch, im voraus. Und war noch dabei, die Zeit und das Geld umzurechnen in Flaschen, griffbereit, mit denen ich die Fußböden unserer leeren Wohnung vollstellen wollte. Wie man seine Felder bestellt, hier der Wodka, der Cognac, der Schlehenschnaps; Pastis, Ouzo, weißen und braunen Rum; der Wein auf den Hängen, süß und berauschend, trokken, halbtrocken, Spätlese, nicht zu zählen der billige weiße Kaufhaus-Bordeaux, dort Rotwein, dort Samos, die Insel. Vorgesorgt eine lange Zeit. Wie früher schon, Landschaften, Sonnenuntergänge. Und im Flur die Flaschen für unterwegs, dein Mantel aus besseren Tagen wird ewig, das sind jetzt für später noch immer die besseren Tage.

Wir sind in den ersten zwei Jahren in Frankfurt aus Not fünfmal umgezogen und in meiner Vorstellung wälzten sich die alten Möbel mit ihren Familiensorgen schwerfällig hinter uns her und kamen nie an, oder konnten sie sich nicht losreißen von unserem Dorf? Sind wir denn nicht ursprünglich bloß für ein Vierteljahr, für einen einzigen Winter höchstens hierher in die Stadt gekommen? Schon zwei Jahre Winter. Weil es uns schlecht ging, sind wir geblieben! Da hat dich wieder die Wut gepackt und die Liebe zur Welt, eine zähe schöpferische Wut. War es nicht so, daß du anfingst zu trinken, der Sohn einer Putzfrau, nie grüßen gelernt, um angesichts all der gestohlenen Zeit den Augenblick anzuhalten, dich wieder und wieder an dir und der Welt zu berauschen, für die Ewigkeit und weil du nichts je vergessen kannst. Meine Mutter hat in ihrem ganzen Leben nicht ein einziges Buch gelesen und ist am Unglück gestorben. Auf einmal weißt du, es läuft darauf hinaus, daß du dich totsäufst, es wird nicht mehr lang dauern. Wie eh und je sagst du dir, noch Zeit, das hat Zeit, Gewohnheit, es eilt nicht; hörst du den Wind? Doch es wird Jahre brauchen, ehe die Zeit wieder wirklich, bevor du wieder weißt wie das geht, essen und schlafen. Und bis du endlich aufhören kannst zu frieren. Atmen lernen, mit Menschen sein und allein, denken auch: ohne Suff. Wer weiß, ob die Zeit noch reicht, sagst du dir, sollte nicht längst schon der Frühling hier? Und weißt, es ist deine letzte Chance, nüchtern und bei dir zu sein, wenn du stirbst. Ob es nicht schon zu spät ist?

Wie lang ist es denn her, daß du dich an keinen Tisch mehr gesetzt hast, dich mit niemandem eingelassen, außer es stand Alkohol auf dem Tisch. Keinen Weg, nicht einen einzigen Schritt bist du anders gegangen. Oder hast dir den Fusel zu jeder Tageszeit mitgebracht, andernfalls nicht gekommen. Noch gestern, noch heute Morgen nicht im Traum dran gedacht, je aufzuhören auch nur eine kleine Weile. Um nichts in der Welt, schon gar nicht bevor du stirbst. Der heutige Tag. Nicht gleich, sagst du dir, laß dir Zeit, noch heute Nachmittag wirst du aufgehört haben zu trinken! Sieh den Himmel vorm Fenster, die Wolken, die schwarzen Vögel so traurig hin und her. Die Dächer glänzen, die Straße trocknet schon wieder, wir wollen hinausgehen. Einen Spiegel brauchst du jetzt nicht, wirst dich nach Jahren wiedererkennen. Schwer die Gallonenflasche vor meinen Füßen, noch ein Schluck auf den Weg, getrost, die kannst du vergessen: sie wird nicht mehr leer werden.

Mittag, Nachmittag, als ich wieder in die Stadt ging, ein Fremder; fing es nicht schon an dunkelzuwerden? Von Kneipe zu Kneipe, siehst du, sie winken! In Gedanken noch einmal kippst du alle Gläser und Flaschen deines Lebens in dich hinein, das viele Bier und den teuren und den billigen Wein und all den brennenden Fusel zur rechten Zeit, nicht zu zählen. Wie wenn du ein Meer von Abendhimmel sollst leersaufen, so säufst du die Jahre weg und dann steigen sie hoch und du säufst sie wieder und immer nochmal. Als ob du darin ertrinkst. Und dann ist es vorbei, du hast aufgehört, bevor dir die Nacht herabsank und lebst immer noch und kannst nichts je vergessen. Probeweise in noch zwei drei Kneipen, wo ich Cola trank und Kaffee zwischen anderen Schatten; *früher* als ich dachte, kaum erst vier vorbei.

Dann auf dem Heimweg, Samstag, alle Läden längst zu, hörst einen Zug fahren und sagst dir wie ein Versprechen, jetzt ist sie schon unterwegs! Der Abend, jetzt gehst du heim und kannst auf sie warten. Den ganzen Tag allein; es wird seit vielen Jahren das erstemal sein, daß du wartest und kannst die Zeit ertragen ohne dein Katastrophengefühl, immer schlimmer. Von jetzt an eine lange Zeit wirst du alles wie zum erstenmal tun. Von jetzt an, was du kannst, das kannst du für immer. Als sei nichts geschehen. So einfach ist das: du gehst, du bist sooft gegangen; du kommst zurück und hast aufgehört zu trinken. Ihr Zug ist schon abgefahren. Haben wir uns denn nicht schon genug gequält, eine Not nach der andern; wir kannten uns damals fünf Jahre (jetzt kommt mir vor, wir fingen eben erst an, uns kennenzulernen). Ich kam heim und dachte mir aus, wie sie jetzt bald käme, ein langer Tag, und ich könnte ihr davon erzählen, für immer: Aufgehört. Ganz allein. Jetzt heute vorhin. Das war vor dreieinhalb Jahren; andernfalls wäre ich tot.

Jetzt hast du aufgehört zu trinken und in diesem Frühling, jetzt ist er da, nach vielen Jahren noch einmal zieht ihr durch die Wälder deiner Kindheit. Wasser statt Wein. Wochen und Wochen habt ihr gebraucht, nur um sie wiederzufinden in Sonne und Regen, die alten Wege. Ich bin im Böhmerwald geboren. Für unsereinen die besten Zeiten, das waren stets die, da die Wege rasch zuwuchsen, die Obrigkeit anderweitig und die Wölfe kehrten zurück.

Ende Mai wieder in Frankfurt; kaum noch Schlaf. Du hast aufgehört zu trinken und lebst immer noch! Nacht für Nacht suchst du dir deinen Weg durch die Straßen, den Fluß entlang und hin und her über die Brücken. Gleich in den ersten Wochen konnte ich wieder viel besser sehen! Zwischen Baustellen und Ruinen, als solltest du fort von hier, so nachtleer gleißen die neuen und alten Plätze. Wie zum Abschied. Genauso bin ich mit fünfzehn durch Wien, das war meine erste große Stadt; nie müde geworden. Du glaubst noch die Stimmen zu hören, die Stille, ja richtig, es gab eine Zeit. Fing es nicht schon an, hellzuwerden? Da kam dir vor, als ob du seit damals zum erstenmal wieder richtig atmest und die Zeit kehrt zurück, das Leben, du wirst es schon lernen. Die Natur, das bin ich doch selbst.

Im Juni hast du Geburtstag und lebst immer noch! Du hast aufgehört zu trinken und fängst schon an, nüchtern zu werden. Kaum noch Schlaf und bald jetzt werden deine Augen so klar, wie an dem Tag als du! Im Juni und Juli schrieb ich das fünfte Kapitel, im August das sechste Kapitel. Endlich im September wird uns glücklich unser Kindchen geboren; ein langer Sommer. Jetzt nachträglich ist mir, ich könnte mich an jede Minute, an jeden einzelnen Augenblick dieses Sommers erinnern, jederzeit, als sei er in Wahrheit *geblieben.*

Wieder einen Sommer, immer noch hier, gehst du jeden Sonntagmorgen als richtiger Vater mit deiner Tochter spazieren; es war der Sommer bevor sie zwei wurde. Wie immer der gleiche Moment ganz zu Anfang der Ewigkeit, in sonniger Stille. Und dort vorn, siehst du, richtig, das ist er und hat schon auf uns gewartet: der gleiche struppige schwarze Hund. Mitten auf dem leeren Sonntagmorgengehsteig, groß wie ein Kalb, erinnerst du dich? Und gesellt sich gleich zu uns, wortlos, wird wie schon letzten Sonntag den Rest des Wegs geduldig dicht vor, hinter, neben uns hertrotten. Ist uns da nie ein Mensch begegnet, fragst du dich jetzt, oder in welchem Bogen unbemerkt am Rand unsres Blickfelds vorbei, anonyme Augenzeugen des Glücks die man jetzt mittels Suchanzeige – wozu denn Zeugen? So ein Riesenhund, daß unser Kindchen mir daneben gleich wieder so zart und klein vorkam, wie die ersten Tage und Wochen nach der Geburt, nur jetzt auf eigenen Füßen. Das erste Jahr trugen wir sie herum und sie ist uns alle Tage so leicht wie ein Schmetterling, wie ein Gänseblümchen gewesen. Und wird jetzt bald zwei, Schritt für Schritt, wir lassen uns Zeit, spazieren gemächlich von Haustür zu Haustür. Es sind ihre ersten Wörter und wir hören nicht auf zu sprechen!

Bald Herbst, jetzt bist du jeden Tag jung und alt zugleich: jetzt, wenn du Zeit hast, bist du immer bei dir.

Einen Morgen um zehn kommst du von der Ohrenärztin und dein Kopf ist auf einmal wieder so selbstverständlich und leicht, daß du beinah wie als Fünfzehnjähriger durch die Straßen rennst, der gleiche Wind wie in Hamburg vor zwanzig Jahren. Einzig durch Willenskraft eben eine jahrelange chronische Stirnhöhlenentzündung überwunden. Im Wartezimmer am Fenster. Draußen das Licht kam und ging. So reich bist du heute in deiner alten Wildlederjacke, daß keiner den Blick von dir wenden kann. Als ob sie dich kennen müßten; die Jacke hast du an einem Freitagabend im Mai 67 in Marburg gekauft und weißt noch, wie gut sie gerochen hat neu, jetzt hast du seit heute Morgen auch deinen Geruchsinn wieder.

Zu allem Überfluß hast du auch noch acht Mark übrig, es ist der richtige Tag. Da kommt auch schon deine liebe Familie dahergeweht, die Straße entlang: seit zwei Stunden nicht gesehen, keine Sorge, sie werden dich schon noch erkennen. Warum soll das nicht mein freier Tag heute und ihr geht in den Palmengarten – wo die Enten, Gänse und Schwäne uns *ehrten.* In der Nacht hat es geregnet, das Wasser im Teich ist grün. Die Farben, die Wetter deiner Kindheit, so ein Tag ist das, erkennst du auf Schritt und Tritt. Deine Tochter, jetzt ist sie schon zwei und führt dich hier an der Hand, weil du zum erstenmal da bist. Die nasse Erde, das Moos an den Stämmen, das Laub, jeden einzeln schmeckst du an so einem Tag die Gerüche der Jahreszeit wieder, sogar hier in der Stadt: drei Mark Eintritt. Wie aufgezogen der Pfau, monströs, ein Spielzeug aus buntem Blech. Von der Verwaltung. Und sitzt im Aufsichtsrat drin. Und schien auch schon zu stocken, das Uhrwerk; soll man ihn grüßen? Euer alter Verliebtenstreit: ob man Tiere auslachen darf? Natürlich war sie dagegen und du bist dafür, du sitzt auf der Mauer und kannst nicht anders.

So viele Arbeiten hast du verrichtet in deinem Leben für Geld, Briefe diktiert und Kisten geschleppt, Geld gezählt, immer wieder gezählt, damit es abstrakt bleibt, fremdes Geld; Regale gebaut und Zeug ausgefahren, verkauft, gerechnet, gerechnet, als Packer untröstlich, die Tiere beneidet, zum Teufel das Zeug! Lohnabrechnungen wie eine Maschine, elftausend Mahnungen versandfertig, im Auftrag, Datum und Schnörkel. Deine zugehörigen Vormittage wie mit der Post weg für immer, jetzt zerstückelt mit Aktenzeichen beim Gericht eingelagert. Wieder arm geworden, geblieben, anders hast du dich nie gekannt. So viele Stunden Rost und Farbe abgeschlagen vom alten Eisen (den Dreck mit den Wimpern auffangen), ist dir bei jedem Hammerschlag Zeit der verlorene Himmel in Stücke, Maschinentraum, bis du fast nicht mehr da, bis du seit wann denn schon angefangen hast, Zeilen zu hämmern: dir deinen Homer übertragen, nachgedichtet, noch einmal gesungen. Von Anbeginn. Ist der Himmel dir in die Augen gestiegen, weithin über die Küsten und Inseln der alten Mittelmeerwelt, sehend, ein einziger Tag. Und am Abend wäschst du dir wieder den Dreck und die Splitter mit Borwasser aus den Augen, zu müde, dir jetzt noch lang Wunden zu lecken. Morgen wieder! Wie zerbrochen in Winkeln gesessen, wie durchgeknickt. Morgen als Märchenerzähler in Bagdad, in den Schenken von Smyrna und auf dem Weg nach Damaskus. Ist jeder anders, vier Sorten Hämmer stehen dir zu. Jahrelang Statistiken jeder Art, ohne aufzublicken und zur Erbauung der Direktion kleine bunte Bildchen daraus gemacht, Schicksal, die Zahlen stimmen, gehen nie mehr aus deinem Kopf. Unfälle verhütet, Sachbearbeiter. Immer zuversichtlich, nie die Hoffnung, ein Mensch. Zeit gehortet, entwertet, verkauft, eigene fremde Zeit. Kühe gehütet, Holz gesägt und Eisen gefressen. Wahrhaftig. Baustellen hast du amtlich gesegnet, im Hochbau, im Tiefbau, das heilige Feuer, Züge gezählt wie ein Analphabet, Warenendkontrolle. Devisen geschmuggelt auf fremde Rechnung und Schiffe beladen, Heizer und Personalchef. Aber bis heute noch nie bist du so ein mürrischer dicker Pförtner gewesen, den keiner gern hat in seinem schalldichten Glaskasten. Mit Fußpilz, Schlüsseln und Magengeschwüren. Neben dem Tor Tag für Tag vom Morgen zum Abend: bei der dienstlichen Lampe siehst du dich sitzen und liest Bibliotheken.

Schon der Abend da hinter den Bäumen, so still und so tintenblau. Zum Trost noch, vielleicht heißt der Pförtner Engel. Warum hast du ihm nicht erklärt, daß heute dein freier Tag ist, ob er das wissen will oder nicht. Und daß jedermanns Leben ein schweres Geschäft, gut und gern, da braucht man doch nicht drum streiten. Hier meine leibliche Tochter, zwei geworden vor einem Monat und hat schon ein Gedächtnis fürs Leben. Und hat heut neue Schuhe an. Ja, die Kinder! Die Frau hier, die neben mir steht, ist die Mutter. Die Frau und ich, wir kennen uns jetzt sieben Jahre. Fast auf den Tag genau. Immer die gleiche Frau, das Leben, das Leben, Herr Engel, hättest du sagen können, Herr Cherub. Die reine Wahrheit. Er hat so ein kreisrundes Fenstertürchen zum Rein- und Raussprechen. Und spukt dir nicht gar seit wenigstens fünfzehn Jahren im Kopf, du hättest auchmal in einer, in vielen Kneipen hinter der Theke: allein nur vom Zusehn, das hat sich dir eingeprägt. Mit der Ohrenärztin heut Morgen mangels Krankheit dann über Kinder und Bäume gesprochen, beinah ihr von diesem Buch noch erzählt. Jetzt ist es bald fertig. Wie weggeblasen die Schmerzen, der Druck im Kopf, gerade bevor ich mit meinem Krankenschein drankam. Und nicht beim Teich, nicht unter den Bäumen, noch nicht einmal auf dem Heimweg, erst spät in der Nacht, der Wind kam ans Fenster, schon wieder Oktober, bist du darauf gekommen: der 27. Oktober, der Geburtstag von Dylan Thomas.

Wie im Jahr eurer Ankunft, wie nach Jahren nur zu Besuch hier: noch einmal einen langen Spätsommer geht ihr jeden Tag wieder durchs Westend, die Straßen alle Alleen; jetzt seid ihr zu dritt. (Es muß diese Straßen gegeben haben!) Da hast du dein Lied gesungen, dort werdet ihr euch nach Jahren begegnet sein. Bald Herbst, schon färbt sich das Laub, Blatt um Blatt fiel und raschelte, jedes einzeln, uns um die Füße – und auf einmal fing es zu schneien an, bleibst du stehn und blickst auf: ja, es schneit, es ist der Tag vor dem ersten Advent; genauso in meiner Erinnerung. So jährt und jährt sich das Wunder, bald jetzt werden deine Jahre voller Gedenktage sein. Die Vögel so hoch! Ein langer leuchtender Spätherbst: jeden Tag wieder im Gehen zwei Kilo Weintrauben bedächtig aufgefressen. In meinem dritten Jahr ohne Suff und Drogen.

Und ist in die Zeit hinein mit Schlittenfahrten und vielen Geschichten ein langer schneereicher Winter geworden, bewohnbar. Sonne auch. In diesem Winter d e u t l i c h noch einmal werden deine Augen viel besser: die Nähe, die Ferne, so kehrt das Leben zu dir zurück.

Kannst nicht bleiben, nicht gehen, nicht bleiben: so viele Zeiten und Länder und jetzt hier. Ein kühner Türke von der Müllabfuhr oder wer du *jetzt* bist, von der Straßenreinigung. Fängst immer schon um vier Uhr früh mit der öffentlichen Dreckarbeit an, finster und stolz, umso eher kannst du nachmittags mit deinem riesigen alten Fordbus auf eigene Faust, Schwarzarbeit: Umzüge machen, Funkbote, Waren ausfahren, Obst und Gebrauchtmöbel,

Stadtverkehr, immer zu spät dran, jedes Stopschild dein Todfeind, Transporte, Transporte.

Noch einen Sommer, wenn du mittags von der Arbeit heimgehst, sind die zwei Straßen mit ihren vertrauten Ecken und Eingängen wie eine matte Erinnerung schon. Als ob deine und jegliche Zeit hier längst vorbei, wie wenn du dir nachsiehst: da bin ich und dort gegangen! Scheints immer der gleiche Moment und so geht dir wieder ein Sommer drüberhin. Fällt dir ein, wie du vor fünfunddreißig Jahren den Kühen auf der Wiese zugesehen hast, wie sie da friedlich glotzten, nämlich dem Sommer zusahen, wie er ins Land und durchs Land und vorbeiging; mein Tal nach Südwesten, die Kühe vom Keulerheinrich.

Und jetzt hier. Und jetzt hier. Sooft du diese untergehenden Schutthalden von Straßen, Baustellen, Ruinen siehst und wieder und wieder anstarrst in diesem unwiederbringlichen Mittags-Nachmittags-Abendlicht, weißt du: nicht mehr lang! Nächstens bald eines Tages (in diesem oder deinem nächsten oder übernächsten oder tausendsten künftigen Leben): eines schönen Tages, nachdem du bis zuletzt wie ein Sklave geschuftet hast – oder eher wie eine zum Bersten angespannte Maschine mit überhitztem Motor, ausgefransten Keilriemen, immer wieder geflickt, mit heißgelaufenen Triebwerken, rostigen Scharnieren, geplatzten Ventilen – wirst du deine sechs- oder zwölf- oder wievielköpfige Familie (zählen kannst du dir sparen, kannst du sie später noch, ist nicht nötig) zusammensuchen-rufen-treiben auf einen Fleck, zum ersten und letzten Mal: tief atmen! Als ob hier die Zeit längst vorbei, nicht nur deine Zeit, sondern die Epoche und was kommt dann?

Deine Frauen und Kinder, zeitweilig sind es bis zu sechs Frauen und maximal zwölf Kinder, wenn du alle ihre Eigenschaften und Widersprüche, wenn du sie richtig gezählt hast; Gedächtnis. Wer kennt sie denn außer dir? Ihre Namen kommen und gehen und brennen dir auf den Lippen den lieben langen Tag. Und daß nur ja kein Streit unter ihnen, das würde uns gleich noch verdoppeln, zerreißen, vervielfachen. Ins Unermeßliche, so schlichtest und schlichtest du, stiftest unentwegt Frieden dieser grenzenlosen Gemeinschaft; du *wirst* sie liebevoll in den großen alten, über Nacht frischlackierten Fordbus einladen, es wird Zeit. Als ob du sie geschrieben hättest, so sind dir ihre Leben ans Herz gewachsen. Als ob *du* jeden Tag ihren Schmerz verursachst.

Auch das bißchen Gerümpel was du dir mit deiner jahrelangen Idiotenarbeit unwillkürlich angehäuft hast und kennst hier keinen Menschen und bringst es jetzt nicht übers Herz, es gleich wegzuschmeißen, aufzugeben, zurückzulassen wie ausgesetzt vor dem leeren Haus. Auch wenn du jetzt schon weißt, wirst es nie mehr brauchen, es rettet dich nicht, das Zeug. Lädst das alles ein, schmeißt rundum die Türen zu, deine zerrissenen alten Sandalen kannst du hier vergessen. Einsteigen, immer barfuß gefahren. Eisern, nie müde geworden! Acht Jahre lang hast du vergeblich auf ein Paar neue Sandalen gespart, wird dir sowieso kein Mensch glauben.

Was suchst du und gaffst auf diesen leeren Fleck Gehsteig, als sei das die Ferne – erinner dich doch! Gestern noch wie ein Narr in einem Zug vierzehn Stunden geschuftet, dann zu essen vergessen, deine vielen Frauen und Kinder hungrig ins Bett gebracht, schlaft jetzt, das braucht seine Zeit, beeilt euch! Dann die Lichtleitung lebensgefährlich repariert, die Kinderschuhe, die Fenster mit Plastikfolie, die Schreibmaschine mit Fensterkitt, jetzt noch Kaffee rösten? Jeden Tag ein Pfund, das brauchst du für dich allein. Dann wegen der reparierten Lichtleitung doch lieber eine Kerze, *flackert* so, und mit brennenden Augen Behördenbriefe geschrieben. An vier Amtsgerichte und ein Landgericht; Jugendamt, Vormundschaft, Sozialamt, Bank und Friedhofsverwaltung; ging schon auf Mitternacht. Immer wieder mit immer anderen Worten um Stundung, Aufschub, Verständnis mit Durchschlag bitten. Nie zweimal die gleiche Wendung. Hinter der Weltkarte ihre ruhigen Atemzüge, du hast sie dir nicht bloß eingebildet. An den Hausbesitzer und das Auswärtige Amt, was aus dem undichten Dach werden soll, seit nunmehr vierzehn Jahren korrespondiere ich mit Ihren sterbenden Botschaftern gutwillig nicht um einen Grabstein, sondern um eine Geburtsurkunde, die ich nicht für mich will, sondern. Das Dach über unseren fragilen träumenden Köpfen, laut Mietvertrag. Dann mit letzter Kraft *leise* die Möbel, Kisten, Koffer, Pappkartons, Plastiktüten, ganz taumelig schon, Stück für Stück sechsundachtzig Stufen hinab in den stillen Nachthof geschleppt. Leise, wie zu einer geheimen Versammlung. Daß du das noch geschafft hast. Mit vorzüglicher Hochachtung. Und ganz zuletzt letzte Nacht, beinah tobsüchtig vor Müdigkeit, noch den Bus umgespritzt, kaum daß man die Hand vor Augen, so finster. Gelegenheit, den Lack schon seit Jahren aufgespart. Direkt auf den Dreck, auf den Rost und die Blechschäden hast du dein leuchtendes Himmelblau, dann muß Tau gefallen sein, gegen Morgen. Dann zu müde zum Schlafen, wird es nicht endlich hell, alles um dich her ohne Farben, hast du verschwitzt auf den feuchten Kisten gesessen; daß du das noch geschafft hast! Kühl wie Wasser die Luft. Die Vögel, sind keine Vögel mehr da? Und nur noch so mit dir selbst, die Schultern gezuckt, ein mattes leeres Lallen: ja, siehst du, so ist das. Gefasel. Und dir Musik und Mahlzeiten ausgedacht, gegen Morgen, und jetzt ist er da, dein Tag.

Und während sie neben dir, hinter dir noch verblüfft schwiegen und sind da und sind wirklich und fangen dann gleich wieder an, dir die Ohren vollzustopfen mit ihren geliebten Stimmen (vielleicht hast du den ganzen Tag gebraucht, um sie zusammenzukriegen in deinem Gedächtnis), der letzte Moment, jetzt drehst du die Musik im Autoradio-Cassettenrecorder so laut es nur geht, noch lauter! Und fährst ab, egal morgens oder abends, abgefahrene Reifen, Bremsen, die Nerven, die Kupplung ausgeleiert, zwo Zylinder im Arsch, die Kardanwelle mit Draht und Isolierband, der Kühler fängt bei Standgas zu kochen an (darfst du an keiner Ampel halten), durchgerostet der Boden und Beulen, Beulen sogar auf dem Dach; fährst im Schrittempo zum letztenmal hier den Rinnstein entlang am irregulären Sperrmüll vorbei durch die geplünderte alte Straße, um zu sehen wie sie langsam aus deinem Rückspiegel fließt, gleichsam ausrinnt, versinkt: weg für immer.

Lebend die Stadt verlassen! Und fährst, am Straßenrand sind Befehle aufgestellt, vielleicht fängt es gleich an zu regnen, und fährst und hast schon vergessen, was du einst hier zu finden gehofft hast; nie seßhaft gewesen! Um die erste und nächste Ecke; vielleicht hat es angefangen zu regnen und regnet und regnet bis Niš, bis nach Edirne, oder schon auf der Autobahnauffahrt West ist es so heiß wie am Persischen Golf – und fährst ohne Rast ohne Pause ohne anzuhalten, außer zum Tanken, da brauchst du nicht aussteigen, keiner steigt aus, ihr sollt mir einmal nicht reinreden, Teufel auch! Nie seßhaft gewesen! Mit der schönen irren lauten Musik und die Horizonte in einem anderen Rhythmus der Ewigkeit, aus so einem Bus weit voraus geht dein Blick, weit hin übers schwindende Land, über die Alpen über die Adria über die langweilige jugoslawische Autostraße Nr. 1 wie in der Wiederholung eines jahrealten Wachtablettentraums bis ins äußerste Ende der Türkei – wenn du ankommst, vielleicht kannst du aufatmen oder was. Wenn du ankommst, vielleicht hast du Worte gefunden für die versunkene (verschüttete) Zeit hinter dir. Oder kannst sie endlich vergessen, kannst wenigstens das Gerümpel, unterwegs endgültig zu Bruch gegangen, endlich wegschmeißen: leichten Herzens? betrübt? gedächtnislos? Der alte Fordbus, daß du das noch geschafft hast, bleibt als komfortabler Hühnerstall mit Scheibenwischern in Erzurum, die Räder versinken im anatolischen Sand.

Endlich angekommen! Jetzt schlafen alle, kann deine hilflose Liebe ungestört blühen; gehst du herum und kannst keinen Schlaf finden. Jetzt fällt dir ein, in Edirne hast du um jeden Preis anhalten wollen, nur fünf Minuten und einen winzigen türkischen Kaffee trinken. Auf dem großen Platz mit den Baldachinen, blutrot, und den Silbermonden, von der Staatsbank gestiftet. Nur zur Erinnerung: weil das vor vielen Jahren fast schon am Ende deiner Jugend deine erste morgenländische Stadt gewesen ist. Eine uralte Karawanenherberge gibt es dort, an die hast du beim Einschlafen oft gedacht, wo ist die Zeit denn hin? Jetzt gehst du herum und kannst keinen Schlaf finden, kannst dich nicht trennen von dir und der Welt. Sanddisteln, Geröll, warum hier? Fern der Wind oder sind das Wölfe? Glücklich, spürst wie dein Gesicht sich endlich entkrampft, diesen weiten Weg gekommen! Seit Jahren zum erstenmal, jetzt hättest du direkt Zeit und Platz genug in deinem Kopf für ein Gedicht, hat es nicht bereits angefangen? Barfuß. Nicht gleich, nach ein paar Stunden ruhiger Schlaflosigkeit, wenn die ersten von ihnen aufwachen, wirst du wissen, ob ihr weiterfahrt und wohin – nach Damaskus, Jerusalem, Kairo, die Wüste, die Wüste. Nach Teheran, Kabul, Kaschmir, Tahore, Madras, dann weitersehen. Oder zurück, noch einmal die gleiche Strecke zurück, deine Sandalen am Rand des Gehsteigs wie du sie verlassen hast, geputzt hat sie keiner, aber auch nicht geklaut d.h. unbefugt weggeschmissen. Höchstens daß sie im Regen ein bißchen mehr aufgeweicht, doch werden noch lang, ach Jahre und Jahre. Und gleich weiter ans Nordkap. Und auf die Hebriden, die schwimmen dir mit den Jahren jetzt auch immer weiter davon.

Die gleichen Straßen, jetzt schreibst du das Buch zuende. So träumst du dich immerfort weg, du hast dich dorthingedacht, damit du dich hierher zurücksehnen könntest – hier als Gespenst und dort in der Sonne! Die gleichen Straßen, es *muß* sie gegeben haben. Wie früher, wenn du gewartet hast und nicht weggucken konntest: kannst nicht bleiben, nicht gehen, nicht bleiben. Hier hab ich doch gelebt, sagst du dir verwundert, und bist immer noch da. Hin und her jeden Tag, sooft du einschläfst und aufwachst die ganze Strecke bis an den Bengalischen Golf und zurück, die China-See, tief, oft bis nach Kamtschatka hinauf. Und zurück zur Hauptwache alle Tage, ins Bahnhofsviertel, Baustellen, die Zeitmaschine, das dröhnt und dröhnt dir jede Vergangenheit weg, bis du selbst wie aus Eisen, namenlos, bis du dir mit zusammengebissenen Zähnen bei jedem Schritt sagst: Seht euch vor! Nicht umsonst! Ich hab nix je vergessen, dafür bin ich hier! Und müde zu Fuß heim. Kaum noch Schlaf! Weil es uns schlecht ging, sind wir geblieben! Daß die Hoffnung jeden Tag eine schwere Arbeit und hier gehst du nicht weg, solang du damit nicht fertig bist! Bald aufwachen jetzt! Und nach Jahren wirst du dich erinnern, daß jedes einzelne von diesen elenden Abbruchhäusern, daß jede heruntergekommene Mietskaserne, Sanierung Bockenheim, solang noch von Menschen bewohnt, in der Morgendämmerung jeden Tag wieder ernst und heilig wie ein Tempel dastand, in der ausgemessenen Stille. Ach Tempel, was heißt denn Tempel, wie das frühchristliche Nähkästchen meiner Mutter, ein Weihnachtsgeschenk aus Krakau aus dem Jahr 1909. Ohne dieses Kindernähkästchen wäre die Familie in all den Zeitläuften ja längst verloren gewesen.

Dein Dorf, dorthin denkst du vergeblich zurück, es liegt unerreichbar im Jahr 1947. Und schon damals, schon bei der Ankunft hast du dich hoffnungslos fremd gefühlt, in der Verbannung, und die Gesichter der Häuser, den lieblosen Dialekt, das Fehlen des Lichts, die falschen Farben als Kränkung empfunden. Das denkt sich nicht weg, noch eher die Lager, die Flüchtlingszüge, die Not, nirgendshin. Noch heute geschieht dir oft, du *vergißt* drei Tage aufs Essen, aber ein Weltatlas auf dem Klo. Mit fünf Jahren den Seeweg nach Indien auswendig gewußt unter der 15-Watt-Lampe, es war die Zeit der abendlichen Stromsperren und dann hat meine Mutter immer die Ofentür aufgemacht. Keine Angst. Jetzt haben sich die Gestalten und Bilder aufgestellt um dich her, hat sich die Zeit wieder eingefunden, hörst du noch einmal das Trompetensignal: Scharen und Scharen von Menschen, hingerissen von ihrem eigenen dumpfen Gesang, darf keiner vergessen werden, drängten sich bei Tagesanbruch zusammen; Nebel trieb über das Land und sie wankten dem Licht entgegen. Das hat nie aufgehört, das ist jetzt vorbei.

Wieder einen Mittag, wenn du im Halbschlaf von der Arbeit heimgehst, die Kneipen eben am Aufmachen: gehst an den offenen Türen vorbei und von drinnen so ein Gemurmel, wie wenn schläfrig ein Brunnen plätschert oder das Echo von all dem Trubel vom Abend vorher. Überall Baustellen. Die Jordanstraße immer voll Unrat und Gerümpel; Kinder auch. In der Mittagsonne. Der Blumenladen, die Gebrauchtkleiderläden. Geht vor dir eine Frau über die Straße, Lichtgestalt: als ob du sie träumst. Ihr weißes Kleid einen Augenblick fast durchsichtig in der Sonne und gleich wird sie weg sein für immer. Da hast du im letzten Moment erst erkannt: das ist doch die Frau mit der du seit acht Jahren lebst! Wie du sie kennengelernt hast nach neun Leben, warst du einunddreißig und sie erst achtzehn und ist noch zur Schule gegangen. Jetzt fängst du zu lächeln an, umständlich wie ein Felsklumpen, jetzt werdet ihr euch gleich gesehen haben! Die meisten kleinen Läden hier zu über Mittag; die Jordanstraße mittags exakt in *Licht* und Schatten geteilt. Zusammen geht ihr euer Kindchen abholen aus dem Park, es wird Sommer sein.

In der Woche vor Pfingsten leihst du dir umständlich hier achtzig Mark, dort zwei Schlafsäcke. In Wirklichkeit ja nicht, aber in meiner Vorstellung mit der ich rechnen muß, hat das Geld immer noch die gleiche Kaufkraft wie im März 1958, als ich eben dankbar meine erste niederschmetternde Arbeit gefunden hatte.

Noch einmal zu Fuß durch die Stadt und ihre Vororte, zu Fuß kannst du besser nachdenken. Und dann vier Tage in den Wald. Immer die gleiche Frau und für unser Kindchen, ein Stadtkind, ist es das erste Mal. Abends gingen wir Wasser holen ins nächste Dorf, eine Stunde Weg. Auf den Hängen blüht goldgelb der Ginster. Kommt dir vor, als ob er nicht mehr so dicht geblüht hätte, seit dem Frühling als deine Mutter starb: vor zwölf Jahren. Sonnenaufgang 04 Uhr 11, Sonnenuntergang 20 Uhr 33, dann kannst du kundig ein Feuer anzünden.

Es kamen, uns zu verwarnen: der Förster, der Jagdpächter und der Waldbesitzer, jeden Tag einer von ihnen. Der Förster als Beamter ist doppelt gekommen. Jeder einzeln hat im Gespräch also persönlich direkt nichts dagegen, daß wir hier schlafen, nicht direkt. Auch was die Anwesenheit, unsere, kommt erschwerend dazu: nicht direkt verboten. Aber jeder von ihnen weiß seinerseits ganz genau, die beiden anderen können und werden es nicht dulden können. Vielleicht nicht gleich Gefängnis, doch hohe Geldstrafen, ersatzweise Haft. In Gedanken: du setzt dich und stehst wieder auf. Vielleicht hätte ich Schuhe anziehen sollen, der Form halber. Vielleicht, wenn wir eine Heiratsurkunde, Campingmöbel und eine Fotoausrüstung mitgehabt hätten. Der Jagdpächter hatte ein Schnellfeuergewehr mit Zielfernrohr, der Förster im Vergleich dazu bloß eine gewöhnliche Flinte und der Waldbesitzer nichts als seine beiden Hände, einen Medaillenspazierstock und einen dressierten Hund mit; den Hirschfänger nämlich muß er nicht so gemeint haben. Der Hund stand dabei, als ob es ihm egal sei, Zigeunerpack, wenigstens hielt er uns für harmlos. Der Wald sah nicht aus, als könnte er einem einzelnen Menschen gehören, ein Erbstück.

Der Förster kam am Abend des zweiten Tages: er stand so dicht vor mir, als seien es seine Messingknöpfe die mich kurzsichtig musterten; meine Pflicht, sagte er. Der Jagdpächter sagte: mein Wild. Er kam am Abend des dritten Tages in einem silbergrünen Landrover und ließ die Scheinwerfer brennen. Während er mit mir sprach, versuchte er gleichzeitig schräg hinter mir zu stehen mit seinem Schnellfeuergewehr: gesichert im Rücken des Täters, Büchsenlicht. Nach einer Stunde kam er noch einmal mit dem Förster von gestern, jeder wiederholt seinen Text; beide sahen aus, als ob sie aus den Zeitschriften ganz genau über Sexparties Bescheid wüßten. Jetzt endlich konnte der Jagdpächter ungehindert von hinten mit mir sprechen. So ein Gewehr kostet elftausend Mark. Oder einundzwanzigtausend oder. Der Jeep des Försters sah aus wie vom Bundesgrenzschutz, mit Pionierausrüstung und Suchstrahler. Der Waldbesitzer, der einzige unter ihnen der ein Gesicht hatte, sagte immer: der Bestand, wenn er seinen Wald meinte; er sah aus wie ein Bauer der vor der Zeit wehleidig geworden ist und die falschen Bücher liest. Er hatte als einziger kein ganz neues Auto, sondern einen sechs Jahre alten polizeigrünen Mercedes Diesel, vielleicht auch nur für den Wald. Während ich mit ihm sprach, rief ein Kuckuck, das war am Morgen des vierten Tages. Und da stand der Wald um uns her in der Sonne auf einmal so zaubrisch anheimelnd wie in meiner Kindheit, als mir keine Mühe zuviel war, weil ich wußte, das Leben ist gut und richtig. Mit dem Holz und den Beeren, Pilzen, Nüssen und Bucheckern, die halbe Zeit wenigstens haben wir ja vom Wald gelebt damals; ganze Sommer in den Wäldern. Die Herbsttage auf den Kartoffeläckern, jetzt sitzt dir das Heimweh wieder als wortloser schwerer Klumpen im Hals; hat der Wald nur wie aus der Ferne gegrüßt. Ich sagte nicht: meine Familie, um nicht unnütz in Zorn zu geraten. Jedesmal wenn ich mit einem von ihnen sprach, kam unser Kindchen und stellte sich zu mir und verstand jedes Wort; Kinder haften für ihre Eltern. Wilddieb ist keiner gekommen. Die Polizei wäre erst am nächsten Tag fällig gewesen, da waren wir aber schon weg, weil unsere Zeit hier vorbei, sind aus freien Stücken gegangen.

Vier Tage, wir hatten wie immer einen guten und einen schlechten Schlafsack, so wechseln die Nächte sich ab. Gegen Morgen, wenn du wie zu einer Verabredung fröstelnd aufwachst, sind die Sterne so groß und so hell wie du sie zuletzt als Kind über den Dünen gesehen hast, an der Nordsee, mit zwölf, die ganze Nacht draußen gewesen. Als ob sie mit ihrem Leuchten *dich* meinen und immer näher, bevor sie zu flimmern anfangen und jetzt geht ein Rauschen durch den Wald, sind die Vögel erwacht, hast du statt zu schlafen dein ganzes Leben im Gedächtnis; die gleichen alten Sandalen, denn Tau ist gefallen, und suchst dir im Moos einen trockenen Platz zum Sitzen. Pfingsten 1982, wir hätten uns noch jeder einen dicken Pullover mitnehmen sollen, das vergißt du dann in der Sonne. Wir hatten türkischen Kaffee mit und einen kleinen alten Kupferkessel, um ihn darin sachgerecht aufzukochen auf unserer Lichtung.

Montagabend zurück in die Stadt. Wie ausgestorben die Straßen im späten Feiertagslicht, so gehst du dein Leben lang müde heim. Als stünde die Zeit still, längst abgelaufen, als seien wir noch zu früh dran: Umwege durch die halbe Stadt. Gingen gleich die sauberen Schlafsäcke zurückgeben, noch sieben Mark, dann wie aus Versehen zum Main, gerieten auf einen unbekannten Betonspielplatz, nur Tauben und Kreidestriche, dann müde heim. In hundert Jahren kennst du hier keinen mehr! Hier in der Stadt, je nachdem, welche Straßen du gehst, kommt dir vor, die Sonne geht mehrmals unter, drei- oder viermal hintereinander. Wie in den Bergen. Und dann kommst du über einen großen leeren Platz mit Einfahrt zur Tiefgarage und da ist sie wieder und *geht* groß und rot. Felder – Berge, sang unser Kindchen; sie läßt sich auf deinen Schultern tragen und singt. Da gehen wir. In Gedanken noch unterwegs, gleich sind wir daheim. Zurück in die leere Wohnung zu kommen, das war, als sei man müde und wüßte es nicht, am Abend. Wie stehen auf einmal die Mauern so eng, die Wände. Bald aufwachen jetzt!

Drei Jahre lang immer mehr Papier hat sich auf deinem Tisch gestapelt, vor einer Woche hast du ihn vorsorglich abgeräumt: nur noch dieses letzte Kapitel. *Jetzt kannst du bald aufwachen!* Beim Abräumen fand ich in den Tisch eingeritzt die Wörter Abendsäufer und Morgensäufer. In meiner eigenen Handschrift: das muß im November 1978, siehst du. Gewesen, gewesen. Sonst nie hast du Wörter in Holz geschnitten, nur im Suff dieses eine einzige Mal und jetzt stimmt es nicht mehr.

Lang genug gewartet! Geboren am 10. Juni 1943 in Böhmen, Himmel wolkenlos, laßt mir nur Zeit und ich werde mich sogar noch an meine Geburt erinnern! Und jetzt fang endlich an mit deiner Geschichte!

CIP-Kurztitelaufnahme der Deutschen Bibliothek
Kurzeck, Peter:
Das Schwarze Buch: Roman / Peter Kurzeck. -
Basel: Stroemfeld; Frankfurt am Main: Roter Stern, 1982.
ISBN 3-87877-171-1

Stroemfeld Verlag, Postfach 79, CH-4007 Basel
Verlag Roter Stern, Postfach 180 147, D-6000 Frankfurt am Main
Printed in W. Germany
Druck und Bindung: Fuldaer Verlagsanstalt
Auf Anforderung erhalten Sie unseren kostenlosen Almanach
mit dem Gesamtverzeichnis.